*Angélique, le chemin de Versailles*

## ANNE ET SERGE GOLON | *ŒUVRES*

### ANGÉLIQUE :

# Anne et Serge Golon

# Angélique,
## le chemin de Versailles

Éditions J'ai lu

A précédemment paru sous les nᵒˢ 669 et 670

# LA COUR DES MIRACLES

## 1

Angélique regardait, à travers le carreau, le visage du moine Bécher. Insensible à la neige fondue qui dégouttait du toit sur ses épaules, elle restait là dans la nuit, tout contre la taverne du Treillis-Vert.

Le moine était attablé devant un pichet d'étain et buvait, le regard fixe.

Angélique le voyait très distinctement, malgré le verre épais de la fenêtre. L'intérieur du cabaret était un peu enfumé. Les moines et les ecclésiastiques, qui composaient la principale clientèle du Treillis-Vert, n'avaient pas le goût de la pipe. Ils venaient là pour boire et surtout pour retrouver le damier et le cornet à dés.

La jeune femme qui, malgré le froid, demeurait immobile, dans son guet obstiné, était vêtue pauvrement. Ses vêtements étaient de futaine grossière; un bonnet de lin couvrait ses cheveux.

Pourtant lorsque la porte de la taverne, en s'ouvrant, projetait un pan de clarté sur le seuil, on pouvait distinguer un fin visage, très beau, trop pâle, mais dont la distinction prouvait l'origine patricienne.

Il y avait peu de temps encore, cette femme avait été l'un des plus beaux ornements de la luxueuse cour du jeune roi Louis XIV. Elle y avait dansé en robe de drap d'or, entourée du feu admirateur des regards qu'attirait sa beauté.

Elle s'appelait Angélique de Sancé de Monteloup. A dix-sept ans, ses parents l'avaient mariée à un grand seigneur toulousain, le comte Joffrey de Peyrac.

Par quels chemins terribles et imprévus sa destinée l'avait-elle conduite là, ce soir misérable où, penchée aux carreaux d'une taverne, elle surveillait l'objet de sa haine ?

En contemplant la sinistre physionomie du moine Bécher, Angélique revivait le calvaire de ses derniers mois, l'affreux cauchemar dans lequel elle s'était débattue.

Elle revoyait le comte de Peyrac, son mari, cet homme étrange et séduisant, malgré la disgrâce d'une jambe infirme qui l'avait fait surnommer le Grand Boiteux du Languedoc.

Grand savant aussi, grand artiste, grand esprit, grand en tout, il attirait la sympathie et l'amour, et sa petite épousée, d'abord farouche, était devenue une femme passionnément éprise.

Mais la fabuleuse richesse du comte de Peyrac éveillait aussi les jalousies.

Il avait été l'objet d'un complot auquel le roi, craignant ce puissant vassal, avait prêté mainforte. Accusé de sorcellerie, enfermé à la Bastille, le comte avait été livré à un tribunal inique et condamné au bûcher.

Elle avait vu ce moine faire brûler en place de Grève celui qu'elle aimait!

Elle avait vu la flamme du bûcher se mêler à l'or du soleil, dans l'air cristallin d'un matin d'hiver — proche encore.

Et elle s'était retrouvée seule, reniée par tous,

condamnée à disparaître, elle et ses deux petits garçons.

Les frimousses de Florimond et de Cantor passèrent devant ses yeux. Ses paupières battirent. Un instant elle cessa de guetter à travers le carreau et sa tête s'inclina avec lassitude.

Est-ce que Florimond pleurait en ce moment? Est-ce qu'il l'appelait? Pauvre angelot! Il n'avait plus de père, plus de mère...

Elle les avait laissés chez sa sœur Hortense, malgré les cris de celle-ci. Mme Fallot, femme de procureur, tremblait d'abriter la progéniture d'un sorcier. Elle avait chassé Angélique avec horreur. Heureusement il y avait Barbe, la servante au grand cœur. Elle prendrait en pitié les pauvres orphelins...

Angélique, elle, avait erré longtemps, sans but, à travers un Paris nocturne et enneigé qui s'ouvrait à la nuit, repaire de bandits et théâtre d'embuscades et de crimes. Le hasard l'avait amenée devant cette taverne du Treillis-Vert où le moine Bécher venait de se glisser, l'air hagard, pour essayer d'oublier, en buvant, les flammes d'un bûcher qu'il avait suscitées.

Alors Angélique s'était ranimée subitement. Non, elle n'était pas encore tout à fait vaincue. Car il lui restait une chose à accomplir. Le moine Bécher devait mourir!

Angélique ne frémit pas. Elle seule savait pourquoi le moine Bécher devait mourir. Elle voyait en lui le symbole de tout ce que Joffrey de Peyrac avait honni au cours de sa vie : la bêtise humaine, l'intolérance et cette survivance de la sophistique moyenâgeuse contre laquelle il avait cherché en vain à défendre les sciences nouvelles. Et c'était cet esprit borné, égaré dans une ténébreuse et ancienne dialectique, qui avait triomphé. Joffrey de Peyrac était mort.

Mais avant de mourir, il avait crié à Conan Bécher sur le parvis de Notre-Dame :

— Je te donne rendez-vous dans un mois au tribunal de Dieu!

Le mois s'achevait...

— T'as tort, la fille, de faire le pied de grue cette nuit. N'as-tu pas une thune pour aller cracher au bassinet?

Angélique se retourna, cherchant qui lui adressait ces paroles et elle ne vit personne. Cependant, tout à coup, la lune, passant entre deux nuages, lui révéla à ses pieds la forme trapue d'un nain. Celui-ci levait deux doigts entrecroisés d'une étrange façon. La jeune femme se souvint du geste que le Maure Kouassi-ba lui avait montré certain jour en lui disant :

— Tu croises les doigts comme ça, et mes amis disent : C'est bon, tu es des nôtres!

Machinalement, elle ébaucha le signe de Kouassi-ba. Un large sourire fendit le visage du nabot.

— Tu en es, je m'en doutais! Mais je ne te remets pas. Appartiens-tu à Rodogone-l'Egyptien, au drille Jean-sans-Dents, à Mathurin-Bleu ou au Corbeau?

Sans répondre, Angélique recommença à examiner le moine Bécher, à travers la vitre. D'un bond, le nain sauta sur le rebord de la fenêtre. La lueur qui venait du cabaret éclaira sa grosse face coiffée d'un feutre crasseux. Il avait des mains rondes et potelées, et de tout petits pieds chaussés de souliers de toile tels qu'en portaient les enfants.

— Où est-il donc ce client que tu ne quittes pas des yeux?

— Là, celui qui est assis dans le coin.

— Crois-tu que ce vieux sac d'os, dont un œil dit m... à l'autre, te paiera cher pour ta peine?

Angélique respira profondément.

— Cet homme-là est celui que je dois tuer, dit-elle.

Prestement, le nain lui passa une main agile autour de la taille.

— Tu n'as même pas ton couteau. Comment ferais-tu?

Pour la première fois, la jeune femme regarda attentivement cette étrange connaissance qui venait de surgir des pavés comme un rat, comme l'un des ignobles animaux de la nuit dont Paris était envahi à mesure que l'ombre se faisait plus profonde.

— Viens avec moi, marquise, dit brusquement le nain en sautant à terre. Allons jusqu'aux Saints-Innocents. Là, tu t'entendras avec les copains pour faire buter ton ratichon.

Elle le suivit sans la moindre hésitation. Le nain la précédait en se dandinant.

— Je m'appelle Barcarole, reprit-il au bout d'un instant. N'est-ce pas un nom gracieux, aussi gracieux que moi? Hou! Hou!

Il poussa une sorte d'ululement joyeux, fit une cabriole, puis pétrissant une boule de neige et de boue, l'envoya dans la fenêtre d'une maison.

— Caltons, ma chère, continua-t-il en s'empressant, sinon nous allons recevoir sur la tête le pot de chambre de ces bons bourgeois que nous empêchons de roupiller.

A peine avait-il achevé qu'un vantail claqua et qu'Angélique dut faire un bond de côté pour éviter la douche annoncée.

Le nain avait disparu. Angélique continua de

marcher. Ses pieds enfonçaient dans la boue et ses vêtements étaient humides. Mais elle ne sentait pas le froid.

Un sifflement léger attira son attention vers l'embouchure d'un égout. Surgissant de l'orifice, le nain Barcarole reparut.

— Pardonnez-moi de vous avoir faussé compagnie, marquise, j'étais allé quérir mon ami Janin-Cul-de-Bois.

Derrière lui, une seconde silhouette courtaude s'extrayait de l'égout. Ce n'était pas un nain, mais un cul-de-jatte, un homme-tronc posé sur un énorme bol de bois. Dans ses mains noueuses, il tenait des poignées de bois sur lesquelles il prenait appui pour se propulser de pavé en pavé.

Le monstre leva vers Angélique un regard scrutateur. Il avait une figure bestiale, bourgeonnante de pustules. Ses cheveux rares étaient ramenés avec soin sur son crâne luisant. Son unique vêtement était composé d'une sorte de casaque de drap bleu, aux boutonnières et aux revers galonnés d'or, qui avait dû appartenir à un officier. Pourvu d'un jabot impeccable, il composait un personnage extraordinaire. Après avoir examiné longuement la jeune femme, il se racla la gorge et cracha sur elle. Angélique le regarda avec étonnement, puis s'essuya avec une poignée de neige.

— C'est bon, fit le cul-de-jatte satisfait. Elle se rend compte à qui elle parle.

— Parler? Hum! C'est plutôt une façon de parler! s'exclama Barcarole.

Il éclata de son rire ululant :

— Hou! Hou! que j'ai de l'esprit!

— Donne-moi mon chapeau, dit Cul-de-Bois.

Il se coiffa d'un feutre garni d'un beau tour de

plume. Puis, saisissant ses poignées, il se mit en route.

— Qu'est-ce qu'elle veut? reprit-il au bout d'un instant.

— Qu'on l'aide à tuer un ratichon.

— C'est pas impossible. A qui appartient-elle?

— Peux pas savoir...

A mesure qu'ils avançaient à travers les rues, d'autres silhouettes se joignaient à eux. On entendait tout d'abord des sifflements qui sortaient des angles sombres, des berges ou du fond des cours. Puis on voyait surgir des gueux avec leurs longues barbes, leurs pieds nus et leurs amples capes loqueteuses, des vieilles qui n'étaient que paquets de chiffons noués de ficelles et de gros chapelets; des aveugles et des boiteux qui mettaient leurs béquilles sur l'épaule pour marcher plus vite; des bossus qui n'avaient pas eu le temps d'enlever leurs bosses. Quelques vrais miséreux et de vrais infirmes se mêlaient aux faux mendiants.

Angélique avait de la difficulté à comprendre leur langage, truffé de mots bizarres. A un carrefour, un groupe de spadassins aux moustaches conquérantes les aborda. Elle crut que c'étaient des militaires, ou peut-être même des gens du guet, mais se rendit vite compte qu'il s'agissait de bandits déguisés.

Ce fut à cet instant, devant les yeux de loup des nouveaux venus, qu'elle eut un mouvement de recul. Elle jeta un regard en arrière, se vit cernée de ces formes hideuses.

— Tu as peur, la belle? demanda l'un des bandits en lui passant un bras autour de la taille.

Elle rabattit le bras indiscret en disant :

11

— Non! Et, comme l'homme insistait, elle le gifla.

Il y eut un remous pendant lequel Angélique se demanda ce qui allait lui arriver. Mais elle n'avait pas peur. La haine et la révolte, qui couvaient en son âme depuis trop longtemps, se concentraient en une terrible envie de mordre, de griffer, de crever des yeux. Précipitée au fond du gouffre, voici qu'elle se trouvait sans peine au diapason des fauves qui l'entouraient.

Ce fut le curieux Cul-de-Bois qui ramena l'ordre par son autorité et ses beuglements forcenés. L'homme-tronc possédait une voix caverneuse qui, lorsqu'il en usait, faisait frémir son entourage et finissait par tout dominer.

Ses paroles véhémentes apaisèrent la querelle. En regardant le spadassin qui l'avait provoquée, Angélique vit que son visage était sillonné de rigoles de sang et qu'il tenait une main sur ses yeux. Mais les autres riaient.

— Ho, la, la! Elle t'a bien arrangé, la garce!

Angélique s'entendit rire aussi, d'un rire provocant, qui la surprit elle-même. Ce n'était donc pas plus difficile que cela de marcher au fond des enfers? Quant à la peur... Après tout, qu'est-ce que la peur? C'est un sentiment qui n'existe pas. Tout juste bon pour ces braves gens de Paris qui tremblaient en écoutant passer sous leurs fenêtres les gueux de la « matterie » se rendant au cimetière des Saints-Innocents pour voir leur prince, le Grand Coesre.

— A qui est-elle? demanda encore quelqu'un.

— A nous! rugit Cul-de-Bois. Et qu'on se le dise.

On le laissait aller devant. Aucun des gueux,

fût-il nanti d'une paire de jambes agiles, n'essayait de dépasser l'homme-tronc. Dans une ruelle montante, deux des faux soldats, qu'on appelait des « drilles », se précipitèrent pour soulever le baquet du cul-de-jatte et le porter plus loin.

L'odeur du quartier devenait pénétrante, affreuse : viande et fromages, légumes pourrissant dans les ruisseaux et sur le tout, un relent de putréfaction. C'était le quartier des Halles, scellé par l'horrible mange-chair : le cimetière des Saints-Innocents.

Angélique n'était jamais allée aux Innocents, bien que ce lieu macabre fût l'un des rendez-vous les plus populaires de Paris. Et l'on y rencontrait même des grandes dames venues faire choix de « librairies » ou de lingeries dans les boutiques installées sous les charniers.

C'était un spectacle familier, dans la journée, de voir des seigneurs élégants et leurs maîtresses aller d'arcade en arcade, en repoussant négligemment du bout de leurs cannes des têtes de morts ou des ossements épars, tandis que des enterrements les croisaient en psalmodiant.

La nuit, ce lieu privilégié où l'on ne pouvait, par tradition, arrêter personne, servait de refuge aux filous et aux malandrins, et les libertins venaient y choisir parmi les ribaudes leurs compagnes de débauche.

Comme on arrivait devant l'enclos dont la muraille écroulée en maint endroit permettait de pénétrer à l'intérieur, un clocheteur des trépassés sortit par la grille principale, vêtu de sa lévite noire brodée de têtes de morts, de tibias entrecroisés et de larmes d'argent. Apercevant le groupe, il dit sans s'émouvoir :

— Je vous avertis qu'il y a un mort rue de la

Ferronnerie, et qu'on demande des pauvres demain pour le cortège. Il sera donné à chacun dix sols et une cotte ou un manteau noir.

— On ira, on ira! s'écrièrent plusieurs vieilles édentées.

Pour un peu, elles seraient allées s'installer tout de suite devant la maison de la Ferronnerie, mais les autres les houspillèrent et Cul-de-Bois rugit une fois de plus, les injuriant copieusement :

— M... alors! Si nous nous occupions de notre boulot et de nos petites affaires, alors que le Grand Coesre nous attend! Qu'est-ce qui m'a f... des mémés pareilles! Les usages se perdent, ma parole!...

Les mémés confuses baissèrent la tête et tremblotèrent du menton. Puis chacun, qui par un trou, qui par l'autre, se glissa dans le cimetière.

Le crieur des morts s'éloigna en secouant sa clochette. Au carrefour, il s'arrêtait, levant son visage vers la lune, et psalmodiait lugubrement :

> Réveillez-vous, gens qui dormez
> Priez Dieu pour les trépassés....

Angélique, les yeux agrandis, s'avançait à travers le vaste espace gorgé de cadavres. Çà et là il y avait des fosses communes grandes ouvertes, déjà à moitié pleines de corps cousus dans leurs linceuls, et qui attendaient un nouveau contingent de morts pour être refermées.

Quelques stèles, quelques dalles, posées à même le sol, marquaient les tombes de familles plus fortunées. Mais c'était ici depuis des siècles le cimetière des pauvres gens. Les riches se faisaient enterrer à Saint-Paul.

La lune, qui avait choisi enfin de régner dans un ciel sans nuages, éclairait maintenant la mince pellicule de neige recouvrant le toit de l'église et des bâtiments alentour.

La croix des Buteaux, qui était un haut crucifix de métal, dressé près du prêchoir, au centre du terrain, luisait doucement.

Le froid atténuait l'odeur nauséabonde. Personne d'ailleurs n'y attachait d'importance et Angélique elle-même respirait avec indifférence cet air saturé de miasmes.

Ce qui attirait son regard et la sidérait au point qu'elle avait l'impression d'être la proie d'un cauchemar, c'étaient les quatre galeries qui, partant de l'église, formaient l'enclos du cimetière.

Ces bâtiments datant du Moyen Age étaient composés, dans leurs soubassements, d'un cloître aux arcades en ogive où, le jour venu, les marchands établissaient leurs éventaires.

Mais, au-dessus du cloître, se trouvaient des galetas couverts de toits de tuiles, et qui reposaient du côté du cimetière sur des piliers de bois, laissant ainsi des intervalles à claire-voie entre les toitures et les voûtes. Tout cet espace était comblé d'ossements. Des milliers et des milliers de têtes de morts et de débris de squelettes s'entassaient là. Les greniers de la mort, gorgés de leur sinistre récolte, exposaient aux regards et à la méditation des vivants des amoncellements inouïs de crânes que les courants d'air séchaient et que le temps réduisait en cendres. Mais, sans cesse, de nouvelles provendes, extraites de la terre du cimetière, les remplaçaient.

En effet, un peu partout, près des tombes, on voyait des tas de squelettes assemblés en fagots ou les sinistres boules blanches des têtes de morts soigneusement empilées par le fossoyeur et qui, demain, seraient rangées dans les greniers, au-dessus du cloître.

— Qu'est-ce que... qu'est-ce que c'est? balbutia Angélique, pour qui une telle vision ne pouvait appartenir à la réalité et qui craignait d'être devenue folle.

Perché sur une tombe, le nain Barcarole la regardait avec curiosité.

— Les charniers! répondit-il. Les charniers des Innocents! Les plus beaux charniers de Paris!

Il ajouta après un instant de silence :

— D'où sors-tu? T'as donc jamais rien vu?

Elle vint s'asseoir près de lui.

Depuis qu'elle avait presque inconsciemment labouré de ses ongles le visage du drille, on la laissait tranquille et on ne lui parlait plus.

Si des regards curieux ou paillards se tournaient vers elle, il y avait tout de suite une voix pour renseigner :

— Cul-de-Bois a dit : elle est à nous. Méfiance, les gars!

Angélique ne s'apercevait pas qu'autour d'elle l'espace du cimetière, encore à demi désert un moment avant, se remplissait peu à peu d'une foule haillonneuse et redoutable.

La vue des charniers la retenait. Elle ne savait pas que ce goût macabre d'entasser des squelettes était particulier à Paris. Toutes les grandes églises de la capitale cherchaient à faire concurrence aux Innocents. Angélique trouvait cela horrible. Le nain Barcarole, lui, trouvait cela magnifique. Il murmura :

> ... La mort enfin les brava.
> Que de mal pour mourir au monde
> Et ne savoir pas où l'on va!

Angélique se tourna lentement vers lui.

— Tu es poète?

— Ce n'est pas moi qui parle ainsi, mais le Poète-Crotté.

— Tu le connais?

— Si je le connais! C'est le poète du Pont-Neuf.

— Celui-là aussi, je veux le tuer.

Le nain sursauta comme un crapaud.

— Quoi? Pas de blagues. C'est mon copain.

Il regardait autour de lui et prenait les autres à témoin, en posant un doigt sur sa tempe.

— Elle est folle, la frangine! Elle veut buter tout le monde.

★

Il y eut tout à coup des clameurs, et la foule s'écarta devant un étrange cortège.

En tête marchait un très long et maigre individu dont les pieds nus trottinaient dans la neige boueuse. Une chevelure blanche abondante pendait sur ses épaules, mais son visage était glabre. On aurait dit une vieille femme, et peut-être, après tout, n'était-ce pas un homme, en dépit de ses chausses et de sa casaque en loques. Avec ses pommettes saillantes, ses yeux mornes et glauques au fond d'orbites creuses, il était aussi dépourvu de sexe qu'un squelette et très à sa place dans ce décor lugubre. Il portait une longue pique au bout de laquelle pendait, empalé, le corps d'un chien crevé.

Près de lui, un petit homme rondouillard et imberbe brandissait un balai.

Après ces deux bizarres porte-drapeau venait un vielleur qui tournait la manivelle de son instrument. L'originalité du musicien consistait en sa coiffure, un énorme chapeau de paille qui l'engloutissait presque jusqu'aux épaules. Mais il avait percé un trou dans le rabat de devant et l'on voyait briller ses yeux moqueurs. Il était suivi d'un enfant qui frappait à coups redoublés sur le fond d'une bassine de cuivre.

— Veux-tu que je te nomme ces trois célèbres gentilshommes? demanda le nain à Angélique.

Il ajouta en clignant de l'œil :

— Tu connais le signe, mais je vois bien que tu n'es pas de chez nous. Ceux que tu vois en premier ce sont le Grand Eunuque et le Petit Eunuque. Depuis des années, le Grand Eunuque est sur le point de mourir, mais il ne meurt jamais. Le Petit Eunuque est le gardien des femmes du Grand Coesre. Il porte l'insigne du roi de Thunes.

— Un balai?

— Chut! Ne te gausse pas. Ce balai s'y entend à faire le ménage. Derrière eux, il y a Thibault-le-Vielleur et son page Linot. Et puis voici les « gonzesses » du roi de Thunes.

Sous leurs bonnets sales, les femmes qu'il désignait montraient leurs faces gonflées, aux yeux battus de prostituées. Certaines étaient encore belles et toutes regardaient autour d'elles avec insolence. Mais la première seule, une adolescente, presque une enfant, avait quelque fraîcheur. Malgré le froid, elle avait le buste nu et exhibait avec fierté ses jeunes seins épanouis.

Venaient ensuite des porteurs de torches, des mousquetaires porteurs d'épées, des mendiants et

18

des faux pèlerins de Saint-Jacques. Puis, dans un grincement d'essieux, apparut une lourde brouette que poussait un géant au regard vague et à la lèvre proéminente.

— C'est Bavottant, l'idiot du Grand Coesre, annonça le nain.

Derrière l'idiot, un personnage à barbe blanche fermait la marche, couvert d'une lévite noire dont les poches étaient bourrées de rouleaux de parchemin. A sa ceinture pendaient trois verges, une corne à encre et des plumes d'oie.

— C'est Rôt-le-Barbon, l'archi-suppôt du Grand Coesre, celui qui fait les lois du royaume de Thunes.

— Et ce Grand Coesre, où est-il?

— Dans la brouette.

— Dans la brouette? répéta Angélique stupéfaite.

Elle se hissa un peu afin de mieux voir.

La brouette avait fait halte devant le prêchoir. On appelait ainsi, au milieu du cimetière, une chaire exhaussée de quelques marches et abritée par un toit pyramidal.

L'idiot Bavottant se pencha et prit un objet dans la brouette, puis s'assit au sommet du perron et posa l'objet sur ses genoux.

— Mon Dieu! soupira Angélique.

Elle voyait le Grand Coesre. C'était un être au buste monstrueux terminé par des jambes fluettes et blanches d'enfant de deux ans. La tête puissante était garnie d'une chevelure hirsute et noire entortillée d'un linge sale qui en cachait la purulence. Les yeux profondément enfoncés sous des sourcils broussailleux brillaient durement. Il portait une grosse moustache noire aux pointes relevées en crocs.

— Hé! Hé! ricana Barcarole qui jouissait de la surprise d'Angélique. Tu apprendras, ma gosse, que chez nous les petits dominent les grands. Sais-tu qui sera peut-être Grand Coesre quand Rolin-le-Trapu clamsera?

Il lui chuchota à l'oreille :

— Cul-de-Bois.

Puis hochant sa grosse tête :

— C'est une loi de la nature. Il faut de la cervelle pour régner sur la « matterie ». Et c'est ce qui manque quand on a trop de jambes. Qu'en penses-tu, Pied-Léger?

Le nommé Pied-Léger sourit. Il venait de s'asseoir au bord de la tombe et posait une main sur sa poitrine comme s'il souffrait. C'était un très jeune homme qui avait l'air doux et simple. Il dit d'une voix qui s'essoufflait :

— Tu as raison, Barcarole. Il vaut mieux avoir une tête que des jambes, car, quand les jambes vous quittent, il ne vous reste plus rien.

Angélique regarda avec étonnement les jambes du jeune homme, qui étaient longues et bien musclées.

Il sourit avec mélancolie.

— Oh! elles sont toujours là. Mais c'est à peine si je peux les mouvoir. J'étais coureur chez M. de La Sablière; et puis un jour où j'avais couvert près de vingt lieues, mon cœur a lâché. Et depuis je ne peux plus marcher.

— Tu ne peux plus marcher parce que tu as trop couru, s'écria le nain avec une cabriole. Hou! Hou! Hou! Que c'est drôle!

— Ta gueule, Barco! gronda une voix. Tu nous em...

Une poigne solide saisit le nain par sa casaque et l'envoya rouler dans un tas d'ossements.

— Cet avorton nous casse les pieds, n'est-ce pas, la belle?

L'homme qui venait d'intervenir se penchait vers Angélique. Lassée de tant de difformités et d'horreurs, la jeune femme trouva dans la beauté du nouveau venu une sorte de soulagement. Elle distinguait mal son visage, caché par l'ombre d'un grand feutre planté d'une plume maigre. Cependant, on devinait des traits réguliers, de larges yeux, une bouche harmonieuse. Il était jeune, en pleine force. Sa main très brune était posée sur la garde d'un long poignard accroché à son ceinturon.

— A qui es-tu, la belle? demanda-t-il d'une voix câline où roulait un subtil accent étranger.

Elle ne répondit pas et regarda dédaigneusement au loin.

Là-bas, sur les marches du prêchoir, devant le Grand Coesre et son idiot géant, on venait de déposer le bassinet de cuivre qui tout à l'heure servait de tambour à l'enfant.

Et les gens de la gueuserie s'avançaient les uns après les autres pour jeter dans ce bassinet l'impôt exigé par le prince.

Chacun était taxé selon sa spécialité. Le nain, qui s'était rapproché d'Angélique, la renseignait à mi-voix sur les titres de tout ce peuple de mendiants qui, depuis que Paris existait, avait codifié l'exploitation de la charité publique.

Il lui désignait les « rifodés » qui, décemment vêtus et affectant une mine honteuse, tendaient la main et racontaient aux passants qu'ils étaient jadis des gens honorables dont les maisons avaient été brûlées et les biens pillés par la guerre. Les « mercandiers », eux, se faisaient passer pour d'anciens marchands dévalisés par les bandits des grands chemins, et les « convertis » confessaient qu'ils avaient été frappés par la grâce et allaient se faire catholiques. Ayant touché la prime, ils repartaient se convertir sur le territoire d'une autre paroisse.

Les « drilles » et les « narquois », anciens soldats, demandaient l'aumône à la pointe de l'épée, menaçaient et effrayaient les bons bourgeois, tandis que les « orphelins », petits enfants qui se donnaient la main et pleuraient de faim, cherchaient à les attendrir.

Toute cette gueusaille respectait le Grand Coesre parce qu'il maintenait l'ordre entre des bandes rivales.

Sols, écus, et même les pièces d'or tombaient dans le bassinet.

L'homme au teint de pain brûlé ne quittait pas des yeux Angélique. Il se rapprocha d'elle, lui frôla l'épaule de la main. Comme elle ébauchait un geste de recul, il dit précipitamment :

— Je suis Rodogone-l'Egyptien. J'ai quatre mille gens à moi dans Paris. Tous les tziganes qui passent me paient l'impôt et aussi les femmes brunes qui lisent l'avenir dans la main. Veux-tu être une de mes gonzesses?

Elle ne répondit pas. La lune voyageait au-dessus du clocher de l'église et des charniers. Devant le prêchoir, c'était maintenant le défilé des infirmes faux ou vrais, de ceux qui se mutilent volontairement pour attirer la compassion et de ceux qui peuvent, le soir venu, envoyer promener béquilles et charpie. C'était pourquoi on avait donné à leur tanière le nom de « cour des Miracles ».

Venus de la rue de la Truanderie, des faubourgs Saint-Denis, Saint-Martin, Saint-Marcel, de la rue de la Jussienne et de Sainte-Marie-l'Egyptienne, les teigneux, les malingreux, les piè-tres, les abouleux, les cajons, les francs-mitous en-fin qui, vingt fois par jour, tombaient moribonds au coin d'une borne après s'être lié une ficelle au bras afin d'arrêter les battements de leur pouls jetaient l'un après l'autre leur obole devant l'affreuse petite idole dont ils acceptaient l'autorité.

Rodogone-l'Egyptien posa encore sa main sur l'épaule d'Angélique. Cette fois, elle ne se dégagea pas. La main était chaude et vivante, et la jeune femme avait si froid! L'homme était fort et elle était faible. Elle tourna les yeux vers lui et cher-cha dans l'ombre du feutre les traits de ce visage qui ne lui inspirait point d'horreur. Elle voyait luire l'émail blanc des longs yeux de Bohémien. Il poussa un juron entre ses dents et s'appuya lour-dement sur elle.

— Veux-tu être « marquise »? Oui, je crois que j'irais jusque-là.

— M'aiderais-tu à tuer quelqu'un? demanda-t-elle.

Le bandit renversa la tête en arrière dans un rire atroce et silencieux.

— Dix, vingt personnes si tu veux! T'as qu'à me le montrer, le gars, et je te jure que d'ici l'aube il aura lâché ses tripes sur le pavé.

Il cracha dans sa main et la lui tendit.

— Tope là, on est d'accord.

Mais elle mit ses propres mains dans son dos en secouant la tête.

— Pas encore.

L'autre jura derechef, puis s'écarta, mais sans quitter Angélique du regard.

— Tu es têtue, dit-il. Mais je te veux. Je t'aurai.

Angélique passa la main sur son front. Qui donc lui avait déjà dit cette même parole, méchante et avide?... Elle ne se souvenait plus.

Une querelle éclatait entre deux soldats. Le défilé des gueux terminé, le défilé des truands mettait maintenant en scène les pires bandits de la capitale, non seulement les coupe-bourses et les tire-laine qui sont des voleurs de manteaux, mais les assassins à solde, les voleurs et les crocheteurs de serrures, auxquels se mêlaient des étudiants débauchés, des valets, d'anciens galériens et tout un peuple d'étrangers jetés là par le hasard des guerres : Espagnols et Irlandais, Allemands et Suisses, des tziganes aussi.

On voyait, en cette réunion plénière de la gueuserie, beaucoup plus d'hommes que de femmes, et d'ailleurs tout le monde n'était pas venu. Si vaste qu'il fût, le cimetière des Saints-Innocents n'eût pu contenir tous les déshérités et les parias de la ville.

Tout à coup, les archi-suppôts du Grand Coesre écartèrent la foule à coups de verges et se frayèrent un passage vers la tombe contre laquelle s'appuyait Angélique. Celle-ci en voyant dressés devant elle ces hommes mal rasés, comprit que c'était elle qu'on cherchait. Le vieillard appelé Rôt-le-Barbon marchait en tête.

— Le roi de Thunes demande qui est cette jeune femme, fit-il en montrant Angélique.

Rodogone passa un bras autour de la taille de sa compagne.

— Bouge pas, souffla-t-il. On va arranger ça.

Il l'entraîna vers le prêchoir en la pressant toujours contre lui. Il jetait des regards à la fois arrogants et soupçonneux sur la foule, comme s'il eût craint qu'un ennemi n'en surgît pour lui arracher sa proie.

Ses bottes étaient de beau cuir et sa casaque d'un drap sans reprises. L'esprit d'Angélique enregistrait ces détails, sans qu'elle en eût conscience. L'homme ne lui faisait pas peur. Il était habitué à la puissance et au combat. Angélique subissait son empire en femme vaincue qui ne peut se passer d'un maître.

Arrivé devant le Grand Coesre, l'Egyptien tendit le cou en avant, cracha et dit :

— Moi, duc d'Egypte, je prends celle-là pour marquise.

Et d'un geste large, il jeta une bourse dans le bassinet.

— Non! dit une voix calme et brutale.

Rodogone se retourna d'un bond.

— Calembredaine!

A quelques pas, dans le clair de lune, se tenait l'homme à la loupe violette qui, par deux fois déjà, s'était dressé en ricanant sur la route d'Angélique.

Il était aussi grand que Rodogone et plus large. Ses vêtements en loques laissaient voir des bras musclés, un torse velu. Bien planté sur ses jambes écartées, les pouces passés à son ceinturon de cuir, il dévisageait le Bohémien avec insolence. Son corps d'athlète était plus jeune que sa face abjecte, envahie par la broussaille d'une tignasse grise. A travers des mèches sales, son œil unique luisait. L'autre était caché par un tampon noir.

La lune l'éclairait pleinement et derrière lui on voyait briller la neige sur les toit des charniers.

« Oh! l'horreur de ce lieu! pensa Angélique. L'horreur de ce lieu! »

Elle se rejeta vers Rodogone. Le duc d'Egypte était occupé à débiter un copieux chapelet d'injures à l'adresse de son adversaire impassible.

— Chien! Fils de chienne! Polisson du diable! Charogne! Ça finira mal... Un de nous est de trop...

— Ta g..., répondit Calembredaine.

Puis il cracha dans la direction du Grand Coesre, ce qui semblait être l'hommage traditionnel, et lança une bourse plus lourde que celle de Rodogone dans le bassin de cuivre.

Un rire soudain secoua le misérable nabot assis sur les genoux de l'idiot.

— J'ai diablement envie de mettre cette belle aux enchères! s'écria-t-il d'une voix éraillée et grinçante. Qu'on la déshabille afin que les gars puissent juger de la marchandise. Pour l'instant, c'est Calembredaine qui l'emporte. A toi, Rodogone.

Les gueux hurlèrent de joie. Des mains hideuses se tendaient vers Angélique. L'Egyptien la rejeta derrière lui et tira son poignard. A ce moment, Calembredaine se baissa et lança un projectile rond et blanc qui atteignit son adversaire au poignet.

Le projectile roula. Angélique vit avec horreur que c'était une tête de mort.

L'Egyptien avait laissé tomber son poignard. Déjà, Calembredaine le ceinturait. Les deux bandits s'étreignirent à se faire craquer les os, puis roulèrent dans la boue.

Ce fut le signal d'une bataille atroce. Les représentants des cinq ou six bandes rivales de Paris se ruèrent les uns sur les autres. Ceux qui avaient des épées ou des poignards frappaient au hasard, et le sang giclait. Les autres, imitant Calembredaine, ramassaient les têtes de morts et les lançaient comme des boulets.

Angélique, d'un saut, s'était jetée dans la mêlée, cherchant à fuir.

Mais des poignes solides l'avaient saisie et ramenée devant le prêchoir où la maintenaient les archi-suppôts du Grand Coesre. Celui-ci, impassible, entouré de sa garde spéciale, surveillait le combat, en tordant ses moustaches.

Rôt-le-Barbon avait saisi le bassinet et le serrait contre lui.

L'idiot Bavottant et le Grand Eunuque riaient sinistrement. Thibault-le-Vielleur tournait sa manivelle en chantant à tue-tête.

Les vieilles mendiantes bousculées, piétinées, poussaient des cris de harpies.

Angélique aperçut un vieil éclopé, nanti d'une seule jambe, et qui frappait à coups redoublés avec sa béquille sur la tête de Cul-de-Bois comme s'il avait voulu y planter des clous. Une rapière lui passa à travers le ventre, et il s'écroula sur le cul-de-jatte.

Barcarole et les femmes du Grand Coesre s'étaient réfugiés sur le toit d'un charnier, et puisaient à même dans l'ample réserve de têtes de morts pour bombarder le champ de bataille.

A tous ces cris stridents, à ces hurlements, à ces gémissements, se mêlaient maintenant les appels des habitants de la rue aux Fers et de la rue de la Lingerie qui, penchés à leurs fenêtres, audessus de ce chaudron de sorcière, invoquaient la Vierge Marie et réclamaient le guet.

La lune descendait doucement à l'horizon.

Rodogone et Calembredaine poursuivaient leur combat de dogues enragés. Les coups succédaient aux coups. Les deux hommes étaient de force égale. Tout à coup, il y eut un cri général de stupeur.

Rodogone avait disparu comme par enchantement. La panique et la peur d'un miracle envahirent l'assistance, uniquement composée d'impies. Mais on entendit Rodogone lancer des appels. Un coup de poing de Calembredaine l'avait expédié au fond d'une des grandes fosses communes du cimetière. Reprenant ses sens parmi les morts, il suppliait qu'on le tirât de là.

Un rire homérique secoua les spectateurs les plus proches et gagna les autres.

Les artisans et les ouvriers des rues voisines écoutaient, la sueur au frond, ce rire énorme succéder aux cris de meurtre. Aux fenêtres, les femmes se signaient.

Soudain une cloche argentine tinta, annonçant l'angélus.

Une bordée de blasphèmes et d'obscénités monta du cimetière dans la nuit grise, tandis que toutes les églises commençaient à se répondre.

Il fallait fuir. Ainsi que des hiboux ou des démons craignant la lumière, les gens de la « matterie » quittèrent l'enceinte du cimetière des Saints-Innocents.

Dans cette aube sale et puante, à peine teintée de rose comme d'un sang pâle, Calembredaine se tenait devant Angélique et la regardait en riant.

— Elle est à toi, dit le Grand Coesre.

Bondissant derechef, Angélique courut vers les grilles. Mais les mêmes mains violentes la rattrapèrent et la paralysèrent. Un bâillon de loques la suffoqua. Elle se débattit encore, puis sombra dans l'inconscience.

## 2

— Ne crains rien, dit Calembredaine.

Il était assis sur un escabeau, devant elle, ses énormes mains appuyées sur ses genoux. A terre, une chandelle dans un beau flambeau d'argent luttait contre la lueur fade du jour.

Angélique remua et vit qu'elle était étendue sur un grabat où s'amoncelait un nombre impressionnant de manteaux de toutes étoffes et de toutes couleurs. Il y en avait de somptueux, en velours garni d'or, semblables à ceux que les jeunes seigneurs portaient pour aller jouer de la guitare sous les fenêtres de leurs maîtresses, et d'autres en grosse futaine, vêtements confortables de voyageurs ou de marchands.

— Ne crains rien... Angélique, répéta le bandit.

Elle leva vers lui un regard dilaté. Sa raison chavirait. Car il avait parlé en patois poitevin, et elle le comprenait!

Il porta la main à son visage et, d'un seul coup, il arracha l'excroissance de chair qu'il avait sur la joue. Elle ne put s'empêcher de pousser un cri nerveux. Mais déjà il rejetait en arrière son feutre sale, entraînant ainsi une perruque de cheveux embroussaillés. Puis il dénoua le tampon noir qu'il portait sur l'œil.

Maintenant, Angélique avait devant elle un jeune homme aux traits rudes, dont les courts cheveux noirs frisaient au-dessus du front carré. Enfoncés sous les sourcils broussailleux, des yeux marron guettaient la jeune femme, et leur expression n'était pas dénuée d'anxiété.

Angélique porta la main à sa gorge; elle

étouffait. Elle aurait voulu crier, mais elle en était incapable. Enfin, elle ânonna, comme une sourde-muette qui remue les lèvres et ignore le son de sa voix :

— Ni... co... las.

Un sourire étirait les lèvres de l'homme.

— Oui, c'est moi. Tu m'as reconnu?

Elle jeta un regard sur la défroque immonde qui gisait à terre près de l'escabeau : la perruque, le bandeau noir...

— Et... c'est toi aussi qu'on appelle Calembredaine?

Il se dressa et frappa d'un poing violent sa poitrine qui résonna.

— C'est moi. Calembredaine, l'illustre polisson du Pont-Neuf. J'ai fait du chemin depuis qu'on ne s'est vu, hein?

Elle le regardait. Elle était toujours étendue sur le grabat de vieux manteaux et ne pouvait faire un mouvement. Par une meurtrière à barreaux, le brouillard, épais comme une fumée, pénétrait dans la pièce en volutes lentes. C'était peut-être pour cela que ce personnage loqueteux, cet hercule en haillons, noir de barbe, qui se frappait les pectoraux en disant : Je suis Nicolas... Je suis Calembredaine, lui apparaissait comme une fantasmagorie douteuse.

Allait-elle s'évanouir?

Il se mit à marcher tout à coup de long en large, mais sans la quitter du regard.

— Les forêts, ça va encore quand il fait chaud, reprit-il. J'ai travaillé avec des faux-sauniers. Et puis, après, j'ai trouvé une bande dans la forêt de Mercœur : d'anciens mercenaires, d'anciens paysans du Nord, des galériens évadés.

Ils étaient bien organisés. Je me suis mis avec eux. On rançonnait les voyageurs sur la route qui va de Paris à Nantes. Mais les bois, ça va encore quand il fait chaud. Quand vient l'hiver, il faut rentrer dans les villes. Pas facile... On a fait Tours, Châteaudun. C'est comme ça qu'on est arrivé devant Paris. Quel mal qu'on a eu avec tous ces chasse-gueux et ces chasse-coquins à nos trousses! Ceux qui se faisaient pincer aux portes, on leur rasait les sourcils et la moitié de la barbe et zou l'ami! retourne à la campagne, retourne vers ta ferme brûlée, tes champs pillés et ton champ de bataille. Ou bien c'est l'Hôpital général, ou bien encore le Châtelet, des fois que t'aurais dans ta poche un morceau de pain que la boulangère t'a donné parce qu'elle pouvait pas faire autrement. Mais moi j'ai repéré les bons coins pour passer : des caves qui communiquent d'une maison à l'autre, des trous d'égouts qui prennent dans les fossés, et, comme c'était l'hiver, les chalands dans les glaces tout le long de la Seine depuis Saint-Cloud. D'un chaland à l'autre, hop là! Une nuit, on est tous entrés dans Paris, comme des rats...

Elle dit vaguement :

— Comment as-tu pu tomber aussi bas?

Il sursauta et pencha vers elle un visage crispé de colère.

— Et toi donc?

Angélique considéra sa robe déchirée. Ses cheveux dénoués, mal peignés s'échappaient du bonnet de lingerie qu'elle avait pris l'habitude de porter, comme les femmes du peuple.

— Ce n'est pas la même chose, dit-elle.

Les dents de Nicolas grincèrent, et il eut un râle de dogue enragé.

— Oh! si! Maintenant... c'est presque la même chose. Tu m'entends... garce!

Angélique le contemplait avec une sorte de sourire lointain... C'était bien lui. Elle le revoyait debout dans le soleil, avec sa grosse main pleine de fraises des bois. Et, sur son visage, la même expression méchante, vengeresse... Oui, cela lui revenait en mémoire, peu à peu. Il se penchait ainsi... Un Nicolas plus gauche, campagnard encore, mais déjà insolite dans la douceur du petit bois printanier. Passionné comme une bête chaude et qui, pourtant, mettait ses bras au dos pour ne pas être tenté de saisir et de violenter :

— Je vais te dire... il n'y avait que toi dans ma vie... Moi, je suis quelque chose qui n'est pas à sa place et qui se promène toujours ici et là sans savoir... Ma seule place, c'était toi...

Pas mal comme déclaration pour un manant. Mais en vérité sa place vraie c'était celle où il se campait maintenant, terrifiant, insolent : capitaine de bandits dans la capitale! ... La place des bons à rien qui veulent prendre aux autres plutôt que de peiner pour gagner... Cela se devinait déjà lorsqu'il abandonnait son troupeau de vaches pour aller chiper le casse-croûte des autres petits bergers. Et Angélique était sa complice!

Elle se redressa d'un coup de reins et lui planta dans les yeux son regard glauque.

— Je te défends de m'injurier. Je n'ai jamais été garce avec toi. Et maintenant donne-moi à manger. J'ai faim.

En vérité, la fringale qui venait de la saisir la tordait jusqu'au malaise.

Nicolas Calembredaine parut décontenancé de cette attaque.

— Bouge pas, fit-il. On va s'occuper de ça.

Saisissant une barre de métal, il frappa sur un gong de cuivre qui brillait au mur comme un soleil. Aussitôt, on entendit dans l'escalier une galopade de sabots, et un homme à la mine ahurie parut dans l'entrebâillement de la porte. Nicolas le désigna à Angélique :

— Je te présente Jactance. Un de mes coupebourses. Mais surtout un fameux c... qu'a trouvé moyen de se faire f... au pilori le mois dernier. Alors je le garde ici pour la tambouille, histoire que les clients des Halles oublient un peu la forme de son nez. Après quoi, on lui collera une perruque et en avant les ciseaux! Gare aux bourses! Qu'est-ce qu'il y a dans ta marmite, fainéant?

Jactance renifla et passa sa manche sous son nez humide.

— Des pieds de cochon, chef, avec du chou.

— Cochon toi-même! beugla Nicolas. Est-ce que c'est un manger convenable pour une dame?

— J'sais pas, chef...

— Ça ira, s'impatienta Angélique.

L'odeur de la nourriture la faisait presque défaillir. C'était vraiment très humiliant cette faim qu'elle éprouvait dans les moments les plus importants ou dramatiques de sa vie. Et plus les événements étaient dramatiques, plus elle avait faim!

Lorsque Jactance revint, portant une écuelle de bois débordante de chou et d'abats gélatineux, il était précédé du nain Barcarole. Celui-ci fit une cabriole, puis ébaucha à l'adresse d'Angélique un salut de cour que rendaient grotesque sa toute petite jambe potelée et son grand chapeau. Sa tête monstrueuse ne manquait pas d'intelligence, ni même d'une certaine beauté. C'était peut-être pour cela que, malgré sa difformité, il avait paru tout de suite sympathique à Angélique.

— J'ai l'impression que tu n'es pas mécontent de ta nouvelle conquête, Calembredaine, fit-il en lançant un clin d'œil à Nicolas. Mais qu'en pensera la marquise des Polaks?

— Ta g...! grogna le chef. De quel droit t'introduis-tu dans ma turne?

— Du droit du fidèle serviteur qui mérite récompense. N'oublie pas que c'est moi qui t'ai amené cette jolie fille que tu lorgnais depuis si longtemps dans tous les coins de Paris.

— L'amener aux Innocents! Ça, tu peux le dire, c'était malin! Pour un peu, le Grand Coesre se l'adjugeait et Rodogone-l'Egyptien me la soufflait.

— Fallait bien que tu la gagnes, fit le minuscule Barcarole qui devait renverser la tête en arrière pour regarder Nicolas. Qui m'a f... un chef qui ne se serait pas battu pour sa marquise! Et n'oublie pas, t'as pas payé toute la dot encore. N'est-ce pas, la belle?

Angélique n'avait rien écouté, car elle mangeait avidement. Le nain la considéra d'un air attendri.

— Ce qu'il y a de meilleur dans les pieds de cochon, ce sont les petits os, fit-il aimablement, c'est bon de les sucer et c'est amusant de les cracher. A mon avis, à part les petits os, il faut laisser le reste.

— Pourquoi dis-tu que la dot n'est pas encore payée? interrogea Calembredaine en fronçant les sourcils.

— Dame! Et le type qu'elle veut qu'on supprime? Le moine aux yeux bigles!...

Le chef se tournait vers Angélique.

— C'est vrai cela? T'es d'accord?

Elle avait mangé trop vite. Repue, envahie

d'une mauvaise torpeur, elle s'était étendue de nouveau sur les manteaux.

A la question de Nicolas, elle répondit, les yeux clos :

— Oui, il le faut.

— Ce n'est que justice! brailla le nain. Le sang doit arroser les noces des gueux. Hou! Hou! du sang de moine!...

Il blasphéma horriblement, puis, devant un geste menaçant de son chef, il s'enfuit dans l'escalier. Calembredaine referma la porte mal jointe d'un coup de talon.

Debout au pied de l'étrange litière où gisait la jeune femme, il la considéra longuement, les poings sur les hanches. Elle finit par ouvrir les yeux.

— C'est vrai que tu me lorgnais depuis longtemps dans Paris? demanda-t-elle.

— Je t'avais repérée tout de suite. Tu penses, avec tous mes gens, je suis vite au courant des nouveaux venus et je sais mieux qu'eux-mêmes le nombre de leurs bijoux et comment on peut entrer chez eux quand minuit sonne au beffroi de la place de Grève. Mais tu m'as vu aux Trois-Maillets...

— Ignoble! murmura-t-elle avec un frisson. Oh! pourquoi riais-tu en me regardant?...

— Parce que je commençais à comprendre que bientôt tu serais à moi.

Elle le considéra froidement, puis haussa les épaules et bâilla. Elle ne craignait pas Nicolas comme elle avait craint Calembredaine. Elle avait toujours dominé Nicolas. Pour avoir peur d'un homme, il ne faut pas l'avoir connu enfant. Le sommeil la gagnait. Elle interrogea encore, vaguement :

— Pourquoi... mais pourquoi donc as-tu quitté Monteloup?

— Ah! ça alors, elle est forte! cria-t-il en croisant les bras sur sa poitrine. Pourquoi? Croyais-tu donc que j'avais envie que le vieux Guillaume m'embroche sur sa pique... après ce qui s'était passé avec toi? J'ai quitté Monteloup le soir de tes noces... Cela aussi, tu l'avais oublié?

Oui, cela aussi elle l'avait oublié. Sous ses paupières baissées, le souvenir renaissait avec son odeur de paille et de vin, le poids du corps musclé de Nicolas sur elle et cette sensation pénible de hâte et de colère, d'inachèvement.

— Ah! fit-il avec amertume, on peut dire que je ne tenais guère de place dans ta vie. Bien sûr, tu n'as jamais pensé à moi pendant toutes ces années?

— Bien sûr, répéta-t-elle nonchalamment, j'avais autre chose à faire que de penser à un valet de ferme.

— Garce! cria-t-il hors de lui. Prends garde à ce que tu dis. Le valet de ferme est ton maître maintenant. Tu es à moi...

Il criait encore que, déjà, elle dormait. Loin de l'émouvoir, cette voix lui apportait la sensation d'une brutale, mais bienfaisante protection. Il s'interrompit.

— Et voilà, fit-il à mi-voix, c'est comme autrefois... quand tu t'endormais sur la mousse, en plein milieu de nos querelles. Eh bien dors, ma gazoute. Tu es à moi quand même. As-tu froid? Veux-tu que je te couvre?

Des paupières, elle fit un imperceptible signe affirmatif. Il alla chercher un somptueux manteau de beau drap et le jeta sur elle. Puis, de la main, très doucement, il lui effleura le front avec une sorte de crainte.

★

Cette chambre était vraiment un lieu très bizarre. Bâtie d'énormes pierres comme les anciens donjons, elle était ronde et tristement éclairée par une meurtrière grillée. Elle était remplie d'un assemblage d'objets hétéroclites, depuis de délicats miroirs enchâssés dans l'ébène et l'ivoire jusqu'à de vieilles ferrailles, des outils de travail tels que des marteaux et des pioches, des armes...

Angélique s'étira. Mal éveillée, regardant avec étonnement autour d'elle, elle se leva et alla prendre l'un des miroirs qui lui renvoya la physionomie inconnue d'une fille pâle aux yeux farouches et trop fixes, comme ceux d'une chatte méchante guettant sa proie. La lumière du soir mêlait une teinte soufrée à sa chevelure désordonnée. Elle rejeta le miroir avec peur. Cette femme au visage traqué, déchu, ce ne pouvait être elle!... Que se passait-il? Pourquoi y avait-il tant de choses dans cette chambre ronde? Des épées, des marmites, des coffrets remplis d'accessoires, écharpes, éventails, gants, bijoux, des cannes, des instruments de musique, une bassinoire, des piles de chapeaux, et surtout des manteaux qui, jetés les uns sur les autres, avaient composé le lit sur lequel elle avait dormi?

Un seul meuble, un délicat chiffonnier marqueté de bois des îles, semblait très étonné de se trouver entre ces murs humides.

Passé dans sa ceinture, elle sentit quelque chose de dur. Elle tira sur une poignée de cuir et amena un long poignard effilé. Où avait-elle vu ce poignard? C'était dans un cauchemar pesant et douloureux, au cours duquel la lune avait jonglé avec des têtes de morts.

L'homme au teint sombre le tenait en main. Puis le poignard était tombé et Angélique l'avait ramassé dans la boue tandis que les deux hommes s'empoignaient et roulaient à terre. C'était ainsi qu'elle avait entre les mains le poignard de Rodogone-l'Egyptien. Elle le glissa de nouveau dans son corsage. Sa pensée rassemblait des images confuses.

Nicolas... où était Nicolas?

Elle courut à la fenêtre. Entre les barreaux elle aperçut la Seine, avec ses flots lents, couleur d'absinthe sous le ciel nuageux et son va-et-vient incessant de barques et de chalands. Sur l'autre rive, déjà envahie par le crépuscule, elle reconnut les Tuileries et le Louvre.

Cette vision de sa vie ancienne lui causa un choc et la persuada de sa folie. Nicolas! Où était Nicolas?

Elle se rua sur la porte et, la trouvant close et verrouillée à double tour, elle se mit à la marteler de coups en hurlant, en appelant Nicolas, en s'arrachant les ongles contre le bois pourri.

Une clef grinça et l'homme au nez rouge parut.

— Qu'est-ce que t'as à g... comme ça, marquise? demanda Jactance.

— Pourquoi cette porte était-elle fermée?

— J'sais pas.

— Où est Nicolas?

— J'sais pas.

Il la considéra, puis décida :

— Viens un peu voir les copains, ça te distraira.

Elle le suivit dans un escalier de pierre, en tournevis, humide et sombre.

A mesure qu'elle descendait, une clameur faite de vociférations, de gros rires et de braillements d'enfants, lui parvenait.

Elle déboucha dans une salle voûtée, remplie de personnages divers. Tout d'abord, sur la grande table, elle aperçut Cul-de-Bois posé là, comme une pièce de bœuf dans son plat. Au fond de la salle, un feu brillait et, assis sur la pierre de l'âtre, Pied-Léger surveillait la marmite. Une grosse femme plumait un canard. Une autre, plus jeune, se livrait à l'opération peu ragoûtante d'épouiller l'enfant à demi nu qu'elle tenait entre ses genoux. Un peu partout, affalés sur la paille du carrelage, il y avait des vieux et des vieilles, couverts de haillons, et des enfants sales et déguenillés qui disputaient des rognures aux chiens.

Quelques hommes, assis autour de la table sur de vieux tonneaux qui tenaient lieu de sièges, jouaient aux cartes ou fumaient en buvant.

A l'entrée d'Angélique, tous les yeux se tournèrent vers elle et un silence relatif s'établit parmi la misérable assemblée.

— Avance, ma fille, dit Cul-de-Bois avec un geste solennel. Tu es la gueuse de notre chef Calembredaine. On te doit considération. Ecartez-vous donc, voyons, et laissez un siège à la marquise!

L'un des fumeurs de pipe donna un coup de coude à son voisin.

— Drôlement bien roulée, la frangine! Calembredaine, ce coup-ci, a presque aussi bien choisi que toi.

L'homme interpellé s'approcha d'Angélique et lui prit le menton d'un geste à la fois aimable et péremptoire.

— Moi, je suis Beau-Garçon, dit-il.

Elle rabattit la main avec hargne.

— Ça dépend des goûts.

Un grand rire secoua l'auditoire, qui trouvait l'astuce suprêmement drôle.

— Ça dépend pas, fit Cul-de-Bois en hoquetant, c'est son nom. Beau-Garçon, c'est comme ça qu'on l'appelle. Allons, Jactance, amène à boire pour la gonzesse. Moi, elle me plaît.

On posa devant elle un grand verre à pied portant les armes d'un marquis dont la bande de Calembredaine avait dû visiter l'hôtel, certaine nuit sans lune. Jactance l'emplit à ras bord de vin rouge et fit la tournée des autres gobelets.

— A ta santé, marquise!... Comment t'appelles-tu?

— Angélique.

Le rire gras et crapuleux des bandits éclata de nouveau sous les voûtes.

— Ça alors, c'est la plus belle! Angélique!... Ha! Ha! Ha! Tu parles d'un ange! On n'a jamais vu ça chez nous... Et pourquoi pas? Après tout, nous aussi, pourquoi on ne serait pas des Anges! Puisque c'est notre marquise... A ta santé, marquise des Anges!...

Ils riaient, ils se tapaient sur les cuisses, et cela faisait comme un roulement sinistre et étourdissant autour d'elle.

— A ta santé, marquise! Allons, bois... Bois donc!...

Mais elle demeurait immobile, regardant ce cercle de trognes avinées, barbues ou mal rasées, qui se penchaient sur elle.

— Bois donc! hurla Cul-de-Bois de sa voix terrifiante.

Elle brava le monstre sans répondre.

Il y eut un silence menaçant, puis Cul-de-

Bois soupira et regarda les autres d'un air navré.

— Elle veut pas boire! Qu'est-ce qu'elle a?

— Qu'est-ce qu'elle a? répétait-on. Beau-Garçon, toi qui connais les femmes, essaie d'arranger ça.

Beau-Garçon haussa les épaules.

— T'as de croûtes, fit-il avec mépris, v's'êtes pas fichus de voir que celle-là c'est pas en gueulant dessus que vous l'aurez jamais.

Il s'assit près d'Angélique et, très doucement, lui flatta l'épaule comme à une enfant.

— Aie pas peur. Ils sont pas méchants, tu sais. C'est un air qu'ils se donnent comme ça pour effrayer les bourgeois. Mais toi, on t'aime bien déjà. Tu es notre marquise. Marquise des Anges! Ça te plaît pas? Marquise des Anges! C'est un joli nom pourtant. Et ça te va, avec tes beaux yeux. Allons, bois, ma mignonne, c'est du bon vin. Un tonneau du port de la Grève, qui s'est amené sur ses pieds jusqu'à la tour de Nesle. C'est comme ça que les choses se passent chez nous. C'est la cour des Miracles.

Il lui approchait le verre des lèvres. Elle fut sensible au son de cette voix mâle et câline. Elle but. Le vin était bon. Il dispensait à son corps transi une agréable chaleur, et tout devint subitement plus simple et moins terrible. Elle but un second verre, puis s'accouda à la table et se mit à regarder autour d'elle. Le cul-de-jatte laissait tomber dans sa direction un regard morne de monstre marin en arrêt au fond des eaux. Etait-il chargé de la surveiller? Pourtant elle ne songeait pas à fuir. Où serait-elle allée?

Le soir ramenait dans leur repaire les mendiants et les mendiantes qui vivaient sous la juridiction de Calembredaine. Il y avait beaucoup de femmes portant entre leurs bras des enfants infirmes ou des nourrissons enveloppés de loques et dont les cris grêles ne cessaient point. L'un d'eux, dont le visage était couvert de boutons purulents, fut remis à la femme assise près de l'âtre. Celle-ci, d'une main preste, arracha toutes les croûtes du visage du nouveau-né, passa un torchon sur la petite frimousse qui redevint lisse et saine, puis elle mit l'enfant à son sein.

Cul-de-Bois sourit et commenta de sa voix rauque :

— Tu vois, on se guérit vite chez nous. T'as pas besoin d'aller aux processions pour voir des miracles. Ici, il y en a tous les jours. P't'être bien qu'en ce moment il y a une bonne dame des œuvres, comme ils disent, qui raconte :

— Oh! ma chère, j'ai vu un enfant sur le Pont-Neuf, quelle misère! couvert de pustules... Naturellement, j'ai fait l'aumône à la pauvre mère... Et elles sont très contentes, les bégueules. Pourtant ça n'était que quelques pastilles de pain séché avec du miel dessus pour attirer les mouches. Tiens, voilà Mort-aux-Rats qui s'amène. Tu vas pouvoir partir...

Angélique l'interrogea du regard avec surprise.

— T'as pas besoin de comprendre, grommela-t-il. C'est convenu avec Calembredaine.

Le nommé Mort-aux-Rats, qui venait d'entrer, était un Espagnol si maigre que ses genoux et ses coudes pointus avaient transpercé ses chausses. Triste déchet des champs de bataille des Flandres, il n'en affectait pas moins des airs de matamore avec sa longue moustache noire, son feutre à plumes et, sur l'épaule, sa rapière à laquelle étaient enfilés les cadavres de cinq ou six gros rats. Le jour, l'Espagnol vendait par les rues un produit pour tuer les rongeurs. La nuit, il complétait ses maigres recettes en louant ses talents de « duelliste » à Calembredaine.

Avec beaucoup de dignité, il accepta un gobelet de vin, rongea une rave qu'il tira de sa poche, tandis que quelques vieilles se disputaient le produit de sa chasse; il vendait un rat deux sols. Après avoir empoché l'argent, Mort-aux-Rats salua de sa rapière et la remit au fourreau.

— Je suis prêt, déclara-t-il avec emphase.

— Va, dit Cul-de-Bois à Angélique.

Sur la défensive, elle faillit poser une question, puis se ravisa. D'autres hommes s'étaient levés, des « drilles » ou des « narquois » comme on les appelait, anciens soldats aux goûts de pillage et de bataille, et que la paix venait de rejeter dans l'oisiveté. Elle se vit encadrée de leurs silhouettes patibulaires. Ils portaient des uniformes délabrés où pendaient encore les passementeries et dorures de quelque régiment princier.

Angélique porta la main à son côté, sous son corsage, pour tâter le poignard de l'Egyptien. A l'occasion, elle était décidée à défendre chèrement sa vie.

Mais le poignard avait disparu.

La colère l'envahit, une colère renforcée par l'excitation due au vin.

Oubliant toute prudence, elle hurla :

— Qui m'a pris mon couteau?

— Le v'là, dit aussitôt Jactance de sa voix traînante.

Il lui tendit l'arme d'un air innocent. Elle était stupéfaite. Comment avait-il pu prendre ce poignard sous son corsage sans qu'elle s'en doutât?

Cependant, le même rire tonitruant, ce rire affreux des gueux et des bandits qui, toute sa vie désormais, devait hanter la jeune femme, éclata de nouveau.

— Bonne leçon, ma mignonne! s'exclama Cul-de-Bois. Tu apprendras à connaître les mains de Jactance. Chacun de ses doigts est plus habile qu'un magicien. Va demander ce qu'en pensent les ménagères du carreau des Halles.

— Il est beau ce surin, fit l'un des « narquois » en prenant le poignard.

Puis, après l'avoir examiné, il le rejeta sur la table avec effroi.

— C'est le couteau de Rodogone-l'Egyptien!

Avec un mélange de respect et d'inquiétude, tout le monde considérait la lame qui luisait à la lueur des chandelles.

Angélique reprit son arme et la glissa dans sa ceinture. Elle eut l'impression que ce geste la consacrait aux yeux des misérables. On ignorait en quelle circonstance elle avait arraché ce trophée à l'un des plus redoutables ennemis de la bande. Un mystère planait, l'environnant d'une auréole un peu inquiétante.

Cul-de-Bois sifflota :

— Hé! Hé! elle est plus fûtée qu'elle n'en a l'air, la marquise des Anges!

Elle sortit, suivie de regards appréciateurs et déjà admiratifs.

Au-dehors, elle vit se profiler, dans la nuit presque close, l'ombre délabrée de la tour de Nesle. Elle comprit alors que la pièce où l'avait conduite Nicolas Calembredaine devait se situer au sommet de cette tour et servir d'entrepôt aux larcins des voleurs. L'un des « narquois » lui expliqua obligeamment que c'était Calembredaine qui avait eu l'idée de loger des gens de sa bande dans la vieille enceinte moyenâgeuse de Paris. Il est vrai que la tour était un repaire idéal pour des brigands.

Salles à demi ruinées, remparts croulants, tourelles branlantes offraient des caches que les autres bandes des faubourgs ne possédaient pas.

Les blanchisseuses, qui, longtemps, avait mis à blanchir leur linge sur les créneaux de la tour de Nesle, s'étaient enfuies devant la redoutable invasion.

Personne n'était intervenu pour déloger les mauvais garçons qui guettaient les carrosses du faubourg Saint-Germain en se dissimulant sous le petit pont en dos d'âne franchissant les anciens fossés.

On s'était borné à soupirer que ce passage de la tour de Nesle, en plein Paris, était devenu un vrai coupe-gorge. Et, parfois, les sons des violons des Tuileries, de l'autre côté de la Seine, se mêlaient au crin-crin du père Hurlurot ou aux rengaines de Thibault-le-Vielleur faisant danser les gueux, un soir d'orgie.

Les mariniers du petit port au bois, non loin de là, baissèrent la voix en voyant s'approcher de la berge les redoutables silhouettes.

Le coin devenait impossible, se disaient-ils. Quand donc les échevins de la ville se décideraient-ils à abattre ces vieux remparts et à chasser toute cette vermine?

— Messires, je vous salue, dit Mort-aux-Rats en les abordant. Auriez-vous la bonté de nous conduire jusqu'au quai de Gesvres?

— Vous avez des sous?

— Nous avons ça, fit l'Espagnol en lui posant la pointe de son épée sur le ventre.

L'homme haussa les épaules avec résignation. Tous les jours on avait affaire à ces gredins qui se cachaient dans les bateaux, volaient la marchandise et se faisaient passer pour rien, d'une rive à l'autre, comme des seigneurs. Lorsque les mariniers étaient en nombre, cela finissait par des bagarres sanglantes, au couteau, car la corporation des gens de l'eau n'était pas de mœurs particulièrement patientes.

Ce soir-là cependant, les trois hommes, qui venaient d'allumer leur feu pour veiller près des chalands, comprirent qu'ils avaient intérêt à ne pas chercher la discussion. Un jeune garçon se leva sur un signe de son patron et, pas très rassuré, détacha sa barque où avaient pris place Angélique et ses sinistres compagnons.

La barque passa sous les arches du Pont-Neuf et aux abords du pont Notre-Dame, accosta les soubassements du quai de Gesvres.

— Ça va bien, mon mignon, dit Mort-aux-Rats au jeune batelier. Non seulement on te remercie, mais on te laisse revenir entier. Prête-nous seulement ta lanterne. On te la rendra quand on y pensera...

L'immense voûte qui portait le quai de Gesvres tout nouvellement construit était un travail gigantesque, un chef-d'œuvre de « trait » et de taille de pierre.

En y pénétrant, Angélique entendit le mugissement du fleuve comprimé, qui faisait penser à la grande voix de l'océan. Le bruit des carrosses roulant sur la voûte avec des échos de tonnerre lointain ajoutait à cette impression. Glaciale et humide, cette caverne grandiose, isolée au cœur de Paris, semblait avoir été créée pour servir d'asile à tous les malfaiteurs de la cité.

Les bandits la suivirent jusqu'au bout. Trois ou quatre passages sombres, ménagés pour servir d'égouts aux boucheries de la rue de la Vieille-Lanterne, vomissaient des flots de sang. Il fallut les franchir d'un bond.

Plus loin, ce furent encore des boyaux étroits et puants, des escaliers dissimulés dans les replis des maisons, des berges où les pieds enfonçaient jusqu'aux chevilles dans la vase.

Lorsque les bandits émergèrent de nouveau dans Paris il faisait nuit noire et Angélique aurait été bien incapable de dire où elle se trouvait. Il y avait là, sans doute, une placette avec une fontaine au milieu, car on entendait un murmure d'eau.

La voix de Nicolas s'éleva tout à coup, très proche :

— C'est vous, les gars? La fille est là?

Un des « narquois » braqua la lanterne sur Angélique.

— La v'là.

Elle aperçut la haute silhouette et le visage affreux du bandit Calembredaine et elle ferma les yeux d'horreur. Elle avait beau savoir que c'était Nicolas, cette vue éveillait en elle une peur panique.

Le chef rabattit de sa main la lanterne.

— T'es pas fou avec ta « fumante »! Il faut de la lumière à môssieur maintenant pour se promener?

— On n'avait pas envie de tomber dans la flotte, sous le quai de Gesvres, protesta l'autre.

Nicolas avait saisi d'une main rude le bras d'Angélique.

— Crains rien, mon petit cœur, tu sais bien que c'est moi, gouailla-t-il.

Il la poussa dans l'abri d'un porche.

— Toi, La Pivoine, mets-toi de l'autre côté de la rue, derrière la borne. Toi, Martin, reste avec moi. Toi, Gobert, va là-bas. Les autres vous ferez le guet aux carrefours. T'es à ton poste, Barcarole?

Une voix répondit comme tombant du ciel :

— Présent, chef.

Le nain était perché sur l'enseigne d'une boutique.

Du porche où elle se trouvait au côté de Nicolas, Angélique pouvait voir sur toute sa longueur une ruelle étroite. Quelques lanternes, accrochées devant les maisons les plus cossues, l'éclairaient pauvrement et faisaient luire, comme un triste serpent, le ruisseau central encombré d'ordures.

Les échoppes des artisans étaient bien closes. Les gens se mettaient au lit, et l'on voyait passer, derrière les carreaux, la lueur ronde des chandelles.

Une femme ouvrit une fenêtre pour vider un seau dans la rue. On l'entendit menacer un enfant qui pleurait d'appeler le Moine Bourru. C'était le croque-mitaine de ce temps-là, un moine tout barbu, disait-on et qui passait, sa besace sur le dos, pour emporter les enfants méchants.

— Je t'en donnerai moi, du Moine Bourru! grommela Nicolas.

Il ajouta d'une voix basse et tendue :

— Je vais te payer ta dot, Angélique! C'est comme cela que ça se passe chez les gueux. L'homme paie pour avoir sa belle, comme on achète un bel objet dont on a envie.

— C'est bien la seule chose qu'on achète chez nous, ricana l'un des spadassins.

Son chef le fit taire d'un juron. Entendant un bruit de pas, les bandits devinrent silencieux et s'immobilisèrent. Doucement, ils tirèrent leur épée. Un homme s'avançait dans la ruelle, sautillant d'un pavé à l'autre pour éviter de salir dans les flaques ses souliers à hauts talons et à rosettes.

— C'est pas lui, chuchota Nicolas Calembredaine.

Les autres rengainèrent. Le passant entendit le cliquetis des armes. Il sursauta, devina les silhouettes qui grouillaient sous le porche, et s'enfuit en hurlant.

— Au voleur! Au meurtre! Au tire-laine! On m'assassine!...

— Espèce d'idiot! grommela de l'autre côté de la rue le drille La Pivoine. Pour une fois qu'on en laisse passer un tranquille sans même lui prendre son manteau, il faut qu'il gueule comme un âne!... C'est à vous dégoûter!

Un sifflement léger, venant de l'autre bout de la rue, le fit taire.


— Regarde qui vient là, Angélique, chuchota Nicolas en étreignant le bras de la jeune femme.

Glacée, insensible à tout, au point de ne pas sentir le contact de cette main, Angélique attendait. Elle savait ce qui allait se passer. C'était inéluctable. Il fallait que cette chose s'accomplît. Son cœur ne pourrait se remettre à vivre qu'APRÈS. Car tout était mort en elle, et seule la haine avait le pouvoir de la ranimer.

Elle vit paraître dans la lueur jaune des lanternes, deux moines qui se donnaient le bras. Dans l'un, elle n'eut aucune peine à reconnaître Conan Bécher. L'autre, grassouillet et prolixe, discourait en latin avec de grands gestes. Il devait être légèrement ivre, car, de temps à autre, il entraînait son compagnon contre le mur d'une maison, puis en s'excusant le ramenait patauger dans le ruisseau.

Angélique entendit le timbre aigre de l'alchimiste. Lui aussi s'exprimait en latin, mais sur un ton de protestation outrée.

En arrivant à la hauteur du porche, il finit par s'écrier en français avec exaspération :

— En voilà assez, frère Amboise, vos théories sur le baptême au bouillon gras sont hérétiques! Un sacrement ne peut rien valoir si l'eau avec laquelle on le confère est polluée d'éléments impurs tels que les graisses animales. Un baptême au bouillon gras! Quel blasphème! Pourquoi pas au vin rouge, pendant que vous y êtes? Cela vous arrangerait, vous qui semblez tant l'aimer!

Et, d'une secousse, le maigre récollet se dégagea du bras qui se cramponnait à lui.

Le gros frère Amboise balbutia d'un ton larmoyant d'ivrogne :

— Mon père, vous me navrez... Hélas! J'aurais aimé vous convaincre.

Soudain, il poussa une clameur démente :

— Ha! Ha! *Deus coeli!*

Presque au même instant, Angélique se rendit compte que le frère Amboise était à leurs côtés sous le porche.

— A vous, les mions (1), souffla-t-il, passant sans transition du latin à la langue des argotiers.

Conan Bécher s'était retourné :

— Que vous arrive-t-il?

Il s'interrompit et sonda la ruelle déserte d'un regard qui vacillait. Sa voix s'étrangla.

— Frère Amboise! appela-t-il... Frère Amboise, où êtes-vous?...

(1) Les gars, termes d'ancien argot.

Sa maigre face hallucinée parut se creuser davantage, et on l'entendit haleter, tandis qu'il s'avançait de quelques pas en jetant des coups d'œil terrifiés autour de lui.

— Hou! Hou! Hou!

C'était le nain Barcarole qui entrait en scène avec son ululement sinistre d'oiseau de nuit. Il s'arc-bouta contre l'enseigne métallique qui grinça et, d'un bond élastique de crapaud géant, sauta aux pieds du moine Bécher.

Celui-ci se plaqua contre le mur.

— Hou! Hou! Hou! répétait le nain.

Menant un ballet infernal devant sa victime terrorisée, il multipliait les cabrioles, les saluts grotesques, les grimaces, les gestes obscènes. Il enveloppait Bécher d'une véritable ronde diabolique.

Puis une seconde créature hideuse sortit de l'ombre en ricanant. C'était un bossu aux jambes cagneuses. Ses genoux se touchaient, tandis que ses jambes et ses pieds trop écartés ne lui permettaient d'avancer qu'avec un déhanchement brusque et horrible. Mais sa silhouette n'était rien comparée à son visage monstrueux. Car il portait au front une bizarre excroissance de chair, pendante et rouge.

Le râle qui s'échappa de la gorge du moine n'avait plus rien d'humain.

— Haaah! ...

— Haaah!... les démons!

Son long corps se replia subitement et il se trouva à genoux sur les pavés boueux. Ses yeux s'exorbitaient. Son teint devenait cireux. Entre les commissures de ses lèvres dilatées par un rictus de terreur abjecte, on voyait frémir deux rangées de dents gâtées.

Très lentement, comme au sein d'un cauchemar,

il leva ses mains osseuses aux doigts écartés. Sa langue remua péniblement. Il articula :

— Pitié... Peyrac!

Ce nom, prononcé par une voix honnie, pénétra dans le cœur d'Angélique comme un coup de stylet. Le réflexe de folie qu'inspirait la scène hallucinante se déclencha en elle. Elle se mit à hurler sauvagement :

— Tue-le! Tue-le!

Et, sans en avoir conscience, elle mordait l'épaule de Nicolas. Il se dégagea d'une bourrade et tira de l'étui le coutelas de boucher qui lui servait d'arme.

Mais, tout à coup, il y eut dans la ruelle un silence pesant. La voix de Barcarole s'éleva :

— Ça alors!

Le corps du moine venait de s'écrouler de côté, au pied du mur.

Les bandits s'approchèrent. Le chef se pencha, souleva la tête immobile, la mâchoire tomba, découvrant la bouche énorme ouverte sur un dernier cri d'angoisse. Les yeux étaient fixes et déjà troubles.

— Y a pas, il est mort! constata Calembredaine.

— Pourtant on l'a même pas touché, dit le nain. S'pas, Crête-de-Coq, qu'on l'a pas touché? On lui faisait seulement des grimaces pour lui flanquer la trouille!

— T'as trop bien réussi. Il en est mort... Il est mort de trouille!

Une fenêtre s'ouvrit. Une voix tremblante interrogea :

— Que se passe-t-il? Qui parle de démons?

— Caltons, ordonna Calembredaine. On n'a plus rien à faire ici.

Le lendemain matin, lorsqu'on trouva le corps du moine Bécher privé de vie et ne portant nulle trace de coups ou de blessures, les gens se souvinrent, dans Paris, des paroles de ce sorcier qu'on avait brûlé en place de Grève :

— ... Conan Bécher, dans un mois, je te donne rendez-vous au tribunal de Dieu...

On consulta le calendrier et l'on vit que le mois s'achevait. En se signant beaucoup les habitants de la rue de la Cerisaie, près de l'Arsenal, racontèrent les cris étranges qui les avaient tirés de leur premier sommeil, la veille au soir.

Il fallut payer double prix au fossoyeur qui enterra le moine maudit.

Et sur la tombe on mit cette épitaphe :

— Ci-gît le père Conan Bécher, récollet, qui mourut par les vexations des démons, le dernier de mars 1661.


La bande de Nicolas Calembredaine, illustre polisson, acheva la nuit dans les cabarets.

Tous les bouges échelonnés entre l'Arsenal et le Pont-Neuf reçurent leur visite. Ils entouraient une femme au visage blême et aux cheveux dénoués, et ils la faisaient boire.

Angélique ivre à tomber, finit par vomir incoerciblement. Comme elle demeurait le front appuyé au bois d'une table, une pensée naquit en elle et s'étira longuement, désespérément :

— Déchéance! Déchéance...

Nicolas, d'une poigne impérieuse, la redressa et l'examina avec une inquiétude surprise.

— T'es malade? On n'a pourtant rien bu encore... Faut fêter nos noces...

Puis, la voyant épuisée, les yeux clos, il l'enleva dans ses bras et sortit.

La nuit était froide; cependant, contre la poitrine de Nicolas, la jeune femme avait chaud et se sentait bien.

Le Poète-Crotté du Pont-Neuf, couché entre les pattes du cheval de bronze, vit passer le grand bandit qui portait, aussi facilement qu'une poupée, une forme blanche dont les cheveux pendaient.

Lorsque Calembredaine pénétra dans la grande salle, au pied de la tour de Nesle, une partie de ses gueux et de ses gueuses y étaient rassemblés près du feu. Une femme hurlante se dressa et se jeta sur lui.

— Salaud! T'en a pris une autre... Les copains me l'ont dit. Tout ça pendant que j'étais en train de me crever le tempérament avec une bande de mousquetaires vicieux... Mais, je te saignerai comme un cochon, et elle aussi!

Calmement, Nicolas posa Angélique à terre et l'accota à la muraille.

Puis il leva son gros poing, et la fille tomba.

— Maintenant, écoutez tous, dit Nicolas Calembredaine, celle qui est là (il désignait Angélique) elle est A MOI, elle n'est à personne d'autre! Celui qui osera toucher un cheveu de sa tête et celle qui lui cherchera noise, ils s'expliqueront avec moi. Vous savez ce que ça veut dire!... Quant à la marquise des Polaks...

Il ressaisit la fille par un pan de son caraco, et d'un geste énergique et dédaigneux, l'envoya choir dans un groupe de joueurs de cartes.

— ... vous pouvez en faire ce que vous voulez!

Puis, triomphant, Nicolas Merlot, natif du Poitou, ancien berger devenu loup, se tourna vers celle qu'il avait toujours aimée et que le destin lui rendait.

## 3

Il la reprit dans ses bras et commença de gravir l'escalier de la tour. Il montait lentement afin de ne pas tituber, car les fumées du vin lui embrumaient le cerveau. Cette lenteur conférait à son ascension une sorte de solennité.

Angélique s'abandonnait à l'étreinte de ses bras puissants. Sa tête tournait, un peu comme la vis de l'escalier de pierre.

Arrivé à la dernière marche, Nicolas Calembredaine ouvrit d'un coup de pied la salle aux recels. Puis il alla jusqu'au grabat de manteaux et y laissa tomber Angélique comme un paquet, en s'écriant :

— A nous deux maintenant!

Le geste aussi bien que le rire triomphant qui fendait la face de l'homme et qu'Angélique voyait briller dans la pénombre tirèrent celle-ci de l'indifférence passive où elle avait sombré depuis la dernière taverne. Dégrisée par ses vomissements, elle eut un sursaut et, se levant, elle courut à la fenêtre où elle se cramponna aux barreaux sans trop savoir pourquoi.

— Et alors, cria-t-elle furieuse, que veux-tu dire, imbécile, avec ton : A nous deux?

— Je... mais... je veux dire..., balbutia Nicolas, complètement désarçonné.

Elle eut un rire insultant.

— T'imagines-tu que par hasard tu vas devenir mon amant, toi, Nicolas Merlot?

En deux pas silencieux, il fut près d'elle, le front barré d'une sombre ride.

— J'me l'imagine pas, fit-il sèchement. J'en suis sûr.

— C'est à voir.

— C'est tout vu.

Elle le brava du regard. La lueur rouge d'un feu de marinier, sur la plage au pied de la tour, les éclairait. Nicolas respira profondément.

— Ecoute, reprit-il d'une voix basse et menaçante, je vais te parler encore parce que c'est toi et qu'il faut que tu comprennes. Mais t'as pas le droit de me refuser ce que je te demande. Je me suis battu pour toi. J'ai tué le gars que tu voulais. Le Grand Coesre nous a accordés. Tout est donc en règle avec la gueuserie. Tu es à moi.

— Et si moi je ne veux pas des lois de la gueuserie?

— Alors tu mourras, fit-il avec un éclair au fond des yeux. De faim ou d'autre chose. Mais t'y laisseras ta peau, faut pas te faire d'illusion. D'ailleurs, t'as plus le choix maintenant. T'as donc pas compris? insista-t-il en posant son poing fermé contre la tempe de la jeune femme. Avec ta mauvaise petite caboche de comtesse, t'as donc pas compris ce qui avait brûlé place de Grève en même temps que ton sorcier de mari? C'est tout cela qui te séparait de moi, avant. Valet de chambre et comtesse, ça n'existe plus! Moi, je suis Calembredaine, et toi... tu n'es plus rien. Les tiens t'ont abandonnée. Ceux d'en face...

Il tendit le bras, désignant de l'autre côté de la Seine obscure, la masse des Tuileries et de la galerie du Louvre où clignotaient des lumières.

— Pour ceux-là aussi tu n'existes plus. Voilà pourquoi tu es de la gueuserie... C'est la patrie de ceux que les leurs ont abandonnés... Là t'auras toujours à manger. On te défendra. On te vengera. On t'aidera. Mais ne trahis jamais...

Il se tut, un peu haletant. Elle sentait son souffle brûlant. Il la frôlait, et la chaleur de son désir lui communiquait une fièvre trouble. Elle le voyait ouvrir ses grandes mains, les lever, puis les reculer, comme s'il n'osait pas...

Alors, il commença de la supplier tout bas, en patois :

— Ma gazoute, ne sois pas méchante. Pourquoi me fais-tu la tête? Est-ce que ça n'est pas tout simple? On est là tous les deux... seuls... comme autrefois. On a bien mangé, bien bu. Qu'est-ce qu'il y a d'autre à faire que de s'aimer? Tu ne vas pas me faire croire que je te fais peur?

Angélique eut un petit rire et haussa les épaules.

Il reprit :

— Allons, viens!... Rappelle-toi. On s'entendait bien tous les deux. On était faits l'un pour l'autre. Il n'y a rien à faire contre ça... Je le savais que tu serais à moi. Je l'espérais. Et maintenant c'est arrivé!

— Non, fit-elle en secouant d'un mouvement têtu sa longue chevelure sur ses épaules.

Hors de lui, il cria :

— Méfie-toi. Je peux te prendre de force, si je veux.

— Essaie un peu, je t'arracherai les yeux avec mes ongles.

— Je te ferai tenir par mes hommes, hurla-t-il.

— Lâche!

Exaspéré, il se mit à jurer de façon horrible.

Cependant, elle l'entendait à peine. Le front appuyé aux barreaux glacés de la meurtrière comme une prisonnière qui n'a plus d'espoir, Angélique se sentait envahie d'une lassitude accablante. « Les tiens t'ont abandonnée... » En écho à cette phrase que Nicolas venait de prononcer, d'autres phrases résonnaient, tranchantes comme des couperets : « Je ne veux plus entendre parler de vous... Il vous faut DISPARAITRE. Plus de titres, plus de nom, plus rien. »

Et Hortense surgissait comme une harpie, sa chandelle à la main.

— Va-t'en! Va-t'en!

C'était Nicolas qui avait raison, Nicolas Calembredaine, l'hercule au sang lourd et sauvage.

Soudain, résignée, elle passa devant lui, et, près de la litière, commença de dégrafer son corsage de serge brune. Puis elle fit glisser sa jupe. En chemise, elle hésita un instant. Le froid mordait sa peau, mais sa tête était brûlante. Très vite, elle ôta ce dernier vêtement et s'étendit nue sur les manteaux volés.

— Viens, dit-elle avec calme.

Essoufflé, il s'était tu. Cette docilité lui paraissait suspecte. Il s'approcha avec méfiance. A son tour, il se débarrassa de ses haillons avec lenteur.

Sur le point d'atteindre au sommet de ses rêves les plus exaltés, Nicolas, l'ancien valet, demeurait tremblant. La lueur confuse du feu sur la plage projetait au mur son ombre gigantesque.

— Viens, répéta-t-elle. J'ai froid.

En effet, elle aussi s'était mise à trembler, de froid peut-être, mais aussi, devant ce grand corps en arrêt, d'une impatience mêlée de crainte.

D'un bond, il fut sur elle. Il la broya dans ses bras à la briser, et il poussait de grands éclats de rire entrecoupés :

— Ah! cette fois, c'est la bonne! Ah! que c'est bon! Tu es à moi. Tu ne m'échapperas plus! Tu es à moi... A moi! A moi! A moi! répétait-il, scandant ainsi son délire viril.

Un peu plus tard, elle l'entendit soupirer à la manière d'un chien repu.

— Angélique, murmura-t-il.

— Tu m'as fait mal, se plaignit-elle.

Et, s'enroulant dans un manteau, elle s'endormit.

Par deux fois dans la nuit, il la reprit. Engourdie, elle émergeait d'un sommeil pesant pour devenir la proie de cet être de l'ombre qui l'empoignait en jurant, la forçait en poussant de grands soupirs rauques, puis s'écroulait près d'elle, en bredouillant des mots sans suite.

A l'aube, un chuchotement de voix l'éveilla.

— Calembredaine, grouille-toi, réclamait Beau-Garçon. Y a encore des comptes à régler à la foire Saint-Germain avec des sorcières à Rodogone-l'Egyptien qui ont balancé la mère Hurlurette et le père Hurlurot.

— J'arrive. Mais fais pas de bruit. La petite se repose encore.

— On s'en doute. Quel raffut cette nuit dans la tour de Nesle! Les rats ont pas pu dormir. On peut dire que tu t'en es donné! C'est drôle que tu puisses pas faire l'amour sans gueuler.

— Tais-toi! grogna Calembredaine.

— La marquise des Polaks ne se frappe pas trop. Il faut dire que j'ai exécuté tes ordres au petit poil. Toute la nuit je l'ai mignonnée pour qu'il lui prenne pas l'idée de monter ici avec un surin. La preuve qu'elle t'en veut pas, c'est qu'elle attend en bas avec une pleine marmite de vin chaud.

— Ça va. File.

Beau-Garçon parti, Angélique risqua un regard entre ses cils.

Nicolas était déjà debout, au fond de la pièce, ayant revêtu son uniforme d'innommables haillons. Il avait le dos tourné et se penchait sur un coffret dans lequel il cherchait quelque chose. Pour une femme quelque peu avertie, l'attitude de ce dos était très significative. C'était celle d'un homme extrêmement gêné.

Il referma le coffret et, serrant un objet dans son poing, revint vers le lit. Elle s'empressa de feindre le sommeil.

Il se pencha et l'appela à mi-voix :

— Angélique, est-ce que tu m'entends?... Faut que je file. Mais avant je voudrais te dire... J'voudrais savoir... Est-ce que tu m'en veux beaucoup pour cette nuit?... C'est pas de ma faute. C'était plus fort que moi. Tu es si belle!...

Il posa sa main rugueuse sur l'épaule nacrée qui dépassait de la couverture.

— Réponds-moi. J'vois bien que tu ne dors pas. Regarde ce que j'ai choisi pour toi. C'est une bague, une vraie. J'l'ai fait évaluer par un marchand du quai des Orfèvres. Regarde-la... Tu ne veux pas? Tiens, je la pose à côté de toi... Dis-moi ce qui te ferait plaisir? Veux-tu du jambon, un beau jambon? On l'a amené tout frais de ce matin, pris chez le charcutier de la place de Grève pendant qu'il regardait pendre un de nos copains... Veux-tu une robe neuve?... J'en ai aussi... Réponds-moi ou je vais me mettre en colère.

Elle consentit à glisser un regard entre ses cheveux emmêlés et dit d'un ton rogue :

— Je veux un grand baquet avec de l'eau bien chaude.

— Un baquet? répéta-t-il, interloqué.

Il l'examina avec soupçon.

— Pour quoi faire?

— Pour me laver.

— Bon, fit-il rassuré. La Polak va te monter ça. Demande tout ce que tu veux. Et, si t'es pas contente, préviens-moi au retour. Je cognerai dur.

Satisfait qu'elle eût exprimé un désir, il se tourna vers un petit miroir vénitien posé sur le rebord de l'âtre et entreprit de coller sur sa joue la boule de cire teinte qui contribuait à le défigurer.

Angélique s'assit d'un bond.

— Ça jamais! dit-elle catégorique. Je t'INTERDIS, Nicolas Merlot, de te présenter devant moi avec ton dégoûtant visage de vieillard pourri et lubrique. Sinon, je serais incapable de supporter que tu me touches encore.

Une expression de joie enfantine éclaira la face brutale, déjà marquée par une vie criminelle.

— Et, si je t'obéis... tu voudras bien encore?

Elle rabattit brusquement un pan du manteau sur son visage pour dissimuler brusquement l'émotion que lui causait cette lueur dans les yeux du bandit Calembredaine. Car c'était le regard familier du petit Nicolas si léger, instable, mais « pas mauvais cœur » comme disait sa pauvre femme de mère. Nicolas qui se penchait sur sa jeune sœur martyrisée par les soldats et l'appelait : Francine, Francine...

Ainsi, voici ce que la vie pouvait faire d'un petit garçon, d'une petite fille... Le cœur d'Angélique se gonfla de pitié pour elle-même, pour Nicolas. Ils étaient seuls, abandonnés de tous...

— Tu voudras bien que je t'aime encore? murmurait-il.

Alors, pour la première fois depuis qu'ils s'étaient retrouvés si étrangement, elle lui sourit.

— Peut-être.

Nicolas étendit solennellement le bras et cracha par terre.

— Alors, je jure ceci : Même si je dois me faire poisser par les grimauts et les malveillants en me débarbouillant en plein Pont-Neuf, tu ne me verras plus jamais en Calembredaine.

Il fourra sa perruque et son bandeau dans sa poche.

— J'vas aller me déguiser en bas.

— Nicolas, appela-t-elle encore, j'ai un pied blessé. Regarde. Est-ce que le Grand Matthieu, l'empirique du Pont-Neuf, aurait quelque chose pour me guérir?

— J'passerai le voir.

Brusquement, il prit le petit pied blanc à deux mains et le baisa.

Lorsqu'il fut sorti, elle se pelotonna et chercha à retrouver le sommeil. Le froid était de nouveau assez vif mais, bien couverte, elle n'en souffrait pas. Un pâle soleil d'hiver posait des rectangles de lumière sur les murs.

Le corps d'Angélique était las et même douloureux, mais elle n'était pas sans éprouver une sorte de bien-être.

« C'est bon, se disait-elle. C'est comme l'apaisement de la faim et de la soif. On ne pense plus à rien. C'est bon de ne plus penser à rien. »

Près d'elle, le diamant de la bague étincelait. Elle sourit. Quand même, ce Nicolas, elle le ferait toujours marcher par le bout du nez!

★

Plus tard, quand Angélique songea à ce temps qu'elle avait passé dans les bas-fonds, elle murmura souvent en secouant la tête rêveusement : « J'étais folle! »

En vérité, ce fut un peu cette folie qui lui permit de vivre dans ce monde terrifiant et pitoyable. Ou plutôt ce fut un engourdissement de sa sensibilité, une sorte de sommeil animal.

Ses gestes et ses actions obéissaient à des besoins très simples. Elle voulait manger, avoir chaud. Un frileux besoin de protection la ramenait vers la poitrine dure de Nicolas, et la rendait docile à ses étreintes brutales et impérieuses.

Elle qui avait aimé le linge le plus fin, les draps brodés, elle dormait sur un lit de manteaux volés qui mélangeaient dans leurs laines toutes les odeurs des hommes de Paris.

Elle était la proie d'un rustre, d'un valet devenu bandit, d'un jaloux, fou d'orgueil d'être son maître. Et, non seulement elle ne le craignait point, mais elle ne trouvait pas sans saveur le sentiment excessif qu'il lui portait.

Les objets dont elle se servait, la nourriture qu'elle mangeait, n'étaient le fruit que de vols, sinon de crimes.

Ses amis étaient des assassins et des miséreux. Son logis était un coin des remparts, des berges ou d'un bouge; son seul monde, enfin, était ce domaine redouté et quasi inaccessible de la cour des Miracles, où les officiers du Châtelet et les sergents de la prévôté n'osaient s'aventurer qu'en plein jour. Trop peu nombreux devant l'armée affreuse des parias qui représentait alors un cin-

63

quième de la population parisienne, ils lui abandonnaient la nuit.

Et pourtant, plus tard, après avoir murmuré :
« J'étais folle », Angélique, parfois, deviendrait rêveuse en songeant à cette période où elle avait régné aux côtés de l'illustre Calembredaine sur les
vieux remparts et les ponts de Paris.

Ç'avait été une idée de Nicolas que de faire
« occuper » par des voyous et des gueux à sa dévotion les restes de la vieille enceinte construite
jadis par Philippe Auguste autour du Paris moyenâgeux. Depuis quatre siècles la ville avait fait
éclater sa ceinture de pierre. Les remparts de la
rive droite avaient presque entièrement disparu;
ceux de la rive gauche subsistaient, ruinés, enva-
his de lierre, mais pleins de trous à rats et de caches providentielles.

Pour leur possession Nicolas Calembredaine
avait mené un assaut lent, sournois et tenace,
dont Cul-de-Bois, son conseiller, avait organisé la
stratégie avec une habileté digne d'une meilleure
cause.

Tout d'abord on envoyait s'installer ici et là des
nichées d'enfants pouilleux, avec leurs mères en
loques, de celles que l'archer des pauvres ne peut
expulser sans ameuter tout un quartier.

Puis les gueux entraient en ligne.

Vieux et vieilles, infirmes, aveugles, qui se contentent de peu, d'un trou de pierre où l'eau
goutte, d'un bout d'escalier, d'une ancienne niche
à statue, d'un coin de cave. Enfin les soldats avec
leurs épées ou leurs espingoles bourrées de vieux
clous avaient pris de force les meilleurs endroits,
les donjons et les poternes encore solides avec de
belles salles spacieuses et des souterrains. Ils en

délogeaient en quelques heures les familles d'artisans et de compagnons ouvriers qui avaient espéré trouver là un toit à bon compte. Les pauvres gens ne se sentant pas en règle avec la ville, n'osaient porter plainte et s'enfuyaient, heureux encore lorsqu'ils pouvaient emporter quelques meubles et ne se retrouvaient pas une rapière dans le ventre.

Cependant ces expéditions sommaires n'étaient pas toujours aussi simples. Il existait une catégorie de « récalcitrants » parmi les propriétaires. C'étaient les membres d'autres bandes de la gueuserie qui refusaient de céder la place. Il y avait de terribles batailles, dont l'aube révélait la violence avec les cadavres haillonneux que la Seine rejetait sur ses plages.

Le plus dur, ce fut la possession de cette vieille tour de Nesle, dressée avec son tourillon et ses lourds mâchicoulis à l'angle de la Seine et des anciens fossés. Mais quand on s'y installa, quelle merveille! Un vrai château!...

Calembredaine en fit son repaire. Et c'est alors que les autres capitaines de la gueuserie s'aperçurent que ce nouveau venu parmi les « frères » encerclait tout le quartier de l'Université, tenait les alentours des anciennes portes Saint-Germain, Saint-Michel, Saint-Victor, jusqu'à se retrouver au bord de la Seine dans les soubassements de la Tournelle.

Les étudiants qui avaient le goût d'aller se battre au Pré-aux-Clercs, les petits-bourgeois du dimanche, heureux de pêcher le goujon dans les anciens fossés, les belles dames désireuses de rendre visite à leurs amies du faubourg Saint-Germain ou d'aller voir leurs confesseurs au Val-de-Grâce, n'avaient qu'à préparer leurs bourses. Une nuée de mendiants se dressaient devant eux, arrêtaient les chevaux, bloquaient les carrosses dans les passages étroits des portes ou des ponceaux jetés sur les fossés.

Les paysans ou les voyageurs venus de l'extérieur devaient payer un second octroi aux « drilles » menaçants qu'ils rencontraient postés devant eux alors qu'ils se trouvaient déjà depuis longtemps en plein Paris. En la rendant presque aussi difficile à franchir qu'au temps des ponts-levis, les gens de Calembredaine ressuscitaient la vieille enceinte de Philippe Auguste.

★

C'était un coup de maître dans le royaume de Thunes. Le sage et cupide avorton qui le dirigeait, le Grand Coesre, Rolin-le-Trapu, n'intervint pas. Calembredaine payait en prince. Son goût de la bataille précise, ses décisions hardies, mises au service d'un génie d'organisation : Cul-de-Bois, le rendaient chaque jour plus puissant. De la tour de Nesle il prit le Pont-Neuf, place privilégiée de Paris avec son flot de badauds toujours béats et qui se laissent couper la bourse si facilement que des artistes comme Jactance se dégoûtent de les voler.

La bataille du Pont-Neuf fut terrible. Elle dura plusieurs mois. Calembredaine gagna, parce que les siens occupaient déjà les abords.

Dans de vieilles plates désaffectées, retenues aux arches ou aux pilotis des ponts, il postait ses gueux, qui, paraissant dormir, étaient autant de sentinelles vigilantes.

Les jours suivants, se hasardant à travers ce Paris souterrain en compagnie de Pied-Léger, de

Barcarole ou de Cul-de-Bois, Angélique découvrit peu à peu le réseau de pouillerie et de rançonnement soigneusement mis en place par son ancien compagnon de jeux.

— Tu es plus malin que je ne croyais, dit-elle un soir à Nicolas, il y a quelques bonnes idées dans ta caboche.

Et, de la main, elle lui effleura le front.

De tels gestes, dont elle n'était pas coutumière, bouleversaient le bandit. Il l'attira sur ses genoux.

— Ça t'épate?... T'aurais pas cru ça d'un croquant comme moi? Mais, croquant j'l'ai jamais été, j'ai jamais voulu l'être...

Il cracha avec mépris sur le dallage.

Ils étaient assis devant le feu de la grande salle, sous la tour de Nesle. Là s'assemblaient les suppôts de Calembredaine et une foule de guenilleux venus faire leur cour au potentat de leur « matterie ». Comme chaque soir, ce public puant et bruyant grouillait dans les cris des marmots, les éructations, les injures qui sonnaient sous les voûtes, le heurt des gobelets d'étain, et l'odeur insoutenable de vieilles loques et de vin.

L'assemblée offrait un choix de tout ce qu'on pouvait trouver de mieux parmi les troupes de l'illustre polisson. Celui-ci voulait qu'en son fief il y eût toujours des tonneaux en perce et des viandes à la broche. De telles libéralités mataient les plus fortes têtes.

En effet, lorsqu'il pleuvait et ventait, que la rue était déserte, que le noble dédaignait le théâtre et le bourgeois la taverne, qu'y avait-il de mieux à faire, pour un « narquois » bredouille, que d'aller chez Calembredaine « s'en mettre plein la lampe » ?...

Cul-de-Bois se plantait sur la table avec l'arrogance de l'homme de confiance et l'air sombre d'un philosophe méconnu. Barcarole, son compère, cabriolait des uns aux autres et exaspérait les joueurs de cartes. Mort-aux-Rats vendait son gibier aux petites vieilles affamées, Thibault-le-Vielleur tournait la manivelle de sa musique en jetant des regards moqueurs par la fenêtre de son chapeau de paille, tandis que Linot, son petit suiveur, un gamin aux yeux d'ange, tapait sur une cymbale. La mère Hurlurette et le père Hurlurot se mettaient à danser et les reflets du feu jetaient jusqu'au plafond leurs ombres grotesques et pesantes. Ce couple de gueux, disait Barcarole, n'avait qu'un œil et trois dents pour eux deux. Le père Hurlurot était aveugle et raclait une sorte de boîte tendue de deux cordes qu'il appelait violon. Elle, borgne, épaisse, son énorme chevelure d'étoupe grise s'échappant d'un turban de linge sale, claquait des castagnettes et gigotait de ses grosses jambes enflées, emmaillotées de plusieurs épaisseurs de bas.

Barcarole disait encore qu'elle avait dû être Espagnole... dans le temps. Il n'en subsistait que les castagnettes.

Il y avait aussi dans l'entourage immédiat de Calembredaine, Pied-Léger, l'ancien coureur, toujours haletant, Tabelot-le-Bossu, Jactance-le-Coupe-Bourse, Prudent, un voleur très geignard et timoré, ce qui ne l'empêchait pas d'être de tous les cambriolages, Beau-Garçon qui était ce qu'on appelle un « barbillon » c'est-à-dire un souteneur, et qui, lorsqu'il s'habillait en prince, eût trompé le roi lui-même, des prostituées passives comme des bêtes ou criardes comme des harpies, des saltimbanques, plus rares, car leurs hommages allaient à Rodogone-l'Egyptien, et des laquais mauvais garçons qui, entre deux places où ils volaient leurs maîtres, cherchaient à écouler leurs larcins. Des étudiants dévoyés, à jamais touchés par la corruption de la gueuserie où les conduisait leur pauvreté, venaient, en échange de menus services, jeter leurs dés parmi les voyous. On appelait archi-suppôts ces parleurs de latin et ils édictaient les lois du Grand Coesre. Tel était ce Gros-Sac qui, déguisé en moine, avait attiré Conan Bécher dans un guet-apens.

Les escrocs de la pitié publique, les contrefaits, les aveugles, les boiteux, les moribonds du jour prenaient aussi leur place à l'hôtel de Nesle. Les vieux murs qui avaient vu les luxurieuses orgies de la reine Marguerite de Bourgogne et entendu les râles des jeunes gens égorgés après l'amour, finissaient leur sinistre carrière en portant dans leurs flancs les pires déchets de la création. Car il y avait aussi les vrais infirmes, les idiots, les demi-fous, les monstres comme ce Crête-de-Coq affublé d'un étrange appendice au front et dont Angélique ne pouvait soutenir la vue. Calembredaine avait fini par chasser le malheureux.

Monde maudit : des enfants qui ne ressemblaient plus à des enfants, des femmes qui se donnaient aux hommes à même la paille du carrelage, des vieux et des vieilles aux yeux vagues de chiens perdus; et pourtant il régnait sur cette foule un climat de nonchalance et de satisfaction qui n'était pas un leurre.

La misère n'est insoutenable que lorsqu'elle n'est pas totale et pour ceux qui peuvent comparer. Les gens de la cour des Miracles n'ont ni passé ni avenir.

Bien des gaillards sains, mais paresseux, s'y engraissaient dans l'oisiveté. La faim, le froid étaient pour les faibles, pour ceux qui en ont l'habitude. Le crime et la mendicité les seules tâches. L'incertitude du lendemain n'inquiétait personne. Qu'importe! Le prix inestimable de cette incertitude c'est la liberté, le droit de tuer ses poux au soleil quand ça vous chante. Il peut toujours venir, l'archer des pauvres! Les grandes dames et leurs aumôniers peuvent toujours bâtir des hôpitaux, des asiles... Les gueux n'y entreront jamais que contraints et forcés, malgré la soupe qu'on y assure.

Comme si la table de Calembredaine n'était pas meilleure, ravitaillée aux bons endroits par ses sbires qui hantent les chalands sur la Seine, rôdent près des charcuteries et boucheries, et attaquent les paysans qui se rendent au marché.

★

Angélique, devant le feu crépitant de fagots volés, s'appuyait aux dures cuisses de Calembredaine. Il n'y avait pas une once de graisse chez cet athlète. Le garçonnet de jadis, qui grimpait aux arbres comme un écureuil, était devenu un hercule, tout en muscles énormes et serrés. A ses larges épaules, on pouvait retrouver son atavisme paysan. Mais il était vrai qu'il avait secoué la glaise de ses sabots. C'était un loup des villes, souple et rapide.

Lorsque ses bras se refermaient sur Angélique, elle avait l'impression d'être prisonnière d'un cercle de fer qu'aucune force ne pourrait dénouer. Suivant l'heure, elle se révoltait ou bien elle posait d'un geste félin sa joue contre la joue râpeuse de Nicolas. Il lui plaisait de voir s'allumer dans les yeux du fauve une lueur éblouie et d'y prendre conscience de son propre pouvoir. Nicolas ne se montrait jamais à elle que dégrimé. Les traits de l'ancien Nicolas de Monteloup la rendaient plus sensible qu'elle ne croyait à l'empire du nouveau Nicolas et, quand il lui chuchotait, en ce patois qui avait été leur premier langage, les mots qu'on dit aux bergères dans le foin des meules, le décor sordide s'effaçait. C'était comme une drogue, quelque chose qui calmait des blessures trop profondes.

L'orgueil que cet homme éprouvait de la posséder était à la fois insultant et impressionnant.

— Tu étais une noble... Tu m'étais interdite, aimait-il à répéter, et moi je me disais : Je l'aurai... Et je savais que tu viendrais... Et maintenant, tu es à moi.

Elle l'insultait, mais se défendait mal. Car il est vrai qu'on ne peut craindre réellement un être qu'on a connu enfant : ce sont les réflexes de l'enfance dont on se défait le moins. La familiarité qui les unissait l'un à l'autre avait de trop lointaines racines.

— Sais-tu à quoi je pensais? dit-il. Toutes ces idées que j'ai eues dans Paris, et qui m'ont permis de réussir, elles me sont venues de nos aventures d'enfants et de nos expéditions. On les préparait bien à l'avance, te souviens-tu? Eh bien, quand je me suis trouvé à organiser mon... travail, quelquefois je me disais...

Il s'interrompit pour réfléchir et passa la langue sur ses lèvres. Un gamin, nommé Flipot, accroupi à ses pieds, lui tendit un gobelet de vin.

— Ça va, grogna Calembredaine en rejetant le gobelet, laisse-nous causer. Vois-tu, continua-t-il, je me disais parfois : qu'est-ce qu'elle aurait fait, Angélique? Quel est le beau coup qui lui serait venu dans sa petite cervelle? Et ça m'aidait... Pourquoi ris-tu?

— Je ne ris pas, je souris. Parce que je me rappelle la dernière expédition que nous avons faite et qui n'a pas été bien glorieuse. Quand nous étions partis pour les Amériques et que nous avons tout juste échoué à l'abbaye de Nieul...

— C'est vrai! C'était une belle sottise. J'aurais pas dû te suivre cette fois...

Il réfléchit encore.

— Elles n'étaient pas bien fameuses, tes idées, à ce moment-là. C'est parce que tu grandissais, tu devenais une femme. Les femmes, ça n'a pas de bon sens... Mais ça a autre chose, conclut-il avec un rire gaillard.

Il hésita, puis osa une caresse en guettant sa compagne du coin de l'œil. C'était la force d'Angélique qu'il ne sût jamais comment seraient accueillies ses initiatives amoureuses. Pour un baiser, elle lui sautait aux yeux, les prunelles flambantes ainsi que celles d'une chatte irritée, menaçant de se précipiter du haut de la tour, l'insultant avec un vocabulaire de harengère qu'elle n'avait pas été longue à apprendre.

Elle boudait des jours entiers, glaciale, au point d'impressionner Barcarole et de faire bégayer Beau-Garçon. Calembredaine rassemblait alors son équipe et chacun, atterré, s'interrogeait sur les causes de son humeur.

Au contraire, à d'autres moments elle savait se faire douce, rieuse, presque tendre. Il la retrouvait. C'était elle!... Son rêve de toujours! La fillette Angélique, pieds nus, en guenilles, les cheveux mêlés de brindilles, courant par les chemins.

Et puis d'autres fois encore, elle devenait passive et comme absente, soumise à tout ce qu'il voulait d'elle, mais si indifférente qu'il renonçait, inquiet, vaguement effrayé.

Une drôle de garce, vraiment, la marquise des Anges!...

En fait elle ne calculait pas. Ses nerfs trop ébranlés la plongeaient dans des alternatives de désespoir et d'horreur ou d'abandon morne et presque heureux. Mais son instinct féminin lui avait enseigné le seul moyen de défense. Comme elle avait subjugué le petit paysan Merlot, elle matait le bandit qu'il était devenu... Elle échappait au danger d'être son esclave ou sa victime. Elle le tenait à sa merci plus encore par la câlinerie de ses consentements que par la rudesse de ses refus. Et la passion de Nicolas devenait chaque jour plus dévorante.

Cet homme dangereux, qui avait les mains souillées de sang, de bien des crimes, en était arrivé à trembler de lui déplaire.

Ce soir, voyant que la marquise des Anges n'avait pas son méchant visage, il se mit à la caresser avec orgueil. Et elle s'alanguissait comme une liane contre son épaule. Elle dédaignait le cercle de trognes affreuses et ricanantes qui les entouraient. Elle admettait qu'il lui écartât son corsage, qu'il l'embrassât violemment sur la bouche.

Son regard d'émeraude filtrait entre ses cils, provocant et lointain. Goûtant intérieurement la profondeur de sa déchéance, Angélique semblait étaler à plaisir sa fierté d'être la chose d'un maître redouté.

Un tel manège faisait hurler de rage la Polak.

L'ancienne maîtresse en titre de Calembredaine n'acceptait pas si facilement son brusque « dégommage », d'autant plus qu'avec la cruauté des vrais tyrans Calembredaine en avait fait la servante d'Angélique. C'était elle qui devait monter à sa rivale l'eau chaude pour sa toilette, usage si étonnant dans le monde des gueux qu'on en parlait jusqu'au faubourg Saint-Denis. Dans sa colère, la Polak, chaque fois, se renversait la moitié de l'eau bouillante sur les pieds. Mais, tel était l'ascendant de l'ancien valet sur ses gens, qu'elle n'osait prononcer un mot en face de celle qui lui avait pris les faveurs de son amant.

Angélique recevait avec une égale indifférence les services et les œillades haineuses de cette grosse fille brune. En langage argotier, la Polak était une ribaude, c'est-à-dire une fille à soldats, de celles qui suivent les armées en guerre. Elle avait plus de souvenirs de bataille qu'un vieux mercenaire suisse. Elle pouvait parler canons, arquebuses et piques avec un égal bonheur, car elle avait eu des relations à tous les degrés de l'échelon militaire. Elle était même allée, précisait-elle, jusqu'aux officiers, pour leurs beaux yeux et leurs jolies moustaches, car ces gentils seigneurs ont plus souvent les poches vides qu'un brave soldat pillard. Elle avait régné toute une campagne sur un régiment de Polonais, d'où son surnom.

Elle portait à la ceinture un couteau qu'elle tirait à tout propos et dont elle avait la réputation de se servir avec habileté.

Le soir, après avoir atteint le fond d'une cruche de vin, la Polak mise en verve parlait de pillage et d'incendie.

— Ah! beau temps de la guerre! Je disais aux soldats :

— Baisez-moi, gens d'armes. Je tuerai vos poux!...

Elle se mettait à chanter des refrains de corps de garde, embrassait les anciens militaires.

On finissait par l'envoyer dehors à grands coups de pied. Alors, sous la pluie et le vent d'hiver, la marquise des Polaks courait sur les berges de la Seine et tendait les bras vers le Louvre, invisible dans la nuit.

— Eh! Majesté! Eh! Franc-Ripault! (1) criait-elle, quand nous donneras-tu la guerre?... La bonne guerre! Qu'est-ce que tu fiches, là-bas, dans ta cambuse, bon à rien? Qu'est-ce qui m'a f... un roi sans batailles? Un roi sans victoires?...

A jeun, la Polak oubliait ses propos belliqueux et ne songeait plus qu'à reconquérir Calembredaine. Elle s'y employait avec toutes les ressources d'un caractère sans scrupules et d'un tempérament volcanique. A son avis, disait-elle, Calembredaine ne serait pas long à en avoir assez de cette fille qui ne riait guère et dont les yeux parfois ne semblaient pas vous voir. D'accord, ils étaient « pays ». Ça crée des liens; mais elle le connaissait, Calembredaine. Ça ne lui suffirait pas. Et dame, elle, la Polak, elle demandait au fond pas mieux que de partager. Après tout, deux femmes pour un homme, c'est pas beaucoup. Le Grand Coesre en avait six!...

Le drame, inévitable, éclata. Il fut court, mais violent.

Certain soir, Angélique était allé voir Cul-de-Bois, dans un trou où il logeait du côté du pont Saint-Michel. Elle lui avait apporté une an-

_____

(1) Roi.

douillette. Cul-de-Bois était le seul personnage de la bande auquel elle accordât sa considération. Elle avait pour lui des attentions qu'il recevait d'ailleurs avec une même face de bouledogue hargneux qui trouve cela tout à fait normal.

Ce soir-là, après avoir flairé l'andouillette, il regarda Angélique et lui dit :

— Où t'en retournes-tu?

— A Nesle.

— N'y va pas. En passant, arrête-toi chez le tavernier Ramez, près du Pont-Neuf. Calembredaine y est avec les compagnons et la Polak.

Il attendit un instant, comme pour lui laisser le temps de comprendre, puis insista :

— T'as compris ce que tu dois faire?

— Non.

Elle était agenouillée devant lui comme elle en avait l'habitude, afin d'être à la hauteur de l'homme-tronc. Le sol et les murs de la tanière étaient de terre battue. Le seul meuble était un coffre de cuir bouilli dans lequel Cul-de-Bois rangeait ses quatre vestes et ses trois chapeaux. Il était toujours très soigné de sa demi-personne.

Le trou était éclairé par une veilleuse d'église volée, plantée au mur : un délicat travail d'orfèvrerie, en vermeil.

— Tu entreras dans la piaule, expliqua Cul-de-Bois d'un air docte, et quand tu auras vu ce que Calembredaine fait avec la Polak, tu prendras ce qui te tombera sous la main : un pot, une bouteille, et tu lui taperas sur le crâne.

— A qui?

— A Calembredaine pardi! Dans ces cas-là on s'occupe pas de la fille.

— J'ai un couteau, dit Angélique.

— Laisse-le tranquille, tu sais pas t'en servir.

76

Et puis, pour donner une leçon au gueux qui trompe sa marquise, y a que le coup sur la tête, crois-moi!

— Mais cela m'est bien égal que ce croquant me trompe, dit Angélique avec un sourire hautain.

Les yeux de Cul-de-Bois s'allumèrent dans la broussaille de ses sourcils. Il parla avec lenteur.

— T'as pas le droit... Je dirai plus : t'as pas le choix. Calembredaine est puissant parmi les nôtres. Il t'a gagnée. Il t'a prise. T'as plus le droit de le dédaigner. T'as plus le droit de le laisser te dédaigner. C'est ton homme.

Angélique eut un frisson où il y eut de la colère et une sourde volupté. Sa gorge se serra.

— Je ne veux pas, murmura-t-elle d'une voix étouffée.

Le cul-de-jatte poussa un grand éclat de rire amer.

— Moi non plus, je ne voulais pas, quand un boulet m'a rasé les deux quilles à Nordlingen. Il n'a pas demandé mon avis. On peut pas revenir sur ces choses-là. Faut s'en accommoder, c'est tout... Il faut apprendre à marcher dans un plat de bois...

La flamme de la veilleuse accusait tous les bourgeonnements de la grosse face de Cul-de-Bois. Angélique pensa qu'il ressemblait à une énorme truffe, un champignon poussé dans l'ombre et l'humidité de la terre.

— Apprends donc toi aussi à marcher parmi les gueux, reprit-il d'une voix basse et pressante. Fais ce que je te dis. Sinon tu mourras.

Elle rejeta sa chevelure en arrière d'un mouvement orgueilleux.

— Je n'ai pas peur de la mort.

— J'te parle pas de cette mort-là, grommela-t-il. Mais de l'autre mort, la pire, celle de toi-même...

Tout à coup, il se mit en colère.

— Tu me fais dire des c...! J'essaie de te faire comprendre, par le diable! T'as pas le droit de laisser une Polak t'écraser! T'as pas le droit... Pas toi. T'as compris?

Il lui vrillait dans les yeux un regard de feu.

— Allons, lève-toi et marche! Donne-moi la bouteille et le gobelet, là-bas, dans le coin.

Et après avoir versé une rasade d'eau-de-vie :

— Avale ça d'un coup, et puis vas-y... N'aie pas peur de taper dur. Je le connais, Calembredaine. Il a le crâne solide!...

En pénétrant dans le bouge de l'Auvergnat Ramez, Angélique s'arrêta sur le seuil. Le brouillard était presque aussi épais à l'intérieur qu'au-dehors. La cheminée tirait mal et emplissait la salle de fumée. Quelques ouvriers accoudés aux tables boiteuses buvaient en silence.

Au fond de la pièce, devant l'âtre, Angélique aperçut les quatre soldats qui composaient la garde habituelle de Calembredaine; La Pivoine, Gobert, Riquet. La Chaussée, puis Barcarole hissé sur une table, Jactance, Prudent, Gros-Sac, Mort-aux-Rats, enfin Nicolas lui-même tenant sur ses genoux la Polak débraillée et à demi culbutée, qui hurlait des chansons à boire.

C'était le Nicolas qu'elle haïssait, le visage hideux et grimé de Calembredaine.

Ce seul spectacle, joint à l'alcool que lui avait fait boire Cul-de-Bois, réveilla son instinct combatif. D'une main prompte, elle saisit un lourd pot d'étain sur une table et s'avança jusqu'au groupe. Les assistants étaient trop ivres pour l'apercevoir et la reconnaître. Dès qu'elle se trouva derrière

Nicolas, elle rassembla ses forces et frappa en aveugle.

Il y eut un grand « Hou! » poussé par Barcarole. Puis Nicolas Calembredaine vacilla et bascula tête la première dans les tisons de l'âtre, entraînant la Polak qui se mit à pousser des hurlements.

Il s'ensuivit un grand désordre. Les autres buveurs s'étaient rués dehors. On les entendait appeler « Au meurtre », tandis que les « narquois » tiraient leur épée et que Jactance, cramponné à la masse de Nicolas, essayait de le tirer en arrière.

Les cheveux de la Polak commençaient à flamber. Barcarole courut jusqu'à l'extrémité de la table où il s'était perché, saisit une cruche d'eau et la vida sur la tête de la femme.

★

Tout à coup une voix cria :

— Caltez, les frères! V'la les malveillants, v'la les gaffres...

Des pas s'entendaient au-dehors. Un sergent exempt du Châtelet, tenant un pistolet, parut sur le seuil en criant :

— Halte-là, malandrins!

Mais la fumée épaisse et l'ombre à peu près totale de la pièce lui firent perdre un temps précieux.

Saisissant le corps inerte de leur chef, les bandits l'avaient traîné dans l'arrière-boutique et s'enfuyaient par une autre issue.

— Grouille-toi, marquise des Anges! hurla Gros-Sac.

Bondissant par-dessus un banc renversé, elle chercha à les rejoindre. Une poigne solide l'accrochait au passage. Une voix cria :

— Je tiens la gueuse, sergent.

Soudain, Angélique vit la Polak se dresser devant elle. La ribaude levait son poignard.

— Je vais mourir, pensa Angélique dans un tourbillon. La lame brilla, traversant l'ombre. L'archer qui tenait Angélique se plia en deux et s'effondra avec un râle.

La Polak jeta une table dans les jambes des policiers qui accouraient. Elle poussa Angélique vers la fenêtre et toutes deux sautèrent dans la ruelle. Un coup de feu claqua sur leurs talons.

Quelques instants plus tard, les deux femmes rejoignirent le groupe des suppôts de Calembredaine dans les environs du Pont-Neuf. Ils avaient fait halte pour reprendre haleine.

— Ouf! soupira La Pivoine en essuyant de sa manche son front en sueur. J'crois pas qu'ils nous poursuivront jusqu'ici. Mais, ce sacré Calembredaine, il est en plomb, ma parole!

— Ils n'ont poissé personne? Tu es là, Barcarole?

— Toujours là.

La Polak expliqua :

— Ils avaient crocheté la marquise des Anges. Mais j'ai buté le rouauh (1) en plein ventre. Ça ne pardonne pas.

Elle montra son poignard taché de sang.

Le cortège reprit sa route vers la tour de Nesle, grossi de tous les camarades qui rôdaient à cette heure dans leur coin favori.

La nouvelle se passait de bouche en bouche.

— Calembredaine! L'illustre polisson! Blessé!...

Gros-Sac expliqua :

— C'est la marquise des Anges qui lui a porté

(1) Policier.

un coup de ringlard parce qu'il mignonnait la Polak...

— C'est régulier! disait-on.

Un homme proposa :

— Je vais aller chercher le Grand Matthieu.

Et il partit en courant.

A l'hôtel de Nesle, on mit Calembredaine sur la table de la grande salle.

Angélique s'approcha de lui, lui arracha son masque et examina la blessure. Elle était déconcertée de le voir ainsi immobile et couvert de sang; elle n'avait pas l'impression d'avoir frappé si fort; sa perruque aurait dû le protéger. Mais le pied du pichet avait glissé et entamé la tempe. De plus, en tombant, Calembredaine s'était brûlé au front.

Elle ordonna :

— Qu'on mette de l'eau à chauffer.

Plusieurs gamins se bousculèrent pour lui obéir. On savait bien que l'eau chaude, c'était la manie de la marquise des Anges, et que le moment n'était pas choisi pour la contrarier. Elle avait assommé Calembredaine alors que la Polak elle-même n'avait pas osé mettre ses menaces à exécution. Elle avait fait cela en silence, au bon moment, proprement... C'était régulier. On admirait, et personne ne plaignait Calembredaine, car on savait qu'il avait la tête solide.

Tout à coup, un bruit de fanfare éclata au-dehors. La porte s'ouvrit et le Grand Matthieu, dentiste-empirique du Pont-Neuf, apparut.

Il n'avait pas négligé, même à cette heure tardive, de mettre sa célèbre fraise godronnée, d'enfiler son collier de molaires et de se faire accompagner de ses cymbales et de sa trompette.

Le Grand Matthieu, comme tous les bateleurs, avait un pied dans la gueuserie et l'autre dans l'antichambre des princes. Tous les êtres s'égalisent devant la tenaille de l'arracheur de dents. Et la douleur rend le seigneur le plus arrogant aussi faible et crédule que le brigand le plus audacieux. Les opiats salvateurs, les élixirs bienfaisants, les emplâtres miraculeux du Grand Matthieu faisaient de lui un homme universel. C'était pour lui que le Poète-Crotté avait composé une chanson que les vielleurs chantaient au coin des rues :

> ... Et par une secrète cause
> Qu'il connaissait dans tous les maux,
> Il ordonnait la même chose
> Pour les hommes et pour les chevaux...

Il soignait filles et filous, pour se ménager leurs bonnes grâces et par cordialité native, et les grands par ambition et cupidité. Il eût pu faire une carrière foudroyante parmi les grandes dames qu'il tapotait familièrement et traitait pêle-mêle d'altesses, de p... et de gonzesses. Mais, ayant voyagé à travers l'Europe, il avait décidé de finir ses jours sur le Pont-Neuf et que personne ne l'en déracinerait.

Il contempla Nicolas toujours immobile avec une satisfaction non dissimulée.

— En v'là du raisiné (1). C'est toi qui l'as arrangé comme ça? demanda-t-il à Angélique.

Avant qu'elle ait eu le temps de répondre, il lui avait saisi la mâchoire d'une poigne décidée et lui examinait la bouche.

(1) Du sang.

— Pas un chicot à tirer, fit-il avec dégoût. Voyons plus bas. Tu es grosse?

Et il lui pétrit le ventre si énergiquement qu'elle poussa un cri.

— Non. Le coffre est vide. Voyons plus bas...

Angélique échappa d'un bond à cette consultation en règle.

— Gros pot d'orviétan! cria-t-elle furieuse. On ne vous a pas fait venir ici pour me peloter, mais pour vous occuper de cet homme-là...

— Ho! Ho! la marquise! fit le Grand Matthieu. Ho! Ho!... Ho! Ho! Ho!...

Ses Ho! Ho! allaient *crescendo* et il finit par rire à faire crouler les voûtes en se tenant l'abdomen à deux mains. C'était un géant haut en couleur, toujours vêtu de redingotes en satin orange ou bleu de paon. Il portait perruque sous un chapeau à beau tour de plumes. Lorsqu'il descendait ainsi au monde des gueux, parmi les loques grises et les plaies repoussantes, il apparaissait comme le soleil.

Lorsqu'il eut ri, on s'aperçut que Nicolas Calembredaine était revenu à lui. Assis sur la table, il avait une expression méchante qui dissimulait au fond un certain embarras. Il n'osait pas regarder Angélique.

— Qu'est-ce que vous avez tous à rigoler, tas de c...? gronda-t-il. Jactance, abruti! t'as encore laissé brûler la bidoche. Ça pue le cochon grillé dans cette turne.

— Bé! c'est toi le cochon grillé, rugit Grand Matthieu en essuyant ses larmes de rire avec un mouchoir à carreaux. Et la Polak aussi! Regardez donc! Elle a la moitié du dos rôti! Ho! Ho! Ho!...

Et il se remit à rire de plus belle.

On s'amusa beaucoup, cette nuit-là, chez les gueux, à l'hôtel de Nesle, en face du Louvre.

## 4

« Regarde un peu là-bas! dit La Pivoine à Angélique, cet homme qui se promène près de l'eau avec son chapeau sur les yeux et son manteau sur les moustaches... Tu l'as repéré...? Eh bien, c'est un grimaut.

— Un grimaut?

— Un malveillant, si tu préfères. Un policier, quoi.

— Comment le sais-tu?

— J'le sais pas, j'le sens.

Et le « narquois » pinça son nez d'ivrogne, cet appendice bulbeux et cramoisi qui lui avait valu son nom de La Pivoine.

Angélique était accoudée au petit pont en dos d'âne qui franchissait les fossés devant la porte de Nesle. Un soleil pâle dissipait le brouillard qui depuis quelques jours s'abattait sur la ville. L'autre rive, celle du Louvre, demeurait invisible encore, mais il y avait une douceur dans l'air. Des enfants en guenilles pêchaient des poissons dans les fossés, tandis qu'un laquais au bord du fleuve lavait deux chevaux après les avoir fait boire.

L'homme que La Pivoine avait désigné du bout de son tuyau de pipe avait l'air d'un promeneur inoffensif, d'un petit-bourgeois qui, sur les berges de la Seine, vient faire quelques pas avant son dîner. Il regardait le laquais bouchonner ses bêtes et, de temps en temps, il levait la tête vers la tour de Nesle comme s'il se fût intéressé à ce vestige croulant d'une époque lointaine.

— Sais-tu qui il cherche? reprit La Pivoine en

soufflant au visage d'Angélique sa fumée de gros tabac.

Elle s'écarta un peu.

— Non.

— Toi.

— Moi?

— Oui, toi, la marquise des Anges.

Angélique eut un vague sourire.

— Tu es un imaginatif.

— J'suis... quoi?

— Rien. Je veux dire que tu te fais des idées. Personne ne me recherche. Personne ne pense à moi. Je n'existe plus.

— Possible. Mais, pour l'instant, c'est plutôt l'archer Martin qui n'existe plus... Tu te souviens chez Ramez l'Auvergnat, Gros-Sac t'a crié :

— Grouille-toi, marquise des Anges! Ça leur est resté dans l'oreille, et quand ils ont vu l'archer avec son ventre ouvert... Marquise des Anges, qu'ils se sont dit, c'est la gueuse qui l'a buté. Et on te cherche. Je sais ça parce que, nous autres, anciens soldats, on se retrouve parfois à boire le coup avec des camarades de guerre qui ont pris du service au Châtelet. Ça renseigne.

— Bah! fit la voix de Calembredaine derrière eux, y a pas de quoi se faire de bile. Si on voulait, le gars qui est là-bas, on lui ferait piquer une tête dans la Seine. Qu'est-ce qu'ils peuvent contre nous? Ils sont cent à peine, tandis que nous...

Il eut un geste orgueilleux, comme s'il rassemblait dans sa main la ville tout entière. En amont, la clameur du Pont-Neuf et de ses charlatans s'élevait à travers la brume.

Un carrosse s'engagea sur le pont. Le petit groupe s'effaça pour le laisser passer; mais, à la sortie du pont, les chevaux bronchèrent, car un mendiant s'était jeté sous leurs sabots. C'était Pain-Noir, un des gueux de Calembredaine, un vieux à barbe blanche, tout harnaché de gros chapelets et de coquilles Saint-Jacques.

— Pitié! psalmodia-t-il, ayez pitié d'un pauvre pèlerin qui, se rendant à Compostelle pour faire un vœu, n'a plus de quoi continuer sa route. Donnez-moi quelques sols et je prierai pour vous sur le tombeau de saint Jacques.

Le cocher lui assena un violent coup de fouet.

— Arrière, coquillard du diable!

Une dame mit sa tête à la portière. Sa mante entrouverte laissait voir à son cou de beaux bijoux.

— Que se passe-t-il, Lorrain? Pressez un peu vos bêtes. Je veux être à l'abbaye de Saint-Germain-des-Prés pour complies.

Nicolas fit quelques pas et posa la main sur la poignée de la portière.

— Pieuse dame, dit-il en ôtant son feutre troué, vous qui vous rendez à complies, refuserez-vous votre obole à ce pauvre pèlerin qui s'en va prier Dieu si loin, en Espagne?

La dame regarda le visage noirci de barbe qui lui apparaissait dans le crépuscule, détailla l'individu dont la casaque trouée laissait voir des biceps de lutteur et dont la ceinture s'ornait d'un couteau de boucher. Elle ouvrit une bouche énorme et se mit à hurler :

— Au secours! A l'assas...

La Pivoine avait déjà posé la pointe de sa rapière sur le ventre du cocher. Pain-Noir et Flipot, l'un des gamins qui pêchaient dans les fossés, retinrent les chevaux. Prudent accourait. Calembredaine bondit à l'intérieur du carrosse, et, d'une main brutale, étouffa les appels de la femme.

Il cria à l'intention d'Angélique :

— Ton fichu! Donne-moi ton fichu!

Angélique, sans savoir comment, se retrouva dans le carrosse, dans une odeur de poudre d'iris, et près d'une belle jupe aux passementeries dorées.

Calembredaine lui avait arraché son mouchoir de cou et en bourrait le gosier de la dame.

— Grouille-toi, Prudent! Arrache-lui sa brocante! Prends-lui son argent!

La femme se débattait avec vigueur. Prudent suait à décrocher les bijoux, une petite chaîne d'or et ce qu'on appelait un « carcan », c'est-à-dire une belle plaque d'or également, supportant plusieurs gros diamants.

— Donne-moi un coup de main, marquise des Anges! geignait-il. Je m'y perds dans tous ces affutiaux.

— Grouille-toi, faut faire vite! grondait Calembredaine. Elle m'échappe. On dirait une anguille!

Les mains d'Angélique trouvèrent le fermoir. C'était très simple. Elle avait porté de semblables bijoux.


— Fouette cocher! cria la voix gouailleuse de La Pivoine.

Le carrosse dévala à grand fracas la rue du Faubourg-Saint-Germain. Heureux d'en être quitte pour la peur, le cocher enlevait son attelage. Un peu plus loin, la femme, qui avait réussi à ôter son bâillon, se remit à hurler.


Les mains d'Angélique étaient pleines d'or.

— Apporte la flambarde (1), cria Calembredaine.


(1) Chandelle

Dans la salle de Nesle, on se rassembla autour de la table et chacun regardait briller les bijoux qu'Angélique venait d'y déposer.

— Un beau coup!

— Pain-Noir aura sa part. C'est lui qu'a commencé.

— Quand même, soupira Prudent, c'était risqué. Y faisait encore jour.

— Des occasions comme ça, on ne les rate pas, tu l'apprendras, abruti, empoté, péquenaud! Ah! on peut le dire que tu es leste. Si la marquise ne t'avait pas donné un coup de main...

Nicolas regarda Angélique, et il eut un étrange sourire victorieux.

— Toi aussi, tu auras ta part, murmura-t-il.

Et il lui jeta la chaîne d'or. Elle la repoussa avec horreur.

— Quand même, répétait Prudent, c'était risqué. Avec un grimaut à deux pas de là, c'était pas malin.

— Y avait du brouillard. Il n'a rien vu, et s'il a entendu, il doit courir encore. Qu'est-ce qu'il pouvait faire, hein? Il n'y en a qu'un dont j'ai peur. Mais, celui-là, on ne l'a pas vu depuis longtemps. Faut espérer qu'il s'est fait buter proprement dans un coin. C'est dommage. J'aurais aimé avoir sa peau à lui et à son sacré chien.

— Oh! le chien! Le chien! fit Prudent dont les yeux s'agrandirent. Il m'a tenu là...

Et il porta la main à sa gorge.

— L'homme au chien, murmura Calembredaine en fermant à demi les yeux. Mais j'y pense, je t'ai vue avec lui, un jour, près du Petit-Pont. Tu le connais?...

Il s'approcha d'Angélique et la regarda pensivement avant de sourire de nouveau d'une façon terrible.

— Tu le connais! répéta-t-il. Voilà qui est bon. Tu nous aideras à l'avoir, hein, maintenant que tu es des nôtres?

— Il a quitté Paris. Il ne reviendra plus, je le sais, fit Angélique d'une voix blanche.

— Oh! si, il reviendra...

Calembredaine hocha la tête et les autres l'imitèrent. La Pivoine grogna sur un ton lugubre :

— L'homme au chien revient toujours.

— Tu nous aideras, hein? reprit Nicolas.

Il ramassa la chaîne d'or sur la table.

— Prends-la donc, ma jolie. Tu l'as bien gagnée.

— Non!

— Pourquoi?

— Je n'aime pas l'or, dit Angélique qui tout à coup était saisie d'un tremblement convulsif. « J'ai horreur de l'or. »

Et elle sortit, ne pouvant plus supporter ce cercle infernal.

★

La silhouette du policier avait disparu. Angélique marchait le long des berges. Dans le brouillard ardoisé s'épanouissaient les points jaunes des lanternes accrochées à l'avant des chalands. Elle entendit un marinier accorder sa guitare et se mettre à chanter. Elle s'éloigna, marchant vers l'extrémité du faubourg, d'où venait une odeur de campagne. Lorsqu'elle s'arrêta, la nuit et la brume avaient éteint tous les bruits. Elle n'entendait que l'eau murmurer, en contrebas dans les roseaux, contre des barques à l'amarre.

Angélique dit à mi-voix, comme un enfant qui a peur d'un trop grand silence :

— Desgrez!

Il lui semblait entendre une voix chuchoter dans les plis de la nuit et de l'eau :

— Quand le soir tombe sur Paris, nous partons en chasse. Nous descendons jusqu'aux berges de la Seine, nous rôdons sous les ponts et dans les pilotis, nous errons sur les vieux remparts, nous plongeons dans les trous puants pleins de cette vermine de gueux et de bandits...

L'homme au chien reviendra... L'homme au chien revient toujours...

... « Et maintenant, messieurs, l'heure est venue de faire entendre une voix grandiose, une voix qui au-delà des turpitudes humaines a toujours éclairé ses fidèles avec prudence... »

L'homme au chien reviendra... L'homme au chien revient toujours...

Elle serra ses épaules à deux mains pour contenir l'appel qui lui gonflait la poitrine.

— Desgrez! répéta-t-elle.

Mais seul le silence lui répondait, un silence aussi profond que le silence neigeux dans lequel Desgrez l'avait abandonnée.

Elle fit quelques pas vers le fleuve et ses pieds enfoncèrent dans la vase. Puis l'eau encercla ses chevilles. Elle se sentait glacée... Barcarole dirait-il :

— Pauvre marquise des Anges! Ça n'a pas dû lui plaire beaucoup de mourir dans l'eau froide, elle qui aimait tant l'eau chaude?

Dans les roseaux, une bête remua, un rat sans doute. Une boule de poil mouillé frôla les mollets

90

d'Angélique. Elle poussa un cri de dégoût et remonta la berge avec précipitation. Mais les pattes griffues se cramponnaient à sa jupe. Le rat montait en elle. Elle frappa en tous sens pour s'en débarrasser. La bête se mit à pousser des cris aigus. Tout à coup, Angélique sentit autour de son cou l'étreinte de deux petits bras glacés. Elle cria de surprise :

— Qu'est-ce que c'est? Ce n'est pas un rat!...

Dans le chemin de halage, deux mariniers passaient avec une lanterne. Angélique les interpella :

— Hé là! nautonniers! Prêtez-moi votre fumante.

Les deux hommes s'arrêtèrent et l'examinèrent avec méfiance.

— La belle garce! dit l'un.

— Bouge pas, fit l'autre. C'est la gueuse de Calembredaine. Tiens-toi tranquille, si tu ne veux pas être saigné comme un porc. De celle-là il est jaloux! Un vrai Turc!

— Oh! un singe! s'exclama Angélique qui avait enfin réussi à distinguer le genre d'animal qui se cramponnait ainsi à elle.

Le singe continuait à presser ses longs bras grêles autour du cou d'Angélique et ses yeux noirs et traqués regardaient la jeune femme de façon presque humaine. Bien que vêtu d'un petit haut-de-chausses de soie rouge, il grelottait violemment.

— N'est-il pas à vous ou à quelqu'un de vos camarades?

Les mariniers secouèrent la tête.

— Ma foi, non. Il doit plutôt appartenir à un des bateleurs de la foire Saint-Germain.

— Je l'ai trouvé par là. Près du fleuve.

L'un des hommes balança la lanterne dans la direction qu'elle indiquait.

— Il y a quelqu'un par là, dit-il.

Ils s'approchèrent et découvrirent un corps étendu dans la posture du sommeil.

— Holà, l'homme! Fait frisquet pour dormir là!

Comme l'homme ne bougeait pas, ils le retournèrent et poussèrent une exclamation effrayée, car il portait un masque de velours rouge. Une longue barbe blanche s'étalait sur sa poitrine. Son chapeau à fond conique, entrecroisé de rubans rouges, sa besace brodée, ses chausses de velours, également retenues aux jambes par des rubans usés et boueux, étaient ceux d'un bateleur italien, l'un de ces montreurs d'animaux et faiseurs de tours qui venaient du Piémont et allaient de foire en foire.

Il était mort. Sa bouche ouverte était déjà pleine de vase.

Le singe, toujours accroché à Angélique, poussait des cris plaintifs.

La jeune femme se pencha et retira le masque rouge. Le visage était celui d'un vieillard émacié. La mort avait meurtri les chairs; les yeux étaient vitreux.

— Il n'y a plus qu'à le balancer à la flotte, dit l'un des mariniers.

Mais l'autre, qui s'était signé pieusement, dit qu'il fallait aller chercher un abbé de Saint-Germain-des-Prés et faire donner une sépulture chrétienne à ce pauvre étranger.

Angélique, sans bruit, les quitta et reprit le chemin de la tour de Nesle.

Elle tenait le petit singe serré contre elle. Elle secouait la tête et se souvenait de la scène à laquelle, sur le moment, elle n'avait prêté aucune attention. C'était à la taverne des Trois-Maillets qu'elle avait vu ce singe la première fois. Il faisait rire tous les clients en imitant leur façon de boire ou de manger. Et Gontran avait dit, montrant le vieil Italien à sa sœur :

— Regarde, quelle merveille, ce masque rouge et cette barbe étincelante!...

Elle se souvint aussi que son maître avait appelé le singe Piccolo.

— Piccolo!

Le singe poussa un cri plein de tristesse et se pressa contre elle.

Plus tard seulement, Angélique s'aperçut qu'elle avait gardé à la main le masque rouge.

★

Au même moment, Mazarin rendait le dernier soupir. Après s'être fait transporter à Vincennes et avoir remis sa fortune au roi qui l'avait refusée, M. le cardinal avait quitté cette vie qu'il appréciait à sa juste valeur pour en avoir connu les formes les plus diverses.

Sa passion la plus profonde, le pouvoir, il la léguait à son royal pupille.

Et le Premier ministre, haussant vers le roi son visage jauni, lui avait transmis dans un murmure la clef du pouvoir absolu.

— Pas de Premier ministre, pas de favori! Vous seul, le maître...

Puis, dédaigneux des larmes de la reine-mère, l'Italien était mort.

La paix de Westphalie avec l'Allemagne, la paix des Pyrénées avec l'Espagne, la paix du Nord conclue par lui sous l'égide de la France : toutes les paix veillaient à son chevet.

Le petit roi de la Fronde, de la guerre civile et de la guerre étrangère, le petit roi à la couronne menacée naguère par les grands pendant qu'il errait de ville en ville, apparaissait désormais comme le Roi des rois.

Louis XIV ordonna les prières des quarante heures et prit le deuil. La cour dut l'imiter. Tout le royaume marmonna devant les autels pour l'Italien haï, et le glas ininterrompu plana deux jours sur Paris.

Puis, après avoir versé les ultimes larmes d'un jeune cœur qui ne se voulait plus sensible, Louis XIV se mit au travail.

Rencontrant dans l'antichambre le président de l'Assemblée du clergé, qui lui demandait à qui désormais s'adresser pour les questions que réglait, d'habitude, M. le cardinal, le roi répondit :

— A moi, monsieur l'archevêque.

« Pas de Premier ministre... Pas de favori tout-puissant... l'Etat, c'est moi, messieurs! »

Les ministres étonnés se tenaient debout devant ce jeune homme dont le goût des plaisirs leur avait donné d'autres espérances. Comme des employés disciplinés, ils présentaient leurs dossiers.

La cour souriait, sceptique. Le roi s'était fait un programme, heure par heure, où tout serait compris de ses occupations, bals et maîtresses, mais surtout travail, un travail intense, constant, scrupuleux. On hochait la tête. Cela ne durerait pas, disait-on.

Cela devait durer cinquante ans.

★

De l'autre côté de la Seine, à la tour de Nesle, c'était par les récits de Barcarole que l'écho de la vie royale arrivait jusqu'aux gueux. Barcarole, le nain, était toujours bien informé de ce qui se passait à la cour. Car, à ses moments perdus, il revêtait un costume de « fou » du XVIe siècle avec grelots et plumes, et ouvrait la porte chez l'une des plus grandes devineresses de Paris.

— Et les belles dames qui la viennent voir ont beau se masquer, se voiler, je les reconnais toutes...

Il prononçait des noms et donnait de tels détails qu'Angélique, qui les avait connues, ne pouvait douter que les plus brillantes fleurs de l'entourage du roi n'allassent fréquemment dans ce repaire louche de ladite devineresse.

Cette femme s'appelait Catherine Mauvoisin. On l'avait surnommée la Voisin. Barcarole la disait redoutable et surtout très habile. Accroupi dans sa pose familière de crapaud près de son ami Cul-de-Bois, Barcarole, à petites phrases, révélait à Angélique, tour à tour effarée et curieuse, les secrets des intrigues et l'arsenal atroce des pratiques et des mystifications dont il était témoin.

Pourquoi ces grandes dames ou ces princes quittaient-ils le Louvre en manteaux gris, sous le masque? Pourquoi couraient-ils les ruelles fangeuses de Paris et frappaient-ils à la porte d'un bouge que leur ouvrait un nain menaçant? Pourquoi confiaient-ils leurs secrets les plus intimes dans l'oreille d'une femme à moitié ivre?...

Parce qu'ils voulaient ce qu'on n'obtient pas seulement avec de l'argent.

Ils voulaient l'amour. L'amour de la jeunesse, mais aussi, l'amour que veulent retenir les femmes mûres qui voient leurs amants s'échapper, et les ambitieuses qui ne sont jamais assouvies, qui cherchent à monter plus haut, toujours plus haut...

A la Voisin, on demandait le philtre magique qui enchaîne le cœur, la drogue aphrodisiaque qui entraîne les sens.

Certains souhaitaient l'héritage d'un vieil oncle qui ne se décidait pas à disparaître, ou encore la mort d'un vieux mari, d'une rivale, d'un enfant à naître.

Avorteuse, empoisonneuse, sorcière, la Voisin était tout cela.

Que voulait-on encore? Trouver des trésors, parler au diable, revoir un défunt, tuer à distance par magie... Il n'y avait qu'à aller chez la Voisin. Il s'agissait seulement d'y mettre le prix, et la Voisin faisait appel à ses complices : le savant qui fabrique les poisons; le laquais ou la servante qui volent les lettres, le prêtre dévoyé qui dit des messes noires et aussi l'enfant qu'on immole, à l'instant du sacrifice, en lui plantant une longue aiguille dans le cou, et dont on boit le sang...

Précipitée dans les bas-fonds de la cour des Miracles par un procès de fausse sorcellerie, Angélique découvrait, par les récits de Barcarole, la vraie sorcellerie. Barcarole lui dévoilait aussi la corruption effarante du sentiment religieux au XVIIe siècle.

Un certain Jean-Pourri vendait beaucoup d'enfants à la Voisin pour les sacrifices.

C'est par lui d'ailleurs que Barcarole était entré comme portier chez la devineresse.

Jean-Pourri aimait le travail sérieux, bien fait, bien organisé.

Angélique ne pouvait rencontrer l'ignoble personnage sans frissonner.

Lorsque, par la porte délabrée de la salle, se glissait ce petit homme au pâle visage, aux yeux troubles de poisson mort, elle tremblait. Un serpent ne l'eût pas plus terrifiée.

Jean-Pourri était marchand d'enfants. Quelque part du côté du faubourg Saint-Denis, dans le fief même du Grand Coesre, il y avait une grande masure de boue dont les plus endurcis ne parlaient qu'en baissant la voix. Jour et nuit s'en élevaient les pleurs des innocents martyrisés. Enfants trouvés, enfants volés s'entassaient là. Aux plus grêles, on tordait les membres afin de les louer aux mendiantes qui s'en servaient pour apitoyer les passants. Au contraire, les plus jolis, petits garçons et petites filles, étaient élevés avec soin et vendus, tout jeunes encore, à des seigneurs vicieux qui les retenaient d'avance pour leurs affreux plaisirs. Les plus heureux étaient ceux qu'achetaient les femmes stériles, avides de trouver un sourire d'enfant à leur foyer, ou encore de contenter un mari inquiet. D'autres assuraient ainsi, par une descendance apparente, le retour d'un héritage.

Saltimbanques et bateleurs acquéraient pour quelques sols des enfants sains qu'ils dressaient à faire des tours.

Un trafic énorme, incessant, avait pour objet cette pitoyable marchandise. Les petites victimes mouraient par centaines. Il y en avait toujours. Jean-Pourri était infatigable. Il visitait les nourrices, envoyait ses gens dans les campagnes, ramassait les abandonnés, soudoyait les servantes des crèches publiques et des orphelinats, faisait enlever les petits Savoyards ou Auvergnats qui, venus à Paris avec leurs marmottes et leur matériel de ramonage ou de cireur de chaussures, disparaissaient à jamais.

Paris les avait engloutis, comme il engloutissait

les faibles, les pauvres, les isolés, les malades incurables, les infirmes, les vieillards, les soldats sans pension, les paysans chassés de leur terre par les guerres, les commerçants ruinés.

A ceux-là, la « matterie » ouvrait son sein nauséabond et toutes les ressources de ses industries codifiées par les siècles.

Les uns apprenaient à devenir épileptiques et les autres à voler. Des vieux et des vieilles se louaient pour former le cortège des enterrements. Les filles se prostituaient et les mères vendaient leurs filles. Parfois un grand seigneur payait un groupe de spadassins pour occire un ennemi à quelque coin de rue. Ou bien on allait chercher à la cour des Miracles les éléments d'une émeute destinée à faire triompher une intrigue de cour. Payés pour crier et injurier, les gens de la « matterie » s'en donnaient à cœur joie. Devant un cercle de loqueteux menaçants, bien des ministres s'étaient vus sur le point d'être jetés à la Seine et avaient cédé aux pressions de leurs rivaux.

Et les veilles de fêtes carillonnées, il arrivait qu'on vît se glisser jusqu'aux plus dangereux repaires des silhouettes d'ecclésiastiques. Demain la châsse de sainte Opportune ou de saint Marcel passerait par les rues. Les chanoines du chapitre souhaitaient qu'un miracle bien venu ranimât à point la foi de la foule. Où pouvait-on trouver des miraculés, sinon à la cour des Miracles? Bien payés, le faux aveugle, le faux sourd, le faux paralytique se postaient sur le passage de la procession et tout à coup proclamaient leur guérison en versant des larmes de joie.

Qui pouvait dire que les gens du royaume de Thunes vivaient dans l'oisiveté?

Beau-Garçon n'avait-il pas bien du mal avec son

bataillon de prostituées qui lui apportaient, certes, leur salaire, mais dont il devait apaiser les querelles et voler les atours nécessaires à leur commerce?

La Pivoine, Gobert et tous les « drilles » et « narquois » du lieu trouvaient parfois la nuit froide et le gibier rare.

Pour un manteau qu'on arrache, que de longues heures de guet, que de cris et de tintouin!...

Et cracher des bulles de savon quand on est « sabouleux » en se roulant par terre au milieu d'un cercle de badauds stupides, est-ce si drôle?

Surtout lorsqu'au bout de la route ne vous attend que la mort, solitaire, dans les roseaux d'une berge, ou pire encore la torture dans les prisons du Châtelet, la torture qui fait éclater les nerfs et saillir les yeux, et la potence en place de Grève, la potence pour finir, l'abbaye de Monte-à-Regret comme on l'appelle au royaume de Thunes.

★

Cependant, au royaume de Thunes, Angélique, protégée par Calembredaine et par l'amitié de Cul-de-Bois, jouissait d'une vie libre et préservée.

Elle était intouchable. Elle avait payé sa dîme en devenant la compagne d'un truand. Les lois de la pègre sont dures. On savait que la jalousie de Calembredaine ne pardonnerait rien et Angélique pouvait se trouver en pleine nuit aux côtés d'hommes grossiers et dangereux comme La Pivoine ou Gobert, sans être exposée au moindre geste équivoque. Quels que fussent les désirs qu'elle inspirait, tant que le chef n'aurait pas levé l'interdit, elle n'appartiendrait qu'à lui.

C'est ainsi que sa vie, misérable en apparence,

se partageait à peu près entièrement entre de longues heures de sommeil et de prostration et des promenades sans but à travers Paris. Il y avait toujours quelque nourriture pour elle et, à la tour de Nesle, elle retrouvait le feu dans l'âtre.

Elle eût pu se vêtir décemment, car parfois les voleurs rapportaient de belles toilettes fleurant l'iris et la lavande. Mais elle n'en avait pas le goût. Elle avait gardé le même costume de serge brune dont la jupe maintenant s'effrangeait. Le même bonnet de lingerie retenait ses cheveux. Mais la Polak lui avait donné une ceinture spéciale pour le couteau qu'elle dissimulait sous son corsage.

— Si tu veux, je t'apprendrai à t'en servir, avait-elle proposé.

Depuis la scène du pot d'étain et de l'archer éventré, entre elles s'était établi une estime qui n'était pas loin de devenir une amitié.

Angélique sortait peu le jour et ne s'éloignait guère. D'instinct, elle adoptait le rythme de vie de ses compagnons, auxquels bourgeois, commerçants et archers, par un accord tacite, abandonnaient la nuit.

Ce fut donc une nuit que le passé se représenta à elle et la réveilla si cruellement qu'elle faillit en mourir.

La bande de Calembredaine dévalisait une maison du faubourg Saint-Germain. La nuit était sans lune, la rue mal éclairée. Lorsque Tord-Serrure, un gamin aux doigts agiles, eut réussi à faire tourner le pêne d'une petite porte de service, les voleurs entrèrent sans trop de précautions.

— La maison est grande et il n'y a qu'un vieux qui l'habite avec une servante qui loge tout en

100

haut, expliqua Nicolas. On va être comme des princes pour faire notre travail.

Après avoir allumé sa lanterne sourde, il entraîna ses compagnons vers le salon. Pain-Noir, qui était venu mendier fréquemment dans les parages, lui avait indiqué la disposition exacte des lieux.

Angélique fermait la marche. Ce n'était pas la première fois qu'elle courait une aventure de ce genre. Au début, Nicolas ne voulait pas l'emmener.

— Tu recevras un mauvais coup, disait-il.

Mais elle n'agissait qu'à sa guise. Elle ne venait pas pour voler. Elle se plaisait seulement à humer l'odeur des maisons endormies : tapisseries, meubles bien cirés, relents de cuisine ou de pâtisseries. Elle touchait des bibelots, les remettait à leur place. Jamais une voix ne s'éleva en elle pour lui dire : « Que fais-tu là, Angélique de Peyrac ? » Sauf en cette nuit où Calembredaine dévalisa la maison du vieux savant Glazer dans le faubourg Saint-Germain...

Cette nuit-là, Angélique trouva sur une console un flambeau pourvu d'une chandelle. Elle alluma la chandelle à la lanterne des voleurs, pendant que ceux-ci emplissaient leurs sacs. Puis, avisant une petite porte au fond de la pièce, elle la poussa avec curiosité.

— Bigre ! chuchota la voix de Prudent derrière elle, quèqu'c'est qu'ça ?

La flamme se reflétait dans de grosses boules de verre à longs becs, et l'on distinguait des tuyaux de cuivre entrelacés, des pots de faïence portant des inscriptions latines, des fioles de toutes couleurs.

— Quèqu'c'est qu'ça ? répéta Prudent, ahuri.

— Un laboratoire.

Très lentement, Angélique s'avança et s'arrêta près d'un étal de brique sur lequel était posé un réchaud.

Elle enregistrait chaque détail. Il y avait un petit paquet, scellé de cire rouge, sur lequel elle lut : « Pour M. de Sainte-Croix ». Puis, dans une boîte ouverte, une sorte de poudre blanche. Le nez d'Angélique frémit. L'odeur ne lui était pas inconnue.

— Et ça, demandait Prudent, c'est de la farine? Ça sent bon. Ça sent l'ail...

Il prit une pincée de la poudre et la porta à sa bouche. D'un geste irréfléchi, Angélique lui rabattit la main. Elle revoyait Fritz Hauer s'écriant :

— *Gift, gnädige Frau!*

— Laisse, Prudent. C'est du poison, de l'arsenic. Elle jeta un regard effaré autour d'elle.

— Du poison! répéta Prudent bouleversé.

En reculant, il renversa une cornue qui tomba et se brisa avec un bruit cristallin.

Précipitamment, tous les intrus quittèrent la pièce. Maintenant, le salon était vide. On entendit alors une canne heurter le dallage supérieur, et une voix de vieillard cria dans l'escalier :

— Marie-Josèphe, vous avez encore oublié d'enfermer les chats. C'est insupportable. Il faut que je descende voir.

Puis, penché vers le vestibule, la même voix reprit :

— Est-ce vous, Sainte-Croix? Vous venez chercher la formule!

Angélique et Prudent s'empressèrent de gagner la cuisine, puis le cellier sur lequel s'ouvrait la petite porte crochetée par les cambrioleurs. Quelques ruelles plus loin, ils s'arrêtèrent.

— Ouf! soupira Prudent. J'ai eu une belle peur! Si on s'était douté qu'on allait chez un sorcier!... Pourvu que ça ne nous porte pas malheur! Où sont les autres?

— Ils ont dû rentrer par une autre route.

— Ils auraient bien pu nous attendre. On n'y voit goutte maintenant.

— Oh! ne te plains pas tout le temps, mon pauvre Prudent. Les gens de ton espèce doivent voir dans la nuit.

Mais il lui saisit le bras.

— Ecoute! dit-il.

— Qu'est-ce qu'il y a?

— Tu n'entends pas? Ecoute..., répéta-t-il sur un ton d'indicible terreur.

Tout à coup, il ajouta dans une sorte de râle :

— Le chien!... Le chien!

Et, jetant à terre son sac, il s'enfuit en courant.

— Le pauvre garçon à l'esprit dérangé, se dit Angélique en se penchant machinalement pour ramasser le butin du cambrioleur. Alors, à son tour, elle l'entendit. Le bruit venait du fond des ruelles silencieuses.

C'était comme un galop léger, très rapide, qui se rapprochait. Soudain elle vit la bête à l'autre bout de la rue, comme un blanc fantôme bondissant. Angélique, soulevée d'une peur inexprimable, s'enfuit à son tour. Elle courait comme une folle, sans prendre garde aux mauvais pavés qui lui tordaient les pieds. Elle était aveugle. Elle se sentait perdue et aurait voulu crier, mais aucun son ne sortait de sa gorge.

Le choc de la bête lui sautant aux épaules la projeta la face dans la boue.

Elle sentit ce poids sur elle et, contre sa nuque,

la pression d'une mâchoire aux crocs pointus comme des clous.

— Sorbonne! cria-t-elle.

Plus bas, elle répéta :

— Sorbonne!

Puis, très lentement, elle tourna la tête. C'était Sorbonne, sans aucun doute, car il l'avait lâchée aussitôt. Elle leva la main et caressa la grosse tête du danois. Il la flairait avec surprise.

— Sorbonne, mon brave Sorbonne, tu m'as fait une belle peur. Ce n'est pas bien, tu sais.

Le chien lui donna un grand coup de langue râpeuse en plein visage.

Angélique se redressa péniblement. Elle s'était fait très mal en tombant.

A ce moment, elle perçut un bruit de pas. Son sang se figea. Après Sorbonne... ce ne pouvait être que Desgrez.

D'un bond, Angélique se redressa.

— Ne me trahis pas, supplia-t-elle tout bas, s'adressant au chien. Ne me trahis pas.

Elle n'eut pas le temps de se dissimuler dans l'angle d'une porte. Son cœur battait à se rompre. Elle espéra follement que ce n'était pas Desgrez. Il avait dû quitter la ville. Il ne pouvait pas revenir. Il appartenait à un passé mort...

Les pas étaient tout proches. Ils s'arrêtèrent.

— Eh bien, Sorbonne! fit la voix de Desgrez, que t'arrive-t-il? Tu ne l'as pas crochée, la gueuse?

Le cœur d'Angélique lui faisait mal à force de tambouriner ainsi dans sa poitrine.

Cette voix familière, cette voix de l'avocat!

— Et maintenant, messieurs, l'heure est venue de faire entendre une voix grandiose, une voix qui, à travers les turpitudes humaines...

La nuit était profonde et noire comme un

gouffre. On ne voyait rien, mais, en deux pas, Angélique aurait pu atteindre Desgrez. Elle sentait ses mouvements, elle le devinait perplexe.

— Sacrée marquise des Anges! s'écria-t-il brusquement... Il ne sera pas dit qu'elle nous fera marcher longtemps. Allons, flaire Sorbonne, flaire. La gueuse a eu la bonne idée de laisser son mouchoir de cou dans le carrosse. Avec ça, elle ne peut pas nous échapper. Viens, retournons du côté de la porte de Nesle. La piste est par là, j'en suis sûr.

Il s'éloigna, sifflant pour entraîner son chien.

La sueur ruisselait le long des tempes d'Angélique. Ses jambes flageolaient. Elle se décida enfin à faire quelques pas hors de sa cachette. Si Desgrez rôdait du côté de la porte de Nesle, il était préférable de ne pas y retourner.

Elle allait essayer de gagner l'antre de Cul-de-Bois et de lui demander asile pour le reste de la nuit.

Sa bouche était sèche. Elle entendit murmurer l'eau d'une fontaine. La petite place où se trouvait cette fontaine était vaguement éclairée d'un quinquet accroché devant la boutique d'un mercier.

Angélique s'approcha et plongea son visage souillé de boue dans l'eau fraîche. Elle soupira d'aise.

Comme elle se redressait, un bras solide l'encercla tandis qu'une main brutale s'abattait sur sa bouche.

— Et voilà, ma jolie! fit la voix de Desgrez. Crois-tu qu'on m'échappe si facilement?

Angélique essaya de se dégager. Mais il la tenait

de telle façon qu'elle ne pouvait bouger sans crier de douleur.

— Non, non, ma petite poule, on ne s'échappe pas! fit encore Desgrez avec un rire sourd.

Paralysée, elle retrouvait l'odeur familière de ses vêtements usés : cuir du ceinturon, encre et parchemin, tabac. C'était l'avocat Desgrez, avec son visage nocturne. Elle défaillait, dominée par une seule pensée : « Pourvu qu'il ne me reconnaisse pas... J'en mourrais de honte... Pourvu que je réussisse à fuir avant qu'il me reconnaisse! »

La tenant toujours d'une seule main, Desgrez porta un sifflet à sa bouche et lança trois appels stridents.

Quelques minutes plus tard, cinq ou six hommes débouchèrent des ruelles avoisinantes. On entendait cliqueter leurs éperons et le baudrier de leurs épées. C'étaient des hommes du guet.

— Je crois que je tiens l'oiseau, lança Desgrez.

— Eh bien, voilà une nuit qui rapporte. Nous avons pris deux cambrioleurs qui se sauvaient par là-bas. Si on ramène aussi la marquise des Anges, on pourra dire, monsieur, que vous nous avez bien conduits. Vous connaissez les coins...

— C'est le chien qui nous conduit. Avec le mouchoir de cou de cette gueuse, il devait nous y mener tout droit. Mais... il y a quelque chose que je n'ai pas compris. Pour un peu, elle m'échappait... Vous la connaissez, vous, cette marquise des Anges?

— C'est la garce de Calembredaine. On ne sait rien d'autre. Le seul de chez nous qui ait pu la voir de près, il est mort. C'est l'archer Martin qu'elle a buté dans un cabaret. Mais il n'y a qu'à emmener la môme que vous tenez là, monsieur. Si c'est elle, Mme de Brinvilliers la reconnaîtra. Il faisait encore jour lorsque son carrosse a été assailli par les malandrins, et elle a très bien vu la femme qui était leur complice.

— Quelle audace, quand même! gronda l'un des hommes. Ils ne craignent plus rien, ces bandits. Assaillir le carrosse de la propre fille du lieutenant civil de police, et cela en plein jour, en plein Paris!

— Ils le paieront, crois-moi.

Angélique écoutait les répliques qui se croisaient autour d'elle. Elle essayait de se tenir immobile dans l'espoir que Desgrez relâcherait son étreinte. Alors, d'un bond, elle sauterait dans la nuit complice et s'enfuirait. Elle était certaine que Sorbonne ne la poursuivrait pas. Et ce n'étaient pas ces hommes lourds et empêtrés dans leurs uniformes qui pourraient la rattraper.

Mais l'ex-avocat ne semblait pas disposé à oublier sa capture. D'une main experte, il la palpait.

— Qu'est-ce que c'est que ça? fit-il.

Et elle sentit ses doigts qui se glissaient sous son corsage. Il eut un petit sifflement.

— Un poignard, ma parole! Et pas un canif, je vous prie de le croire. Eh bien, la fille, tu ne m'as pas l'air très douce.

Il fit glisser le poignard de Rodogone-l'Egyptien dans une de ses poches et reprit son inspection.

Elle tressaillit lorsque la main chaude et rude passa sur son sein et s'y attarda.

— Qu'est-ce qu'il toque, son palpitant! gouailla Desgrez à mi-voix. En voilà encore une qui n'a pas la conscience tranquille. Tirons-la sous la lanterne de la boutique pour voir à quoi elle ressemble.

D'un soubresaut, elle réussit à se dégager. Mais dix poignes de fer la reprirent aussitôt et une grêle de coups s'abattit sur elle.

— Salope! Tu veux nous faire marcher encore.

On la traîna jusqu'à la lanterne. Desgrez lui saisit les cheveux d'une poigne brutale et lui renversa le visage en arrière.

Angélique ferma les yeux. Avec cette boue mélangée de sang qui la maculait, Desgrez ne pourrait pas la reconnaître. Elle tremblait si fort que ses dents claquaient.

Les secondes qui s'écoulèrent tandis qu'elle restait ainsi exposée à la lueur crue de la chandelle lui parurent des siècles.

Puis Desgrez la lâcha avec un grognement déçu.

— Non, ce n'est pas elle. Ce n'est pas la marquise des Anges.

Les archers jurèrent avec ensemble.

— Comment le savez-vous, monsieur? osa demander l'un d'eux.

— Je l'ai déjà vue. On me l'a montrée un jour sur le Pont-Neuf. Cette fille lui ressemble, mais ça n'est pas elle.

— Embarquons-la toujours. Elle pourra nous donner quelques petits renseignements.

Desgrez paraissait réfléchir avec perplexité.

— D'ailleurs, il y avait quelque chose de pas net, reprit-il sur un ton pensif. Sorbonne ne se trompe jamais. Eh bien, il n'avait pas croché cette fille. Il la laissait tranquille à quelques pas de lui... Preuve qu'elle n'est pas dangereuse.

Il conclut avec un soupir :

— Chou blanc. Heureusement encore que vous avez pincé deux cambrioleurs. Où avaient-ils fait leur coup?

— Rue du Petit-Lion, chez un vieil apothicaire, un nommé Glazer.

— Retournons-y. Peut-être qu'on y retrouvera une piste.

— Et la fille, qu'est-ce qu'on en fait?

Desgrez hésitait.

— Je me demande s'il ne vaudrait pas mieux la laisser courir. Maintenant que je connais sa tête, je ne l'oublierai pas.

Sans insister, les archers lâchèrent la jeune femme et, avec de grands bruits d'éperons, disparurent dans l'ombre.

Angélique se glissa hors du cercle de clarté. Elle rasait les murs et retrouvait l'obscurité avec soulagement. Mais elle distingua une tache blanche près de la fontaine et entendit les lapements du chien Sorbonne qui buvait. L'ombre de Desgrez était près de lui.

Angélique s'immobilisa de nouveau. Elle vit Desgrez soulever son manteau et lancer un objet dans sa direction.

— Tiens, fit la voix de l'ex-avocat, je te le rends, ton lingue. J'ai jamais volé une fille. Et puis, pour une demoiselle qui se promène à cette heure, un poignard ça peut être utile. Allons, bonsoir, la belle.

Comme Angélique demeurait silencieuse, il ajouta :

— Tu ne dis pas bonsoir?

Elle rassembla tout son courage pour souffler :

— Bonsoir.

Elle écouta s'éloigner sur les pavés sonores les gros souliers à clous du policier Desgrez. Puis elle se remit à errer en aveugle à travers Paris.

## 5

L'aube la trouva en lisière du quartier Latin, du côté de la rue des Bernardins. Le ciel commençait à répandre une clarté rose sur les toits des noirs collèges. On voyait dans les lucarnes les reflets des bougies des étudiants tôt levés. Angélique en croisa d'autres qui, bâillant, l'œil trouble, venaient de quitter le bordel où la fille de joie pitoyable avait bercé pendant quelques heures ces jouvenceaux miteux. Ils la frôlaient en jetant une parole insolente. Ils avaient des rabats sales, de pauvres vêtements de serge usés qui sentaient l'encre, des bas noirs qui tombaient sur leurs maigres mollets.

Les cloches des chapelles commençaient à se répondre.

Angélique titubait de fatigue. Elle allait pieds nus, car elle avait perdu ses deux souliers. Son visage était figé par l'hébétude.

Arrivée au quai de la Tournelle, elle sentit l'odeur du foin frais. Le premier foin du printemps. Les chalands étaient là, accrochés en file, avec leur chargement léger et odorant. Dans l'aube parisienne, ils jetaient une bouffée d'encens tiède, l'arôme de mille fleurs séchées, la promesse des beaux jours qui allaient venir.

Elle se glissa jusqu'à la berge. A quelques pas, les mariniers se réchauffaient autour d'un feu et ne la virent point. Elle entra dans l'eau et se hissa à l'avant d'un chaland. Puis elle pénétra avec volupté dans le foin. Sous la bâche, l'odeur était plus grisante encore : humide, chaude et chargée d'orage comme un jour d'été. D'où pouvait venir ce foin précoce? D'une campagne silencieuse et riche, féconde, habituée au soleil. Ce foin faisait penser à des paysages aérés, séchés par le vent, à des cieux pleins de lumière, et aussi au mystère des vallons clos qui gardent la chaleur et en nourrissent leur terre.

Angélique s'étendit, les bras en croix. Ses yeux étaient fermés. Elle plongeait, elle se noyait dans le foin. Elle voguait sur un nuage de parfums intenses et elle ne sentait plus son corps meurtri. Monteloup l'enveloppait, l'emportait sur son sein. L'air avait retrouvé sa saveur de fleurs, son goût de rosée. Le vent la caressait. Elle voguait lentement et s'en allait vers le soleil. Elle quittait la nuit et ses horreurs. Le soleil la caressait. Il y avait très longtemps qu'elle n'avait pas été caressée ainsi.

Elle avait été la proie du sauvage Calembredaine; elle avait été la compagne du loup qui, parfois, au cours de sa brève étreinte, réussissait à lui arracher un cri de volupté animal, un râle de bête possédée. Mais son corps avait oublié la douceur d'une vraie caresse.

Elle voguait vers Monteloup et retrouvait dans le foin l'odeur des framboises. Sur ses joues brûlantes, sur ses lèvres sèches, l'eau du ruisseau faisait pleuvoir de fraîches caresses. Elle ouvrait la bouche et soupirait :

— Encore!

Dans son sommeil, des larmes coulaient le long de son visage et se perdaient dans ses cheveux. Ce n'étaient pas des larmes de peine, mais de trop grande douceur.

Elle s'étirait, se livrait toute à des plaisirs retrouvés. Elle se laissait aller, bercée par les voix murmurantes des champs et des bois qui lui chuchotaient à l'oreille :

— Ne pleure pas... Ne pleure pas, ma mie... Ce n'est rien... le mal est fini... Ne pleure pas, pauvrette.

Angélique ouvrit les yeux. Dans la pénombre de la bâche, elle distingua une forme étendue près d'elle dans le foin. Deux yeux rieurs la contemplaient.

Elle balbutia :

— Qui êtes-vous ?

L'inconnu mit un doigt sur ses lèvres.

— Je suis le vent. Le vent d'un petit coin de campagne du Berry. Quand ils ont fauché le foin, ils m'ont fauché avec... Regarde, c'est bien vrai que je suis fauché.

Il se mit prestement à genoux et retourna ses poches.

— Pas un liard ! Pas un sol ! Complètement fauché. Avec le foin. On m'a mis dans un chaland et me voici à Paris. Drôle d'histoire pour un petit vent de campagne.

— Mais..., fit Angélique. Et elle essaya de rassembler ses pensées.

Le jeune homme était habillé d'un costume noir usé et même troué en certains endroits. Il portait autour du cou un rabat de linge en guenilles et la ceinture de son justaucorps accentuait sa maigreur.

Mais il avait un visage piquant, presque beau malgré son teint pâle d'affamé. Sa bouche longue et mince paraissait faite pour parler sans cesse et rire de tout et de rien. Ses traits n'étaient jamais en repos. Il grimaçait, riait, ébauchait toutes sortes de mimiques. A cette curieuse physionomie, une tignasse d'un blond de lin, dont la frange lui tombait dans les yeux, ajoutait on ne sait quoi de naïvement paysan que l'expression rusée du regard démentait.

Tandis qu'Angélique l'examinait, il continuait à parler d'abondance.

— Que peut faire un petit vent comme moi dans Paris? Moi qui suis habitué à souffler dans les haies, je soufflerai dans les jupes des dames et je recevrai un soufflet... J'emporterai les chapeaux des ratichons et je serai excommunié. On me mettra en prison dans les tours de Notre-Dame et je ferai sonner les cloches à contresens... Quel scandale!

— Mais..., répéta Angélique en essayant de se soulever.

Il la rabattit d'un geste prompt.

— Ne bouge pas... Chut!

« C'est un étudiant un peu fou », se dit-elle.

Il s'étendit de nouveau et, levant la main, il lui caressa la joue en murmurant :

— Ne pleure plus.

— Je ne pleure pas, dit Angélique. Mais elle s'aperçut que son visage était inondé de larmes.

— Moi aussi, j'aime dormir dans le foin, reprit l'autre. Quand je me suis glissé dans le chaland, je t'ai trouvée. Tu pleurais en dormant. Alors je t'ai caressée pour te consoler et tu m'as dit :

— Encore!

— Moi?

— Oui. J'ai essuyé ton visage et j'ai vu que tu étais très belle. Ton nez a la finesse d'un de ces coquillages qu'on trouve sur la grève. Tu sais, ces coquillages qui sont si blancs et si fins qu'on les dirait translucides. Tes lèvres sont des pétales de clématite. Ton cou est rond et poli...

Angélique écoutait dans un demi-rêve. Oui, vraiment il y avait longtemps qu'aucune bouche ne lui avait parlé ainsi. Cela paraissait venir de très loin, et elle avait peur qu'il ne se moquât d'elle. Comment pouvait-il dire qu'elle était belle, alors qu'elle se sentait fripée, ternie, à jamais souillée par cette terrible nuit où elle avait compris qu'elle ne pourrait plus regarder en face les témoins de son passé!

Il continuait à chuchoter :

— Tes épaules sont deux boules d'ivoire. Tes seins ne se comparent à rien d'autre qu'à eux-mêmes tant ils sont beaux. Ils sont juste faits pour tenir dans le creux de la main d'un homme, et ils ont un petit bourgeon délicieux, couleur de bois de rose, comme on en voit partout dans la nature quand le printemps vient. Tes cuisses sont fuselées et soyeuses. Ton ventre est un coussin de satin blanc, gonflé, bien tendu, où il fait bon poser sa joue.

— Par exemple, je voudrais bien savoir, fit Angélique offusquée, comment vous pouvez juger de tout cela!

— Tandis que tu dormais, je t'ai regardée entièrement.

Angélique s'assit brusquement dans le foin.

— Insolent! Espèce d'écolier paillard! Archisuppôt du diable!

— Chut! pas si fort. Tu veux donc que les barquerots viennent nous flanquer à la flotte?... Pourquoi vous fâchez-vous, belle dame? Lorsqu'on trouve un bijou sur sa route, n'est-ce pas justice qu'on l'examine? On veut savoir s'il est d'or fin, s'il est vraiment aussi beau qu'il paraît, bref s'il vous convient ou s'il est préférable de le laisser là où il est. *Rem passionis suae bene eligere princeps debet, mundum examinandum* (1).

— C'est vous le prince que le monde regarde? interrogea Angélique sarcastique.

Il plissa les paupières avec un étonnement subit.

— Tu comprends le latin, petite gueuse?

— Un gueux comme vous le parle bien...

L'étudiant mâchonna sa lèvre inférieure en signe de perplexité.

— Qui es-tu? fit-il doucement. Tes pieds sont ensanglantés. Tu as dû courir longtemps. Qu'est-ce qui t'a fait peur?

Et, comme elle ne répondait pas :

— Tu as un couteau, là... Une arme terrible, un poignard d'Egyptien. Tu sais t'en servir?

Angélique le regarda malicieusement entre ses cils.

— Peut-être!

— Aïe! s'exclama-t-il en s'écartant.

Il tira une tige du foin et se mit à la mordiller. Ses yeux pâles devenaient songeurs. Bientôt, elle eut l'impression qu'il ne pensait même plus à elle. A quoi pensait-il? Peut-être à ces tours de Notre-Dame où il avait dit qu'on le mettrait prisonnier... Ainsi, immobile et lointain, son visage trop pâle paraissait moins jeune. Elle découvrit au coin de ses paupières ces traces de flétrissure dont la misère ou la débauche peut marquer un homme dans la pleine force de l'âge.

D'ailleurs, il n'avait pas d'âge. Son maigre corps, dans ses vêtements trop larges, paraissait immatériel. Elle eut peur qu'il ne disparût comme une vision.

(1) Un prince doit choisir avec soin l'objet de ses passions, car le monde le regarde.

— Qui êtes-vous? murmura-t-elle en lui touchant le bras.

Il tourna vers elle des yeux qui ne semblaient pas faits pour la lumière.

— Je te l'ai déjà dit : je suis le vent. Et toi?

— Je suis la brise.

Il se mit à rire et la prit aux épaules.

— Que font le vent et la brise quand ils se rencontrent?

Doucement, il pesait sur elle. Elle se retrouva étendue dans le foin, avec, au-dessus d'elle, toute proche, cette bouche longue et sensible. Il y avait un petit pli dans l'expression de ces lèvres qui lui fit peur sans qu'elle sût pourquoi. Une marque ironique, un peu cruelle. Mais le regard était tendre et rieur.

Il resta ainsi en suspens jusqu'à ce que, la première, aimantée par cet appel, elle eût ébauché un mouvement vers lui. Alors, il se coucha à demi sur elle et l'embrassa.

Ce baiser dura très longtemps, le temps de dix baisers qui se seraient dénoués et repris lentement.

Pour les sens brutalisés d'Angélique, ce fut un renouveau. D'anciens délices revivaient, si différents du plaisir grossier que lui avait dispensé l'ancien valet — avec quelle ardeur pourtant! — et auquel il l'avait accoutumée.

« J'étais très fatiguée, tout à l'heure, pensat-elle, et maintenant je ne le suis plus. Mon corps ne me semble plus triste et avili. Je ne suis donc pas morte tout à fait... »

Elle bougea un peu dans le foin, heureuse de retrouver au creux de ses reins l'éveil d'un désir plus subtil qui, bientôt, deviendrait lancinant.

L'homme s'était redressé et, appuyé sur un coude, il continuait de la regarder avec un demi-sourire.

Elle n'était pas impatiente, attentive seulement à la chaleur qui se répandait en elle. Tout à l'heure, il la reprendrait, ils avaient tout leur temps.

— C'est drôle, murmura-t-il, tu as des finesses de grande dame. On ne le croirait pas, à voir tes cottes en guenilles.

Elle eut un petit rire.

— Vraiment? Vous pratiquez les grandes dames, vous, messire de la basoche?

— Parfois.

Il lui chatouilla le bout du nez avec une fleur sèche et expliqua :

— Quand j'ai le ventre trop vide, je vais me louer chez maître Georges, aux étuves Saint-Nicolas. C'est là qu'elles viennent, les grandes dames, chercher un peu de piment à leurs amours mondaines. Oh! certes, je ne suis pas une brute comme Beau-Garçon, et les faveurs de ma pauvre carcasse de mal-nourri se paient moins cher que celles d'un solide débardeur, bien velu, qui pue l'oignon et le vin noir. Mais j'ai d'autres cordes à mon arc. Oui, ma chère. Personne dans Paris n'a un choix d'histoires obscènes aussi bien trouvées que les miennes. Mes partenaires aiment assez ça pour se mettre en train. Je les fais rire, les belles p... Les femmes, ce qu'il leur faut surtout, c'est de la rigolade. Veux-tu que je te raconte l'histoire du marteau et de l'enclume?

— Oh! non, dit vivement Angélique, je vous en prie, je n'aime pas ce genre d'histoires.

Il parut attendri.

— Petit cœur! Drôle de petit cœur! C'est bizarre! J'ai déjà rencontré des grandes dames qui ressemblent à des ribaudes, mais jamais de ribaudes qui ressemblent aux grandes dames. Tu es la première... Tu es si belle que tu es comme un rêve... Ecoute, entends-tu le carillon de la Samaritaine sur le Pont-Neuf?... Il est bientôt midi. Veux-tu que nous allions sur le Pont-Neuf voler quelques pommes pour notre dîner? Et aussi un bouquet de fleurs dans lequel tu enfouiras ton petit minois?... Nous écouterons le Grand Matthieu débiter son boniment et nous regarderons le joueur de vielle faire danser sa marmotte. Et nous ferons la nique au grimaut qui me cherche pour me pendre.

— Pourquoi veut-on vous pendre?

— Mais... tu ne sais donc pas qu'on veut toujours me pendre? répliqua-t-il avec étonnement.

« Décidément il est un peu fou, mais il est drôle », se dit-elle.

Elle s'étira. Elle avait envie qu'il se remît à la caresser. Cependant, tout à coup, il paraissait songer à autre chose.

— Maintenant, je me souviens, fit-il subitement, je t'ai vue déjà sur le Pont-Neuf. Est-ce que tu n'appartiens pas à la bande de Calembredaine, l'illustre polisson?

— Oui, c'est vrai, j'appartiens à Calembredaine.

Il recula avec une expression de terreur comique.

— Aïe! Aïe! Où me suis-je encore fourré, incorrigible conte-fleurette que je suis! Est-ce que tu ne serais pas par hasard cette marquise des Anges dont notre polisson est si furieusement jaloux?

— Oui, mais...

— Voyez où va l'inconscience des femelles! s'écria-t-il, dramatique. Est-ce que tu ne pouvais pas le dire plus tôt, misérable? Tiens-tu donc à voir couler ce triste sang de navet que je porte

dans mes veines? Aïe! Aïe! Calembredaine! Voilà
bien ma chance! J'ai trouvé la femme de ma vie
et il faut qu'elle soit à Calembredaine!... Mais
qu'importe! La plus adorable des maîtresses, c'est
bien encore la vie elle-même. Adieu, ma belle...!

Il saisit un vieux chapeau à fond conique
comme en portaient les maîtres d'école et, l'enfon-
çant sur sa tignasse blonde, il se glissa hors de la
bâche.

— Sois gentille, chuchota-t-il encore avec un
sourire, ne parle pas de mes audaces à ton maître... Oui, je vois que tu ne diras rien. Tu es un
amour, marquise des Anges... Je penserai à toi
jusqu'au jour où l'on me pendra... et même
après... Adieu!

Elle l'entendit patauger en contrebas du chaland. Puis elle l'aperçut qui courait dans le soleil,
sur la berge. Tout de noir vêtu, avec son chapeau
pointu, ses maigres mollets, son manteau troué
qui flottait au vent, il ressemblait à un oiseau
étrange.

Des mariniers qui l'avaient aperçu sortant du
chaland lui jetèrent des pierres. Il tourna vers
eux son visage blême et poussa un grand éclat de
rire. Après quoi, il disparut subitement, comme
un songe.

**6**

Cette apparition fantasque avait rasséréné Angélique et rejeté à l'arrière-plan de sa pensée le souvenir de la rencontre amère qu'elle avait faite au
cour de la nuit, avec Desgrez.

Mieux valait n'y plus songer. Elle secoua la tête et passa la main dans ses cheveux pour en dégager des brindilles d'herbe sèche. Pour le présent, il ne fallait pas briser le charme de l'heure nouvelle. Elle soupira avec un léger regret. Avait-elle vraiment été sur le point de tromper Nicolas?

La marquise des Anges haussa les épaules et eut un petit rire méchant. On ne trompe pas un amant de cette sorte. Rien ne la liait à Nicolas, hors l'esclavage de la misère.

Par le mouvement de recul du jeune homme tout à l'heure, elle mesura une fois de plus la puissance de la protection dont l'avait entourée le bandit. Sans lui et sans son amour exclusif, ne serait-elle pas tombée plus bas encore?

En échange, elle lui avait livré ce corps noble et racé dont il rêvait depuis toujours.

Ils étaient quittes. Elle n'aurait eu aucun scrupule à jouir avec un autre de plaisirs plus doux, dont elle avait oublié la saveur. Mais l'autre avait fui et cela valait mieux ainsi. Elle n'aurait pas supporté d'apprendre que le couteau de Calembredaine avait réduit au silence ce pétillant bavard.

Angélique attendit un instant avant de se glisser à son tour au bas de la meule. En touchant l'eau, elle la trouva froide mais non glacée et, regardant autour d'elle, elle fut éblouie par la lumière et comprit que c'était le printemps.

L'étudiant n'avait-il pas parlé de fleurs et de fruits sur le Pont-Neuf? Angélique découvrait, comme sur un coup de baguette magique, l'épanouissement de la saison douce.

Le ciel embué était pétri de rose et la Seine avait sa cuirasse argentée. Sur sa surface lisse et calme, des barques passaient. On entendait ruisseler les avirons. Plus bas, les battoirs des lavandières répondaient au tic-tac des bateaux-moulins.

En se dissimulant au regard des mariniers, Angélique se lava dans l'eau froide qui lui fouetta agréablement le sang. Puis, ayant remis ses vêtements, elle suivit les berges et rejoignit le Pont-Neuf.

Les paroles de l'inconnu avaient réveillé l'esprit d'Angélique, engourdi par l'hiver.

Pour la première fois, elle vit le Pont-Neuf dans sa splendeur, avec ses belles arches blanches et sa vie spontanée, joyeuse, infatigable.

C'était le plus beau pont de Paris, et le préféré, car lui seul reliait par le plus court chemin les deux rives de la Seine et l'île de la Cité.

Une clameur ininterrompue s'en élevait, où se mêlaient les cris des racoleurs de petits métiers, les injonctions des empiristes et des arracheurs de dents, le refrain des chansons, le carillon de la Samaritaine, les plaintes des mendiants.

Angélique commença de marcher entre les rangées de boutiques et d'étalages. Elle était pieds nus. Sa robe était déchirée; elle avait perdu son bonnet, et ses longs cheveux pendaient sur ses épaules, tout mordorés de soleil. Mais cela était sans importance. Au Pont-Neuf, les pieds nus côtoyaient les gros souliers des artisans et les talons rouges des seigneurs.

Elle s'arrêta devant le château d'eau de la Samaritaine pour en regarder « l'industrieuse horloge » qui marquait non seulement les heures, mais les jours et les mois, et mettait en mouvement un carillon que son constructeur, en bon Flamand qu'il était, n'avait eu garde d'oublier.

Sur la façade de cette pompe monumentale fournissant de l'eau au Louvre et aux Tuileries, il y avait un bas-relief représentant la scène de l'Evangile où l'on voit la Samaritaine versant de l'eau à Jésus, près du puits de Jacob.

Angélique fit halte ensuite devant chaque boutique, devant le bimbelotier, le volailler, l'oiseleur, le marchand de jouets et de bilboquets, le vendeur d'encre et de couleurs, le montreur de marionnettes, le tondeur de chiens, le jongleur de gobelets. Elle aperçut Pain-Noir et ses coquilles, Mort-aux-Rats et sa rapière au triste gibier, et aussi la mère Hurlurette et le père Hurlurot, au coin de la Samaritaine.

Au milieu d'un cercle de badauds, le vieil aveugle raclait son crin-crin et la mégère braillait une romance sentimentale où il était question de pendus, de cadavres dont les corbeaux mangeaient les yeux, et de toutes sortes d'horreurs, que les gens écoutaient en penchant la tête et en s'essuyant les yeux. Les pendaisons et les processions, c'étaient les bons spectacles du petit peuple de Paris, des spectacles qui ne coûtaient pas cher et où l'on sentait profondément qu'on avait un corps et une âme.

La mère Hurlurette poussait sa « goualante » avec une grande conviction :

> Ecoutez tous ma harangue!
> Quand je m'en irai
> A l'abbaye de Monte-à-Regret,
> Pour vous je prierai
> En tirant la langue.

On voyait jusqu'au fond de sa bouche édentée. Une larme coulait de son œil et se perdait dans ses rides. Elle était effrayante, admirable.

Lorsqu'elle eut terminé sa chanson sur un su-

prême trémolo, elle mouilla son large pouce et
commença à distribuer des feuillets dont elle portait une liasse sous le bras, en criant :

— Qui n'a pas son pendu?

Arrivée près d'Angélique, elle poussa un cri de
joie.

— Hé, Hurlurot, v'là la môme! Tu parles si ton
homme nous fait une sérénade depuis ce matin!
Il dit que le maudit chien t'a étranglée. Il parle
de faire courir sus au Châtelet tous les gueux et
tous les bancroches de Paris. Et la marquise, elle,
se promène sur le Pont-Neuf!...

— Pourquoi pas? protesta Angélique, hautaine.
Vous vous y promenez bien, vous!

— Moi, j'travaille, fit la vieille affairée. C'te
chanson, tu peux pas savoir c'que ça rend. J'le dis
toujours au Poète-Crotté :

— Donnez-moi des pendus. Y a rien qui rende
mieux qu'les pendus. Tiens, t'en veux un? C'est
pour rien, parce que t'es notre marquise.

— Il y aura de l'andouille pour vous ce soir à
la tour de Nesle, promit Angélique.

Elle s'éloigna avec les autres badauds en lisant
son petit papier.

> Ecoutez tous ma harangue!
> Quand je m'en irai
> A l'abbaye de Monte-à-Regret,
> Pour vous je prierai
> En tirant la langue.

Dans l'angle, au bas de la page il y avait cette
signature qu'elle connaissait déjà : le Poète-Crotté.
Un âcre souvenir de haine remonta au cœur d'Angélique. Elle regarda du côté du cheval de bronze
sur le terre-plein. C'est là, lui avait-on dit, entre

les pattes du cheval, que le poète du Pont-Neuf grimpait parfois pour dormir. Les malandrins respectaient son sommeil. D'ailleurs, on n'avait rien à lui voler. Il était plus pauvre que le plus pauvre des gueux, toujours errant, toujours affamé, toujours poursuivi, et toujours lançant le scandale comme un jet de venin à travers Paris.

« Comment n'y a-t-il pas eu encore quelqu'un pour le tuer? pensa Angélique. Moi, je le tuerais bien si je le rencontrais. Mais je voudrais lui dire auparavant pourquoi... »

Elle froissa le papier et l'envoya dans le ruisseau. Un carrosse passa, précédé de ses coureurs, qui bondissaient comme des écureuils. Avec leurs livrées soyeuses, les plumes de leurs chapeaux, ils étaient magnifiques.

La foule essayait de deviner qui était dans le carrosse. Angélique regardait les coureurs et pensait à Pied-Léger, dont le cœur s'était brisé à force de courir.

Le bon roi de bronze Henri IV étincelait au soleil et souriait au-dessus d'un parterre de parasols rouges et roses. Le terre-plein était occupé par les marchandes d'oranges et de fleurs. Un grand cri annonçait les fruits dorés :

— Portugal! Portugal!

Les bouquetières du Pont-Neuf venaient s'installer là de grand matin. Elles descendaient de la rue de la Bouqueterie près de Saint-Julien-le-Pauvre, où se trouvait le siège de leur corporation, ou de la rue de l'Arbre-Sec où elles se fournissaient dans les jardins des Frères Provençaux.

Portant leurs corbeilles de tubéreuses, de roses et de jasmins, les plus jeunes évoluaient parmi la foule, tandis que les plus âgées surveillaient un éventaire fixe, à l'abri d'un parasol rouge.

L'une de ces commères engagea Angélique pour l'aider à faire des bouquets et, comme elle s'en tirait avec goût, elle lui donna vingt sols.

— Tu m'as l'air trop âgée pour faire une apprentie, lui dit-elle après l'avoir examinée. Mais une gamine mettrait deux ans pour apprendre à faire les bouquets comme toi. Si tu voulais travailler avec moi, on pourrait s'entendre.

Angélique secoua la tête négativement, serra les vingt sols dans sa main et s'éloigna. A plusieurs reprises, elle regarda les quelques pièces de monnaie que lui avait données la marchande. C'était le premier argent qu'elle gagnait.

Elle alla acheter deux beignets chez un friturier et les dévora, tout en se mêlant aux badauds qui riaient « à gueule bée » devant le char du Grand Matthieu.

Splendide, le Grand Matthieu! Il était installé vis-à-vis du roi Henri IV, dont il ne craignait ni le sourire ni la majesté.

Dressé sur son char-plate-forme à quatre roues entouré d'une balustrade, il haranguait la foule d'une voix tonitruante qui s'entendait d'un bout à l'autre du Pont-Neuf.

Son orchestre particulier composé de trois musiciens : un trompette, un tambour et un cymbalier, scandait ses discours et couvrait par un vacarme à faire éclater la tête, les plaintes des clients dont il arrachait les dents.

Enthousiaste, persévérant, prodigieux de vigueur et d'adresse, le Grand Matthieu venait toujours à bout des dents les plus tenaces, quitte à faire agenouiller le patient et à le soulever de terre au bout de sa tenaille. Après quoi, il envoyait sa victime pantelante se rincer la bouche chez le marchand d'eau-de-vie.

Entre deux clients, le Grand Matthieu, la plume de son chapeau au vent, son double collier de dents étalé sur son habit de satin, son grand sabre lui battant les talons, allait d'un bout à l'autre de sa plate-forme en vantant sa haute science et l'excellence de ses drogues, poudres, électuaires et onguents de toutes sortes, mitonnés à grand renfort de beurre, d'huile, de cire, et de quelques herbes innocentes.

— Vous voyez, mesdames et messieurs, le plus grand personnage du monde, un virtuose, un phénix dans sa profession, le parangon de la médecine, le successeur d'Hippocrate et en ligne directe, le scrutateur de la nature, le fléau de toutes les Facultés, vous voyez de vos yeux un médecin méthodique, galianique, hippocratique, pathologique, chimique, spagyrique, empirique. Je guéris les soldats par courtoisie, les pauvres pour l'amour de Dieu et les riches marchands pour de l'argent. Je ne suis ni docteur, ni philosophe, mais mon onguent fait autant que les philosophes et les docteurs. L'expérience vaut mieux que la science. J'ai là une pommade pour blanchir le teint : elle est blanche comme neige, odoriférante comme baume et comme musc... J'ai là aussi un onguent d'une valeur inestimable, car, écoutez-moi bien, hommes galants et femmes galantes, cet onguent préserve ceux et celles qui l'emploient des traîtres épines du rosier des amours.

Et, levant les bras avec lyrisme :

Venez, messieurs, accourez faire emplette
Du grand remède à tous les maux

C'est une poudre admirable
Qui donne de l'esprit aux sots
De l'honneur aux fripons, l'innocence aux coupables
Aux vieilles femmes des amants
Au vieillard amoureux une jeune maîtresse
Et la science aux ignorants...

Cette dernière tirade, qu'il débitait en roulant des yeux énormes fit éclater de rire Angélique. Il l'aperçut et lui adressa un signe amical.

« J'ai ri. Pourquoi ai-je ri? se demanda Angélique. C'est complètement idiot ce qu'il raconte là. »

Mais elle avait envie de rire.

Un peu plus loin, sur une petite estrade, un vieux bonhomme à jambe de bois essayait d'attirer l'attention des passants.

— Venez voir l'homme rouge. Le plus curieux phénomène de la nature. Vous vous croyez très savants parce que vous avez vu quelques hommes à peau noire. Mais qu'y a-t-il de plus banal désormais que ces Marocains dont le Grand Turc nous inonde? Tandis que moi je vous montrerai l'homme inconnu du monde inconnu, j'ai nommé les Amériques, pays prodigieux d'où je viens moi-même...

Le mot Amérique retint Angélique devant l'estrade.

Le baladin à jambe de bois était un vieil homme mal rasé, coiffé d'un foulard rouge. Il ne semblait pas avoir eu le souci de s'attifer, comme les autres montreurs ou empiriques du Pont-Neuf, d'oripeaux rutilants. Sa chemise crasseuse à rayures rouges et blanches, son gilet rapiécé, sa voix cassée et qui ne portait pas ne retenaient guère

127

les spectateurs. Il avait à l'une de ses oreilles un petit anneau d'or.

— Moi qui suis un ancien matelot, et qui ai voyagé et voyagé sans cesse sur les vaisseaux du roi, que ne pourrais-je vous dire sur ces pays inconnus? Mais vous êtes pressés, mesdames et messieurs, je le vois bien. Aussi n'ai-je pas rapporté que des souvenirs, mais ce curieux phénomène que j'ai capturé moi-même, là-bas, aux Amériques.

Il désignait du bout d'une baguette une sorte de guérite fermée d'un rideau et qui était tout l'arsenal de sa démonstration.

— L'homme rouge, mesdames et messieurs, l'homme rouge!

Angélique jeta les quelques sols qui lui restaient dans une sébile placée devant l'estrade. D'autres badauds l'imitèrent.

Lorsque l'invalide estima que le cercle de spectateurs était suffisant, il tira le rideau d'un geste théâtral.

Dans le fond de la guérite, il y avait une statue qu'on aurait dite de terre cuite et dont la tête et les reins étaient couverts de plumes.

La statue bougea et s'avança de quelques pas dans le soleil. Les gens murmurèrent. Il n'y avait pas de doute, c'était bien un homme. Il avait un nez, une bouche, des oreilles garnies d'anneaux, de longs yeux qui posaient sur la foule un regard lointain, des mains, des pieds. Sa peau était d'un ton cuivré assez soutenu, mais guère plus, estimaient les spectateurs, que certaines peaux de montagnards espagnols ou italiens. En somme, à part ces plumes qui lui poussaient sur les reins et sur la tête, l'homme à peau rouge n'était pas tellement extraordinaire.

Après l'avoir bien regardé et avoir échangé leurs commentaires, les gens s'en allèrent et l'ancien marin fit rentrer le phénomène dans sa guérite. Puis il s'accorda le temps de râper un peu de tabac et d'en rouler une boulette qu'il se mit à mâchonner.

Angélique était restée près de l'estrade. Le vent qui soufflait de la Seine et qui remuait ses cheveux ajoutait à l'illusion du grand large que venait de faire surgir ce mot : les Amériques. Elle pensa à son frère Josselin, le revit levant sur elle son regard brillant et sauvage tandis qu'il murmurait :

— Moi, je m'en vais sur la mer.

Le pasteur Rochefort était venu un soir, il s'était assis au foyer des enfants de Sancé et ceux-ci l'avaient entouré en ouvrant leurs yeux émerveillés. Josselin... Raymond... Hortense... Gontran... *Angélique*... Madelon... Denis... Marie-Agnès... Comme ils étaient beaux, les enfants de Sancé, dans leur innocence et l'ignorance de leurs destins! Ils écoutaient l'étranger, et ses paroles avaient exalté leur cœur.

— Je ne suis qu'un voyageur curieux de terres nouvelles, avide de connaître ces lieux où personne n'a ni faim, ni soif et où l'homme se sent libre. C'est là que j'ai compris que le mal venait de l'homme de race blanche, parce que non seulement il n'a pas suivi la parole du Seigneur, mais que de plus il l'a travestie. Car le Seigneur n'a pas ordonné de tuer, ni de détruire, mais de s'aimer.

Angélique ferma les yeux. Lorsqu'elle les rouvrit elle vit à quelques pas d'elle, dans la cohue du Pont-Neuf, Jactance, Gros-Sac, La Pivoine, Gobert, Beau-Garçon et les autres, qui la regardaient.

— Frangine, dit La Pivoine en lui saisissant le bras, je vais aller planter un cierge devant le Père éternel de Saint-Pierre-aux-Bœufs. On a bien cru qu'on ne te reverrait jamais!

— Le Châtelet ou l'Hôpital général, on avait le choix pour toi.

— A moins que tu n'aies été croquée par le chien maudit.

— Tord-Serrure et Prudent se sont fait prendre. On les a pendus ce matin en place de Grève.

Ils l'entouraient. C'est ainsi qu'elle retrouva leurs faces sinistres, leurs voix éraillées d'ivrognes permanents et aussi les chaînes du cercle de la « matterie », ces chaînes qui ne pouvaient se briser en un seul jour. Cependant, depuis ce qu'elle devait appeler « le jour du bateau à foin » ou « le jour du Pont-Neuf » il y eut en elle une lueur d'espérance. Elle ne savait pourquoi elle espérait. On ne remonte pas des bas-fonds aussi vite qu'on y descend.


— On va rigoler, ma belle, disait La Pivoine. Sais-tu pourquoi nous nous promenons en plein jour sur le Pont-Neuf? C'est parce que le petit Flipot va passer son chef-d'œuvre de coupe-bourse.

Flipot, l'un des gamins morveux de la tour de Nesle, avait troqué pour la circonstance ses haillons contre un costume de serge violette et de gros souliers dans lesquels il ne marchait pas sans mal. Il avait même une « fraise » de lingerie autour du cou et, avec un sac de peluche dans lequel il était censé porter ses livres et ses plumes, il figurait assez bien un fils d'artisan en train de faire l'école buissonnière sur le Pont-Neuf, devant le théâtre aux marionnettes.

Jactance lui donnait ses dernières recommandations :

— Ecoute-moi, mion (1). S'agit pas seulement aujourd'hui de couper la bourse comme tu l'as déjà fait... Mais on va savoir si tu es fichu de te défiler dans une bagarre et d'emporter le morceau. T'as compris?

— Gy (2), répondit Flipot.

Ce qui est la bonne façon de dire oui en langage argotier. Puis il renifla nerveusement et passa plusieurs fois sa manche sous son nez.

Les compagnons examinaient avec soin les passants.

— Voyons, voici un beau seigneur occupé de sa jolie dame et qui vient à pied... C'est une chance! T'as reluqué le rupin qui s'amène, Flipot? Les v'là qui s'arrêtent devant le Grand Matthieu. C'est le moment! V'la tes cisailles, mion, et vas-y pour la vendange.

D'un geste solennel Jactance remit au gamin une paire de ciseaux soigneusement aiguisés et le poussa dans la foule. Déjà ses complices s'étaient glissés parmi les spectateurs du Grand Matthieu.

L'œil exercé de Jactance suivait attentivement les évolutions de son apprenti. Tout à coup, il se mit à crier :

— Attention, m'sieur! m'sieur! Hé! on coupe votre bourse, monseigneur!...

---

(1) Mioche, gamin.
(2) L'expression « Gy », signifiant « oui » ou « d'accord », ne vient pas de l'américain, comme d'aucuns le croient, mais était une expression courante de l'argot du XVIIᵉ siècle.

Des passants regardèrent dans la direction qu'il désignait et se mirent à courir. La Pivoine braillait :

— Mon prince, prenez garde. Y a un mion qui vous déleste!

Le gentilhomme porta la main à sa bourse et trouva la main de Flipot.

— Au coupe-bourse! hurla-t-il.

Sa compagne poussa un cri strident.

La bousculade fut immédiate et totale. Les gens criaient, frappaient, se saisissaient à la gorge et s'assommaient, tandis que les suppôts de Calembredaine augmentaient le désordre par leurs cris et leurs appels.

— Je l'ai!

— C'est lui!

— Attrapez-le! Il se sauve!

— Là-bas!

— Par ici!

Les enfants écrasés pleuraient. Des femmes s'évanouissaient. Des boutiques furent renversées. Des parasols rouges s'envolèrent dans la Seine. Pour se défendre, les marchands de fruits commencèrent à lancer des pommes et des oranges.

Les bêtes du tondeur de chiens s'en mêlèrent et dévalèrent dans les jambes, en boules de poils serrées, râlantes et bavantes.

Beau-Garçon allait d'une femme à l'autre, saisissait les bourgeoises à pleine taille, les embrassait et les caressait de la plus audacieuse façon sous les yeux effarés des maris qui essayaient en vain de le battre à coups de canne. Les coups tombaient sur d'autres, qui se vengeaient en arrachant les perruques des maris outragés.

Au milieu de ce tourbillon, Jactance et ses complices coupaient les bourses, vidaient les goussets, enlevaient les manteaux, tandis que le Grand Matthieu, du haut de son char, dans le vacarme de son orchestre, déchaîné brandissait son sabre en beuglant :

— Allez-y, les gars! Agitez-vous! C'est bon pour la santé.

Angélique s'était réfugiée sur les marches du terre-plein d'où elle dominait le spectacle. Cramponnée aux grilles, elle riait à en pleurer. La journée finissait trop bien. C'était exactement ce qu'il lui fallait pour contenter ce désir de rire et de pleurer qui la tourmentait depuis qu'elle s'était éveillée dans le bateau à foin, sous les caresses de l'inconnu.

Elle distingua le père Hurlurot et la mère Hurlurette accrochés l'un à l'autre et voguant sur la houle de la bataille, comme un énorme bouchon de loques sales.

Son rire redoubla. Elle en suffoquait. Oh! vraiment elle en était malade!...

— C'est donc si drôle, la môme! grommela une voix lente derrière elle.

Et une main lui saisit le poignet. Un grimaut, ça ne se reconnaît pas, ça se sent, avait dit La Pivoine. Depuis cette nuit, Angélique avait appris à flairer d'où venait le danger. Elle continua à rire plus doucement, et affecta un air d'innocence.

— Oui, c'est drôle, ces gens qui se battent sans savoir pourquoi.

— Et toi, tu le sais peut-être, hein?...

Angélique se pencha vers le visage du policier avec un sourire. Brusquement, d'une poigne vigoureuse elle lui saisit le nez, lui tordit le cartilage

nasal et comme, sous l'effet de la douleur, il rejetait la tête en arrière, elle lui envoya un coup de
tranchant de la main dans sa pomme d'Adam sail-
lante.

C'était une prise que lui avait enseignée la Polak. Pas assez rude pour étourdir un policier,
mais suffisante pour lui faire lâcher prise.

Libérée, Angélique s'enfuit en bondissant
comme une gazelle.


A la tour de Nesle, chacun revint de son côté.

— On peut compter nos abattis, disait Jactance,
mais quelle vendange, mes amis, quelle vendange!

Et sur la table s'abattaient les manteaux, les
épées, les bijoux, les bourses sonnantes.

Flipot, truffé de bleus comme une oie de Noël,
avait ramené la bourse du seigneur qu'on lui
avait désigné.

Il fut fêté et mangea, parmi les anciens, à la table de Calembredaine.


## 7


— Angélique, murmura Nicolas, Angélique si je
ne t'avais pas retrouvée...

— Qu'est-ce qui se serait passé?

— Je ne sais pas...

Il l'attira et la serra contre sa poitrine puissante, à la briser.

— Oh! je t'en prie, soupira-t-elle en se dégageant.

Elle appuya son front contre les barreaux de la
meurtrière. Le ciel, d'un bleu profond, mirait ses

étoiles dans l'eau calme de la Seine. L'air était parfumé de l'odeur des amandiers qui fleurissaient dans les jardins et les enclos du faubourg Saint-Germain.

Nicolas s'approcha d'Angélique et continua à la dévorer du regard. Elle fut émue de l'intensité de cette passion qui ne se démentait pas.

— Qu'aurais-tu fait si je n'étais pas revenue?

— Cela dépend. Si tu avais été poissée par les rouaux, j'aurais mis tous mes sbires en branle. On aurait surveillé les prisons, les hôpitaux, les chaînes de filles. On t'aurait fait évader. Si le chien t'avait étranglée, j'aurais cherché partout le chien et son maître pour les tuer... Enfin, si...

Sa voix devint rauque.

— Si tu étais partie avec un autre... je t'aurais retrouvée et, l'autre, je l'aurais saigné.

Elle sourit, car une face pâle, moqueuse, passait dans son souvenir. Mais Nicolas était plus fin qu'elle ne le pensait, et l'amour aiguisait son instinct.

— Ne crois pas que tu pourras m'échapper facilement, reprit-il d'un ton de menace. Dans la gueuserie, on ne se trahit pas comme dans le beau monde. Mais, si cela arrive, on meurt. Il n'y aurait de refuge pour toi nulle part... Nous sommes trop nombreux, trop puissants. On te retrouverait partout, dans les églises, dans les couvents, jusque dans le palais du roi... Nous sommes bien organisés, tu sais. Moi, au fond, j'aime organiser des batailles.

Il écarta sa casaque déchirée et montra un petit signe bleuté près du sein gauche.

— Regarde, tu vois cela? Ma mère m'a toujours dit : « C'est le signe de ton père! » Parce que mon père n'était pas ce gros croquant de père

Merlot. Non. Ma mère m'a eu avant, avec un militaire, un officier, quelqu'un de haut placé. Elle m'a jamais dit son nom. Mais, des fois, quand le père Merlot voulait me battre, elle lui criait :

— Touche pas à l'aîné, il a du sang noble! Tu ignorais ce détail, n'est-ce pas?

— Bâtard de soudard! Il y a de quoi être fier, fit-elle dédaigneuse.

Il lui broya les épaules entre ses mains puissantes.

— Il y a des fois où je voudrais t'écraser comme une noisette. Mais, maintenant, tu es prévenue. Si jamais tu me trompes... Si tu couches avec un autre...

— Ne crains rien. Tes embrassements me suffisent largement.

— Pourquoi dis-tu cela d'un air méchant?

— Parce qu'il faudrait être douée d'un tempérament exceptionnel pour en demander encore. Si seulement tu pouvais être un peu plus doux!

— Moi, je ne suis pas doux? rugit-il, moi qui t'adore! Répète-le que je ne suis pas doux.

Il levait un poing massif. Elle lui cria d'une voix aiguë :

— Ne me touche pas, croquant! brute! Souviens-toi de la Polak!

Il laissa retomber son bras. Puis, après l'avoir contemplée sombrement, il poussa un soupir.

— Pardonne-moi, Angélique. Tu es toujours la plus forte.

Il eut un sourire, lui tendit les bras d'un air gauche.

— Viens quand même. Je vais essayer d'être doux.

Elle se laissa renverser sur le grabat et, indifférente, passive, s'offrit d'elle-même à l'étreinte devenue familière.

Lorsqu'il se fut satisfait, il resta encore un long moment blotti contre elle. Elle sentait sur sa joue la brosse rude de ses cheveux qu'il coupait très court à cause de sa perruque.

Il dit enfin d'une voix sourde :

— Maintenant, je sais... Jamais, jamais tu ne seras à moi. Car ce n'est pas seulement cela que je veux. C'est ton cœur.

— On ne peut pas tout avoir, mon pauvre Nicolas, dit Angélique d'un petit ton sage. Autrefois, tu avais une partie de mon cœur, maintenant tu as mon corps entier. Autrefois, tu étais mon ami Nicolas, maintenant tu es mon maître Calembredaine. Tu as tué jusqu'au souvenir de l'affection que je te portais quand nous étions enfants. Mais je tiens quand même à toi, d'une autre façon, parce que tu es fort.

L'homme se crispa. Il grommela et soupira encore :

— Je me demande si je ne serai pas obligé de te tuer un de ces jours.

Elle bâilla, cherchant le sommeil.

— Ne dis pas de sottises.


Par la fenêtre, les étoiles piquaient des reflets dans les glaces des miroirs volés. La mélopée des crapauds au pied de la tour ne cessait point.

— Nicolas, dit subitement Angélique.

— Oui?

— Te souviens-tu que nous avions voulu partir pour les Amériques?

— Oui.

— Eh bien, maintenant, si nous y partions vraiment?

— Où ça?

— Aux Amériques.

— T'es folle!

— Non, je t'assure... Un pays où l'on n'a ni froid, ni faim... où l'on est libre.

Elle insista, pressante :

— Qu'est-ce qui nous attend ici? Pour toi, ce ne peut être que la prison, la torture, les galères ou la potence. Moi... moi qui n'ai plus rien, qu'est-ce qui m'attend, si jamais tu disparais?...

— Quand on est à la cour des Miracles, il ne faut jamais penser à ce qui vous attend. Il n'y a pas de lendemain.

— Là-bas, nous pourrions peut-être avoir des terres neuves pour rien. On les cultiverait... Je t'aiderais.

— T'es folle! répéta-t-il dans un nouvel accès de colère. Je viens de t'expliquer que j'avais rien d'un cul-terreux. Et crois-tu que je vais décamper en laissant à Rodogone-l'Egyptien la clientèle de la foire Saint-Germain?

Elle ne répondit pas et retomba dans sa passivité.

Il grogna encore quelques instants.

— Ces gonzesses, quand il leur prend une idée!...

Furieux, il se retournait et ne s'apaisait pas. Une voix en lui répétait :

— Qu'est-ce qui t'attend? L'abbaye de Monte-à-Regret? Oui. Et après? Mais peut-on vivre ailleurs qu'à Paris?...

Dans la nuit printanière, la vaste poitrine de Nicolas Calembredaine était pleine de soupirs étouffés.

Il regardait dormir Angélique et, bouleversé de

jalousie, il eût voulu l'éveiller, car elle souriait en dormant.

Elle rêvait qu'elle s'en allait sur la mer dans un bateau à foin.

## 8

Un soir d'été, Jean-Pourri se glissa dans le repaire de Calembredaine, à l'hôtel de Nesle. Il venait voir une femme qu'on appelait Fanny-la-Pondeuse et qui avait dix enfants qu'elle louait tour à tour aux uns et aux autres. Elle s'était établie dans cette sinécure, ne se livrant à la mendicité que par distraction et à la prostitution que par habitude, ce qui en somme ne nuisait pas à ses qualités d'engendreuse, au contraire.

Jean-Pourri venait lui « réserver » un enfant qu'elle attendait. Elle l'avertit, en bonne commerçante :

— Je te le ferai payer plus cher, car il aura un pied bot.

— Comment le sais-tu?

— Celui qui me l'a fait était pied-bot.

— Ho, la, la, railla la Polak avec un gros rire. Tu en as de la chance de savoir comment il était, celui qui te l'a fait. T'es sûre de ne pas confondre?

— Moi, je peux choisir, répondit l'autre avec dignité.

Et elle se remit à filer une quenouille de laine sale. C'était une femme active et qui n'aimait pas rester inoccupée.

Le petit singe Piccolo sauta sur les épaules de

Jean-Pourri et lui arracha vivement une poignée de cheveux.

— Horrible bête! cria l'homme en se défendant avec son chapeau.

Angélique était assez contente de cette initiative de son favori. Celui-ci ne cachait pas la répulsion que lui inspirait le bourreau des enfants. Mais, comme Jean-Pourri était un individu redoutable et estimé du Grand Coesre dont il partageait le repaire, elle rappela le petit singe.

Jean-Pourri se frottait le crâne en grommelant des injures. Il l'avait déjà signalé au Grand Coesre : les gens de Calembredaine étaient insolents et dangereux. Ils se croyaient les maîtres. Mais un jour viendrait où les autres cagoux se révolteraient. Ce jour-là...

— Viens donc boire un coup, lui dit la Polak pour le calmer.

Elle lui versa une pleine louche de vin bouillant. Jean-Pourri avait toujours froid, même au cœur de l'été. Il devait avoir dans les veines du sang de poisson. Il avait d'ailleurs les yeux glauques, la peau collante et gelée d'un poisson.

Lorsqu'il eut bu, un sourire assez horrible entrouvrit ses lèvres sur une rangée de dents gâtées.

Thibault-le-Vielleur rentrait au logis, suivi du petit Linot.

— Ah! voici le joli mion, dit Jean-Pourri en se frottant les mains. Thibault, cette fois, c'est décidé, je te l'achète et je te donnerai — tiens-toi bien! — je te donnerai cinquante livres : une fortune.

Le vieux jeta un regard embarrassé par l'échancrure de son chapeau de paille.

— Que veux-tu que je fasse de cinquante livres? Et puis, qui me frappera du tambour quand je ne l'aurai plus?

— Tu dresseras un autre gamin.

— Celui-ci est mon petit-fils.

— Eh bien, ne veux-tu pas son bonheur? fit l'affreux Jean-Pourri avec un sourire cauteleux. Songe que ton petit-fils sera vêtu de velours et de dentelles. Je ne te mens pas, Thibault. Je sais à qui je vais le vendre. Il sera le favori d'un prince et, plus tard, s'il est habile, il pourra accéder aux plus hautes situations.

Jean-Pourri caressa les boucles brunes de l'enfant.

— Est-ce que cela te plairait, Linot, d'avoir de beaux habits, de manger tout ton soûl dans de la vaisselle d'or, de croquer des dragées?

— J'sais pas, répondit le gosse avec une moue.

Il imaginait mal pareilles délices, n'ayant jamais connu que la misère dans le sillage de son aïeul.

Un rayon de soleil soufré, se glissant par l'entrebâillement de la porte, éclairait sa peau dorée. Il avait de longs cils touffus, des yeux noirs et larges, des lèvres rouges comme des cerises. Il portait ses haillons avec grâce. On l'aurait pris pour un petit seigneur déguisé dans une mascarade, et il paraissait surprenant qu'une telle fleur ait pu croître sur un semblable fumier.

— Allons! Allons! nous allons très bien nous entendre tous les deux, fit Jean-Pourri.

Et il glissa sa main blanche autour des épaules de l'enfant.

— Viens mon joli, viens mon agneau.

— Mais je ne suis pas d'accord, moi! protesta le vielleur, qui commençait à trembler. T'as pas le droit de me prendre mon petit-fils.

— Je ne te le prends pas, je te l'achète. Cinquante livres! C'est correct, non? Et puis, tiens-toi tranquille. Sinon ça sera des nèfles. Voilà tout.

Il écarta le vieillard et marcha vers la porte en entraînant Linot.

Devant la porte, il trouva Angélique.

— Tu ne peux pas l'emmener sans l'autorisation de Calembredaine, dit-elle avec beaucoup de calme.

Et, prenant la main du garçonnet, elle le ramena dans la salle.

Le teint de suif du marchand d'enfants ne pouvait pas blêmir davantage. Jean-Pourri resta suffoqué trois bonnes secondes.

— Ça alors! Ça alors!

Et attirant un escabeau :

— C'est bon, je vais attendre Calembredaine.

— Tu peux toujours l'attendre, dit la Polak. Si elle veut pas, tu l'auras pas, ton môme. Il fait tout ce qu'elle veut, conclut-elle avec un mélange de rancune et d'admiration.


Calembredaine, suivi de ses hommes, ne rentra qu'à la nuit tombée. Avant toutes choses, il demanda à boire. On parlerait affaires après.

Tandis qu'il se désaltérait abondamment, on frappa à la porte. Ce n'était guère l'usage parmi les gueux. Chacun se regarda, et La Pivoine, tirant son épée, alla ouvrir.

Une voix de femme demanda au-dehors :

— Jean-Pourri est-il là?

— Entrez toujours, dit La Pivoine.

Les torches de résine plantées aux murs dans des cercles de fer éclairèrent l'entrée imprévue d'une grande fille drapée dans sa mante, et d'un laquais en livrée rouge qui tenait un panier.

— On est allé te chercher au faubourg Saint-

Denis, expliqua la fille à Jean-Pourri. Mais on nous a dit que tu étais chez Calembredaine. On peut dire que tu nous fais trotter. Sans compter que, des Tuileries à Nesle, nous aurions été plus vite.

Tout en parlant, elle avait rejeté sa mante et faisait bouffer les dentelles de son corsage où brillait une petit croix d'or retenue à son cou par un velours noir. Les yeux des hommes s'allumèrent devant cette belle gaillarde dont un fin bonnet de dentelles dissimulait mal la flambante chevelure rousse.

Angélique s'était reculée dans l'ombre. Une sueur légère perlait à ses tempes. Elle venait de reconnaître Bertille, la chambrière de la comtesse de Soissons, qui, quelques mois plus tôt, avait négocié avec elle l'achat de Kouassi-ba.

— Tu as quelque chose pour moi? demanda Jean-Pourri.

D'un air prometteur, la fille souleva la serviette du panier que le laquais venait de poser sur la table et en sortit un enfant nouveau-né.

— Voilà, dit-elle.

Jean-Pourri examina le bébé d'un air sceptique.

— Gras, bien fait..., dit-il avec une moue. Ma foi, je ne pourrais guère t'en donner plus de trente livres.

— Trente livres! s'exclama-t-elle indignée. Tu entends, Jacinthe? Trente livres. Non, mais tu ne l'as pas regardé? T'es pas capable d'apprécier la marchandise que je t'apporte.

Elle arracha le lange et exposa le nouveau-né tout nu à la lueur des flammes.

— Regarde-le bien.

Le petit être tiré de son sommeil remuait vaguement.

— Oh! s'exclama la Polak, il a les parties noires!

— C'est un fils de Maure, chuchota la servante, un mélange noir et blanc. Tu sais comme ils deviennent beaux, les mulâtres, avec une peau comme de l'or. On n'en voit pas souvent. Plus tard, quand il aura six ou sept ans, tu pourras le revendre très cher, comme page.

Elle pouffa méchamment et ajouta :

— Qui sait? Tu pourras peut-être le revendre à sa propre mère, la Soissons.

Les yeux de Jean-Pourri s'étaient allumés de convoitise.

— C'est bon, décida-t-il. Je t'en donne cent livres.

— Cent cinquante.

L'ignoble personnage leva les bras en l'air.

— Tu veux ma ruine! Imagines-tu ce que cela va me coûter d'élever ce môme, surtout si je veux le maintenir gras et vigoureux?...

Une discussion sordide s'ensuivit. Pour mieux pérorer, les poings sur les hanches, Bertille avait posé le bébé sur la table et tout le monde se pressait et le regardait avec un peu d'effroi. A part son sexe très foncé, il n'était guère différent d'un autre nouveau-né. Sa peau seule semblait plus rouge.

— Et d'abord, qui me dit que c'est vraiment un mulâtre? fit Jean-Pourri à bout d'arguments.

— Je te jure que son père était plus noir que le cul d'une marmite.

Fanny-la-Pondeuse poussa un petit cri effrayé :

— Oh! j'en serais restée raide de peur. Comment ta maîtresse a-t-elle pu...

— Est-ce qu'on ne dit pas qu'il suffit qu'un Maure regarde une femme dans le blanc de l'œil pour la rendre enceinte? interrogea la Polak.

La servante poussa un éclat de rire crapuleux.

— On le dit... Et même on le répète à l'envi des Tuileries au Palais-Royal depuis que la grossesse de ma maîtresse a été remarquée. Le propos a été jusqu'à la chambre du roi. Sa Majesté a dit : Vraiment? Il faut alors que ce soit un coup d'œil bien profond. Et, en rencontrant ma maîtresse dans l'antichambre, il lui a tourné le dos. Vous pensez si ça l'a fâchée, la Soissons! Elle qui espérait tant lui mettre le grappin dessus! Mais le roi est furieux depuis qu'il soupçonne qu'un homme à peau noire a été logé par la Soissons à la même enseigne que lui. Et, par malheur, ni le mari, ni l'amant, ce petit salaud de marquis de Vardes, ne sont d'accord pour endosser la paternité. Mais ma maîtresse a plus d'un tour dans son sac. Elle saura arrêter les ragots. Tout d'abord, officiellement, elle n'accouchera qu'en décembre.

Et la Bertille s'assit en regardant autour d'elle d'un air triomphant.

— Verse-moi un coup, Polak, et je vais vous raconter ça. Voilà. C'est pas malin. Il suffit de savoir compter sur ses doigts. Le Maure a quitté le service de ma maîtresse en février. Si elle accouche en décembre, c'est pas lui qui peut être le père hein? Alors elle va relâcher un peu les cerceaux de sa robe et se plaindre :

— Oh! ma chère, cet enfant remue beaucoup. Il me paralyse. Je ne sais pas si je pourrai aller au bal du roi ce soir! Et puis, en décembre, un accouchement à grand tralala, aux Tuileries même. Ce sera le moment, Jean-Pourri, de nous vendre un enfant tout frais du jour. En sera le père qui voudra. Le Maure est hors de cause, c'est tout ce qu'on demande. Chacun sait qu'il rame sur les galères du roi depuis le mois de février.

— Pourquoi est-il aux galères?

— Pour une sale histoire de magie. Il était complice d'un sorcier qu'on a brûlé en place de Grève.

Malgré sa maîtrise d'elle-même, Angélique ne put s'empêcher de jeter un regard en direction de Nicolas. Mais il buvait et mangeait avec indifférence. Elle se renfonça dans l'obscurité. Elle aurait voulu pouvoir quitter la salle et, en même temps, elle mourait d'envie d'en entendre plus long.

— Oui, une sale histoire, reprenait Bertille en baissant la voix. Ce diable noir savait jeter des sorts. On l'a condamné. C'était même pour ça que la Voisin a pas voulu marcher quand ma maîtresse est venue la trouver pour qu'elle lui fasse passer son fruit.

Le nain Barcarole bondit sur la table, près du verre de la servante.

— Hou! J'ai vu cette dame et, toi aussi, je t'ai vue plusieurs fois, belle carotte frisée. Je suis le petit démon qui ouvre la porte chez ma célèbre patronne, la devineresse.

— En effet, je t'aurais reconnu à ton insolence.

— La Voisin n'a pas voulu faire avorter la comtesse parce que c'était un fils de Maure qu'elle portait dans son sein.

— Comment l'a-t-elle su? demanda Fanny.

— Elle sait tout. C'est une devineresse.

— Rien qu'à lui regarder dans le creux de la main, elle lui a tout dit d'un trait, commenta la servante d'un air effrayé. Que c'était un enfant de sang mêlé, que l'homme noir qui l'avait engendré connaissait des secrets de magie, qu'elle ne pouvait le tuer, car cela lui porterait malheur à elle qui était aussi sorcière. Ma maîtresse était bien marrie :

146

— Qu'allons-nous faire, Bertille? me disait-elle.
Elle s'est mise dans une grande colère. Mais la
Voisin n'a pas cédé. Elle a dit qu'elle aiderait ma
maîtresse à accoucher quand le moment serait
venu, et que personne n'en saurait rien. Mais
qu'elle ne pourrait pas faire plus. Et elle demandait beaucoup d'argent. La chose s'est passée la
nuit dernière à Fontainebleau, où toute la cour se
trouve pour l'été. La Voisin était venue avec un
de ses hommes, un magicien nommé Lesage. Ma
maîtresse a été accouchée dans une petite maison
qui appartient à la famille de la Voisin, tout près
du château. A l'aube, j'ai reconduit ma maîtresse
et, dès les premières heures, dans tous ses atours,
fardée jusqu'aux yeux, elle s'est présenté à la
reine, comme il est d'usage, puisqu'elle commande
sa maison. Voilà qui va déconcerter bien des gens
qui s'attendent, ces jours-ci, à la voir embarrassée.
Mais ils en seront pour leurs frais de ragots.
Mme de Soissons est toujours enceinte, elle n'accouchera qu'en décembre d'un enfant bien blanc, et
il se peut même que M. de Soissons le reconnaisse.

Un formidable éclat de rire souligna la conclu-
sion de l'histoire. Barcarole fit une cabriole et dit :

— J'ai entendu ma patronne confier à Lesage
que cette affaire de la Soissons valait bien la
trouvaille d'un trésor caché.

— Oh! la Voisin est rapace, grommela Bertille
avec rancune. Elle en a tant réclamé que c'est
tout juste si ma maîtresse a pu me donner, à moi,
un petit collier pour me remercier de mon aide.

La servante regardait le nain d'un air songeur.

— Toi, dit-elle subitement, je crois que tu ferais le bonheur de quelqu'un de très haut placé
que je connais.

— J'ai toujours pensé que j'étais fait pour de grandes destinées, répliqua Barcarole en se plantant avantageusement sur ses petites jambes torses.

— Le nain de la reine est mort, et cela a fait beaucoup de peine à la reine, qui se contrarie de tout depuis qu'elle est enceinte. Et la naine est désespérée. Personne ne peut la consoler. Il lui faudrait un nouveau compagnon... de sa taille.

— Oh! je suis sûr que je plairais à cette noble dame! s'écria Barcarole en se cramponnant à la jupe de la servante. Emmenez-moi, belle carotte, emmenez-moi chez la reine. N'ai-je pas l'air admirable et séduisant?

— C'est vrai qu'il n'est pas laid, hein, Jacinthe? fit-elle, amusée.

— Je suis même beau, affirma l'avorton. Si la nature m'avait donné quelques centimètres de plus, j'aurais été le plus couru des barbillons. Et pour conter fleurette aux femmes, croyez-moi, ma langue n'est jamais en repos.

— La naine ne parle que l'espagnol.

— Je parle l'espagnol, et l'allemand et l'italien.

— Il faut l'emmener! s'écria Bertille en battant des mains. Cette affaire est excellente, et nous fera remarquer de Sa Majesté. Dépêchons-nous. Nous devons être revenus au matin à Fontainebleau afin que notre absence ne se remarque point. Faut-il te mettre dans le panier du petit mulâtre?

— Vous vous moquez, madame, protesta Barcarole, déjà très grand seigneur.

Tout le monde riait et se congratulait. Barcarole chez la reine!... Barcarole chez la reine!

Calembredaine se contenta de lever le nez de dessus son écuelle.

— N'oublie pas les compagnons lorsque tu seras riche, dit-il. Et il fit le geste très significatif de laisser glisser un écu entre son pouce et son index.

— Que tu me saignes si je les oublie! protesta le nain, qui connaissait les lois impitoyables de la gueuserie.

Et, bondissant dans le coin où se trouvait Angélique, il lui fit un grand salut de cour.

— Au revoir, ô la plus belle, au revoir, ma frangine, marquise des Anges.

Le curieux petit homme levait vers elle le regard de ses yeux vifs, étrangement perspicaces. Il ajouta, jouant l'affectation d'un petit-maître :

— J'espère, ma très chère, que nous nous reverrons. Je vous donne rendez-vous... chez la reine.

## 9

La cour était à Fontainebleau. Pour les chaleurs, il n'y avait rien de plus charmant que ce château blanc, inondé de verdure, son étang où les carpes évoluaient, et parmi elles, la vieille aïeule toute blanche qui portait au nez l'anneau de François I$^{er}$. Eaux, fleurs, bosquets...

Le roi travaillait, le roi dansait, le roi chassait à courre. Le roi était amoureux. La douce Louise de La Vallière, tremblante d'avoir éveillé la passion de ce cœur royal, levait sur le souverain ses yeux magnifiques, d'un brun bleu plein de langueur. Et la cour, à l'envi, célébrait, en allégories suggestives où Diane, courant à travers bois, se livre enfin à Endymion, l'ascension de la modeste fille blonde dont Louis XIV venait de cueillir la virginité.

Dix-sept ans, à peine sortie de la pauvreté d'une nombreuse famille provinciale, isolée parmi les filles d'honneur de Madame... N'y avait-il pas de quoi troubler Louise de La Vallière lorsque toutes les nymphes et les sylvains des bois de Fontainebleau chuchotaient, au clair de lune, sur son passage : — Voilà la favorite! Que d'empressement autour d'elle! Elle ne savait plus où cacher l'intensité de son amour et la honte de son péché! Mais les courtisans connaissaient les rouages de leur subtil métier de parasites. C'est par la maîtresse qu'on a accès au roi, qu'on nouera des intrigues, qu'on obtiendra des places, des faveurs, des pensions. Tandis que la reine, alourdie par sa maternité, restait rencognée dans ses appartements, près de la naine inconsolable, c'était, dans l'éclat des jours d'été, une chaîne ininterrompue de fêtes et de plaisirs.

Au petit souper, sur le canal, comme il n'y avait pas de places dans les barques pour les officiers de bouche, on se plaisait à voir le prince de Condé prendre, au lieu de gagner les batailles et de comploter contre le roi, les plats qu'on lui tendait d'une barque voisine et les présenter au roi et à sa maîtresse, en serviteur modèle.

Assise sur les bords de la Seine, Angélique, dans la puanteur de la vase surchauffée de Paris, regardait le crépuscule descendre sur Notre-Dame.

Au-dessus des hautes tours carrées et du vaisseau renflé de l'abside, le ciel était jaune, moucheté d'hirondelles. De temps à autre, un oiseau passant près de la jeune femme frôlait la berge avec un cri aigu.

De l'autre côté de l'eau, sous les maisons cano-
niales des chanoines de Notre-Dame, une longue
pente de glaise marquait l'emplacement du plus
grand abreuvoir de Paris. A cette heure, une foule
de chevaux s'y dirigeaient, conduits par des charretiers ou des valets d'équipage. Leurs hennisse-
ments alternés montaient dans le soir pur.

Tout à coup, Angélique se leva.

« Je vais aller voir mes enfants », pensa-t-elle.

Un passeur, pour vingt sols, la déposa au port
de Saint-Landry. Angélique enfila la rue de l'Enfer
et s'arrêta à quelques pas de la maison du procureur Fallot de Sancé. Elle ne songeait pas à se
présenter à la maison de sa sœur dans l'état où
elle se trouvait avec sa jupe en lambeaux, ses cheveux en désordre noués d'un mouchoir, ses souliers éculés. Mais l'idée lui était venue qu'en se
postant aux environs elle pourrait peut-être apercevoir ses deux fils. C'était devenu pour elle, depuis quelque temps, une idée fixe, un besoin qui,
chaque jour, s'accentuait et occupait toute sa pensée. Le petit visage de Florimond émergeait du
gouffre d'oubli et d'hébétude dans lequel elle était
plongée. Elle le revoyait avec ses cheveux noirs
bouclés sous son béguin rouge. Elle l'entendait
babiller. Quel âge avait-il maintenant? Un peu
plus de deux ans. Et Cantor? Sept mois. Elle ne
l'imaginait pas. Elle l'avait laissé si petit!

Appuyée au mur près de l'échoppe d'un savetier, Angélique se mit à regarder fixement la façade de cette maison où elle avait vécu lorsqu'elle
était encore riche et considérée. Un an plus tôt,
son équipage avait encombré la ruelle étroite. De
là, elle s'était rendue à l'entrée triomphale du roi,
vêtue somptueusement. Et Cateau-la-Borgnesse lui

avait transmis les propositions avantageuses du surintendant Fouquet : Acceptez, ma chère... Cela ne vaut-il pas mieux que de perdre la vie?

Elle avait refusé. Alors, elle avait tout perdu, et elle n'était pas loin de se demander si, en réalité, elle n'avait pas perdu aussi la vie, car elle n'avait plus de nom, plus de droit à l'existence. Elle était morte aux yeux de tous.

Le temps se prolongeait et rien ne bougeait sur la façade de la maison. Pourtant, derrière les vitres sales du bureau du procureur, on devinait les silhouettes besogneuses des clercs.

L'un d'eux sortit pour allumer la lanterne.

Angélique l'aborda :

— Est-ce que Me Fallot de Sancé est chez lui ou bien est-il allé dans ses terres?

Avant de répondre, le clerc se donna le temps d'examiner son interlocutrice.

— Il y a déjà un moment que Me Fallot n'habite plus ici, dit-il. Il a revendu sa charge. Il avait eu des ennuis dans un procès de sorcellerie auquel était mêlée sa famille. Ça lui a fait du tort pour sa profession. Il est allé s'installer dans un autre quartier.

— Et... vous ne savez pas dans quel quartier?

— Non, fit l'autre d'un ton rogue. Et, si je le savais, je ne te le dirais pas. Tu n'es pas une cliente pour lui.

Angélique était atterrée. Depuis quelques jours, elle ne vivait que dans l'idée d'apercevoir, ne fût-ce qu'une seconde, les visages de ses enfants. Elle les imaginait rentrant de promenade, Cantor dans les bras de Barbe, Florimond trottinant joyeusement près d'elle. Et voici qu'eux aussi avaient disparu à jamais de son horizon!

Elle dut s'appuyer contre le mur, saisie d'un vertige.

Le savetier, qui était en train de mettre les planches de son échoppe pour la nuit, et qui avait entendu la conversation, lui dit :

— Tu y tenais tant que ça à voir Me Fallot? C'était pour un procès?...

— Non, fit Angélique en essayant de se dominer, mais je... j'aurais voulu voir une fille qui était en service chez lui... une nommée Barbe. Est-ce qu'on ne sait pas l'adresse de M. le procureur dans son nouveau quartier?

— Pour ce qui est de Me Fallot et de sa famille, je ne pourrais te renseigner. Mais Barbe, c'est possible. Elle n'est plus chez eux. La dernière fois qu'on l'a vue, elle travaillait chez un rôtisseur de la rue de la Vallée-de-Misère, à l'enseigne du Coq-Hardi.

— Oh! merci.

Déjà, Angélique courait dans les rues assombries. La rue de la Vallée-de-Misère, derrière la prison du grand Châtelet, était le fief des rôtisseurs. De jour et de nuit, les cris des volailles égorgées et le bruit des broches tournant devant de grands feux ne cessaient point.

La rôtisserie du Coq-Hardi était la plus éloignée et ne présentait rien de particulièrement reluisant. Au contraire, on aurait pu croire, à la regarder, que le carême était déjà commencé.

Angélique entra dans une salle à peine éclairée de deux ou trois chandelles. Attablé devant un pichet de vin, un gros homme, coiffé d'un bonnet sale de cuisinier, semblait beaucoup plus occupé à boire qu'à servir ses clients. Ceux-ci n'étaient guère nombreux et se composaient surtout d'artisans et d'un voyageur de pauvre mine. D'un pas traînant, un jeune garçon ceint d'un tablier graisseux apportait des plats dont on avait de la peine à distinguer la composition.

Angélique s'adressa au gros cuisinier :

— Avez-vous ici une servante nommée Barbe?

D'un pouce négligent, l'homme lui montra l'arrière-cuisine.

Angélique aperçut Barbe. Elle était assise devant le feu et plumait une volaille.

— Barbe!

L'autre leva la tête et essuya du bras son front couvert de sueur.

— Qu'est-ce que tu veux, fille? demanda-t-elle d'une voix lasse.

— Barbe! répéta Angélique.

La servante ouvrait de grands yeux. Puis, soudain elle poussa une exclamation étouffée :

— Oh! Madame!... Que Madame m'excuse...

— Il ne faut plus m'appeler Madame, fit Angélique d'un ton bref.

Elle se laissa tomber sur la pierre de l'âtre. La chaleur était suffocante.

— Barbe, où sont mes enfants?

Les grosses joues de Barbe tremblaient comme si elle se retenait d'éclater en sanglots. Elle avala sa salive et réussit enfin à répondre.

— Ils sont en nourrice, Madame... Hors de Paris, dans un village, près de Longchamp.

— Ma sœur Hortense ne les a pas gardés chez elle?

— Mme Hortense les a mis tout de suite en nourrice. Je suis allée une fois chez la nourrice pour lui remettre l'argent que vous m'aviez laissé. Mme Hortense avait exigé que je le lui remette à elle, cet argent, mais je ne lui avais pas tout donné. Je voulais qu'il ne serve qu'aux enfants. Ensuite, je n'ai pu retourner chez la nourrice... J'avais quitté Mme Hortense... J'ai fait plusieurs places... C'est difficile de gagner sa vie.

Maintenant, elle parlait précipitamment, en évitant de regarder Angélique. Celle-ci réfléchissait. Longchamp n'était pas un village très éloigné. Les dames de la cour en faisaient un but de promenade. Elles y entendaient les offices des nonnes de l'abbaye... Avec des gestes nerveux, Barbe s'était remise à plumer sa volaille. Angélique éprouva la sensation que quelqu'un la regardait fixement. Se retournant, elle vit le gâte-sauce qui ne laissait aucune équivoque sur les sentiments que lui inspirait cette belle femme en guenilles. Angélique était habituée à ces regards avides des hommes. Mais, cette fois, elle en fut agacée. Elle se releva rapidement.

— Où loges-tu, Barbe?

— Dans cette maison, dans une soupente.

A ce moment, le patron de Coq-Hardi entra, son bonnet de travers.

— Alors, qu'est-ce que vous fichez tous? demanda-t-il d'une voix pâteuse. David, les clients te réclament... Et cette volaille, elle est bientôt prête, Barbe? Ma parole, faudrait peut-être que je me dérange pendant que vous vous prélassez... Et cette gueuse, qu'est-ce qu'elle f... là? Allez, ouste, dehors! Et n'essaie pas de me voler un chapon...

— Oh! Madame!

Mais, ce soir-là, Angélique n'était pas d'humeur passive. Elle mit les poings sur ses hanches et tout le vocabulaire de la Polak lui remonta aux lèvres.

— Ferme-la, gros tonneau! J'en voudrais pas de tes vieux coqs en carton. Quant à toi, le puceau en mal d'amour, tu ferais mieux de baisser un peu tes mirettes(1) et de fermer ta panetière à miettes(2) si tu ne veux pas recevoir une giroflée sur la g...

— Oh! Madame! cria Barbe de plus en plus épouvantée.

Angélique profita de la stupeur des deux hommes pour lui glisser :

— Je t'attends dehors, dans la cour.

Un peu plus tard, lorsque Barbe passa, un bougeoir à la main, Angélique la suivit par l'escalier délabré jusqu'à la soupente que maître Bourjus louait quelques sols à la servante.

— C'est bien pauvre chez moi, Madame, fit Barbe humblement.

— Ne te trouble pas. Je connais la pauvreté.

Angélique rejeta ses souliers pour jouir de la fraîcheur du carrelage et s'assit sur le lit, qui était une paillasse sans rideaux, montée sur quatre pieds.

— Il faut excuser maître Bourjus, reprenait Barbe. Ce n'est pas un mauvais homme. Mais, depuis la mort de sa femme, il a perdu l'esprit et ne fait que boire. Le marmiton est un neveu à lui qu'il avait fait venir de province pour l'aider, mais il n'est pas très dégourdi. Alors les affaires ne vont guère.

— Si cela ne te gêne pas, Barbe, demanda Angélique, puis-je passer la nuit ici? Demain, je partirai dès l'aube et j'irai voir mes enfants. Puis-je partager ton lit? Cela m'arrangerait.

— Madame me fait bien de l'honneur.

(1) Yeux.
(2) Bouche.

156

— L'honneur, dit Angélique amèrement... Regarde-moi et ne parle plus ainsi.

Barbe éclata en sanglots.

— Oh! Madame, balbutia-t-elle. Vos beaux cheveux... vos si beaux cheveux! Qui donc vous les brosse maintenant?

— Moi-même... quelquefois. Barbe, ne pleure pas si fort, je t'en prie.

— Si Madame me le permet, murmura la servante, j'ai là une brosse... Je pourrais peut-être... profiter... de ce que je suis avec Madame...

— Si tu veux.

Les mains habiles de la servante commencèrent à démêler les belles boucles aux chauds reflets. Angélique ferma les yeux. Le pouvoir des gestes quotidiens est grand. Il suffisait de ces mains soigneuses d'une servante pour recréer une atmosphère à jamais disparue. Barbe reniflait ses larmes.

— Ne pleure pas, répéta Angélique, tout cela finira... Oui, je crois que cela finira. Pas encore, je le sais bien, mais un jour viendra... Tu ne peux pas comprendre, Barbe. C'est comme un cercle infernal et dont on ne peut plus s'échapper que par la mort. Mais je commence à croire que je pourrai m'échapper quand même. Ne pleure pas, Barbe, ma bonne fille...

Elles dormirent côte à côte. Barbe commençait son travail aux premières lueurs du jour. Angélique la suivit dans la cuisine de la rôtisserie. Barbe lui fit boire du vin chaud et lui glissa deux petits pâtés.

Maintenant, Angélique marchait sur la route de Longchamp. Elle avait franchi la porte Saint-Honoré et, après avoir suivi les quinconces sablonneux d'une promenade qu'on appelait les

Champs-Elysées, elle parvint au village de Neuilly où Barbe assurait que se trouvaient les enfants. Elle ne savait pas encore ce qu'elle allait faire. Les observer de loin peut-être? Et, si jamais Florimond s'approchait d'elle en jouant, elle essaierait de l'attirer en lui offrant un pâté.

Elle se fit indiquer l'habitation de la mère Mavaut. En approchant, elle vit des enfants qui jouaient dans la poussière sous la garde d'une fillette d'environ treize ans. Ils étaient assez barbouillés et mal tenus, mais paraissaient bien portants.

Elle essaya en vain de reconnaître Florimond parmi eux.

Comme une grande femme en sabots sortait de la maison, elle supposa qu'il s'agissait de la nourrice et prit le parti d'entrer dans la cour.

— Je voudrais voir deux enfants qui vous ont été confiés par Mme Fallot de Sancé.

La paysanne, qui était une forte femme brune et hommasse, la toisa avec une méfiance non dissimulée.

— C'est-y que vous apportez l'argent en retard?

— Il y a donc du retard dans le paiment des mois de nourrice?

— S'il y en a! éclata la femme. Avec ce que Mme Fallot m'a donné quand je les ai pris et ce que sa servante m'a apporté ensuite, ça ne me faisait pas de quoi les nourrir pendant plus d'un mois. Et depuis, bernique, pas un navet! Je suis allée à Paris pour réclamer, mais les Fallot avaient déménagé. Voilà bien les manières de ces corbeaux de procureurs!

— Où sont-ils? demanda Angélique.

— Qui?

— Les enfants.

— Est-ce que je sais, moi? fit la nourrice avec un haussement d'épaules. J'ai bien assez à faire à m'occuper des mioches des gens qui paient.

La fillette, qui s'était rapprochée, dit vivement :

— Le plus petit est par là. Je vais vous le montrer.

Elle entraîna Angélique, lui fit traverser la salle principale de la ferme et la guida dans l'étable, où il y avait deux vaches. Derrière le râtelier, elle découvrit une caisse où Angélique discerna avec peine, dans l'obscurité, un enfant d'environ six mois. Il était nu, à part un lambeau de chiffon sale sur le ventre, dont il suçait avidement une extrémité.

Angélique saisit la caisse et la tira dans la pièce.

— J'l'ai mis dans l'étable parce qu'il y faisait plus chaud que dans le cellier, la nuit, chuchota la fillette. Il a des croûtes partout, mais il n'est pas maigre. C'est moi qui trais les vaches le matin et le soir. Alors je lui donne un peu de lait chaque fois.

Atterrée, Angélique regardait le bébé. Ce ne pouvait être Cantor, cette hideuse petite larve couverte de pustules et de vermine! D'ailleurs, Cantor était né avec des cheveux blonds et l'enfant avait des boucles brunes. A ce moment, il ouvrit les yeux et montra des prunelles claires et magnifiques.

— Il a des yeux verts comme les vôtres, dit la fillette. C'est-y que vous êtes sa mère?

— Oui, je suis sa mère, dit Angélique d'une voix blanche. Où est l'aîné?

— Il doit être dans la niche du chien.

— Javotte, mêle-toi de ce qui te regarde! cria la paysanne.

Elle observait leur manège avec hostilité, mais n'intervenait pas, espérant peut-être qu'en fin de compte cette femme de triste mine apportait de l'argent.

La niche était occupée par un molosse à l'air féroce. Javotte dut déployer toutes sortes de séductions et de promesses pour le faire sortir.

— Flo se cache toujours derrière Patou, parce qu'il a peur.

— Peur de quoi?

La gamine jeta un regard vif autour d'elle.

— Qu'on le batte.

Elle tira quelque chose du fond de la niche. Une boule noire et frisée apparut.

— Mais c'est un autre chien! s'écria Angélique.

— Non, ce sont ses cheveux.

— Bien sûr, murmura-t-elle.

Certes, une pareille chevelure ne pouvait appartenir qu'au fils de Joffrey de Peyrac. Mais, sous cette toison drue, sombre et serrée, il y avait un pauvre petit corps squelettique et grisâtre, couvert de haillons.

Angélique s'agenouilla et écarta d'une main tremblante la tignasse ébouriffée. Elle découvrit le visage amenuisé, pâle, dans lequel brillaient deux yeux noirs dilatés. Bien qu'il fît très chaud, un grelottement incessant agitait l'enfant. Ses os menus saillaient comme des pointes et sa peau était rêche et sale.

Angélique se redressa et s'avança vers la nourrice.

— Vous les laissiez mourir de faim, dit-elle d'une voix lente et pesante. Vous les laissiez mourir de misère... Depuis des mois, ces enfants n'ont reçu aucun soin, aucune nourriture. Seulement les restes du chien ou les morceaux que cette gamine prélevait sur son maigre souper. Vous êtes une misérable!

La paysanne était devenue très rouge. Elle croisa les bras sur son corsage.

— Elle est bien bonne celle-là! s'écria-t-elle suffoquant de colère. On m'encombre de mioches sans le sou, on disparaît sans laisser d'adresse, et encore il faut que je me fasse injurier par une gueuse des grands chemins, une Bohémienne, une Egyptienne, une...

Sans l'écouter Angélique était rentrée dans la maison.

Elle attrapa un torchon qui pendait devant l'âtre et, saisissant Cantor, elle l'installa sur son dos en le retenant par le torchon noué sur sa poitrine, à la façon, précisément, dont les Bohémiennes portent leurs enfants.

— Qu'est-ce que vous allez faire? demanda la nourrice, qui l'avait suivie. Vous n'allez pas les emmener, hein? Ou alors, il faut donner l'argent.

Angélique fouilla dans ses poches et jeta sur le pavé quelques pièces. La paysanne ricana.

— Cinq livres! Tu veux rire — on m'en doit bien trois cents. Allons, paie! Ou bien j'appelle les voisins et leurs chiens, et je te fais chasser.

Haute et massive, elle se tenait devant la porte, les bras étendus. Angélique glissa la main dans son corsage et tira son poignard. La lame de Rodogone-l'Egyptien brillait dans la pénombre du même éclat que les yeux verts de celle qui le tenait.

— Barre-toi! fit Angélique d'une voix sourde. Barre-toi ou je te saigne.

En entendant le langage des argotiers, la paysanne devint livide. On connaissait trop bien, aux portes de Paris, l'audace des ribaudes et leur habileté à manier le couteau.

Elle se recula, terrifiée, Angélique passa devant elle en maintenant la pointe du poignard dans sa direction, comme le lui avait enseigné la Polak.

— N'appelle pas! Ne lance ni chiens ni croquants à mes trousses, sinon il t'arrivera malheur. Demain ta ferme flambera... Et toi, tu te réveilleras la gorge fendue... Compris?...

Arrivée au milieu de la cour, elle remit le poignard à sa ceinture et, enlevant Florimond dans ses bras, elle s'enfuit vers Paris.

Haletante, elle se rejetait vers la capitale mangeuse d'êtres humains, où elle n'avait d'autre refuge, pour ses deux enfants à demi morts, que des ruines et la bienveillance sinistre des gueux et des bandits.

Des carrosses la croisaient, soulevant des nuages de poussière qui se collait à son visage en sueur. Mais elle ne ralentissait pas sa marche, insensible au poids de son double fardeau.

— Cela finira! pensait Angélique. Il faudra bien que cela finisse, que je m'évade un jour, que je les ramène vers les vivants...

A la tour de Nesle, elle trouva la Polak qui cuvait son vin, et qui l'aida à soigner ses enfants.

## 10

A la vue des enfants, Calembredaine ne se montra ni furieux, ni jaloux comme elle l'avait redouté. Mais une expression atterrée se peignit sur son rude et noir visage.

— Tu n'es pas folle? dit-il. Tu n'es pas folle

d'avoir amené tes enfants? Tu n'as donc pas vu ce qu'on fait des enfants ici? Tu veux qu'on te les loue pour aller mendier?... Que les rats les dévorent?... Que Jean-Pourri te les vole?...

Accablée par ces reproches inattendus, elle se cramponna à lui.

— Où voulais-tu que je les mène, Nicolas? Regarde ce qu'on a fait d'eux... Ils mouraient de faim! Je ne les ai pas amenés ici pour qu'on leur fasse du mal, mais pour les mettre sous ta protection, à toi qui es fort, Nicolas.

Elle se blottissait contre lui, éperdue, et le regardait comme elle ne l'avait jamais fait. Mais il ne s'en apercevait pas et secouait la tête en répétant :

— Je ne pourrai pas les protéger toujours... ces enfants de sang noble. Je ne pourrai pas.

— Pourquoi? Tu es fort, on te craint.

— Je ne suis pas si fort que cela. Tu m'as usé le cœur. Pour des gars comme nous, quand le cœur s'en mêle, c'est le début des sottises. Tout f... le camp. Quelquefois, je me réveille la nuit et je me dis :

— Calembredaine, prends garde... Elle n'est plus si loin l'abbaye de Monte-à-Regret...

— Ne parle pas comme ça. Pour une fois que je te demande quelque chose. Nicolas, mon Nicolas, aide-moi à sauver mes petits!

On les appela « les petits anges ». Protégés par Calembredaine, ils partageaient la vie d'Angélique au sein de la misère et du crime. Ils dormaient dans une grande malle de cuir garnie de manteaux confortables et de draps fins. Chaque matin, ils avaient leur lait frais. Pour eux, Rigobert ou La Pivoine allait guetter les paysannes qui se rendaient au marché de la Pierre-au-lait avec leur pot de cuivre sur la tête. Les laitières finirent par ne plus vouloir passer par le chemin de la Seine. Il fallut les chercher jusqu'à Vaugirard. Enfin, elles comprirent qu'il ne s'agissait que de donner un pot de lait pour avoir droit de passage, et les « narquois » n'eurent même plus besoin de tirer leur épée.

Florimond et Cantor avaient réveillé le cœur d'Angélique.

Dès son retour de Neuilly, elle les conduisit au Grand Matthieu. Elle voulait une pommade pour les plaies de Cantor, et, pour Florimond... Que fallait-il pour le ramener à la vie, ce petit corps épuisé, tremblant, qui se rétractait sous les caresses avec effroi?

— Quand je l'ai quitté, il parlait, disait-elle à la Polak, et maintenant il ne dit plus rien.

La Polak l'accompagna chez le Grand Matthieu. Pour elles, celui-ci souleva le rideau cramoisi qui coupait en deux son estrade et les fit entrer, comme des dames, dans son cabinet particulier où l'on voyait, en plus d'un pêle-mêle invraisemblable de râteliers, de suppositoires, de bistouris, de boîtes de poudre, de coquemars et d'œufs d'autruche, deux crocodiles empaillés.

Le maître oignit lui-même, de sa main auguste, la peau de Cantor d'une pommade de sa composition, et promit que dans huit jours il n'y paraîtrait plus. La prédiction se révéla juste : les croûtes tombèrent et l'on découvrit un petit garçon grassouillet et paisible, au teint blanc, aux cheveux châtains solidement bouclés, et qui se portait à merveille.

Pour Florimond, le Grand Matthieu fut moins encourageant. Il prit l'enfant avec beaucoup de précautions, l'examina, lui fit des risettes et le rendit à Angélique. Puis il se gratta le menton avec perplexité. Angélique était plus morte que vive.

— Qu'est-ce qu'il a?

— Rien. Il faut qu'il mange; très peu pour commencer. Après, il devra manger tant qu'il pourra. Peut-être que cela lui redonnera un peu de chair.

— Quand je l'ai quitté, il parlait, il trottait, répéta-t-elle navrée. Et, maintenant, il ne dit plus rien. C'est à peine s'il se tient sur ses jambes.

— Quel âge avait-il quand tu l'as laissé?

— Vingt mois, pas tout à fait deux ans.

— C'est un mauvais âge pour apprendre à souffrir, dit le Grand Matthieu songeur. Il vaut mieux que ce soit avant, tout de suite, dès la naissance. Ou plus tard. Mais ces petits-là, qui commencent à ouvrir les yeux sur la vie, il ne faut pas que la douleur les surprenne trop cruellement.

Angélique levait sur le Grand Matthieu un regard brillant de larmes contenues. Elle se demandait comment cette brute vulgaire et tonitruante pouvait savoir des choses si délicates.

— Est-ce qu'il va mourir?

— Peut-être pas.

— Donnez-moi tout de même un remède, supplia-t-elle.

L'empiriste versa dans un cornet une poudre d'herbes et recommanda d'en faire boire chaque jour une décoction à l'enfant.

— Cela lui redonnera du nerf, dit-il.

Mais lui, si prolixe sur la vertu de ses médicaments, il ne se lançait dans aucun boniment supplémentaire.

Après un moment de réflexion, il reprit :

— Ce qu'il lui faudrait, c'est que, de longtemps il n'ait plus jamais faim, plus jamais froid, plus jamais peur, qu'il ne se sente plus abandonné, qu'il garde autour de lui les mêmes visages... Ce qu'il lui faudrait, c'est un remède que je n'ai pas dans mes pots... C'est qu'il soit heureux. Tu m'as compris, fille?

Elle inclina la tête affirmativement. Elle était stupéfaite et bouleversée. Jamais on ne lui avait parlé des enfants de cette façon-là. Dans le monde où elle avait vécu jadis, cela ne se faisait pas. Mais les simples avaient peut-être des lumières de certaines choses...

Un client, la joue gonflée, enveloppée d'un mouchoir, était monté sur l'estrade, et l'orchestre avait repris sa cacophonie. Le Grand Matthieu poussa les deux femmes dehors en leur envoyant à chacune une claque cordiale dans les omoplates.

— Essayez de le faire sourire! leur cria-t-il encore avant de saisir sa tenaille.

Désormais, à la tour de Nesle, on s'employa à faire sourire Florimond. Le père Hurlurot et la mère Hurlurette dansaient pour lui, de toutes leurs vieilles jambes endiablées. Pain-Noir lui prêta pour jouer ses coquilles de pèlerin. On lui ramenait du Pont-Neuf des oranges, des gâteaux, des moulins en papier. Un petit Auvergnat lui montra sa marmotte et l'un des bateleurs de la foire Saint-Germain vint exhiber ses huit rats dressés qui dansaient le menuet au son du violon.

Mais Florimond eut peur et se cacha les yeux. Piccolo le singe réussissait seul à le distraire. Cependant, malgré ses grimaces et ses cabrioles, il ne parvenait pas à le faire sourire.

L'honneur de ce miracle revint à Thibault-le-Vielleur. Un jour, le vieil homme se mit à jouer la chanson du « Moulin Vert ». Angélique, qui tenait Florimond sur ses genoux, le sentit tressaillir. Il leva les yeux vers elle. Sa bouche frémit, découvrit des dents minuscules comme des grains de riz. Et, d'une petite voix basse, rauque, venue de très loin, il dit :

— Maman!


## 11


Septembre vint, froid et pluvieux.

— V'là l'Homicide (1) qui s'amène, geignait Pain-Noir en se réfugiant près du feu, dans ses loques trempées. Le bois humide chuintait dans l'âtre. Exceptionnellement, les bourgeois et les gros commerçants de Paris n'attendirent pas la Toussaint pour sortir leurs vêtements d'hiver et se faire saigner, selon les traditions de l'hygiène qui recommandait de se livrer à la lancette du chirurgien quatre fois l'an, aux changements de saison.

Mais les nobles et les gueux avaient d'autres sujets de préoccupation que de parler de la pluie et du froid.

Tous les hauts personnages de la cour et de la finance étaient sous le coup de l'arrestation du richissime surintendant des Finances, M. Fouquet.

Et tous les bas personnages de la pègre s'interrogeaient sur la tournure qu'allait prendre, au

(1) L'hiver.

moment de l'ouverture de la foire Saint-Germain, la lutte entre Calembredaine et Rodogone-l'Egyptien.

L'arrestation de M. Fouquet avait été comme un coup de tonnerre dans un ciel d'été. Quelques semaines plus tôt, le roi et la reine mère, reçus à Vaux-le-Vicomte par le fastueux surintendant, avaient admiré une fois de plus le magnifique château conçu par l'architecte Le Vau, contemplé les fresques du peintre Le Brun, dégusté la cuisine de Vatel. Ils avaient parcouru les splendides jardins dessinés par Le Nôtre, ces jardins que rafraîchissaient les eaux captées par l'ingénieur Francini et maîtrisées en bassins, jets d'eau, grottes et fontaines. Enfin toute la cour avait pu applaudir, dans le théâtre de verdure, une comédie des plus spirituelles : *Les Fâcheux*, d'un jeune auteur nommé Molière.

Puis, les derniers flambeaux éteints, tout le monde s'était rendu à Nantes pour les Etats de Bretagne. Ce fut là que, certain matin, un obscur mousquetaire se présenta à Fouquet alors qu'il allait monter dans son carrosse.

— Ce n'est pas là, monsieur, qu'il faut monter, dit cet officier, mais dans cette chaise aux portières grillées que vous voyez à quatre pas.

— Quoi donc? Que signifie?

— Que je vous arrête au nom du roi.

— Le roi est bien le maître, murmura le surintendant devenu très pâle. Mais j'aurais désiré pour sa gloire qu'il agît plus ouvertement.

L'affaire, une fois de plus, portait le sceau du royal élève de Mazarin. Elle n'était pas sans analogie avec l'arrestation, qui avait eu lieu un an auparavant, d'un grand vassal toulousain, le comte de Peyrac, lequel avait été brûlé comme sorcier en place de Grève...

Mais, dans l'affolement et l'anxiété où la disgrâce du surintendant plongeait la cour, personne ne s'avisa de faire le paralèlle sur la tactique employée, une nouvelle fois, en cette circonstance.

Les grands réfléchissaient peu. Cependant, ils savaient que, dans les comptes de Fouquet, on retrouverait non seulement la trace de ses malversations, mais aussi les noms de tous ceux... et de toutes celles dont il avait payé les complaisances. On parlait même de certaines pièces terriblement compromettantes par lesquelles de grands seigneurs et jusqu'à des princes du sang, s'étaient vendus durant la Fronde au subtil financier.

Non, personne ne reconnaissait encore, dans cette seconde arrestation, plus spectaculaire et foudroyante que la première, la même main autoritaire.

Seul Louis XIV, en rompant les cachets d'une dépêche qui lui faisait part des troubles du Languedoc soulevés par un gentilhomme gascon du nom d'Andijos, soupira :

— Il était temps!

L'écureuil, foudroyé au faîte de l'arbre, s'écroulait de branche en branche. Il était temps : la Bretagne ne se révolterait pas pour Fouquet, comme le Languedoc s'était révolté pour l'autre, cet homme étrange qu'il avait fallu faire brûler vif en place de Grève.

La noblesse, que Fouquet arrosait de prodigalités, ne le défendrait pas, de peur de le suivre dans ses revers de fortune. Et les immenses richesses du surintendant retourneraient dans les caisses de l'Etat, ce qui n'était que justice.

Le Vau, Le Brun, Francini, Le Nôtre, jusqu'au riant Molière et jusqu'à Vatel, tous les artistes que Fouquet avait choisis et entretenus avec leurs équipes de dessinateurs, de peintres, d'ouvriers, de jardiniers, de comédiens et de marmitons, travailleraient désormais pour un seul maître. On les enverrait à Versailles, ce « petit château de cartes » perdu entre marais et bois, mais où Louis XIV avait pour la première fois serré entre ses bras la douce La Vallière. En l'honneur de cet amour brûlant, on édifierait là le plus éclatant témoignage à la gloire du Roi-Soleil.

Quant à Fouquet, il faudrait instruire un très long procès. On enfermerait l'écureuil dans une forteresse. On l'oublierait...

Angélique n'eut pas le loisir de méditer sur ces nouveaux événements. Le destin voulait que la chute de celui auquel Joffrey de Peyrac avait été secrètement sacrifié, suivît de si près sa victoire. Mais il était trop tard pour Angélique. Elle ne chercha pas à se souvenir, à comprendre... Les grands passaient, complotaient, trahissaient, rentraient en grâce, disparaissaient. Un jeune roi autoritaire et impassible nivelait les têtes à coup de faux. Le petit coffret au poison demeurait caché dans une tourelle du château du Plessis-Bellière...

Angélique n'était plus qu'une femme sans nom serrant ses enfants sur son cœur et regardant avec effroi s'approcher l'hiver.

Si la cour était semblable à une fourmilière détruite d'un coup de pied subit, la gueuserie, elle, bouillonnait dans l'attente d'une bataille qui s'annonçait terrible. Et, au moment où la reine et les marchandes de fleurs du Pont-Neuf attendaient un dauphin, les Bohémiens entraient dans Paris...

Cette bataille du marché Saint-Germain, qui ensanglanta la célèbre foire dès le premier jour de son ouverture, déconcerta par la suite ceux qui en cherchèrent la raison.

On y vit des laquais rosser des étudiants, des seigneurs passer leur épée en travers du corps des bateleurs, des femmes violées à même le pavé, des carrosses incendiés. Dans l'ensemble, personne ne comprit où avait été allumé le premier brandon.

Là encore, un seul ne s'y trompa pas. Ce fut un garçon nommé Desgrez, un homme qui avait des lettres et dont le passé était mouvementé. Desgrez venait d'obtenir une charge de capitaine-exempt au Châtelet. Fort craint de tous, on commençait à parler de lui comme de l'un des plus habiles policiers de la capitale. Par la suite, ce jeune homme devait en effet s'illustrer en procédant à l'arrestation de la plus grande empoisonneuse de son temps et peut-être de tous les temps, la marquise de Brinvilliers, et en 1678, soulever le premier le voile du fameux drame des Poisons dont les révélations allaient éclabousser les marches du trône.

En attendant, en cette fin d'année 1661, on considérait que le policier Desgrez et son chien Sorbonne étaient bien les deux habitants de Paris qui connaissaient le mieux tous les recoins et toute la faune de la ville.

Desgrez suivait depuis longtemps la rivalité qui opposait deux puissants capitaines de bandits, Calembredaine et Rodogone-l'Egyptien, pour la possession du territoire de la foire Saint-Germain. Il les savait également rivaux d'amour, se disputant les faveurs d'une femme aux yeux d'émeraude qu'on appelait la marquise des Anges.

Peu de temps avant l'ouverture de la foire, il

flaira des mouvements stratégiques au sein de la
« matterie ».

Bien que policier subalterne, il réussit, le matin
même de l'ouverture de la foire, à arracher l'autorisation d'amener toutes les forces de police de la
capitale aux abords du faubourg Saint-Germain. Il
ne put éviter le déclenchement du combat, qui se
répandit avec une rapidité et une violence extrê-
mes, mais il le réduisit et le circonscrivit avec la
même soudaineté brutale, éteignant à temps les
incendies, organisant en carrés de défense les gentilshommes porteurs d'épées qui se trouvaient là,
procédant à des arrestations en masse. L'aube de
cette nuit sanglante commençait à peine de poin-
dre que vingt truands de « qualité » étaient conduits hors de la ville, jusqu'au sinistre gibet commun de Montfaucon, et pendus.

A vrai dire, la célébrité de la foire Saint-Germain
justifiait, à plus d'un titre, l'âpre querelle que les
bandes des filous de Paris se livraient pour avoir
l'exclusivité de la « vendanger ».

D'octobre à décembre, et de février au Carême,
TOUT Paris y passait. Le roi lui-même ne dédaignait pas de s'y rendre certains soirs avec sa
cour. Quelle Providence pour les coupe-bourses et
les tire-laine que cette volée d'oiseaux mirifiques!

On vendait de tout à la foire Saint-Germain.
Les marchands des grandes villes de province :
Amiens, Rouen, Reims, s'y faisaient représenter
par des échantillons de leurs commerces. Dans
des boutiques de luxe, on se disputait des houp-
pelandes de Marseille, des diamants d'Alençon,
des dragées de Verdun.

Le Portugais vendait de l'ambre gris, de la por-
celaine fine. Le Provençal débitait oranges et citrons. Le Turc vantait son baume de Perse, ses

eaux de senteur de Constantinople. Le Flamand présentait ses tableaux et ses fromages. C'était le Pont-Neuf multiplié à l'échelle mondiale, dans une rumeur de sonnettes, de flûtes, de mirlitons, de tambourins.

Les montreurs d'animaux et de phénomènes attiraient la foule. On venait voir les rats danser au son du violon et deux mouches se battre en duel avec deux brins de paille.

Parmi les spectateurs, la plèbe en haillons voisinait avec les gens de qualité. Chacun, à la foire Saint-Germain, venait retrouver, en plus d'un étalage chatoyant et divers, une liberté de mœurs et d'allure qu'on ne trouvait nulle part ailleurs.

Tout y était organisé pour la félicité des sens.

Une débauche effrénée y côtoyait les entreprises de goinfrerie, les beaux cabarets ornés de glaces et d'or, et les tripots de brelan et de lansquenet.

Il n'y avait pas de garçon ou de fille agité du démon de l'amour qui ne pût trouver là satisfaction.

Mais, de tous temps, les Bohémiens demeuraient la grande attraction de la foire Saint-Germain. Ils en étaient les princes, avec leurs acrobates et leurs diseurs de bonne aventure.

Dès le milieu de l'été, on voyait arriver leurs caravanes de maigres haridelles aux crinières tressées, chargées de femmes et d'enfants entassés pêle-mêle avec les instruments de cuisine, les jambons et les poulets volés.

Les hommes, arrogants et silencieux, leurs longs cheveux noirs abrités de feutres à plumes dans l'ombre desquels leurs yeux de braise s'allumaient, portaient sur l'épaule d'interminables mousquets.

Pour les contempler les Parisiens retrouvaient

la curiosité avide de leurs pères qui, pour la première fois, en 1427, avaient vu surgir sous les murs de Paris ces éternels errants au teint de buis. On les avait appelés Egyptiens. On disait aussi : Bohémiens ou tziganes. Les gueux reconnaissaient la filiation de leur influence sur les lois de la « matterie » et, dans la fête des fous, le duc d'Egypte marchait auprès du roi de Thunes, et les hauts dignitaires de l'empire de Galilée précédaient les archi-suppôts du Grand Coesre.

Rodogone-l'Egyptien, lui-même de race tzigane, ne pouvait avoir qu'un très haut rang parmi les cagous de Paris. C'était justice qu'il voulût se réserver les abords de ces sanctuaires magiques décorés de crapauds, de squelettes et de chats noirs, que les diseuses de bonne aventure, les sorcières brunes comme on les appelait, établissaient au cœur de la foire Saint-Germain.

Cependant Calembredaine, en tant que maître de la porte de Nesle et du Pont-Neuf, exigeait pour lui seul ce morceau de choix. Une telle rivalité ne pouvait finir que par la mort de l'un ou de l'autre.

Durant les derniers jours précédant l'ouverture de la foire, des rixes nombreuses éclatèrent dans le quartier.

La veille, les troupes de Calembredaine durent reculer en désordre et se réfugier dans les ruines de l'hôtel de Nesle, tandis que Rodogone-l'Egyptien établissait une sorte de cordon protecteur autour du quartier, le long des anciens fossés et de la Seine.

Les gens de Calembredaine se réunirent dans la grande salle autour de la table où Cul-de-Bois vociférait comme un démon :

— Voilà des mois que je le vois venir, ce coup

de tabac. C'est à cause de toi, Calembredaine! Ta gueuse t'a rendu fou. Tu ne sais plus te battre; les autres cagous reprennent du poil. Ils sentent que tu perds pied; ils vont donner un coup d'épaule à Rodogone pour te faire basculer. J'ai vu Mathurin-Bleu l'autre soir...

Debout devant le feu sur lequel sa puissante stature se détachait en noir, Nicolas essuyait son torse ensanglanté par un coup d'espingole. Il hurla plus fort que Cul-de-Bois.

— On le sait bien que tu es un traître à la bande; que tu réunis tous les cagous, que tu vas les voir, que tu te prépares à remplacer le Grand Coesre. Mais prends garde! J'irai prévenir Roland-le-Trapu...

— Salaud! Tu ne peux rien contre moi...

Angélique devenait folle à l'idée que ces rugissements de fauves pouvaient éveiller Florimond et le terrifier.

Elle vola jusqu'à la chambre ronde. Mais les petits anges dormaient paisiblement. Cantor était semblable à un angelot de peinture hollandaise. Florimond avait repris des joues. Les yeux clos sur son grand regard sombre, il retrouvait dans le sommeil une expression enfantine et heureuse.

Les cris atroces ne cessaient pas.

« Il faudra que cela finisse! Il faudra absolument que cela finisse », se dit Angélique en refermant de son mieux la porte délabrée.

Elle entendit la voix rauque de Cul-de-Bois :

— Ne t'y trompe pas, Calembredaine : si tu recules, c'en est fait de toi. Rodogone sera sans pitié. Ce n'est pas seulement la foire qu'il veut, mais ta garce, que tu lui as disputée au cimetière des Innocents. Il la veut terriblement! Il ne peut l'avoir que si tu disparais. Maintenant, c'est lui ou toi!

175

Nicolas parut se calmer.

— Qu'est-ce que tu veux que je fasse? Tous ses gens, ces sacrés Egyptiens, sont là, dehors, sous notre nez et, après la volée qu'on vient de recevoir, c'est pas la peine de remettre ça. On se ferait tous estourbir.

Angélique rentra dans la chambre, se saisit d'une mante et posa sur son visage le masque de velours rouge qu'elle conservait dans un coffret avec de menus objets.

Puis, ainsi équipée, elle redescendit au milieu des vociférations.

La querelle entre Calembredaine et Cul-de-Bois devenait épique. Le chef eût pu écraser sans mal l'homme-tronc dans son plat de bois. Mais tel était l'ascendant de Cul-de-Bois que ce dernier dominait bel et bien la situation.

A la vue d'Angélique masquée de rouge, le ton baissa un peu.

— Qu'est-ce que c'est que ce carnaval? grogna Nicolas. Où vas-tu?

— Tout simplement faire décamper les troupes de Rodogone. Dans une heure, la place sera nette, messires. Vous pourrez y reprendre vos quartiers.

Calembredaine prit Cul-de-Bois à témoin :

— Tu ne crois pas qu'elle devient de plus en plus folle?

— Je le crois, mais après tout, si ça lui donne des idées, laisse-la faire. On ne sait jamais, avec cette sacrée marquise des Anges! Elle t'a réduit à l'état de lavette. C'est bien le moins qu'elle répare les pots cassés.

Angélique, dans la nuit, bondit jusqu'à la porte Saint-Jacques et, là seulement, entreprit de franchir les fossés. Un des Bohémiens de Rodogone se dressa devant elle. Elle lui baragouina en allemand une histoire compliquée : elle était une commerçante de la foire Saint-Germain regagnant son comptoir. Il laissa passer sans soupçon cette femme masquée, enveloppée d'un manteau noir. Elle courut d'un trait chez un bateleur de ses amis qui était propriétaire de trois ours énormes. Angélique avait séduit ces trois ours et leur vieux maître, ainsi que le garçonnet qui tenait la sébile.

L'affaire fut vite conclue, pour l'amour des beaux yeux de la visiteuse.

10 heures sonnaient à l'abbaye de Saint-Germain-des-Prés, lorsque les hommes de Rodogone, qui veillaient en sentinelles tout le long des anciens fossés, virent dans un clair de lune brouillé s'avancer vers eux une masse énorme et grommelante. Celui qui chercha à deviner qui essayait ainsi de forcer leur barrage, reçut en pleine poitrine un coup de griffes qui lui arracha sa casaque et un bon morceau de chair.

Les autres, sans attendre de plus amples explications, sautèrent par-dessus les remparts. Certains coururent vers la Seine pour prévenir leurs complices. Mais ceux-ci avaient également reçu en deux endroits la même désagréable visite. Déjà, la plupart des bandits étaient dans l'eau, nageant vers la rive du Louvre et des lieux moins malsains. Se battre, s'estourbir en franc duel avec des gueux et des « narquois » : voilà qui n'effrayait pas un cœur bien né. Mais, se colleter avec un ours qui, lorsqu'il se dressait sur ses pattes de derrière, faisait ses deux toises bien comptées, aucun des hommes de Rodogone n'en avait envie!...

Angélique reparut tranquillement à la tour de Nesle et avertit que le quartier était entièrement nettoyé des présences indésirables. L'état-major de

Calembredaine alla rôder un peu partout et dut se rendre à l'évidence.

Les éclats de rire caverneux de Cul-de-Bois firent trembler les dames du faubourg derrière leurs courtines.

— Oh! la, la! Cette marquise des Anges, répétait-il, tu parles d'un miracle!...

Mais Nicolas ne l'entendait pas ainsi.

— Tu t'es arrangée avec eux pour nous trahir, répétait-il en broyant le poignet d'Angélique. Tu es allée te vendre à Rodogone-l'Egyptien!

Pour apaiser sa fureur jalouse, elle dut lui expliquer son stratagème.

Cette fois, l'hilarité du cul-de-jatte atteignit aux grondements du tonnerre. Des habitants se mirent aux fenêtres, crièrent qu'ils allaient descendre avec leur épée ou leur hallebarde donner une leçon à ces malandrins qui empêchaient les honnêtes gens de dormir.

L'homme-tronc n'en avait cure. De pavé en pavé, il traversa tout le faubourg Saint-Germain en riant à gorge déployée. Des années durant, à la veillée des gueux, on raconterait encore l'histoire des trois ours de la marquise des Anges!...

★

Cette suprême manœuvre n'évita pas le drame. C'était le capitaine-exempt Desgrez qui avait raison lorsqu'au matin du 1er octobre il alla trouver M. de Dreux d'Aubrays, sire d'Offémont et de Villiers, lieutenant civil de la ville de Paris, et le convainquit de porter toutes les forces de police disponibles aux alentours de la foire Saint-Germain.

Cependant, la journée fut calme. Les gens de

Calembredaine régnèrent en maîtres parmi la foule de plus en plus dense. Au crépuscule, les carrosses de la haute société commencèrent d'arriver.

Parmi les centaines de flambeaux allumés à chaque boutique, la foire prenait l'aspect d'un palais enchanté.

Angélique était près de Calembredaine et suivait avec lui les péripéties d'un combat d'animaux : deux dogues contre un sanglier. La foule, férue de ces spectacles cruels, s'écrasait contre la palissade de la petite arène.

Angélique était un peu grise d'avoir dégusté à l'éventaire des limonadiers des vins de muscat, de l'aigre de cèdre, de l'eau de cannelle. Elle avait dépensé sans compter, et sans scrupules, l'argent d'une bourse que lui avait remise Nicolas. Elle ramenait pour Florimond des marionnettes et des gâteaux. Pour une fois, afin de ne pas se faire remarquer, car il soupçonnait que les grimauts devaient être aux aguets, Nicolas s'était rasé de près, avait revêtu une défroque un peu moins trouée que celle dont il faisait son ordinaire déguisement. Avec son large chapeau dissimulant ses yeux inquiétants, il avait repris l'aspect d'un pauvre campagnard qui s'en vient, malgré sa misère, s'ébaudir à la foire.

On oubliait tout. Les lumières se reflétaient dans les yeux; on se souvenait des belles foires de l'enfance dans les bourgs ou dans les villages.

Nicolas avait passé son bras autour de la taille d'Angélique. Il avait une manière à lui de la tenir. Elle avait absolument l'impression d'être enfermée dans l'un de ces anneaux de fer qu'on rive à la taille des prisonniers. Mais ce dur enlacement n'était pas toujours désagréable. Ainsi, ce soir, retenue par ce bras musclé, elle se sentait mince et souple, faible et protégée. Les mains pleines de bonbons, de jouets et de petits flacons de parfum, elle se passionnait pour le combat des bêtes, criait et trépignait avec le public lorsque la boule noire et farouche du sanglier, secouant ses assaillants, envoyait voler au bout de ses défenses l'un des dogues étripé.

Soudain, en face d'eux, de l'autre côté de l'arène, elle aperçut Rodogone-l'Égyptien.

Il balançait un long poignard effilé au bout de ses doigts. L'arme lancée siffla au-dessus du combat des bêtes. Angélique s'était rejetée de côté, entraînant son compagnon. La lame passa à un pouce du cou de Nicolas et alla se planter dans la gorge d'un marchand de chinoiseries. Foudroyé, l'homme eut un spasme qui lui fit dresser les bras, rejetant les pans de son manteau bariolé. Un instant, il ressembla à un immense papillon épinglé. Puis il vomit un flot de sang et s'écroula.

Alors la foire Saint-Germain explosa.

★

Vers minuit, Angélique, avec une dizaine de filles et femmes dont deux appartenaient à la bande de Calembredaine, fut jetée dans une basse geôle du Châtelet. La lourde porte refermée, il lui semblait entendre encore la rumeur de la foule hystérique, les cris des gueux et des bandits poussés par le râteau implacable des archers et des policiers, et qui avaient été amenés par fournées, de la foire Saint-Germain à la prison commune.

— Nous v'là faits, dit une fille. C'est bien ma chance! Pour une fois que je vais me balader ailleurs qu'à Glatigny, faut que je me fasse poisser.

180

Y sont capables de me faire passer au chevalet pour n'être pas restée dans le quartier réservé.

— Ça fait mal, le chevalet? interrogea une gamine.

— Ah! Seigneur, j'en ai encore les veines et les nerfs étirés comme de la guimauve. Quand le tourmenteur (1) m'a mise là-dessus je criai :

— Doux Jésus! Vierge Marie, ayez pitié de moi!

— Moi, dit une autre, le tourmenteur m'a fourré une corne creuse jusqu'au fond du gosier et il m'a entonné là-dedans près de six coquemars d'eau froide. Si encore ç'avait été du vin! Je croyais que j'allais éclater comme une vessie de porc. Après, ils m'ont portée devant un bon feu, dans la cuisine du Châtelet, pour me faire revenir.

Angélique écoutait ces voix qui sortaient de l'obscurité putride, et enregistrait ces paroles sans pour cela s'émouvoir de tels détails. L'idée qu'elle allait sans doute subir la torture au cours de la question préventive, obligatoire pour tout accusé, ne pénétrait pas jusqu'à son esprit. Une seule pensée la dominait : « Et les petits?... Que vont-ils devenir?... Qui va s'occuper d'eux? Peut-être va-t-on les oublier dans la tour? Les rats les mangeront... »

Bien que l'atmosphère du cachot fût glaciale et humide, la sueur perlait à ses tempes.

Accroupie sur une jonchée de paille pourrie, elle s'appuyait au mur et, les bras joints autour de ses genoux, s'évertuait à ne pas trembler et à trouver des raisons pour se rassurer :

« Il y aura bien une des femmes pour s'en occuper. Elles sont négligentes, incapables, mais enfin elles pensent quand même à donner du pain à

(1) Bourreau.

181

leurs enfants... Elles en donneront aux miens. D'ailleurs si la Polak est là, je suis tranquille... Et Nicolas veillera... »

Mais Nicolas n'avait-il pas aussi été arrêté? Angélique revivait sa propre panique lorsque, de ruelle en ruelle pour échapper à la rixe sanglante, elle avait vu chaque fois se dresser devant elle un barrage d'archers et de sergents.

Toutes les issues de la foire et du faubourg étaient gardées, à croire que la police et la garde de Paris s'étaient subitement multipliées.

Angélique essayait de se rappeler si la Polak avait pu quitter la foire avant l'échauffourée. La dernière fois qu'elle l'avait aperçue, la ribaude entraînait un jeune provincial, à la fois effarouché et ravi, vers les berges de la Seine. Mais, auparavant, ils avaient pu s'arrêter à maintes boutiques, flâner, boire dans un cabaret...

De toute sa volonté, Angélique réussit à se convaincre que la Polak n'avait pas été prise, et cette pensée l'apaisa un peu. Du fond de son angoisse, un appel suppliant s'élevait et des bribes de prières oubliées lui revenaient aux lèvres, machinalement :

« Pitié pour eux! Protégez-les, Vierge Marie... Je le jure, se répétait-elle, si mes enfants sont sauvés, je m'arracherai à cet enlisement dégradant... Je fuirai cette compagnie de criminels et de voleurs. Je tâcherai de gagner ma vie en travaillant de mes mains... »

Elle songea à la marchande de fleurs et fit quelques projets. Les heures lui parurent moins longues.

Au matin, il y eut un grand tapage de serrures et de grincements de clés, et la porte s'ouvrit. Un archer du guet projeta à l'intérieur la lueur d'une torche. Le jour qui venait de la meurtrière enfoncée dans ses deux toises d'épaisseur de muraille, était si pauvre qu'on ne distinguait pas grand-chose dans le cachot.

— V'là des marquises, les gars, cria l'archer d'un air joyeux. Amenez-vous un peu. La moisson sera belle.

Trois autres soldats du guet entrèrent à leur tour et plantèrent la torche dans un anneau du mur.

— Allons, les mignonnes, vous allez être sages, hein?

Et l'un des hommes, de dessous sa casaque, tira une paire de ciseaux.

— Enlève ton bonnet, dit-il à la femme qui se trouvait près de la porte. Peuh! des cheveux gris. Enfin on en tirera toujours quelques sous. Je connais un barbier du côté de la place Saint-Michel qui en fait des perruques à bon marché pour les vieux clercs.

Il coupa la chevelure grise, la noua d'un bout de ficelle, et la jeta dans un panier. Ses compagnons examinaient les têtes des autres prisonnières.

— Moi, c'est pas la peine, dit l'une d'elles. Vous m'avez tondue il n'y a pas si longtemps.

— Tiens, c'est vrai, fit l'archer jovial. Je la reconnais, la petite mère. Hé! Hé! on prend goût à l'auberge, il me semble!

Un soldat était parvenu près d'Angélique. Elle sentit la main grossière palper sa chevelure.

— Eh! les amis, appela-t-il, v'là du nanan. Approchez un peu la flambante qu'on voie ça de près.

La flamme résineuse éclaira la nappe des beaux cheveux châtains et frisés que le soldat venait de libérer en dénouant le bonnet d'Angélique. Il y eut un sifflement admiratif.

— Magnifique! C'est pas dans les tons blonds évidemment, mais ça a du reflet. On va pouvoir vendre ces cheveux-là au sieur Binet, de la rue Saint-Honoré. Il n'est pas regardant pour le prix, mais il est regardant pour la qualité :

— Remportez vos paquets de vermine, qu'il me dit chaque fois que je lui porte du crin de prisonnières. Moi, je ne fabrique pas de perruques avec des cheveux qui sont déjà piqués aux vers! Mais, cette fois-ci, il ne pourra pas faire le dédaigneux.

Angélique porta ses mains à sa tête. On n'allait pas lui couper les cheveux. C'était une chose inconcevable!

— Non, non, ne faites pas cela! supplia-t-elle. Mais une poigne solide lui rabattit les poignets.

— Allons, ma belle, fallait pas venir au Châtelet si tu voulais garder tes crins. Nous, tu comprends, il faut bien que nous ayons nos petits bénéfices.

Avec de grands claquements d'acier, les ciseaux tranchaient les boucles mordorées que naguère Barbe avait brossées avec tant de piété.

Lorsque les soldats furent sortis, Angélique passa une main tremblante sur sa nuque dépouillée. Sa tête lui semblait devenue plus petite et trop légère.

— Pleure pas, dit l'une des femmes. Ça repoussera. A condition que tu ne te laisses pas reprendre. Parce que, les gens du guet, ce sont de drôles de faucheurs. Dame, les cheveux ça se vend cher dans Paris avec tous les godelureaux qui veulent porter perruque.

La jeune femme, sans répondre, renoua son

bonnet. Ses compagnes croyaient qu'elle pleurait parce qu'elle était agitée de grands frissons nerveux. Mais déjà l'incident s'effaçait. Après tout, aucune importance. Une seule chose comptait pour elle : le sort de ses enfants.

## 12

Les heures passaient avec une lenteur affreuse. Le cachot où l'on avait entassé les prisonnières était si petit qu'on y respirait mal. L'une des femmes dit :

— C'est bon signe qu'on nous ait mises dans ce petit cachot. C'est celui qu'on désigne sous le nom de « l'Entre-deux-huis ». On y enferme les gens dont on ne sait pas trop s'il faut les considérer en état d'arrestation. En somme, quand on nous a arrêtées on ne faisait rien de mal. On était à la foire, comme tout le monde. La preuve que tout le monde y était, c'est qu'on ne nous a pas fouillées parce que les matrones-jurées du Châtelet s'en étaient allées, elles aussi, s'ébaudir à la foire Saint-Germain.

— La police aussi y était, fit remarquer l'une des filles avec amertume.

Angélique toucha, sous ses vêtements, le poignard. C'était un poignard semblable que Rodogone-l'Egyptien avait lancé à la face de Nicolas.

— Une chance qu'on ne nous ait pas fouillées, répétait la femme, qui devait cacher, elle aussi, une arme ou bien une pauvre bourse de quelques écus.

— Ça viendra, ne t'en fais pas, rétorqua sa compagne.

La plupart des femmes ne se montraient guère optimistes. Elles racontaient des histoires de prisonnières qui étaient restées enfermées dix ans avant qu'on se souvienne d'elles. Et celles qui connaissaient le Châtelet décrivaient les prisons contenues dans la sinistre forteresse. Il y avait le cachot « Fin d'aise » plein d'ordures et de reptiles, où l'air était si infect qu'on n'y pouvait tenir une chandelle allumée; « la Boucherie », ainsi nommé parce qu'on y respirait les exhalaisons nauséabondes de la grande boucherie voisine; « les Chaînes », une grande salle où les prisonniers étaient enchaînés les uns aux autres; « la Barbarie »; « la Baume » qui signifiait la « grotte »; d'autres encore, « le Puits », « la Fosse » qui avait la forme d'un cône renversé. Les prisonniers y restaient les pieds dans l'eau et ne pouvaient se tenir ni debout, ni couchés. Ordinairement, ils y mouraient après quinze jours de détention. Enfin, on baissait la voix pour parler de l'« Oubliette », le cachot souterrain d'où personne ne revenait.

Une clarté grise entrait par la meurtrière grillée. Il était impossible de deviner l'heure. Une vieille retira ses souliers éculés, arracha les clous de la semelle et les replanta dans l'autre sens, la pointe en dehors. Elle montra cette arme bizarre à ses compagnes et leur recommanda de faire de même afin de pouvoir tuer les rats qui viendraient au cours de la nuit.

Cependant, vers le milieu du jour, la porte s'ouvrit avec fracas et des hallebardiers firent sortir les prisonnières. De couloir en couloir, ils les conduisirent dans une grande salle tendue de tapisseries bleues à fleurs de lys jaunes.

Au fond, sur une estrade en hémicycle, il y avait

une sorte de cathèdre en bois sculpté, surmontée d'un tableau représentant le Christ en croix et d'un petit dais de tapisserie.

Un homme en robe noire, portant rabat galonné de blanc et perruque blanche, y était assis. Un autre, tenant une liasse de parchemins, se trouvait à ses côtés. C'étaient le prévôt de Paris et son lieutenant.

Des huissiers, des sergents à verge et des soldats du guet royal entouraient les femmes et les filles. On les poussa au pied de l'estrade et elles durent passer devant une table où un greffier inscrivit leurs noms.

Angélique resta stupide lorsqu'on lui demanda son nom. Elle n'avait plus de nom!... Enfin, elle dit s'appeler Anne Sauvert, du nom d'un village des environs de Monteloup qui lui revint subitement en mémoire.

Le jugement fut rapide. Le Châtelet, ce jour-là, était débordé. Il fallait trier vite.

Après avoir posé quelques questions à chacune des prévenues, le lieutenant du prévôt lut la liste qu'on lui avait remise et déclara que « toutes les personnes susdites étaient condamnées à être fouettées publiquement, puis seraient conduites à l'Hôpital général où des personnes pieuses leur enseigneraient à coudre ainsi qu'à prier Dieu ».

— On s'en tire pour rien, glissa l'une des filles à Angélique. L'Hôpital général, ce n'est pas la prison. C'est l'asile des pauvres. On nous y enferme de force, mais on n'y est pas gardées. Ça ne sera pas malin de se sauver.

Ensuite, un groupe d'une vingtaine de femmes fut conduit dans une vaste salle du rez-de-chaussée et des sergents les firent ranger le long du mur. La porte s'ouvrit et un militaire de haute taille et corpulent entra. Il portait une fort belle perruque brune encadrant un visage haut en couleur, barré d'une moustache noire. Avec sa veste bleue tendue sur des épaules gonflées de graisse, son large baudrier barrant sa bedaine avantageuse, les vastes revers de ses manches couverts de passementeries, son épée et son rabat énorme noué de glands dorés, il avait un peu l'aspect du Grand Matthieu, mais sans présenter la bonhomie ni la jovialité du charlatan. Ses yeux enfoncés sous des sourcils touffus étaient petits et durs.

Il était chaussé de bottes à hauts talons, qui rehaussaient encore sa puissante stature.

— C'est le chevalier du guet, souffla la voisine d'Angélique. Oh! il est terrible. On l'appelle l'Ogre.

L'Ogre passait devant les prisonnières en faisant claquer ses éperons sur les dalles.

— Ha! Ha! mes garces, on va se faire étriller! Allez, bas les camisoles. Et attention à celles qui crieront trop fort! Il y aura un coup de plus pour elles.

Des femmes, qui avaient déjà connu le supplice du fouet, enlevaient docilement leurs corsages. Celles qui avaient une chemise la faisaient glisser le long des bras et la rabattaient sur leurs cottes. Les archers allaient à celles qui montraient de l'hésitation et les dévêtaient brutalement. L'un d'eux, en arrachant le corsage d'Angélique, le déchira à demi. Elle s'empressa de se mettre elle-même torse nu de peur qu'on ne remarquât la ceinture où était passé son poignard.

Le capitaine du guet allait et venait, examinant les femmes alignées devant lui. Il s'arrêtait devant les plus jeunes et une lueur s'allumait dans ses petits yeux porcins. Enfin, d'un geste impératif, il désigna Angélique.

Avec un gloussement de rire complice, l'un des archers la fit sortir du rang.

— Allez, emmenez-moi toute cette racaille, ordonna l'officier. Et que la peau leur cuise! Combien y en a-t-il?

— Une vingtaine, monsieur.

— Il est 4 heures après midi. Vous devez avoir terminé avant le coucher du soleil.

— Bien monsieur.

Les archers firent sortir les femmes. Angélique aperçut dans la cour une charrette remplie de verges serrées qui devait suivre le pitoyable cortège jusqu'à l'emplacement réservé aux corrections publiques, près de l'église Saint-Denis-de-la-Châtre. La porte se referma. Angélique demeura seule avec l'officier du guet. Elle glissa vers lui un regard surpris et inquiet. Pourquoi ne suivait-elle pas le sort de ses compagnes? Allait-on la ramener en prison?

Cette salle, basse et voûtée, aux murs humides, était glaciale. Bien qu'il fît encore jour au-dehors, l'obscurité l'envahissait déjà, et l'on avait dû allumer un flambeau. Angélique, frissonnante, croisait ses bras et pressait ses épaules dans ses mains, moins peut-être pour se préserver du froid que pour dérober sa poitrine au regard pesant de l'Ogre.

Celui-ci s'approcha lourdement et toussota.

— Alors, ma bichette, as-tu vraiment envie de faire écorcher ton joli dos blanc?

Comme elle ne répondait pas, il insista :

— Réponds! En as-tu vraiment envie?

De toute évidence, Angélique ne pouvait dire

qu'elle en avait envie. Elle prit le parti de secouer négativement la tête.

— Eh bien, nous allons pouvoir arranger cela, reprit le militaire sur un ton doucereux. Ce serait dommage qu'on abîme une si jolie poulette. Peut-être qu'on peut s'entendre, nous deux?

Il lui glissa un doigt sous le menton pour la contraindre à relever la tête et sifflota d'admiration.

— Diable! Les beaux yeux! Ta mère a dû en boire de l'absinthe pendant qu'elle t'attendait! Allons, fais-moi une risette.

Sournoisement, ses gros doigts caressaient le cou fragile, flattaient l'épaule ronde.

Elle recula sans pouvoir maîtriser un frisson de dégoût. L'Ogre eut un rire qui secoua son ventre. Elle le regardait fixement de ses yeux verts. Enfin, bien qu'il la dominât de toute sa carrure, ce fut lui qui parut le premier embarrassé.

— Nous sommes d'accord, n'est-ce pas, reprit-il. Tu vas venir avec moi dans mon appartement. Et, après, tu rejoindras le lot. Mais les archers te laisseront tranquille. Tu ne seras pas fouettée... Tu es contente, hein, ma cocotte?

Il éclata d'un rire gaillard. Puis, d'un pas décidé, il l'attira à lui et commença à lui planter sur le visage de gros baisers sonores et avides.

Le contact de ce mufle, mouillé à l'haleine de tabac et de vin rouge, écœurait Angélique. Elle se débattit comme une anguille pour se dérober à cette étreinte. Le baudrier et les passementeries de l'uniforme du capitaine lui éraflaient la poitrine.

Elle réussit enfin à s'échapper et s'empressa d'enfiler tant bien que mal son caraco en loques.

— Eh ben, quoi? fit le géant étonné. Qu'est-ce

qui t'arrive? T'as pas compris que je veux t'épargner la correction?

— Je vous remercie, dit Angélique d'un ton ferme. Mais je préfère être fouettée.

La bouche de l'Ogre s'ouvrit toute grande, ses moustaches tremblèrent, et il devint cramoisi, comme si les cordons de son rabat l'avaient subitement étranglé.

— Qu'est-ce que... qu'est-ce que tu dis?...

— Je préfère être fouettée, répéta Angélique. M. le prévôt de Paris m'a condamnée au fouet. Je ne dois pas me dérober à la Justice.

Et elle marcha résolument vers la porte. D'un seul pas, il la rattrapa et la saisit à la nuque.

« Oh! mon Dieu! pensa Angélique. Plus jamais je ne prendrai une poule par le cou. Cela fait un effet trop affreux! »

Le capitaine l'examinait avec attention.

— Tu m'as l'air d'une drôle de gueuse, toi, dit-il en soufflant un peu. Pour ce que tu viens de dire là, je pourrais te battre à plat de sabre et te laisser pour morte sur le carreau. Mais je ne veux pas t'abîmer. Tu es belle, bien bâtie. Plus je te regarde, plus j'ai envie de toi. Ça serait trop bête qu'on ne s'entende pas. Je peux te rendre service. Ecoute, ne fais pas la mauvaise tête. Sois gentille avec moi et, quand tu rejoindras les autres, eh bien!... peut-être que le gardien qui te conduira regardera de l'autre côté...

Dans un éclair, Angélique entrevit l'évasion. Les petits visages de Florimond et de Cantor dansèrent devant ses yeux.

Hagarde, elle dévisagea cette face brutale et rouge qui se penchait sur elle. Malgré elle, son corps se révolta. C'était impossible. Jamais elle ne pourrait! D'ailleurs, on s'évadait de l'Hôpital général,... et même, pendant le trajet qui l'y conduirait, elle pourrait essayer...

— Je préfère l'Hôpital général! cria-t-elle hors d'elle-même. Je préfère...

Le reste se perdit dans un tourbillon de tempête. Secouée à en perdre le souffle, elle entendit pleuvoir sur elle un chapelet d'injures tonitruantes. Le gouffre clair d'une porte s'ouvrit et elle y fut projetée comme une balle.

— Qu'on m'étrille cette p... à lui arracher la peau!

Et la porte claqua comme un tonnerre.

Angélique était allée tomber dans un groupe de gens du guet civil qui venaient prendre la garde de nuit. Ceux-ci étaient pour la plupart des artisans et des commerçants paisibles qui n'assumaient pas sans maussaderie cette obligation imposée à tour de rôle aux corporations pour la sécurité de la ville. Ils représentaient d'ailleurs le guet « assis » et « dormant », ce qui était tout un programme.

Ils commençaient à peine à tirer leurs jeux de cartes et leurs pipes, quand ils reçurent dans les jambes cette fille à demi nue. L'ordre du capitaine avait été hurlé d'un tel ton que personne n'y avait rien compris.

— Encore une que notre valeureux capitaine vient de mettre à mal, fit l'un d'eux. On ne peut pas dire que l'amour le rend tendre.

— Il a pourtant du succès. Ses nuits ne sont jamais solitaires.

— Dame, il les prend dans le lot des prisonnières et il leur donne à choisir entre la prison et son lit.

— Si le prévôt de Paris savait cela, il pourrait lui en cuire!

Angélique s'était relevée, toute meurtrie. Les gens du guet la regardaient calmement. Ils bourraient leurs pipes et battaient les cartes.

Hésitante, Angélique marcha jusqu'au seuil du corps de garde. Personne ne la retint.

Elle se retrouva sous le passage voûté de la rue Saint-Leufroy qui faisait communiquer, par la forteresse du Châtelet, la rue Saint-Denis et le pont au Change.

Les gens allaient et venaient. Angélique comprit qu'elle était libre. Elle se mit à courir, éperdue.


## 13


— Pss! Marquise des Anges!... Attention, n'avance pas.

La voix de la Polak arrêta Angélique alors que celle-ci s'approchait de la tour de Nesle.

Elle se retourna et aperçut la fille qui, dissimulée dans l'ombre d'un porche, lui faisait signe. Elle la rejoignit.

— Eh bien! ma pauvre, soupira l'autre, nous v'là bien! Tu parles d'une affaire. Heureusement, Beau-Garçon vient d'arriver. Il s'est fait faire une tonsure par un « frère » et après il a dit aux rouaux qu'il était abbé. Alors, pendant qu'on le transférait du Châtelet à la prison de l'archevêché, il a pris la poudre d'escampette.

— Pourquoi m'empêches-tu d'aller jusqu'à la tour de Nesle?

— Dame! Rodogone-l'Égyptien et toute sa bande y sont.

Angélique devint blême. La Polak expliqua :

— L'a fallu voir comme ils nous ont fait dé-camper! Pas même le temps de prendre nos pelu-res! Tiens, j'ai quand même pu sauver ton coffret et ton singe. Ils sont à la rue du Val-d'Amour, dans une maison où Beau-Garçon a des amis et où il va loger ses filles.

— Et mes enfants? demanda Angélique.

— Quant à Calembredaine, personne ne sait ce qu'il est devenu, continuait la Polak, volubile. Pri-sonnier? Pendu?... Y en a qui disent qu'ils l'ont vu se jeter à la Seine. Peut-être qu'il a gagné la campagne...

— Je me f... de Calembredaine, fit Angélique les dents serrées.

Elle avait saisi la femme aux épaules et lui en-fonçait ses ongles dans la chair.

— Où sont mes petits?

La Polak la regarda de ses yeux noirs avec un peu d'égarement, puis elle baissa les paupières.

— J'aurais pas voulu, j't'assure... mais les au-tres étaient les plus forts...

— Où sont-ils? répéta Angélique d'une voix sans timbre.

— Jean-Pourri les a pris... avec tous les mio-ches qu'il a pu trouver.

— Il les a emmenés là-bas... au faubourg Saint-Denis?

— Oui. C'est-à-dire il a emmené Florimond. Pas Cantor. Il a dit qu'il était trop gras pour qu'il puisse le louer à des mendiants.

— Qu'est-ce qu'il en a fait?

— Il... il l'a vendu... Oui, trente sous... à des Bohémiens qu'avaient besoin d'un enfant pour le dresser à être acrobate.

— Où sont-ils, ces Bohémiens?

— Est-ce que je sais, moi? protesta la Polak en

194

se dégageant avec humeur. Range un peu tes griffes, ma chatte, tu vas m'endommager... Que veux-tu que je te dise?... C'étaient des Bohémiens... Ils s'en allaient. La bataille de la nuit les avait dégoûtés. Ils quittaient Paris.

— Dans quelle direction sont-ils partis?

— Il y a deux heures à peine, on les a vus qui se dirigeaient vers la porte Saint-Antoine. Je suis revenue rôder par ici, car j'avais comme idée que je te rencontrerais. Tu es une mère, toi! Les mères, ça traverse les murailles...

Angélique était écartelée par une douleur désespérée. Elle se sentait devenir folle.

Florimond, là-bas, entre les mains de l'ignoble Jean-Pourri, pleurant, appelant sa mère!... Cantor qu'on emmenait à jamais vers l'inconnu!

— Il faut aller chercher Cantor, dit-elle, peut-être que les Bohémiens ne sont pas encore trop loin de Paris.

— Tu perds la boule, ma pauvre marquise!

Mais Angélique s'était déjà remise en marche. La Polak la suivit.

— Après tout, dit-elle résignée, allons-y. J'ai un peu d'argent. Peut-être qu'ils voudront bien nous le revendre...

★

Il avait plu dans la journée. L'air était humide et sentait l'automne. Les pavés luisaient.

Les deux femmes suivirent la Seine sur la rive droite, et sortirent de Paris par le quai de l'Arsenal. A l'horizon de la campagne, le ciel bas s'ouvrait sur une large déchirure d'un rouge profond. Un vent froid se levait avec le soir. Des gens des faubourgs dirent aux deux femmes qu'ils avaient vu les tziganes du côté du pont de Charenton.

Elles marchaient vite. De temps en temps, la Polak haussait les épaules et poussait un juron, mais elle ne protestait pas. Elle suivait Angélique avec le fatalisme d'une créature qui avait beaucoup marché et suivi, sans comprendre, par tous les temps, par toutes les routes.

Comme elles arrivaient aux abords du pont de Charenton, elles remarquèrent des feux allumés dans un pré, en contrebas de la route.

La Polak s'arrêta.

— Ce sont eux, souffla-t-elle. Nous avons de la chance.

Elles s'avancèrent vers le campement. Un bosquet de gros chênes avait sans doute déterminé la tribu à faire halte en ce lieu. Des toiles tendues d'une branche à l'autre représentaient le seul abri des Bohémiens par cette nuit pluvieuse. Femmes et enfants étaient assis autour des feux. On faisait rôtir un mouton sur une broche grossière. A l'écart, de maigres chevaux broutaient.

Angélique et sa compagne s'approchèrent.

— Prends garde de ne pas les fâcher, chuchota la Polak. Tu ne peux pas savoir comme ils sont mauvais! Ils nous embrocheraient tout tranquillement, aussi bien que leur mouton, et personne n'en parlerait plus. Tu n'as qu'à me laisser causer. Je connais un peu leur langue...

Un grand escogriffe, coiffé d'un bonnet de fourrure, se détacha de la clarté du feu et vint à elles. Elles firent les signes de reconnaissance de la gueuserie; l'homme y répondit avec hauteur. Après quoi, la Polak entreprit d'expliquer le but de leur visite. Angélique ne comprenait rien aux paroles qui s'échangeaient. Elle essayait de deviner sur le visage du tzigane ce qu'il pensait, mais l'ombre était maintenant opaque, et elle ne pouvait distinguer ses traits.

Enfin, la Polak sortit sa bourse; l'homme la soupesa, la lui rendit et s'éloigna en direction des feux.

— Il dit qu'il va parler aux gens de la tribu.

Elles attendirent, gelées par le vent qui se levait de la plaine. Puis l'homme revint du même pas tranquille et souple.

Il prononça quelques mots.

— Que dit-il? réclama Angélique haletante.

— Il dit... qu'ils ne veulent pas rendre l'enfant. Ils le trouvent beau et gracieux. Ils l'aiment déjà. Ils disent que tout est bien ainsi.

— Mais ce n'est pas possible!... Je veux mon enfant, cria Angélique.

Elle eut un mouvement pour se précipiter en direction du campement. La Polak la retint d'une poigne ferme.

Le Bohémien avait tiré son épée. D'autres se rapprochaient.

La ribaude entraîna sa compagne vers la route.

— T'es cinglée!... Tu veux ta mort?

— Ce n'est pas possible, répétait Angélique. Il faut faire quelque chose. Ils ne peuvent pas emmener Cantor loin... loin...

— Te frappe pas, c'est la vie! Un jour ou l'autre, les enfants s'en vont... Un peu plus tôt, un peu plus tard, c'est du pareil au même. Moi aussi j'en ai eu, des enfants! Est-ce que je sais seulement où ils sont? Ça m'empêche pas de vivre!

Angélique secouait la tête pour ne pas entendre cette voix. La pluie s'était mise à tomber, fine et drue. Il fallait faire quelque chose!...

— J'ai une idée, déclara-t-elle. Regagnons Paris. Je veux retourner au Châtelet.

— C'est ça, regagnons Paris, approuva la Polak.

Elles se remirent à marcher, trébuchant dans les flaques de boue. Les pieds d'Angélique dans leurs mauvais souliers étaient en sang. Le vent plaquait contre ses jambes sa jupe trempée. Elle se sentit défaillir. Elle n'avait rien mangé depuis vingt-quatre heures.

— Je n'en peux plus, murmura-t-elle en s'arrêtant pour reprendre haleine. Et pourtant, il faudrait faire vite... vite...

— Attends, j'aperçois des lanternes derrière nous. Ce sont des cavaliers qui se dirigent vers Paris. On va leur demander de nous prendre en croupe.

Hardiment, la Polak se planta au milieu de la route. Lorsque le groupe parvint à leur hauteur, elle cria de sa voix éraillée, mais qui savait prendre des inflexions câlines :

— Hé! Galants seigneurs! N'auriez-vous point pitié de deux belles filles qui sont dans la peine? On saura vous remercier.

Les cavaliers retinrent leurs bêtes. On ne distinguait d'eux que leurs manteaux au collet relevé et leurs feutres trempés. Ils échangèrent des paroles dans une langue étrangère. Puis une main se tendit vers Angélique, et une jeune voix française dit :

— Montez donc, ma belle.

La poigne était énergique. La jeune femme se retrouva commodément assise en amazone, derrière le cavalier. Les chevaux reprirent leur marche.

La Polak riait. Voyant que celui qui l'avait

prise en croupe était étranger, elle se mit à échanger avec lui des plaisanteries dans l'allemand rugueux qu'elle avait appris sur les champs de bataille.

Le compagnon d'Angélique dit sans se retourner :

— Serrez-moi bien, ma fille. Ma bête a le trot dur et ma selle est étroite. Vous risqueriez de tomber.

Elle obéit et glissa ses bras autour du buste du jeune homme, joignit ses deux mains gelées contre la poitrine tiède. Cette chaleur lui fit du bien. Elle abandonna sa tête contre le dos solide de l'inconnu et goûta un instant de repos. Maintenant qu'elle savait ce qu'elle devait faire, elle se sentait plus calme. Aux propos des cavaliers, elle comprit qu'il s'agissait d'un groupe de protestants revenant du temple de Charenton.

Peu après, ils entrèrent dans Paris. Le compagnon d'Angélique paya pour elle le péage de la porte Saint-Antoine.

— Où dois-je vous mener, ma belle? demandat-il en se tournant cette fois pour tâcher d'apercevoir son visage.

Elle secoua la torpeur qui la gagnait depuis quelques instants.

— Je ne voudrais pas abuser de votre temps, monsieur, mais il est vrai que vous m'obligeriez beaucoup en me menant jusqu'au Grand Châtelet.

— Je le ferai bien volontiers.

— Angélique, cria la Polak, tu vas faire une sottise. Méfie-toi!

— Laisse-moi... Et passe-moi ta bourse. Je pourrai en avoir encore besoin.

— Et puis, après tout... murmura la fille en haussant les épaules.

Elle avait sauté à terre et prodiguait ses remerciements en langue tudesque à son cavalier, lequel d'ailleurs n'était pas allemand mais hollandais, et paraissait à la fois ravi et embarrassé de cette cordialité gaillarde.

Le cavalier d'Angélique souleva son chapeau pour prendre congé, puis lança son cheval à travers la rue large et peu encombrée du Faubourg-Saint-Antoine. Quelques minutes plus tard, il faisait halte devant la prison du Châtelet, qu'Angélique avait quittée quelques heures auparavant.

Elle descendit. De grandes torches plantées sous la voûte principale de la forteresse éclairaient la place. A la lueur rouge, Angélique vit mieux son obligeant compagnon. C'était un garçon de vingt à vingt-cinq ans, vêtu confortablement, mais simplement, de façon bourgeoise.

Elle dit :

— Je m'excuse de vous avoir séparé de vos amis.

— L'affaire n'est pas grave. Ces jeunes gens ne sont pas de ma compagnie. Ce sont des étrangers. Moi, je suis français, habitant La Rochelle. Mon père, qui est armateur, m'a envoyé à Paris pour me mettre au fait du commerce de la capitale. Je faisais route avec ces étrangers parce que je les ai rencontrés au temple de Charenton, où nous assistions à l'enterrement d'un de nos coreligionnaires. Vous voyez que vous n'avez en rien contrarié mes projets.

— Je vous remercie de me le dire si gracieusement, monsieur.

Elle lui tendit la main. Il la prit et elle vit se pencher vers elle un jeune visage bon et grave qui lui souriait.

— Je suis content de vous avoir obligée, ma mie.

Elle le regarda s'éloigner parmi l'agitation et les éventaires sanguinolents de la rue de la Grande-Boucherie. Il ne se retourna pas, mais cette rencontre avait rendu courage à la jeune femme.

Un peu plus tard, Angélique pénétrait résolument sous la voûte du passage et se présentait à l'entrée du corps de garde. Un archer l'arrêta.

— Je veux parler au capitaine du guet royal.

L'homme eut un clin d'œil entendu.

— L'Ogre? Eh bien, vas-y, ma mignonne, puisque tu le trouves à ton goût.

La salle était bleuie par la fumée des pipes. En y pénétrant, Angélique eut le geste machinal de lisser sa jupe humide. Elle s'aperçut qu'une fois de plus le vent avait arraché son bonnet, et elle eut honte en songeant à sa tête dépouillée. Elle défit son mouchoir de cou, s'en coiffa et noua les deux pointes sous son menton.

Puis elle se dirigea vers le fond de la pièce. Devant le feu de l'âtre, se détachait en noir l'imposante silhouette du capitaine. Il pérorait bruyamment, tenant d'une main sa pipe à long tuyau, de l'autre un verre de vin. Ses interlocuteurs l'écoutaient en bâillant et en se balançant sur leurs chaises. On était habitué à ses rodomontades.

— Tiens, une donzelle qui vient nous visiter, remarqua l'un des soldats, heureux de la diversion.

Le capitaine eut un sursaut et devint violet en reconnaissant Angélique. Elle ne lui laissa pas le temps de reprendre ses esprits et s'écria :

— Monsieur le capitaine, écoutez-moi. Et vous, messieurs les militaires, venez à mon secours! Des Bohémiens ont enlevé mon enfant et l'entraînent hors de Paris. Ils campent en ce moment près du pont de Charenton. Je vous en supplie, soyez quelques-uns à me suivre et à les obliger à me rendre mon enfant. Ils seront bien contraints d'obtempérer aux ordres du guet...

Il y eut un silence de stupeur, puis tout à coup un des hommes éclata de rire.

— Oh! alors celle-là, c'est la plus forte que j'aie jamais vue! Ho! Ho! Ho! Une fille qui vient déplacer le guet pour... Ho! C'est trop drôle! Mais pour qui te prends-tu, marquise?

— Elle a rêvé! Elle a cru qu'elle s'appelait la reine de France!

Le rire gagnait la salle entière. De quelque côté qu'elle se tournât, Angélique ne voyait que des bouches ouvertes et des épaules secouées par un rire inextinguible. Seul le capitaine ne riait pas, et sa face cramoisie prenait une expression terrible.

« Il va me faire jeter en prison, je suis perdue! » pensa Angélique.

Prise de panique, elle regardait autour d'elle.

— C'est un petit garçon de huit mois, criat-elle. Il est beau comme un ange. Il ressemble à vos bébés qui dorment en ce moment dans leur berceau, près de leur mère... Et les Egyptiens vont l'emmener loin... loin... Il ne reverra jamais sa mère... Il ne connaîtra pas sa patrie, ni son roi... Il...

Des sanglots l'étouffaient. Les rires s'effacèrent, sur les faces hilares des soldats et des gens du guet. Il y eut encore quelques ricanements, puis des regards gênés s'échangèrent.

— Ma foi, dit un vieux tout couturé de cicatrices, si cette gueuse tient à son petit... Y en a déjà assez qui les laissent au coin des rues...

— Silence! tonna le capitaine.

Il se campa devant la jeune femme.

— Alors, fit-il avec un calme menaçant, non seulement on est une p... sans chemise condamnée au fouet, mais encore on se permet de prendre des grands airs et on trouve tout naturel de venir déranger une escouade de militaires! Et qu'est-ce qu'on donne en échange, marquise?

Elle le regarda ardemment :

— Moi.

Les yeux du colosse se rétrécirent, et il eut comme un sursaut.

— Viens par là, décida-t-il brusquement.

Et il la poussa dans un réduit avoisinant, qui servait de greffe.

— Qu'as-tu voulu dire exactement? grommela-t-il.

Angélique avala sa salive, mais elle ne se déroba pas.

— Je veux dire que je ferai ce que vous voudrez.

Soudain, elle était prise d'une crainte insensée. Elle redoutait qu'il ne voulût plus d'elle, qu'il la trouvât trop misérable. Les vies de Cantor et de Florimond étaient suspendues au désir de cette brute.

Quant à lui, il se disait qu'il n'avait jamais vu une fille semblable. Un corps de déesse! Oui. Bon Dieu, cela se devinait sous les loques. Quelque chose qui le changerait des grasses filles flétries dont il faisait son ordinaire. Mais le visage, surtout! Il ne regardait jamais une p... au visage. Pas intéressant. Fallait-il qu'il eût vécu jusque-là pour découvrir ce que cela voulait dire, le visage d'une femme! A vous rendre idiot, ma parole!

L'Ogre devenait songeur et Angélique tremblait.

Enfin, il tendit les mains, la prit sous les aisselles pour l'attirer rudement à lui.

— Ce que je veux, fit-il d'un air féroce, ce que je veux...

Il hésitait. Elle ne soupçonna pas qu'il y avait de la timidité dans cette hésitation.

— Je veux une nuit entière, conclut-il... T'as compris? Pas une passade entre deux portes comme je te le proposais tantôt... Toute une nuit.

Il la lâcha et reprit sa pipe d'un geste vengeur.

— Ça t'apprendra à faire la mijaurée! Alors? Entendu?

Incapable de parler, elle fit un signe de tête affirmatif.

— Sergent! clama le capitaine.

Un sous-officier accourut.

— Les chevaux!... Et cinq hommes. Que ça grouille!

★

La petite troupe s'arrêta en vue du campement des Bohémiens. Le capitaine donna ses ordres.

— Il faut deux hommes, là-bas, derrière le petit bois, pour le cas où ils auraient l'idée de se sauver par la campagne. Toi, la fille, reste là.

Instinctifs comme des bêtes habituées à flairer la nuit, les Bohémiens regardaient déjà vers la route et se groupaient.

Le capitaine et les archers s'avancèrent, tandis que les deux hommes désignés opéraient un mouvement tournant.

Angélique resta dans l'ombre. Elle entendit le capitaine du guet qui, à grand renfort de jurons, expliquait au chef de la tribu que tous ses gens, hommes, femmes et enfants, devaient se ranger

204

devant lui. On allait les dénombrer. C'était une formalité obligatoire, en raison de ce qui s'était passé la veille à la foire Saint-Germain. Après, on les laisserait tranquilles.

Rassurés, les nomades s'exécutèrent. Les tracasseries des polices du monde entier leur étaient familières.

— Viens ici, la fille! beugla alors le capitaine.

Angélique accourut.

— L'enfant de cette femme est parmi vous, reprit l'officier. Rendez-le où nous vous embrochons tous.

A ce moment, Angélique aperçut Cantor. Il dormait sur le sein brun d'une Bohémienne. Avec un rugissement de tigresse, elle bondit vers la femme et lui arracha le bébé, qui se mit à pleurer. La Bohémienne cria, mais, d'une voix rude, le chef de la bribu lui enjoignit de se taire. La vue des archers à cheval, dont les hallebardes pointées en avant brillaient à la lueur des flammes, lui avait fait comprendre que toute résistance était inutile.

Cependant, il affecta une grande arrogance et fit remarquer que l'enfant avait été payé trente sous. Angélique les lui jeta.

Ses bras se refermaient avec passion sur le petit corps rond et lisse. Cantor goûtait fort mal cette reprise de possession un peu brutale. De toute évidence, avec la faculté d'adaptation dont il avait fait preuve depuis sa naissance, il s'était trouvé fort bien dans le giron de la tzigane.

Le trot du cheval, sur lequel Angélique était juchée derrière un archer, le berça, et il se rendormit, le pouce dans sa bouche. Il ne semblait pas souffrir du froid, bien qu'il fût tout nu à la façon des enfants bohémiens.

Elle le mit contre sa poitrine, sous son corsage

et le retint d'un bras, se cramponnant de l'autre au ceinturon de l'archer.

Dans Paris, c'était toujours la nuit, avec ses heures qui s'écouleraient doucement vers l'ombre la plus profonde pour renaître ensuite au jour, comme un ruisseau émerge d'une prairie ou d'un invisible parcours souterrain.

Les honnêtes gens commençaient à clore leurs fenêtres et à souffler leurs chandelles. Les seigneurs et les bourgeois se rendaient aux tavernes ou au théâtre. Les petits soupers se prolongeaient par quelques verres de rossoli et quelques baisers galants.

L'horloge du Châtelet sonna 10 heures.

Angélique sauta à terre et courut vers le capitaine.

— Laissez-moi mettre mon enfant en lieu sûr, supplia-t-elle. Je vous jure que je reviendrai la nuit prochaine.

Il affecta un air terrible.

— Ah! ne me trompe pas. Il t'en cuirait.

— Je vous jure de revenir!

Et, ne sachant comment le convaincre de sa loyauté, elle croisa deux doigts et cracha par terre, à la manière des gueux lorsqu'ils voulaient faire un serment.

— Ça va, dit le capitaine. J'ai pas souvent vu trahir ce serment-là. Je t'attendrai... Mais ne me fais pas trop languir. En attendant, viens me donner un bécot en acompte.

Mais elle bondit en arrière et se sauva. Comment osait-il la toucher, alors qu'elle avait son précieux petit enfant dans les bras! Décidément, ces hommes ne respectaient rien.

La rue de la Vallée-de-Misère se trouvait juste

derrière le Châtelet. Angélique n'avait que quelques pas à faire. Sans ralentir sa marche, elle arriva au Coq-Hardi, traversa la salle et entra dans la cuisine.

Barbe était là, toujours occupée à tirer mélancoliquement sur les plumes d'un vieux coq. Angélique lui jeta l'enfant dans son tablier.

— Voilà Cantor! fit-elle haletante. Garde-le, protège-le. Promets-moi que, quoi qu'il arrive, tu ne l'abandonneras pas.

La paisible Barbe serra d'un même mouvement le bébé et la volaille sur sa poitrine.

— Je vous le promets, Madame.

— Si ton maître Bourjus se met en colère...

— Je le laisserai crier, Madame. Je lui dirai que l'enfant est à moi et que c'est un mousquetaire qui me l'a fait.

— C'est bien. Maintenant, Barbe...

— Madame?

— Prends ton chapelet.

— Oui, Madame.

— Et commence à prier pour moi la Vierge Marie...

— Oui, Madame.

— Barbe, as-tu de l'eau-de-vie?

— Oui, Madame, sur la table, là...

Angélique saisit la bouteille et, à même le goulot, but une large rasade. Elle crut qu'elle allait s'écrouler sur le dallage et dut s'appuyer contre la table. Mais, au bout d'un instant, elle recommença à voir clair et se sentit envahie d'une bienfaisante chaleur.

Barbe la regardait, les yeux écarquillés.

— Madame... Où sont vos cheveux?

— Comment veux-tu que je sache où sont mes cheveux? dit Angélique avec hargne. J'ai au-

tre chose à faire que de chercher mes cheveux.
D'un pas ferme, elle se dirigea vers la porte.

— Madame, où allez-vous?

— Chercher Florimond.


## 14


A l'angle d'une maison de boue, siégeait la statue du dieu des argotiers : un Père Eternel dérobé à l'église de Saint-Pierre-aux-Bœufs. Blasphèmes et obscénités étaient les prières que lui adressait son peuple.

Ensuite, par un lacis de petites ruelles vilaines et puantes, on pénétrait dans le royaume de la nuit et de l'horreur. La statue du Père Eternel marquait la frontière que ne pouvait franchir sans risquer la mort un policier ou un archer isolé. Les honnêtes gens ne s'y aventuraient pas non plus. Qu'auraient-ils été faire dans ce quartier sans nom où des maisons noires à demi écroulées, des masures, de vieux carrosses et de vieux chariots, de vieux moulins et de vieux chalands amenés là on ne savait comment, servaient d'habitations à des milliers de familles, elles-mêmes sans noms et sans racines, et qui n'avaient d'autre refuge que celui de la « matterie »?

A l'obscurité et au silence plus profonds, Angélique comprit qu'elle venait de pénétrer dans la seigneurie du Grand Coesre. Les chants des tavernes devenaient lointains. Ici, il n'y avait plus ni tavernes, ni lanternes, ni chansons.

Rien que la misère à l'état pur, avec ses immondices, ses rats, ses chiens errants...

Angélique était déjà venue de jour avec Calembredaine dans le quartier réservé du faubourg Saint-Denis. Et il lui avait montré le fief même du Grand Coesre, une curieuse maison à plusieurs étages, qui devait être un ancien couvent, car des tourelles à clochetons et les débris d'un cloître subsistaient encore parmi l'amoncellement de terreau, de vieilles planches, de cailloux et de pieux, dont on l'avait recouverte pour l'empêcher de s'écrouler. Etayée de toutes parts, bancale et béquillarde, offrant les plaies béantes de ses arceaux et de ses fenêtres en ogive, et dressant avec morgue les plumets de ses tourelles, c'était bien là le palais du roi des gueux.

Le Grand Coesre y vivait avec sa cour, ses femmes, ses archi-suppôts, son idiot. Et c'est là aussi, sous l'aile du grand maître, que Jean-Pourri entreposait sa marchandise d'enfants volés, bâtards ou légitimes.

Dès qu'elle se fut engagée dans ce quartier redoutable, Angélique chercha à retrouver la maison. Son instinct lui affirmait que Florimond se trouvait là. Elle marchait, protégée par l'obscurité totale. Les silhouettes qu'elle croisait ne s'intéressaient pas à cette femme en guenilles, semblable aux autres habitantes des tristes masures. L'eût-on abordée qu'elle s'en fût tirée sans éveiller de soupçons. Elle connaissait suffisamment le langage et les mœurs des argotiers.

Le déguisement qu'elle avait choisi était bel et bien le seul qui lui permît de traverser impunément cet enfer : c'était celui de la misère et de la déchéance.

Ce soir-là, avec ses vêtements mouillés et déchirés, ses cheveux tondus de prisonnière, son visage creusé d'angoisse et de fatigue, quelle gueuse pourrait l'accuser de n'être pas des leurs et de pénétrer en ennemie dans cette enceinte maudite?

Cependant elle devait prendre garde de n'être pas reconnue. Deux bandes rivales de celle de Calembredaine se cachaient dans ce quartier.

Qu'adviendrait-il si le bruit se répandait que la marquise des Anges rôdait par là? La chasse nocturne des animaux au fond d'un bois est moins cruelle que celle des hommes lancés à la poursuite d'un des leurs dans la profondeur d'une ville!

Pour plus de sûreté, Angélique se pencha et barbouilla son visage avec de la boue.

★

A cette heure, la maison du Grand Coesre se distinguait des autres en ce qu'elle était éclairée. Çà et là, à ses fenêtres, on voyait briller l'étoile roussâtre d'une veilleuse grossière, composée d'une écuelle d'huile dans laquelle trempait un vieux chiffon.

Dissimulée derrière une borne, Angélique l'observa un assez long moment. La maison du Grand Coesre était aussi la plus bruyante. On y tenait assemblée de gueux et de bandits comme naguère à la tour de Nesle. On recevait les gens de Calembredaine. Comme, ce soir-là, il faisait froid, on avait clos toutes les issues avec de vieilles planches.

Angélique se décida à s'approcher d'une des fenêtres et regarda par un interstice entre deux planches. La salle était comble. La jeune femme reconnut quelques visages : le Petit Eunuque, l'archi-suppôt Rôt-le-Barbon avec sa barbe étalée, Jean-Pourri enfin. Il présentait ses mains blanches à la flamme et parlait à l'archi-suppôt :

210

— Voilà ce qui s'appelle une belle opération, mon cher magister. Non seulement la police ne nous a causé aucun tort, mais encore elle nous a aidés à disperser la bande de cet insolent Calembredaine.

— Je trouve que tu manques de mesure en disant que la police ne nous a causé aucun tort. Quinze des nôtres ont été pendus quasi sans jugement au gibet de Montfaucon! Et on n'est même pas sûr que Calembredaine n'est pas du nombre!

— Bah! de toute façon, il a la tête écrasée, et de longtemps il ne pourra retrouver son rang... en admettant qu'il reparaisse... ce dont je doute. Rodogone a pris toutes ses places.

Le Barbon soupira.

— Il faudra donc nous battre un jour avec Rodogone. Cette tour de Nesle qui commande le Pont-Neuf et la foire Saint-Germain est une place stratégique redoutable. Jadis, lorsque j'enseignais l'histoire à quelques chenapans au collège de Navarre...

Jean-Pourri ne l'écoutait pas.

— Ne sois pas pessimiste sur l'avenir de la tour de Nesle. Pour ma part, je ne demande pas mieux que se renouvelle, de temps à autre, une petite révolution de ce genre. Quelle belle moisson j'ai faite à la tour de Nesle! Une vingtaine de mions de bon choix et dont je vais tirer de bons écus trébuchants.

— Où sont-ils, ces chérubins?

Jean-Pourri eut un geste pour désigner le plafond lézardé :

— Là-haut... Madeleine, ma fille, approche-toi et montre-moi ton nourrisson.

Une grosse femme à l'air bovin détacha un bébé suspendu à son sein et le tendit à l'ignoble individu, qui le prit et l'éleva avec admiration.

— N'est-il pas beau, ce petit Maure? Lorsqu'il sera grand, je lui ferai faire un habit bleu de ciel et j'irai le vendre à la cour.

A ce moment, l'un des gueux ayant pris son pipeau, deux autres se mirent à danser une bourrée paysanne, et Angélique n'entendit plus les paroles qu'échangeaient Jean-Pourri et le Barbon.

Aussi bien, elle possédait une certitude. Les enfants enlevés à la tour de Nesle se trouvaient dans la maison, apparemment dans une pièce située au-dessus de la salle principale.

Très lentement, elle fit le tour de la muraille. Elle trouva une ouverture qui donnait sur un escalier. Elle ôta ses souliers et marcha pieds nus. Elle ne voulait faire aucun bruit.

L'escalier montait en tournant et débouchait sur un couloir. Les murs et le sol étaient recouverts d'un crépi de terre battue mélangée de paille. Sur sa gauche, elle aperçut une chambre déserte où brillait une veilleuse. Des chaînes étaient scellées dans le mur. Qui enchaînait-on là?... Qui torturait-on?... Elle se souvint : on racontait que Jean-Pourri, pendant les guerres de la Fronde, faisait enlever des jeunes gens et des paysans isolés pour les revendre aux recruteurs d'armées... Le silence de cette partie de la maison était effrayant.

Angélique continua d'avancer.

Un rat la frôla. Elle retint un cri.

Maintenant, une nouvelle rumeur semblait venir à elle des entrailles de la maison.

C'étaient des gémissements, des pleurs lointains, qui peu à peu se précisaient. Son cœur se serra :

c'étaient des pleurs d'enfants. Elle évoqua le visage de Florimond avec ses yeux noirs terrifiés, des larmes sillonnant ses joues pâles. Il avait peur, dans le noir. Il appelait... Elle avança de plus en plus vite, attirée par cette plainte. Elle monta encore un étage, traversa deux pièces; des veilleuses y brillaient de leur clarté sale. Elle remarqua aux murs des gongs de cuivre qui constituaient, avec des bottes de paille, jetées à même le sol, et quelques écuelles de terre, le seul ameublement de ce sinistre hôtel.

Enfin, elle devina qu'elle touchait au but. Elle entendait distinctement le triste concert des sanglots, auxquels se mêlaient des murmures qui cherchaient à rassurer.

Angélique entra dans une petite pièce, à gauche d'un couloir qu'elle longeait depuis un instant. Une veilleuse brillait dans une niche. Mais il n'y avait personne. Pourtant les bruits venaient de là. Elle aperçut, au fond, une porte épaisse, barrée de serrures, C'était la première porte qu'elle rencontrait, car toutes les autres pièces étaient ouvertes à tous vents.

Le vantail était percé d'un petit guiché grillagé. Elle ne put rien voir par ce guichet, mais comprit que les enfants étaient enfermés là, dans cette fosse sans air et sans lumière. Comment pourrait-elle attirer l'attention d'un bébé de deux ans?

La jeune femme colla ses lèvres au guichet et appela doucement :

— Florimond! Florimond!

Les pleurs s'apaisèrent un peu, puis une voix chuchota de l'intérieur :

— C'est toi, marquise des Anges?

— Qui est là?

— Moi, Linot. Jean-Pourri nous a emballés avec Flipot et d'autres.

— Florimond est avec vous?

— Oui.

— Est-ce qu'il pleure?

— Il pleurait, mais je lui ai dit que tu allais venir le chercher.

Elle comprit que le garçonnet se retournait pour mumurer gentiment :

— Tu vois, Flo, maman est là.

— Patientez, je vais vous faire sortir, promit Angélique.

Elle recula et examina la porte. Les serrures paraissaient solides. Mais le mur étant pourri, il y avait peut-être moyen de desceller les gonds. Des ongles, elle griffa dans les moellons.

Alors elle entendit derrière elle un bruit étrange. C'était une sorte de gloussement, d'abord étouffé, qui peu à peu monta, monta, jusqu'à devenir UN RIRE.

Angélique se retourna et, sur le seuil, elle aperçut le Grand Coesre.

★

Le monstre se tenait affalé dans un chariot bas, posé sur quatre roues. Sans doute était-ce ainsi, en s'aidant de ses deux mains appuyées au sol, qu'il circulait dans les couloirs de son redoutable labyrinthe.

Du seuil de la pièce, il fixait sur la jeune femme son regard cruel. Et elle, paralysée par la terreur, elle reconnaissait l'apparition fantastique du cimetière des Saints-Innocents.

Il continuait de rire avec des gloussements et des hoquets immondes qui secouaient son buste infirme prolongé par ses deux petites jambes grêles et flasques.

Puis, sans cesser de rire, il recommença de se déplacer. Fascinée, elle suivait du regard la marche du petit chariot grinçant. Il ne se dirigeait pas vers elle, mais obliquait à travers la pièce. Et, tout à coup, elle aperçut au mur un des gongs de cuivre comme elle en avait déjà remarqué dans les autres salles. Une barre de fer était posée à terre.

Le Grand Coesre s'apprêtait à frapper sur le gong. Et, à cet appel, allaient se ruer, des profondeurs de la maison, vers Angélique, vers Florimond, tous les gueux, tous les bandits, tous les démons de cet enfer...

★

Les yeux de la bête égorgée devenaient vitreux.

— Oh! tu l'as tué! fit une voix.

Sur ce même seuil où tout à l'heure était apparu le Grand Coesre, il y avait une jeune fille, presque une fillette, au visage de madone.

Angélique regarda la lame de son poignard rouge de sang. Puis elle dit à voix basse :

— N'appelle pas! Ou je vais être obligée de te tuer aussi.

— Oh! non, je ne vais pas appeler. Je suis si contente que tu l'aies tué!

Elle s'approcha.

— Personne n'avait le courage de le tuer, murmura-t-elle. Tout le monde avait peur. Et, pourtant, ce n'était qu'un affreux petit homme.

Puis elle leva vers Angélique ses yeux noirs.

— Mais il faut te sauver vite, maintenant.

— Qui es-tu?

— Je suis Rosine... La dernière femme du Grand Coesre.

Angélique glissa le poignard dans sa ceinture. Elle avança une main tremblante et la posa sur cette joue fraîche et rose.

— Rosine, aide-moi encore. Mon enfant est derrière cette porte. Jean-Pourri l'a enfermé là. IL FAUT que je le reprenne.

— La double clé de la porte est là, dit la fillette. Jean-Pourri la confie au Grand Coesre. Elle est dans son chariot.

Elle se pencha vers le tas immobile et répugnant. Angélique ne regardait pas. Rosine se redressa.

— La voilà, dit-elle.

Elle introduisit elle-même la clef dans les serrures, qui grincèrent. La porte s'ouvrit. Angélique se précipita à l'intérieur du cachot et saisit Florimond, que Linot tenait dans ses bras. L'enfant ne pleurait pas, ne criait pas, mais il était glacé et il étreignit si fort le cou de sa mère que celle-ci en perdit le souffle.

— Maintenant aide-moi à sortir d'ici, dit-elle à Rosine.

« Je ne peux pas vous emmener tous.

Elle s'arracha aux petites mains crasseuses, mais les deux gamins couraient derrière elle.

— Marquise des Anges! Marquise des Anges, ne nous laisse pas!

Soudain, Rosine qui les avait entraînés vers un escalier, mit un doigt sur ses lèvres.

— Chut! Quelqu'un monte.

Un pas lourd résonnait à l'étage au-dessous.

— Bavottant, l'idiot. Venez par là.

Et elle se mit à courir comme une folle. Angélique la suivit avec les deux enfants. Comme ils atteignaient la rue, une clameur inhumaine monta des profondeurs du palais du Grand Coesre. C'était Bavottant, l'idiot, rugissant sa douleur devant le cadavre du royal avorton qu'il avait si longtemps entouré de ses soins.

— Courons! répétait Rosine.

Toutes deux, suivies des gamins haletants, enfilaient l'une après l'autre des ruelles obscures. Leurs pieds nus glissaient sur les pavés visqueux. Enfin, la jeune fille ralentit sa marche.

— Voici les lanternes, dit-elle. C'est la rue Saint-Martin.

— Il faut aller plus loin. On peut nous poursuivre.

— Bavottant ne sait pas parler. Personne ne comprendra; peut-être même qu'on croira que c'est lui qui l'a tué. On mettra un autre Grand Coesre. Et moi je ne retournerai jamais là-bas. Je resterai avec toi, parce que tu l'as tué.

— Et si Jean-Pourri nous retrouve? demanda Linot.

— Il ne vous retrouvera pas. Je vous défendrai, tous, dit Angélique.

Rosine montra, dans le lointain de la rue, une clarté blême qui faisait pâlir les lanternes.

— Regarde, la nuit est finie.

— Oui, la nuit est finie, répéta Angélique farouchement.

★

Le matin, à l'abbaye de Saint-Martin-des-Champs, on distribuait la soupe aux pauvres. Les grandes dames qui avaient assisté à la première messe aidaient les religieuses dans ce geste de charité.

Les pauvres, qui parfois n'avaient eu qu'un coin de borne pour sommeiller, trouvaient dans le grand réfectoire une détente passagère. On leur donnait à chacun une écuelle de bouillon chaud et un pain rond.

Ce fut là qu'Angélique vint échouer, portant Florimond et suivie de Rosine, de Linot et de Flipot. Ils étaient tous les cinq hagards et couverts de boue et d'ordures.

On les fit entrer en file avec une horde de miséreux, et ils s'assirent sur les bancs devant des tables de bois.

Puis des servantes parurent portant des grandes bassines de bouillon.

L'odeur était assez appétissante. Mais Angélique, avant de se rassasier, voulut d'abord faire boire Florimond.

Délicatement, elle approcha le bol des lèvres de l'enfant.

Alors seulement, elle put le voir dans le jour vague qui tombait d'un vitrail. Il avait les yeux à demi clos, le nez pincé. Il respirait précipitamment, comme si son cœur, surmené par l'effroi, ne pouvait retrouver un rythme normal. Inerte, il laissait couler de ses lèvres le bouillon. Cependant, la chaleur du liquide le ranima. Il eut un hoquet, réussit à avaler une gorgée, puis tendit lui-même les mains vers le bol, et but enfin avec avidité.

Angélique regardait ce petit visage de misère enfoui sous sa tignasse sombre et emmêlée.

« Ainsi, se disait-elle, voilà ce que tu as fait du fils de Joffrey de Peyrac, de l'héritier des comtes de Toulouse, de l'enfant des Jeux floraux, né pour la lumière et pour la joie!... »

Elle s'éveillait d'un long abrutissement, contemplait l'horreur et la ruine de sa vie. Une colère sauvage contre elle-même et contre le monde la souleva tout à coup. Alors qu'elle aurait dû être abattue et vidée de toute substance après cette horrible nuit, une force prodigieuse l'envahit.

« Jamais plus, se dit-elle, il n'aura faim... Jamais plus, il n'aura froid... Jamais plus, il n'aura peur. Je le jure. »

Mais, à la porte de l'abbaye, n'étaient-ce pas la faim, le froid et la peur qui les guettaient?

« Il faut faire quelque chose. Tout de suite. »

Angélique regardait autour d'elle. Elle n'était qu'une de ces mères misérables, une de ces « pauvres » auxquelles rien n'est dû, et sur lesquelles des dames parées se penchaient par charité, avant d'aller retrouver les papotages de leurs « ruelles » littéraires ou les intrigues de la cour.

Une mantille posée sur leur chevelure afin de dissimuler l'éclat de quelques perles, un devantier épinglé sur leurs velours et leurs soies, elles allaient de l'un à l'autre. Une servante les suivait portant un panier d'où les dames tiraient des gâteaux, des fruits, parfois des pâtés ou des demi-poulets, reliefs des tables princières.

— Oh! ma chère, dit l'une d'elles, vous êtes bien courageuse, dans votre état, de vous rendre de si matin à l'aumône. Dieu vous bénira.

— Je l'espère bien, ma très chère.

Le petit rire qui suivit parut familier à Angélique. Elle leva les yeux et reconnut la comtesse de Soissons, à laquelle la rousse Bertille présentait une mante de soie prune. La comtesse s'en enveloppa d'un air frileux.

— Dieu a bien mal fait les choses en obligeant les femmes à porter neuf mois dans leur sein le fruit d'un instant de plaisir, dit-elle à l'abbesse qui la raccompagnait vers la porte.

— Que resterait-il aux nonnes si tout était plaisir dans les instants du monde? répondit la religieuse avec un sourire.

Angélique se dressa brusquement et tendit son fils à Linot.

— Veille sur Florimond, dit-elle.

Mais le bébé se cramponnait à elle en poussant des cris. Elle se résigna à le garder, et ordonna aux autres :

— Restez là, ne bougez pas.

Un carrosse attendait dans la rue Saint-Martin. Comme la comtesse de Soissons s'apprêtait à y monter, une femme pauvrement vêtue, tenant un enfant dans ses bras, s'approcha et dit :

— Madame, mon enfant meurt de faim et de froid. Ordonnez qu'un de vos laquais porte, à l'endroit que je lui dirai, une pleine charrette de bois, un pot de soupe, du pain, des couvertures et des vêtements.

La noble dame considéra avec surprise la mendiante.

— Voilà bien de l'audace, ma fille. N'avez-vous point reçu votre écuelle ce matin?

— Il ne suffit pas d'une écuelle pour vivre, madame. Ce que je vous demande est peu en regard de votre richesse. Une charrette de bois et de la nourriture, que vous m'accorderez jusqu'à ce que je puisse m'arranger autrement.

— Inouï! s'exclama la comtesse. Tu entends,

Bertille? l'insolence de ces gueuses devient plus grande chaque jour! Lâchez-moi, femme! Ne me touchez pas avec vos mains sales, ou je vous fais battre par mes laquais.

— Prenez garde, madame, fit Angélique à voix très basse, prenez garde que je ne parle pas de l'enfant de Kouassi-ba!

Le comtesse, qui rassemblait ses jupes pour monter en carrosse, s'immobilisa un pied levé.

Angélique continuait :

— Je connais dans le faubourg Saint-Denis, une maison où il y a un enfant de Maure qu'on élève...

— Parlez plus bas, murmura Mme de Soissons avec fureur.

Et elle repoussa Angélique.

— Qu'est-ce que c'est que cette histoire? fit-elle d'un ton sec.

Et pour se donner une contenance, elle ouvrit son éventail et l'agita, ce qui n'était d'aucune utilité, car la bise était aigre.

Angélique changea Florimond de bras, car le petit garçon commençait à paraître lourd.

— Je connais un enfant de Maure qu'on élève..., reprit-elle. Il est né à Fontainebleau tel jour que je sais, par les soins de telle femme dont je pourrai dire le nom à qui voudra. La cour ne sera-t-elle pas bien amusée de savoir que Mme de Soissons a porté un enfant treize mois dans son sein?

— Oh! la garce! s'écria la belle Olympe, dont le tempérament méridional l'emportait toujours.

Elle dévisagea Angélique, essayant de la reconnaître. Mais la jeune femme baissait les yeux, bien persuadée que dans le triste état où elle se trouvait personne ne pouvait reconnaître la brillante Mme de Peyrac.

— Et puis, en voilà assez! reprit la comtesse de Soissons avec colère. (Et elle marcha avec précipitation vers son carrosse.) Vous mériteriez que je vous fasse bâtonner. Sachez que je n'aime pas qu'on se moque de moi.

— Le roi non plus n'aime pas qu'on se moque de lui, murmura Angélique, qui la suivait.

La noble dame devint cramoisie et se renversa contre la banquette de velours en tapotant ses jupes avec agitation.

— Le roi!... Le roi!... Entendre une gueuse sans chemise parler du roi! C'est intolérable! Et alors?... Que voulez-vous?...

— Je vous l'ai déjà dit, madame. Peu de chose : Une charrette de bois, des vêtements chauds, pour moi-même, mon bébé et mes petits garçons de huit et dix ans, un peu de nourriture...

— Oh! s'entendre parler ainsi, quelle humiliation! grinça Mme de Soissons en déchirant à pleines dents son mouchoir de dentelles. Et dire que cet idiot de lieutenant de police se félicite de l'opération de la foire Saint-Germain comme ayant rabattu la superbe des bandits... Qu'attendez-vous pour fermer les portières, imbéciles? clama-t-elle à l'adresse de ses laquais.

L'un d'eux bouscula Angélique pour exécuter l'ordre de sa maîtresse, mais elle ne se tint pas pour battue et s'approcha de nouveau de la portière.

— Puis-je me présenter à l'hôtel de Soissons, rue Saint-Honoré?

— Présentez-vous, dit sèchement la comtesse. Je donnerai des ordres.

## 15

C'est ainsi que maître Bourjus, rôtisseur de la Vallée-de-Misère, qui entamait sa première pinte de vin en songeant mélancoliquement aux joyeux refrains que chantait jadis maîtresse Bourjus à la même heure, vit arriver dans sa cour un étrange cortège.

Une famille de loqueteux, composée de deux jeunes femmes et de trois enfants, précédait un valet en livrée de grande maison rouge cerise et qui traînait une charrette de bois et de vêtements.

Pour achever le plateau, un petit singe, perché sur la charrette, paraissait très heureux de se faire ainsi promener, et adressait des grimaces aux passants. L'un des garçonnets tenait une vielle dont il grattait joyeusement les cordes.

Maître Bourjus bondit, jura, tapa du poing sur la table, et arriva dans la cuisine pour voir Angélique remettre Florimond dans les bras de Barbe.

— Quoi? Qu'est-ce que c'est? bredouilla-t-il hors de lui, vas-tu encore me raconter que celui-là est à toi? Moi qui te croyais une sage et honnête fille, Barbe?

— Maître Bourjus, écoutez-moi...

— Je n'écoute plus rien! On prend ma rôtisserie pour un asile! Je suis déshonoré...

Il jeta sa toque de cuisinier à terre et courut au-dehors pour appeler le guet.

— Garde les deux petits au chaud, recommanda Angélique à Barbe. Je vais aller allumer le feu dans ta chambre.

Le laquais de Mme de Soissons, ahuri et indigné, dut monter des bûches au septième étage, par un escalier branlant, et les déposer dans une petite pièce qui n'était même pas meublée d'un lit à courtines.

— Et tu recommanderas bien à Mme la comtesse de me faire porter la même chose tous les jours, lui dit Angélique en le renvoyant.

— Eh bien, ma belle, si tu veux mon avis... commença le laquais.

— Je ne veux pas de ton avis, croquant, et je t'interdis de me tutoyer, coupa Angélique sur un ton qui s'accordait mal avec son corsage déchiré et ses cheveux coupés ras.

Le laquais redescendit l'escalier en songeant, comme maître Bourjus, qu'il était déshonoré.


Un peu plus tard, Barbe gravit l'escalier, portant Florimond et Cantor sous le bras. Elle trouva Linot et Flipot soufflant à pleines joues sur un magnifique feu de bois. La chaleur était étouffante et tout le monde avait déjà le teint rouge.

Barbe raconta que le rôtisseur ne décolérait pas, et que cela faisait peur à Florimond.

— Laisse-les-nous, maintenant qu'il fait bon ici, dit Angélique, et va faire ton service. Barbe, tu n'es pas fâchée que je sois venue chez toi, avec mes petits?

— Oh! Madame, c'est un grand bonheur pour moi.

— Et ces pauvres enfants aussi, il faut les accueillir, dit Angélique en montrant Rosine et les deux garçonnets. Si tu savais d'où ils viennent!

— Madame, ma pauvre chambre est à vous.

Un rugissement monta de la cour :

— Bâârbe!...

C'était maître Bourjus. Tout le voisinage retentissait de ses cris. Non seulement sa maison était envahie par des gueux, mais sa servante perdait la tête. Elle avait laissé brûler une brochée de six chapons... Et qu'est-ce que c'était, cette gerbe d'étincelles qui sortaient de la cheminée?... Une cheminée où l'on n'avait pas fait de feu depuis cinq ans. Tout allait flamber!... C'était la ruine. Ah! pourquoi maîtresse Bourjus était-elle morte?...

La marmite envoyée par Mme de Soissons contenait du bouilli, du potage et de beaux légumes. Il y avait aussi deux pains et un pot de lait.

Rosine descendit chercher un seau d'eau au puits de la cour, et l'on mit l'eau à chauffer sur les chenets. Angélique lava ses deux enfants, les enveloppa dans des chemises neuves et de chaudes couvertures. Plus jamais ils n'auraient faim, plus jamais ils n'auraient froid!...

Cantor suçait un os de poulet ramassé à la cuisine et gazouillait en jouant avec ses petits pieds. Florimond ne semblait pas encore rétabli. Il s'endormait, puis se réveillait en criant. Il tremblait, et Angélique ne savait pas si c'était de fièvre ou de peur. Mais, après son bain, il transpira abondamment, puis s'endormit d'un sommeil paisible.

Angélique fit sortir Linot et Flipot, et se lava à son tour dans le baquet qui servait ordinairement à la toilette de la modeste servante.

— Que tu es belle! lui dit Rosine. Je ne te connais pas, mais certainement tu es une des femmes de Beau-Garçon.

Angélique frictionnait énergiquement sa tête et constatait que c'est vraiment très facile de se laver les cheveux quand on n'en a plus.

— Non, je suis la marquise des Anges.

— Oh! c'est toi! s'exclama la jeune fille éblouie.

J'ai tellement entendu parler de toi. Est-ce vrai que Calembredaine a été pendu?

— Je n'en sais rien, Rosine. Tu vois, nous sommes dans une petite chambre très simple et très honnête. Il y a un crucifix au mur et un bénitier. Il ne faut plus parler de tout cela.

Elle enfila une chemise de grosse toile, une cotte et un corsage de serge bleu foncé qui faisaient partie du chargement de la charrette. La taille fine d'Angélique se perdait dans ces vêtements informes et grossiers; mais ils étaient propres, et elle éprouva un réel soulagement à rejeter sur le carreau ses loques de la veille.

Elle prit un petit miroir dans le coffret qu'elle était allée récupérer, rue du Val-d'Amour, avec le singe Piccolo. Il y avait dans ce coffret toutes sortes de choses intéressantes et auxquelles elle tenait, entre autres un peigne d'écaille. Elle se coiffa. Son visage aux cheveux coupés lui semblait celui d'une inconnue.

— Ce sont les rouaux qui t'ont fauché les tifs? demanda Rosine.

— Oui... Bah! ça repousse. Oh! Rosine, qu'est-ce que j'ai là?

— Où cela?

— Dans mes cheveux. Regarde.

Rosine regarda.

— C'est une mèche de cheveux blancs, dit-elle.

— Des cheveux blancs, répéta Angélique avec horreur. Mais ce n'est pas possible. Je... hier encore je n'en avais pas, j'en suis sûre.

— C'est venu comme ça. Peut-être cette nuit?

— Oui, cette nuit.

Les jambes tremblantes, Angélique alla s'asseoir sur le lit de Barbe.

— Rosine... Est-ce que je suis devenue vieille?

226

La jeune fille, agenouillée devant elle, la regarda très sérieusement. Puis elle lui caressa la joue.

— Je ne crois pas. Tu n'as pas de rides et ta peau est lisse.

Angélique se coiffa tant bien que mal en essayant de dissimuler la malencontreuse mèche blanche sous les autres. Puis elle noua sur sa tête un foulard de satinette noire.

— Quel âge as-tu, Rosine?

— Je ne sais pas. Peut-être quatorze ans, peut-être quinze.

— Je me souviens de toi maintenant. Je t'ai vue une nuit au cimetière des Saints-Innocents. Tu marchais dans le cortège du Grand Coesre, et tu avais les seins nus. C'était l'hiver. Est-ce que tu ne mourais pas de froid, ainsi dévêtue?

Rosine leva vers Angélique ses larges yeux sombres, et elle y lut un vague reproche.

— Tu l'as dit toi-même. Il ne faut plus parler de cela, murmura-t-elle.

A cet instant, Flipot et Linot tambourinèrent à la porte. Ils entrèrent, joyeux. Barbe leur avait glissé en cachette une poêle, un morceau de lard et une cruche de pâte. On allait faire des crêpes.

Ce soir-là, il n'y eut guère dans Paris de lieu où l'on fut plus joyeux que dans cette petite chambre de la rue de la Vallée-de-Misère. Angélique faisait sauter les crêpes, Linot grattait la vielle de Thibault-le-Vielleur. C'était la Polak qui avait retrouvé l'instrument au coin d'une borne et l'avait remis au petit-fils du vieux musicien. On ignorait ce qu'était devenu celui-ci dans la bagarre.

Un peu plus tard, Barbe monta avec son bougeoir. Elle dit qu'il n'y avait aucun client à la rô-

tisserie et que maître Bourjus, dégoûté, avait clos
sa porte. Pour mettre un comble aux malheurs de
l'aubergiste, on lui avait volé sa montre. Bref,
Barbe était libre plus tôt que de coutume.
Comme elle achevait de parler, ses yeux tombèrent sur un étrange assortiment d'objets, posés
sur le coffre de bois qui lui servait à ranger ses
hardes.

Il y avait là deux râpes à tabac, une bourse de
fil avec quelques écus, des boutons, un crochet, et
au milieu...

— Mais... c'est la montre de maître Bourjus!
s'exclama-t-elle.

— Flipot! cria Angélique.

Flipot prit un air modeste.

— Oui, c'est moi. Quand je suis allé à la cuisine pour la pâte à crêpes...

Angélique le saisit par l'oreille et le secoua
d'importance.

— Si tu recommences, graine de coupe-bourse,
je te mets dehors et tu pourras toujours retourner avec Jean-Pourri!

Désolé, le gamin alla se coucher dans un coin
de la pièce, où il ne tarda pas à s'endormir. Linot
l'imita. Puis Rosine, après s'être à demi étendue
en travers de la paillasse. Les bébés avaient repris
leur somme.

Angélique, agenouillée devant le feu, resta seule
éveillée, près de Barbe. On n'entendait que peu de
bruits, car la chambre donnait sur une cour et
non sur la rue, laquelle à cette heure commençait
à être envahie par les buveurs et les joueurs.

— Il n'est pas tard. Voilà 9 heures qui sonnent
à l'horloge du Châtelet, dit Barbe.

Elle s'étonna de voir Angélique relever le front

avec une expression un peu hagarde, puis se dresser subitement.

La jeune femme resta un moment à regarder Florimond et Cantor endormis. Ensuite, elle se dirigea vers la porte.

— A demain, Barbe, chuchota-t-elle.

— Où Madame va-t-elle?

— Il me reste encore une dernière chose à faire, dit Angélique. Après, ce sera fini. La vie pourra recommencer.


## 16


Il n'y avait que quelques pas à faire pour se rendre de la rue de la Vallée-de-Misère au Châtelet. De la rôtisserie du Coq-Hardi, on apercevait les toits pointus de la grande tour de la forteresse.

Angélique eut beau ralentir le pas, elle se trouva bientôt devant le porche principal de la prison, encadré de deux tourelles et surmonté d'un campanile et d'une horloge.

Comme la veille, des torches éclairaient la voûte.

Angélique marcha vers l'entrée, puis recula et commença à tourner dans les rues avoisinantes en espérant qu'un miracle soudain allait anéantir le lugubre château dont les épaisses murailles avaient déjà résisté à une demi-douzaine de siècles. Les péripéties de cette dernière journée avaient effacé de sa mémoire la promesse qu'elle avait faite au capitaine du guet. Il avait fallu les mots prononcés par Barbe pour la lui rappeler.

L'heure maintenant était venue de tenir parole.

Les ruelles où Angélique s'attardait sentaient horriblement mauvais. C'étaient les rues de la Pierre-à-Poisson, de la Tuerie, de la Triperie, où les rats se disputaient les débris les plus variés.

— Allons, se dit-elle, je ne gagne rien à rester ici. De toute façon, il faut y passer.

Elle revint vers la prison et pénétra dans le corps de garde.

— Ah! te voilà, dit le capitaine.

Il fumait, assis, et les deux pieds sur la table.

— Moi, je ne croyais pas qu'elle reviendrait, dit un des hommes.

— Moi, j'étais certain qu'elle reviendrait, affirma le capitaine. Parce que j'ai déjà vu des gars manquer de parole, mais une p..., jamais! Alors, ma mignonne?...

Elle abaissa sur cette face congestionnée un regard glacé. Le capitaine avança la main et lui pinça cordialement la croupe.

— On va te conduire au chirurgien pour qu'il te passe à l'eau et qu'il regarde si tu n'es pas malade. Si tu l'es, il te mettra de la pommade. Moi, tu sais, je suis un délicat. Allez, ouste!

Un soldat entraîna Angélique jusqu'à l'officine du chirurgien. Celui-ci était en conversation galante avec l'une des matrones-jurées de la prison.

Angélique dut s'étendre sur un banc et se livrer au répugnant examen.

— Tu diras au capitaine qu'elle est propre comme un sou neuf et fraîche comme la rose, cria le chirurgien au soldat qui s'éloignait. C'est pas souvent qu'on en trouve de pareilles ici!

Après quoi, la matrone la conduisit jusqu'à la

chambre du capitaine, pompeusement baptisée « appartement ».

Angélique resta seule dans cette pièce, grillée comme une geôle, et dont les gros murs étaient à peine dissimulés par des tapisseries de Bergame, râpées et effrangées.

Un flambeau sur la table, posé près d'un sabre et d'une écritoire, dissipait à peine les ombres accumulées sous la voûte. La pièce sentait le vieux cuir, le tabac et le vin. Angélique resta debout près de la table, incapable de s'asseoir, ni de rien faire, malade d'anxiété. Et, à mesure que le temps passait, elle avait de plus en plus froid, car l'humidité du lieu était pénétrante.

Enfin, elle entendit venir le capitaine. Il entra en jetant une bordée d'injures :

— Bandes de fainéants!... Pas capables de se dém... tout seuls. Si j'étais pas là!

Il jeta à la volée son épée et son pistolet sur la table, s'assit en soufflant et ordonna, en tendant le pied vers Angélique :

— Enlève-moi mes bottes!

Le sang d'Angélique ne fit qu'un tour.

— Je ne suis pas votre servante!

— Ça alors! murmura-t-il en posant ses mains sur ses genoux pour la contempler plus à l'aise.

Angélique se dit qu'elle était folle d'exciter ainsi la colère de l'Ogre au moment où elle était complètement à sa merci. Elle essaya de se rattraper :

— Je le ferais volontiers, mais je ne connais rien aux harnachements militaires. Vos bottes sont si grandes et mes mains sont si petites! Regardez.

— C'est vrai qu'elles sont petites, tes mains, concéda-t-il. Tu as des mains de duchesse.

— Je peux essayer de...

— Laisse ça, mauviette, gronda-t-il en la repoussant.

Il saisit une de ses bottes et commença à tirer dessus en se contorsionnant et en grimaçant.

A ce moment, il y eut un bruit de pas dans le couloir et une voix appela :

— Capitaine! Capitaine!

— Qu'y a-t-il?

— On vient d'apporter un macchabée qu'on a repêché près du Petit-Pont.

— Mettez-le à la morgue.

— Oui... Seulement il a reçu un coup de lingue dans le ventre. Faudrait que vous veniez constater.

Le capitaine blasphéma à faire crouler le clocher de l'église voisine et se précipita dehors.

Angélique attendit encore, de plus en plus gelée. Elle commençait à espérer que cette nuit se passerait ainsi, ou que le capitaine ne reviendrait pas, ou — qui sait? — qu'il recevrait peut-être un mauvais coup. Mais, bientôt, elle perçut de nouveau les éclats de sa voix puissante. Un soldat l'accompagnait.

— Ote-moi mes bottes, lui dit-il. C'est bon. Maintenant f... le camp. Et toi, la fille, mets-toi au pieu au lieu de rester là, plantée comme un cierge, à claquer des dents.

Angélique se détourna et s'approcha de l'alcôve. Puis elle commença à se déshabiller. Elle avait comme une boule au creux de l'estomac. Elle se demanda si elle devait ôter sa chemise, et finalement la garda. Elle monta dans le lit et, malgré son appréhension, elle éprouva un sentiment de bien-être à se glisser sous les couvertures. Les couettes étaient moelleuses. Peu à peu, elle commença à se réchauffer. Le drap au menton, elle regarda le capitaine se dévêtir.

C'était un peu comme un phénomène de la nature. Il craquait, soufflait, geignait, grognait, et l'ombre de son énorme stature emplissait tout un pan de mur.

Il enleva sa superbe perruque brune et l'installa avec soin sur un champignon de bois.

Puis, après s'être frotté énergiquement le crâne, il acheva d'ôter ses derniers vêtements.

Débarrassé de ses bottes et de sa perruque, et bien que nu comme l'Hercule de Praxitèle, le capitaine du guet restait encore fort imposant. Elle l'entendit barboter dans un seau d'eau. Puis il revint, les reins noués pudiquement d'une serviette.

A cet instant, des coups firent encore résonner la porte.

— Capitaine! Capitaine!

Il alla ouvrir.

— Capitaine, c'est le guet qui revient en disant qu'on a crocheté une maison rue des Martyrs et...

— Bon Dieu de bon sang! tonna le capitaine. Quand est-ce que vous vous apercevrez que le martyr, c'est moi! Vous ne voyez donc pas que j'ai une poulette toute chaude dans mon lit, et qui m'attend depuis trois heures! Vous croyez que j'ai le temps de m'occuper de vos c.....ies.

Il claqua la porte, poussa les verrous avec fracas et resta planté là un moment, nu et colossal, à défiler un chapelet d'injures. Puis s'étant calmé, il noua un foulard autour de son crâne et en fit bouffer coquettement deux pointes sur son front.

Enfin, prenant le flambeau, il s'approcha de l'alcôve avec précaution.

Blottie sous les draps jusqu'au menton, Angélique regardait s'avancer ce géant rouge dont la tête surmontée de cornes jetait une ombre grotesque au plafond.

Détendue par la chaleur du lit, engourdie par l'attente et déjà presque endormie, elle jugea cette apparition si comique que soudain elle ne put se retenir de pouffer.

L'Ogre s'arrêta, la considéra avec surprise. Et une expression joviale fendit sa trogne hilare.

— Ho! Ho! la mignonne qui me fait risette! Voilà bien une chose à laquelle je ne m'attendais pas! Car, pour ce qui est de vous décocher des coups d'œil en glaçon, tu t'y entends! Mais je vois aussi que tu comprends la rigolade. Hé bé! Tu ris, ma belle! C'est bien ça! Hé! Hé! Ho! Ho! Ho!

Il se mit à rire à pleine gorge, et il était si drôle avec sa cornette et son bougeoir, qu'Angélique s'étouffa littéralement dans son oreiller. Enfin, les yeux pleins de larmes, elle réussit à se dominer. Elle était furieuse contre elle-même, car elle s'était bien promis d'être digne, indifférente, de n'accorder que ce qui lui serait demandé. Et voici qu'elle riait comme une fille de joie qui veut mettre à l'aise un client.

— C'est bien, ma jolie, c'est bien, répétait le capitaine tout content. Pousse-toi donc un peu maintenant pour me faire une petite place près de toi.

Le matelas ploya sous son énorme masse. Le capitaine avait soufflé la bougie. Sa main tira les rideaux de l'alcôve, et, dans l'obscurité moite, sa forte odeur de vin, de tabac et de cuir de bottes prit une densité insupportable. Il soufflait précipitamment et grommelait de vagues jurons. Enfin il tâta le matelas près de lui et sa grosse patte s'abattit sur Angélique. Celle-ci se raidit.

— Là! Là! dit-il. Te voilà comme un pantin de

bois. C'est pas le moment, ma belle. Pourtant, je ne vais pas te brusquer. Je vais t'expliquer gentiment, parce que c'est toi. Tout à l'heure, rien qu'à voir la façon dont tu me regardais comme si j'étais pas plus gros qu'un pois, je me suis bien douté que ça ne te plaisait guère de venir coucher avec moi. Cependant je suis bel homme et, d'habitude, je plais aux dames. Enfin, faut pas essayer de comprendre les donzelles... Ce qui est sûr, c'est que tu me plais à moi. Un vrai béguin! Tu ne ressembles pas aux autres. T'es dix fois plus belle. J'pense qu'à toi depuis hier...

Ses gros doigts la pinçaient et la tapotaient affectueusement.

— T'as pas l'habitude, on dirait. Pourtant, belle comme tu es, tu as dû en avoir, des hommes! Enfin, pour ce qui est de nous deux, je vais te parler franchement. Tout à l'heure, quand je t'ai vue à la salle des gardes, je me suis dit que tu serais bien fichue, avec tes grands airs, de me nouer l'aiguillette. Ça arrive aux meilleurs, ces histoires-là. Alors, pour être sûr de te faire honneur et de ne pas me trouver court, je me suis fait apporter un bon cruchon de vin à la cannelle. Malheur de moi! C'est à partir de ce moment-là que toutes ces histoires de voleurs et de macchabées me sont tombées sur la coloquinte. A croire que les gens faisaient exprès de se faire assassiner pour m'em... Trois heures que j'ai passées à courir du greffe à la morgue, avec ce sacré vin de cannelle qui me chauffait le sang. Aussi, maintenant je suis à point, je ne te le cache pas. Mais ça serait tout de même mieux pour nous deux si tu y mettais un peu de bonne volonté, fille?

Ce discours causa à Angélique une impression d'apaisement. Contrairement à la plupart des femmes, ses réflexes et ses réactions, même physiques, demeuraient sensibles à l'esprit de raisonnement. Le capitaine, qui n'était point sot, en avait eu l'intuition. On n'a pas pris part au sac de plusieurs villes, et violé bon nombre de femmes et de filles de toutes races et de tous pays, sans avoir sa petite expérience!...

Il fut récompensé de sa patience en retrouvant contre lui un beau corps souple, silencieux, mais docile. Avec un grognement de plaisir, il s'en empara.

Angélique n'eut pas le temps d'éprouver de répulsion ni de révolte. Secouée par cette étreinte comme par un tourbillon de tempête, elle se retrouva libre presque aussitôt.

— Là, voilà qui est fait, soupira le capitaine.

Du plat de sa large main, il la fit rouler comme une bûche vers l'autre bout du lit.

— Allez, roupille ton compte, ma belle garce. On remettra ça au petit jour, et puis, on sera quittes.

Deux secondes plus tard, il ronflait bruyamment.

Angélique croyait qu'elle serait longue à s'endormir, mais ce suprême exercice, joint aux fatigues des dernières heures et au réconfort d'un lit moelleux et chaud, la plongea aussitôt dans un sommeil profond.

Lorsque Angélique se réveilla dans l'obscurité, elle mit un assez long moment à comprendre où elle se trouvait. Les ronflements du capitaine s'étaient atténués. Il faisait si chaud qu'Angélique ôta sa chemise, dont la toile rêche irritait sa peau délicate.

Elle n'avait plus peur. Cependant, une inquiétude subsistait en elle. Elle se sentait mal à l'aise, et ce n'était pas à cause de la grosse masse endormie de l'Ogre. C'était une autre chose... indéfinissable, angoissante...

Elle essaya de se rendormir et se retourna plusieurs fois. Enfin elle tendit l'oreille.

Alors elle perçut les bruits vagues et diffus qui, malgré elle, l'avaient tirée de son sommeil. C'était comme des voix, des voix très lointaines, mais qui auraient adopté un ton de mélopée plaintive et continue. Le ton baissait, puis s'élevait de nouveau. Et soudain, elle comprit : c'étaient LES PRISONNIERS.

A travers le sol et les massives murailles, lui parvenaient les plaintes étouffées, les cris de désespoir des malheureux enchaînés, gelés, luttant à coups de soulier contre les rats des geôles, luttant contre l'eau, contre la mort. Des criminels blasphémaient le nom de Dieu, et des innocents l'invoquaient. D'autres, épuisés par les tortures de la question, à demi asphyxiés, exténués de faim et de froid, râlaient. De là, ces bruits mystérieux et sinistres.

Angélique trembla. La forteresse du Châtelet pesait sur elle de tous ses siècles et de toutes ses horreurs. Parviendrait-elle à retrouver l'air libre? se demandait la jeune femme. L'Ogre la laisserait-il partir. Il dormait. Il était fort et puissant. Il était le maître de cet enfer.

Très doucement, elle se rapprocha de cette masse énorme qui ronflait à son côté, et elle s'étonna, en y posant la main, de trouver quelque charme à ce cuir épais.

Le capitaine bougea et faillit l'écraser en se retournant.

— Hé! Hé! la petite caille est réveillée, fit-il d'une voix pâteuse.

Il la ramena contre lui, et elle se sentit submergée par cette chair aux muscles pleins qui roulaient sous la peau.

L'homme bâilla bruyamment. Puis il écarta les rideaux et vit une lueur pâle derrière les barreaux de la fenêtre.

— Tu es bien matinale, ma chatte.

— Ces bruits qu'on entend, qu'est-ce que c'est?

— Ce sont les prisonniers. Dame, ils ne s'amusent pas autant que nous.

— Ils souffrent...

— On ne les met pas là-dedans pour rigoler. T'as de la chance, tu sais, d'en être sortie. Va, tu es mieux dans mon lit que de l'autre côté du mur, sur la paille. Dis que c'est pas vrai?

Angélique approuva de la tête avec une conviction qui ravit le capitaine.

Il prit une pinte de vin rouge sur une table, près de son lit, et but longuement. Sa pomme d'Adam montait et redescendait le long de son cou puissant.

Puis il tendit le pot à Angélique.

— A toi.

Elle accepta, car elle sentait que le vin seul pouvait sauver du désespoir entre les murs sinistres du Châtelet.

Il l'encourageait :

— Bois, ma chatte, bois, ma belle. C'est du bon vin. Il te fera du bien.

Lorsqu'elle se rejeta enfin en arrière, la tête lui tournait; le liquide âpre et violent embrumait sa pensée. Rien ne lui importait plus que d'être vivante.

Il se retourna lourdement vers elle, mais elle ne le craignait plus. Elle éprouva même un commencement de plaisir lorsqu'il la caressa de sa large main, sans beaucoup de douceur, mais de façon énergique et expérimentée. Ces caresses, plus proches d'un massage un peu rude que du souffle d'un zéphir, lui procuraient un réel soulagement. Il l'embrassa à la paysanne, avec de gros baisers gourmands et bruyants, qui étonnaient Angélique et lui donnaient envie de rire.

Ensuite il la reprit dans ses bras velus, et, posément, l'étendit en travers du lit. Elle comprit qu'il était bien décidé cette fois à profiter de son aubaine, et elle ferma les yeux.

Des moments qui suivirent, Angélique, de toute façon, était décidée à ne pas se souvenir.

Cependant, ce n'était pas aussi terrible qu'elle se l'était imaginé. L'Ogre n'était pas méchant. Il agissait un peu en homme qui ignore son poids et sa force, mais, nonobstant cet inconvénient qui la laissait à demi écrasée, elle dut s'avouer qu'elle n'avait pas été loin d'éprouver quelque volupté à être la proie de ce colosse plein de force et d'entrain. Après, elle se sentit d'une légèreté de pierre ponce.

Le capitaine s'habillait en fredonnant une marche militaire.

— Ventre saint-gris, répétait-il, tu m'en as donné du plaisir! Toi qui me faisais peur!...

Le chirurgien du Châtelet entra, nanti de son plat à barbe et de ses rasoirs.

Angélique acheva de se vêtir, tandis que son encombrant amant d'une nuit se laissait nouer la serviette sous le menton et barbouiller de savon le visage. Il continuait d'étaler sa satisfaction :

— Tu l'avais dit, barbier! Fraîche comme une rose!

Angélique ne savait comment prendre congé. Le capitaine lança tout à coup une bourse sur la table.

— Voilà pour toi.

— J'ai déjà été payée.

— Prends ça, rugit le capitaine, et f... le camp.

Angélique ne se le fit pas dire deux fois. Dès qu'elle se retrouva hors du Châtelet, elle n'eut pas le courage de rentrer aussitôt rue de la Vallée-de-Misère, trop proche de la terrible prison. Elle descendit vers la Seine. Quai des Morfondus, des marinières avaient installé durant l'été des « bains » pour les femmes. De tous temps, Parisiens et Parisiennes passaient les trois mois de chaleur à barboter dans la Seine. Les « bains » étaient constitués de quelques pieux recouverts d'une toile. Les femmes y descendaient en chemise et bonnet.

La marinière à laquelle Angélique voulut payer son écot s'écria :

— Tu n'es pas folle de vouloir te mouiller à c'te heure. Fait frisquet, tu sais.

— Ça ne fait rien.

En effet, l'eau était froide. Mais après avoir claqué des dents un moment, Angélique se trouva à son aise. Comme elle était la seule cliente, elle fit quelques brasses entre les pieux. Lorsqu'elle se fut séchée et rhabillée, elle marcha encore un long moment le long des berges, jouissant du tiède soleil d'automne.

« C'est fini, se disait-elle. Je ne veux plus de misère. Je ne veux plus être obligée de faire des choses terribles comme de tuer le Grand Coesre, ou des choses difficiles comme de coucher avec un capitaine du guet. Ce n'est pas mon genre. J'aime le linge fin, les belles robes. Je veux que mes enfants n'aient plus jamais ni faim ni froid, qu'ils soient bien vêtus et considérés, qu'ils retrouvent un nom. Je veux retrouver un nom... Je veux redevenir une grande dame... »

## 17

Comme Angélique se glissait aussi discrètement que possible dans la cour de la rôtisserie du Coq-Hardi, maître Bourjus, armé d'une louche, surgit et se précipita sur elle.

Elle s'y attendait un peu et eut juste le temps de se mettre à l'abri derrière le petit puits. Ils tournèrent ensemble autour de la margelle.

— Hors d'ici, gueuse, p...! braillait le rôtisseur. Qu'ai-je fait au Ciel pour être envahi par des évadés de l'Hôpital général, ou de Bicêtre... ou de pire encore? On sait ce que cela signifie, une tête tondue comme la tienne... Retourne au Châtelet d'où tu viens... Ou c'est moi qui vais t'y faire retourner... Je ne sais pas ce qui m'a empêché de faire venir le guet hier... Je suis trop bon. Ah! que dirait ma pieuse femme de voir sa boutique ainsi déshonorée!

Angélique, tout en se dérobant aux attaques de la louche, se mit à crier plus fort que lui.

— Et que dirait votre PIEUSE femme d'un époux aussi déshonorant... qui commence à boire dès la prime aube...?

Le rôtisseur s'arrêta net. Angélique profita de son avantage.

— Et que dirait-elle de sa boutique couverte de poussière et de l'étalage avec ses poulets de six jours racornis comme parchemin, et de sa cave vide, de ses tables et ses bancs mal cirés...?

— Par le diable!... bredouilla-t-il.

— Que dirait-elle d'un mari qui blasphème? Pauvre maîtresse Bourjus qui, du haut du ciel, contemple ce désordre! Je peux vous l'assurer, sans crainte de me tromper : votre défunte ne sait où cacher sa honte devant les anges et tous les saints du paradis!

L'expression de maître Bourjus devenait de plus en plus égarée. Il finit par s'asseoir lourdement sur la margelle.

— Hélas! gémit-il, pourquoi est-elle morte? C'était une si accorte ménagère, toujours décidée et joyeuse. Je ne sais pas ce qui m'empêche de chercher l'oubli au fond de ce puits!

— Je vais vous le dire, moi, ce qui vous en empêche : c'est la pensée qu'elle vous accueillera là-haut en vous disant :

— Ah! te voilà, maître Pierre...

— Pardon, maître Jacques.

— Te voilà, maître Jacques! Je ne te fais pas mon compliment. Je l'avais toujours dit que tu ne saurais jamais te conduire tout seul. Pire qu'un enfant!... Tu l'as bien prouvé! Quand je vois ce que tu as fait de ma belle boutique si brillante, si reluisante du temps de mon vivant... Quand je vois notre belle enseigne toute rouillée et qui grince, les nuits de vent, à empêcher de dormir le voisinage... Et mes pots d'étain, mes tourtières, mes poissonnières toutes rayées parce que ton idiot de neveu les nettoie avec de la cendre au

lieu d'employer une craie bien douce, spécialement achetée au carreau du Temple... Et quand je
vois que tu te laisses voler par tous ces filous de
poulaillers ou de marchands de vins, qui te refi-
lent des coqs écrêtés à la place de chapons, ou
des barriques de verjus à la place de bons vins,
comment veux-tu que je profite de mon ciel, moi
qui ai été une sainte et honnête femme?...

Angélique se tut, essoufflée. Maître Bourjus paraissait subitement en extase.

— C'est vrai, balbutia-t-il, c'est vrai... elle parlerait exactement comme cela. Elle était si... si...

Ses grosses joues tremblotèrent.

— Cela ne sert à rien de pleurnicher, fit rudement Angélique. Ce n'est pas ainsi que vous évite-
rez la volée de coups de balai qui vous attend de
l'autre côté de cette vie. C'est en vous mettant au
travail, maître Bourjus. Barbe est une bonne fille,
mais de nature lente; il faut lui dire ce qu'elle a
à faire. Votre neveu m'a l'air d'un drôle d'ahuri.
Et les clients n'entrent pas dans une boutique où
on les accueille en grognant comme un chien de
garde.

— Qui est-ce qui grogne? demanda maître
Bourjus en reprenant son air menaçant.

— Vous.

— Moi?

— Oui. Et votre femme, qui était si gaie, ne
vous aurait pas supporté trois minutes avec la
trogne que vous avez devant votre pot de vin.

— Et crois-tu qu'elle aurait supporté de voir
dans sa cour une pouilleuse insolente de ton espèce?

— Je ne suis pas pouilleuse, protesta Angélique
en se redressant. Mes vêtements sont propres. Ju-
gez vous-même.

— Crois-tu qu'elle aurait supporté de voir traîner dans sa cuisine tes gamins effrontés, vraie graine de coupe-bourse? Je les ai surpris en train de se gaver de lard dans ma cave, et je suis sûr que ce sont eux qui m'ont volé ma montre.

— La voilà, votre montre, fit Angélique en sortant dédaigneusement l'objet de sa poche. Je l'ai trouvée sous les marches de l'escalier. Je suppose que vous avez dû la perdre en montant vous coucher hier soir, tant vous étiez soûl...

Elle tendit la montre par-dessus la margelle dans la direction du rôtisseur et ajouta :

— Vous voyez que je ne suis pas non plus voleuse. J'aurais pu la garder.

— Ne la laisse pas tomber dans le puits, fit-il, inquiet.

— Je ne demande pas mieux que de vous la porter, mais j'ai peur de votre louche.

Grommelant une injure, maître Bourjus jeta sa louche sur les pavés. Angélique se rapprocha de lui en affectant un air mutin. Elle sentait que son expérience de la nuit avec le capitaine du guet n'avait pas été sans lui enseigner quelques petites choses sur l'art de séduire les bourrus et de tenir tête aux brutaux. Elle en rapportait une désinvolture nouvelle et qui, désormais, ne lui serait pas inutile.

Elle ne s'empressa pas de rendre la montre.

— C'est une belle montre, dit-elle en examinant l'objet avec intérêt.

Derechef, le visage du rôtisseur s'éclaira.

— N'est-ce pas? Je l'ai achetée à un colporteur du Jura, un de ces montagnards qui passent l'hiver à Paris avec leurs ballots. Ils ont de véritables trésors dans leurs poches... Mais, par exemple, ils ne les sortent pas pour tout le monde, même pas pour les princes. Il faut qu'ils sachent à qui ils ont affaire.

— Ils préfèrent traiter avec de vrais commerçants plutôt qu'avec des dupes..., surtout pour ces petites mécaniques qui sont de véritables œuvres d'art.

— C'est comme tu le dis : de véritables œuvres d'art, répéta le rôtisseur en faisant miroiter le boîtier d'argent de sa montre au soleil timide qui se glissait entre deux nuages.

Puis il la remit dans son gousset, en fixa les nombreuses chaînes et breloques à ses boutonnières, et glissa de nouveau un regard soupçonneux vers Angélique.

— Je me demande vraiment comment cette montre a pu tomber de ma poche, dit-il. Et je me demande aussi où tu vas chercher ces façons de parler en dame de qualité, alors que l'autre soir tu jaspinais bigorne (1) à nous faire dresser les cheveux sur la tête. Toi, je crois bien que tu es en train d'essayer de m'empaumer comme une garce que tu es.

Angélique ne se démonta pas.

— Ce n'est pas drôle de discuter avec vous, maître Jacques, fit-elle d'un ton de reproche. Vous connaissez trop bien les femmes.

Le rôtisseur croisa ses bras courtauds sur sa bedaine, aussi ronde qu'une barrique, et prit un air féroce.

— Je les connais et je ne m'en laisse pas conter!

Il laissa passer un lourd silence, les yeux fixés sur la coupable, laquelle baissait la tête.

— Et alors? reprit-il d'un ton péremptoire.

(1) Parler argot.

Angélique, qui était plus grande que lui, le trouvait très amusant avec sa toque sur l'oreille et son air sévère. Cependant, elle dit humblement :

— Je ferai ce que vous me direz, maître Bourjus. Si vous me chassez avec mes deux bébés, je m'en irai. Mais je ne sais où aller, où emmener mes petits pour les préserver du froid et de la pluie. Croyez-vous que votre femme nous aurait chassés? Je loge dans la chambre de Barbe. Je ne vous dérange pas. J'ai mon bois et ma nourriture. Les gamins et la fille qui sont avec moi pourraient vous rendre quelques menus services : porter l'eau, brosser le carreau. Les bébés resteront là-haut...

— Et pourquoi resteraient-ils là-haut? beugla le rôtisseur. La place des enfants n'est pas dans un pigeonnier, mais dans la cuisine, près de l'âtre, où ils peuvent se chauffer et se promener à loisir. Voilà bien les gueuses!... Moins d'entrailles que des bêtes! Descends donc un peu tes lardons à la cuisine, si tu ne veux pas que je me fâche! Sans compter que tu vas finir par me flanquer le feu là-haut dans mes tuiles de bois!...

Angélique remonta avec une légèreté d'elfe les sept étages qui menaient à la mansarde de Barbe. Les maisons étaient extrêmement hautes et étroites dans ce quartier commerçant où elles s'étaient entassées au Moyen Age sous la poussée tumultueuse de la ville en pleine croissance. Il n'y avait que deux pièces par étage, une seule le plus souvent, prise dans l'escalier en colimaçon qui semblait décidé à vous mener jusqu'au ciel.

Sur un palier, Angélique croisa une silhouette furtive, dans laquelle elle reconnut David, le neveu du patron. Le mitron se colla au mur et lui jeta un regard rancunier. Angélique ne se souvenait plus des paroles réalistes qu'elle lui avait lancées au visage le jour où, pour la première fois, elle était venue voir Barbe au Coq-Hardi.

Elle lui sourit, décidée à se faire des amis dans cette maison où elle voulait reprendre une existence honorable.

— Bonjour, petit.

— Petit? gronda-t-il avec un sursaut. J'te ferai remarquer qu'à l'occasion je pourrais te manger des petits pâtés sur la tête. J'ai eu seize ans aux vendanges.

— Oh! pardon, messire! Voilà une grosse erreur de ma part. Serait-ce en effet de votre galanterie de m'excuser?

Le garçon qui, selon toute apparence, n'était pas accoutumé à de tels badinages, haussa gauchement les épaules et balbutia :

— P't'être ben.

— Vous êtes trop bon. J'en suis émue. Et serait-ce également un effet de votre bonne éducation de ne pas tutoyer si familièrement une dame de qualité?

Le pauvre apprenti rôtisseur paraissait subitement au supplice. Il avait d'assez beaux yeux noirs dans son visage maigre et blême de grand dadais. Son assurance l'avait abandonné.

Tout à coup, Angélique, qui recommençait à gravir l'escalier, s'arrêta.

— Toi, avec un accent pareil, tu es du Midi, pas moinsse!

— Oui... m'dame. Je suis de Toulouse.

— Toulouse! s'écria-t-elle. Oh! un « frère de mon pays! »

Elle lui sauta au cou et l'embrassa.

— Toulouse! répéta-t-elle.

Le mitron était rouge comme une tomate. Angélique lui dit encore quelques mots en langue d'oc, et l'émotion de David redoubla.

— Vous en êtes, alors?

— Presque.

Elle était ridiculement heureuse de cette rencontre. Quel contraste! Avoir été l'une des grandes dames de Toulouse et en arriver à embrasser un marmiton parce qu'il avait sur la langue cet accent de soleil, avec l'odeur d'ail et de fleurs!

— Une si belle ville! murmura-t-elle. Pourquoi n'es-tu pas resté à Toulouse?

David expliqua :

— D'abord, mon père est mort. Ensuite il voulait toujours que je vienne à Paris où l'on peut faire de grosses ventes, pour apprendre le métier de limonadier. Lui, il était épicier. J'ai fait comme lui et même j'étais sur le point de passer mon « chef-d'œuvre » de cire, pâtes, sucre et épices, quand il est mort. Alors je suis venu à Paris et je suis arrivé juste le jour où ma tante, maîtresse Bourjus, mourait de la petite vérole. Moi, j'ai jamais eu de chance. Je tombe toujours à côté.

Il s'arrêta à bout de salive.

— Ça reviendra, la chance, lui promit Angélique en continuant son ascension.

Dans la mansarde, elle trouva Rosine, qui se grattait la tête en surveillant d'un œil bovin les ébats de Florimond et de Cantor. Barbe était au rez-de-chaussée. Les garçons étaient allés « se balader ». En langue de la « matterie », cela signifiait qu'ils étaient allés demander l'aumône.

— Je ne veux pas qu'ils mendient, fit Angélique, péremptoire.

— Tu ne veux pas qu'ils volent, tu ne veux pas qu'ils mendient. Alors, que veux-tu qu'ils fassent?

— Qu'ils travaillent.

— Mais c'est du travail! protesta la jeune fille.

— Non. Et puis, ouste! Aide-moi à descendre les miens aux cuisines. Tu les surveilleras et tu aideras Barbe.

Elle fut heureuse de laisser les deux petits dans ce vaste domaine de chaleur et de parfums culinaires. Le feu flambait dans l'âtre avec une ardeur nouvelle.

« Qu'ils n'aient plus jamais froid, qu'ils n'aient plus jamais faim! se répéta Angélique. Ma foi, je ne pouvais faire mieux pour cela que de les amener dans une rôtisserie! »

Florimond était tout engoncé dans une petite robe d'étamine gris brun, un corsage de serge jaune, et un devantier de serge verte. Il était coiffé d'un béguin de serge également verte. Ces couleurs faisaient paraître encore plus maladif son minois fragile. Elle lui palpa le front et posa ses lèvres dans le creux de sa petite main pour voir s'il n'avait pas de fièvre. Il semblait dispos, bien qu'un peu capricieux et grognon. Quant à Cantor, il se distrayait depuis le matin à se débarrasser des linges dont Rosine avait essayé, d'ailleurs assez maladroitement, de l'envelopper. Dans la corbeille où on l'avait déposé, il se dressa bientôt nu comme un angelot, et prétendit s'en échapper pour aller attraper les flammes.

— Cet enfant n'a pas été élevé, fit observer Barbe avec souci. Lui a-t-on seulement emmailloté bras et jambes comme il se doit? Il ne se tiendra pas droit et risque même d'être bossu.

— Pour l'instant, il paraît plutôt solide pour

un enfant de neuf mois, dit Angélique qui admirait les fesses potelées de son cadet.

Mais Barbe n'était pas tranquille. La liberté de mouvements de Cantor la tourmentait.

— Dès que j'aurai un moment de libre, je lui taillerai des bandes de charpie pour l'emmailloter. Mais, ce matin il n'en est pas question. Maître Bourjus semble enragé. Figurez-vous, Madame, qu'il m'a donné l'ordre de faire les carreaux, de cirer les tables, et, de plus, il me faut courir au Temple pour y faire achat de craie douce, afin d'astiquer les étains. J'en perds la tête...

— Demande à Rosine de t'aider.

Ayant mis tout son monde en place, Angélique prit allégrement le chemin du Pont-Neuf.

La marchande de fleurs ne la reconnut pas. Angélique dut lui donner des précisions sur le jour où elle l'avait aidée à faire des bouquets et où elle avait reçu ses compliments.

— Hé! comment veux-tu que je te reconnaisse? s'exclama la bonne femme. Ce jour-là, tu avais des cheveux et point de souliers. Aujourd'hui, tu as des souliers et point de cheveux. Enfin, tes doigts n'ont pas changé, j'espère?... Viens toujours t'asseoir près de nous. Le travail ne manque pas, par ce temps de Toussaint. Bientôt les cimetières et les églises vont fleurir, sans parler des portraits de défunts.

Angélique s'assit sous le parasol rouge et se mit à la tâche avec conscience et dextérité.

Elle ne relevait pas les yeux, craignant d'apercevoir sur l'horizon coloré du fleuve la vieille silhouette de la tour de Nesle ou de reconnaître un gueux de Calembredaine parmi les passants du Pont-Neuf.

Mais le Pont-Neuf était calme ce jour-là. On n'y entendait même pas la voix tonitruante du Grand Matthieu car, à cette époque, il avait emmené son chariot plate-forme et son orchestre à la foire Saint-Germain.

Le Pont-Neuf subissait une éclipse. Il y avait moins de badauds, moins de bateleurs, moins de mendiants. Angélique s'en félicitait.

Les marchandes parlaient, avec de grands « hélas! » de la bataille de la foire Saint-Germain. On dénombrait encore, paraît-il, les cadavres de cette rixe particulièrement sanglante. Mais, pour une fois, la police n'avait pas été au-dessous de sa tâche. Depuis le fameux soir, on voyait passer dans les rues des fournées de gueux, conduits par les archers des pauvres à l'Hôpital général, ou encore des chaînes de forçats partant pour les galères. Quant aux exécutions, chaque aube nouvelle éclairait deux ou trois pendus en place de Grève.

On discuta ensuite avec ferveur sur les atours que mettraient ces dames les fleuristes et les orangères du Pont-Neuf lorsqu'elles iraient avec les harengères des Halles présenter leurs compliments de marchandes de Paris à la jeune reine accouchée et à monseigneur le dauphin.

— En attendant, reprit la patronne d'Angélique, un autre souci me trotte en tête. Où notre confrérie ira-t-elle faire lippée pour fêter dignement le jour de Saint-Valbonne? Le cabaretier des Bons-Enfants nous a volés comme au coin d'un bois, l'an dernier. Je ne veux plus mettre un sou dans son escarcelle.

Angélique prit part à la conversation qu'elle avait écoutée jusque-là, bouche close, comme doit le faire une apprentie respectueuse.

— Je connais une excellente rôtisserie rue de la

Vallée-de-Misère. Les prix y sont doux et l'on y fait des plats succulents et nouveaux.

Elle énuméra rapidement des spécialités de la table du Gai-Savoir auxquelles elle avait jadis mis la main :

— Des pâtés d'écrevisses, des dindes fourrées de fenouil, des casseroles de tripes d'agneaux, sans parler de pâtes d'amandes aux pistaches, de rissoles, de gaufres à l'anis. Mais aussi, mesdames, vous mangerez dans cette rôtisserie quelque chose que Sa Majesté Louis XIV elle-même n'a jamais vu sur sa table : des petites brioches brûlantes et légères contenant une noix de foie gras glacé. Une vraie merveille!

— Humph! ma fille, tu nous mets l'eau à la bouche, s'écrièrent les marchandes, le visage déjà congestionné par la gourmandise. A quelle enseigne loges-tu?

— Au Coq-Hardi, la dernière rôtisserie rue de la Vallée-de-Misère en direction du quai des Tanneurs.

— Ma foi, je ne pense pas qu'on y fasse si bonne chère. Mon homme, qui travaille à la Grande Boucherie, y va parfois casser la croûte et dit que l'endroit est triste et peu engageant.

— Vous avez été mal renseignée, ma mie. Maître Bourjus, le patron, vient de recevoir de Toulouse un neveu qui est un fin cuisinier et connaît toutes sortes de plats méridionaux. N'oubliez pas que Toulouse est une des villes de France où les fleurs sont reines. Saint-Valbonne ne pourra qu'être ravi de se voir fêter sous une telle égide! Et il y a aussi au Coq-Hardi un petit singe qui fait cent grimaces. Et un joueur de vielle qui sait toutes les chansons du Pont-Neuf. Bref, tout ce qu'il faut pour se divertir en bonne compagnie.

— Ma fille, tu me sembles encore plus douée

pour faire le boniment que pour lier les fleurs. Je vais t'accompagner à cette rôtisserie.

— Oh! non, pas aujourd'hui. Le cuisinier toulousain est parti aux champs choisir lui-même les choux d'une potée au jambon frit dont il a le secret. Mais, demain soir, on vous attendra, vous et deux dames de votre compagnie, afin de discuter du menu qui vous conviendrait.

— Et toi, que fais-tu dans cette rôtisserie?

— Je suis une parente de maître Bourjus, assura Angélique.

Se rappelant que, pour la première fois où la marchande l'avait vue, elle avait plutôt triste mine, elle expliqua :

— Mon mari était un petit artisan pâtissier. Il n'avait pas encore passé son « chef-d'œuvre » pour devenir compagnon, lorsqu'il est mort de la peste, cet hiver; il m'a laissée dans la misère, car nous avions fait de grosses dettes chez l'apothicaire pour sa maladie.

— On sait ce que représentent les notes d'apothicaire! soupirèrent les bonnes femmes en levant les yeux au ciel.

— Maître Bourjus m'a prise en pitié et je l'aide dans son commerce. Mais, comme la clientèle est rare, je cherche à gagner un peu d'argent ailleurs.

— Comment t'appelles-tu, ma belle?

— Angélique.

Sur ces entrefaites, elle se leva et dit qu'elle allait partir afin d'avertir aussitôt le rôtisseur.

Tout en revenant rapidement vers la rue de la Vallée-de-Misère, elle s'étonnait de tous les mensonges qu'elle avait débités en une seule matinée. Elle ne cherchait pas à comprendre l'idée qui l'avait saisie en recrutant des clientes pour maître Bourjus. Voulait-elle témoigner sa reconnaissance au rôtisseur qui, finalement, ne l'avait pas expulsée? Espérait-elle, de sa part, une récompense? Elle ne se posait pas de questions. Elle suivait le courant qui la poussait à faire une chose, puis une autre. L'instinct de la mère qui défend ses petits, soudain aiguisé, la jetait en avant.

De mensonge en mensonge, d'idée en idée, d'audace en audace, elle arriverait à se sauver, à sauver ses enfants. Elle en était sûre!

## 18

Le lendemain matin, Angélique se leva aux premières lueurs de l'aube et ce fut elle qui réveilla Barbe, Rosine et les enfants.

— Allons, debout, compagnons! N'oublions pas que des dames viennent nous voir pour le repas de Confrérie. Il s'agit de leur en mettre plein les mirettes.

Flipot grogna un peu.

— Pourquoi c'est toujours nous qu'on travaille? demanda-t-il. Pourquoi ce fainéant de David y roupille encore et qu'y ne descend aux cuisines que quand le feu est allumé, la marmite chaude et toute la salle balayée? Tu devrais bien lui secouer les puces, marquise!

— Attention, les mions, je ne suis plus marquise des Anges, et vous n'êtes plus des gueux. Pour l'instant, nous sommes des domestiques, des servantes et des commis. Et, bientôt, nous deviendrons des bourgeois.

— Ben m..., alors! dit Flipot. Moi, j'aime pas les bourgeois. Les bourgeois, on leur coupe la bourse, on leur prend leur manteau. J'veux pas devenir un bourgeois.

— Et comment qu'on va t'appeler si tu n'es plus la marquise des Anges? demanda Linot.

— Appelez-moi : madame, et dites-moi : vous.

— Rien que ça! gouailla Flipot.

Angélique lui envoya une taloche qui lui fit comprendre que la vie redevenait sérieuse. Tandis qu'il pleurnichait, elle vérifia la tenue des deux gamins. Ils étaient revêtus des hardes de pauvres envoyées par la comtesse de Soissons, reprisées et laides, mais propres et décentes. De plus, ils avaient de gros souliers solides, cloutés dans lesquels ils paraissaient fort empruntés, mais qui les préserveraient du froid tout l'hiver.

— Flipot, tu vas m'accompagner avec David au marché. Linot, tu feras ce que te dira Barbe. Tu iras chercher de l'eau, du bois, etc. Rosine surveillera les petits et les broches à la cuisine.

Tout triste, Flipot soupira :

— C'est pas amusant, ce nouveau métier. Comme mendigot et coupe-bourse, on mène la vie des gens de la haute. Un jour, on a plein d'argent : on mange à en crever et on boit à se noyer. Un autre jour, il y a plus rien. Alors, pour ne pas avoir faim, on se met dans un coin et on dort tant qu'on veut. Ici, c'est toujours trimer et manger du bouilli.

— Si tu veux retourner chez le Grand Coesre, je ne te retiens pas.

Les deux enfants protestèrent.

— Oh! non. D'ailleurs, maintenant on n'a plus le droit. On se ferait estourbir. Couic!...

Angélique soupira.

— C'est l'aventure qui vous manque, mes petiots. Je vous comprends. Mais aussi, il y a la potence au bout. Tandis que, par ce chemin-ci, nous serons peut-être moins riches, mais nous deviendrons des personnages considérés. Allez, ouste!

Toute la petite troupe dévala bruyamment l'escalier.

A l'un des étages, Angélique fit halte, tambourina à la porte de la chambre du jeune Chaillou et finit par entrer.

— Debout, apprenti!

L'adolescent dressa au bord de son drap un visage ahuri.

— Debout, David Chaillou! répéta gaiement Angélique. N'oublie pas qu'à partir d'aujourd'hui tu es un célèbre cuisinier, dont tout Paris va réclamer les recettes.

★

Maître Bourjus, bousculé, geignant, ému malgré lui et galvanisé par l'autorité d'Angélique, consentit à lui remettre une bourse assez bien garnie.

— Si vous avez peur que je vous vole, vous pouvez me suivre aux Halles, lui dit-elle, mais vous feriez mieux de rester ici pour préparer chapons, dindons, canards et rôtis. Comprenez que les dames, qui vont se présenter tout à l'heure, veulent se trouver dans un cadre qui leur inspire confiance. Une « montre » vide ou garnie de volailles poussiéreuses, une salle noire et puant le vieux tabac, un air de pauvreté et de gêne, voilà qui ne tente pas les gens décidés à faire bonne chère. J'aurais beau leur promettre le menu le plus exceptionnel, elles ne me croiraient pas.

— Mais que vas-tu acheter ce matin, puisque le

choix de ces personnes n'est pas encore décidé?

— Je vais acheter le décor.

— Le... quoi?

— Tout ce qu'il faut pour que votre rôtisserie prenne un aspect alléchant : lapins, poissons, charcuterie, fruits, beaux légumes.

— Mais je ne suis pas traiteur! se lamenta le gros homme. Je suis ROTISSEUR. Tu veux me faire poursuivre par les corporations des queux-cuisiniers-porte-chappe et des pâtissiers?

— Que voulez-vous qu'ils vous fassent?

— Les femmes ne comprendront jamais rien à ces questions sérieuses, gémit maître Bourjus en levant ses bras courts vers le plafond. Les jurés de ces corporations vont m'intenter un procès, me traîner en justice. Bref, tu veux me ruiner!

— Vous l'êtes déjà, lui assena Angélique. Vous n'avez donc rien à perdre à essayer autre chose et à vous secouer un peu. Mettez vos volailles en train et ensuite allez faire un tour au port de la Grève. J'ai entendu un crieur de vin annoncer un bel arrivage de barriques de Bourgogne et de Champagne.

Place du Pilori, Angélique fit ses achats en essayant de ne pas trop se faire voler.

David compliquait les choses en ne cessant de répéter :

— C'est bien trop beau! C'est bien trop cher. Qu'est-ce que mon oncle va dire?...

— Fada! finit-elle par lui lancer. Tu n'as pas honte, toi, un gars du Sud, de voir les choses petitement comme un avare au cœur gelé! Ne me dis plus que tu es de Toulouse.

— Si, je suis de Toulouse, protesta le marmiton, piqué au vif. Mon père était M. Chaillou. Ce nom ne vous dit rien?

— Non. Que faisait-il au juste, ton père?

Le grand David parut déçu comme un enfant à qui on a retiré son bonbon.

— Mais vous le savez bien, voyons! Le grand épicier, place de la Garonne! Le seul qui eût des herbes exotiques pour parfumer les plats!

« Dans ce temps-là, je ne faisais pas mon marché moi-même », pensa Angélique.

— Il avait rapporté beaucoup de choses inconnues de ses voyages, ayant été cuisinier sur les vaisseaux du roi, reprit David. Vous savez bien... C'est lui qui voulait lancer le chocolat à Toulouse.

Angélique fit un effort pour extraire de sa mémoire un incident que le mot chocolat lui rappelait. Oui, on avait parlé de cela dans les salons. La protestation d'une dame toulousaine lui revint. Et elle dit :

— Le chocolat?... Mais c'est une boisson d'Indien!

David parut très troublé, car les avis d'Angélique prenaient déjà pour lui une importance démesurée.

Il se rapprocha d'elle et lui dit que, pour la convaincre de l'excellence des idées de monsieur son père, il allait lui confier un secret qu'il n'avait encore communiqué à personne, pas même à son oncle.

Il assura que son père, grand voyageur dans son jeune temps, avait goûté le chocolat des différents pays étrangers où on le fabriquait avec des graines importées du Mexique. Ainsi en Espagne, en Italie, et jusqu'en Pologne, il avait pu se persuader de l'excellence du nouveau produit, qui était de goût agréable et possédait d'excellentes qualités thérapeutiques.

Une fois lancé sur ce sujet, le jeune David se

montra intarrissable. Dans son émoi de retenir l'intérêt de la dame de ses pensées, il se mit à exposer, d'une voix anormalement criarde, tout ce qu'il savait de la question.

— Peuh! fit Angélique qui n'écoutait que d'une oreille, je n'ai jamais goûté à cette chose et je n'en suis pas tentée. On dit que la reine, qui est espagnole, en raffole. Mais précisément la cour entière est gênée de ce goût bizarre et se moque d'elle.

— C'est parce que les gens de la cour n'ont pas l'habitude du chocolat, affirma non sans logique l'apprenti cuisinier. Mon père le pensait aussi, et il a obtenu une lettre patente du roi pour faire connaître ce nouveau produit. Mais hélas! il est mort et, comme ma mère était morte déjà, il n'y a plus que moi pour utiliser la lettre patente. Je ne sais pas comment m'y prendre. Aussi je n'en ai pas parlé à mon oncle. J'ai peur qu'il se moque de moi et de mon père. Il répète à tout propos que mon père était fou.

— Tu l'as, cette lettre? interrogea brusquement Angélique en s'arrêtant et en déposant ses paniers afin de regarder fixement son jeune soupirant.

Celui-ci défaillit presque sous le rayonnement de ce regard vert. Quand la pensée d'Angélique était occupée par une réflexion plus ou moins intense, ses yeux prenaient une luminosité presque magnétique qui ne pouvait manquer d'impressionner son interlocuteur, d'autant plus qu'on ne pouvait pas toujours expliquer la cause de cette luminosité.

Le pauvre David était, pour ces yeux-là, une victime perdue d'avance. Il ne résista pas.

— Tu l'as, cette lettre? répéta Angélique.

— Oui, souffla-t-il.

— De quand date-t-elle?

— Du 28 mai 1659, et l'autorisation est valable pour vingt-neuf ans.

— En somme, pendant vingt-neuf ans tu as l'autorisation de fabriquer et de mettre dans le commerce ce produit exotique?

— Ben, oui...

— Il faudrait savoir si le chocolat n'est pas dangereux, murmura Angélique songeuse, et si le public pourrait y prendre goût. Tu en as bu, toi?

— Oui.

— Qu'est-ce que tu en penses?

— Moi, fit David, je trouve ça plutôt douceâtre. Encore, quand on y met du poivre et du piment, ça corse un peu. Mais, pour ma part, je préfère un bon verre de vin, ajouta-t-il en affectant un air gaillard.

— Gare à l'eau! cria une voix au-dessus d'eux.

Ils n'eurent que le temps de faire un saut de côté pour éviter la douche malodorante. Angélique avait saisi le bras de l'apprenti. Elle le sentit trembler.

— Je voulais vous dire, balbutia-t-il avec précipitation, je n'ai jamais vu une... une femme si belle que vous.

— Mais si, tu en as vu, mon pauvre garçon, fit-elle avec agacement. Tu n'as qu'à regarder autour de toi au lieu de te ronger les ongles et de te traîner comme une mouche crevée. En attendant, si tu veux me plaire, parle-moi de ton chocolat plutôt que de me faire des compliments superflus.

Puis, devant son air piteux, elle essaya de le réconforter. Elle se disait qu'il ne fallait pas le repousser. Il pouvait devenir intéressant avec cette lettre patente dont il était possesseur.

Elle dit en riant :

— Je ne suis plus, hélas! une fille de quinze ans, mon gars. Regarde, je suis vieille. J'ai déjà des cheveux blancs.

Elle tira de dessous son bonnet la mèche de cheveux si bizarrement devenue blanche au cours de la terrifiante nuit du faubourg Saint-Denis.

— Où est Flipot? continua Angélique en regardant autour d'elle. Est-ce que ce petit voyou courrait la prétentaine?

Elle était un peu inquiète, craignant que Flipot, au voisinage des foules, n'essayât de remettre en pratique les enseignements de Jactance-le-Coupe-Bourse.

— Vous avez bien tort de vous préoccuper de ce petit filou, fit David sur un ton d'aigre jalousie. Je l'ai vu tout à l'heure échanger un signe avec un gueux couvert de pustules qui demandait la charité devant l'église. Puis il a filé... avec sa hotte. Mon oncle va faire une de ces colères!

— Tu vois toujours les choses en noir, mon pauvre David.

— Dame, j'ai jamais eu de chance!

— Retournons en arrière, on le retrouvera bien, ce fripon.

Mais, déjà, le mioche apparaissait, tout courant. Angélique lui trouva une bonne tête avec ses yeux vifs de moineau parisien, son nez rouge, ses longs cheveux raides sous un grand feutre cabossé. Elle s'attachait à lui, ainsi qu'au petit Linot, qu'elle avait arraché par deux fois aux griffes de Jean-Pourri.

— Que je te dise, marquise des Anges, haleta Flipot oubliant toutes consignes dans son émotion. Sais-tu qui est notre Grand Coesre? Cul-de-Bois, oui ma chère, notre Cul-de-Bois de la tour de Nesle!

Il baissa la voix et ajouta dans un murmure effrayé :

— Y m'ont dit : Gare à vous, les mions, qui vous cachez dans les cottes d'une traîtresse!

Angélique sentit son sang se glacer.

— Crois-tu qu'ils savent que c'est moi qui ai tué Rolin-le-Trapu?

— Y m'ont rien dit. Pourtant si... Il y a Pain-Noir qui a parlé des argousins que tu as été chercher pour les Egyptiens.

— Qui était là?

— Pain-Noir, Pied-Léger, trois vieilles de chez nous et deux sabouleux d'une autre bande.

La jeune femme et l'enfant avaient échangé ces paroles dans le jargon des argotiers que David ne pouvait comprendre, mais dont il reconnaissait sans peine les intonations redoutables. Il était à la fois inquiet et admiratif de sentir la mystérieuse accointance de sa nouvelle passion avec cette pègre insaisissable et omniprésente qui jouait un grand rôle dans Paris.

Angélique ne parla pas durant le retour, mais, dès qu'elle eut franchi le seuil de la rôtisserie, elle secoua résolument ses appréhensions.

« Ma fille, se dit-elle, il se peut fort bien que tu te réveilles un beau matin la gorge tranchée ou en train de mariner dans l'eau de la Seine. C'est un risque que tu cours depuis longtemps. Quand ce ne sont pas les princes qui te menacent, ce sont les gueux! Qu'importe! Il faut lutter, même si ce jour est le dernier que tu vois luire. On ne sort pas des difficultés sans les saisir à pleines mains et sans payer un peu de sa personne... N'est-ce pas le sieur Molines qui m'a dit cela jadis?... »

— En avant, mes enfants, reprit-elle à voix haute, il faut que les dames de la corporation des fleurs se sentent attendries comme beurre au soleil quand elles franchiront ce seuil.

★

Les dames en effet furent charmées lorsqu'elles descendirent, à la brune, les trois marches du seuil du Coq-Hardi. Non seulement il y régnait une délicieuse odeur de gaufres, mais l'apparence de la salle était à la fois appétissante et originale.

Le grand feu dans l'âtre lançait, en pétillant, sa lueur dorée. Aidé par quelques chandelles posées sur les tables avoisinantes, il jetait de beaux reflets sur toute la vaisselle et les ustensiles d'étain disposés avec art sur des dressoirs : pots, pichets, poissonnières, tourtières. De plus, Angélique avait réquisitionné les quelques pièces d'argenterie que maître Bourjus enfermait jalousement dans ses coffres, soit deux aiguières, un vinaigrier, deux coquetiers, deux bassins à laver les doigts. Ces derniers étaient garnis abondamment de fruits, raisins et poires, et disposés sur les tables, avec de beaux flacons de vins rouge et blanc où le feu allumait des reflets de rubis et d'or. Ce furent ces détails qui surprirent le plus les commères.

Pour avoir été appelées souvent à porter leur marchandise dans de grandes maisons princières, à l'occasion d'un festin, elles retrouvaient, dans cette disposition de l'argenterie, des fruits et des vins, elles ne savaient quelle réminiscence des réceptions de la noblesse, qui les flattait secrètement.

En commerçantes avisées, elles ne voulurent pas

témoigner trop ouvertement leur satisfaction, jetèrent un coup d'œil critique aux lièvres et aux jambons pendus dans les solives, reniflèrent avec méfiance les plats de charcuterie, de viande froide, les poissons nappés de sauce verte, tâtèrent d'un doigt averti les volailles. La doyenne-jurée de la corporation, qu'on appelait la mère Marjolaine, trouva enfin la faille de ce trop parfait tableau.

— Ça manque de fleurs, dit-elle. Cette tête de veau aurait un tout autre aspect avec deux œillets dans les narines et une pivoine entre les oreilles.

— Madame, nous n'avons pas voulu essayer de lutter, ne serait-ce que par un brin de persil, avec la grâce et l'habileté dont vous faites montre dans ce domaine où vous êtes reines, répondit fort galammant maître Bourjus.

On fit asseoir les trois accortes personnes devant le feu, et une cruche du meilleur vin fut montée de la cave.

Le ravissant Linot, assis sur la pierre de l'âtre, tournait doucement la manivelle de sa vielle, et Florimond jouait avec Piccolo.

Le menu du repas de fête fut établi dans une atmosphère des plus cordiales. On s'entendit fort bien.

— Et voilà! gémit le rôtisseur, lorsque, avec force courbettes, il eut reconduit les bouquetières à la porte. Qu'allons-nous faire de toutes ces « friponneries » qui garnissent nos tables? Les artisans et les ouvriers vont arriver pour la « persillade ». Ce ne sont pas eux qui vont manger ces choses délicates, et encore moins les payer. Pourquoi cette dépense inutile?

— Vous m'étonnez, maître Bourjus, protesta Angélique sévèrement. Je vous croyais plus au fait des choses du commerce. Cette dépense inutile vous a permis de harponner une commande qui vous rapportera dix fois plus que vos frais d'aujourd'hui. Sans compter qu'une fois lancées dans la fête, on ne sait guère jusqu'où ces dames mèneront leur dépense. On les fera chanter et danser, et les passants de la rue, voyant cette rôtisserie où l'on mène joyeuse vie, voudront leur part de plaisir.

Bien qu'il s'en défendît, maître Bourjus n'était pas sans partager les espérances d'Angélique. L'entrain et l'activité qu'il dépensa pour les préparatifs du festin de Saint-Valbonne lui firent oublier son penchant pour la barrique. Il retrouva, bondissant sur ses jambes courtes, son agilité de maître queux et sa voix autoritaire avec les marchands, ainsi que l'amabilité naturelle et onctueuse de tout aubergiste qui se respecte. Angélique ayant fini par le persuader qu'une apparence cossue était nécessaire au succès de son entreprise, il alla jusqu'à commander un costume complet de mitron pour son neveu et... un autre pour Flipot.

Enormes bonnets, vestes, culottes, tabliers, le tout avec les nappes et les serviettes, fut envoyé aux lavandières et revint raide d'empois et blanc comme neige.

Le matin du grand jour, maître Bourjus, souriant et se frottant les mains, aborda Angélique.

— Ma mignonne, lui dit-il avec amitié, il est vrai que tu as su ramener dans ma maison la gaieté et l'entrain qu'y faisait régner jadis ma sainte et bonne femme. Aussi cela m'a donné une idée. Viens un peu avec moi.

L'encourageant d'un clin d'œil complice, il lui

fit signe de le suivre. Elle monta derrière lui l'escalier en colimaçon de la maison. Au premier étage, ils s'arrêtèrent. Angélique, pénétrant dans la chambre conjugale de maître Bourjus, fut saisie d'une crainte qui jusque-là ne l'avait pas effleurée. Est-ce que par hasard le rôtisseur ne caressait pas le projet de demander à celle qui était en train de remplacer si avantageusement son épouse, de pousser un peu plus loin encore la complaisance dans ce rôle délicat?

Son expression souriante et sournoise, tandis qu'il refermait la porte et se dirigeait d'un air mystérieux vers la garde-robe, n'était pas faite pour la rassurer.

Prise de panique, Angélique se demanda comment elle allait faire face à cette situation catastrophique.

Allait-il lui falloir renoncer à ses beaux projets, quitter ce toit confortable, partir encore avec ses deux enfants et sa triste petite bande?

Céder? Elle en eut les joues brûlantes et regarda avec angoisse autour d'elle cette chambre de petit commerçant avec son grand lit aux courtines de serge verte, ses deux chaises caquetoires, son cabinet en bois de noyer contenant un bassin à laver et une aiguière d'argent.

Au-dessus de l'âtre, il y avait deux tableaux représentant des scènes de la Passion et, posées sur des râteliers, les armes, orgueil de tout artisan et bourgeois : deux petits fusils, un mousquet, une arquebuse, une pique, une épée à garde et poignée d'argent.

Le patron du Coq-Hardi, si mou qu'il se montrât dans la vie ordinaire, était sergent dans la milice bourgeoise, et la chose ne lui déplaisait pas. Contrairement à beaucoup de ses collègues, il se rendait de bon cœur au Châtelet lorsque son tour de guet était venu.

Pour l'instant, Angélique l'entendait souffler et se débattre bruyamment dans le petit réduit voisin.

Il reparut poussant une grosse huche de bois noirci.

— Aide-moi donc, fille.

Elle lui prêta main-forte pour tirer le coffre jusqu'au milieu de la pièce.

Maître Bourjus s'épongea le front.

— Voilà, dit-il, j'ai pensé... Enfin c'est toi-même qui m'as répété que, pour ce repas, il fallait qu'on soit tous aussi beaux que des gardes suisses. David, les deux mitrons, moi-même, nous serons sous les armes. Je mettrai ma culotte de soie brune. Mais c'est toi, ma pauvre fille, qui ne nous fais pas honneur, malgré ta jolie frimousse. Alors, j'ai pensé...

Il s'interrompit, hésita, puis ouvrit le coffre. Soigneusement rangés et parfumés d'un brin de lavande, il y avait là les cottes de maîtresse Bourjus, ses corsages, ses bonnets, ses mouchoirs de cou, son beau chaperon de drap noir incrusté de carreaux de satin.

— Elle était un peu plus grasse que toi, fit le rôtisseur d'une voix étouffée. Mais, avec des épingles...

D'un doigt, il écrasa une larme, et gronda soudain :

— Ne reste pas là à me regarder! Fais ton choix.

Angélique souleva les vêtements de la défunte. Modestes atours de serge ou de ferrandine, mais dont les passementeries de velours, les doublures de couleurs vives, la finesse des lingeries prouvaient que, vers la fin de sa vie, la patronne du Coq-Hardi avait été l'une des commerçantes les plus cossues du quartier. Elle avait même possédé un petit manchon de velours rouge à ramages d'or qu'Angélique fit jouer à son poignet avec un plaisir non dissimulé.

— Une folie! fit maître Bourjus avec un sourire indulgent. Elle l'avait vu à la galerie du Palais et m'en rebattait les oreilles. Je lui disais :

— Amandine, ce manchon, qu'en feras-tu? Il est fait pour une noble dame du Marais qui s'en va coqueter aux Tuileries ou au Cours-la-Reine par un beau soleil d'hiver. — Eh bien, me répondait-elle, j'irai coqueter aux Tuileries et au Cours-la-Reine. Et cela me faisait enrager. Je le lui ai offert pour le dernier Noël. Quelle joie était la sienne!... Qui aurait dit que quelques jours plus tard... elle serait... morte...

Angélique maîtrisa son émotion.

— Je suis sûre qu'elle a plaisir à voir du haut du ciel combien vous êtes bon et généreux. Je ne porterai pas ce manchon, car il est cent fois trop beau pour moi. Mais j'accepte bien volontiers votre don, maître Bourjus. Je vais voir ce qui me convient. Pourriez-vous m'envoyer Barbe pour qu'elle m'aide à rectifier ces vêtements?

Elle enregistra, comme un premier pas vers le but qu'elle s'était donné, le fait de se trouver devant un miroir avec une chambrière à ses pieds. La bouche pleine d'épingles, Barbe sentait cela, elle aussi, et multipliait les « madame » avec une satisfaction évidente.

« Et dire que je n'ai pour toute fortune que les quelques sols que m'ont donnés les bouquetières du Pont-Neuf et l'aumône que m'envoie chaque

jour la comtesse de Soissons! » se disait Angélique amusée.

Elle avait choisi un corsage et une cotte de
serge verte passementés de satin noir. Un devantier de satin noir piqueté de fleurettes d'or complétait sa tenue de commerçante aisée. L'ample
poitrine de maîtresse Bourjus ne permettait pas
l'ajustement exact du vêtement aux petits seins
fermes et haut placés d'Angélique. Un mouchoir
de cou rose, brodé de vert, dissimula l'encolure
un peu bâillante du corsage.

Dans un sachet, Angélique trouva les simples bijoux de la rôtisseuse : trois anneaux d'or garnis
de cornalines et de turquoises, deux croix, des
pendants d'oreilles, plus huit beaux chapelets, dont
l'un était en grains de jayet noir et les autres en
cristal.

Angélique redescendit, portant, sous le bonnet
empesé qui dissimulait ses cheveux tondus, les
boucles d'oreilles d'agate et de perles, et, au cou,
une petite croix d'or retenue par un velours noir.

Le brave rôtisseur ne dissimula pas sa joie devant cette apparition gracieuse.

— Par saint Nicolas, tu ressembles à la fille
que nous avions toujours espérée et que nous
n'avons jamais eue! Parfois, nous en rêvions. Elle
aurait maintenant quinze ans, seize ans, disions-
nous. Elle serait habillée comme ci, comme ça...
Elle irait et viendrait dans notre boutique en
riant gaiement avec les clients...

— Vous êtes gentil, maître Jacques, de me faire
ces beaux compliments. Hélas! je n'ai plus quinze
ou seize ans. Je suis une mère de famille.

— Je ne sais pas ce que tu es, fit-il en secouant
avec attendrissement sa grosse face rouge. Tu ne
sembles pas tout à fait vraie. Depuis que tu t'es

mise à tourbillonner dans ma maison, j'ai l'impression que le temps n'est plus le même. Je ne suis pas très sûr que tu ne disparaîtras pas un jour comme tu es venue... Cela me semble loin ce soir-là, quand tu as surgi de la nuit avec tes cheveux sur les épaules et que tu m'as dit :

— N'avez-vous pas une servante appelée Barbe? Cela a sonné dans mon crâne comme un coup de cloche... Cela voulait peut-être dire déjà que tu aurais un rôle à jouer ici.

« Je l'espère bien », pensa Angélique. Mais elle protesta d'un ton de gronderie affectueuse :

— Vous étiez soûl, voilà pourquoi cela vous a donné un son de cloche dans le crâne.

Le moment étant aux nuances sentimentales, aux pressentiments mystiques, lui semblait mal choisi pour causer avec maître Bourjus des compensations financières qu'elle espérait retirer, pour elle et sa troupe, de leur collaboration.

Lorsque les hommes se mettent à rêver, il ne faut pas les ramener brusquement vers un réalisme qu'ils n'ont que trop tendance à professer. Angélique décida de déployer toutes les ressources de sa nature primesautière pour jouer sans fausses notes, pendant quelques heures, le rôle charmant de la fille de l'aubergiste.

★

Le repas de la confrérie de Saint-Valbonne fut un succès, et saint Valbonne lui-même ne regretta qu'une chose, c'est de ne pouvoir se réincarner pour en profiter pleinement.

Trois corbeilles de fleurs avaient servi à la décoration des tables. Maître Bourjus et Flipot, étincelants, faisaient les honneurs et passaient les plats. Rosine aidait Barbe aux cuisines. Angélique allait des uns aux autres, surveillait les marmites et les broches, répondait lestement aux salutations cordiales des dîneuses et encourageait par des compliments alternés de reproches les talents de David, promu grand cuisinier en spécialités méridionales. En réalité, elle ne s'était pas compromise en le présentant comme un maître queux de talent. Il savait beaucoup de choses, et seule sa paresse, et peut-être le manque d'occasions, l'avait empêché jusque-là de donner sa mesure. Subjugué par l'entrain d'Angélique, transporté par ses approbations, guidé par elle, il se surpassa. On lui fit une ovation lorsqu'elle le traîna tout rougissant dans la salle. Ces dames, égayées par le bon vin, lui trouvèrent de beaux yeux, lui posèrent des questions indiscrètes et gaillardes, l'embrassèrent, le tapotèrent, le chatouillèrent...

Linot ayant pris sa vielle, ce furent des chansons, verre en main, puis de grands rires lorsque Piccolo fit son numéro, imitant sans pitié les travers de la mère Marjolaine et de ses collègues.

Sur ces entrefaites, une bande de mousquetaires, qui traînait rue de la Vallée-de-Misère en quête de distractions, perçut ces éclats de voix joyeuses et féminines et dévala dans la salle du Coq-Hardi en réclamant « rôts et pintes ».

La cérémonie prit dès lors un tour d'esprit qui aurait nettement déplu à saint Valbonne, si ce bon saint provençal, ami du soleil et de la joie, n'eût été indulgent par nature aux désordres qu'engendrent fatalement les réunions de bouquetières et de galants militaires. Ne dit-on pas que la tristesse est un péché? Et si l'on veut rire et bien rire, il n'y a point vingt façons de s'y prendre. La meilleure encore c'est d'être dans une chaude salle toute parfumée de l'odeur des vins, des sauces et des fleurs, avec un petit vielleur enragé qui vous fait sauter et chanter, un singe qui vous ébaudit, et de fraîches femmes rieuses, pas farouches, qui se laissent embrasser, avec l'encouragement indulgent de grosses commères pansues et gaillardes.

★

Angélique retrouva ses esprits alors que le clocher de l'église Sainte-Opportune sonnait l'angélus. Les joues rouges, les paupières lourdes, les bras rompus d'avoir porté plats et cruches, les lèvres en feu de quelques baisers hardis et moustachus, elle se ranima en voyant Bourjus compter ses pièces d'or d'un air avisé.

Elle s'écria :

— N'avons-nous pas bien travaillé, maître Jacques?

— Certes, ma fille. Voici longtemps que ma boutique n'avait vu pareille fête! Et ces messieurs ne se sont pas montrés aussi mauvais payeurs que pouvaient le faire craindre leurs plumets et leurs rapières.

— Ne croyez-vous pas qu'ils vont nous amener leurs amis?

— C'est possible.

— Voilà ce que je propose, déclara Angélique. Je continue à vous aider avec tous mes enfants : Rosine, Linot, Flipot, et le singe. Et vous me donnez le quart de vos bénéfices!

Le rôtisseur fronça les sourcils. Cette façon d'envisager le commerce continuait à lui paraître inusitée. Il n'était pas très sûr de n'avoir pas un jour des ennuis avec les corporations ou le prévôt des marchands. Mais les libations heureuses de la nuit lui embrumaient la cervelle et le livraient sans défense à la volonté d'Angélique.

— Nous passerons un contrat devant notaire, reprit celle-ci, mais il restera secret. Vous n'avez pas besoin de raconter vos histoires au voisin. Dites que je suis une jeune parente que vous avez recueillie, et que nous travaillons en famille. Vous verrez, maître Jacques, je pressens que nous allons faire de brillantes affaires. Tout le monde dans le quartier vantera votre habileté au commerce, et les gens vous envieront. Déjà, la mère Marjolaine m'a parlé du repas de confrérie des orangères du Pont-Neuf, qui tombe à la Saint-Fiacre. Croyez-moi, vous avez tout avantage à nous garder. Tenez, pour cette fois vous me devez ceci.

Elle compta rapidement la part qui lui revenait et s'en fut, laissant le brave homme perplexe, mais déjà persuadé qu'il était un commerçant plein d'audace.

Angélique sortit dans la cour pour respirer l'air frais du matin. Elle serrait très fort les pièces d'or dans sa main, contre sa poitrine. Ces pièces d'or, c'était la clef de la liberté. Certes, maître Bourjus n'était pas volé. Mais Angélique calculait que, sa petite troupe bénéficiant pour se nourrir des reliefs des festins, tout ce qu'elle retirerait et qui augmenterait en proportion de leurs efforts, finirait bien par constituer une fortune. Alors on pourrait essayer de lancer autre chose. Par exemple, pourquoi ne pas exploiter cette patente que David Chaillou prétendait détenir et qui concernait la fabrication d'une boisson exotique appelée chocolat? Sans doute les gens du peuple ne priseraient guère cette boisson, mais les « muguets » et les « précieuses », avides de nouveautés et de bizarreries, en lanceraient peut-être la mode.

Angélique voyait déjà les carrosses des nobles dames et des seigneurs enrubannés s'arrêter rue de la Vallée-de-Misère.

Elle secoua la tête pour dissiper ses rêves. Il ne fallait pas voir trop loin, trop haut. La vie était encore précaire, instable. Ce qu'il fallait surtout, c'était amasser, amasser, comme une fourmi. La richesse, c'est la clef de la liberté, le droit de ne pas mourir, de ne pas voir mourir les enfants, le droit de les voir sourire. « Si mes biens n'avaient pas été mis sous scellés, se dit la jeune femme, certainement j'aurais pu sauver Joffrey! » Derechef, elle secoua la tête. Cela, elle ne devait plus y penser. Car, chaque fois qu'elle y pensait, le goût de la mort s'insinuait dans ses veines, elle était prise d'un désir de sommeiller éternellement, comme on peut sommeiller au fil d'une eau qui vous emporte.

Elle ne songerait plus jamais à cela. Elle avait autre chose à faire. Il lui fallait sauver Florimond et Cantor. Elle amasserait, elle amasserait!... Son or, elle l'enfermerait dans le coffret de bois, relique précieuse d'un temps sordide, où elle avait déjà déposé le poignard de Rodogone-l'Egyptien. Près de l'arme désormais inutile, l'or, cette arme de la puissance, s'amasserait.

Angélique leva les yeux vers le ciel mouillé où le reflet doré de l'aube s'effaçait, laissant place à un pesant gris d'étain.

Le marchand d'eau-de-vie appelait dans les rues. Un mendiant, à l'entrée de la cour, psalmodia sa complainte. En le regardant, elle reconnut Pain-Noir. Pain-Noir avec toutes ses loques, toutes ses plaies, toutes ses coquilles d'éternel pèlerin de la misère.

Prise de peur, elle courut chercher une miche et un bol de bouillon, et les lui porta. Le gueux la dévisageait farouchement derrière ses sourcils blancs et touffus.

## 19

Pendant quelques jours encore, Angélique partagea ses talents entre les casseroles de maître Bourjus et les fleurs de la mère Marjolaine. La bouquetière lui avait demandé un peu de renfort, car la naissance de l'héritier royal approchait, et ces dames étaient débordées.

Un jour de novembre, alors qu'elles étaient assises sur le Pont-Neuf, l'horloge du palais se mit à sonner. Le jacquemart de la Samaritaine saisit son marteau, et l'on entendit dans le lointain les coups sourds du canon de la Bastille.

Tout le peuple de Paris entra en transes.

— La reine est accouchée! La reine est accouchée!

Haletante, la foule comptait :

— 20, 21, 22...

Au vingt-troisième coup, les gens commencèrent à s'empoigner. Certains disaient que c'était le vingt-cinquième, d'autres que c'était le vingt-deuxième. Les optimistes étaient en avance, les pessimistes en retard. Et les sonneries, les carillons, les coups de canon continuaient de pleuvoir sur Paris en délire. Plus de doute : un GARÇON!

— Un dauphin! Un dauphin! Vive le dauphin! Vive la reine! Vive le roi!

On s'embrassait. Le Pont-Neuf éclata en chansons. Des farandoles se formèrent. Les boutiques et les ateliers mirent leurs volets. Les fontaines vomirent des flots de vin. A de grandes tables, dressées dans les rues par les valets du roi, on se régala de pâtés et de confitures. Le soir, il y eut un grand feu d'artifice.

Lorsque la reine fut revenue de Fontainebleau et réinstallée au Louvre avec le royal poupon, les corporations de la ville se préparèrent à lui porter leurs compliments.

La mère Marjolaine dit à Angélique qu'elle avait prise en affection :

— Tu viendras. Ce n'est pas très normal, mais je te désignerai comme apprentie pour porter mes paniers de fleurs. Ça te plaira, hein, de voir la demeure des rois, ce beau palais du Louvre? Il paraît que les chambres y sont plus larges et hautes que des églises!

Angélique n'osa pas refuser. L'honneur que lui faisait la bonne femme était grand. Aussi bien, sans se l'avouer, elle était anxieuse de se retrouver dans ces lieux témoins, pour elle, de tant d'événements et de drames. Apercevrait-elle la Grande Mademoiselle, les yeux gonflés de larmes émues; l'insolente comtesse de Soissons; le pétillant Lauzun; le ténébreux de Guiche; de Vardes?... Qui, parmi ces grandes dames et grands seigneurs, s'aviserait de reconnaître, au milieu des marchandes, la femme qui, naguère, dans ses robes de cour, les yeux ardents, suivie de son Maure impassible, parcourait les couloirs du Louvre, allait de l'un à l'autre, inquiète puis suppliante, réclamant l'impossible grâce d'un époux condamné d'avance?...

Le jour dit, elle se retrouva dans la cour du palais où les bouquetières, les orangères du Pont-Neuf et les harengères des Halles mêlaient leurs voix sonores et leurs jupons empesés. Leurs marchandises, pareillement belles, mais d'odeurs inégales, les accompagnaient.

Corbeilles de fleurs, paniers de fruits et caques de harengs allaient être déposés côte à côte devant monseigneur le dauphin, qui devait toucher pareillement, de sa menotte, les douces roses, les éclatantes oranges et de beaux poissons d'argent.

Tandis que ces dames, en groupe bruyant et odoriférant, montaient l'escalier conduisant aux appartements royaux, elles croisèrent le nonce apostolique qui venait remettre la layette de l'héritier présomptif du trône de France, offerte traditionnellement par le pape « pour témoignage qu'il le reconnaissait comme fils aîné de l'Eglise ».

Dans l'antichambre, où on les fit attendre, les bonnes femmes s'extasièrent sur les merveilles extraites des trois caisses de velours rouge à ferrures d'argent.

On les fit passer ensuite dans la chambre de la reine. Les dames des corporations marchandes s'agenouillèrent et débitèrent leurs harangues. Agenouillée comme elles sur les tapis aux couleurs vives, Angélique voyait, dans la pénombre du lit chamarré de dorures, la reine étendue dans une robe somptueuse. Elle avait toujours cette expression un peu figée qu'elle présentait déjà à Saint-Jean-de-Luz, au sortir de ses noirs palais madrilènes. Mais la mode et les coiffures françaises lui seyaient moins bien que ses fantastiques atours d'infante et ses cheveux gonflés de postiches qui encadraient jadis, par larges lignes hiératiques, son visage et sa silhouette de jeune idole promise au Roi-Soleil.

Mère comblée, amoureuse rassurée par les attentions du roi, la reine Marie-Thérèse daigna sourire au groupe bariolé, truculent, qui succédait à son chevet à la compagnie pleine d'onction de l'ambassade apostolique. Le roi était à ses côtés. Il souriait.

Dans l'émotion cruelle qui l'envahit lorsqu'elle se vit à genoux, aux pieds du roi, mêlée à ces humbles femmes, Angélique se sentit comme aveugle et paralysée. Elle ne voyait plus que le roi.

Plus tard, lorsqu'elle se retrouva hors de l'appartement avec ses compagnes, on lui dit que la reine mère avait été présente, ainsi que Madame d'Orléans et Mlle de Montpensier, le duc d'Enghien, fils du prince de Condé, et nombre de jeunes gens et jeunes filles de leurs maisons.

Elle n'avait rien vu, sauf le roi qui souriait, debout sur les degrés du grand lit de la reine. Elle avait eu très peur. Il ne ressemblait pas au jeune homme qui l'avait reçue aux Tuileries et qu'elle avait eu tellement envie de secouer par son jabot. Ce jour-là, ils avaient été, l'un en face de l'autre, comme deux êtres de force égale et qui se battaient farouchement, sûrs, chacun, de mériter la victoire.

Quelle folie! Comment n'avait-elle pas compris tout de suite que, sous des dehors d'une sensibilité encore vulnérable, il y avait en ce souverain un caractère entier qui, de sa vie, n'admettrait jamais la moindre atteinte à son autorité! Dès le début, c'était le roi qui devait triompher et elle,

Angélique, pour l'avoir méconnu, avait été brisée comme un fétu.

Maintenant, elle suivait le groupe des apprenties qui se dirigeaient vers les communs pour gagner la sortie du palais. Les dames-jurées des corporations restaient pour assister à un grand festin, mais les apprenties n'avaient pas droit à ces agapes.

Comme elle traversait les offices où pièces montées et viandes amoncelées attendaient d'être portées dans les salles, Angélique entendit siffler derrière elle : un coup long, deux brefs. Elle reconnut le signal de la bande de Calembredaine, et crut rêver. Ici, au Louvre?...

Elle se retourna. Dans l'entrebâillement d'une porte, une petite silhouette projetait son ombre sur le dallage.

— Barcarole!

Elle courut vers lui dans un élan de joie sincère. Le nain se gonflait, digne et fier.

— Entrez, ma frangine. Entrez, ma très chère marquise. Venez, nous allons bavarder un peu.

Elle rit.

— Oh! Barcarole, que tu es beau! Et comme tu parles bien.

— Je suis le nain de la reine, dit Barcarole plein de suffisance.

Il l'introduisit dans une sorte de petit parloir et lui fit admirer son justaucorps de satin mi-partie orange et mi-partie jaune, serré par une ceinture garnie de grelots. Il se lança ensuite dans une série de cabrioles, pour qu'elle pût apprécier l'effet de toutes ses sonnailles. Avec ses cheveux coupés sur la nuque, au ras de la vaste fraise godronnée, et son agréable visage soigneusement rasé, le nain paraissait heureux et dispos. Angélique lui dit qu'elle le trouvait rajeuni.

— Ma foi, c'est un peu ce que j'éprouve ici, avoua modestement Barcarole. La vie ne manque pas d'agrément et je crois, tout compte fait, que je plais assez aux gens de cette maison. Je suis heureux à mon âge d'avoir atteint le couronnement de ma carrière.

— Quel âge as-tu, Barcarole?

— Trente-cinq ans. C'est le sommet de la maturité, l'épanouissement de toutes les facultés morales et physiques de l'homme. Viens donc, ma frangine. Il faut que je te présente une noble dame pour laquelle je ne te cache pas que j'éprouve un tendre sentiment... et qui me le rend bien.

Affectant un air d'amoureux conquérant, le nain, très mystérieusement, guida Angélique à travers le dédale ténébreux des communs du Louvre.

Il l'introduisit dans une pièce sombre où Angélique aperçut, assise derrière une table, une femme d'environ quarante ans extrêmement laide et brune, et qui cuisinait quelque chose sur un petit réchaud de vermeil.

— Doña Térésita, je vous présente doña Angélica, la plus belle madone de Paris, annonça pompeusement Barcarole.

La femme vrilla sur Angélique son regard sombre et perspicace, et dit une phrase en espagnol où l'on pouvait distinguer le mot marquise des Anges. Barcarole cligna de l'œil vers Angélique.

— Elle demande si ce n'est pas toi cette marquise des Anges dont je lui rebats les oreilles. Tu vois, frangine, que je n'oublie pas mes amis.

Ils avaient fait le tour de la table, et Angélique s'aperçut que les pieds minuscules de doña Térésita dépassaient à peine le bord du tabouret sur lequel elle était juchée. C'était la naine de la reine.

Angélique pinça sa jupe à deux doigts et ébaucha une petite révérence pour marquer la considération où elle tenait cette dame de haut rang.

D'un signe de tête, la naine fit signe à la jeune femme de s'asseoir sur un autre tabouret, et continua de tourner sa mixture avec lenteur. Barcarole avait sauté sur la table. Il cassait et croquait des noisettes tout en racontant à sa compagne des histoires en espagnol.

Un beau lévrier blanc vint flairer Angélique et se coucha à ses pieds. Les animaux se plaisaient d'instinct à ses côtés.

— C'est Pistolet, le lévrier du roi, présenta Barcarole, et voici Dorinde et Mignonne, les levrettes.

Il faisait bon et calme dans ce recoin du palais où les deux nabots, entre deux cabrioles, venaient abriter leurs amours. Le nez d'Angélique palpitait avec curiosité au parfum qui s'échappait de la casserole. C'était une odeur indéfinissable, agréable, où dominait une pointe de cannelle et de piment. Elle examina les ingrédients qui se trouvaient sur la table : des noisettes et des amandes, un bouquet de piments rouges, un pot de miel, un pain de sucre à demi concassé, des coupes remplies de grains d'anis et de grains de poivre, des boîtes de cannelle en poudre. Enfin, des sortes de fèves qu'elle ne connaissait pas.

Toute à l'opération qu'elle accomplissait, la naine semblait peu disposée à se mettre en frais pour la nouvelle venue.

Cependant, les discours volubiles de Barcarole finirent par lui arracher un sourire.

— Je lui ai dit, expliqua-t-il à Angélique, que tu m'avais trouvé rajeuni et que c'était au bonheur qu'elle me procure que je devais cela. Ma chère, quelle vie de coq en pâte je mène ici! A la vérité, je m'embourgeoise. Parfois, je m'en inquiète. La reine est une bien bonne femme. Quand elle est trop triste, elle m'appelle près d'elle et me tapote les joues en me disant : « Ah! mon pauvre garçon! Mon pauvre garçon! » Je ne suis pas habitué à ces façons-là. J'en ai la larme à l'œil, tel que tu me vois, moi, Barcarole.

— Pourquoi la reine est-elle triste?

— Dame, elle commence à se douter que son homme la fait cocue!

— Alors, c'est vrai ce qu'on raconte que le roi a une favorite?

— Pardi! Il la cache, sa La Vallière. Mais la reine finira bien par l'apprendre. Pauvre petite femme! Elle n'est pas très fine et elle ne connaît rien de la vie. Vois-tu, ma frangine, à regarder de près, la vie des princes ne diffère pas tellement de celle de leurs humbles sujets. Ils se font de sales coups et se disputent en ménage, tout comme filles et compagnons. Il faut la voir, la reine de France, lorsqu'elle attend, le soir, la venue de son époux qui, pendant ce temps, se trémousse dans les bras d'une autre. S'il y a une chose dont nous pouvons être fiers, nous autres Français, c'est de la capacité amoureuse de notre maître. Pauvre petite reine de France!

Décidément le cynique Barcarole pratiquait maintenant une philosophie attendrie.

Il vit le sourire d'Angélique et lui adressa un clin d'œil.

— Cela fait du bien, n'est-ce pas, marquise des Anges, d'avoir parfois de beaux sentiments, de se sentir honnête, brave, gagnant sa vie par un bon travail courageux?

Elle ne répondit rien, car le ton doucereux du nain lui déplaisait. Pour faire diversion, elle interrogea :

— Pourrais-tu me dire ce que doña Térésita fait mijoter avec tant de soins? Ce mets exhale une odeur bizarre, sur laquelle je n'arrive pas à mettre un nom.

— Mais, c'est le chocolat de la reine.

Du coup, Angélique se leva et alla regarder dans la cassolette. Elle y vit un produit noirâtre, de consistance épaisse, et qui n'avait rien de bien appétissant. Par l'intermédiaire de Barcarole, elle entama une conversation avec la naine, qui lui indiqua que, pour mener à bien le chef-d'œuvre qu'elle était en train d'exécuter, il lui fallait cent grains de cacao, deux grains de chili ou poivre du Mexique, une poignée d'anis, six roses d'Alexandrie, une gousse de campêche, deux drachmes de cannelle, douze amandes, douze noisettes et un demi-pain de sucre.

— Ça m'a l'air extrêmement compliqué, dit Angélique, déçue. Est-ce que c'est bon au moins? Pourrais-je en goûter?

— Goûter le chocolat de la reine! Une impie, une gueuse de ton espèce! Quelle hérésie! s'écria le nain avec une feinte indignation.

Bien que la naine trouvât aussi la chose très hardie, elle daigna tendre à Angélique, dans une cuillère d'or, un peu de la pâte en question.

Cette pâte emportait la bouche et était extrêmement sucrée. Angélique dit par politesse :

— C'est excellent.

— La reine ne pourrait s'en passer, commenta Barcarole. Il lui en faut plusieurs tasses par jour, mais on les lui porte en cachette, car le roi et toute la cour se moquent de sa passion. Il n'y a guère qu'elle et Sa Majesté la reine mère, qui est aussi espagnole, qui en boivent au Louvre.

— Où peut-on se procurer les graines de cacao?

— La reine les fait venir tout spécialement d'Espagne, par l'intermédiaire de l'ambassadeur. Il faut les griller, les piler, les dégraisser.

Il ajouta entre haut et bas :

— Je ne comprends pas qu'on fasse tant de tintouin pour une telle horreur!

A ce moment, une fillette entra vivement dans la pièce et réclama, dans un espagnol précipité, le chocolat de Sa Majesté. Angélique reconnut Philippa. On prétendait que cette enfant était une bâtarde du roi Philippe IV d'Espagne, et que l'infante Marie-Thérèse, l'ayant trouvée abandonnée dans les couloirs de l'Escurial, l'avait fait élever. Elle faisait partie de la suite espagnole qui avait franchi la Bidassoa.

Angélique se leva et prit congé de doña Térésita. Le nain la raccompagna jusqu'à la petite porte qui donnait sur le quai de la Seine.

— Tu ne m'as pas demandé ce que je devenais, lui dit Angélique.

Tout à coup, elle avait l'impression que le nain s'était transformé en citrouille, car elle ne voyait plus de lui que son énorme chapeau de satin orange. Barcarole regardait à terre.

Angélique s'assit sur le seuil afin d'être à la hauteur du petit homme et de le regarder dans les yeux.

— Réponds-moi!

— Je sais ce que tu deviens. Tu as laissé tomber Calembredaine, et tu es la proie des beaux sentiments.

— On dirait que tu m'accuses de quelque chose? N'as-tu pas entendu parler de la bataille de la foire Saint-Germain? Calembredaine a disparu. Moi, j'ai réussi à m'échapper du Châtelet. Rodogone est à la tour de Nesle.

— Tu ne fais plus partie de la gueuserie.

— Toi non plus.

— Oh! moi je fais toujours partie de la gueuserie. Je ferai toujours partie de la gueuserie. C'est mon royaume, dit Barcarole avec une étrange solennité.

— Qui t'a dit tout cela sur moi?

— Cul-de-Bois.

— Tu as revu Cul-de-Bois?

— Je suis allé lui rendre hommage. C'est maintenant notre Grand Coesre. Tu ne l'ignores pas, je pense?

— En effet.

— Je suis allé cracher au bassinet une pleine bourse de louis d'or. Hou! Hou! ma chère, j'étais le plus rupin de l'assemblée.

Angélique prit la main du nain, une bizarre petite main ronde et potelée comme celle d'un enfant.

— Barcarole, est-ce qu'ils vont me faire du mal?

— Je crois qu'il n'y a pas dans Paris une femme dont la jolie peau tienne moins au corps que la tienne.

Cependant, il exagérait sa grimace méchante. Mais elle comprit que la menace n'était pas vaine. Elle secoua la tête.

— Tant pis! Je mourrai. Mais je ne pourrai pas revenir en arrière. Tu peux le dire à Cul-de-Bois.

Le nain de la reine se voila les yeux d'un geste tragique.

— Ah! que c'est donc pénible de voir une aussi belle fille la gorge ouverte!

Comme elle s'en allait, il la rattrapa par un pan de sa jupe.

— Entre nous, il vaudrait mieux que ce soit toi qui le dises à Cul-de-Bois.


A partir du mois de décembre, Angélique donna tout son temps au commerce de la rôtisserie. La clientèle augmentait. La satisfaction de la corporation des bouquetières avait fait boule de neige. Le Coq-Hardi se spécialisa dans les repas des confréries. Gens de métier heureux de « s'humecter les entrailles » et de se crever de mangeaille en compagnie et pour la plus grande gloire de leurs saints patrons, vinrent abriter leurs agapes sous les solives vernies de neuf et perpétuellement garnies de ce que l'on pouvait trouver de plus beau en gibier et charcuterie.

Angélique s'était vouée au rassasiement des gosiers et des estomacs exigeants comme elle eût enfourché un cheval rétif, mais qui la mènerait vite et loin.

Après les ouvriers, artisans et commerçants, on commença à voir au Coq-Hardi des bandes de libertins, philosophes paillards et raffinés, qui professaient le droit à toutes les jouissances, le mépris de la femme et la négation de Dieu. Il n'était pas facile d'échapper à leurs mains indiscrètes. De plus, ils se montraient difficiles sur le choix de la nourriture. Mais, bien qu'elle fût parfois effrayée par leur cynisme, Angélique comptait beaucoup sur eux pour faire à son établissement une renommée justifiée qui lui amènerait une clientèle plus relevée.

Il y eut aussi des acteurs qui, sans se débarrasser de leur faux nez rouge, venaient en groupe admirer les exploits du singe Piccolo.

— Voici notre maître à tous, disaient-ils. Ah! si cette bête avait été un homme, quel comédien il aurait fait!

Le front en sueur, les joues cuites par le feu, les doigts graisseux et tachés, Angélique accomplissait sa tâche sans réfléchir à autre chose qu'à l'instant présent. Rire, lancer un propos leste, écarter vigoureusement une main trop hardie, ne lui coûtait guère. Tourner les sauces, hacher les herbes, parer les plats, l'amusait.

Elle se souvenait que, quand elle était fillette, à Monteloup, elle aidait volontiers à la cuisine. Mais c'était surtout à Toulouse qu'elle avait pris le goût des choses culinaires, sous la direction du très raffiné Joffrey de Peyrac, dont la table du Gai-Savoir était célèbre dans tout le royaume.

Recomposer certaines recettes, se souvenir de certains principes sacro-saints de l'art gastronomique, lui causait parfois une joie mélancolique.

Lorsque vint l'hiver, Florimond tomba gravement malade. Son nez coulait. Ses oreilles suppurèrent.

Vingt fois par jour, Angélique profitait d'un moment d'accalmie pour gravir en courant les sept étages qui menaient à la mansarde où le petit corps fiévreux poursuivait, solitaire, sa lutte contre la mort. Elle tremblait en s'approchant du grabat, et poussait un soupir en voyant que son fils respirait encore. Doucement, elle caressait

287

le grand front bombé où perlait une fine sueur.

— Mon amour! ma beauté! Qu'on me laisse mon petit garçon fragile!... Je ne demanderai rien d'autre à la vie, mon Dieu. Je retournerai dans les églises, je ferai dire des messes. Mais laissez-moi mon petit garçon...

Le troisième jour de la maladie de Florimond, maître Bourjus, hargneux, « ordonna » à Angélique de descendre s'installer dans la grande chambre du premier étage, où il ne logeait plus depuis la mort de sa femme. Pouvait-on soigner décemment un enfant dans une mansarde pas plus large qu'une garde-robe où, la nuit, s'entassaient plus de six personnes, en comptant le singe? C'étaient bien là des mœurs de Bohémienne, de gueuse sans entrailles!...

Florimond guérit, mais Angélique demeura dans la grande chambre du premier étage, avec ses deux enfants, tandis qu'une seconde mansarde était octroyée aux gamins Flipot et Linot. Rosine continuait à partager le lit de Barbe.

— Et je voudrais bien, conclut maître Bourjus, rouge de colère, que tu ne continues pas à m'imposer la honte de voir, chaque jour, un sacripant de valet jeter du bois dans ma cour sous le nez de tous les voisins. Si tu veux te chauffer, tu n'as qu'à te servir au bûcher.

Angélique fit donc savoir à la comtesse de Soissons, par l'intermédiaire de son laquais, qu'elle n'avait plus besoin de ses dons et qu'elle la remerciait de son intervention charitable. Elle donna un pourboire au domestique la dernière fois qu'il vint. Celui-ci qui, depuis le premier jour, ne s'était pas remis de son ahurissement, hocha la tête.

— Ça, on peut le dire, j'ai été forcé de faire bien des choses dans ma vie, mais jamais de voir une femme comme toi!

— Il n'y aurait que demi-mal, répliqua Angélique, si je n'avais pas été forcée de te voir aussi.

Les derniers temps, elle avait distribué les portions de nourriture et les vêtements envoyés par Mme de Soissons aux mendiants et aux gueux, de plus en plus nombreux, qui s'entassaient aux alentours du Coq-Hardi. Parmi eux, bien des visages connus surgissaient, menaçants et taciturnes. Elle leur donnait, comme on essaie de se concilier des forces hostiles.

Silencieusement, elle réclamait de ces misérables le droit à la liberté. Mais, chaque jour, ils devenaient plus exigeants. Le flot de leurs loques et de leurs béquilles montait à l'assaut de son refuge. Les clients même du Coq-Hardi protestaient contre cet envahissement, disant que les abords de la rôtisserie étaient plus grouillants de pouilleux qu'un porche d'église. Leur odeur et la vue de leurs plaies purulentes ne mettaient guère en appétit.

Maître Bourjus tempêtait, sans feinte cette fois.

— Tu les attires comme la civette attire les serpents et les cloportes. Cesse de leur faire l'aumône et débarrasse-moi de cette vermine, ou je serai obligé de me séparer de toi.

Elle se récriait :

— Pourquoi vous imaginez-vous que votre boutique souffre plus des mendiants que les autres boutiques? N'avez-vous pas ouï ces bruits de famine qui se répandent dans le royaume? On dit que les paysans affamés entrent, comme des armées, dans les villes et que les pauvres se multiplient... C'est l'hiver qui veut cela, c'est la disette...

Mais elle avait peur.

La nuit, dans la grande chambre silencieuse où seuls s'élevaient les souffles de ses deux enfants, elle se levait et, par la fenêtre, regardait briller sous la lune les eaux lourdes de la Seine. Au pied de la maison, il y avait une grève envahie par les déchets et détritus des rôtisseries : plumes, pattes, abats, restes que l'on ne pouvait pas servir. Chiens et miséreux venaient là chercher pâture. On les entendait fouiller dans les immondices. C'était l'heure où les cris et les sifflets des bandits s'élevaient dans Paris. Angélique savait qu'à quelques pas, sur la gauche, au-delà de la pointe du pont au Change, commençait le quai de Gesvres, dont la voûte sonore abritait la plus belle caverne de brigands de la capitale. Elle se souvenait de cet antre humide et vaste, où coulait à flots le sang des tueries de la rue de la Vieille-Lanterne.

Bien sûr, elle n'était plus mêlée au peuple maudit de la nuit. Elle faisait partie de ceux qui, dans leurs maisons bien closes, se signent lorsqu'un cri d'agonie monte des ruelles sombres.

C'était beaucoup déjà. Mais le poids de son passé ne l'arrêterait-il pas en chemin?

Angélique revenait vers le lit où dormaient Florimond et Cantor.

Les longs cils noirs de Florimond ombraient sa joue nacrée. Ses cheveux lui faisaient une grande auréole sombre. Cantor avait des cheveux presque aussi touffus et exubérants. Mais ses boucles étaient d'un châtain doré, tandis que celles de

Florimond demeuraient noires comme l'aile d'un corbeau.

Angélique reconnaissait que Cantor était « de son côté ». Il était de la race, à la fois raffinée et rustique, des Sancé de Monteloup. Pas beaucoup de cœur, mais de la passion. Peu d'éducation, mais de la simplicité. Cantor rappelait Josselin par son front têtu, Raymond par son calme, Gontran par son goût de la solitude. Physiquement, il ressemblait beaucoup à Madelon, sans avoir sa sensibilité.

Ce petit bonhomme rond, aux yeux clairs et perspicaces, était déjà tout un monde, un résumé de vertus et de travers séculaires. A condition qu'on le laissât libre et maître de son indépendance, il poussait sans difficultés. Barbe ayant voulu l'emmailloter bien serré, comme tous les bébés de son âge, le paisible Cantor, après quelques instants d'étonnement, avait piqué une rage épouvantable.

Et au bout de deux heures, le voisinage, assourdi, avait réclamé sa libération.

Barbe disait qu'Angélique préférait Florimond et ne se préoccupait pas de son cadet. Angélique ripostait que précisément on n'avait pas besoin de se préoccuper de Cantor. Toute l'attitude de Cantor signifiait clairement qu'il voulait, avant toutes choses, avoir la paix, tandis que Florimond, sensible, aimait qu'on s'occupât de lui, qu'on lui parlât, qu'on répondît à ses questions. Florimond avait besoin de beaucoup de soins et d'attentions.

Entre Angélique et Cantor, le contact s'établissait sans mots et sans gestes. Ils étaient de la même race. Elle le contemplait, admirait sa chair rose et potelée, et aussi la valeur rare de ce tout petit qui n'avait pas encore un an et qui, depuis sa naissance — et même, avant sa naissance, songeait-elle —, avait lutté pour vivre, avait refusé opiniâtrement la mort qui, si souvent, avait menacé sa frêle existence.

Cantor était sa force et Florimond sa fragilité. Ils représentaient les deux pôles de son âme.

★

Il y eut trois mois terribles.

Le froid et la famine augmentaient. Les pauvres devenaient menaçants. Angélique prit la résolution d'aller voir Cul-de-Bois. Il y avait longtemps qu'elle aurait dû faire cela; Barcarole le lui avait conseillé. Mais elle défaillait à l'idée de se retrouver devant la maison du Grand Coesre.

Une fois de plus, il lui fallut se dompter, franchir une nouvelle étape, gagner une nouvelle bataille. Par une nuit glacée et sombre, elle gagna le faubourg Saint-Denis.

On l'amena devant Cul-de-Bois. Il était au fond de sa maison de boue, sur une espèce de trône, parmi la fumée et la suie des lampes à huile.

Devant lui, à terre, était posé le bassinet de cuivre. Elle y jeta une bourse assez lourde, et montra un autre présent : une énorme épaule de mouton bien saignante et un pain, mets des plus rares à l'époque.

— Ce n'est pas trop tôt! grogna Cul-de-Bois. Il y avait longtemps que je t'attendais, marquise. Sais-tu que tu as joué un jeu dangereux?

— Je sais que, si je suis encore en vie, c'est à toi que je le dois.

Elle s'approcha de lui. Des deux côtés du trône du cul-de-jatte, il y avait les personnages cauchemaresques de son effrayante royauté : le Grand et le Petit Eunuque avec leurs insignes de fous; le balai et la fourche portant le chien crevé, et Rôt-le-Barbon avec sa barbe de fleuve et ses verges d'ancien maître fesseur du collège de Navarre.

Cul-de-Bois, toujours cravaté de façon impeccable, portait un magnifique chapeau à deux tours de plumes rouges.

Angélique s'engagea à lui porter, ou à faire porter, chaque mois, la même somme, et lui promit que jamais sa « table » ne manquerait de rien. Mais, en échange, elle voulait qu'on la laissât libre dans sa nouvelle existence. Elle demanda aussi que les mendiants reçoivent ordre de débarrasser le seuil de « sa » rôtisserie.

Elle comprit au visage de Cul-de-Bois qu'elle avait enfin agi comme il convenait et qu'il se déclarait satisfait.

En le quittant, elle fit très gravement la révérence.

## 20

— Ma fille, que Dieu me damne si jamais je remets les pieds dans une gargote où l'on se permet de tromper de la sorte le plus fin des palais de Paris!

Barbe, entendant cette déclaration solennelle, courut à la cuisine. Le client se plaignait! C'était la première fois qu'il venait s'attabler seul, silencieux et couvert de satins et de rubans, à la rôtisserie du Coq-Hardi.

Préparé lui-même comme une pièce montée, il

mangeait avec une expression religieuse et payait le double de la note proposée.

Aussi, sa déclaration, éclatant comme un coup de tonnerre dans un ciel sans nuages, méritait qu'on y prêtât attention.

Angélique se présenta immédiatement à lui. Le gentilhomme la considéra des pieds à la tête. Il paraissait de fort méchante humeur. Mais la beauté, et peut-être la distinction inhabituelle de la jeune hôtesse, le surprirent.

Après une hésitation, il reprit :

— Ma fille, je tiens à vous prévenir que je ne remettrai plus les pieds dans votre établissement si, une seule fois encore, on me trompe de la sorte.

Angélique se contraignit à prendre le ton le plus humble pour demander ce qui n'allait pas.

A cette question, le client se leva dans la plus grande agitation. Il était cramoisi, et elle eut envie de lui taper dans le dos, se demandant si finalement un os de volaille ne lui était pas resté en travers du gosier.

Enfin, l'autre retrouva la voix :

— Ma belle, vous pouvez deviner à ma mine que j'ai dans mon hôtel assez de gens de maison pour n'avoir pas besoin de venir souper à l'auberge. Aussi ne suis-je entré ici, la première fois, que par hasard, attiré par l'odeur absolument DIVINE qui flottait à votre porte. Bien m'en a pris car, à ma grande surprise, j'ai mangé une de ces omelettes comme moi-même, entendez-vous MOI, conseiller au Parlement. JE NE SAIS PAS EN FABRIQUER!

Angélique, après un rapide coup d'œil à la table, avait pu se convaincre, devant le flacon de bourgogne à peine entamé, que l'ivresse n'était pour rien dans l'étrangeté de ce discours. Aussi réprima-t-elle son envie de rire, et dit-elle d'un ton innocent :

— Maître, nous ne sommes que de modestes traiteurs et avons encore tout à apprendre. J'ignorais, je l'avoue, que les conseillers au Parlement fussent aussi difficiles...

Tout à son sujet, le client continuait à exposer sa plainte. L'omelette qu'on lui avait servie aujourd'hui ne rappelait en rien celle dont il avait gardé un DIVIN souvenir.

— Les œufs sont pourtant frais..., hasarda Angélique.

Mais le conseiller au Parlement l'interrompit avec un geste dramatique :

— Il ne manquerait plus que cela qu'ils ne le fussent point! Là n'est pas la question. Je veux savoir QUI a fabriqué l'omelette de l'autre jour. Car il ne faut pas croire qu'on pourra me faire manger celle-ci au même titre que la première.

En réfléchissant, Angélique se souvint qu'elle avait préparé elle-même la fameuse omelette.

— Je suis contente qu'elle vous ait plu, dit-elle, mais je confesse que c'est un peu par hasard qu'elle vous a été servie impromptu. En général il faut me passer la commande à l'avance, afin que je puisse réunir tous les ingrédients qui la composent.

Un éclair de convoitise s'alluma dans les petits yeux porcins du personnage. D'une voix implorante, il supplia Angélique de lui confier sa recette, et elle dut défendre son secret avec autant de coquetterie qu'elle en aurait mis à défendre sa vertu.

Pratique et ayant rapidement jaugé l'individu,

295

elle décida qu'il était des gens qu'il faut conduire à la trique, moyennant quoi il deviendrait une source inépuisable de revenus pour le Coq-Hardi.

Posément, elle mit ses mains aux hanches pour jouer son rôle d'aubergiste accorte mais rusée, et lui dit que, puisqu'il semblait si bien s'y connaître, il devait savoir que, de tradition séculaire, les maîtres queux ne communiquent leurs recettes les plus remarquables que contre espèces sonnantes et trébuchantes.

Malgré sa condition sociale élevée, le gros seigneur poussa deux ou trois jurons, puis, avec un soupir, convint que la chose était loyale. C'était entendu, il paierait bon prix, mais à condition que le nouveau chef-d'œuvre fût conforme au premier. Il comptait amener pour cet arbitrage une tablée des plus fins gourmets du palais et du Parlement.

Angélique tint la gageure et fut chaudement félicitée par l'élégante assistance. Puis la recette fut remise contre une bourse pesante du conseiller du Bernay, qui la lut d'une voix aussi émue que s'il se fût agi d'un billet doux.

— Mettre dans une douzaine d'œufs battus, une pincée de ciboulette verte, une ou deux crêtes de coq grillées, six feuilles de sona, trois ou quatre branches de pimprenelle, deux ou trois feuilles de bourrache, autant de buglosse, cinq ou six feuilles d'oseille ronde, une ou deux branches de thym, deux à trois feuilles de laitue tendre, un peu de marjolaine, d'hysope et de cresson. Faire sauter le tout dans un poêlon où l'on aura mis moitié huile, moitié beurre de Vanves. Arroser de crème fraîche.

Après cette lecture, il y eut un silence pieux, et le conseiller dit gravement à Angélique :

— Mademoiselle, je reconnais que, moi-même, pour une somme plus importante que celle que nous venons de vous remettre, je n'aurais jamais pu me résoudre à livrer un tel secret, digne des dieux seuls. Je veux y voir, au surplus, le désir que vous avez eu de nous être agréable. Mes amis et moi, nous le reconnaîtrons en fréquentant souvent ces agréables lieux.

Ce fut ainsi qu'Angélique gagna la clientèle raffinée des « friands ». Elle eut chez elle le comte de Broussin, Bussy-Rabutin, le marquis de Villandry. Pour ces messieurs, les plaisirs de la table primaient tous les autres, y compris ceux de l'amour. Et les carrosses et les chaises à porteurs commencèrent à s'arrêter sous l'enseigne du Coq-Hardi, ainsi qu'elle l'avait rêvé.

Des bourgeois, des gens de lettres, des médecins, vinrent aussi.

Ils avaient l'habitude de discourir à perdre haleine sur les propriétés médicales des mets qu'on leur présentait.

— Voici une longe de chevreuil en ragoût que je vous recommande, messieurs, disait le docteur Lambert-Martin à ses amis. Nous prétendons que les agitations de cet animal, sa légèreté et sa gaieté purifient les chairs de toutes superfluités... Et, après ce ragoût, que nous donnerez-vous, ma belle ?

— Des cornes de cerf frites (1), répondait Angélique. On prétend que c'est excellent pour maintenir en place celles de certains maris.

(1) C'était alors un mets très recherché.

★

En 1663, Angélique mit à profit les loisirs forcés du carême pour réaliser trois projets qui lui
tenaient au cœur.

Tout d'abord, elle déménagea. Elle n'avait jamais aimé ce quartier étroit et agité, à l'ombre du
Grand Châtelet. Elle trouva dans le beau quartier
du Marais une loge d'un étage et de trois pièces,
qui lui parut un palais.

C'était rue des Francs-Bourgeois, non loin du
croisement de la rue Vieille-du-Temple. Sous
Henri IV, un financier avait commencé à construire
là un bel hôtel de briques et de pierres de taille.
Mais, ruiné par les guerres ou par ses escroqueries,
il avait dû laisser la construction inachevée. Seul le
porche, flanqué de deux loges précédant la grande
cour intérieure, avait été terminé. Une petite vieille,
qui était propriétaire de l'immeuble, on ne savait
trop pourquoi, habitait d'un côté de la voûte; elle
loua l'autre côté à Angélique pour un prix modi-
que.

Au rez-de-chaussée, deux fenêtres, solidement
grillées, éclairaient un couloir conduisant à une
minuscule cuisine et une chambre assez vaste
qu'Angélique habita. La belle chambre de l'étage
fut réservée aux enfants, qui s'y installèrent en
compagnie de leur gouvernante, Barbe, laquelle
quittait le service de maître Bourjus pour entrer à
celui de « Mme Morens ». C'était ainsi qu'Angélique avait décidé de se faire appeler. Un jour,
peut-être, pourrait-elle ajouter à ce nom la parti-
cule. De cette façon, les enfants porteraient le
nom de leur père : de Morens. Et plus tard, elle

essaierait de revendiquer pour eux les titres, sinon le patrimoine.

Elle espérait follement. L'argent peut tout. Déjà n'était-elle pas « chez elle »?

Ce n'était qu'une habitation de portier-suisse, mais quand on y entrait, le porche faisait illusion. Bien qu'on n'y eût jamais posé les portes de beau chêne qui étaient destinées à ce porche, les sculptures en étaient achevées; deux têtes de béliers parmi des guirlandes de fleurs et de fruits. La porte du petit logis donnait sous la voûte.

Barbe avait quitté sans regrets la rôtisserie. Elle n'aimait pas le métier de rôtisseur et ne se plaisait qu'avec « ses petits ». Depuis un moment, déjà, elle s'occupait d'eux exclusivement. Pour la remplacer, Angélique avait engagé deux filles de cuisine et un marmiton. Avec Rosine, qui devenait une accorte et fraîche servante, Flipot en marmiton, et Linot qui était plus particulièrement chargé de distraire les clients et de vendre les gaufres, rissoles et oublies, le personnel du Coq-Hardi devenait imposant.

Rue des Francs-Bourgeois, Barbe et les enfants seraient au calme.

Le soir de son installation, Angélique ne cessa de monter d'un étage à l'autre, dans son excitation. Il n'y avait pas beaucoup de meubles : un lit dans chaque pièce, plus un petit lit d'enfant, deux tables, trois chaises, des carreaux de peluche pour s'asseoir. Mais le feu dansait dans l'âtre, et la grande chambre embaumait les crêpes. C'est avec les crêpes qu'on baptise un logis.

Le chien Patou remuait la queue, et la petite servante Javotte souriait à Florimond, qui lui souriait.

Car Angélique était allée chercher à Neuilly les anciens compagnons de misère de Florimond et de Cantor. En s'installant rue des Francs-Bourgeois, elle avait pensé à la nécessité d'avoir un chien de garde. Le quartier du Marais était isolé et dangereux la nuit, avec ses grands terrains vagues, ses cultures isolant les maisons les unes des autres. La protection de Cul-de-Bois était acquise à Angélique, mais, dans l'ombre, des voleurs peuvent se tromper d'adresse. Ainsi le souvenir lui était revenu de la fillette à laquelle ses deux enfants devaient, sans nul doute, la vie, et de l'animal qui avait abrité la détresse de Florimond.

La nourrice ne la reconnut pas, car Angélique portait son masque et était venue en carrosse de louage. Pour la somme qu'on lui proposa, la bonne femme fut tout sourire et laissa partir sans regret la gamine, qui était sa nièce, et le chien. Angélique se demandait quelle serait la réaction de Florimond, mais les deux nouveaux venus ne semblèrent lui rappeler que de bons souvenirs. Finalement, c'était elle, Angélique, qui, en regardant Javotte et Patou, se sentait le cœur crevé en se rappelant Florimond dans la niche, et se jurait une fois de plus que ses enfants n'auraient plus jamais faim ni froid.

Ce soir-là, elle avait fait des folies. Elle avait acheté des jouets. Non pas de ces moulins ou de ces têtes de chevaux plantées sur un bâton qu'on pouvait acquérir pour quelques sols sur le Pont-Neuf. Mais des jouets de la galerie du Palais, qu'on disait fabriqués à Nuremberg : un petit carrosse de bois doré avec quatre poupées, trois petits chiens en verre, un sifflet d'ivoire, et, pour Cantor, un œuf de bois peint qui en contenait plusieurs autres.

En regardant sa petite famille, Angélique disait à Barbe :

— Barbe, un jour ces deux jeunes gens iront à l'académie du Mont-Parnasse, et nous les présenterons à la cour.

Et Barbe répondait en joignant les mains :

— Je le crois, Madame.

A ce moment, le crieur de morts passa dans la rue.

> « Ecoutez, mols gens qui dormez,
> Priez Dieu pour les Trépassés! »

Angélique, furieuse, courut à la fenêtre et lui jeta un pot d'eau sur la tête.

★

La seconde initiative d'Angélique fut de changer l'enseigne de la rôtisserie du Coq-Hardi, laquelle, du fait de son succès, devint la taverne du Masque-Rouge. La jeune femme avait de grandes ambitions, car en plus d'un « bouchon » de fer forgé, dressé en avancée sur la rue et qui représenterait sans doute un masque de carnaval, elle désirait une enseigne peinte qu'on accrocherait au-dessus de la porte.

Un jour, en revenant du marché, elle tomba en arrêt devant l'enseigne d'un marchand d'armes. Cette enseigne représentait un vieux militaire à barbe blanche en train de boire du vin dans son casque, tandis que sa pique, appuyée près de lui, brillait de tout son acier étincelant.

— Mais c'est le vieux Guillaume! s'écria-t-elle.

Elle se précipita à l'intérieur de la boutique, où le patron lui dit que le chef-d'œuvre qu'il avait au-dessus de sa porte était de la main d'un peintre qui répondait au nom de Gontran Sancé et habitait faubourg Saint-Marcel.

Angélique, le cœur battant, courut à l'adresse indiquée. Au troisième étage d'une maison de modeste apparence, une jeune femme, petite, souriante et rose, vint lui ouvrir.

Dans l'atelier, Angélique découvrit Gontran à son chevalet, au milieu de ses toiles et de ses couleurs : azur, brun-rouge, cendre bleue, vert de Hongrie... Il fumait la pipe et peignait un angelot nu dont le modèle était une belle petite fille de quelques mois, étendue sur un tapis de velours bleu.

La visiteuse, qui était masquée, parla, pour commencer, de l'enseigne du marchand d'armes. Puis, ôtant son masque en riant, elle se fit reconnaître. Il lui parut que Gontran était sincèrement heureux de la revoir. Il ressemblait de plus en plus à leur père, et avait la même façon, pour écouter, de poser ses mains sur ses genoux, comme un maquignon. Il apprit à Angélique qu'il avait réussi à passer maître, et qu'il avait épousé la fille de son ancien patron Van Ossel.

— Mais tu as fait une mésalliance! s'écria Angélique avec effroi, profitant de ce que la petite Hollandaise était à la cuisine.

— Et toi? Si j'ai bien compris, tu es la tenancière d'une taverne, et tu verses à boire à des gens dont certains sont bien au-dessous de ma condition.

Après un instant de silence, il reprit, non sans finesse :

— Et tu es accourue pour me voir, sans hésitation, sans fausse honte! Serais-tu accourue de la même façon pour annoncer ta situation présente à Raymond, qui vient d'être nommé confesseur de la reine mère; à notre sœur Marie-Agnès, fille d'honneur de la reine et qui fait la p... au Louvre, selon la règle de cet essaim de beautés; ou même au petit Albert, qui est page chez le marquis de Rochant?

Angélique reconnut qu'elle se tenait plutôt à l'écart de cette partie de sa famille. Elle demanda ce que devenait Denis.

— Il est à l'armée. Notre père jubile. Enfin un Sancé au service du roi! Jean-Marie, le dernier, est au collège. Il se peut que Raymond lui procure un bénéfice ecclésiastique, car il est au mieux avec le confesseur du roi, qui détient la feuille de nomination. Nous finirons par avoir un évêque dans la famille.

— Ne trouves-tu pas que nous sommes une drôle de famille? demanda Angélique en hochant la tête. Il y a des Sancé du haut en bas de l'échelle.

— Hortense flotte entre deux eaux, avec son procureur de mari. Ils ont beaucoup de relations, mais vivent chichement. Avec l'histoire du rachat des charges, voilà bien quatre ans que l'Etat ne leur paie pas un sou.

— Les vois-tu?

— Oui. Ainsi que Raymond et les autres. Personne n'est jamais très fier de me rencontrer. Mais chacun est content d'avoir son portrait.

Angélique eut une brève hésitation.

— Et... quand vous vous rencontrez... est-ce que vous parlez de moi?

— Jamais! fit durement le peintre. Tu es un

souvenir trop atroce pour nous, une catastrophe, un effondrement qui nous a broyé le cœur, si peu que nous en ayons. Heureusement, peu de gens ont su que tu étais notre sœur... Toi, la femme du sorcier qu'on a brûlé en place de Grève!

Cependant, tout en parlant, il lui avait pris la main dans sa main tachée de peinture et rendue calleuse par les acides. Il lui écarta les doigts, toucha cette paume menue qui conservait la trace des ampoules, des brûlures du fourneau, et il y posa sa joue d'un geste d'affection câline. Geste, qu'il accomplissait parfois dans sa petite enfance...

La gorge d'Angélique lui faisait si mal qu'elle crut se mettre à pleurer. Mais il y avait trop longtemps qu'elle n'avait pas pleuré! Ses dernières larmes, elle les avait versées bien avant la mort de Joffrey. Elle en avait perdu l'habitude.

Elle retira sa main et dit presque sèchement, en regardant, autour d'elle, les toiles appuyées contre le mur :

— Tu fais de très belles choses, Gontran.

— Oui. Et pourtant les grands seigneurs affectent de me tutoyer, et les bourgeois me regardent avec morgue, parce que, ces belles choses, je les fais avec mes mains. Voudrait-on pas que je travaille avec mes pieds? Et en quoi le fait de manier l'épée représente-t-il une œuvre moins manuelle et moins méprisable que de manier le pinceau?

Il secoua la tête et un sourire éclaira sa physionomie. Le mariage l'avait rendu plus joyeux et plus bavard.

— Sœurette, j'ai confiance. Un jour, nous irons à la cour, tous deux, nous irons à Versailles. Le roi demande des artistes en grand nombre. Je peindrai les plafonds des appartements, le portrait des princes et des princesses, et le roi me dira :

— Vous faites de très belles choses, monsieur. Et, à toi, il te dira : Madame, vous êtes la plus belle femme de Versailles.

Ils éclatèrent de rire ensemble.

# CES DAMES DU MARAIS

## 1

Le troisième projet d'Angélique consistait à lancer dans la société parisienne la boisson exotique qu'on appelait chocolat. L'idée ne lui était pas sortie de la tête, malgré la déception que lui avait causée son premier contact avec cette étrange mixture.

David lui avait montré la fameuse lettre patente de son père.

La lettre parut, à la jeune femme, présenter tous les signes d'authenticité et de légalité. Elle portait jusqu'à la signature du roi Louis XIV, accordant au sieur Chaillou le privilège exclusif de fabriquer et de vendre du chocolat en France, et spécifiant que ladite lettre était valable pour vingt-neuf ans.

« Ce jeune veau est absolument inconscient de la valeur du trésor dont il a hérité, pensa Angélique. Il faudrait arriver à faire quelque chose de ce papier. »

Elle demanda à David s'il avait eu l'occasion de fabriquer du chocolat avec son père. Et de quels ustensiles il se servait.

L'apprenti cuisinier, qui était trop heureux de retenir ainsi l'attention de sa Dulcinée, lui expliqua d'un air important que le chocolat venait du Mexique, et avait été introduit à la cour d'Espagne en l'année 1500 par le célèbre navigateur Fernand Cortez. De l'Espagne, le chocolat était passé dans les Flandres. Puis, au début du siècle, Florence et l'Italie s'étaient engouées de la nouvelle boisson, les princes allemands aussi, et, maintenant, on en buvait jusqu'en Pologne.

— C'est mon père qui m'a seriné ces histoires depuis mon enfance, expliqua David un peu confus de son érudition.

Les yeux d'Angélique, attentive, posés sur lui, le faisaient rougir et pâlir tour à tour. Elle le pria un peu rudement de continuer ses explications.

Il lui confia qu'un petit matériel de chocolaterie, fabriqué par feu son père, se trouvait toujours dans sa maison natale de Toulouse, sous la garde de parents éloignés. La fabrication du chocolat était à la fois simple et compliquée.

Le père de David avait d'abord fait venir les fèves d'Espagne, puis directement de la Martinique, d'où un marchand, nommé Costa, lui en envoyait.

Il fallait laisser fermenter ces graines. L'opération devait avoir lieu au printemps, quand la chaleur n'était pas élevée.

Après la fermentation, on devait faire sécher les graines, mais sans exagération, de façon à ne pas les briser pendant la décortication. Ensuite, il fallait les sécher encore une fois, pour les rendre fragiles au pilon, mais pas trop, afin qu'elles gardent tout leur arôme.

Enfin, on les pilait. C'était dans cette opération que consistait le grand secret de la réussite du chocolat. Il fallait y procéder A GENOUX, et le mortier devait être moitié bois, moitié tôle de fer, et légèrement chauffé. Cet ustensile s'appelait « métatl », nom que lui donnent les Aztèques, ou hommes rouges d'Amérique.

— J'ai vu une fois, sur le Pont-Neuf, l'un de ces

hommes rouges, dit Angélique. On pourrait peut-être le retrouver. Le chocolat serait sans doute encore meilleur si c'était lui qui le pilait.

— Mon père n'était pas rouge et son chocolat avait de la réputation, dit Chaillou, insensible à l'ironie. On peut donc s'en tirer sans Indien. Pour la cuisson, il faut de grosses marmites de fonte. Mais, auparavant, il faut vanner les écorces, ainsi que les peaux et les germes, et surtout broyer très fin. Puis ajouter du sucre en bonne proportion, ainsi que des épices et autres ingrédients.

— En définitive, conclut Angélique, supposons que nous puissions faire venir ici le matériel de chocolaterie de ton père et des fèves, saurais-tu fabriquer cette boisson?

David parut perplexe. Puis, devant l'expression d'Angélique, il dit que oui et en fut récompensé par un sourire radieux et une tape amicale sur la joue.

★

A partir de ce moment, Angélique chercha en toutes occasions de se renseigner sur ce qu'on savait déjà en France de cette boisson non alcoolisée.

Un vieil apothicaire de ses amis, nommé maître Lazare, chez qui elle achetait certaines épices et herbes rares, lui dit que le chocolat était considéré souverain contre les vapeurs de la rate. Cette dernière propriété venait d'être mise en lumière par les travaux, encore inédits, du célèbre médecin René Moreau, lequel l'avait observée sur le maréchal de Gramont, l'un des rares amateurs de chocolat de la cour.

Angélique prit note, soigneusement, de ces renseignements et du nom du docteur.

Le vieil apothicaire la regarda s'éloigner en hochant

la tête. Il était inquiet. Il avait connu tant de femmes qui cherchaient des moyens nouveaux pour se faire avorter. Cela lui rappela soudain un souvenir affreux. Poussant un cri, maître Lazare lâcha précipitamment l'alambic, où il distillait quelque sirop, et courut dans la rue, à la poursuite de la jeune femme. Il parvint à la rejoindre, car elle s'arrêta en entendant claquer derrière elle les savates du vieil homme.

Quand il eut repris son souffle, il jeta un regard soupçonneux alentour, et lui chuchota à l'oreille :

— Ma fille, malgré les renseignements favorables que j'ai pu recueillir sur cette boisson, il me semble que je dois vous mettre en garde contre les inconvénients de son usage. Il m'est revenu une information terrible la concernant.

— Dites vite, maître.

— Pas si haut, ma fille! Pensez que vous me mettez dans une pénible situation, car je trahis presque le secret professionnel, auquel, nous autres apothicaires, nous sommes astreints tout comme les médecins. Enfin, c'est pour votre bien! Vous n'ignorez pas que, le 18 novembre 1662, notre jeune reine a accouché d'une fille qui mourut à peine âgée d'un mois. Eh bien, cette enfant était un petit monstre noir et velu comme le diable, et qu'on ne savait où cacher. Les médecins ont dit que ce malheur était dû aux innombrables tasses de chocolat que Sa Majesté ne cesse d'absorber. Vous voyez, mon enfant! Méfiez-vous de cette boisson.

— Je prends note, messire, je prends note, affirma Angélique, que l'histoire de maître Lazare n'effrayait pas le moins du monde.

Malgré ce début assez peu encourageant, elle faisait confiance tout de même au chocolat.

Elle retourna voir la naine de la reine, et, cette fois, put goûter le produit alors qu'il n'était pas encore saturé de piment et épaissi par trop de sucre. Elle lui trouva de la saveur. Doña Térésita, fière de son secret, lui assura que bien peu de gens, même venus de l'étranger, étaient capables de préparer le chocolat. Mais le malin Barcarole lui dit qu'il avait entendu parler d'un jeune bourgeois qui était allé en Italie pour y étudier la cuisine, et qui passait pour préparer excellemment cette boisson.

Ce jeune bourgeois, Audiger, était actuellement maître d'hôtel du comte de Soissons, et sur le point d'obtenir la liberté de fabriquer le chocolat en France.

« Ah! pas de ça! se dit Angélique. C'est moi qui ai la patente exclusive de la fabrication. »

Elle décida de se renseigner plus à fond sur le maître d'hôtel Audiger. De toute façon, cela prouvait que l'idée du chocolat était dans l'air, et qu'il fallait se hâter de la réaliser, si elle ne voulait pas se laisser distancer par des concurrents plus habiles ou bénéficiant de protections plus puissantes.

A quelques jours de là, un après-midi où, aidée de Linot, elle était en train de disposer des fleurs dans des pots d'étain placés sur les tables, un beau jeune homme, richement vêtu, descendit les marches du seuil et vint à elle.

— Je m'appelle Audiger, et je suis maître d'hôtel du comte de Soissons, dit-il. On m'a dit que vous aviez dans l'esprit de fabriquer du chocolat, mais que vous n'aviez pas de patente. Eh bien, moi, j'ai cette patente. Voilà pourquoi je viens vous avertir amicalement qu'il est inutile que vous poursuiviez cette idée. Sinon, vous serez vaincue.

— Je vous suis bien obligée de votre attention, monsieur, répondit-elle. Mais, si vous êtes certain de gagner, je ne comprends pas pourquoi vous venez me trouver, car vous risquez au contraire de vous trahir en me montrant une partie de vos armes et, peut-être, la faiblesse de vos projets.

Le jeune homme sursauta, décontenancé. Il observa plus attentivement son interlocutrice et un sourire détendit ses lèvres, que soulignait une fine moustache brune.

— Dieu que vous êtes jolie, ma mie!

— Si vous ouvrez le feu de cette façon, je me demande quelle bataille vous êtes venu livrer ici? fit Angélique, ne pouvant s'empêcher de sourire elle aussi.

Audiger jeta son manteau et son feutre sur une table et s'assit en face d'Angélique. Peu d'instants après, ils étaient devenus presque des amis.

Audiger avait une trentaine d'années. Son léger embonpoint ne nuisait pas à sa belle taille. Comme tous les officiers de bouche au service d'un grand seigneur, il portait l'épée et était aussi bien mis que son maître.

Il raconta que ses parents étaient des petits-bourgeois de province assez aisés, qui lui avaient permis de faire quelques études. Il avait acheté une charge d'officier de bouche dans l'armée et, après quelques campagnes, il s'était amusé à passer la maîtrise de cuisinier. Ensuite, afin de compléter ses connaissances, il était allé deux ans en Italie en vue d'étudier les spécialités limonadières et de confiserie, les glaces et les sorbets, les dragées et les pastilles, et aussi le chocolat.

— C'est à mon retour d'Italie, en 1660, que j'ai eu la bonne fortune de plaire à Sa Majesté, de sorte que mon avenir se trouve désormais assuré. Voici par quel truchement : alors que je traversais la campagne aux environs de Gênes, je remarquai dans les champs d'incomparables petit pois en cosses. Or, nous étions au mois de janvier. J'eus la pensée de les faire cueillir et mettre en caisse et, quinze jours après, étant à Paris, je les présentai au roi, par le moyen de M. Bontemps, son premier valet de chambre. Oui, ma chère, ce n'est pas la peine de me regarder avec de grands yeux. J'ai vu le roi de près et il m'a entretenu avec bonté. Autant que je me souvienne, Sa Majesté était accompagnée de Monsieur, de M. le comte de Soissons, de M. le maréchal de Gramont, du marquis de Vardes, du comte de Noailles et de M. le duc de Créqui. D'une commune voix, ces princes s'écrièrent, après avoir examiné mes petits pois, qu'ils n'avaient jamais rien vu de plus beau. M. le comte de Soissons en écossa quelques-uns devant le roi. Puis, celui-ci m'ayant témoigné sa satisfaction, m'ordonna de les porter au sieur Beaudoin, contrôleur de la bouche, et de lui dire d'en employer une partie pour faire plusieurs plats, l'un destiné à la reine mère, l'autre à la reine et le troisième à M. le cardinal, qui se trouvait alors au Louvre, et qu'on lui conservât le reste, qu'il mangerait le soir avec Monsieur. En même temps, il ordonna à M. Bontemps de me faire donner un présent en argent, mais je le remerciai. Alors Sa Majesté insista et dit qu'Elle m'accorderait ce que je lui demanderais. Deux ans plus tard, ayant réalisé une certaine fortune, je lui demandai l'autorisation d'ouvrir une limonaderie qui distribuerait, entre autres produits, du chocolat.

— Pourquoi n'êtes-vous pas encore installé?

— Tout doux, ma belle. Ces choses-là demandent de mûrir. Mais, dernièrement, le chancelier Séguier, après avoir examiné ma lettre patente royale, m'a promis de l'enregistrer en y apposant le sceau royal et sa griffe, afin de la rendre exécutoire immédiatement. Vous voyez bien, belle amie, qu'avec cette exclusivité de vente, il ne vous sera guère facile de me damer le pion, à supposer même que vous obteniez une patente semblable à la mienne.

Malgré la sympathie que l'enjouement et la franchise du visiteur lui inspiraient, la jeune femme éprouvait une véritable déception.

Elle fut sur le point de contredire son interlocuteur avec force et de rabaisser un peu sa superbe en lui révélant qu'elle aussi, ou plutôt le jeune Chaillou, était en possession d'une semblable exclusivité, laquelle au surplus avait l'avantage d'avoir été enregistrée antérieurement.

Mais elle se retint à temps de dévoiler ses atouts. L'un des papiers pouvait n'être pas valable; il lui faudrait se renseigner encore près des corporations et du prévôt des marchands.

Comme elle ne comprenait pas grand-chose à ces histoires, elle préféra ne pas heurter de front son « concurrent » et continua de badiner.

— Vous n'êtes pas galant, messire, de vous opposer ainsi au désir d'une dame. Je meurs d'envie, moi, de servir du chocolat aux Parisiens!...

— Eh bien, s'écria-t-il jovial, j'entrevois le moyen de tout arranger. Epousez-moi.

Angélique rit de bon cœur, puis elle lui demanda s'il resterait à prendre son repas à la taverne.

Il accepta et elle le servit avec un soin particulier. Il fallait qu'il se rendît compte que les patrons du Masque-Rouge n'étaient pas les premiers venus.

Cependant, Audiger la dévorait des yeux tandis qu'elle allait et venait à travers la salle. Quand il partit, il paraissait subitement soucieux.

Angélique se frotta les mains. « Il commence à comprendre qu'il ne l'a pas encore lancé, son chocolat! se dit-elle. Mais je n'ai plus un instant à perdre. »

Le soir, elle aborda maître Bourjus.

— Mon oncle, je voudrais vous demander votre avis pour cette histoire de chocolat...

Le rôtisseur, dont c'était le tour de guet, s'apprêtait à se rendre au Châtelet. Il haussa les épaules en riant doucement.

— Comme si tu avais besoin de mon avis, sournoise, pour n'en faire qu'à ta tête!

— C'est que l'affaire est sérieuse, maître Bourjus. J'ai l'intention d'aller demain au bureau des Corporations pour demander la valeur exacte de la patente que possède David...

— Vas-y. Vas-y, ma fille. Aussi bien, quelle force humaine t'empêcherait d'y aller, si tu l'as décidé.

— Maître Bourjus, vous me parlez comme si vous blâmiez mon initiative.

Il souffla le briquet avec lequel il venait d'allumer sa lanterne, puis il tapota paternellement la joue d'Angélique.

— Tu sais bien que je suis un timoré... J'ai toujours peur que les choses tournent mal. Mais, va ton chemin, ma petite, sans t'inquiéter de mes soupirs de vieux grognon. Tu es le soleil de ma maison, et tout ce que tu fais est bien.

Attendrie, elle le regarda s'éloigner dans la nuit tombante, tout rond avec sa lanterne et sa hallebarde. Elle ne prenait pas au sérieux les pressentiments du rôtisseur et, pour sa part, elle se préparait à triompher d'Audiger.

## 2

Le lendemain matin, elle se rendit avec David à la prévôté des marchands. Ils furent reçus par un gros homme suant, au rabat de lingerie plus ou moins crasseux, qui confirma que la lettre patente accordée au jeune Chaillou était valable, à condition toutefois d'acquitter de nouveaux droits.

Angélique objecta :

— Mais, pour la rôtisserie, nous venons déjà de renouveler l'acquittement de la charge de rôtisseur, de cuisinier, enfin de traiteur! Pourquoi faudrait-il payer encore pour servir une boisson non alcoolisée?

— Vous avez raison, ma fille, car cela me fait penser qu'en plus des jurés d'épicerie que la question concerne, il faudra aussi dédommager les sous-corporations de la limonaderie. Si tout marche bien pour vous, vous aurez le privilège de payer deux patentes supplémentaires : une à la corporation de l'épicerie, l'autre à celle de la limonaderie.

Angélique avait de la peine à déguiser sa fureur.

— Et ce sera tout?

— Oh! non, répliqua-t-il avec componction. Bien entendu, nous ne parlerons pas des taxes royales correspondantes, ni de celles des jurés visiteurs, ni des mesureurs contrôleurs du poids et de la qualité...

— Mais comment pouvez-vous prétendre contrôler ce produit, puisque vous ne le connaissez même pas?

— Là n'est pas la question. Ce produit étant une **MARCHANDISE**, toutes les corporations dont il relève doivent en avoir le contrôle... et leur part de bénéfice. Puisque votre chocolat est, dites-vous, une boisson épicée, vous devez avoir chez vous un maître épicier et aussi un maître limonadier, vous devez les rémunérer largement, les loger, payer le prix de la maîtrise du nouveau fonds de commerce vis-à-vis de chacune des corporations. Et, comme vous n'avez pas l'air « partageuse », je vous préviens tout de suite que nous veillerons de près à ce que vous soyez en règle.

— Ce qui veut dire exactement quoi? demanda Angélique en prenant son air le plus audacieux, les mains sur les hanches.

Mais cela amusa les graves marchands, et l'un d'eux, plus jeune, crut devoir lui expliquer :

— Ce qui veut dire qu'en entrant dans la corporation, vous vous engagez, par cela même, à admettre AUSSI que votre nouveau produit puisse être mis en vente chez TOUS vos confrères épiciers et limonadiers, en supposant que ce produit bizarre plaise aux clients, bien entendu.

— Vous êtes on ne peut plus encourageants, messieurs. Si je vous comprends bien, nous devons faire tous les frais, engager de nouveaux maîtres avec leur marmaille, faire la réclame, essuyer les plâtres comme on dit, et ensuite, ou bien nous nous ruinons, ou bien nous partageons le bénéfice de nos efforts et de notre secret avec ceux qui n'auront rien fait pour nous aider?

— Qui auront tout fait, au contraire, ma belle, en vous acceptant et en ne contrariant pas votre commerce.

— En somme, c'est une sorte de péage que vous réclamez?

Le jeune maître-juré essaya bonnement de la calmer.

— N'oubliez pas que les corporations ont des besoins croissants d'argent. Vous n'ignorez pas, étant vous-même commerçante, qu'à chaque nouvelle guerre, victoire ou naissance royale ou même princière, on nous fait racheter une nouvelle fois nos privilèges durement acquis. Et, au surplus, le roi nous ruine en fabriquant à chaque occasion, ou même sans occasion, de nouvelles maîtrises ou charges, un peu du genre de celle que vous nous présentez là au nom de ce sieur Chaillou...

— Le sieur Chaillou, c'est moi, remarqua l'apprenti. Ou du moins c'était mon défunt père. Et je vous assure qu'il a dû payer sa patente très cher!

— Justement, jeune homme, c'est là que vous n'êtes pas en règle vis-à-vis de nous. D'abord, vous n'êtes pas et ne serez jamais maître épicier, et notre corporation n'a donc rien touché de vous.

— Mais, puisque son père apporte une découverte à votre corporation... commença Angélique.

— Démontrez-le-nous d'abord à vos frais. Puis engagez-vous aussi à nous faire bénéficier de ladite découverte.

Angélique crut que sa tête allait éclater et poussa un profond soupir. Elle prit congé en disant qu'elle allait réfléchir aux mystères des administrations marchandes et qu'elle était certaine que, d'ici la prochaine fois, ces messieurs auraient encore trouvé une excellente raison pour l'empêcher de faire quelque chose de nouveau.

Sur le chemin du retour, elle se reprochait d'avoir manqué à la prudence en laissant voir sa nervosité. Mais elle avait déjà compris que, même avec des sourires, elle ne parviendrait à rien avec ces gens-là.

C'est Audiger qui avait raison en affirmant qu'avec l'autorisation du roi il se passerait du patronage des corporations et ne s'en trouverait que mieux.

Mais il était riche et avait de puissants appuis, tandis qu'Angélique et le pauvre David se trouvaient assez désarmés en face de l'hostilité des corporations.

Demander la protection du roi pour cette première patente, accordée depuis cinq années, lui semblait aussi délicat que difficile.

Elle commença par chercher un moyen de s'entendre avec Audiger. Après tout, au lieu de se combattre, n'avaient-ils pas intérêt à unir leurs efforts et à se partager la besogne? Ainsi Angélique, avec sa patente et son matériel de chocolaterie, pourrait se charger de faire venir les fèves de cacao et les rendre propres à la consommation, c'est-à-dire jusqu'à la fabrication de la poudre sucrée et cannellisée ou vanillée. Le maître d'hôtel, lui, transformerait la poudre en boisson et en toutes sortes de spécialités de confiserie.

Au cours de leur première conversation, Angélique avait pu se rendre compte que le jeune homme n'avait pas encore sérieusement songé aux sources de son ravitaillement. Il répondait négligemment que « cela ne présentait aucune difficulté », « qu'il serait toujours temps d'aviser », qu'il en aurait comme il voudrait « par des amis ».

Or, grâce à la naine de la reine, Angélique savait que la venue en France des quelques sacs de cacao nécessaires à la gourmandise de Sa Majesté représentait une véritable mission diplomatique, nécessitait de nombreux intermédiaires, des relations à la cour d'Espagne ou à Florence...

Ce n'était pas ainsi qu'on pouvait envisager le ravitaillement de consommation courante. Ce ravitaillement, seul le père de David paraissait jusque-là s'en être préoccupé.

★

Audiger revenait souvent à la taverne du Masque-Rouge. A la façon du « glouton » Montaur, il s'installait à une table à part, et évitait visiblement les autres clients. Après des débuts très entreprenants et enjoués, il était devenu subitement taciturne, et Angélique ne pouvait s'empêcher d'être un peu blessée que ce confrère déjà renommé ne lui fît aucun compliment sur sa cuisine. Il ne mangeait d'ailleurs que du bout des dents et ne quittait pas des yeux la jeune femme, tandis qu'elle allait et venait dans la salle. Le regard tenace de ce beau garçon bien vêtu et sûr de lui finissait par intimider Angélique. Elle regrettait leur badinage du premier jour et ne savait comment aborder le sujet qui lui tenait au cœur. Audiger s'était sans doute rendu compte qu'elle serait plus difficile à écarter qu'il ne l'avait pensé. En tout cas, il l'observait avec attention.

Il poussait même cette sorte de surveillance un peu loin car, à plusieurs reprises, au cours des promenades que toute la famille faisait le dimanche à la campagne, on vit surgir Audiger à cheval, et qui, feignant la surprise, s'invitait cordialement à partager le repas sur l'herbe. Comme par hasard, il avait, dans les fontes de sa selle, un pâté de lièvre et une bouteille de champagne.

Ou bien on le rencontrait soit dans la galiote menant à Chaillot par la rivière, soit dans le coche de Saint-Cloud où ses rubans, ses plumes et ses vêtements de drap fin faisaient curieuse figure.

C'était l'été. Le dimanche, dès l'aube, tous les grands chemins autour de Paris étaient couverts, à plus d'une lieue à la ronde, de promeneurs en carrosse, à cheval et à pied, qui couraient prendre l'air et se réjouir du ciel bleu, les uns à leur maison de campagne, les autres dans les villages des environs.

Après avoir entendu la messe dans une petite église, on allait danser sous l'ormeau avec les paysans, et l'on dégustait les vins blancs de Sceaux, les vins clairets de Vanves, d'Issy et de Suresnes.

Et le Poète-Crotté, pour une fois moins amer, célébrait l'éternel besoin d'évasion des Parisiens :

> Une fête, qu'il fasse beau,
> Paris déborde comme l'eau,
> La terre se trouve couverte
> De gens assis sur l'herbe verte.

Papa Bourjus et son petit monde suivaient le mouvement.

— A Chaillot! A Chaillot! Allons, un sol chacun, criaient les bateliers. La nef passait devant le Cours-la-Reine et devant le couvent des Bonshommes (1). Plus loin, on débarquait pour aller dans le bois de Boulogne faire collation.

Parfois les bateaux menaient jusqu'à Saint-Cloud. On courait alors jusqu'à Versailles pour voir le roi manger. Mais Angélique refusait cette promenade. Elle s'était promis qu'elle n'irait à Versailles que reçue à la cour, par le roi. C'était un serment qu'elle s'était fait à elle-même. Autant dire qu'elle n'irait jamais à Versailles... Elle restait donc au bord de la Seine avec ses deux petits garçons grisés d'air pur.

Le soir venait.

— A Paris! A Paris! Allons, un sol chacun! criaient les bateliers.

_____
(1) Actuel palais de Chaillot.

David et le galant de Rosine, le fils d'un rôtisseur qu'elle devait épouser à l'automne, prenaient les enfants sur leurs épaules. Aux portes de la ville, on croisait des groupes d'ivrognes.

Au lendemain d'une joyeuse promenade Audiger sortit brusquement de sa réserve et dit à Angélique :

— Plus je vous observe et plus vous me laissez perplexe, belle amie. Il y a quelque chose en vous qui me chiffonne...

— A propos de votre chocolat?

— Non... ou plutôt si,... indirectement. D'abord, je me suis figuré que vous étiez faite pour les choses du cœur... et même de l'esprit. Et puis, je m'aperçois que vous êtes en réalité très pratique, matérielle même, et que vous ne perdez jamais la tête.

« Je l'espère bien », pensa-t-elle. Mais elle se contenta de sourire de la façon la plus charmante.

— Dans la vie, voyez-vous, dit-elle, il y a des périodes où l'on est obligé de faire entièrement une chose, puis une autre. A certaines époques, c'est l'amour qui domine, généralement quand la vie est facile. A d'autres, c'est le labeur, un but à atteindre. Ainsi, je ne vous cache pas que, pour moi, la chose qui m'importe le plus actuellement, c'est de gagner de l'argent pour mes enfants dont... dont le père est mort.

— Je ne voudrais pas être indiscret, mais puisque vous voulez bien me parler de vos enfants, croyez-vous que dans un commerce aussi harassant qu'aléatoire, et surtout si peu conciliable avec une vraie vie de famille, vous arriverez à les élever et à les rendre heureux?

— Je n'ai pas le choix, dit Angélique durement. D'ailleurs, je n'ai pas à me plaindre de maître Bourjus, et j'ai trouvé près de lui une situation inespérée par rapport à ma modeste condition.

Audiger toussota, joua un moment avec les glands de son rabat, et dit d'une voix hésitante :

— Et... si je vous donnais ce choix?

— Que voulez-vous dire?

Elle le regarda et vit dans ses yeux bruns une adoration contenue. L'instant lui parut bien choisi pour pousser plus avant ses négociations.

— A propos, avez-vous enfin votre patente?

Audiger soupira.

— Vous voyez bien que vous êtes intéressée et ne le cachez même pas. Eh bien, pour tout vous dire, je n'ai pas encore le cachet de la Chancellerie, et je ne pense pas l'avoir avant le mois d'octobre car, pendant les chaleurs, le président Séguier est à sa maison de campagne. Mais, à partir d'octobre, tout ira très rapidement. En effet, j'ai entretenu moi-même de mon affaire le comte de Guiche, qui est le propre gendre du chancelier Séguier. Vous voyez que d'ici peu vous n'aurez plus aucun espoir d'être une belle chocolatière... à moins que...

— Oui... à moins que..., dit Angélique. Ecoutez donc.

Et, tout de go, elle lui fit part de ses intentions. Elle lui révéla qu'elle avait une patente antérieure à la sienne, avec laquelle elle pourrait lui faire « des ennuis ». Mais le mieux n'était-il pas de s'entendre? Elle se chargerait de la fabrication du produit, et lui le préparerait. Et, pour avoir part au bénéfice de la chocolaterie, Angélique y travaillerait et y mettrait des fonds.

— Où comptez-vous installer votre chocolaterie? demanda-t-elle.

— Dans le quartier Saint-Honoré, près de la croix

du Trahoir. Mais vos histoires ne tiennent pas debout!

— Elles tiennent parfaitement debout, et vous le savez bien. Le quartier Saint-Honoré est un excellent quartier. Le Louvre est proche, le Palais-Royal aussi. Il ne faudrait pas une boutique ressemblant à une taverne ou à une rôtisserie. Je vois de beaux carrelages noirs et blancs, des glaces et des boiseries dorées, et, derrière, un jardin avec des tonnelles garnies de treilles comme dans l'enclos des Célestins... des tonnelles pour les amoureux.

Le maître d'hôtel, que les explications de la jeune femme avaient rendu maussade, se dérida un peu à cette dernière description.

— Vous êtes vraiment charmante lorsque vous vous laissez aller ainsi à votre nature primesautière, ma mie. J'aime votre gaieté et votre feu, auxquels vous savez mêler une juste modestie. Je vous ai observée attentivement. Vous avez la réplique facile, mais vos mœurs sont honnêtes. Cela me plaît. Ce qui me choque en vous, je ne vous le cache pas, c'est votre esprit par trop pratique et votre façon de vouloir traiter d'égal à égal avec des hommes expérimentés. La fragilité des femmes s'accorde mal avec un ton péremptoire, des façons tranchantes. Elles doivent laisser aux hommes le soin de débattre ces questions où leurs petites cervelles se perdent et s'emmêlent.

Angélique pouffa.

— Je vois d'ici maître Bourjus et David discuter de ces questions!

— Il ne s'agit pas d'eux.

— Alors? Vous n'avez donc pas encore compris que je suis seule pour me défendre?

— Précisément, il vous manque un protecteur.

Angélique fit la sourde oreille.

— Tout doux, maître Audiger. En réalité vous êtes un vilain jaloux qui voulez être seul à boire votre chocolat. Et, comme ce que je vous explique vous embarrasse fort, vous essayez de vous en tirer en faisant des discours sur la fragilité des femmes. En réalité, dans la petite guerre que nous nous livrons, la solution que je vous propose est excellente.

— J'en connais une cent fois meilleure.

Sous le regard appuyé du jeune homme, Angélique n'insista pas. Elle lui enleva son assiette, essuya la table et s'informa de ce qu'il désirait comme entremets. Mais, tandis qu'elle s'éloignait vers la cuisine, il se leva et la rejoignit en deux pas.

— Angélique, ma mie, ne soyez pas cruelle, supplia-t-il. Accepter de venir dimanche vous promener avec moi. Je voudrais vous parler sérieusement. Nous pourrions aller au moulin de Javel. Nous mangerions une matelote. Ensuite, nous marcherions à travers champs. Voulez-vous?

Il avait posé sa main sur la taille d'Angélique. Elle leva les yeux, attirée par ce visage frais, surtout par les lèvres fortement dessinées sous les deux virgules sombres de la moustache. Des lèvres qui devaient résister souplement au baiser avant de s'entrouvrir, qui devaient s'imposer, exigeantes, à la chair qu'elles effleuraient.

Une houle de plaisir qu'elle ne maîtrisa pas la secoua, et ce fut d'une voix mal affermie qu'elle accepta d'aller le dimanche suivant au moulin de Javel.

★

Angélique était troublée plus qu'elle ne l'aurait voulu par la perspective de cette promenade. Elle avait beau se raisonner, chaque fois qu'elle songeait aux lèvres d'Audiger et à sa main sur sa taille, un frisson très doux la parcourait. Il y avait longtemps qu'elle n'avait pas éprouvé pareille sensation. En y réfléchissant, elle s'apercevait que, depuis près de deux ans, depuis l'aventure du capitaine du guet, pas un homme ne l'avait touchée. C'était d'ailleurs une façon de parler, car son existence s'était déroulée dans une atmosphère de sensualité assez difficile à surmonter. Elle ne comptait plus les baisers et les caresses qu'elle avait dû repousser à coups de gifles. Plusieurs fois, dans la cour, elle avait été assaillie par quelque brute avinée, elle avait dû se défendre à coups de sabots, appeler au secours. Tout cela, ajouté à l'épreuve du capitaine du guet et aux rudes embrassements de Calembredaine, lui laissant un âcre souvenir de violence qui avait refroidi ses sens.

Elle s'étonnait d'en sentir le réveil, avec une soudaineté et une douceur qu'elle eût été bien incapable de prévoir deux ou trois jours plus tôt. Audiger profiterait-il de son trouble pour lui faire promettre de ne pas le gêner dans ses affaires?

« Non, se disait Angélique. Le plaisir est une chose, les affaires en sont une autre. Une bonne journée d'entente ne peut pas nuire à la réussite de mes futurs projets. » Pour étouffer les remords qu'elle éprouvait à l'avance d'une défaite inévitable, elle se persuada que l'intérêt de ses affaires rendait cette défaite presque indispensable. Au reste, il ne se passerait peut-être rien. Audiger n'avait-il pas toujours été parfaitement correct?

Devant son miroir, elle lissait d'un doigt ses longs sourcils déliés. Etait-elle toujours belle? On le lui disait. Mais la chaleur des feux n'avait-elle pas encore assombri son teint naturellement mat?

« Je suis devenue un peu grasse. Cela ne me va pas trop mal. D'ailleurs, les hommes de ce genre doivent aimer les femmes potelées. »

Elle eut honte de ses mains durcies et noircies par les travaux de la cuisine, et elle se rendit sur le Pont-Neuf acheter au Grand Matthieu un pot d'onguent pour les blanchir.

En revenant par le Palais de Justice, elle monta jusqu'à la galerie des Merciers et fit l'emplette d'un col de dentelle en point de Normandie, qu'elle jetterait sur l'encolure de sa modeste robe de drap bleu vert. Elle aurait ainsi l'air d'une petite-bourgeoise, et non d'une servante ou d'une commerçante. Elle compléta sa toilette par l'achat d'une paire de gants et d'un éventail. Une folie!

Ses cheveux lui donnaient du souci. En repoussant, ils étaient devenus plus frisés et plus blonds, mais n'allongeaient pas. Avec regret, elle évoquait la nappe lourde et soyeuse qu'elle secouait jadis sur ses épaules.

Le matin du grand jour, elle les dissimula sous un beau carré de satin bleu foncé qui avait appartenu à maîtresse Bourjus. A l'échancrure de son corsage, elle avait un camée de cornaline et, à sa ceinture, une aumônière brodée de perles, qui était également un héritage de la pauvre femme.

Angélique attendit sous le porche. La journée promettait d'être belle. Le ciel était pur entre les toits.

Lorsque le carrosse d'Audiger apparut, elle s'y précipita avec l'impatience d'une pensionnaire un jour de sortie.

Le maître d'hôtel était positivement éblouissant. Il portait une rhingrave jaune soulignée de rubans feu. Son pourpoint de velours chamois à petits galons orangés s'entrouvrait sur une chemise plissée du plus fin linon. La dentelle de ses canons, de ses manchettes et de sa cravate, était arachnéenne.

Angélique la toucha avec admiration.

— C'est du point d'Irlande, commenta le jeune homme, cette dentelle m'a coûté une petite fortune.

Un peu dédaigneusement, il souleva le modeste collet de sa compagne.

— Plus tard, vous en aurez d'aussi belle, ma chérie. Il me semble que vous êtes capable de porter avec grâce la toilette. Je vous vois très bien en robe de soie et même de satin.

« Et même de brocart d'or », songea Angélique en serrant les dents.

Mais, quelques instants plus tard, lorsque le carrosse se mit à longer la Seine, elle retrouva sa bonne humeur.

Le moulin de Javel dressait, parmi les troupeaux de moutons de la plaine de Grenelle, ses grandes ailes de chauve-souris, dont le doux tic-tac accompagnait les baisers et les serments des couples d'amants. On venait au moulin de Javel en cachette. Un grand corps de logis formant auberge y recevait la compagnie, et le patron était discret.

« Si on ne savait pas se taire dans une maison comme la nôtre, disait-il, ce serait une belle pitié! Nous mettrions toute la ville en désordre. »

On voyait passer des petits ânes chargés de sacs pansus. Il flottait dans ses parages une odeur de farine et de blé chaud, de soupe au poisson et aux écrevisses.

Angélique respirait l'air frais avec délices. Quelques nuages blancs passaient dans le ciel d'azur. Angélique leur souriait et les comparait à des blancs d'œufs bien battus. De temps en temps, elle regardait les lèvres d'Audiger et savourait le petit frisson délicieux qu'elle éprouvait aussitôt.

N'allait-il pas essayer de l'embrasser? Il semblait un peu compassé dans ses beaux vêtements, et tout occupé de composer le menu du dîner avec le patron de l'auberge, fort honoré de sa visite.

Dans la salle, où régnait une ombre propice, d'autres couples s'attablaient. A mesure que se vidaient les cruchons de vin blanc, les attitudes devenaient plus libres. On devinait des gestes osés, que soulignaient les rires roucoulants des dames. Angélique buvait pour tromper sa nervosité, et ses joues devenaient brûlantes.

Audiger s'était mis à parler de ses voyages et de son métier. Il en faisait une nomenclature précise, n'épargnant ni une date, ni une roue d'essieu brisée.

— Comme vous pouvez vous en rendre compte, ma chère, ma situation repose sur des bases solides et qui ne permettent plus de surprises. Mes parents...

— Oh! sortons d'ici, supplia Angélique qui venait de reposer sa cuillère.

— Mais il fait une chaleur étouffante!

— Dehors, au moins, il y a du vent... et puis on ne voit pas tous ces gens qui s'embrassent, ajouta-t-elle à mi-voix.

Devant le soleil aveuglant, Audiger se récria. Elle allait prendre mal et se gâter le teint. Il la coiffa de son vaste chapeau à plumes blanches et jaunes, et s'écria, comme il l'avait fait le premier jour :

— Dieu que vous êtes jolie, ma mie.

Mais, quelques pas plus loin, comme il longeait un petit sentier au bord de la Seine, il reprit le récit de sa carrière. Il dit que, lorsque la chocolaterie serait mise en route, il entreprendrait d'écrire un livre très important sur le métier d'officier de bouche, où se trouveraient tous les renseignements nécessaires aux pages et cuisiniers désirant se perfectionner dans leur art.

— En lisant ce livre, le maître d'hôtel apprendra l'ordre de bien servir une table et d'y ranger les services. De même, le sommelier y verra la manière de bien plier le linge, en plusieurs figures, ainsi que celle de faire toutes sortes de confitures, tant sèches que liquides, et toutes sortes de dragées et autres gentillesses fort utiles à tout le monde. Le maître d'hôtel aura la révélation que, l'heure du repas venue, il doit prendre une serviette blanche qu'il pliera en long et ajustera sur son épaule. Je lui ferai bien remarquer que la serviette est la marque de son pouvoir et le signe démonstratif et particulier de ce pouvoir. Je suis ainsi. Je peux servir l'épée au côté, le manteau sur les épaules, le chapeau sur la tête, mais toujours la serviette doit être placée en la posture que j'ai dite.

Angélique eut un petit rire moqueur.

— Et quand vous faites l'amour, en quelle posture la placez-vous, la serviette?

Elle s'excusa aussitôt, devant la mine scandalisée et stupéfaite du jeune homme.

— Pardonnez-moi. Le vin blanc me donne toujours des idées saugrenues. Mais aussi, pourquoi m'avoir suppliée à deux genoux de venir au moulin de Javel pour me parler de la posture des serviettes?...

— Ne me ridiculisez pas, Angélique. Je vous parle de mes projets, de mon avenir. Et cela cadre avec les intentions que j'ai eues en vous demandant de venir seule avec moi aujourd'hui. Vous souvient-il d'une parole que je vous ai dite le premier jour où nous nous sommes vus? C'était alors une demi-boutade : « Mariez-vous avec moi! » Depuis j'ai beaucoup réfléchi et j'ai compris que vous étiez vraiment la femme qui...

— Oh! s'écria-t-elle, j'aperçois des meules. Allons-y vite. Nous serons mieux qu'en plein soleil.

Elle se mit à courir en retenant son grand chapeau et alla se jeter, essoufflée, dans le foin tiède. Faisant contre mauvaise fortune bon cœur, le jeune homme la rejoignit en riant et s'assit près d'elle.

— Petite folle! Décidément vous me déconcertez toujours. Je crois parler à une femme d'affaires avisée, et c'est un papillon qui vole de fleur en fleur.

— Une fois n'est pas coutume. Audiger, soyez gentil, ôtez votre perruque. Vous me donnez chaud avec cette grosse fourrure sur la tête, et je voudrais pouvoir caresser vos vrais cheveux.

Il eut un petit mouvement de recul. Cependant, au bout d'un moment, il ôta sa perruque et passa avec soulagement ses doigts dans ses courts cheveux bruns.

— A mon tour, dit Angélique en avançant la main.

Mais il la retint avec gêne.

— Angélique!... Que vous prend-il? Vous devenez positivement diabolique!... Moi qui voulais vous parler de choses sérieuses!

Sa main était sur le poignet de la jeune femme, et elle en éprouvait une brûlure. Maintenant qu'il était ainsi troublé, penché sur elle, elle retrouvait son émotion. Les lèvres d'Audiger étaient vraiment belles, sa peau tendue et fraîche, ses mains blanches. Ce serait assez agréable qu'il devînt son amant. Elle trouverait près de lui de solides étreintes, saines, presque conjugales, qui la reposeraient de son existence de lutte et de labeur. Ensuite, étendus paisiblement l'un près de l'autre, ils parleraient de l'avenir du chocolat.

— Ecoutez, murmura-t-elle, écoutez le moulin de Javel. Sa chanson proteste. On ne parle pas de choses sérieuses à son ombre. C'est interdit... Ecoutez, regardez, le ciel est bleu. Et vous, vous êtes beau. Et moi, je...

Elle n'osa pas achever, mais elle le regardait hardiment de ses yeux verts pleins de lumière. Ses lèvres entrouvertes, un peu humides, le feu de ses joues, la palpitation précipitée de ses seins qu'Audiger découvrait dans l'entrebâillement du grand col de dentelles, disaient plus clairement encore que les paroles : « Je vous désire. »

Il eut un mouvement vers elle, puis il se redressa précipitamment et resta un moment debout, le dos tourné.

— Non, dit-il enfin d'une voix nette, pas vous! Certes, il m'est déjà arrivé de prendre dans le foin des filles à soldats ou des servantes. Mais vous, non! Vous êtes la femme que j'ai choisie. Vous serez à moi le soir de nos noces bénies par un saint prêtre. C'est une chose à laquelle je me suis engagé au sein des pires désordres. Je respecterai celle que je choisirai pour épouse et pour mère de mes enfants. Et c'est vous que j'ai choisie, Angélique, presque à l'instant où je vous ai vue pour la première fois. Je comptais vous demander aujourd'hui votre consentement. Mais vous m'avez bouleversé par vos façons fantasques. Je veux croire que ce n'est pas là le fond de votre nature. La réputation qu'on vous accorde d'être une veuve incorruptible est-elle surfaite?

Angélique secoua nonchalamment la tête. Elle mordillait une fleur tout en examinant le jeune homme entre ses cils. Elle essayait de s'imaginer en épouse légitime du maître d'hôtel Audiger. Une bonne petite bourgeoise que les grandes dames salueraient avec condescendance au Cours-la-Reine, lorsqu'elle s'y promènerait dans un modeste carrosse doublé de drap olive, avec un chiffre entouré d'une cordelière, un cocher vêtu de brun et un petit laquais...

En vieillissant, Audiger prendrait du ventre et deviendrait rouge. Et, quand il raconterait pour la centième fois à ses enfants ou à ses amis l'histoire des petits pois de Sa Majesté, elle aurait envie de le tuer...

— J'ai parlé de vous à maître Bourjus, reprenait Audiger. Il ne m'a pas caché que, si vous aviez une vie exemplaire et si vous étiez courageuse au travail, vous manquiez de piété. C'est à peine si vous entendez la messe le dimanche, et vous n'assistez jamais aux vêpres. Or, la piété est une vertu féminine par excellence. Elle est l'armature de son âme, naturellement faible, et un gage de sa bonne conduite.

— Que voulez-vous? On ne peut pas être à la fois pieuse et lucide, croyante et logique.

— Que racontez-vous, ma pauvre enfant? Seriez-vous gagnée par les hérésies? La religion catholique...

— Oh! je vous en prie! s'écria-t-elle en s'enflammant subitement. Ne me parlez pas de religion. Les hommes ont corrompu tout ce qu'ils ont touché. De ce que Dieu leur a donné de plus sacré, la religion, ils ont fait un mélange de guerres, d'hypocrisie et de sang qui me donne envie de vomir. Au moins, dans une femme jeune qui a envie qu'on l'embrasse un jour d'été, je pense que Dieu reconnaît l'œuvre de sa création, puisque c'est Lui qui l'a faite ainsi.

— Angélique, vous perdez la tête! Il est temps qu'on vous arrache à la société de ces libertins dont vous avez le tort d'écouter les discours. En réalité, je crois qu'il vous faut non seulement un protecteur, mais un homme qui vous dompte quelque peu et qui vous remette à votre place de femme. Entre votre oncle et son crétin de neveu qui vous adorent, vous vous croyez tout permis. Vous avez été beaucoup trop gâtée, vous avez besoin d'être dressée...

— Vraiment? répondit Angélique. (Et elle bâilla en s'étirant.)

Cette discussion avait apaisé son désir. Elle s'étendit confortablement dans le foin, non sans avoir relevé sournoisement sa longue jupe sur ses fines chevilles gainées de soie.

— Tant pis pour vous, dit-elle.

Cinq minutes après, elle dormait. Audiger, le cœur battant, contempla le souple corps abandonné. Il en détaillait toutes les merveilles qu'il savait par cœur, comme une litanie : un front d'ange, une bouche mutine, un beau corsage. Angélique était de taille moyenne, mais si bien proportionnée qu'on la croyait grande. C'était la première fois qu'il voyait ses chevilles; elles laissaient deviner les jambes bien galbées qui les prolongeaient.

Audiger, la sueur au front, décida de s'éloigner, fuyant une tentation à laquelle il se sentait bien près de succomber.

★

Angélique rêvait qu'elle s'en allait sur la mer dans un bateau à foin. Une main la caressait en lui disant : « Ne pleure pas. »

Elle s'éveilla et vit qu'il n'y avait personne, plus personne près d'elle. Mais, le soleil baissant à l'horizon, l'enveloppait de sa tiédeur.

« A cause de cet idiot d'Audiger, me voilà réduite

à folâtrer avec le soleil », se dit-elle avec un soupir.

Une langueur s'attardait en elle. Elle caressa ses bras duvetés.

« Tes épaules sont deux boules d'ivoire, tes seins sont juste faits pour la main d'un homme... »

Qu'était-il devenu, ce drôle d'oiseau noir, l'homme du bateau à foin? Il disait des paroles rêveuses et puis, tout à coup, moqueuses. Il lui avait donné un très long baiser. Peut-être n'existait-il pas?

Elle se leva, secoua les herbes accrochées à sa robe et, rejoignant Audiger à l'auberge du moulin, elle lui demanda maussadement de la ramener à Paris.

### 3

Par ce crépuscule d'automne, Angélique se promenait sur le Pont-Neuf. Elle venait y chercher des fleurs et profitait de l'occasion pour y errer d'échoppe en échoppe.

Elle s'arrêta devant l'estrade du Grand Matthieu et tressaillit.

Le Grand Matthieu était en train d'arracher une dent à un homme agenouillé devant lui. Le patient avait la bouche ouverte et distendue par les tenailles de l'opérateur. Mais Angélique reconnut ses cheveux blonds et raides comme de la paille de maïs, et son manteau noir élimé. C'était l'homme du bateau à foin.

La jeune femme joua des coudes pour se mettre au premier rang.

Bien qu'il fît assez froid, le Grand Matthieu suait à grosses gouttes.

— Ventre saint-gris, comme dirait celui d'en face, elle est dure, celle-là! Bon Dieu, qu'elle est dure!

Il interrompit sa besogne pour s'éponger, retira l'instrument de la bouche de sa victime et lui demanda :

— Souffres-tu?

L'autre se tourna vers le public et sourit en secouant négativement la tête. Il n'y avait pas de doute. C'était lui, avec sa face pâle, sa bouche longue, ses grimaces de jocrisse ébloui!

— Voyez, mesdames et messieurs! clama le Grand Matthieu. N'est-ce pas merveille? Voilà un homme qui ne souffre pas et pourtant il a les dents dures, croyez-moi! Et par quel miracle ne souffre-t-il pas? Par la grâce de ce baume miraculeux dont j'ai oint sa gencive avant l'opération. Dans ce petit flacon, mesdames et messieurs, est contenu l'oubli de tous les maux. Chez moi, on ne SOUFFRE PAS, grâce au baume miraculeux, et l'on vous arrache les dents sans que vous vous en aperceviez. Allons, mon ami, reprenons notre besogne.

L'autre ouvrit la bouche avec empressement. Avec des jurons et de grands ahans, le charlatan s'escrima de nouveau sur la mâchoire rétive.

Enfin, avec un cri de triomphe, le Grand Matthieu brandit au bout de sa tenaille la molaire récalcitrante.

— Et voilà! Avez-vous souffert, mon ami?

L'autre se relevait, toujours souriant. Il fit signe que non.

— En dirais-je plus? Voici un homme, duquel vous venez de voir le supplice, et qui s'éloigne frais et dispos. Grâce au baume miraculeux dont je suis le seul à user parmi les médecins empiriques, personne n'hésitera plus à se débarrasser de ces clous de girofle puants qui déshonorent la bouche d'un honnête chrétien. On viendra avec le sourire chez l'arracheur de dents. N'hésitez plus, mesdames et messieurs. Venez! La souffrance n'est plus! LA SOUFFRANCE EST MORTE.

Cependant, le client coiffait déjà son chapeau à fond pointu, et descendait de l'estrade. Angélique le suivit. Elle avait envie de l'aborder, mais se demandait s'il la reconnaîtrait.

Il suivait maintenant le quai des Morfondus, sous le Palais de Justice. A quelques pas devant elle, Angélique voyait flotter, dans le brouillard venu de la Seine, sa silhouette bizarre et maigre. De nouveau, il semblait n'être pas réel. Il allait très lentement, s'arrêtait, puis repartait.

Tout à coup, il disparut. Angélique poussa un léger cri. Mais elle comprit que l'homme était simplement descendu, par trois ou quatre marches, du quai jusqu'à la berge. A son tour, sans réfléchir, elle s'engagea dans l'escalier et se heurta presque à l'inconnu, appuyé à la muraille. Plié en deux, il gémissait sourdement.

— Qu'y a-t-il? Qu'avez-vous, demanda Angélique. Vous êtes malade?

— Oh! je me meurs, répondit-il d'une voix faible. Cette brute a failli m'arracher la tête. Et j'ai certainement la mâchoire décollée.

Il cracha un filet de sang.

— Mais vous disiez que vous ne souffriez pas?

— Je ne disais rien, j'en aurais été bien incapable. Heureusement que le Grand Matthieu m'a payé bon prix pour jouer cette petite comédie!

Il gémit, cracha encore. Elle crut qu'il allait s'évanouir.

337

— C'est stupide! Il ne fallait pas accepter cela, dit-elle.

— Je n'ai rien mangé depuis trois jours.

Angélique entoura de son bras le buste maigre de l'inconnu. Il était plus grand qu'elle, mais si léger qu'elle se sentait presque la force de porter cette pauvre carcasse.

— Venez, vous mangerez bien ce soir, promit-elle. Et cela ne vous coûtera rien. Pas un sol... ni une dent.

Revenue à l'auberge, elle courut à la cuisine, chercha ce qui pourrait convenir à une victime de la faim et d'un arracheur de dents. Il y avait du bouillon avec une belle langue de bœuf piquée de concombres et de cornichons. Elle lui porta le tout, ainsi qu'un pichet de vin rouge et un grand pot de moutarde.

— Commencez toujours par ceci. Ensuite, nous verrons.

Le long nez du pauvre hère palpita.

— O subtil parfum des soupes, murmura l'inconnu en se redressant comme s'il ressuscitait. Essence bénie des divinités potagères!

Elle le laissa, pour qu'il pût se rassasier à l'aise. Après avoir donné ses ordres, vérifié si tout était prêt pour l'arrivée des clients, elle gagna l'office afin de préparer une sauce. C'était une petite pièce où elle s'enfermait lorsqu'elle avait à composer un plat particulièrement délicat.

Au bout de quelques instants, la porte s'ouvrit et son invité passa la tête dans l'entrebâillement.

— Dis-moi, ma belle, c'est bien toi la petite gueuse qui connaît le latin?

— C'est moi... et ce n'est pas moi, dit Angélique, qui ne savait si elle était contrariée ou contente qu'il

338

l'eût reconnue. Je suis désormais la nièce de maître Bourjus, patron de cette taverne.

— Autrement dit, tu n'es plus sous la juridiction ombrageuse du sieur Calembredaine?

— Dieu m'en garde!

Il se glissa dans la pièce, s'approcha d'elle de son pas léger et, lui prenant la taille, il l'embrassa sur les lèvres.

— Eh bien! messire, je crois que vous voilà parfaitement réconforté! dit Angélique lorsqu'elle eut repris son souffle.

— On le serait à moins. Voici longtemps que je te cherche dans Paris, marquise des Anges!

— Chut! fit-elle en regardant autour d'elle avec effroi.

— Ne crains rien. Il n'y a pas de grimauts dans la salle. Je n'en ai point vu et je les connais tous, tu peux m'en croire. Alors, petite gueuse, tu connais les bons endroits à ce que je vois. Tu en as eu assez des bateaux à foin? On quitte une petite fleur pâle, anémique, boueuse, qui pleure en dormant, on retrouve une commère dodue, bien en place... Et pourtant c'est bien toi. Tes lèvres sont toujours aussi bonnes, mais elles ont maintenant un goût de cerise, et non plus de larmes amères. Viens encore...

— Je suis pressée, dit Angélique en repoussant les mains qui voulaient emprisonner ses joues.

— Deux secondes de bonheur gagnent deux ans de vie. Et puis, j'ai faim encore, tu sais!

— Voulez-vous des crêpes et des confitures?

— Non, je te veux, toi. Ta vue et ton contact suffisent à me rassasier. Je veux tes lèvres en cerise, tes joues de pêche. Tout en toi est devenu comestible. On ne peut rien rêver de mieux pour un poète affamé... Ta chair est tendre. J'ai envie de te mordre. Et tu as chaud!... C'est merveilleux! L'odeur de tes aisselles me fait mourir de fringale...

— Oh! vous êtes impossible! protesta-t-elle en se dégageant. Avec vos déclarations tour à tour lyriques et triviales, vous me rendez folle.

— C'est ce que je souhaite. Allons, ne fais pas la coquette.

D'un geste péremptoire qui prouvait le retour de ses forces, il la reprit contre lui et, lui renversant la tête au creux de son bras, il se remit à l'embrasser.

Le choc d'une louche de bois frappée contre la table les sépara brutalement.

— Par saint Jacques! hurlait maître Bourjus. Ce gazetier maudit, ce suppôt de Satan, ce calomniateur, dans ma maison, dans mon office, en train de lutiner ma fille! Hors d'ici, maraud, où je te mets à la rue à coups de pied dans le cul.

— Pitié, messire, pitié pour mes chausses! Elles sont tellement usées que votre auguste pied risquerait de donner un spectacle indécent aux dames.

— Hors d'ici, faquin, plumitif, rongeur d'ongles! Tu déshonores ma boutique avec tes hardes percées et ton chapeau de bateleur de foire.

Mais l'autre, grimaçant, riant et tenant à deux mains son arrière-train menacé, avait couru jusqu'à la porte de la rue. Il fit un pied de nez et disparut.

Angélique dit, un peu lâchement :

— Cet individu est entré dans l'office et je ne pouvais m'en débarrasser.

— Hum! grommela le rôtisseur, pour une fois tu n'avais pas l'air si mécontente. Tout doux, ma belle, ne proteste pas! Ce n'est pas contre cela que je m'élève : un peu de cajolerie de temps en temps, ça vous ragaillardit une belle fille. Mais franchement, Angélique, tu me déçois. Ne vient-il pas des honnêtes gens dans notre demeure? Pourquoi aller choisir un journaliste?

★

La favorite du roi, Mlle de La Vallière, avait la bouche trop grande. Elle boitait un peu. On disait que cela lui donnait une grâce particulière et ne l'empêchait pas de danser à ravir, mais le fait était là : elle boitait.

Elle n'avait pas de poitrine. On la comparait à Diane, on parlait du charme des êtres androgynes, mais le fait était là : elle avait les seins plats. Sa peau était sèche. Les larmes causées par les infidélités royales, les humiliations de la cour, les remords, lui avaient creusé les yeux. Elle devenait maigre et sèche. Enfin, à la suite de sa deuxième grossesse, elle souffrait d'une incommodité d'alcôve dont seul Louis XIV eût pu révéler les détails. Mais le Poète-Crotté les connaissait, lui.

Et, de toutes ces misères cachées ou reconnues, de ces disgrâces physiques, il fit un pamphlet étonnant, plein d'esprit, mais d'une méchanceté et d'une crudité telles que les bourgeois les moins pudibonds évitèrent de le montrer à leurs femmes, lesquelles le réclamèrent à leurs servantes.

Soyez boiteuse, ayez quinze ans,
Pas de gorge, fort peu de sens.
Des parents? Dieu le sait. Faites en fille neuve
Dans l'antichambre vos enfants,
Sur ma foi, vous aurez le premier des amants
Et La Vallière en est la preuve.

Ainsi commençait la chanson.

On trouva de ces libelles un peu partout dans Paris, à l'hôtel Biron où logeait Louise de La Vallière, au Louvre et jusque chez la reine, qui, à ce portrait de sa rivale, se mit à rire pour la première fois depuis bien longtemps et frotta de joie ses petites mains.

Blessée, morte de honte, Mlle de La Vallière se jeta dans le premier carrosse venu et se fit conduire au couvent de Chaillot, où elle voulait prendre le voile.

Le roi lui donna l'ordre de revenir et de se montrer à la cour. Il la fit chercher par M. Colbert. Dans ce rappel, il y avait moins de tendresse indignée que de défi furieux de la part d'un souverain que son peuple osait bafouer, mais qui commençait à craindre que sa maîtresse ne lui fît pas honneur.

Les plus fins limiers de la police furent lancés à la poursuite du Poète-Crotté.

Cette fois, personne ne doutait qu'il fût pendu.

★

Angélique terminait sa toilette de nuit dans sa petite chambre de la rue des Francs-Bourgeois. Javotte venait de se retirer avec une révérence. Les enfants dormaient.

On entendit courir au-dehors. Les pas étaient étouffés par la mince pellicule de neige qui, très lentement, en ce soir de décembre, s'était mise à tomber.

Des coups résonnèrent à la porte. Angélique enfila sa robe de chambre et alla tirer le judas.

— Qui est là?

— Ouvre-moi vite, petite gueuse, vite. Le chien!

Sans prendre le temps de réfléchir, Angélique tira

les verrous. Le gazetier trébucha contre elle. Au même instant, une masse blanche surgit de l'ombre, bondit et le prit à la gorge.

— Sorbonne! cria Angélique.

Elle s'élança et sa main rencontra le pelage humide du dogue.

— Laisse-le, Sorbonne. *Lass ihn! Lass ihn!*

Elle lui parlait en allemand, se souvenant vaguement que Desgrez lui donnait des ordres dans cette langue.

Sorbonne grondait, les crocs solidement enfoncés dans le collet de sa victime. Mais, au bout d'un instant, la voix d'Angélique lui parvint. Il remua la queue et consentit à lâcher sa proie, non sans continuer à gronder.

L'homme haletait :

— Je suis mort!

— Mais non. Entrez vite.

— Le chien va rester devant la porte et avertir le policier.

— Entrez! vous dis-je.

Elle le poussa elle-même à l'intérieur, puis resta sous la voûte, tirant la porte derrière elle. Elle tenait solidement Sorbonne par son collier. A l'entrée du porche, elle voyait tourbillonner la neige dans le reflet d'une lanterne. Enfin, elle distingua l'approche du pas feutré, le pas qu'on entendait toujours derrière le chien, le pas du policier François Desgrez.

Angélique s'avança.

— Est-ce que vous ne cherchez pas votre chien, maître Desgrez?

Il s'arrêta, puis entra à son tour sous la voûte. Elle ne voyait pas son visage.

— Non, répondit-il avec beaucoup de calme. Je cherche un pamphlétaire.

— Sorbonne passait. Figurez-vous que je l'ai connu autrefois, votre chien. Je l'ai appelé et me suis permis de le retenir.

— Sans nul doute, il en a été ravi, madame. Vous preniez le frais sur votre seuil par ce temps charmant?

— Je fermais ma porte. Mais nous parlons dans l'obscurité, maître Desgrez, et je suis sûre que vous ne devinez pas qui je suis.

— Je ne le devine pas, madame, je le sais. Il y a longtemps que je sais qui habite cette maison et, comme aucune taverne de Paris ne m'est inconnue, je vous ai vue au Masque-Rouge. Vous vous faites appeler Mme Morens et vous avez deux enfants, dont l'aîné se nomme Florimond.

— On ne peut rien vous cacher. Mais, puique vous savez qui je suis, pourquoi faut-il un hasard pour que nous nous parlions?

— Je n'étais pas certain que ma visite vous fît plaisir, madame. La dernière fois que nous nous sommes vus, nous nous sommes quittés en très mauvais termes.

Angélique évoqua la nuit de chasse dans le faubourg Saint-Germain. Il lui parut qu'elle n'avait plus une goutte de salive dans la bouche.

Elle interrogea d'une voix sans timbre :

— Que voulez-vous dire?

— Il neigeait comme cette nuit, et la poterne du Temple n'était pas moins obscure que votre voûte.

Angélique dissimula un soupir de soulagement.

— Nous n'étions pas en mauvais termes. Nous étions vaincus, ce n'est pas la même chose, maître Desgrez.

— Il ne faut pas m'appeler maître, madame, car

j'ai vendu ma charge d'avocat, ayant au surplus été rayé de l'université. Cependant, je l'ai vendue fort bien, et j'ai pu racheter une charge de capitaine-exempt, en vertu de laquelle je me dévoue à une tâche plus lucrative et non moins utile : la poursuite des malfaiteurs et des malintentionnés de cette ville. Ainsi, des hauteurs du verbe, je suis tombé au bas-fond du silence.

— Vous parlez toujours aussi bien, maître Desgrez.

— A l'occasion. Je retrouve alors le goût de certaines périodes oratoires. C'est sans doute à cause de cela que je suis particulièrement chargé du sort de ces incontinents de la parole écrite ou non : les poètes, les gazetiers, les plumitifs de toutes sortes. Ainsi, ce soir, je poursuis un personnage virulent, un nommé Claude Le Petit, qu'on appelle aussi le Poète-Crotté. Cet individu aura sans doute à vous bénir de votre intervention.

— Pourquoi cela?

— Parce que vous nous avez retenus en bon chemin et que, lui, il a continué à courir.

— Je m'excuse de vous avoir retenu.

— J'en suis personnellement enchanté, quoique le petit salon où vous me recevez manque un peu de confort.

— Pardonnez-moi. Il faudra revenir, Desgrez.

— Je reviendrai, madame.

Il se pencha vers le chien pour lui mettre sa laisse. Les flocons de neige devenaient de plus en plus serrés. Le policier releva le col de son manteau, fit un pas, puis s'arrêta.

— Il me revient une chose en mémoire, dit-il encore. Ce Poète-Crotté avait écrit de bien cruelles médisances au moment du procès de votre mari. Attendez...

Et la belle madame de Peyrac
Priant que la Bastille ne s'ouvre
Et qu'il demeure en son cul-de-sac...

— Oh! taisez-vous, par pitié! s'écria Angélique en portant les mains à ses oreilles. Ne parlez jamais de ces choses-là. Je ne me souviens plus de rien. Je ne veux plus m'en souvenir...

— Le passé est donc mort pour vous, madame?

— Oui, le passé est mort!

— C'est ce qu'il avait de mieux à faire. Je ne vous en parlerai plus. Au revoir, madame... et bonne nuit!

Angélique, claquant des dents, remit ses verrous. Elle était gelée jusqu'aux moelles par cette station dans le froid, avec, pour tout vêtement, sa robe de chambre. Et, au froid, s'ajoutait l'émotion d'avoir revu Desgrez et d'avoir entendu ses révélations.

Elle entra dans sa chambre et ferma la porte. L'homme aux cheveux blonds était assis sur la pierre de l'âtre, les bras serrés autour de ses maigres genoux. Il ressemblait à un grillon.

La jeune femme s'appuya contre la porte. Elle dit d'une voix blanche :

— C'est vous le Poète-Crotté?

Il sourit.

— Crotté? Certainement. Poète? Peut-être.

— C'est vous qui avez écrit ce... ces ignominies sur Mlle de La Vallière? Vous ne pouvez donc pas laisser les gens s'aimer tranquillement? Le roi et cette fille ont fait tout ce qu'ils pouvaient pour garder leurs amours secrètes, et voilà que vous étalez le scandale en termes odieux! La conduite du roi est blâmable, certes. Mais c'est un homme jeune, fougueux, qu'on a marié de force à une princesse sans esprit ni beauté.

Il ricana.

— Comme tu le défends, ma jolie! Ce franc-ripault t'a-t-il entortillé le cœur?

— Non, mais j'ai horreur de voir souillé un sentiment respectable et royal.

— Il n'y a rien au monde de respectable, ni de royal.

Angélique traversa la pièce et alla s'appuyer de l'autre côté de la cheminée. Elle se sentait faible et tendue. Le poète levait les yeux vers elle. Elle y voyait danser les points rouges des flammes.

— Ne savais-tu pas qui j'étais? demanda-t-il.

— Personne ne me l'a dit, et comment aurais-je pu le deviner? Votre plume est impie et libertine, et vous...

— Continue...

— Vous m'aviez semblé bon et joyeux.

— Je suis bon avec les petites gueuses qui pleurent dans les bateaux à foin, et je suis méchant avec les princes.

Angélique soupira. Elle avait du mal à se réchauffer. Elle eut un geste du menton vers la porte.

— Maintenant, il vous faut partir.

— Partir! s'exclama-t-il. Partir alors que le chien Sorbonne m'attend pour crocher dans mes chausses, et que le policier du diable prépare ses chaînes?

— Ils ne sont pas dans la rue.

— Si. Ils m'attendent dans l'ombre.

— Je vous jure qu'ils ne se doutent pas que vous êtes ici.

— Comment le savoir? Est-ce que tu ne connais pas ces deux compagnons-là, ma mignonne, toi qui as fait partie de la bande de Calembredaine?

Elle lui fit signe vivement de se taire.

— Tu vois? Toi-même, tu les sens aux aguets, dehors, dans la neige. Et tu veux que je m'en aille!

— Oui, allez-vous-en!

— Tu me chasses?

— Je vous chasse.

— Je ne t'ai pourtant pas fait de mal, à toi?

— Si.

Il la regarda longuement, puis tendit la main vers elle.

— Alors, il faut nous réconcilier. Viens.

Et, comme elle demeurait immobile :

— Nous sommes tous les deux poursuivis par le chien. Que nous restera-t-il si nous nous fâchons?

Il continuait à tendre la main.

— Tes yeux sont devenus durs et froids comme des émeraudes. Ils n'ont plus ce reflet ensoleillé de petite rivière sous les feuillages qui semble dire : Aime-moi, embrasse-moi...

— C'est la rivière qui dit tout cela?

— Ce sont tes yeux quand je ne suis pas ton ennemi. Viens!


Elle céda tout à coup et vint s'accroupir près de lui. Il mit aussitôt son bras autour de ses épaules.

— Tu trembles. Tu n'as plus ton air assuré de bonne hôtesse. Quelque chose t'a fait peur et t'a fait mal. Le chien? Le policier?

— C'est le chien. C'est le policier, et c'est vous aussi, monsieur le Poète-Crotté.

— O sinistre trinité de Paris!

— Vous qui êtes au courant de tout, savez-vous ce que je faisais avant d'être avec Calembredaine?

Il eut une moue ennuyée et grimaça.

— Non. Depuis que je t'ai retrouvée, j'ai à peu

près compris comment tu t'étais débrouillée, et comment tu avais empaumé ton rôtisseur. Mais, avant Calembredaine, eh bien, non, la piste s'arrête là.

— C'est préférable.

— Ce qui me fâche, c'est que je suis à peu près sûr que le policier du diable le connaît, lui, ton passé.

— Vous faites assaut de renseignements?

— Des renseignements, nous nous en repassons souvent, lui et moi.

— Au fond, vous vous ressemblez tous les deux.

— Un peu. Mais il y a quand même une grande différence entre nous.

— Laquelle?

— C'est que je ne peux pas le tuer, tandis que lui peut me conduire sur le chemin de la mort. Si tu ne m'avais pas ouvert ta porte ce soir, je serais présentement au Châtelet, par ses soins. J'aurais gagné déjà trois pouces de taille grâce au chevalet de maître Aubin, et demain à l'aube, je me serais balancé au bout d'une corde.

— Et pourquoi dites-vous que, de votre côté, vous ne pouvez pas le tuer?

— Je ne sais pas tuer. La vue du sang m'indispose.

Elle se mit à rire de sa mimique dégoûtée. La main nerveuse du poète se posa sur son cou.

— Quand tu ris, tu ressembles à un petit pigeon.

Il se pencha sur son visage. Elle voyait dans ce sourire tendre et moqueur la brèche d'ombre causée par la tenaille du Grand Matthieu, et cela lui donnait envie de pleurer et d'aimer cet homme.

— C'est bien, murmura-t-il, tu n'as plus peur. Tout s'éloigne... Il y a seulement la neige qui tombe dehors, et nous qui sommes là bien au chaud... Cela ne m'arrive pas souvent d'être logé à si belle enseigne!...

Tu es nue sous ces vêtements?... Oui, je le sens. Ne bouge pas, ma mie... Ne dis plus rien...

Sa main glissait, écartait la robe pour suivre la ligne de l'épaule, glissait plus bas. Il rit parce qu'elle tressaillait.

— Voici les bourgeons du printemps. Et pourtant, c'est l'hiver!...

Il lui prit les lèvres. Puis il s'allongea devant le feu et doucement l'attira contre lui.

★

> Mais écoute un peu, je te prie
> J'entends le crieur d'eau-de-vie
> Et je crois, raillerie à part,
> Chère amie, qu'il est déjà tard!...

Le poète avait remis son grand chapeau et son manteau troué. L'aube était là, envahie de neige, et, dans la blancheur de la rue silencieuse, le marchand d'eau-de-vie, emmitouflé, trébuchait comme un ours.

Angélique l'appela. Il leur servit à tous deux, sur le seuil, un petit verre d'alcool.

Quand le bonhomme se fut éloigné, ils se sourirent.

— Où allez-vous, maintenant?

— Rendre compte à Paris d'un nouveau scandale. M. de Brienne, cette nuit, a trouvé sa femme avec un amant.

— Cette nuit? Comment pouvez-vous le savoir?

— Je sais tout. Adieu, ma belle.

Elle le retint par le pan de son manteau et lui dit :

— Revenez.

★

Il revint. Il arrivait le soir, grattait aux carreaux selon un signal convenu. Elle allait lui ouvrir sans
bruit. Et, dans la tiédeur de la petite chambre, près
de ce compagnon tour à tour bavard, caustique et
amoureux, elle oubliait le dur labeur de la journée. Il
lui racontait les scandales de la cour et de la ville.
Cela l'amusait, car elle connaissait la plupart des personnages dont il parlait.

— Je suis riche de toute la peur des gens qui me
craignent, disait-il.

Mais il ne s'attachait pas à l'argent. C'est en vain
qu'elle voulait le vêtir plus décemment.

Pour un bon dîner qu'il acceptait sans d'ailleurs
faire le geste d'ouvrir son escarcelle, il disparaissait
huit jours et, quand il se représentait, hâve, affamé,
souriant, elle le questionnait en vain. Pourquoi, puisqu'il s'entendait si bien avec les bandes argotières de
Paris, n'allait-il pas, à l'occasion, faire bombance avec
elles? On ne l'avait jamais vu à la tour de Nesle.
Pourtant, étant l'un des personnages importants du
Pont-Neuf, sa place y était marquée. Et, avec tous les
secrets qu'il connaissait, il eût pu faire « chanter »
bien des gens.

— C'est plus amusant de les faire pleurer et grincer des dents, disait-il.

Il n'acceptait de l'aide que de la main des femmes
qu'il aimait. Une petite bouquetière, une fille de joie,
une servante après s'être livrées à ses caresses avaient
le droit de le gâter un peu. Elles lui disaient :
« Mange, mon petit », et le regardaient engloutir avec
attendrissement.

Puis il s'envolait. Comme la bouquetière, la fille de

joie ou la servante, Angélique éprouvait parfois le désir de le retenir. Allongée, dans la chaleur du lit, près de ce long corps dont l'étreinte était si vive et si légère, elle passait un bras autour de son cou et l'attirait près d'elle.

Mais, déjà, il ouvrait les yeux, notait la lueur du jour derrière les petits carreaux sertis de plomb. Et il sautait hors du lit, s'habillait en hâte.

En vérité, il ne tenait pas en place. Il était possédé d'une manie assez rare à l'époque et qui de tous temps s'est payée fort cher : la manie de la liberté.

## 4

Il n'avait pas toujours tort de fuir ainsi. Bien souvent, alors qu'Angélique, la fenêtre ouverte, achevait de s'habiller, une ombre noire se profilait derrière les barreaux.

— Vous rendez vos visites de bon matin, monsieur le policier.

— Je ne viens pas en visite, madame. Je cherche un pamphlétaire.

— Et vous pensez le trouver dans ces parages? demandait Angélique désinvolte, tout en jetant sa mante sur ses épaules pour se rendre à la taverne du Masque-Rouge.

— Qui sait? répondait-il.

Elle sortait et Desgrez l'accompagnait par les rues enneigées. Le chien Sorbonne folâtrait devant eux. Cela rappelait à Angélique le temps où, de la même façon, ils avaient marché côte à côte dans Paris. Un jour, Desgrez l'avait emmenée aux étuves Saint-Nicolas. Une autre fois, le bandit Calembredaine s'était dressé devant eux.

Maintenant, ils se retrouvaient, chacun gardant pour lui la part d'ombre des dernières années. Angélique n'avait pas de honte qu'il la vît servante dans une taverne. Il avait suivi d'assez près l'écroulement de sa fortune pour comprendre la nécessité dans laquelle elle se trouvait de travailler humblement de ses mains. Elle savait qu'il ne l'en méprisait point. Elle pouvait enfouir au fond d'elle-même le souvenir de sa vie avec Calembredaine. Les années avaient passé. Calembredaine n'avait pas reparu. Angélique espérait encore qu'il avait pu s'enfuir dans la campagne. Peut-être s'était-il acoquiné avec des bandits de grand chemin? Peut-être était-il tombé aux mains d'un recruteur de soldats...

En tout cas, son instinct l'avertissait qu'elle ne le reverrait plus. Elle pouvait donc marcher dans les rues la tête haute. L'homme qui allait près d'elle de son pas souple, habitué au silence, ne la soupçonnait pas. Il avait changé, lui aussi. Il parlait moins, et sa gaieté avait fait place à une ironie qu'on apprenait à redouter. Derrière les paroles les plus simples, bien souvent on devinait une menace cachée. Mais Angélique avait l'impression que jamais Desgrez ne lui ferait de mal.

Il semblait aussi moins pauvre. Il avait de belles bottes. Souvent, il portait perruque.

En arrivant devant la taverne, le policier saluait cérémonieusement Angélique et continuait sa route.

Angélique admirait, au-dessus de la porte, la belle enseigne aux couleurs vives que lui avait peinte son frère Gontran. Le tableau représentait une femme drapée dans une mante à carreaux de satin noir. Les yeux verts brillaient derrière le masque rouge. Autour d'elle, le peintre avait esquissé la rue de la Vallée-de-Misère, avec les silhouettes biscornues de ses vieilles maisons dressées sur le ciel étoilé, et la lueur rouge de ses rôtisseries.

Le crieur de vin, matinal, sortait de l'auberge, son cruchon à la main.

— Au bon vin sain et net! Accourez toutes, bonnes petites femmes! Les cerceaux éclatent!...

La vie reprenait vivement, dans le carillon des cloches. Et, le soir, Angélique rangeait les beaux écus en pile. Après les avoir comptés, elle les enfermait dans des petits sacs, qui eux-mêmes prendraient place dans le coffre-fort qu'elle avait fait acheter à maître Bourjus.

Périodiquement, Audiger revenait la demander en mariage. Angélique, qui n'oubliait pas ses projets sur le chocolat, le recevait avec un sourire.

— Et votre patente?

— D'ici quelques jours, l'affaire est faite!

Angélique finit par lui dire :

— Votre patente, vous ne l'aurez JAMAIS!

— Vraiment, madame la devineresse! Et pourquoi?

— Parce que vous vous êtes fait appuyer par M. de Guiche, gendre de M. Séguier. Or, vous ignoriez que le ménage de M. de Guiche est un enfer et que M. Séguier soutient sa fille. En laissant moisir votre patente le chancelier voit là une occasion, entre plusieurs, de faire bisquer son gendre, et, cette occasion, il ne la laissera pas échapper.

Elle tenait ces détails du Poète-Crotté. Mais Audiger, blessé, jetait les hauts cris. L'enregistrement de sa patente était en bonne voie. La preuve, c'est qu'il avait déjà commencé à faire bâtir sa salle de distribution, rue Saint-Honoré.

En visitant les travaux, Angélique constata que le

maître d'hôtel avait suivi ses suggestions. Il y avait des glaces et des boiseries dorées.

— Je pense que cette nouveauté attirera les gens avides de singularité, expliqua Audiger, oubliant totalement à qui il était redevable de cette idée. Puisqu'on lance un produit nouveau, il faut une atmosphère nouvelle.

— Et vous êtes-vous préoccupé de faire venir le produit en question?

— Une fois que j'aurai ma patente, les difficultés s'aplaniront d'elles-mêmes.

## 5

Angélique posa sa plume sur l'écritoire et relut avec satisfaction le compte qu'elle venait d'établir.

Elle revenait du Masque-Rouge, où elle avait pu enregistrer l'arrivée turbulente d'une bande de jeunes seigneurs dont les cols de dentelles en point de Gênes et les amples « canons » lui avaient fait bien augurer de leur solvabilité. Ils étaient masqués, ce qui était une preuve supplémentaire de leur rang élevé. Certains personnages de la cour préféraient, en effet, garder l'incognito pour aller oublier, dans les tavernes, les servitudes de l'étiquette.

La jeune femme, comme cela lui arrivait fréquemment désormais, avait laissé à maître Bourjus, à David et aux mitrons, le soin de recevoir ces clients de marque. Maintenant que la réputation de la maison était faite et que David était rompu à la confection de ses spécialités culinaires, Angélique payait moins de sa personne, et consacrait plus de temps aux achats et à la gestion financière de l'établissement.

On était à la fin de l'année 1664. Très doucement, la situation avait évolué vers un état de choses qui, si on l'avait prévu trois ans auparavant, aurait fait éclater de rire toute la rue de la Vallée-de-Misère. Sans avoir encore racheté la maison de maître Bourjus, comme elle en avait l'intention secrète, Angélique en était devenue en quelque sorte la patronne. Le rôtisseur restait propriétaire, mais elle assumait tous les frais, et avait augmenté en proportion sa part des bénéfices. Finalement, c'était maître Bourjus qui touchait la part la plus faible. Au reste il s'estimait satisfait d'être débarrassé de tout souci et de vivre grassement dans sa propre auberge, tout en se faisant un petit pécule pour ses vieux jours. Angélique n'avait qu'à amasser tout l'argent qu'elle voulait. Ce que demandait maître Bourjus, c'était de demeurer sous son aile, de se sentir entouré d'une affection clairvoyante et péremptoire. Parfois, parlant d'elle, il disait « ma fille » avec tant de conviction que beaucoup de clients du Masque-Rouge étaient persuadés de leur parenté. Facilement mélancolique et toujours convaincu de sa fin prochaine, il racontait autour de lui que son testament, sans léser les intérêts de son propre neveu, avantagerait grandement Angélique. D'ailleurs, David ne pouvait se formaliser des décisions prises par son oncle à l'égard d'une femme qui continuait à le subjuguer entièrement.

David lui-même devenait assez beau garçon. Il s'en rendait compte et ne désespérait pas de faire un jour sa maîtresse de celle qu'il adorait.

Angélique n'était pas sans s'apercevoir des progrès de David dans la science amoureuse. Elle les mesurait à ses propres réactions, car, si les gaucheries de l'adolescent l'avaient jadis fortement agacée, certains de ses regards, maintenant, lui causaient un plaisir un peu trouble. Elle continuait à le traiter durement, de façon bourrue, comme un jeune frère, mais dans les paroles qu'elle lui décochait, elle se reprochait parfois une certaine coquetterie. Les rires et les plaisanteries qu'ils échangeaient autour des broches n'étaient pas toujours dénués de cette provocation mordante qu'une femme et un homme, lorsqu'ils sont attirés l'un vers l'autre, échangent en cachant sous des mots innocents un appel qui l'est beaucoup moins.

Avec une moue un peu moqueuse pour elle-même, Angélique finissait par se demander si elle ne céderait pas un jour, par distraction, à cette passion tumultueuse et fraîche. Aussi bien, elle avait besoin de David. Celui-ci était l'un des piliers sur lesquels reposait le succès de ses futures entreprises. Par exemple, lorsqu'elle aurait acquis deux ou trois boutiques à la foire Saint-Germain, ce serait à David d'en assurer le lancement et la célébrité. L'autre pilier était Audiger, responsable des perspectives chocolatières et limonadières. Avec celui-là aussi, il fallait s'entendre. Il fallait retenir et ne pas décourager cet amoureux plus grave, plus profondément épris, dont la réserve, en s'accentuant, ne pouvait que signifier un sentiment de plus en plus profond. Il ne pouvait être question, avec lui, de le calmer par quelque complaisance. David, pour une nuit où elle lui accorderait le droit de toucher à loisir son « corps divin », lui resterait sans doute éperdument asservi. Angélique redoutait un peu, chez Audiger, la ténacité d'un homme fait et qui a dépassé l'âge des caprices, sans avoir jamais eu celui des passions. Ce calme bourgeois, domestique sans bassesse, militaire par hérédité nationale, franc, courageux et prudent comme d'autres sont blonds ou bruns, ne se laisserait pas payer en monnaie de singe.

Angélique secoua le sable de la feuille où elle venait de coucher ses comptes. Elle eut un rire indulgent.

« Me voilà bien entre mes trois cuisiniers bourrés de tendresse à mon égard, chacun pour des raisons diverses! Il faut croire que c'est la profession qui veut cela... La chaleur des feux leur fait fondre le cœur comme la graisse des dindons. »

Javotte entra pour l'aider à se dévêtir et brosser ses cheveux.

— Qu'est-ce qu'on entend à l'entrée? demanda Angélique.

— Je ne sais pas. On dirait qu'il y a un rat qui grignote la porte depuis un moment.

Le bruit s'accentuant, Angélique alla dans l'antichambre et constata que le grignotement ne venait pas du bas de la porte, mais du petit guichet à mi-hauteur. Elle écarta le volet et poussa un léger cri de répulsion, car, aussitôt, une petite main noire s'était faufilée par le grillage du guichet et se tendait tragiquement vers elle.

— C'est Piccolo! s'écria Javotte.

Angélique tira tous les verrous, ouvrit la porte, et le singe se précipita dans ses bras.

— Que se passe-t-il? Jamais il n'est venu tout seul jusqu'ici. On dirait... ma foi, oui, on dirait qu'il a rompu sa chaîne.

Intriguée, elle porta la petite bête dans sa chambre et la posa sur la table.

— Oh! la, la! s'exclama la servante en riant. Dans quel état il est! Son poil est tout collé et rouge. Il a dû tomber dans du vin.

En effet, Angélique, ayant caressé Piccolo, s'aperçut que ses doigts étaient poisseux et rougis. Elle les flaira et, aussitôt, se sentit devenir très pâle.

— Ce n'est pas du vin, dit-elle, c'est du sang!

— Il est blessé?

— Je vais voir.

Elle le débarrassa de son justaucorps brodé et de son haut-de-chausses, tous deux également humides de sang. Cependant, l'animal ne portait aucune trace de blessures, bien qu'il fût agité d'un tremblement convulsif.

— Qu'y a-t-il, Piccolo? fit Angélique à mi-voix... Que se passe-t-il, mon petit ami? Explique-moi!

Le singe la dévisageait de ses yeux vifs et dilatés. Tout à coup il sauta en arrière, attrapa une petite boîte de cire à cacheter et commença à marcher très gravement en agitant devant lui la petite boîte.

— Oh! le coquin! s'écria Javotte en pouffant de rire. Il nous effraie, et puis le voilà qui se met à imiter Linot et son panier d'oublies. N'est-ce pas remarquable, madame? On dirait exactement Linot lorsqu'il présente gravement et gentiment sa corbeille.

Mais l'animal, après avoir fait le tour de la table en imitant la silhouette du petit marchand d'oublies, paraissait de nouveau inquiet. Il tournait, regardait autour de lui, reculait. Son museau se plissait dans une expression à la fois pitoyable et effrayée. Il levait le visage à droite, puis à gauche. On aurait dit qu'il s'adressait en suppliant à quelque personnage invisible. Enfin, il parut se débattre, lutter. Il lâcha violemment la boîte qu'il tenait, crispa ses deux mains sur son ventre et tomba en arrière avec un cri aigu.

— Mais qu'est-ce qu'il a? Qu'est-ce qu'il a? balbutia Javotte, effarée. Il est malade! Il est devenu fou.

Angélique, qui avait suivi attentivement le manège du singe, marcha d'un pas rapide vers la garde-robe, décrocha sa mante et prit son masque.

— Je crois qu'il est arrivé un malheur à Linot,

359

dit-elle d'une voix blanche, il faut que j'aille là-bas.

— Je vous accompagne, madame.

— Si tu veux. Tu tiendras la lanterne. Auparavant, monte le singe à Barbe pour qu'elle le nettoie, le réchauffe et lui donne à boire du lait.

Le pressentiment du drame s'était abattu sur Angélique de façon inéluctable. Malgré les paroles de réconfort que lui murmurait Javotte, pas un instant durant le trajet elle ne douta que le singe n'eût assisté à une scène terrible. Mais la réalité dépassait encore ses pires appréhensions. A peine arrivait-elle à l'entrée du quai des Tanneurs qu'un bolide, lancé, en courant, faillit la renverser. C'était Flipot, hagard.

Elle le saisit aux épaules et le secoua pour l'aider à reprendre ses esprits.

— J'allais te chercher, marquise des Anges, bégaya le gamin. Ils ont... ils ont tué Linot !

— Qui, ils ?

— Eux... Ces hommes, les clients.

— Pourquoi ? Que s'est-il passé ?

Le pauvre mitron avala sa salive et dit précipitamment, comme s'il récitait une leçon apprise :

— Linot était dans la rue avec sa corbeille de gaufres. Il chantait :

— Oublies ! Oublies ! Qui appelle l'oublieur ?... Il chantait comme tous les soirs. L'un des clients qui étaient chez nous, vous savez, l'un des seigneurs masqués, en col de dentelle, a dit : « Voilà une jolie voix. Je me sens des envies d'oublies. Qu'on aille me chercher le marchand. » Linot est venu. Alors le seigneur a dit :

— Par Saint Denis, voilà un gamin plus séduisant encore que sa voix. Il a pris Linot sur ses genoux et s'est mis à l'embrasser. D'autres sont venus et voulaient l'embrasser aussi... Ils étaient tous saouls comme des grives... Linot a lâché son panier et a commencé à crier et à leur donner des coups de pied. L'un des seigneurs a tiré son épée et la lui a plongée dans le ventre. Un autre aussi lui a plongé son épée dans le ventre. Linot est tombé, et il y avait plein de « raisiné » qui lui sortait du ventre.

— Maître Bourjus n'est pas intervenu?

— Si, mais ils l'ont châtré.

— Quoi? Qu'est-ce que tu dis? Qui ça?

— Maître Bourjus.

— Tu deviens fou!

— Non, c'est pas moi, c'est eux qui sont fous, pour sûr. Quand maître Bourjus a entendu Linot crier, il est venu de la cuisine. Il disait :

— Messeigneurs! Voyons! Messeigneurs! Mais ils lui ont sauté dessus. Ils riaient et le bourraient de coups en disant :

— Gros tonneau! Grosse barrique! Même que moi, j'ai commencé à rigoler. Et puis, il y en a un qui a dit :

— Je le reconnais, c'est l'ancien patron du Coq-Hardi!... Un autre dit :

— Tu ne m'as pas l'air bien hardi pour un coq, je vais faire de toi un chapon. Il a pris un grand couteau à viande, ils se sont tous précipités sur lui et ils lui ont coupé...

Le gamin acheva son récit d'un geste énergique qui ne laissait aucun doute sur l'affreuse mutilation dont avait été victime le pauvre rôtisseur.

— Y gueulait comme un âne! Maintenant on ne l'entend plus gueuler. Peut-être qu'il est mort. David voulait aussi les arrêter. Ils lui ont flanqué un grand coup d'épée sur la tête. Alors quand on a vu ça, David et moi, et les autres mitrons et les servantes et la Suzanne, on a tous f... le camp!

La rue de la Vallée-de-Misère avait un aspect inusité. Toujours animée en cette saison de carnaval, les nombreux clients qui remplissaient les rôtisseries continuaient de chanter et de choquer leurs verres. Mais, vers l'extrémité, il y avait un attroupement anormal de silhouettes blanches coiffées de hauts bonnets. Les rôtisseurs voisins et leurs marmitons, armés de lardoires et de tourne-broches, s'agitaient devant la taverne du Masque-Rouge.

— On ne sait quoi faire! cria l'un d'eux à Angélique. Ces démons ont bloqué la porte avec des bancs. Et ils ont un pistolet...

— Il faut aller chercher le guet.

— David y a couru, mais...

Le patron du Chapon-Plumé, qui était voisin du Masque-Rouge, dit en baissant la voix :

— Des valets ont arrêté le guet dans la rue de la Triperie. Ils lui ont dit que les clients qui étaient en ce moment au Masque-Rouge étaient de très hauts seigneurs, des gens de l'entourage du roi, et que le guet ferait une drôle de gueule quand il se verrait embarqué dans cette histoire. David a quand même été jusqu'au Châtelet, mais les valets avaient déjà prévenu les gardes. Au Châtelet, on lui a dit qu'il n'avait qu'à se débrouiller avec ses clients.

De la taverne du Masque-Rouge, un vacarme effrayant s'élevait : rires énormes, chants avinés, et cris si sauvages que les cheveux des braves rôtisseurs se dressaient sous leurs toques.

Tables et bancs ayant été entassés devant les fenêtres, on ne pouvait rien distinguer de ce qui se passait à l'intérieur, mais on entendait les bruits de verre et de vaisselle brisée, et, de temps en temps, le claquement sec d'un pistolet qui devait prendre pour cibles les beaux flacons de verrerie précieuse dont Angélique avait paré ses tables et l'auvent de la cheminée.

Angélique aperçut David. Il était aussi blême que son tablier, le front noué d'un torchon que maculait une étoile de sang.

Il vint à elle et compléta en balbutiant le récit de l'affreuse saturnale. Les seigneurs avaient été tout de suite très exigeants. Ils avaient déjà bu dans d'autres cabarets. Ils avaient commencé par renverser une pleine soupière quasi bouillante sur la tête d'un des mitrons. Puis on avait eu toutes les peines du monde à les chasser de la cuisine, où ils voulaient se saisir de la Suzanne, proie pourtant peu alléchante. Enfin, il y avait eu le drame de Linot, dont la charmante figure leur avait inspiré d'horribles désirs...

— Viens, dit Angélique en saisissant le bras de l'adolescent. Il faut aller voir. Je vais passer par la cour.

Vingt mains la retinrent.

— Tu n'es pas folle?... Tu vas te faire embrocher! Ce sont des loups!...

— Il est peut-être temps encore de sauver Linot et maître Bourjus?...

— On ira quand ils commenceront à roupiller.

— Et quand ils auront tout cassé, pillé et brûlé! cria-t-elle.

Elle s'arracha des mains de ceux qui voulaient la retenir et, traînant David, entra dans la cour. De là, elle passa dans la cuisine.

La porte de la cuisine, communiquant avec la salle commune, avait été soigneusement verrouillée par David lorsqu'il s'était enfui avec les autres domestiques. Angélique poussa un soupir de soulagement.

Au moins, les importantes provisions qui y étaient entreposées n'avaient pas été soumises à la fureur destructrice des misérables.

Aidée du jeune garçon, elle poussa la table contre le mur et se hissa jusqu'à l'imposte qui, à mi-hauteur, permettait de jeter un regard à l'intérieur.

Elle aperçut la salle dévastée, jonchée de vaisselle et de plats, de nappes souillées, de verres brisés. Les jambons et les lièvres avaient été décrochés des solives. Les ivrognes trébuchaient dessus, les écartaient à grands coups de bottes. Les paroles obscènes de leurs chansons, leurs jurons, leurs blasphèmes s'entendaient maintenant distinctement.

La plupart d'entre eux étaient groupés autour d'une des tables, près de l'âtre. A leurs attitudes et à leurs voix de plus en plus pâteuses, on devinait qu'ils ne tarderaient pas à s'effondrer. A la lueur du feu, la vue de ces bouches ouvertes et braillantes, sous des masques noirs, avait quelque chose de sinistre. Les vêtements somptueux étaient maculés de taches de vin et de sauce, et peut-être aussi de sang.

Angélique cherchait à distinguer les corps de Linot et du rôtisseur. Mais, les chandelles ayant été renversées, le fond de la salle était dans la pénombre.

— Quel est celui qui a, le premier, attaqué Linot ? demanda-t-elle à voix basse.

— Le petit homme, là, au coin de la table, celui qui a un flot de rubans roses sur un justaucorps pervenche. C'est lui qui paraissait donner le branle et entraînait les autres.

Au même instant, celui que désignait David se dressa péniblement et, levant son verre d'une main tremblante, s'écria d'une voix de fausset :

— Messieurs, je bois à la santé d'Astrée et d'Asmodée, princes de l'amitié.

— Oh! cette voix! s'exclama Angélique en se rejetant en arrière.

Elle l'aurait reconnue entre mille. C'était la voix qui, dans ses pires cauchemars, l'éveillait encore parfois : Madame, vous allez mourir!

Ainsi c'était donc LUI — toujours lui. Avait-il donc été choisi par les enfers pour représenter sans cesse auprès d'Angélique le démon d'un malfaisant destin?

— Est-ce lui qui a donné à Linot le premier coup d'épée? demanda-t-elle.

— Peut-être, je ne sais plus. Mais le grand, là, derrière, en rhingrave rouge, l'a frappé aussi.

Celui-là non plus, il n'avait pas besoin d'ôter son masque pour qu'elle le reconnût.

Le frère du roi et le chevalier de Lorraine! Et elle était certaine maintenant de pouvoir mettre un nom sur toutes les autres faces masquées!

Soudain, l'un des ivrognes commença à jeter les chaises et les tabourets dans le feu. L'un d'eux saisit une bouteille et, de loin, la lança à travers la salle. La bouteille éclata dans le feu. C'était de l'eau-de-vie. Une énorme flamme jaillit et embrasa aussitôt les meubles. Un feu d'enfer s'engouffra en ronflant dans la cheminée, et des tisons jaillirent en crépitant sur le dallage.

Angélique dégringola de son perchoir.

— Ils vont incendier la maison. Il faut les arrêter!

Mais l'apprenti l'enserra de ses bras nerveux.

— Vous n'irez pas. Ils vont vous tuer!

Ils luttèrent un instant. Ses forces décuplées par la colère et la crainte du feu, Angélique réussit à se dégager et à repousser David.

Angélique rajusta son masque. Elle non plus ne se souciait pas d'être reconnue.

Résolument, elle repoussa les verrous et tira avec fracas la porte de la cuisine.

L'apparition sur le seuil de cette femme drapée dans sa mante noire et si curieusement masquée de rouge causa un instant de stupeur parmi les fêtards.

Le ton des chants et des cris baissa.

Oh! le masque rouge!

— Messieurs, dit Angélique d'une voix vibrante, avez-vous perdu l'esprit? Ne craignez-vous pas la colère du roi lorsque la rumeur publique lui apprendra vos crimes?...

Au silence hébété qui suivit, elle sentit qu'elle avait lancé le seul mot — le roi! — capable de pénétrer dans les cervelles embrumées des ivrognes et d'y allumer une lueur de lucidité.

Profitant de son avantage, elle se porta hardiment en avant. Son intention était de parvenir jusqu'à l'âtre et d'en extraire les meubles enflammés afin de réduire le brasier et d'éviter ainsi le feu de cheminée qui menaçait.

C'est alors qu'elle aperçut sous la table le corps affreusement mutilé de maître Bourjus. Près de lui, l'enfant Linot, le ventre ouvert, le visage blanc comme neige, calme comme celui d'un ange, semblait dormir. Les sangs des deux victimes se mêlaient aux rigoles de vin qui coulaient parmi des éclats de bouteilles.

L'horreur de ce spectacle la paralysa une seconde. Comme un dompteur qui, pris de panique, se détourne un instant de ses fauves, elle perdit le contrôle de la meute.

Cela suffit pour déchaîner de nouveau la tempête.

— Une femme! Une femme!

— Voilà ce qu'il nous faut!

Une main brutale s'abattit sur la nuque d'Angélique. Elle reçut un coup violent sur la tempe. Tout devint noir. Elle était suffoquée par une nausée. Elle ne savait plus où elle était.

Quelque part, une voix de femme poussait un cri aigu et continu...

Elle s'aperçut que c'était elle qui criait.

Elle était étendue sur la table, et les masques noirs se penchaient sur elle avec de grands hoquets de rire.

Ses poignets et ses chevilles étaient immobilisés par des poignes de fer. Ses jupes furent relevées violemment.

— A qui le tour? Qui s'envoie la gueuse?

Elle criait comme on crie dans les cauchemars, dans un paroxysme de désespoir et de terreur.

Un corps s'abattit sur elle. Une bouche se colla à sa bouche.

Puis il y eut un brusque silence, si profond qu'Angélique put croire qu'elle avait vraiment perdu connaissance. Cependant, il n'en était rien. C'étaient ses bourreaux qui venaient de se taire et de s'immobiliser. Leurs regards troubles et effarés suivaient à terre un objet qu'Angélique ne voyait pas.

Celui qui, une seconde plus tôt, était grimpé sur la table et s'apprêtait à violer la jeune femme, s'était écarté précipitamment. Sentant que ses bras et ses jambes étaient redevenus libres, Angélique se redressa et rabattit vivement ses longues jupes. Elle ne comprenait pas. On aurait dit qu'une baguette de magicien venait soudain de pétrifier les forcenés.

Lentement, elle se laissa glisser jusqu'au sol. Alors elle aperçut le chien Sorbonne, qui avait renversé le petit homme en justaucorps pervenche et lui tenait solidement la gorge entre ses crocs. Le dogue était entré par la porte de la cuisine, et son attaque avait été rapide comme l'éclair.

L'un des libertins bredouilla :

— Rappelez votre chien... Où... où est le pistolet?

— Ne bougez pas, ordonna Angélique. Si vous faites un seul mouvement, je donne l'ordre à cette bête d'étrangler le frère du roi!

Ses jambes tremblaient sous elle comme celles d'un cheval fourbu, mais sa voix était nette.

— Messieurs, ne bougez pas, répéta-t-elle, sinon vous porterez TOUS la responsabilité de cette mort devant le roi.

Puis, très calme, elle fit quelques pas. Elle regarda Sorbonne. Il tenait sa victime comme le lui avait appris Desgrez. Un seul mot, et les mâchoires d'acier broieraient totalement cette chair pantelante, feraient craquer les os. De la gorge de Monsieur d'Orléans s'échappaient des bredouillements indistincts. Son visage était violet de suffocation.

— *Warte*, dit doucement Angélique.

Sorbonne remua légèrement la queue pour montrer qu'il avait compris et qu'il attendait les ordres. Autour d'eux, les auteurs de l'orgie restaient immobiles, dans l'attitude où les avait surpris l'irruption du chien. Ils étaient tous trop ivres pour essayer de comprendre ce qui se passait. Ils voyaient seulement que Monsieur, frère du roi, était sur le point d'être étranglé, et cela suffisait à les terrifier.

Angélique, sans les quitter du regard, ouvrit un des tiroirs de la table, prit un couteau et s'approcha de l'homme à la rhingrave rouge, qui se trouvait le plus près d'elle.

La voyant lever son couteau, il eut un geste de recul.

— Ne bougez pas! dit-elle sur un ton sans réplique. Je ne veux pas vous tuer. Je veux seulement savoir à quoi ressemble un assassin en dentelles!

Et, d'un geste prompt, elle coupa le lacet qui retenait le masque du chevalier de Lorraine. Lorsqu'elle eut regardé ce beau visage consumé par la débauche et qu'elle connaissait trop bien pour l'avoir vu se pencher sur elle, au Louvre, une nuit qu'elle n'oublierait jamais, elle alla vers les autres.

Hébétés, arrivés au dernier degré de l'ivresse, ils se laissaient faire et elle les reconnaissait tous, tous : Brienne, le marquis d'Olone, le beau de Guiche, son frère Louvignys, et celui-là qui, lorsqu'elle le découvrit, ébaucha une grimace moqueuse et murmura :

— Masque noir contre masque rouge.

C'était Péguilin de Lauzun. Elle reconnut aussi Saint-Thierry, Frontenac. Un élégant seigneur, étendu à même le sol, dans les flaques de vin et de vomissures, ronflait. La bouche d'Angélique s'emplit de haine et d'amertume haineuse lorsqu'elle identifia les traits du marquis de Vardes.

Ah! les beaux jeunes gens du roi! Elle avait admiré jadis leur plumage chatoyant, mais l'hôtesse du Masque-Rouge n'avait droit qu'à l'image de leur âme pourrie!

Trois d'entre eux lui étaient inconnus. Le dernier cependant éveilla en elle un souvenir, mais si vague qu'elle ne put le préciser.

C'était un long et grand garçon coiffé d'une magnifique perruque d'un blond doré. Moins ivre que les autres, il s'appuyait contre l'un des piliers de la salle et affectait de se limer les ongles. Lorsque Angélique s'approcha de lui, il n'attendit pas qu'elle eût coupé le cordon de son masque et le releva lui-même, d'un geste gracieux et nonchalant. Ses yeux, d'un bleu très pâle, avaient une expression glacée et dédaigneuse. Elle en fut troublée. La tension nerveuse qui la soutenait s'effondra; une grande fatigue l'envahit.

La sueur ruisselait sur ses tempes, car la chaleur de la pièce était devenue insoutenable.

Elle revint vers le chien et le prit par le collier pour lui faire lâcher prise. Elle avait espéré que Desgrez surgirait, mais elle restait seule et abandonnée parmi ces dangereux fantômes. L'unique présence qui lui paraissait réelle était celle de Sorbonne.

— Relevez-vous, monseigneur, dit-elle d'une voix lasse. Et vous tous, allez-vous-en maintenant. Vous avez fait assez de mal.

Vacillant, tenant leur masque d'une main et traînant de l'autre les corps effondrés du marquis de Vardes et du frère du roi, les courtisans s'enfuirent. Dans la rue, ils durent se défendre à l'épée contre les gâte-sauce qui, armés de leurs broches, les poursuivaient de leurs cris de colère et de révolte.

Sorbonne flairait le sang et grondait, ses babines noires retroussées. Angélique tira à elle le corps léger du petit marchand d'oublies et caressa son front pur et glacé.

— Linot! Linot! Mon doux petit garçon... ma pauvre petite graine de misère...

Une clameur venant du dehors l'arracha à son désespoir.

— L'incendie! L'incendie!

Le feu de cheminée avait éclaté et s'était communiqué aux combles de la maison. Des débris commençaient à s'écrouler dans l'âtre, et une fumée épaisse envahissait la salle.

Portant Linot, Angélique se précipita hors de la pièce. La rue était éclairée comme en plein jour. Clients et rôtisseurs se montraient avec effroi le panache de flammes qui couronnait le toit de la vieille maison. Des gerbes d'étincelles pleuvaient sur les toits avoisinants.

On courut à la Seine, toute proche, pour organiser

une chaîne de seaux et de baquets. Mais l'incendie avait pris par le haut. Il fallut hisser l'eau à travers les étages des deux maisons voisines, car l'escalier du Masque-Rouge s'effondrait.

Angélique, suivie de David, avait voulu retourner dans la salle pour en retirer le corps de maître Bourjus. Tous deux durent reculer, suffoqués par la fumée. Alors, par la cour, ils entrèrent dans la cuisine et enlevèrent pêle-mêle tout ce qui s'y trouvait.

Cependant, les capucins arrivaient. La foule les acclama. Le peuple aimait ces moines, qui avaient dans leur règle l'obligation de se porter au secours des incendiés, et avaient fini par représenter le seul corps de pompiers de la ville.

Ils apportaient avec eux des échelles et des crochets de fer, et de grandes seringues de plomb destinées à lancer au loin de puissants jets d'eau.

Sitôt sur les lieux du sinistre, ils retroussèrent les manches de leurs robes de bure et, sans souci des brindilles enflammées qui tombaient sur leurs crânes, ils s'engouffrèrent dans les maisons voisines. On les vit apparaître sur les toits et commencer à tout démolir autour d'eux à grands coups de crochet. Grâce à cette vigoureuse intervention, la maison en flammes fut isolée, et comme le vent ne soufflait pas, l'incendie ne se communiqua pas au reste du quartier. On avait craint l'un de ces grands fléaux dont Paris, avec son amoncellement de vieilles maisons de bois, était victime deux ou trois fois par siècle.

Une vaste brèche comblée de gravats et de cendres s'était creusée à l'endroit où hier encore se trouvait la joyeuse taverne du Masque-Rouge. Mais le feu était éteint.

Angélique, les joues noircies, contemplait la ruine

de ses espoirs. Près d'elle, se tenait le chien Sorbonne.

« Où est Desgrez? Oh! Je voudrais voir Desgrez, pensait-elle. Il me dira ce qu'il faut faire. »

Elle prit le dogue par son collier.

— Conduis-moi à ton maître.


Elle n'eut pas à aller loin. A quelques mètres, dans l'ombre d'un porche, elle distingua le feutre et le grand manteau du policier. Celui-ci râpait tranquillement un peu de tabac.

— Bonjour, fit-il de sa voix paisible. Mauvaise nuit, n'est-ce pas?

— Vous étiez là, à deux pas! s'exclama Angélique suffoquée. Et vous n'êtes pas venu?

— Pourquoi serais-je venu?

— Vous ne m'avez donc pas entendue crier?

— Je ne savais pas que c'était vous, madame.

— N'importe! C'était une femme qui criait.

— Je ne peux pas me précipiter au secours de toutes les femmes qui crient, fit Desgrez avec bonne humeur. Cependant, croyez-moi, madame, si j'avais su qu'il s'agissait de vous, je serais venu.

Elle grommela, rancunière.

— J'en doute!

Desgrez soupira.

— N'ai-je pas déjà risqué une fois ma vie et ma carrière pour vous? Je pouvais bien les risquer encore une seconde fois. Vous êtes, hélas! dans ma vie, madame, une déplorable habitude, et je crains bien que, malgré ma prudence native, ce ne soit par là que je finisse par perdre ma peau.

— Ils m'ont tenue sur la table... Ils voulaient me violer.

Desgrez abaissa sur elle son regard sarcastique.

— Cela seulement? Ils auraient pu faire pis.

Angélique passa la main sur son front avec égarement.

— C'est vrai! J'ai éprouvé une sorte de soulagement quand j'ai vu que c'était seulement cela qu'ils voulaient. Et puis, Sorbonne est arrivé... à temps!

— J'ai toujours eu une grande confiance dans les initiatives de ce chien.

— C'est vous qui l'avez envoyé?

— Evidemment.

La jeune femme poussa un profond soupir et, d'un mouvement spontané de faiblesse et d'excuse, appuya sa joue contre l'épaule rugueuse du jeune homme.

— Merci.

— Vous comprenez, reprit Desgrez de ce timbre tranquille qui à la fois l'exaspérait et la calmait, je n'appartiens qu'en apparence à la police d'Etat. Je suis surtout policier du roi. Ce n'est pas à moi de troubler les charmants délassements de nos nobles seigneurs. Voyons, ma chère, n'avez-vous pas encore assez vécu pour ignorer ainsi à quel monde vous appartenez? Qui ne suivrait la mode? L'ivrognerie est une plaisanterie, la débauche poussée jusqu'à la lubricité un doux travers, l'orgie poussée jusqu'au crime un agréable passe-temps. Le jour, ce sont courbettes à la cour et talons rouges; la nuit, amour, tripots, tavernes. N'est-ce pas là une existence bien comprise? Vous vous trompez, ma pauvre amie, si vous vous imaginez que ces gens sont redoutables. En vérité, leurs petites amusettes ne sont guère dangereuses! Le seul ennemi, le pire ennemi du royaume, c'est celui qui, d'un mot, peut corrompre leur puissance : c'est le gazetier, le journaliste, le pamphlétaire. Moi, je recherche les pamphlétaires.

— Eh bien, vous pouvez vous mettre en chasse, dit

Angélique en se redressant, les dents serrées, car je vous promets du travail.

Une idée subite lui était venue.

Elle s'écarta et commença de s'éloigner. Puis elle revint.

— Ils étaient treize. Il y en a trois dont je ne connais pas les noms. Il faudra que vous me les procuriez.

Le policier ôta son chapeau et s'inclina.

— A vos ordres, madame, dit-il, en retrouvant la voix et le sourire de l'avocat Desgrez.


6


Comme lors de leur première rencontre, elle dénicha Claude Le Petit endormi dans un bateau à foin, du côté de l'Arsenal. Elle l'éveilla et lui conta les événements de la nuit. Tout était anéanti de ses efforts. Les libertins en dentelles avaient ravagé de nouveau sa vie aussi sûrement qu'une armée de « picoreurs » ravage le pays qu'ils traversent.

— Il faut que tu me venges, répétait-elle les yeux brillants de fièvre. Toi seul peux me venger. Toi seul, parce que tu es leur plus grand ennemi. Desgrez l'a dit.

Le poète bâillait à grands claquements de mâchoires et frottait ses cils blonds empoussiérés de sommeil.

— Etrange femme! dit-il enfin. Tu me tutoies subitement. Pourquoi?

Il la prit par la taille pour l'attirer à lui. Elle se dégagea avec impatience.

— Ecoute donc ce que je te dis!

— Dans cinq minutes, tu vas m'appeler croquant. Tu n'es plus la petite gueuse, mais une grande dame qui donne des ordres. C'est bon : je suis à vos ordres, marquise. D'ailleurs, j'ai tout compris. Par lequel veux-tu qu'on commence. Par Brienne? Je me souviens qu'il a courtisé Mlle de La Vallière, et qu'il rêvait de la faire peindre en Madeleine. Depuis, le roi ne le supporte qu'avec peine. Ainsi, nous allons mettre Brienne à la sauce pour le dîner de Sa Majesté.

Il tourna son beau visage blanc vers l'est, où montait le soleil.

— Oui, pour le dîner, cela est possible. Les presses de maître Gilbert sont toujours vives quand il s'agit de multiplier l'écho de mes grincements de dents contre le pouvoir. T'ai-je dit que le fils de maître Gilbert avait été condamné jadis aux galères pour je ne sais quelle peccadille? Voilà une excellente chose pour nous, n'est-ce pas?

Et, tirant de sa casaque une vieille plume d'oie, le Poète-Crotté se mit à écrire.

Le matin se levait. Toutes les cloches des églises et des couvents sonnaient allègrement l'angélus.

Cependant, vers la fin de la matinée, le roi quittant la chapelle où il venait d'entendre la messe, traversa l'antichambre où l'attendaient les présenteurs de placets. Il remarqua que le dallage était jonché de feuillets blancs qu'un valet confus s'empressait de ramasser comme s'il venait seulement de les apercevoir. Mais, un peu plus loin, en descendant l'escalier qui le menait à ses appartements, Louis XIV rencontra le même désordre et s'en montra mécontent.

— Que signifie? Il pleut des parchemins ici comme des feuilles à l'automne sur le Cours-la-Reine. Donnez-moi cela, je vous prie.

Le duc de Créqui, très rouge, s'interposa.

— Votre Majesté, ces élucubrations ne présentent aucun intérêt...

— Ah! je vois ce que c'est, dit le roi qui tendait une main impatiente. Encore quelques élucubrations de ce maudit Poète-Crotté du Pont-Neuf, qui file comme une anguille entre les mains des archers et vient jusque dans mon palais déposer ses ordures sous mes pas. Donnez, je vous prie... C'est bien de lui! Quand vous verrez monsieur le lieutenant civil et monsieur le prévôt de Paris, vous pourrez leur faire mon compliment, messieurs...

En s'attablant, pour son dîner, devant trois perdreaux au raisin, une marmite de poissons, un rôti aux concombres et un plat de beignets de langue de baleine, Louis XIV posa près de lui le papier sali, dont l'encre d'imprimerie encore humide tachait les doigts. Le roi était gros mangeur et, depuis longtemps, avait appris à maîtriser sa sensibilité. Son appétit ne fut donc pas troublé par ce qu'il lut. Mais, lorsque la lecture fut achevée, le silence qui régnait dans cette pièce où communément les gentilshommes bavardaient agréablement avec le maître, était aussi lourd que celui d'une crypte.

Le pamphlet était écrit en cette langue crue et grossière, dont pourtant les mots piquaient comme des dards, et qui, depuis plus de dix ans, avait caractérisé, aux yeux de tout Paris, l'esprit frondeur de la ville.

On y contait les hauts faits de M. de Brienne, premier gentilhomme du roi, celui qui, non content d'avoir voulu enlever « la nymphe aux cheveux de lune » à un maître auquel il devait tout, non content de causer par sa mésentente avec sa femme un scan-

dale permanent, s'était rendu la nuit dernière en une
rôtisserie de la rue de la Vallée-de-Misère. Là, ce
galant jeune homme et ses compagnons, après avoir
violenté un petit marchand d'oublies, l'avaient transpercé de coups d'épée. Ils avaient châtré le patron,
qui en était mort, fendu la tête de son neveu, violé
la fille et terminé leurs distractions en mettant le
feu à la boutique, dont il ne restait plus que cendres.

> On veut nous faire accroire que ces crimes et saccages
> Sont bien le triste fait de quelques inconnus
> Or ils étaient treize, tous nobles personnages.
> Un tel a fait cela. Un tel a fait ceci.
> Chaque jour donnera un nom, et le dernier venu
> Sera de qui a tué un enfant en tendre âge.
> Un nom ronflant dont vous aurez tous ouï.
> Qui est le meurtrier du p'tit marchand d'oublies?

— Par saint Denis! dit le roi. Si la chose est vraie,
Brienne mérite la potence. Quelqu'un d'entre vous
a-t-il entendu parler de ces crimes, messieurs?

Les courtisans balbutièrent, alléguant qu'ils étaient
assez peu au fait des événements de la nuit.

Alors le roi, avisant un jeune page qui aidait les
officiers de bouche, lui demanda à brûle-pourpoint :

— Et vous, mon enfant, qui devez être grand fure-
teur et curieux comme on l'est à votre âge, répétez-
moi donc un peu ce que l'on dit, ce matin, sur le
Pont-Neuf.

L'adolescent rougit, mais il était de bonne maison
et il répondit sans trop se troubler :

— Sire, on dit que tout ce que raconte le Poète-
Crotté est exact, et que la chose s'est passée cette nuit
à la taverne du Masque-Rouge. Moi-même je revenais
avec des compagnons de mener la farandole lorsque

nous avons vu les flammes, et nous avons couru à l'incendie. Mais déjà les capucins étaient venus à bout du feu. Le quartier est debout.

— Dit-on que le sinistre a été causé par des gentilshommes?

— Oui, mais on ne savait pas leurs noms parce qu'ils étaient masqués.

— Que savez-vous encore?

Les yeux du roi plongeaient dans ceux du page. Celui-ci, en garçon déjà courtisan, tremblait de prononcer un mot qui nuisait à sa faveur. Mais, obéissant à l'injonction de ce regard impérieux, il baissa la tête et murmura :

— Sire, j'ai vu le corps du petit marchand d'oublies. Il était mort et avait le ventre ouvert. Une femme l'avait tiré du feu et le serrait dans ses bras. J'ai vu aussi le neveu du patron de la taverne avec le front bandé.

— Et le patron de la taverne?

— On n'a pas pu retirer son corps de l'incendie. Les gens disent...

Le page ébaucha un sourire dans l'intention louable de détendre l'atmosphère.

— Les gens disaient que c'était une belle mort pour un rôtisseur.

Mais le visage du roi resta de glace, et les courtisans portèrent rapidement leurs mains à leurs lèvres pour dissimuler une expression de gaieté incongrue.

— Qu'on aille me chercher M. de Brienne, dit le roi. Et vous, monsieur le duc, ajouta-t-il en s'adressant au duc de Créqui, faites communiquer à M. d'Aubrays les instructions suivantes : d'une part, que tous renseignements et détails sur l'incident de cette nuit soient pris, et que le rapport m'en soit remis aussitôt; d'autre part, que tout porteur ou vendeur de ces papiers soit immédiatement arrêté et conduit au Châtelet. Enfin, tout passant, surpris ramassant ou lisant l'un de ces papiers, sera taxé d'une amende sévère et menacé de poursuites et d'emprisonnement. Je veux également que les mesures les plus énergiques soient prises immédiatement pour la découverte du maître imprimeur et du sieur Claude Le Petit.

On trouva le comte de Brienne chez lui, mis au lit par ses valets, et cuvant lourdement son vin.

— Mon cher ami, lui dit le marquis de Gesvres, capitaine des gardes, vous me voyez chargé près de vous d'un pénible devoir. Sans que la chose soit précisée, je crois, qu'en fait, je viens vous arrêter.

Et il lui mit sous le nez le poème dont il s'était délecté pendant le trajet, sans souci de se voir infliger une amende.

— Je suis un homme perdu, constata Brienne d'une voix pâteuse. Les choses vont vite en ce royaume! Je n'ai pas encore réussi à... évacuer tout le vin que j'ai bu dans cette maudite taverne, qu'on vient déjà m'en faire payer le prix.

— Monsieur le ministre, lui dit Louis XIV, pour beaucoup de raisons, une conversation avec vous m'est pénible. Soyons brefs. Reconnaissez-vous avoir participé cette nuit à ces ignobles attentats dénoncés dans ce papier? Oui ou non?

— Sire, j'étais là, mais je n'ai pas commis toutes ces turpitudes. Le Poète-Crotté reconnaît lui-même que ce n'est pas moi qui ai assassiné le petit marchand d'oublies.

— Et qui est-ce donc?

Le comte de Brienne demeura silencieux.

— Je vous approuve de ne pas rejeter entièrement sur d'autres une responsabilité que vous partagez amplement. Cela se voit à votre visage. Tant pis pour vous, monsieur le comte, vous avez eu la malchance de vous faire reconnaître. Vous paierez pour les autres. Le petit peuple murmure... à juste titre. Il faut donc que justice soit faite, et promptement. Je veux que ce soir on puisse dire sur le Pont-Neuf que M. de Brienne est à la Bastille... et qu'il sera châtié durement. Quant à moi, je suis enchanté de cette occasion qui me débarrasse d'un visage que je ne supportais plus qu'avec peine. Vous savez pourquoi.

Le pauvre Brienne soupira en songeant aux timides baisers qu'il avait essayé de voler à la tendre La Vallière alors qu'il ignorait encore le penchant de son maître pour cette belle personne.

C'était payer à la fois une amourette pleine d'innocence et une orgie éhontée. Il y eut un gentilhomme de plus à Paris pour maudire la plume du poète. Sur le chemin de la Bastille, le carrosse qui conduisait Brienne fut arrêté par une troupe de marchandes des Halles. Elles brandissaient les feuillets du pamphlet et leur couteau à découper, et réclamaient qu'on leur livrât le prisonnier pour lui faire subir... ce qu'il avait fait subir au pauvre cuisinier Bourjus.

Brienne ne respira que lorsque les lourdes portes de la prison se refermèrent sur lui et sur sa virilité sauvée.

Mais, le lendemain matin, une nouvelle nuée de blancs feuillets s'abattit sur Paris. Comble d'insolence, le roi trouva l'épigramme sous l'assiette d'un en-cas qu'il s'apprêtait à manger avant de se rendre au bois de Boulogne pour courir le daim.

La chasse fut décommandée et M. d'Olone, premier veneur de France, prit une direction opposée à celle qu'il comptait suivre. C'est-à-dire qu'au lieu de descendre le Cours-la-Reine, il remonta le cours Saint-Antoine, qui le menait à la Bastille.

En effet le nouvel article le nommait expressément comme ayant maintenu maître Bourjus pendant qu'on l'assassinait.

> Chaque jour donnera un nom et le dernier venu
> Sera de qui a tué un enfant de tendre âge,
> Un nom ronflant dont vous aurez tous ouï
> Qui est le meurtrier du p'tit marchand d'oublies?

Ensuite ce fut le tour de Lauzun. On cria son nom dans les rues alors qu'il se rendait en carrosse au petit lever du roi. Sur-le-champ, Péguilin fit tourner ses chevaux et prit la direction de la Bastille.

— Préparez mon appartement, dit-il au gouverneur.

— Mais, monsieur le duc, je n'ai pas d'ordre à votre sujet.

— Vous allez en recevoir, soyez sans crainte.

— Mais où est votre lettre de cachet?

— La voici, dit Péguilin en tendant à M. de Vannois la feuille imprimée qu'il venait d'acheter dix sols à un gamin pouilleux.

Frontenac préférait s'enfuir sans attendre. Vardes lui déconseilla vivement d'agir ainsi.

— Votre fuite est un aveu. Elle va sûrement vous dénoncer. Alors qu'en continuant à jouer l'innocence, vous passerez peut-être au travers de cette cascade de dénonciations. Ainsi, regardez-moi. Ai-je l'air troublé? Je plaisante, je ris. Personne ne me soupçonne, et le roi me confie lui-même combien cette affaire le tourmente.

— Vous cesserez de rire quand votre tour viendra.

— J'ai comme une idée qu'il ne viendra pas : Ils

étaient « treize », dit la chanson. En voici à peine trois de nommés et, déjà, on assure que des vendeurs arrêtés ont dévoilé, sous la torture, le nom du maître imprimeur. Dans quelques jours, la chute des feuilles cessera, et tout rentrera dans l'ordre.

— Je ne partage pas votre optimisme sur la courte durée de cette pénible saison, dit le marquis de Frontenac en relevant frileusement le col de son manteau de voyage. Pour moi, je préfère l'exil à la prison. Adieu.

Il avait atteint la frontière d'Allemagne lorsque son nom parut et passa presque inaperçu. En effet, la veille même, Vardes avait été sacrifié à la vindicte publique et, dans des termes tels, que le roi s'en était ému. En effet, le Poète-Crotté accusait, ni plus ni moins, ce « scélérat mondain » d'être l'auteur de la lettre espagnole qui, deux ans plus tôt, avait été introduite dans l'appartement de la reine, à seule fin de l'instruire charitablement des infidélités de son époux avec Mlle de La Vallière. L'accusation rouvrait une blessure vive au cœur du souverain, car il n'avait jamais pu mettre la main sur les coupables et, plus d'une fois, en avait parlé à Vardes, lui demandant conseil à ce sujet. Tandis qu'il interrogeait le capitaine des gardes suisses, faisait venir Mme de Soissons, sa maîtresse et complice; tandis que sa belle-sœur Henriette d'Angleterre, impliquée également dans l'histoire de la lettre espagnole, se jetait à ses pieds et que de Guiche et le petit Monsieur se disputaient aigrement dans le privé avec le chevalier de Lorraine, la liste des criminels de la taverne du Masque-Rouge continuait imperturbable à offrir, chaque jour, une nouvelle victime à la foule. Louvignys et Saint-Thierry, résignés à l'avance et ayant pris leurs dispositions, surent un beau matin que Paris connaissait maintenant le nombre exact de leurs maîtresses et leurs particularités amoureuses. Ces détails assaisonnaient l'habituel refrain :

Mais qui donc a tué un enfant de tendre âge?
Qui est le meurtrier du p'tit marchand d'oublies?...

Bénéficiant du trouble dans lequel les révélations faites sur Vardes jetaient le roi, Louvignys et Saint-Thierry furent seulement priés d'abandonner leurs charges et de se rendre dans leurs terres.

Un vent d'excitation soufflait sur Paris.

— A qui le tour? A qui le tour? beuglaient chaque matin les vendeurs de chansons. On s'arrachait les feuilles. De la rue aux fenêtres, on se criait « le nom » du jour.

Les gens du meilleur monde prirent l'habitude de s'aborder en se disant mystérieusement :

— Mais qui donc a tué le p'tit marchand d'oublies?...

Et l'on pouffait de rire.

Puis, un bruit commença à circuler et les rires se figèrent. Au Louvre, un climat de panique et de profond embarras succéda à l'amusement de ceux qui, forts de leur conscience, suivaient gaiement le déroulement du jeu de massacre. On vit plusieurs fois la reine mère se rendre elle-même au palais royal pour y entretenir son second fils. Aux alentours du palais qu'habitait le petit Monsieur, des paquets de badauds hostiles, muets, stationnaient. Personne ne parlait encore, personne n'affirmait, mais le bruit courait que le frère du roi avait participé à l'orgie du Masque-Rouge, et que c'était LUI qui avait assassiné le petit marchand d'oublies.

★

Ce fut par Desgrez qu'Angélique connut les premières réactions de la cour.

Le lendemain même de l'attentat, alors que
Brienne, conduit à la Bastille, avait bien de la peine à
y parvenir, le policier frappait à la petite maison de la
rue des Francs-Bourgeois où Angélique s'était réfugiée.

Elle écouta avec une expression fermée le récit qu'il
lui fit des paroles et des décisions du roi.

— Il s'imagine qu'avec Brienne il sera quitte, murmura-t-elle, les dents serrées. Mais attention! Cela ne
fait que commencer. Ce sont d'abord les moins coupables. Et cela montera, montera jusqu'au jour où le
scandale éclatera, où le sang de Linot éclaboussera les
marches du trône.

Elle tordit avec passion ses mains blêmes et glacées.

— Je viens de le conduire au cimetière des Saints-
Innocents. Toutes les commères des Halles ont quitté
leurs auvents et ont suivi ce pauvre petit être qui
n'avait reçu de l'existence que sa beauté et sa gentil-
lesse. Et il a fallu que des princes vicieux viennent lui
ôter son seul bien : la vie. Mais, pour son enterrement, il a eu le plus beau cortège.

— Les dames de la Halle font en ce moment un
brin de conduite à M. de Brienne.

— Qu'elles le pendent, qu'elles mettent le feu à son
carrosse, qu'elles mettent le feu au palais royal! Qu'elles mettent le feu à tous les châteaux des environs :
Saint-Germain, Versailles...

— Incendiaire! Où irez-vous danser alors, quand
vous serez redevenue une grande dame?

Elle le regarda intensément et hocha la tête.

— Jamais, plus jamais, je ne redeviendrai une grande dame. J'ai tout essayé, et puis tout perdu de nouveau. Ce sont eux les plus forts. Avez-vous les noms que je vous ai demandés?

— Voilà, fit Desgrez en tirant un rouleau de parchemin de son manteau. Résultat d'une enquête strictement personnelle et que je suis seul à connaître : sont entrés à la taverne du Masque-Rouge, en ce soir d'octobre 1664 : Monsieur d'Orléans, le chevalier de Lorraine, M. le duc de Lauzun...

— Oh! je vous en prie, pas de titres, soupira Angélique.

— C'est plus fort que moi, fit Desgrez en riant. Vous savez que je suis un fonctionnaire très respectueux du régime. Nous disons donc : MM. de Brienne, de Vardes, Du Plessis-Bellière, de Louvignys, de Saint-Thierry, de Frontenac, de Cavois, de Guiche, de La Vallière, d'Olone, de Tormes.

— De La Vallière? Le frère de la favorite?

— Lui-même.

— C'est trop beau, murmura-t-elle, les yeux brillants du plaisir de la revanche. Mais... attendez, cela fait quatorze. J'en avais compté treize.

— Au départ, ils étaient quatorze, car M. le marquis de Tormes était avec eux. Cet homme d'âge aime à partager les débordements de la jeunesse. Cependant, quand il eut reconnu les intentions de Monsieur sur le petit garçon, il se retira en disant : Bonsoir, messieurs, je ne veux pas vous accompagner dans ces sentiers détournés. Je me plais à suivre mon petit bonhomme de chemin et je vais coucher tout bonnement chez la marquise de Raquenau. Nul n'ignore que cette grosse dame est sa maîtresse.

— Excellente histoire pour lui faire payer sa lâcheté!

Desgrez considéra un instant le visage crispé d'Angélique et il eut un sourire mince.

— La méchanceté vous va bien. Quand je vous ai connue, vous étiez plutôt du genre émouvant — de celui qui attire la meute.

— Et vous, quand je vous ai connu, vous étiez du genre affable, gai, franc. Maintenant je suis parfois prête à vous haïr.

Elle lui darda au visage le rayon de ses yeux verts et grinça :

— Grimaut du diable!

Le policier se mit à rire d'un air amusé.

— Madame, on dirait, à vous entendre, que vous avez fréquenté la classe des argotiers.

Angélique haussa les épaules, se dirigea vers la cheminée et prit une bûche avec les pincettes pour se donner une contenance.

— Vous avez peur, n'est-ce pas? reprit Desgrez de sa voix traînante de Parisien des faubourgs. Vous avez peur pour votre petit Poète-Crotté? Cette fois, j'aime mieux vous en avertir : il ira jusqu'à la potence.

La jeune femme évita de répondre, bien qu'elle eût envie de crier : Jamais il n'ira à la potence! On ne prend pas le poète du Pont-Neuf. Il s'envolera comme un maigre oiseau et ira se percher sur les tours de Notre-Dame.

Elle était dans un état d'exaltation qui lui tendait les nerfs à les briser. Elle tisonna le feu, gardant le visage penché vers la flamme. Elle avait au front une petite brûlure, causée, la nuit dernière, par une escarbille. Pourquoi Desgrez ne s'en allait-il pas? Pourtant elle aimait qu'il fût là. Habitude ancienne, sans doute.

— Quel nom avez-vous dit? s'écria-t-elle tout à coup. Du Plessis-Bellière? Le marquis?

— Vous voulez des titres maintenant? Eh bien! il s'agit en effet du marquis Du Plessis-Bellière, maréchal de camp du roi... Vous savez, le vainqueur de Norgen.

— Philippe! murmura Angélique.

Comment ne l'avait-elle pas reconnu quand il avait soulevé son masque et posé sur elle ce même regard d'un bleu froid qu'il posait jadis, si dédaigneusement, sur sa cousine en robe grise? Philippe Du Plessis-Bellière! Le château du Plessis lui apparut, posé comme un blanc nénuphar sur son étang...

— Comme c'est étrange, Desgrez! Ce jeune homme est un de mes parents, un mien cousin qui habitait à quelques lieues de notre château. Nous avons joué ensemble.

— Et maintenant que le petit cousin s'en vient jouer avec vous dans les tavernes, vous allez l'épargner?

— Peut-être. Après tout, ils étaient treize. Avec le marquis de Tormes, le compte y sera.

— N'êtes-vous pas imprudente, ma mie, de raconter tous vos secrets à un grimaut du diable?

— Ce que je vous dis ne vous fera pas découvrir l'imprimeur du Poète-Crotté, ni comment les pamphlets pénètrent au Louvre. Et puis, d'ailleurs, vous ne me trahirez pas, moi!

— Non, madame, je ne VOUS trahirai pas, mais je ne vous tromperai pas non plus. Cette fois le Poète-Crotté sera pendu!

— C'est ce que nous verrons!

— Hélas! c'est en effet ce que nous verrons, répéta-t-il. Au revoir, madame.

Lorsqu'il l'eut quittée, elle eut de la peine à calmer le long frisson qui l'avait saisie. Le vent d'automne sifflait dans la rue des Francs-Bourgeois. La tempête entraînait le cœur d'Angélique. Jamais elle n'avait connu au fond d'elle-même pareille tourmente. L'anxiété, la peur, la douleur lui étaient familières. Mais, cette fois, elle atteignait un désespoir aigu et sans larmes, pour lequel elle refusait tout apaisement, toute consolation.

Audiger était accouru, son honnête visage bouleversé. Il l'avait prise dans ses bras, mais elle l'avait repoussé.

— Ma pauvre chérie, c'est un vrai drame. Mais il ne faut pas vous laisser abattre. Quittez cette expression tragique. Vous m'effrayez!

— C'est une catastrophe, une terrible catastrophe! Maintenant que la taverne du Masque-Rouge a disparu, comment me procurerai-je de l'argent? Les corporations ne sont pas tenues de me défendre, au contraire. Mon contrat avec maître Bourjus est aujourd'hui sans valeur. Mes économies vont être bientôt épuisées. J'avais engagé de gros fonds dernièrement pour la réfection de la salle et dans les réserves de vins, d'eau-de-vie et de liqueurs. A la rigueur, David pourra se faire rembourser par le bureau des Incendies. Mais on sait combien ces gens sont serrés. Et, de toute façon, le pauvre garçon ayant perdu tout son héritage, je ne pourrai guère lui demander le peu d'argent qu'il se procurera par ce moyen. Tout ce que j'avais si péniblement édifié s'est écroulé... Que vais-je devenir?

Audiger appuya sa joue contre les doux cheveux de la jeune femme.

— Ne craignez rien, mon amour. Tant que je serai là, vous et vos enfants ne manquerez de rien. Je ne suis pas riche, mais je possède suffisamment d'argent pour vous aider. Et, dès que mon commerce marchera, nous travaillerons ensemble, comme c'était convenu.

Elle s'arracha à son étreinte.

— Mais ce n'est pas cela que j'avais voulu! s'écriat-elle. Je ne tiens pas à travailler avec vous comme servante...

— Pas comme servante, Angélique.

— Servante ou épouse, cela revient au même. Je voulais apporter ma part dans cette affaire. Etre à égalité...

— Voilà où le bât vous blesse, Angélique! Je ne suis pas loin de penser que Dieu a voulu vous punir de votre orgueil. Pourquoi parlez-vous toujours de l'égalité de la femme? C'est presque une hérésie. Si vous vous teniez modestement à la place que Dieu a assignée aux personnes de votre sexe, vous seriez plus heureuse. La femme est faite pour vivre à son foyer, sous la protection de son époux qu'elle entoure de ses soins, ainsi que les enfants nés de leur union.

— Quel charmant tableau! ricana Angélique. Figurez-vous que cette existence préservée ne m'a jamais tentée. C'est par goût personnel que je me suis lancée dans la bagarre avec mes deux petits sous le bras. Tenez, allez-vous-en, Audiger! Vous me semblez si stupide, tout à coup, que vous me donnez envie de vomir.

— Angélique!

— Partez, je vous en prie.

Elle ne pouvait plus le supporter. De même qu'elle ne pouvait plus supporter la vue de Barbe pleurnichant, de David hébété, de Javotte effarée et jusqu'à la présence des enfants qui, avec l'instinct des jeunes êtres lorsqu'ils sentent leur univers en péril, redoublaient de cris et de caprices. Elle était excédée de tous. Qu'avaient-ils donc à se cramponner à elle? Elle avait perdu le gouvernail, et la tempête l'entraînait dans son tourbillon, où volaient comme de grands oiseaux les feuillets blancs des pamphlets venimeux du Poète-Crotté.

★

Comprenant que son tour viendrait, le marquis de La Vallière prit le parti d'aller se confesser à sa sœur, à l'hôtel de Biron, où Louis XIV avait installé sa favorite. Louise de La Vallière, effrayée, conseilla cependant à son jeune frère de se confier loyalement au roi.

Ce qu'il fit.

— Je m'en voudrais, en vous châtiant trop sévèrement, de faire pleurer de beaux yeux qui me sont chers, lui dit Sa Majesté. Quittez Paris, monsieur, et rejoignez votre régiment du Roussillon. Nous étoufferons le scandale.

Cependant, la chose n'était pas si simple. Le scandale ne voulait pas se laisser étouffer. On arrêtait, on emprisonnait, on torturait et, chaque jour, avec la régularité d'un phénomène de la nature, un nouveau nom sortait. Celui du marquis de La Vallière ne tarderait plus, ni celui du chevalier de Lorraine, ni celui du frère du roi! Toutes les imprimeries étaient visitées, surveillées. La plupart des revendeurs du Pont-Neuf séjournaient dans les cachots du Châtelet.

Mais on trouvait encore des pamphlets jusque dans la chambre de la reine!

Les allées et venues du Louvre furent surveillées, les entrées gardées comme celles d'une forteresse. Tout individu y pénétrant aux premières heures du jour : porteur d'eau, laitière, valets, etc., fut fouillé jusqu'à la peau. Les fenêtres et les couloirs avaient leurs sentinelles. Il était impossible qu'un homme pût sortir du Louvre ou y rentrer sans se faire remarquer.

« Un homme, non, mais un demi-homme peut-être », se disait le policier Desgrez, soupçonnant fort le nain de la reine, Barcarole, d'être le complice d'Angélique.

... Comme étaient ses complices les gueux des coins de rues, qui cachaient des liasses de pamphlets sous leurs guenilles et les semaient sur les marches des églises et des couvents; les spadassins qui, la nuit, après avoir détroussé un bourgeois attardé, lui donnaient « en échange » quelques feuillets à lire « pour se consoler »; les bouquetières et les orangères du Pont-Neuf; le Grand Matthieu qui dispersait, sous prétexte de recettes gratuites offertes à l'aimable clientèle, les nouvelles élucubrations du Poète-Crotté.

... Comme était son complice, enfin, le nouveau Grand Coesre, lui-même, Cul-de-Bois, dans le fief duquel Angélique, par une nuit sans lune, fit transporter trois coffres remplis de pamphlets où étaient dévoilés les noms des cinq derniers coupables. Une descente de la police dans les antres puants du faubourg Saint-Denis était peu probable. L'heure semblait mal choisie pour assaillir un quartier dont la reddition nécessiterait une véritable bataille.

Malgré leur vigilance, archers, huissiers, sergents ne pouvaient être partout. La nuit restait encore toute-puissante, et la marquise des Anges, aidée de ses « hommes », put sans incidents transférer les coffres, du quartier de l'Université jusqu'au palais de Cul-de-Bois.

Deux heures plus tard, on arrêtait l'imprimeur et ses commis. Un revendeur, emprisonné au Châtelet et qui avait dû avaler de la main du bourreau cinq coquemars d'eau froide, avait donné le nom du maître. On trouva chez l'imprimeur les preuves de sa culpabilité, mais aucune trace des futures dénonciations. Quelques-uns voulurent espérer qu'elles n'avaient pas encore vu le jour. Ils déchantèrent lorsque, dans la matinée, Paris apprit la lâcheté de M. le marquis de Tormes qui, au lieu de défendre le petit marchand d'oublies, avait quitté ses compagnons en disant :

— Au revoir, messieurs. Moi, je m'en vais coucher chez la marquise de Raquenau, selon ma petite habitude.

Le marquis de Raquenau n'ignorait rien de sa disgrâce conjugale. Mais, la voyant proclamée par toute la ville, il se trouva dans l'obligation d'aller provoquer son rival. On se battit en duel et le mari fut tué. Tandis que M. de Tormes se rhabillait, le marquis de Gesvres surgit et lui présenta son ordre d'arrestation.

Le marquis de Tormes, qui n'avait pas encore lu le pamphlet accusateur, croyait qu'on l'emmenait à la Bastille parce qu'il s'était battu en duel.

— Plus que quatre! Plus que quatre! chantaient des gamins en formant des farandoles.

— Plus que quatre! Plus que quatre! criait-on sous les fenêtres du palais royal.

Les gardes dispersaient à coups de fouet la foule qui les injuriait.


Harassé, traqué de cachette en cachette, Claude Le Petit vint s'abattre chez Angélique. Il était plus blême que jamais, le visage noirci par la barbe.

— Cette fois, ma belle, dit-il avec un sourire crispé, ça sent le roussi. J'ai comme une idée que je ne pourrai pas glisser entre les mailles du filet.

— Ne parle pas ainsi! Tu m'as dit toi-même cent fois qu'on ne te pendrait jamais.

— On parle ainsi lorsque rien n'est venu atteindre votre force. Et puis, soudain, par une fêlure, la force s'échappe et l'on voit clair.

Il avait été blessé en s'échappant par une fenêtre dont il avait dû briser les carreaux et tordre les plombs.

Elle le fit étendre sur le lit, le pansa, lui donna à manger. Il suivait ses mouvements avec attention, et elle était inquiète de ne pas retrouver dans ses prunelles l'habituelle lueur moqueuse.

— La fêlure, c'est toi, dit-il brusquement. Je n'aurais pas dû te rencontrer... ni t'aimer. Depuis que tu t'es mise à me tutoyer j'ai compris que tu avais fait de moi ton valet.

— Claude, fit-elle, blessée, pourquoi me cherches-tu querelle? Je... j'ai senti que tu étais très proche de moi, que tu ferais tout pour moi. Mais si tu veux, je ne te tutoierai plus.

Elle s'assit au bord du lit et lui prit la main, posant sa joue contre cette main, d'un geste tendre.

— Mon poète...

Il se dégagea et ferma les yeux.

— Ah! soupira-t-il, c'est cela qui est mauvais pour moi. Près de toi on se met à rêver d'une vie où tu serais toujours là. On se met à raisonner comme un bourgeois stupide. On se dit : J'aimerais rentrer chaque soir dans une maison chaude et lumineuse où elle m'attendrait! J'aimerais la retrouver chaque nuit dans mon lit, tiède et potelée, et soumise à mon désir. J'aimerais avoir une bedaine de bourgeois et me tenir sur mon seuil le soir, et dire : ma femme, en parlant d'elle aux voisins. Voilà ce qu'on se dit lorsqu'on te connaît. Et l'on commence à trouver que les tables des cabarets sont dures pour y dormir, qu'il fait froid entre les pattes du cheval de bronze, et qu'on est seul au monde, comme un chien sans maître.

— Tu parles comme Calembredaine, fit Angélique rêveusement.

— Lui aussi, tu lui as fait du mal. Car, au fond, tu n'es qu'une illusion, fugace comme un papillon, ambitieuse, lucide, insaisissable...

La jeune femme ne répondit pas. Elle était au-delà des disputes et des injustices. Le visage de Joffrey de Peyrac, la veille de son arrestation, venait de lui apparaître, et aussi celui de Calembredaine un peu avant la bataille de la foire Saint-Germain. Certains hommes, à l'heure de la défaite, retrouvent l'instinct des bêtes. Qui n'a remarqué la tristesse des soldats montant au combat où la mort les attend?

Cette fois, il ne fallait pas se laisser prendre au dépourvu : il fallait lutter contre le sort.

— Tu vas quitter Paris, décida-t-elle. Ta tâche est terminée puisque les derniers pamphlets sont écrits, imprimés et en lieu sûr.

— Quitter Paris? Moi? Mais où irais-je?

— Chez ta vieille nourrice, cette femme dont tu m'as parlé et qui t'a élevé dans les montagnes du Jura. L'hiver va bientôt venir, les chemins seront pleins de neige, personne n'ira te chercher là-bas. Tu vas quitter ma maison, qui n'est pas sûre, et te réfugier chez Cul-de-Bois. A minuit, ce soir même, tu gagneras la porte Montmartre, qui est toujours très mal gardée. Tu y trouveras un cheval et, dans la fonte de la selle, de l'argent et un pistolet.

— Entendu, marquise, dit-il en bâillant.

Il se leva pour partir.

Sa soumission tourmentait plus Angélique qu'une audace imprudente. Etait-ce la fatigue, la peur ou l'effet de sa blessure? Il paraissait agir en somnambule. Avant de la quitter, il la regarda longuement, sans sourire.

— Maintenant, dit-il, tu es très forte et tu peux nous laisser en chemin.

Elle ne comprit pas ce qu'il voulait dire. Les mots ne pénétraient plus en elle, et son corps était douloureux comme si on l'avait battu.

Elle ne s'attarda pas à regarder s'éloigner, sous la pluie fine, la silhouette maigre et noire du Poète-Crotté.

Dans l'après-midi, elle alla jusqu'au marché aux bêtes de la foire Saint-Germain, acheta un cheval qui lui coûta une partie de ses épargnes, puis passa rue du Val-d'Amour « emprunter » à Beau-Garçon l'un de ses pistolets.

Il fut décidé que, vers minuit, Beau-Garçon, La Pivoine et quelques autres se rendraient avec le cheval à la porte Montmartre. Claude Le Petit y arriverait de son côté, avec quelques hommes de confiance de Cul-de-Bois. Les « narquois » l'escorteraient pour la traversée des faubourgs, jusqu'à la campagne.

Son plan établi, Angélique retrouva un peu de calme. Le soir, elle monta dans la chambre des petits, puis jusqu'à la soupente où elle abritait David. Le garçon avait une forte fièvre, car sa blessure, mal soignée, s'était envenimée.

Plus tard, Angélique, dans sa chambre, commença de compter les heures. Les enfants et les domestiques dormaient; le singe Piccolo, après avoir gratté à l'huis, était venu s'installer sur la pierre de l'âtre. Angélique, les coudes aux genoux, contemplait le feu. Dans deux heures, dans une heure, Claude Le Petit serait hors de danger. Elle respirerait mieux, et alors elle se coucherait et essaierait de dormir. Depuis l'incendie de la taverne du Masque-Rouge, il lui semblait qu'elle avait oublié ce qu'était le sommeil.

Le pas d'un cheval résonna sur les pavés, puis s'arrêta. On frappa à la porte. Le cœur battant, elle alla écarter le volet du petit grillage.

— C'est moi, Desgrez.

— Venez-vous au nom de l'amitié, ou de la police?

— Ouvrez-moi. Je vous le dirai ensuite.

Elle tira les verrous en songeant que la visite d'un policier chez elle était extrêmement désagréable, mais qu'au fond elle était heureuse de voir Desgrez, plutôt que de rester seule à sentir chaque minute de sa montre lui tomber sur le cœur comme une goutte de plomb fondu.

— Où est Sorbonne? demanda-t-elle.

— Je ne l'ai pas avec moi, ce soir.

Elle remarqua que, sous son vêtement mouillé, il était vêtu d'un justaucorps de drap rouge garni de rubans noirs et orné d'un rabat et de manchettes de dentelles. Avec son épée et ses bottes à éperons, il figurait assez bien un petit gentilhomme de province très fier de se trouver dans la capitale.

— Je reviens du théâtre, dit-il gaiement. Une mission assez délicate près d'une belle...

— Vous ne poursuivez plus les pamphlétaires crottés?

— Il se peut qu'en cette occasion on ait compris que je ne donnerais pas toute ma mesure...

— Vous avez refusé de vous occuper de l'affaire?

— Pas exactement. On me laisse très libre, vous savez. On sait que j'ai ma petite méthode à moi.

Debout devant le feu, il se frottait les mains pour les réchauffer. Il avait posé ses gants à crispins noirs et son feutre sur un tabouret.

— Pourquoi ne vous êtes-vous pas fait soldat dans l'armée du roi? lui demanda Angélique, qui admirait la prestance de l'ancien avocat miteux. On vous trouverait beau garçon et vous n'ennuieriez personne... Ne bougez pas... Je vais vous chercher un cruchon de vin blanc et des gaufres.

— Non, merci! Je pense que, malgré votre gracieuse hospitalité, il vaut mieux que je me retire. J'ai encore un tour à faire du côté de la porte Montmartre.

Angélique sursauta et jeta un regard sur sa montre : 11 heures et demie. Si Desgrez se dirigeait maintenant vers la porte Montmartre, il y avait bien des chances pour qu'il tombât sur le Poète-Crotté et ses complices. Etait-ce par hasard qu'il voulait se rendre à la porte Montmartre ou bien ce diable d'homme avait-il flairé quelque chose? Non, c'était impossible! Elle prit brusquement sa décision.

Desgrez remettait son manteau.

— Déjà! protesta Angélique. Je ne comprends rien à vos façons. Vous arrivez à une heure indue, vous me tirez du lit et vous filez aussitôt.

— Je ne vous ai pas tirée du lit. Vous n'étiez pas dévêtue. Vous rêviez devant votre feu.

— Précisément... Je m'ennuyais. Allons, asseyez-vous.

— Non, fit-il en nouant la cordelière de son collet. Plus je réfléchis et plus je crois que je ferais mieux de me presser.

— Oh! ces hommes! protesta-t-elle, boudeuse. (Elle se creusait la tête pour trouver un prétexte à le retenir.)

Elle craignait moins pour le poète que pour Desgrez lui-même la rencontre inévitable qui allait se produire si elle le laissait partir pour la porte Montmartre. Le policier avait un pistolet et une épée, mais les

397

autres étaient armés eux aussi, et ils étaient nombreux. De plus, Sorbonne n'était pas avec son maître. De toute façon, il était inutile que l'évasion de Claude Le Petit s'accompagnât d'une rixe, au cours de laquelle un capitaine-exempt du Châtelet risquait fort d'être tué. Il fallait absolument éviter cela.

Mais déjà Desgrez sortait de la chambre.

« Oh! c'est trop bête, pensa Angélique. Si je ne suis pas capable de retenir un homme un quart d'heure, je me demande pourquoi Dieu m'a fait naître! »

Elle le suivit dans l'antichambre, et, comme il saisissait la poignée de la porte, elle posa sa main sur la sienne. La douceur du geste parut le surprendre. Il eut une légère hésitation.

— Bonne nuit, madame, fit-il avec un sourire.

— La nuit ne sera pas bonne pour moi si vous vous en allez, murmura-t-elle. La nuit est trop longue... quand on est seule.

Et elle posa sa joue contre son épaule.

« Je me conduis comme une courtisane, pensait-elle, mais tant pis! Quelques baisers me feront gagner du temps. Et, même s'il demande plus, pourquoi pas? Après tout, il y a si longtemps que nous nous connaissons. »

— Il y a si longtemps que nous nous connaissons, Desgrez, reprit-elle à voix haute. Vous n'avez jamais pensé qu'entre nous...

— Ce n'est pas dans vos façons de vous jeter à la tête d'un homme, fit Desgrez avec perplexité. Que vous arrive-t-il ce soir, ma belle?

Mais sa main avait quitté la porte et il lui prenait l'épaule. Très lentement, comme à regret, son autre bras se leva et vint entourer la taille de la jeune femme. Cependant, il ne la serrait pas contre lui. Il la tenait plutôt comme un objet léger et fragile dont on

ne sait que faire. Elle eut pourtant l'intuition que le
cœur du policier Desgrez battait un peu plus rapidement. Ne serait-ce pas amusant de parvenir à émouvoir cet homme indifférent et toujours maître de lui-
même?

— Non, dit-il enfin. Non, je n'ai jamais pensé que
nous pourrions coucher ensemble. Voyez-vous,
l'amour est pour moi quelque chose de très ordinaire.
En cela, comme en beaucoup d'autres choses, j'ignore
le luxe et il ne me tente pas. Le froid, la faim, la pauvreté et les verges de mes maîtres n'ont pas contribué
à me donner des goûts raffinés. Je suis un homme de
taverne et de bordel. Je demande à une fille d'être un
brave animal, solide, un objet confortable que l'on
peut manier à sa guise. Pour tout vous dire, ma
chère, vous n'êtes pas mon genre de femme.

Elle l'écoutait avec un certain amusement, et sans
détacher son front du creux de son épaule. Elle sentait contre son dos le rayonnement chaud des deux
mains de Desgrez. Il n'était peut-être pas aussi dédaigneux qu'il voulait bien l'affirmer. Une femme comme
Angélique ne s'y trompait pas. Trop de choses la
liaient à Desgrez. Elle eut un petit rire étouffé.

— Vous me parlez comme si j'étais un objet de
luxe... non confortable, comme vous dites. Vous admirez sans doute la richesse de ma robe et de ma demeure?

— Oh! la robe n'y fait rien. Vous garderez toujours
cette conscience de votre supériorité qui transparais-
sait dans vos yeux lorsque, un jour déjà lointain,
on vous a présentée à certain avocat minable et rotu-
tier.

— Beaucoup de choses se sont passées depuis, Desgrez.

— Beaucoup de choses ne passeront jamais, entre

autres l'arrogance d'une femme dont les ancêtres étaient, avec Jean II le Bon, à la bataille de Poitiers en 1356.

— Décidément vous savez toujours tout sur tout le monde, policier que vous êtes!

— Oui... exactement comme votre ami le Poète-Crotté.

Il la prit aux épaules, et doucement, mais fermement, la détacha de lui afin de la regarder en face.

— Alors?... C'est donc vrai qu'il devait être à minuit à la porte Montmartre?

Elle tressaillit, puis pensa que, maintenant, le danger était passé. Au loin, une horloge égrenait les derniers coups de minuit. Desgrez capta dans ses yeux un éclair triomphant.

— Oui... oui, il est trop tard, murmura-t-il en hochant la tête d'un air songeur. Il y avait tant de monde qui s'était donné rendez-vous cette nuit à la porte Montmartre! Entre autres M. le lieutenant civil lui-même, et vingt archers du Châtelet. Peut-être que, si j'étais arrivé un peu plus tôt, j'aurais pu leur conseiller d'aller guetter leur gibier ailleurs... Ou bien peut-être aurais-je pu signaler au gibier imprudent de prendre la clef des champs par une autre voie?... Mais, maintenant, je crois bien... oui, je crois bien qu'il est trop tard...

★

Flipot partait de grand matin chercher le lait frais des enfants au marché de la Pierre-au-Lait. Angélique venait de s'endormir d'un bref sommeil agité, lorsqu'elle l'entendit revenir en courant. Oubliant de frapper à la porte, il passa sa tête ébouriffée dans l'entrebâillement. Les yeux lui sortaient des orbites.

— Marquise des Anges, haleta-t-il, je viens de voir...
en place de Grève... le Poète-Crotté.

— En place de Grève?... répéta-t-elle. Mais il est
complètement fou! Qu'est-ce qu'il fait là?

— Il tire la langue, répondit Flipot. On l'a pendu!


## 7


— J'ai promis à M. d'Aubrays, lieutenant de police
de Paris, qui lui-même en a pris l'engagement devant
le roi, que les trois derniers noms de la liste ne seraient
pas connus du public. Ce matin, malgré la pendaison
de l'auteur de ces pamphlets, le nom du comte de
Guiche a été livré en pâture aux Parisiens. Sa Majesté
a fort bien compris que la condamnation du principal
coupable n'arrêterait pas la main de la justice imma-
nente qui va s'abattre sur son frère, c'est-à-dire, sur
Monsieur. De mon côté, j'ai fait comprendre à Sa Majesté que je connaissais le ou les complices qui, malgré la mort du pamphlétaire, continueraient son œuvre. Et, je le répète, j'ai promis que les trois derniers
noms ne paraîtraient pas.

— Ils paraîtront!

— Non!

Angélique et Desgrez étaient de nouveau face à face,
à cette même place où la veille Angélique avait posé
sa tête contre l'épaule du policier. Jamais elle ne se
reprocherait assez ce geste. Maintenant, les regards
des deux interlocuteurs se croisaient comme des
épées.

La maison était déserte. David seul, blessé et fiévreux, se trouvait là-haut dans la soupente. On enten-

401

dait peu de bruit venant de la rue. L'écho de l'agitation populaire ne parvenait pas jusqu'à ce quartier aristocratique. Au seuil du Marais, s'arrêtaient les cris de la foule qui, depuis le matin, défilait en place de Grève devant le gibet où se balançait le corps de Claude Le Petit, Poète-Crotté du Pont-Neuf. Depuis quinze ans qu'il inondait Paris de ses épigrammes et de ses chansons, personne ne pouvait croire qu'il était enfin mort et pendu. On se montrait ses cheveux blonds que remuait le vent, et ses vieux souliers aux clous usés. La mère Marjolaine pleurait. Au coin de la rue de la Vannerie, la mère Hurlurette, le visage inondé de larmes, braillait sur le crin-crin du père Hurlurot, la célèbre rengaine :

> Quand je m'en irai
> A l'abbaye de Monte-à-Regret,
> Pour vous je prierai
> En tirant la langue...

A l'écouter, la foule entrait en transes. Faute de mieux, on tendait le poing vers l'Hôtel de Ville.

Dans la petite maison de la rue des Francs-Bourgeois, la lutte se poursuivait, âpre, implacable, et pourtant à voix basse, comme si Angélique et Desgrez soupçonnaient la ville entière de guetter leurs paroles.

— Je sais où sont les liasses de papiers que vous comptez faire distribuer encore, disait Desgrez. Je peux demander le concours de l'armée, assaillir le faubourg Saint-Denis et faire tailler en pièces tous les malintentionnés qui s'opposeraient à une perquisition de la police chez le Grand Coesre, messire Cul-de-Bois. Cependant, il y a un moyen plus simple d'arranger les choses. Ecoutez-moi, petite sotte, au lieu de me regarder comme une chatte en colère... Claude le poète est mort. Il le fallait. Ses insolences durent depuis trop longtemps, et le roi n'admettra jamais d'être jugé par la racaille.

— Le roi! Le roi! Vous en avez plein la bouche. Vous étiez plus fier jadis!

— La fierté est un péché de jeunesse, madame. Avant d'être fier, il faut savoir à qui l'on a affaire. Je me suis heurté, par la force des choses, à la volonté du roi. J'ai failli être brisé. La démonstration est faite : le roi est le plus fort. Je suis donc du côté du roi. A mon avis, madame, vous qui êtes chargée de deux jeunes enfants, vous devriez suivre mon exemple.

— Taisez-vous, vous me faites horreur!

— N'ai-je pas entendu parler d'une lettre patente que vous souhaiteriez obtenir pour la fabrication d'une boisson exotique, ou de quelque chose dans ce genre?... Et ne pensez-vous pas qu'une forte somme, par exemple 50 000 livres, ne serait pas la bienvenue pour vous aider à lancer un commerce quelconque? Ou bien quelque privilège, une exemption de droits, que sais-je? Une femme comme vous ne doit pas être à court d'idées. Le roi est prêt à vous accorder ce que vous demanderez en échange de votre silence définitif et immédiat. Voici la bonne façon de terminer ce drame au mieux des intérêts de chacun. M. le lieutenant criminel sera félicité, on m'accordera une nouvelle charge, Sa Majesté poussera un soupir de soulagement, et vous, ma chère, ayant remis à flot votre petite barque, vous continuerez à voguer vers les plus hautes destinées. Allons, ne tremblez pas comme une pouliche sous la cravache du dresseur. Réfléchissez. Je reviendrai dans deux heures prendre votre réponse...

★

En place de Grève on venait d'amener, dans un tombereau, le maître imprimeur Gilbert et deux de ses commis. Trois autres potences étaient dressées pour eux près de celle du Poète-Crotté. Comme maître Aubin passait dans le nœud coulant la tête chenue de l'imprimeur, une rumeur naquit et s'amplifia :

— La grâce! Le roi accorde la grâce.

Maître Aubin hésita.

Il arrivait parfois qu'au pied de l'échafaud la grâce du roi vînt arracher un condamné aux mains diligentes du bourreau. En prévision des revirements du souverain, maître Aubin devait se montrer ponctuel, mais sans hâte excessive. Il attendit patiemment qu'on lui présentât le recours en grâce signé de Sa Majesté. Cependant rien ne paraissait. C'était un malentendu. En effet, la charrette des capucins, qui venait chercher les corps des condamnés à mort, ne pouvant se frayer un passage parmi cette foule trop dense, le moine conducteur s'était mis à crier :

— Gare! Gare!

Et chacun avait compris : Grâce! Grâce!

Voyant de quoi il retournait, maître Aubin, tranquillement, se remit à la besogne. Mais maître Gilbert, résigné quelques instants avant, ne voulait plus mourir. Il se débattit et se mit à crier d'une voix terrible :

— Justice! Justice! J'en appelle au roi! On veut me tuer alors que les assassins du petit marchand d'oublies et du rôtisseur Bourjus se prélassent en liberté. On veut me pendre parce que je me suis fait l'instrument de la vérité! J'en appelle au roi! J'en appelle à Dieu!

L'échafaud sur lequel étaient dressées les trois potences craqua sous la poussée de la foule.

Assailli à coups de pierres et de gourdins, le bourreau dut lâcher prise et se réfugier sous l'estrade. Tandis qu'on courait chercher un tison pour y mettre le feu, les sergents à cheval de la prévôté débouchèrent sur la place et, à grands coups de fouet, réussirent à dégager l'emplacement. Mais les condamnés s'étaient envolés...

Fier d'avoir arraché trois de ses fils au gibet, Paris sentait renaître en lui l'esprit de la Fronde. Il se souvenait qu'en 1650 c'était le Poète-Crotté qui, le premier, avait lancé les flèches des « mazarinades ». Tant qu'il restait vivant, qu'on pouvait être sûr d'entendre parfois sa langue aiguisée se faire l'écho des rancœurs nouvelles, on pouvait laisser dormir les rancœurs anciennes. Mais, maintenant qu'il était mort, une crainte panique s'emparait du peuple. Celui-ci avait l'impression d'être soudain bâillonné. Tout revenait à la surface : les famines de 1656, de 1658, de 1662, les nouvelles taxes. Quel dommage que l'Italien fût mort! On aurait brûlé son palais...

Des farandoles coururent le long des quais en criant :

— Qui a égorgé le petit marchand d'oublies?

Tandis que d'autres scandaient :

— Demain... nous saurons! Demain... nous saurons!

Mais le lendemain, la ville n'eut pas sa quotidienne floraison de pages blanches. Ni les jours suivants. Le silence retomba. Le cauchemar s'éloignait. On ne saurait jamais qui avait tué le petit marchand d'oublies. Paris comprit que le Poète-Crotté était bien mort.

★

D'ailleurs il l'avait dit lui-même à Angélique.

— Maintenant, tu es très forte et tu peux nous laisser en chemin.

Elle l'entendait sans cesse lui répéter ces paroles. Et, durant les longues nuits où, pas un instant, elle ne trouvait le repos, elle le voyait devant elle, la regardant de ses yeux pâles et brillants comme l'eau de la Seine quand le soleil s'y mire.

Elle n'avait pas voulu aller place de Grève. Il lui suffisait que Barbe y conduisît les enfants, comme au sermon, et ne lui eût épargné aucun détail du sinistre tableau : ni les cheveux blonds du Poète-Crotté qui flottaient devant son visage tuméfié, ni ses bas noirs en tire-bouchon sur ses maigres mollets, ni son encrier de corne et sa plume d'oie, que le bourreau, superstitieux, avait laissés à sa ceinture.

En se levant, le troisième jour, après une nuit d'insomnie, elle se dit :

« Je ne peux plus supporter cette existence. »

Ce jour-là, dans la soirée, elle devait rejoindre Desgrez chez lui, rue du Pont-Notre-Dame. De là, il la conduirait chez d'importants personnages avec lesquels s'établirait l'accord secret terminant la curieuse affaire qu'on devait appeler : l'affaire du petit marchand d'oublies.

Les propositions d'Angélique avaient été acceptées. En échange, elle remettrait à qui de droit les trois coffres de pamphlets édités, mais non divulgués, dont ces messieurs de la police feraient sans doute un grand feu de joie.

Et la vie recommencerait. Angélique aurait de nouveau beaucoup d'argent. Elle aurait seule aussi le privilège de fabriquer et de vendre, dans tout le royaume, la boisson nommée chocolat.

« Je ne peux plus supporter cette existence », se répéta-t-elle.

Elle alluma sa chandelle, car le jour n'était pas encore levé. Le miroir posé sur la coiffeuse lui renvoya le reflet de son visage blême et tiré.

« Des yeux verts, se dit-elle. La couleur qui porte malheur. Oui, c'est donc vrai. Je porte malheur à ceux que j'aime... ou qui m'aiment. »

Claude le poète?... Pendu. Nicolas?... Disparu. Joffrey?... Brûlé vif.

Elle passa lentement ses deux mains sur ses tempes. Elle tremblait si fort intérieurement qu'elle en respirait mal. Et pourtant ses paumes étaient calmes et glacées.

« Que fais-je là, à lutter contre tous ces hommes forts et puissants? Ce n'est pas ma place. La place d'une femme est à son foyer, près d'un époux qu'elle aime, dans la chaleur du feu, dans la quiétude de la maison et de l'enfant qui dort dans son berceau de bois. Te souviens-tu, Joffrey, de ce petit château où Florimond est né?... La tempête des montagnes fouettait les vitres, et moi je m'asseyais sur tes genoux; j'appuyais ma joue contre ta joue. Et je regardais avec un peu de peur et une confiance délicieuse ton bizarre visage où jouaient les reflets du feu... Comme tu savais rire en montrant tes dents blanches! Ou bien je m'étendais dans notre grand lit et tu chantais pour moi, de cette voix profonde et veloutée qui semblait revenir en écho de la montagne. Alors, je m'endormais et tu t'étendais près de moi dans la fraîcheur des draps brodés, parfumés à l'iris. Je t'avais beaucoup donné, je le savais. Et toi, tu m'avais tout donné... Et je me disais, en rêvant, que nous serions éternellement heureux... »

Elle tituba à travers la pièce, alla tomber à genoux près du lit, enfouit son visage dans les draps froissés.

— Joffrey, mon amour!...

Le cri contenu trop longtemps, jaillissait.

— Joffrey, mon amour, reviens, ne me laisse pas seule...Reviens.

Mais il ne reviendrait plus, elle le savait. Il était parti trop loin. Où pourrait-elle le rejoindre désormais? Elle n'avait même pas une tombe pour y prier... Les cendres de Joffrey avaient été dispersées au vent de la Seine.

Elle vit le fleuve avec son flot large et vif, et cette cuirasse d'argent qu'il revêt au soleil couchant.

Angélique se releva. Son visage était en larmes.

Elle s'assit à la table, prit une feuille blanche et tailla sa plume.


« Quand vous lirez cette lettre, messieurs, j'aurai cessé de vivre. Je sais qu'attenter à sa propre existence est un grand crime, mais, pour ce crime, Dieu qui connaît le fond des âmes, sera mon seul refuge. Je m'abandonne à Sa miséricorde. Je confie le sort de mes deux fils à la justice et à la bonté du roi. En échange d'un silence dont dépendait l'honneur de la famille royale, et que j'ai respecté, je demande à Sa Majesté de se pencher comme un père sur ces deux petites existences, commencées sous le signe des plus grands malheurs. Si le roi ne leur rend pas le nom et le patrimoine de leur père, le comte de Peyrac, que du moins il leur donne les moyens de subsister dans leur enfance et plus tard l'éducation et les sommes nécessaires à leur établissement... »

Elle écrivit encore, ajoutant quelques détails pour la vie de ses enfants, demandant aussi protection pour le jeune Chaillou, orphelin. Elle fit également une lettre pour Barbe, la suppliant de ne jamais quitter Florimond et Cantor, lui léguant les pauvres choses qu'elle possédait, robes et bijoux.

Elle glissa la seconde lettre dans le pli et la scella.

Ensuite, elle se sentit mieux. Elle vaqua à sa toilette, s'habilla, puis passa la matinée dans la chambre de ses enfants. Leur vue lui fit du bien. Mais la pensée qu'elle allait les quitter pour toujours ne la troublait pas. Ils n'avaient plus besoin d'elle. Ils avaient Barbe, qu'ils connaissaient et qui les emmènerait à Monteloup. Ils seraient élevés au soleil et au bon air de la campagne, loin de ce Paris boueux et puant.

Florimond lui-même avait perdu l'habitude de la présence de cette mère qui rentrait tard, le soir, dans une maison dont ils avaient fait leur petit royaume entre les deux servantes, le chien Patou, leurs jouets et leurs oiseaux. Comme c'était tout de même Angélique qui apportait les jouets, ils s'empressaient quand ils la voyaient et, tyranniques, grognaient, réclamaient encore quelque chose. Ce jour-là, Florimond tira sur sa petite robe de droguet rouge en disant :

— Maman, quand aurai-je un haut-de-chausses de garçon? Je suis un homme maintenant, vous savez?

— Mon chéri, tu as déjà un grand feutre avec une belle plume rose. Beaucoup de petits garçons de ton âge se contentent d'un béguin comme celui de Cantor.

— Je veux un haut-de-chausses! cria Florimond en jetant à terre sa trompette.

Angélique s'éclipsa, redoutant une colère qui l'aurait obligée à sévir.

Après le dîner de midi, elle profita du sommeil des enfants pour revêtir sa mante et quitter la maison. Elle emportait le pli cacheté. Elle irait le remettre à Desgrez et lui demanderait de l'apporter à la fameuse réunion secrète. Ensuite, elle le quitterait et marcherait le long des berges. Elle aurait plusieurs heures devant elle. Elle avait l'intention de marcher assez longtemps. Elle voulait atteindre la campagne, emporter, comme dernière vision, l'image des prés jaunis par l'automne et des arbres dorés, respirer une dernière fois l'odeur des mousses qui lui rappelleraient Monteloup et son enfance...

## 8

Angélique attendit Desgrez dans sa maison du pont Notre-Dame. Le policier aimait habiter sur les ponts, tandis que ceux qu'il pourchassait habitaient dessous. Mais le décor avait changé depuis la première visite qu'Angélique lui avait faite, des années auparavant, dans une des maisons croulantes du Petit-Pont.

Il avait maintenant pignon sur ce très riche pont Notre-Dame, presque neuf et d'un mauvais goût de bourgeois cossu, avec ses façades ornées de dieux termes supportant fruits et fleurs, ses médaillons de rois, ses statues, tout cela peint « au naturel » de couleurs éclatantes.

La chambre où Angélique avait été introduite par le concierge reflétait le même confort roturier. Mais c'est à peine si la jeune femme jeta un coup d'œil au vaste lit dont le baldaquin était soutenu par des colonnes torses, et à la table de travail garnie d'objets de bronze doré.

Elle ne se posait pas de questions sur les circonstances qui avaient pu procurer à l'avocat cette modeste aisance. Desgrez était à la fois une présence et un souvenir. Elle avait l'impression qu'il savait tout d'elle, et cela la reposait. Il était dur et indifférent, mais sûr comme un pilier. En lui remettant son suprême message, elle pourrait s'éloigner l'esprit en repos : ses enfants ne seraient pas abandonnés.

La fenêtre ouverte donnait sur la Seine. On entendait un bruit d'avirons. Ils ruisselèrent comme une cascade lorsqu'ils se replièrent tous au passage du pont.

Il faisait beau dehors. Le temps était doux. Un délicat soleil d'automne miroitait sur le carrelage noir et blanc, soigneusement frotté d'huile.

Enfin, Angélique entendit dans le couloir les claquements d'éperon d'un pas décidé. Elle reconnut le pas de Desgrez.

Il entra, ne marqua aucune surprise.

— Madame, je vous salue. Sorbonne, mon chien, reste dehors, avec tes pattes crottées.

Cette fois encore, il était vêtu, sinon avec recherche, du moins avec confort. Un galon de velours noir soulignait le collet de son ample manteau, qu'il jeta sur une chaise. Mais elle retrouva l'ancien Desgrez au geste sans façon dont il se débarrassa de son chapeau et de sa perruque. Puis il détacha son épée. Il paraissait de fort bonne humeur.

— Je reviens de chez M. d'Aubrays. Tout marche pour le mieux. Ma chère, vous allez rencontrer les plus grands personnages du commerce et de la finance. Il est même question que M. Colbert lui-même assiste à la séance.

Angélique eut un sourire poli. Ces paroles lui semblaient vaines, et ne parvenaient pas à secouer son hébétude. Elle n'aurait pas l'honneur de connaître M. Colbert. A l'heure où ces omnipotents personnages se réuniraient en quelque quartier éloigné, le corps d'Angélique de Sancé, comtesse de Peyrac, marquise des Anges, s'en irait au fil de l'eau entre les berges dorées de la Seine. Elle serait libre alors : plus personne ne l'atteindrait. Et peut-être que Joffrey la rejoindrait...

Elle tressaillit parce que Desgrez parlait toujours et qu'elle ne comprenait plus ses paroles.

— Que dites-vous?

— Je dis que vous êtes en avance, madame, pour le rendez-vous.

— Aussi n'est-ce pas lui qui m'amène. En fait, je passe chez vous en courant, car un charmant « muguet » m'attend pour me conduire à la galerie du Palais où je veux admirer les dernières nouveautés. Peut-être, ensuite, pousserai-je jusqu'aux Tuileries. Ces distractions me permettront d'attendre sans nervosité l'heure fatidique du rendez-vous. Mais j'ai là une enveloppe qui m'encombre. Pourriez-vous la garder? Je la reprendrai en passant.

— A vos ordres, madame.

Il prit le pli cacheté et, se dirigeant vers le petit coffre posé sur une console, l'ouvrit et y déposa l'enveloppe.

Angélique se détourna pour rassembler son éventail et ses gants. Tout était très simple, tout se déroulait sans heurts. Avec la même simplicité, elle allait marcher, sans se presser. Il suffirait seulement, à un moment donné, d'obliquer vers la Seine... Le soleil ferait miroiter l'eau du fleuve comme un carrelage noir et blanc...

Le bruit grinçant lui fit relever la tête. Elle vit Desgrez qui tournait la clef dans la serrure de la porte. Puis, d'un air fort naturel il glissa la clef dans sa poche et revint vers la jeune femme en souriant.

— Asseyez-vous encore quelques minutes, dit-il. Il y a longtemps que je désire vous poser deux ou trois questions, et l'occasion de votre visite me semble propice.

— Mais... on m'attend!

— « On » vous attendra, fit Desgrez toujours souriant. D'ailleurs ce sera très vite fait. Asseyez-vous, je vous prie.

Il lui indiquait une chaise devant la table, et lui-même prit place de l'autre côté.

Angélique était trop lasse pour élever d'autres objections. Depuis plusieurs jours, ses gestes n'avaient pas plus de réalité que ceux d'une somnambule.

Il y avait pourtant quelque chose qui n'allait pas. Quoi donc?... Ah! oui! Pourquoi Desgrez avait-il fermé la porte à clef?

— Les renseignements que j'ai à vous demander concernent une affaire assez grave, dont je m'occupe actuellement. La vie de plusieurs personnes en dépend. Il serait trop long, et inutile d'ailleurs, que je vous explique la genèse de cette affaire. Il suffit que vous répondiez à mes questions. Voici...

Il parlait sans la regarder et avec beaucoup de lenteur. La main posée en auvent sur ses yeux mi-clos, il paraissait absorbé par une vision lointaine.

— Il y a près de quatre ans de cela, une nuit, au cours d'un cambriolage chez un apothicaire du faubourg Saint-Germain, le sieur Glazer, deux malfaiteurs de bas étage furent arrêtés. Pour autant que je m'en souvienne, ils portaient, dans le milieu argotier, les surnoms de Tord-Serrure et de Prudent. On les pendit. Cependant, avant de mourir, au cours de la question, le nommé Prudent prononça certaines paroles que j'ai retrouvées dernièrement, consignées dans un procès-verbal du Châtelet, et qui éclairent singulièrement mon enquête actuelle. Elles concernent ce que le sieur Prudent a vu chez le sieur Glazer au cours de la visite impromptue qu'il lui rendit cette nuit-là. Malheureusement, les termes de ce témoignage sont imprécis. C'est un bafouillage qui laisse soupçonner beaucoup de choses et ne prouve rien. Aussi je voudrais vous demander de m'éclairer. Qu'y avait-il chez le vieux Glazer?

Le monde devenait de plus en plus irréel. Le décor de la chambre s'effaçait. Une seule lumière demeurait, celle des prunelles brunes de Desgrez ouvertes subitement, et qui avaient une sorte de rayonnement rouge et étrange, une clarté d'écaille translucide.

— C'est à moi que vous posez cette question? demanda Angélique.

— Oui. Qu'avez-vous vu cette nuit-là, chez le vieux Glazer?

— Comment voulez-vous que je le sache? Je crois que vous perdez l'esprit.

Desgrez poussa un soupir et la lumière de ses yeux s'éteignit derrière ses paupières baissées. Il prit sur la table une plume d'oie et commença à la retourner machinalement dans ses doigts.

— Il y avait une femme chez le vieux Glazer cette nuit-là, et qui accompagnait les cambrioleurs. Pas n'importe qui! Une femme qui portait un nom dans la classe dangereuse, j'ai pu m'en rendre compte : la marquise des Anges. Vous n'en avez jamais entendu parler? Non? Cette femme était la compagne d'un il-

414

lustre bandit de la capitale : Calembredaine. Ce Calembredaine s'est fait prendre en 1661, à la foire
Saint-Germain, et on l'a pendu...

— Pendu!... s'exclama-t-elle.

— Non, non, fit doucement Desgrez, ne vous trou-
blez pas, madame... On ne l'a pas pendu. A la vérité,
il s'est échappé en sautant à la Seine et... il s'est noyé.
On a retrouvé son corps avec deux livres de sable
dans la bouche, et gonflé comme une outre. Dommage, un si bel homme! Je comprends que vous pâlis-
siez! Je reviens donc à la marquise des Anges, digne
compagne de ce triste sire, qui était, comme vous ne
l'ignorez pas, un cambrioleur renommé et un assassin. Condamné aux galères, il s'était évadé, etc. Elle,
son règne a été bref mais édifiant : elle a participé à
de nombreux cambriolages, attaques à main armée de
carrosses tels que celui de la propre fille du lieutenant civil. Elle a plusieurs assassinats à son actif, entre autres celui d'un archer du Châtelet, dont elle a
ouvert le ventre fort proprement, je vous prie de le
croire...

L'esprit d'Angélique sortait de son engourdissement. La jeune femme sentit le piège se refermer sur
elle.

Son regard se tourna vers la fenêtre ouverte, par
où montait le bruit de l'eau. La Seine était là!... La
suprême évasion! « Je coulerai jusqu'au fond! J'en aurai fini avec le monde des hommes, ce monde
odieux! »

— La marquise des Anges était avec Prudent dans
la maison de Glazer, reprit Desgrez. Elle a vu ce qu'a
vu cet homme. Elle a...

D'un élan, elle avait bondi vers la fenêtre. Elle y
trouva Desgrez, plus prompt qu'elle. Il lui saisit les

poignets et la fit reculer jusqu'à la chaise, où il la rejeta brutalement. Son expression s'était transformée.

— Ah! non, pas de ça! gronda-t-il. Pas de ce petit jeu avec moi!

Il penchait sur elle un cruel visage.

— Allez parle, et grouille-toi un peu, si tu ne veux pas que je te bouscule. Qu'as-tu vu chez le vieux Glazer?

Angélique le regardait fixement. Dans son cœur, s'affrontaient des sentiments contradictoires, auxquels se mêlaient la crainte et la colère.

— Je vous interdis de me tutoyer.

— Je tutoie toujours les filles que j'interroge.

— Vous êtes devenu complètement fou, je crois?

— Réponds! Qu'as-tu vu chez Glazer?

— Je vais appeler au secours.

— Tu peux hurler tant qu'il te plaira. La maison est habitée par des archers. Interdiction d'entrer chez moi, même si l'on entend crier à l'assassin.

La sueur se mit à perler aux tempes d'Angélique.

« Il ne faut pas, se dit-elle, il ne faut pas transpirer. Nicolas racontait que c'est très mauvais signe. Cela veut dire qu'on est prêt à « manger le morceau »...

Un soufflet magistral s'abattit sur sa joue.

— Vas-tu parler? Qu'as-tu vu chez Glazer?

— Je n'ai rien à vous dire. Brute! Laissez-moi partir.

Desgrez se rapprocha d'elle et, la prenant sous les coudes, la contraignit à se lever, mais avec précaution, comme si elle avait été gravement malade.

— Tu ne veux pas parler, mon petit bijou? dit-il avec une douceur inattendue. C'est pas gentil, tu sais. Tu veux absolument que je me fâche?...

Il la tenait tout contre lui. Très lentement, ses mains glissaient le long des bras de la jeune femme et

416

ramenaient ses coudes en arrière. Soudain, elle fut traversée d'une douleur épouvantable et elle poussa un cri aigu. On aurait dit qu'une tenaille de fer venait de lui arracher les deux bras. La prise du policier était telle qu'elle ne pouvait faire un mouvement sans avoir l'impression de recevoir un coup de poignard entre les côtes. Mais c'étaient surtout ses doigts qui la faisaient horriblement souffrir, ses doigts écartelés, distendus, et dont la moindre pression rendait la torture encore plus intolérable.

— Allons, parle! Qu'y avait-il chez Glazer?

Angélique était en nage. Un élancement insupportable lui martelait la nuque, les omoplates, gagnait les reins.

— C'est pourtant pas terrible ce que je te demande là. Un simple petit renseignement pour une affaire qui ne te concerne même pas, ni toi, ni tes gueux de compagnons... Parle, ma belle, je t'écoute. Tu ne veux toujours pas?

Il fit un imperceptible mouvement et les doigts fragiles d'Angélique craquèrent. Elle hurla. Sans s'émouvoir, il reprenait :

— Voyons, l'ami Prudent, au Châtelet, parlait d'une farine, blanche... Tu as vu cela, toi aussi?

— Oui.

— Qu'est-ce que c'était?

— Du poison... de l'arsenic.

— Ah! tu savais même que c'était de l'arsenic? fit-il en riant.

Et il la lâcha. Il était devenu songeur et paraissait penser à autre chose. Brisée de souffrance, elle reprenait souffle.

Au bout d'un moment, il sortit de ses réflexions, la poussa de nouveau sur la chaise et, attirant un tabouret, s'assit devant elle.

— Là, maintenant que tu es raisonnable, on ne va plus te faire de mal.

Il était tout près d'elle et serrait entre ses genoux les genoux tremblants d'Angélique. Elle regardait les paumes de ses propres mains, livides et comme mortes.

— Maintenant, raconte-moi ta petite histoire.

Il penchait un peu la tête et ne la regardait plus. Il redevenait le dur confesseur des secrets sinistres. Elle se mit à parler d'une voix monocorde.

— Chez Glazer, il y avait une chambre avec des cornues... un laboratoire.

— Normal... Chacun sait qu'il est apothicaire.

— Cette poudre blanche était sur un étal dans un plat de bronze. Je l'ai reconnue à son odeur d'ail. Prudent a voulu y goûter. Je l'en ai empêché en lui disant que c'était du poison.

— Qu'as-tu remarqué encore?

— Près du plat d'arsenic, il y avait un paquet en papier grossier, scellé de cachets rouges.

— Et sur ce papier, y avait-il quelque chose d'écrit?

— Oui : pour M. de Sainte-Croix.

— Parfait. Ensuite?

— Prudent avait renversé une cornue, qui s'est brisée. Le bruit a dû réveiller le propriétaire de la maison. Nous nous sommes sauvés, mais, en traversant le vestibule, nous l'avons entendu descendre l'escalier. Il a crié :

— Nanette! (ou un prénom de ce genre). Vous avez oublié d'enfermer les chats. Il a dit encore : Est-ce vous, Sainte-Croix? Vous venez chercher le remède?

— Parfait! Parfait!

— Après...

Le policier eut un geste dédaigneux.

— Après, ça m'est égal! J'ai ce qu'il me faut...

Après... Angélique revoyait la rue obscure où avait surgi, bondissante, la silhouette du chien Sorbonne. Elle se revoyait courant comme une folle. Le passé ne voulait pas mourir. Il renaissait, noir, sordide, effaçant d'un coup ces quatre années de patient et honnête labeur. Elle essaya d'avaler sa salive, mais sa gorge était dure comme du bois. Elle réussit enfin à articuler :

— Desgrez... depuis quand savez-vous?...

Il lui lança un regard moqueur.

— Que tu es la marquise des Anges? Ma foi, depuis cette nuit-là. Crois-tu qu'il est dans mes habitudes de relâcher une fille quand je l'ai poissée, et surtout de lui rendre son couteau?...

Ainsi, il l'avait reconnue! Il savait toutes les étapes de sa déchéance. Elle dit précipitamment :

— Il faut que je vous explique. Calembredaine était un petit paysan de mon pays... un compagnon d'enfance. Nous parlions le même patois.

— J'te demande pas de me raconter ta vie, grogna-t-il durement.

Mais elle se cramponna à lui, criant d'une voix plaintive :

— Si... il faut que je vous dise... il faut que vous me compreniez. C'était mon compagnon d'enfance. Il était valet au château. Puis il a disparu. Il m'a retrouvée quand je suis venue à Paris... Vous comprenez, il me voulait toujours... Et tous m'avaient abandonnée... Vous aussi, vous m'aviez abandonné... dans la neige. Alors il m'a prise, il m'a soumise... C'est vrai que je l'ai suivi, mais je n'ai pas commis tous les crimes que vous m'imputez. Desgrez ce n'est pas moi qui ai tué l'archer Martin, je vous le jure... Je n'ai tué qu'une fois. Oui, c'est vrai, j'ai tué le Grand Coesre. Mais c'était pour sauver ma vie, pour arracher mon enfant à un sort horrible.

Desgrez eut un haussement de sourcils amusé et surpris.

— C'est toi qui as tué le Grand Coesre, ce Rolin-le-Trapu dont tout le monde avait peur?

— Oui.

Il se mit à rire doucement.

— Oh, la, la! Quel numéro, cette marquise des Anges! Toi, toute seule? Avec ton grand couteau? Couic!

Elle devint blême. Le monstre était là, à deux pas, affaissé sur lui-même, avec sa gorge ouverte d'où le sang jaillissait à grands hoquets. Elle crut qu'elle allait vomir. Desgrez lui tapota la joue en riant.

— Allons, ne fais pas cette tête-là! Tu as l'air toute gelée. Viens un peu que je te réchauffe.

Il l'attira sur ses genoux, la serra très fort contre lui, puis lui mordit les lèvres avec violence.

Elle poussa un cri de douleur et s'arracha à ses bras.

Tout à coup, elle avait repris son sang-froid.

— Monsieur Desgrez, dit-elle, en rassemblant ce qui lui restait de dignité, je vous serais obligée de prendre une décision à mon égard. M'arrêtez-vous ou me laissez-vous partir?

— Ni l'un ni l'autre pour le moment, fit-il avec nonchalance. Après une petite conversation comme la nôtre, on ne peut pas se quitter comme ça. Tu penserais que le policier est une grande brute. Alors que je peux être si doux à l'occasion.

Il se dressa près d'elle. Il souriait, mais ses yeux avaient retrouvé leur lumière d'écaille rouge. Sans qu'elle pût ébaucher un geste de défense, il l'enleva dans ses bras. Il murmura, son visage penché vers le sien:

— Viens, ma jolie petite bête.

— Je ne veux pas que vous me parliez de cette façon-là, cria-t-elle.

Et elle éclata en sanglots.

C'était venu brusquement. Un ouragan de larmes, un déchaînement de sanglots, qui lui arrachaient le cœur, qui la suffoquaient.

Desgrez la porta jusqu'au lit où il l'assit, et il resta un long moment à la regarder tranquillement, avec beaucoup d'attention. Puis, quand la violence de ce désespoir s'apaisa un peu, il se mit à la dévêtir. Elle sentit sur sa nuque le contact de ses doigts, qui retiraient les épingles de son corsage avec l'habileté d'une chambrière. Inondée de larmes, elle n'avait plus la force de résister.

— Desgrez, vous êtes méchant! sanglota-t-elle.

— Mais non, ma mignonne, je ne suis pas méchant.

— Je croyais que vous étiez mon ami... Je croyais que... Oh! mon Dieu! que je suis malheureuse.

— Tutt! Tutt! en voilà des idées, fit-il d'un ton d'indulgence grondeuse.

D'une main leste, il relevait les grandes jupes, dégrafait les jarretières, roulait les bas de soie, la déchaussait.

Quand elle n'eut plus que sa chemise, il s'écarta et elle l'entendit se dévêtir à son tour, en sifflotant, jetant ses bottes, son justaucorps, son ceinturon, aux quatre coins de la pièce. Puis, d'un bond, il la rejoignit sur le lit et tira les courtines.

Dans la pénombre chaude de l'alcôve, le grand corps poilu de Desgrez semblait rouge et velouté de noir. L'homme n'avait rien perdu de son entrain.

— Hop là, ma fille! Qu'est-ce que ces façons pantelantes? Fini de pleurer! On va rire. Viens donc un peu ici!

Il lui arracha sa chemise et en même temps lui assena sur les reins une claque si retentissante qu'elle bondit, enragée d'humiliation, et lui planta dans l'épaule ses petites dents aiguës.

— Ah! la chienne! cria-t-il. Voilà qui mérite correction!

Mais elle se débattait. Ils luttèrent. Elle lui criait les injures les plus basses qu'elle pouvait trouver. Tout le vocabulaire de la Polak y passait, et Desgrez riait comme un fou. L'éclat de ce rire, de ces dents blanches, l'âcre odeur de tabac qui se mêlait à cette sueur virile bouleversaient Angélique jusqu'aux moelles. Elle était sûre de haïr Desgrez, de souhaiter sa mort. Elle lui criait qu'elle le tuerait avec son couteau. Il riait de plus belle. Enfin il réussit à l'abattre sous lui et chercha ses lèvres.

— Embrasse-moi, disait-il. Embrasse le policier... Obéis, ou je te flanque une tripotée dont il te cuira pendant trois jours... Embrasse-moi... Mieux que ça. Je suis certain que tu sais très bien embrasser...

Elle ne pouvait plus résister aux injonctions impérieuses de cette bouche qui la mordait sans pitié à chacun de ses refus. Elle céda.

Elle céda si bien que, quelques instants plus tard, le désir la rejeta, aveugle, contre ce corps qui l'avait vaincue. Leur lutte prit un autre sens, celui de la lutte éternelle des dieux et des nymphes dans les bois de l'Olympe. La gaieté de Desgrez en amour était prodigieuse, inaltérable. Elle gagnait Angélique comme une fièvre. La jeune femme se disait que Desgrez la traitait sans aucun respect, que jamais personne ne l'avait traitée ainsi, même Nicolas, même le capitaine. Mais, la tête renversée contre le rebord du lit, elle s'entendait rire d'un rire de fille lutinée. Elle avait très chaud maintenant. Son corps, secoué de frissons, s'épanouissait.

Enfin l'homme la ramena vers lui d'un bras impérieux. Une seconde, elle entrevit un masque différent : paupières closes, gravité passionnée, un visage où tout cynisme se mourait, toute ironie s'évanouissait sous la poussée d'un sentiment unique. L'instant d'après, elle sentit qu'elle lui appartenait. Et il riait de nouveau, d'une façon gourmande et sauvage. Il lui déplut ainsi. A ce moment, elle avait besoin de tendresse. Un nouvel amant éveillait toujours en elle, à la première étreinte, un réflexe d'étonnement et d'effroi, peut-être de dégoût.

Son excitation tomba. Une lassitude pesante comme du plomb l'envahit.

Elle se laissait prendre, inerte, mais il ne paraissait pas s'en formaliser. Elle eut l'impression qu'il usait d'elle comme de n'importe quelle fille.

Alors elle se plaignit, roulant sa tête de droite à gauche.

— Laisse-moi...Laisse-moi!

Mais il s'acharnait comme s'il eût voulu l'épuiser complètement.

Tout devenait noir. La tension nerveuse qui l'avait soutenue depuis plusieurs jours cédait devant une fatigue écrasante. Elle n'en pouvait plus. Elle était à bout de forces, de larmes, de volupté...

★

En s'éveillant, elle se vit étendue sur le lit dévasté, bras et jambes rejetés autour d'elle comme une étoile de mer, dans la position où le sommeil l'avait saisie. Les courtines du lit étaient relevées. Un rond de soleil rose dansait sur le carrelage. Elle entendait chanter l'eau de la Seine entre les arches du pont Notre-Dame. Un autre bruit s'y mêlait, plus proche : une sorte de grattement actif et discret.

Elle tourna la tête et aperçut Desgrez qui écrivait à sa table.

Il portait sa perruque et un rabat blanc empesé. Il paraissait fort calme et absorbé par son travail. Elle le contempla sans comprendre. Ses souvenirs restaient flous. Son corps lui paraissait de plomb et sa tête légère. Elle prit conscience de sa posture impudique et rapprocha ses jambes.

A ce moment, Desgrez releva la tête. Voyant qu'elle était éveillée, il posa sa plume sur l'écritoire et s'approcha du lit.

— Comment allez-vous? Vous avez bien dormi? demanda-t-il d'une voix tout à fait courtoise et naturelle.

Elle le regarda d'un air quelque peu stupide. Elle n'était pas très certaine de lui. Où donc l'avait-elle vu terrifiant, brutal, paillard? En rêve, sans doute.

— Dormi? balbutia-t-elle. Vous croyez que j'ai dormi? Depuis combien de temps?

— Ma foi, cela fait bien trois heures que j'ai sous les yeux ce charmant spectacle.

— Trois heures! répéta Angélique en sursautant et en attirant le drap pour se couvrir. Mais c'est affreux! Et le rendez-vous de M. Colbert?

— Il vous reste une heure pour vous y préparer.

Il alla vers la pièce voisine.

— J'ai là une salle de bains confortable et tout ce qu'il faut pour la toilette des dames : fards, mouches, parfums, etc.

Il revenait, tenant sur le bras une robe de chambre soyeuse qu'il lui lança.

— Mettez cela et dépêchez-vous, ma belle.

Un peu étourdie et avec l'impression d'évoluer dans une atmosphère cotonneuse, Angélique entreprit de se baigner et de se rhabiller. Ses effets étaient soigneusement pliés sur un coffre. Devant un miroir, il y avait aussi un grand nombre d'accessoires, pour le moins étonnants dans cette garde-robe de célibataire : pots de blanc de céruse et de vermillon, noir pour les paupières, toute une gamme de flacons de parfum.

La mémoire revenait peu à peu à Angélique. Ce n'était pas sans peine, car sa pensée lui semblait incapable de se remettre en marche. Elle se souvint de la gifle retentissante dont le policier l'avait à demi assommée. Oh! c'était épouvantable! Il l'avait traitée comme une fille, sans aucun respect. Et il savait qu'elle était la marquise des Anges. Qu'allait-il faire d'elle maintenant?...

Elle entendit grincer la plume d'oie. Soudain, Desgrez se leva et demanda :

— Vous vous en tirez? Puis-je vous servir de chambrière?

Sans attendre de réponse, il entra et commença à nouer avec dextérité les cordons de sa jupe.

Angélique ne savait plus que penser.

Au souvenir des caresses qu'il lui avait imposées, la gêne la paralysait. Mais vraiment Desgrez semblait penser à tout autre chose. Elle aurait cru rêver, si le miroir ne lui avait montré son propre visage de femme sensuelle et assouvie, aux paupières noircies par la fatigue du plaisir, aux lèvres gonflées par la morsure des baisers. Quelle honte! Aux yeux les moins avertis, ses traits portaient les marques des violents ébats où Desgrez l'avait entraînée.

Machinalement, elle posa deux doigts sur ses lèvres

enflées qui continuaient de la brûler presque douloureusement.

Elle croisa dans la glace le regard de Desgrez. Celui-ci ébaucha un demi-sourire.

— Oh! oui, ça se voit, dit-il. Mais cela n'a aucune importance. Ces graves personnages que vous allez rencontrer n'en seront que plus subjugués... et peut-être vaguement envieux.

Sans répondre, elle acheva de lisser ses boucles, colla une mouche au coin d'une de ses pommettes.

Le policier avait noué son baudrier et prenait son feutre... Il était vraiment élégant, bien que sa tenue gardât quelque chose de sombre et d'austère.

— Vous gravissez les échelons, monsieur Desgrez, dit Angélique en s'efforçant d'imiter sa désinvolture. Voici que vous portez l'épée, et votre appartement est, ma foi, très bourgeois.

— Je reçois beaucoup. Voyez-vous, la société évolue étrangement. Est-ce ma faute si les pistes que je flaire me mènent toujours un peu plus haut? Sorbonne se fait vieux. Quand il mourra, je ne le remplacerai pas, car ce n'est plus dans les bouges qu'il faut aller chercher les pires assassins de notre temps. C'est en d'autres lieux.

Il parut réfléchir et ajouta en hochant la tête :

— Dans les salons, par exemple... Etes-vous prête, madame?

Angélique prit son éventail et fit signe que oui.

— Dois-je vous rendre votre enveloppe?

— Quelle enveloppe?

— Celle que vous m'avez confiée en arrivant ici.

La jeune femme fronça les sourcils. Puis, brusquement, elle se souvint et sentit une légère rougeur lui monter au front. S'agissait-il de l'enveloppe contenant son testament et qu'elle avait remise à Desgrez avec l'intention d'aller ensuite se tuer?

Se tuer? Quelle drôle d'idée! Mais pourquoi donc voulait-elle se tuer? Ce n'était vraiment pas le moment. Alors que, pour la première fois depuis des années, elle était sur le point de voir aboutir toutes ses démarches, qu'elle tenait presque le roi de France à sa merci!...

— Oui, oui, fit-elle précipitamment. Rendez-la-moi.

Il ouvrit le coffre et lui tendit l'enveloppe cachetée. Mais il la retint au moment où Angélique allait la saisir, et elle leva sur lui des yeux interrogateurs. Desgrez avait de nouveau ce regard au reflet rouge qui semblait pénétrer comme un rayon jusqu'au tréfonds de l'âme.

— Vous vouliez mourir, n'est-ce pas?

Angélique le dévisagea, comme une enfant prise en faute. Puis elle baissa la tête avec un hochement affirmatif.

— Et maintenant?

— Maintenant?... Je ne sais plus. En tout cas, il n'est pas question que je ne profite pas de la veulerie de ces gens pour en tirer un bon parti. L'occasion est unique et je suis persuadée que, si j'arrive à lancer le chocolat, je pourrai refaire sûrement ma fortune.

— Voilà qui est parfait.

Il lui reprit l'enveloppe et, se dirigeant vers l'âtre, la jeta dans le feu. Lorsque la dernière feuille se fut consumée, il revint vers elle, toujours calme et souriant.

— Desgrez, murmura-t-elle, comment avez-vous deviné?...

— Oh! ma chère, s'exclama-t-il en riant, croyez-vous que je sois assez niais pour ne pas trouver suspecte une femme qui arrive chez moi, l'air hagard, sans poudre ni rouge, et qui me raconte qu'elle a rendez-

vous pour aller parader à la galerie du Palais?... D'ailleurs...

Il parut hésiter.

— Je vous connais trop bien, reprit-il. J'ai tout de
suite vu que quelque chose n'allait pas, que c'était
grave, et qu'il fallait agir vite et vigoureusement. En
considération de mes intentions amicales, vous me
pardonnerez de vous avoir brutalisée, n'est-ce pas,
madame?

— Je ne sais pas encore, dit-elle avec une certaine
rancune. Je réfléchirai.

Mais Desgrez se mit à rire en la couvant d'un
chaud regard. Elle en fut humiliée. Mais en même
temps, elle se disait qu'elle n'avait pas de meilleur
ami au monde. Il ajouta :

— Quant au renseignement que vous m'avez con-
fié... de si bonne grâce, ne vous préoccupez pas de ses
suites. Il m'est précieux, mais ce n'était qu'un prétexte. Je le conserve. Cependant, j'ai déjà oublié qui
me l'a fourni. Un conseil encore, madame, si vous le
permettez à un modeste policier : regardez toujours
devant vous. Ne vous retournez jamais vers votre
passé. Evitez d'en remuer les cendres... Ces cendres
qu'on a dispersées au vent. Car, chaque fois que vous
y songerez, vous aurez envie de mourir. Et moi, je ne
serai pas toujours là pour vous réveiller à temps...

★

Masquée et, par surcroît de précaution, les yeux
bandés, Angélique fut conduite, dans un carrosse aux
rideaux baissés, jusqu'à une petite maison de ban-
lieue de Vaugirard. On ne lui ôta son bandeau que
dans un salon éclairé de quelques flambeaux, où se
trouvaient quatre ou cinq personnages en perruque,

fort compassés et qui semblaient plutôt contrariés de la voir.

Sans la présence de Desgrez, Angélique eût craint de s'être laissé entraîner dans un guet-apens dont elle ne serait pas sortie vivante.

Mais les intentions de M. Colbert, un bourgeois à la physionomie froide et sévère, étaient loyales. Nul plus que ce roturier, qui désapprouvait les débauches et les dépenses des gens de la cour, ne pouvait mieux admettre le bien-fondé de la requête qu'Angélique adressait au roi. Le souverain lui-même l'avait compris — un peu contraint et forcé, il fallait le reconnaître, par le scandale des pamphlets du Poète-Crotté.

Angélique devina vite que, si l'on discutait, ce serait pour la forme. Sa position personnelle était excellente.

Lorsqu'elle quitta, deux heures plus tard, la docte assemblée, elle emportait la promesse qu'un don de 50 000 livres allait lui être remis sur la cassette même du roi, pour la reconstruction de la taverne du Masque-Rouge. La patente de chocolaterie accordée au père du jeune Chaillou serait confirmée. Angélique figurerait nommément cette fois, et il fut spécifié qu'elle ne relèverait d'aucune corporation.

Toutes sortes de facilités pour l'obtention des matières premières lui étaient accordées. Enfin, à titre de réparation, elle demandait, pour elle-même, de devenir propriétaire d'une action de la Compagnie des Indes Orientales, nouvellement fondée.

Cette dernière clause surprit ses interlocuteurs. Mais ces messieurs de la finance virent que la jeune femme connaissait parfaitement les affaires. Elle leur fit remarquer que, son commerce intéressant particulièrement des denrées exotiques, la Compagnie des Indes Orientales ne pourrait que se louer d'une cliente qui avait tout avantage à ce que ladite compagnie prospérât et fût soutenue par les plus grandes fortunes du royaume.

M. Colbert reconnut en grommelant que les revendications de cette jeune personne étaient évidemment importantes, mais pertinentes et fondées. Dans l'ensemble, tout fut accordé. En échange, les sbires de M. d'Aubrays, lieutenant de police, devaient se rendre dans une masure en rase campagne pour y trouver un coffre déposé là anonymement, et rempli de libelles où s'étalaient en encre grasse les noms du marquis de La Vallière, du chevalier de Lorraine, et de Monsieur, frère du roi.

Dans le même carrosse aux volets fermés qui la ramenait vers Paris, Angélique essayait de contenir sa joie. Cela ne lui semblait pas décent d'être heureuse, surtout lorsqu'on songeait de quelles horreurs était sorti ce triomphe. Mais enfin, si tout se déroulait comme prévu, ce serait bien le diable si elle n'arrivait pas un jour à être l'une des femmes les plus riches de Paris. Et, avec de l'argent, jusqu'où ne pouvait-elle pas monter? Elle irait à Versailles, elle serait présentée au roi, elle retrouverait son rang, et ses fils seraient élevés comme de jeunes seigneurs.

Pour le retour, on ne lui avait pas bandé les yeux, car il faisait nuit noire. Elle était seule dans le carrosse, mais, toute à ses calculs et à ses rêves, le trajet lui parut court. Elle entendait autour d'elle les claquements de sabots des chevaux d'une petite escorte.

Tout à coup, la voiture fit halte et l'un des rideaux fut relevé de l'extérieur. A la lueur d'une lanterne, elle vit le visage de Desgrez se pencher à la portière. Il était à cheval.

— Je vous laisse ici, madame. Le carrosse va vous reconduire chez vous. Dans deux jours, je pense que je vous reverrai pour vous remettre ce qui vous est dû. Tout va bien?

— Je le pense. Oh! Desgrez, c'est merveilleux. Si je peux arriver à lancer cette chocolaterie, je suis sûre que ma fortune est faite.

— Vous y arriverez. Vive le chocolat! dit Desgrez.

Il ôta son feutre et, s'inclinant, il lui baisa la main, peut-être un peu plus longuement que la courtoisie ne l'y autorisait.

— Adieu, marquise des Anges!

Elle eut un petit sourire.

— Adieu, grimaut!

## 9

Le charcutier de la place de Grève prenait le frais devant sa boutique. C'était l'un des premiers jours du printemps. Le ciel se montrait radieux. Il n'y avait aucun pendu au gibet, pas de préparatifs d'exécution, et, de l'autre côté de la Seine, les tours carrées de Notre-Dame se dressaient sur le ciel pervenche, dans un grand envol de pigeons et de corneilles.

L'air était si pur que, de la boutique, on pouvait entendre le tic-tac du moulin à roues de maître Hughes en contrebas du fleuve.

Il n'y avait pas grand monde sur la place ce matin-là. On voyait bien vite que le carême n'était pas loin. Les gens commençaient à marcher moins vite et à prendre une mine contrite comme si c'était une catastrophe que de devoir se sacrifier une fois l'an pour Notre-Seigneur. Certes, maître Lucas, le charcutier, serait bien obligé de fermer boutique. Il perdrait de l'argent et son épouse grognerait comme une truie maussade. Mais, enfin, la pénitence c'est la pénitence! Qu'étaient donc ces chrétiens qui voulaient faire pénitence sans souffrir? Maître Lucas, en son cœur, remerciait la sainte Eglise d'avoir institué ce carême qui lui permettait d'associer ses crampes d'estomac aux douleurs du Christ en croix.

Sur ces entrefaites, un carrosse assez beau déboucha sur la place et fit halte non loin de la charcuterie. Une femme en descendit, une fort belle femme coiffée à la nouvelle mode des dames du Marais : cheveux courts, en petites boucles serrées, avec deux boucles plus longues glissant le long du cou pour reposer gracieusement sur la poitrine. Maître Lucas voyait là encore un signe de la folie des temps : les femmes coupaient leurs cheveux, cette gracieuse parure que Dieu leur a donnée. Il ferait beau voir que maîtresse Lucas, ou même leur fille Jeanine, se coupât les cheveux pour imiter les grandes dames!

Même au cours de la dure famine de 1658, alors que l'argent manquait au foyer, maître Lucas s'était opposé à ce que sa femme vendît sa chevelure à ces maudits perruquiers, toujours avides de satisfaire les seigneurs. Ainsi allait le monde : on coupait les cheveux des femmes pour les mettre sur la tête des hommes!

La dame regardait les enseignes et paraissait chercher quelque chose.

Lorsqu'elle s'approcha de la charcuterie Saint-Antoine, maître Lucas la reconnut. Un jour, on la lui avait montrée dans le quartier des Halles où elle avait deux entrepôts de marchandises. Ce n'était pas une dame de qualité, comme sa démarche et la beauté de ses vêtements auraient pu le faire croire, mais une des plus riches commerçantes de Paris, une certaine Mme Morens. Pour avoir eu l'idée ingénieuse de lancer la mode du chocolat, elle avait fait fortune. Non seulement, elle dirigeait la chocolaterie de la Naine-Espagnole, dans le faubourg Saint-Honoré, mais elle était propriétaire de plusieurs restaurants et tavernes réputés. Elle avait aussi la haute main sur quelques petites entreprises plus modestes, mais prospères, telles que celle « des carrosses à cinq sols », et de plusieurs boutiques de la foire Saint-Germain, ainsi que du monopole de la vente des oiseaux des îles sur les quais de la Mégisserie. Quatre des commerçants qui suivaient la cour dans ses déplacements lui payaient patente.

On la disait veuve, partie de peu, mais si habile en affaires que les plus grands personnages de la finance et jusqu'à M. Colbert aimaient à s'entretenir avec elle.

Se souvenant de tout cela, maître Lucas, lorsque la dame l'aborda, ôta son bonnet et s'inclina aussi bas que le lui permettait son petit ventre rebondi.

— Est-ce ici qu'habite maître Lucas, charcutier à l'enseigne de Saint-Antoine? demanda-t-elle.

— C'est moi-même, madame, pour vous servir. Si vous voulez vous donner la peine d'entrer dans mon humble boutique...

Il la précédait, supputant à l'avance une commande importante.

— J'ai là des cervelas, des saucissons plus beaux à l'œil que l'agate, plus savoureux au palais qu'un nectar, du petit salé qui parfume la soupe et tous les plats auxquels on le mêle, ne serait-ce que par un morceau pas plus gros qu'un dé. J'ai là aussi ce jambon rouge qui...

— Je sais... je sais que tout ce que vous fabriquez est excellent, maître Lucas, interrompit-elle gentiment.

Et je vais vous envoyer ce tantôt un garçon pour prendre ma commande. Mais, si je suis venue moi-même ce matin, c'est pour autre chose... Voilà. J'ai une dette envers vous, maître Lucas, depuis de longues années, et je ne l'ai pas encore acquittée.

— Une dette? répéta le charcutier surpris.

Il regarda attentivement le beau regard de son interlocutrice, puis hocha la tête, certain qu'il était de ne jamais avoir adressé seulement la parole à cette belle personne.

Elle sourit.

— Oui. Je vous dois le prix de la visite d'un médecin et d'un apothicaire que vous aviez fait venir pour soigner une pauvre fille tombée malade à votre porte... il y a de cela près de cinq années.

— Cela ne me dit pas qui vous êtes, dit-il sur un ton bonhomme. Car il m'est arrivé plus d'une fois de soigner les gens qui tombaient malade à ma porte. Avec tout ce qui se passe place de Grève, j'aurais mieux fait de devenir moine hospitalier que d'ouvrir un commerce de charcuterie. La Grève n'est pas un coin pour les gens qui veulent être tranquilles. En revanche, on y a de la distraction. Racontez un peu comment la chose s'est passée, que je me souvienne.

— C'était un matin d'hiver, dit Angélique d'une voix qui s'altéra malgré elle. On brûlait un sorcier. J'ai voulu assister à l'exécution et je suis venue, mais j'ai eu tort, car je me trouvais grosse et presque à mon terme. Le feu m'a effrayée. Je me suis évanouie et me suis réveillée chez vous. Vous aviez fait venir un médecin.

— Oui! Oui! Je me souviens, marmonna-t-il.

Le sourire jovial s'était effacé de son visage. Il regardait Angélique avec une expression perplexe, où il y avait de la pitié et aussi un peu de crainte.

— Ainsi, c'était vous, dit-il doucement. Pauvre femme!

Angélique sentit le rouge lui monter aux joues. Cette démarche, elle le savait, lui rappellerait de douloureux souvenirs. Elle s'était promis de ne jeter aucun regard en arrière et de se redire sans cesse qu'elle était Mme Morens, nantie d'une fortune solide et d'une réputation quasi sans tache.

Mais l'exclamation du brave homme libéra son émotion, et elle se revit, perdue dans la foule, bousculée, broyée de toutes parts, si pitoyable avec ses yeux hagards, son pauvre corps déformé.

Elle se redressa, lissa sa jupe de faille bleue, les dentelles qui bouffaient sur ses poignets garnis de bijoux. Elle dit, en s'efforçant de sourire :

— C'est vrai. J'étais à cette époque une pauvre femme et vous m'avez été charitable, maître Lucas. Mais, vous voyez, la vie, depuis lors, s'est montrée plus clémente pour moi, et je peux aujourd'hui vous remercier.

Ce disant, elle sortit de son aumônière une lourde bourse de cuir qu'elle avait préparée et la posa sur le comptoir. Le charcutier parut ne pas y prendre garde. Il continuait à regarder la visiteuse d'un air attentif et méfiant.

— Elise, viens donc un peu! lança-t-il par-dessus son épaule.

La charcutière s'approcha et plongea dans ses nombreuses cottes de ferrandine soutachées de velours. Elle avait entendu la conversation.

— Pour sûr vous avez changé! dit-elle. Mais je vous aurais reconnue rien qu'à vos yeux. Mon époux et moi, on s'est fait souvent bien des reproches de vous avoir laissée partir dans l'état où vous étiez et on a souvent souhaité de vous retrouver.

— D'autant plus...

— ... qu'on a pensé après qu'on aurait dû vous dire notre idée...

— ... sur ce qui s'était passé avant.

— ... Des fois que vous auriez été de sa famille...

Ils parlaient avec embarras, s'interrogeant du regard et se répondant comme dans une litanie.

— De quelle famille? demanda Angélique étonnée.

— De la famille du sorcier, pardi.

La jeune femme secoua la tête, s'efforçant de jouer l'indifférence.

— Non vraiment, je n'étais pas de sa famille.

— Ça arrive. Il y en a des femmes qui viennent pour l'exécution et qui s'évanouissent devant ma porte! Mais, dans ce cas... si vous n'êtes pas de sa famille...

— Que m'auriez-vous dit si j'avais été de sa famille?

— Ben dame! ce qui s'était passé dans la boutique de cabaretier de la Vigne-Bleue, notre voisin, lorsque le tombereau s'est arrêté et qu'on a descendu le sorcier pour lui faire boire un coup avant de monter sur le bûcher.

— Que s'est-il passé?

L'homme et la femme se jetèrent un coup d'œil.

— Oh! vous savez, dit maître Lucas, c'est pas des choses à raconter à n'importe qui... Enfin, je veux dire à des gens que ça ne regarde pas. Il n'y a qu'un membre de sa famille que cela pourrait intéresser... mais, puisque vous ne le connaissez pas...

Les yeux d'Angélique allaient de l'un à l'autre des deux visages rubiconds. Elle n'y vit que bonté, obligeance naïve.

— Si, je le connaissais, murmura-t-elle d'une voix étouffée. C'était... mon mari!

436

Le charcutier secoua la tête.

— On s'en doutait. Alors, écoutez.

— Attends..., dit sa femme.

Elle alla jusqu'à la porte, la ferma soigneusement et mit les deux volets de bois devant la « montre » où s'étalaient les victuailles exposées à l'œil des passants.

Dans la pénombre imprégnée de l'odeur appétissante des saucisses, du lard salé, du jambon, Angélique, le cœur battant, se demandait quelle révélation elle allait entendre. Sa démarche près du charcutier avait été sans arrière-pensée. Elle s'était souvent reproché de n'avoir pas encore remboursé les braves gens qui l'avaient secourue. Mais elle reculait toujours cet instant. Que pouvaient-ils lui apprendre qu'elle ne sût déjà?... Le bourreau n'avait-il pas allumé le bûcher?... Le corps de Joffrey de Peyrac n'avait-il pas été consumé, ses cendres dispersées au vent?...

— C'est maître Gilbert, le cabaretier, qui nous a conté la chose, expliqua le charcutier. Il a parlé un soir qu'il avait bu et que son secret lui pesait. Après, il nous a fait jurer de ne rien répéter car, avec des histoires pareilles, on risque à se retrouver un beau soir avec une dague dans la gorge. Il a dit que la veille de l'exécution des hommes masqués sont venus le trouver et lui ont proposé un plein sac d'écus. Ce qu'ils voulaient en échange? Que maître Gilbert leur laissât son cabaret pour toute la matinée du lendemain. Evidemment, un matin d'exécution, un cabaret en place de Grève fait des affaires. Mais ce qu'il y avait dans le sac dépassait trois fois ce qu'il aurait pu gagner. Alors il a dit :

— Tope là, morbleu, vous êtes chez vous! Le lendemain, quand les gaillards masqués sont revenus, Gilbert a mis ses volets et s'est retiré dans sa chambre avec sa famille et ses servantes. De temps en temps, pour se distraire, ils regardaient par un trou de la cloison pour voir ce que faisaient les compagnons masqués. Ils ne faisaient rien. Ils étaient assis autour des tables et avaient l'air d'attendre. Quelques-uns s'étaient démasqués, mais Gilbert ne les connaissait pas. Il faut vous dire qu'il se doutait bien un peu de la raison pour laquelle on lui avait demandé le service. Sous la boutique, il a de très grandes caves, qui sont de vieilles fondations romaines, et il y a même un souterrain à demi écroulé qui communique avec les berges de la Seine. Entre nous, Gilbert n'est pas sans utiliser parfois ce souterrain pour ramener quelque tonneau sans payer de droits à ces messieurs de l'Hôtel de Ville. Aussi il n'a pas été étonné lorsqu'il a vu les compagnons se lever et tirer le panneau de sa propre cave. C'était au moment où la foule commençait à crier parce que le tombereau du condamné arrivait à l'angle de la rue de la Coutellerie et de la place. Tout le monde était aux fenêtres, sauf mon Gilbert qui gardait l'œil à la cloison parce que ça l'intéressait ce qui se passait dans son cabaret. Il a vu d'autres hommes sortir de la cave. Ceux-là portaient un paquet assez long enveloppé d'un sac... il n'a pu voir ce qu'il y avait dans ce paquet, mais il s'est fait cette réflexion :

— Ma parole, ça m'a tout l'air d'un macchabée. Dehors on criait de plus en plus fort. Le tombereau était juste devant l'enseigne de la Vigne-Bleue et il y avait une sorte de remous, de poussée qui l'empêchait d'avancer. Maître Aubin gueulait et ses valets donnaient des coups de fouet. Mais ça n'avançait plus. En attendant que ça se déblaie, maître Aubin a décidé qu'il allait entrer à la Vigne-Bleue pour essayer de fortifier son client avec un peu d'eau-de-vie. Il fait souvent cela. Il boit lui-même un bon coup ainsi que ses valets. Il faut reconnaître que le métier de bourreau, ça demande un peu de remontant, n'est-ce pas? Quand la porte s'est ouverte, Gilbert a très bien vu le condamné qu'on portait. Il avait sa chemise blanche tachée de sang, ses longs cheveux noirs qui pendaient jusqu'à terre... Pardonnez-moi, madame, je vous fais du mal. Elise, va donc chercher un petit flacon avec des verres.

— Non, je vous en prie, continuez, supplia Angélique, haletante.

— C'est que... il n'y a plus grand-chose à dire, à la vérité. Gilbert lui-même le confesse. Il n'a rien vu. La boutique était sombre. Il entendait maître Aubin crier parce qu'il n'y avait personne pour lui servir à boire. Les archers au-dehors défendaient la porte. On avait posé le condamné sur une table.

— Et que faisaient les autres, les hommes masqués?

— Ils étaient debout, assis, comment savoir? Il faisait sombre. Gilbert le dit : je n'ai rien vu. Mais c'est plus fort que lui. Il ne peut s'empêcher de penser que le paquet que les autres ont remporté ensuite n'avait pas le même contenant qu'à l'aller et que... que c'est le premier macchabée sorti de la cave qu'on a brûlé ce jour-là en place de Grève!

Angélique passa la main sur son front. L'histoire lui paraissait insensée, et elle se demandait pourquoi on la lui racontait. Elle saisissait mal la signification cachée de ce récit. La lumière peu à peu se fit jour à travers sa stupeur. JOFFREY N'ETAIT PEUT-ETRE PAS MORT!

Mais était-ce possible? Elle l'avait vu brûler, grande forme noire liée au poteau. Elle était restée seule, la proie de tous... Jamais une lueur ne s'était levée dans sa nuit, un mot, un message, un signe ami... Joffrey vivant! Et il avait fallu qu'elle attende plus de cinq années pour qu'une allusion à ce miracle lui soit faite... par un charcutier qui, de son propre aveu, n'avait rien vu, ne faisait que répéter les propos d'un ivrogne... Quelle folie!

Joffrey vivant!... Elle pourrait le revoir, le toucher... Revoir son visage mystérieux, fascinant, unique, son visage affreux et si beau! Où était-il? Pourquoi n'était-il pas encore revenu? Ah! s'il n'était pas encore revenu, c'était qu'il était mort! Oui, mort! Il n'y avait pas d'espoir...

— Calmez-vous, dit la charcutière. Ne tremblez pas ainsi. Tout cela, ce n'est qu'une supposition. Tenez, buvez un peu de vin.

Le vin, très fort en alcool, lui fit du bien. Elle respira profondément deux ou trois fois et retrouva ses esprits. Mais elle restait brisée comme après une maladie courte et violente.

Tristement, elle hocha la tête :

— Ce que vous me racontez là est étrange, il est vrai. Mais comment l'interpréter? S'il y avait eu substitution, maître Aubin s'en serait aperçu ensuite, lorsqu'il a coiffé le condamné de la cagoule noire avant de le lier au bûcher? Il faudrait envisager que maître Aubin avait été payé en échange de sa complicité et que...

Elle frissonna.

— Si vous aviez vu le bourreau une seule fois, comme je l'ai vu, vous comprendriez que cela est impossible.

Les braves gens eurent un geste d'impuissance.

— Nous, on ne sait rien de plus, ma pauvre dame! On a pensé que ça vous intéresserait. Souvent, nous nous disions :

— Pourquoi la pauvre petite n'est-elle pas revenue? Peut-être notre histoire pourrait-elle lui rendre un peu d'espérance!

— Cinq ans! murmura Angélique. Et rien durant tout ce temps-là! S'il avait eu des amis dévoués — lesquels? — pour l'arracher ainsi aux mains du bourreau, des amis assez riches pour payer la fortune nécessaire pour fléchir maître Aubin, pourquoi personne ne m'aurait-il fait un seul signe depuis lors? Non, tout cela n'est que folie!

Elle se leva. Ses jambes tremblaient. Elle ne put s'empêcher de jeter un regard inquiet sur ses interlocuteurs.

— Pourquoi m'avez-vous raconté cela? Allez-vous me trahir?

— Non pas! Pour qui nous prenez-vous, ma mie?

— Alors pourquoi? Voulez-vous de l'argent encore?

— Vous perdez la tête! dit le petit charcutier en se redressant avec une soudaine dignité. J'aime rendre service à mon prochain, c'est tout. Et, plus je pensais à cette histoire, plus j'étais certain qu'elle signifiait quelque chose, et que c'était à vous qu'il fallait le dire.

Il leva les yeux dévotement vers la statue de la Vierge.

— Je prie souvent Notre-Dame pour qu'elle m'inspire des actes de vraie charité, de cette charité qui est utile et bienfaisante, et non de celle dont on se glorifie et qui humilie celui qui reçoit.

— Si vous êtes si bon chrétien, vous auriez dû vous réjouir de la mort d'un sorcier.

— Je ne me réjouis d'aucune mort, murmura le charcutier, dont les yeux bleus enfoncés dans les replis de graisse brillèrent d'une pure lumière. Tout homme, devant la mort, n'est plus qu'une âme en péril. Pas un condamné n'est passé sur cette place sans que je demande à Notre-Dame de le sauver afin qu'il ait le temps de se racheter, ou de mieux vivre, ayant mesuré sa faiblesse devant le gouffre de l'éternité. Et cela arrive parfois : un messager du roi apporte la grâce ou bien... comme cela s'est passé il n'y a pas si longtemps, une émeute éclate au cours de laquelle les trois condamnés peuvent s'évader. Oui, ce sont ces choses-là dont je me réjouis...

Maîtresse Lucas était allée rouvrir la porte. Le soleil qui entrait de nouveau n'éclairait sur le visage du charcutier que des sentiments sincères. Angélique, que son expérience avait rendue extrêmement clairvoyante, ne décelait chez ce commerçant aucune trace d'hypocrisie.

— Pourquoi êtes-vous bon? fit-elle étonnée. Les gens de vos corporations sont durs. Ils ne rendent guère de services sans espoir de récompense.

— Pourquoi ne serais-je pas bon? répondit le charcutier avec l'allégresse d'un enfant de Dieu. La vie est si courte et je n'ai guère envie de perdre mon paradis pour quelque filouterie ou dureté qui me rendrait à peine plus riche et plus puissant que les autres.

★

En les quittant, Angélique renvoya sa voiture et décida de revenir à pied jusqu'à la place Royale (1).

Elle se sentait faible, mais avait besoin de marcher pour mettre un peu d'ordre dans ses idées.

Elle suivit la Seine par un quai qu'on venait de construire et qui bordait l'enclos des Célestins.

Les treilles du beau jardin monastique commençaient à se garnir de feuilles et de vrilles d'un vert tendre. Le public pouvait se promener dans l'enclos.

(1) Actuelle place des Vosges.

On ne fermait les portes qu'à la saison où les raisins mûrs pouvaient tenter les visiteurs, et on les rouvrait après les vendanges.

Angélique entra dans le jardin et alla s'asseoir sous l'une des tonnelles. Elle venait souvent en ce lieu avec des amies et des galants qui lui récitaient des vers, ou plus simplement le dimanche, en mère de famille, avec Florimond et Cantor.

Ce matin-là, l'enclos était encore à demi désert. Quelques frères en robe brune, ceints d'un tablier de grosse toile, bêchaient les plates-bandes ou greffaient les vignes. Du couvent montait un bourdonnement de prières, de chants psalmodiés, et une cloche tintait sans relâche.

C'était de ce mélange de voix, de cantiques, de cierges allumés, d'encens, de cette accumulation de rites, d'observances, de dogmes, que surgissait parfois, au cours des temps, une fleur de sainteté réelle, parfaite, telle que Monsieur Vincent, telle que ce charcutier de la place de Grève.

Sainteté quotidienne, imprégnée de débonnaire sagesse, qui effaçait des siècles de turpitudes, de mesquineries, d'intolérance religieuse.

« A cause de ces êtres exceptionnels, se dit Angélique, on pourrait pardonner. »

## 10

Assise sous la tonnelle, elle se remémorait sa visite chez le charcutier. Son esprit continuait à tourner autour de la benoîte personne de maître Lucas, dans l'espoir d'y puiser soit la certitude, soit le doute.

Le récit prenait, selon l'idée qu'elle se faisait du charcutier, un aspect différent. Tour à tour, elle voulait y voir le fruit d'une imagination mystique, une manœuvre intéressée pour lui soutirer de l'argent ou simplement les confidences d'un bavard toujours heureux de montrer qu'il est mieux renseigné que les autres.

Au bout de tant d'années, que pouvaient signifier les faits et gestes de quelques farceurs masqués un matin d'exécution? A supposer que la mémoire fumeuse d'un ivrogne, tel que le maître de la Vigne-Bleue, n'ait pas confondu deux événements en un seul, qui avait pu se préoccuper de faire échapper Joffrey de Peyrac?

Angélique savait mieux que personne dans quel abandon ils s'étaient trouvés, son mari et elle, après leur disgrâce.

A l'époque, Andijos n'était qu'un fuyard. Certes, plus tard, on avait appris qu'il avait soulevé le Languedoc contre le roi. Une lutte sourde faite d'hostilité et de guérillas s'était déclarée; refus de payer l'impôt, escarmouches avec les troupes royales. Finalement, le roi lui-même avait dû se rendre, l'an passé, dans le Languedoc pour mettre fin à cette tension dangereuse. Andijos avait été capturé. Tout cela, Angélique l'avait appris par les papotages des gens de la cour dégustant leur chocolat à la Naine-Espagnole.

Tout cela avait peut-être vengé Joffrey de Peyrac, mais ne l'avait pas sauvé.

Et maître Aubin? Comment accepter la seule idée de sa complicité? Ce parfait fonctionnaire du royaume avait refusé des fortunes, disait-on.

Et pourquoi, en cinq années, Angélique n'avait-elle pas reçu le moindre écho de cet étrange complot?

A mesure que les heures passaient, le raisonnement sans défaut de Mme Morens détruisait le fol espoir de la petite Angélique. Hélas! Elle n'était plus une jeune personne romanesque. La vie s'était chargée de la convaincre de sa solitude sans recours. Que son mari fût mort sur le bûcher, ou plus tard, dans une retraite ignorée, il était bel et bien mort! Elle ne le reverrait jamais.

Elle serra ses mains l'une contre l'autre, dans un geste qui lui était devenu familier lorsqu'elle voulait maîtriser des émotions trop vives. Son visage de jeune femme avait parfois l'expression lointaine et douce que donne la résignation. Mais peu de gens lui connaissaient ce visage, car les nécessités de son commerce la voulaient rieuse et accorte, et même un tantinet bruyante. Elle se pliait volontiers à ce rôle. Il était dans sa nature de se montrer animée.

D'ailleurs, cela l'étourdissait. Elle n'avait plus le temps de penser. Ainsi, au cours de l'année, elle n'avait pas hésité à se lancer dans des initiatives hasardeuses qui faisaient gémir Audiger et qui toutes, ou presque, avaient réussi.

Maintenant Angélique était riche. Elle avait un carrosse; elle habitait place Royale. Ce n'était plus elle qui, à la chocolaterie, versait le breuvage odorant dans les tasses des belles coquettes, mais une armée de négrillons enrubannés qu'elle avait fait venir de Sète, et qu'elle avait dressés à cet effet.

Elle-même ne s'occupait plus que des comptes et des factures. Son existence était celle d'une bourgeoise aisée.

Angélique se leva et reprit sa marche le long du quai des Célestins. Afin d'éviter de trop réfléchir à la confidence de maître Lucas, elle se mit à évoquer les diverses étapes parcourues depuis le soir où elle avait comparu, en grand secret, devant M. Colbert.

Il y avait eu d'abord la chocolaterie, devenue en peu de temps l'un des lieux à la mode de Paris. L'enseigne portait *A la Naine Espagnole*. On y avait reçu la visite de la reine, enchantée de n'être plus seule à boire du chocolat. Sa Majesté était venue escortée de la naine et de son nain, le digne Barcarole.

Depuis lors, la chocolaterie n'avait cessé de prospérer. Angélique reconnaissait volontiers qu'une association avec un homme très épris comme ce brave Audiger présentait de sérieux avantages. Trop faible pour lui résister et, d'autre part persuadé qu'elle serait un jour sa femme, il la laissait libre de faire ce qu'elle voulait.

Scrupuleuse dans l'application des termes de leur contrat, Angélique n'en cherchait pas moins, avant tout, à faire fructifier sa part. C'est ainsi qu'elle avait pris entièrement à son compte l'installation des chocolateries annexes qu'elle avait installées dans plusieurs petites villes des environs de Paris : Saint-Germain, Fontainebleau et Versailles, et même à Lyon et à Nantes.

Son talent était de choisir sans erreur ceux qu'elle plaçait à la tête de ces nouvelles entreprises. Elle leur consentait de grands avantages mais exigeait une comptabilité honnête et stipulait dans le contrat que l'établissement devait, dans les six premiers mois, faire des progrès continus, sinon le gérant était remplacé. Celui-ci, talonné par cette menace, déployait une activité fébrile pour convaincre les provinciaux qu'il était de leur devoir de boire du chocolat.

Angélique, contrairement à beaucoup de commerçants et de financiers de l'époque, ne thésaurisait pas. Avec elle, « l'argent bougeait ».

Elle plaça ce qu'elle possédait dans d'autres petites affaires, telles que celle des carrosses publics de Paris, qui partaient de l'hôtel Saint-Fiacre, drainaient sur leurs parcours les petites gens, valets, pages, marchandes et grisettes, soldats béquillards et clercs pressés, et les emmenaient où ils voulaient pour cinq sous seulement.

D'autre part, elle s'était également associée avec son ancien perruquier de Toulouse, François Binet.

★

Angélique avait retrouvé François Binet un jour où, devant son miroir, elle se désolait une fois de plus en songeant à ses longs cheveux, sacrifiés naguère par les « malveillants » du Châtelet.

Ses « nouveaux » cheveux n'étaient pas laids. Ils étaient même plus dorés et plus frisés que les anciens, mais ils restaient désespérément courts. Maintenant qu'Angélique était redevenue une dame et qu'elle ne pouvait les dissimuler sous un bonnet, elle en éprouvait un peu de gêne. Il lui faudrait des postiches. Mais trouverait-elle facilement cette teinte d'or bruni assez rare, qui était la sienne? Elle se souvint de la réflexion du soldat qui lui avait coupé les cheveux :

— J'irai les vendre au sieur Binet, rue Saint-Honoré. Etait-ce le Binet de Toulouse?... Quoi qu'il en fût, il y avait peu de chances pour que le perruquier eût encore, dans sa boutique, la chevelure d'Angélique. Mais la curiosité de revoir ce familier des temps heureux ne la quitta plus. Elle se rendit aussitôt chez lui.

C'était bien François Binet, discret, prévenant, bavard. Avec lui, on était tranquille. Il parlerait de tout, mais aucune allusion ne serait faite au passé.

Il avait épousé une femme qui avait beaucoup de talent pour coiffer les dames et se nommait La Martin. A eux deux, ils attiraient une clientèle déjà fort choisie.

Angélique pouvait se présenter sans fausse honte devant l'ancien barbier de son mari.

Mme Morens, chocolatière, était une personnalité fort connue de Paris. Cependant, tout en la coiffant, Binet continuait à l'appeler à mi-voix : « Madame la comtesse », et elle ne savait pas si cela lui faisait plaisir ou lui donnait envie de pleurer.

Binet et sa femme composèrent pour Angélique une coiffure audacieuse. Ils coupèrent franchement ses cheveux très court, découvrant ses oreilles ravissantes, et, avec ce qu'ils avaient enlevé, composèrent deux ou trois boucles postiches qui reposaient gracieusement le long du cou et des épaules, et donnaient une fausse apparence de longueur.

Le lendemain, comme Angélique se promenait au Mail avec Audiger, deux dames l'abordèrent et lui demandèrent qui l'avait coiffée de façon si seyante.

Elle les envoya à Binet. Ceci lui donna l'idée de s'associer avec le perruquier et sa femme. Elle rabattrait pour eux les grandes dames de sa propre clientèle et toucherait un pourcentage sur leur chiffre d'affaires. Elle leur prêta aussi de l'argent pour envoyer des voitures en province, chargées de garçons perruquiers qui devaient acheter leurs chevelures aux belles filles des campagnes. Paris ne suffisait plus à l'énorme consommation de cheveux consacrés à la fabrication des perruques.

Enfin, Angélique conclut une affaire plus importante que toutes les autres. Elle acheta des « parts de bateau » à un marchand de Honfleur nommé Jean Castevast avec lequel elle était déjà en rapport pour son approvisionnement en cacao.

Maître Castevast faisait un trafic assez compliqué, qui allait de l'affrètement des bateaux de pêche pour les bancs de Terre-Neuve à la vente de la morue dans Paris; des achats massifs de sel sur les côtes de Poitou et de Bretagne à l'armement des bateaux qui rapportaient d'Amérique les produits exotiques. Il armait aussi des bateaux de course.

Ses affaires marchaient bien. Il prêtait à gros intérêt et pour de courtes échéances aux matelots de ses propres équipages; il réassurait à 4 % des créances louches que des étrangers jugeaient peu sûres, mais qu'il estimait bonnes; il rachetait et échangeait les esclaves chrétiens contre des Maures capturés par ses bateaux, ceci par l'intermédiaire des religieux de la Trinité dont un couvent se trouvait à Lisieux.

Cette dernière activité permettait à maître Castevast de passer pour un bienfaiteur de l'humanité, tout en réclamant des « avances » aux familles des prisonniers et en acceptant l'expression substantielle de leur reconnaissance.

Les affaires du marchand Castevast étaient habituellement fort prospères, mais il assumait de grands risques et, dernièrement, il s'était trouvé brusquement au bord de la faillite. Un de ses bateaux avait été capturé par les Barbaresques; un autre avait disparu à la suite d'une révolte de l'équipage et l'augmentation de l'impôt sur le sel lui avait fait perdre toute une cargaison de morue.

Angélique en avait profité pour feindre de voler au secours du petit marchand retors dont elle avait déjà apprécié la hardiesse et l'habileté.

Elle l'aida tout d'abord en lui prêtant de l'argent. Puis, par ses relations, elle le fit élire procureur du roi à l'hôtel de ville de Honfleur. Elle obtint également, pour son frère, la charge de procureur du roi à l'Amirauté de la même localité. Grâce à ces deux charges royales, Jean Castevast se trouvait presque entièrement à l'abri des rapacités du fisc.

De plus, étant actionnaire de la Compagnie des Indes Orientales et Occidentales, Angélique avait obtenu de Colbert l'autorisation pour les bateaux de Castevast d'avoir accès à la Martinique et de ne payer qu'une faible redevance aux fonctionnaires royaux de l'île.

Cette exemption de l'impôt était la première satisfaction qu'elle avait recherchée, comme une inconsciente revanche sur le sergent des aides qui avait hanté son enfance. Elle se souvenait peut-être aussi des premiers enseignements commerciaux que lui avait inculqués le sieur Molines.

L'un des principes de Mme Morens et peut-être le secret de sa réussite était ce dicton personnel, qu'elle se gardait bien de confier à quiconque : « N'importe quel commerce est avantageux... sans le fisc ! »

En échange de ses prêts et de ses services, Angélique avait obtenu de Castevast deux parts sur ses bateaux. Elle était enfin son unique commanditaire à Paris en ce qui concernait les produits exotiques : cacao, écaille, ivoire, oiseaux des îles, bois précieux.

Elle fournissait du bois aux nouvelles Manufactures royales du meuble que M. Colbert venait de fonder. Quant aux singes et aux oiseaux, elle les vendait aux Parisiennes...

Tout cela lui permettait de gagner beaucoup d'argent.

Angélique s'aperçut que, toute à ses calculs, elle avait quitté les quais et s'était engagée dans la rue du Beautreillis. L'encombrement qui régnait dans cette rue la ramena à la réalité. Elle regrettait d'avoir renvoyé son carrosse. Aller à pied parmi les porteurs d'eau et les servantes en course ne seyait pas à sa nouvelle condition. Ayant abandonné la jupe courte des femmes du peuple, elle voyait avec regret le bas de ses lourdes jupes souillé de boue.

Un remous de la cohue la plaqua contre le mur d'une maison. Elle protesta violemment. Le gros bourgeois qui l'écrasait à demi se retourna pour lui crier :

— Patience, la belle! C'est M. le prince qui passe.

En effet, une grande porte cochère venait de s'ouvrir et un carrosse à six chevaux en sortait. Derrière la vitre, Angélique eut le temps de reconnaître le protil morose du prince de Condé. Quelques gens crièrent :

— Vive M. le prince !

Il souleva, bourru, sa manchette de dentelle. Pour le peuple, il restait toujours le vainqueur de Rocroi. Malheureusement, la paix des Pyrénées le contraignait à une retraite qui ne lui plaisait guère.

Lorsqu'il fut passé, la circulation reprit. Angélique se dirigea devant la cour de l'hôtel que le prince venait de quitter. Elle y jeta un regard. Depuis quelque temps, son bel appartement de la place Royale ne lui suffisait plus. Elle rêvait, elle aussi, de posséder un hôtel avec porte cochère, cour à tourner carrosse, cour d'écuries et de cuisines, logement des officiers, et, par-derrière, un beau jardin garni d'oranges et de parterres fleuris.

La demeure qu'elle aperçut ce matin-là était de construction relativement récente. Sa façade claire et sobre, aux très hautes fenêtres, aux balcons de fer forgé, son toit d'ardoise fort net avec des lucarnes arrondies étaient dans le goût des dernières années.

La porte se refermait lentement. Sans savoir pourquoi, Angélique s'attardait. Elle remarqua qu'au-dessus de la porte l'écusson sculpté semblait avoir été brisé. Ce n'était ni la vieillesse, ni les intempéries qui avaient pu effacer ainsi les armes princières, mais bien le ciseau volontaire d'un ouvrier.

— A qui appartient cet hôtel ? demanda-t-elle à une fleuriste qui tenait boutique non loin de là.

— Mais... à M. le prince, répondit l'autre en se rengorgeant.

— Pourquoi M. le prince a-t-il fait enlever l'écusson placé au-dessus de la porte? C'est dommage, les autres sculptures sont si belles!

— Oh! ça, c'est une autre histoire, fit la bonne femme, assombrie. C'étaient les armes de celui qui a fait construire l'hôtel. Un gentilhomme maudit. Il faisait de la sorcellerie et convoquait le diable. On l'a condamné au bûcher.

Angélique demeura immobile. Puis elle sentit le sang quitter lentement son visage. Voilà pourquoi elle ressentait devant cette porte de chêne blond qui miroitait au soleil une impression de déjà vu...

C'était là qu'elle était venue en premier lieu lors de son arrivée à Paris. C'était sur cette porte qu'elle avait vu apposés les scellés de la justice du roi...

— On dit que cet homme était très riche, continuait la femme. Le roi a distribué ses biens. M. le prince en a eu la plus grande part, dont cet hôtel. Avant d'y entrer, il a fait gratter les armes du sorcier et jeter de l'eau bénite partout. Vous pensez... il voulait dormir tranquille!

Angélique remercia la fleuriste et s'éloigna.

En traversant la rue du Faubourg-Saint-Antoine, elle cherchait déjà par quelle manœuvre habile elle pourrait se faire présenter au prince de Condé.

★

Angélique s'était installée place Royale quelques mois après l'ouverture de la chocolaterie. Déjà l'argent affluait. En quittant la rue des Francs-Bourgeois pour le centre du quartier aristocratique, la jeune femme montait d'un échelon dans l'échelle sociale.

Place Royale, les gentilshommes se battaient en duel et les belles discutaient philosophie, astronomie et bouts rimés.

Hors des relents de cacao qui l'escortaient, Angélique se sentit renaître et ouvrit des yeux pleins de sympathie sur ce monde clos et si parisien.

La place, encadrée de ses maisons roses, avec ses hauts toits d'ardoise et l'ombre de ses arcades qui abritaient au rez-de-chaussée des boutiques de frivolités, lui offrit un refuge où elle se détendait de son labeur.

Ici, on vivait discrètement et précieusement. Les scandales y avaient de faux airs de théâtre.

Angélique commença de goûter le plaisir de la conversation, cet instrument de culture qui, depuis un demi-siècle, transformait la société française. Malheureusement, elle craignait de se sentir gauche. Son esprit avait été si longtemps éloigné des problèmes que posaient un épigramme, un madrigal ou un sonnet!

De plus, à cause de son origine roturière ou que l'on croyait telle, les meilleurs salons lui demeuraient fermés. Pour les conquérir, elle prit patience. Elle s'habillait richement, mais sans être très sûre d'être à la mode.

Lorsque ses petits garçons se promenaient sous les arbres de la place, on se retournait pour les regarder tant ils étaient jolis et bien mis. Florimond et Cantor lui-même portaient maintenant de vrais costumes d'homme — en soie, brocart et velours — avec de grands cols de dentelles, des bas à baguettes, des souliers à rosettes et à talons. Leurs beaux cheveux frisés étaient coiffés de feutres à plumes, et Florimond avait une petite épée, ce qui l'enchantait. Sous ses dehors nerveux et fragiles, il avait la passion de la guerre. Il provoquait en duel le singe Piccolo ou le pacifique Cantor. Cantor, à quatre ans, parlait à peine. N'était l'intelligence de son beau regard vert, Angélique l'aurait cru un peu en retard. Il était seulement taciturne et ne voyait pas l'utilité de parler, puisque Florimond le comprenait et que la domesticité prévenait ses moindres désirs.

Angélique, place Royale, avait une cuisinière et un second valet. Avec Flipot, promu petit laquais, et le cocher, Mme Morens pouvait faire assez bonne figure parmi ses voisines. Barbe et Javotte portaient des bonnets de dentelle, des croix d'or, des châles indiens.

Mais Angélique se rendait bien compte qu'aux yeux des autres elle n'en était pas moins une parvenue. Elle voulait aller plus haut, et précisément les salons du

Marais permettaient aux ambitieuses de « passer » de la roture à l'aristocratie, car bourgeoises et grandes dames s'y retrouvaient sous le signe de l'esprit.

Elle commença par gagner les bonnes grâces de la vieille demoiselle qui occupait l'appartement au-dessous du sien. Celle-ci avait connu les beaux jours de la préciosité et de la querelle des femmes. Elle avait rencontré la marquise de Rambouillet, fréquentait Mlle de Scudéry. Son jargon était délicat et inintelligible.

Philonide de Parajonc prétendait qu'il y avait sept sortes d'estime et divisait les soupirs en cinq catégories. Elle méprisait les hommes et haïssait Molière. L'amour était à ses yeux « la chaîne infernale ».

Cependant, elle n'avait pas toujours été aussi farouche. On chuchotait que, dans sa jeunesse, loin de se contenter du fade pays du Tendre, elle n'avait pas dédaigné le royaume de Coquetterie et avait souvent atteint sa capitale, Jouissance. Elle-même confessait en levant des yeux blancs : L'amour m'a terriblement défriché le cœur!

— S'il n'avait défriché que cela! grommelait Audiger qui voyait d'un mauvais œil Angélique fréquenter cette précieuse sur le retour. Vous allez devenir pédante. Un proverbe de chez nous dit pourtant qu'une femme est assez savante quand elle peut mettre différence entre la chemise et le pourpoint de son mari.

Angélique riait et le désarmait par une moue mutine.

Ensuite, elle allait assister, avec Mlle de Parajonc, aux conférences du Palais Précieux où celle-ci l'avait fait inscrire pour trois pistoles.

On y rencontrait la fleur des honnêtes gens, c'est-à-dire beaucoup de femmes de la moyenne bourgeoisie, des ecclésiastiques, des jeunes savants, des provinciaux. Le prospectus de la société était fort alléchant :

« Nous prétendons, moyennant trois pistoles seulement, fournir durant trois mois, du premier jour de janvier à la mi-carême, tous les divertissements que l'esprit raisonnable peut imaginer.

Le lundi et le samedi, bal et comédie, avec distribution gratuite de citrons doux et d'oranges du Portugal.

Le mardi, concerts de luths, de voix et d'instruments.

Le mercredi, leçon de philosophie.

Le jeudi, lecture des gazettes et des pièces nouvelles soumises au jugement.

Le vendredi, propositions curieuses soumises au jugement. »

Tout était prévu pour rassurer les dames que pouvait inquiéter un retour nocturne :

« On donne bonne escorte aux personnes qui en auront besoin pour la sûreté de leur argent, de leurs bijoux et points de Gênes. Peut-être n'en aurons-nous que faire étant sur le point de traiter avec tous les filous de Paris qui nous promettent bons passeports, moyennant quoi l'on pourra aller et venir en toute sûreté, ces messieurs ayant fait voir qu'ils sont assez religieux à tenir leur parole quand ils l'ont une fois donnée. »

A tant de sollicitude, le Palais Précieux ajoutait un choix de conférenciers de bonne marque. Roberval, professeur de mathématiques au Collège Royal, venait parler de la comète qui en 1665 agitait les Parisiens.

On discutait du débordement du Nil, de l'amour d'inclination, mais aussi des causes de la lumière, de la question du vide et de la pesanteur de l'air.

Angélique s'aperçut qu'en écoutant les conférences scientifiques, elle souffrait comme une damnée dans un bénitier.

A certains termes, elle tressaillait, croyant entendre la voix passionnée de Joffrey de Peyrac et voir briller le feu de son regard.

— Ma cervelle est trop petite, dit-elle un jour à Mlle de Parajonc. Toutes ces grandes questions m'effraient. Je ne veux plus aller au Palais Précieux que pour le bal et la musique.

— Votre sublime est trop profondément enfoncé dans la matière, se désola la vieille demoiselle. Comment voulez-vous briller dans un salon si vous n'êtes pas au courant de ce dont on parle ? Vous ne voulez ni de philosophie, ni de mécanique, ni d'astronomie, et vous ne savez pas rimer. Que vous reste-t-il ?... La dévotion. Au moins, avez-vous lu saint Paul et saint Augustin ? Voilà de bons ouvriers pour établir la souveraine volonté de Dieu. Je vous les prêterai.

Mais Angélique refusa saint Paul et saint Augustin, et même le livre de Mlle de Gournay : *De l'Egalité des hommes et des femmes* où elle eût pourtant puisé de solides arguments à opposer aux déclarations d'Audiger.

En revanche, elle se plongeait ardemment et presque en cachette, dans le *Traité de minauderies et de bon air* de Mlle de Quintin et *L'Art de plaire à la cour* de Mlle de Croissy.

## 11

Le lendemain du jour où elle était allée place de Grève, Angélique avait demandé à Mlle de Parajonc de l'accompagner aux Tuileries.

Mlle de Parajonc était sa compagne habituelle. Elle connaissait tout le monde et nommait les uns et les autres à sa compagne, qui apprenait ainsi à connaître les nouveaux visages de la cour. Elle lui servait aussi de repoussoir. Tout à fait inconsciemment d'ailleurs, car la pauvre Philonide, plâtrée de blanc de céruse jusqu'aux yeux et les paupières cernées de noir comme une vieille chouette, se croyait toujours aussi irrésistible qu'au temps où elle faisait soupirer interminablement ses galants.

Elle enseignait à Angélique la bonne manière de se promener aux Tuileries, mimant les gestes nécessaires avec beaucoup d'entrain, ce qui faisait rire les insolents. Elle n'y voyait qu'hommages rendus à ses charmes.

« Aux Tuileries, disait-elle, il faut se promener nonchalamment dans la grande allée. Il faut parler toujours sans rien dire afin de paraître spirituelle. Il faut rire sans sujet pour paraître enjouée, se redresser à tous moments pour étaler sa gorge... ouvrir les yeux pour les agrandir, se mordre les lèvres pour les rougir... parler de la tête à l'un, de l'éventail à l'autre... Enfin, radoucissez-vous, ma chère ! Badinez, gesticulez, minaudez et soutenez tout cela d'un air penché... »

La leçon, en fait, n'était pas mauvaise, et Angélique l'appliquait avec plus de mesure et aussi plus de succès que sa compagne.

Les Tuileries étaient, selon Mlle de Parajonc, « la lice du beau monde » et le Cours-la-Reine, « l'empire des œillades ». On allait aux Tuileries pour attendre l'heure du Cours et l'on s'y retrouvait le soir après le Cours, la promenade en carrosse alternant avec la promenade à pied.

Les bocages du jardin étaient favorables aux poètes et aux amants. Les abbés y préparaient leurs sermons, les avocats leurs plaidoiries. Toutes les personnes de qualité s'y donnaient rendez-vous et l'on y rencontrait parfois le roi ou la reine, et souvent Monseigneur le dauphin avec sa gouvernante.

Ce jour-là, Angélique entraîna sa compagne du côté du Grand Parterre, où se tenaient habituellement les grands personnages. Le prince de Condé s'y trouvait presque chaque soir.

Elle fut déçue de ne pas l'apercevoir, ragea et tapa du pied.

— Je serais bien curieuse de savoir pourquoi vous étiez si gourmande de voir Son Altesse, s'étonna Philonide.

— Il fallait absolument que je la voie.

— Aviez-vous une requête à lui adresser ?... Aussi bien, ne pleurez plus, ma chère, le voici.

En effet, le prince de Condé venait d'arriver et s'avançait à travers la grande allée, entouré des gentilshommes de sa maison.

Angélique s'avisa alors qu'il n'y avait aucune rencontre possible entre elle et ce prince. Allait-elle lui déclarer tout de go :

— Monseigneur, rendez-moi l'hôtel de la rue du Beautreillis qui m'appartient et que vous avez reçu indûment des mains du roi.

Ou encore :

— Monseigneur, je suis la femme du comte de

Peyrac dont vous avez fait gratter les armes et exorciser l'hôtel...

Le mouvement qui l'avait conduite aux Tuileries pour y voir le prince de Condé était puéril et stupide. Elle n'était qu'une chocolatière enrichie. Personne ne pouvait la présenter à ce grand seigneur, et, d'ailleurs, que lui aurait-elle dit?... Furieuse contre elle-même, elle s'adressa des reproches véhéments : « Idiote! Si tu te montrais toujours aussi impulsive et sans raisonnement, qu'adviendrait-il de tes affaires?... »

— Venez, dit-elle à la vieille fille.

Et, d'un mouvement brusque, elle se détourna du groupe chatoyant et bavard qui passait près d'elle.

Malgré la soirée radieuse, la douceur printanière du ciel, Angélique demeura boudeuse tout le reste de la promenade. Philonide lui demanda si elles iraient au Cours. Elle répondit que non. Son carrosse était trop laid.

Un petit-maître les aborda :

— Madame, dit-il à Angélique, mon compagnon et moi, nous nous interrogeons à votre sujet. L'un a gagé que vous étiez l'épouse d'un procureur, l'autre, que vous étiez demoiselle et précieuse. Séparez-nous.

Elle eût pu en rire. Mais son humeur était morose, et elle détestait ces petits-maîtres, fardés comme des poupées et qui affectaient de porter l'ongle du petit doigt plus long que les autres.

— Gagez toujours que vous êtes un sot, répondit-elle. Et vous ne perdrez jamais.

Et elle le laissa tout pantois.

Philonide de Parajonc était offusquée.

— Votre réplique ne manquait pas d'esprit, mais

elle sentait sa commère à trois lieues. Vous ne réussirez jamais dans un salon si...

— Oh! Philonide! s'exclama Angélique en s'arrêtant brusquement. Regardez... là!

— Quoi donc?

— Là, répéta Angélique d'une voix qui n'était plus qu'un murmure.

A quelques pas d'elle, dans l'encadrement vert d'un bosquet, un grand jeune homme se tenait nonchalamment appuyé contre le socle d'une statue de marbre. Il était d'une beauté remarquable, que perfectionnait encore la recherche de ses vêtements. Son habit de velours vert amande était incrusté de broderie d'or représentant des oiseaux et des fleurs. C'était un peu extravagant, mais beau comme la livrée du printemps. Un feutre blanc, orné de plumes vertes, recouvrait son abondante perruque blonde. Dans l'encadrement de ses longues boucles, son visage blanc et rose, adouci d'un peu de poudre, s'ornait d'une moustache blonde, dessinée d'un trait. Ses yeux étaient grands, d'un bleu transparent que l'ombre du feuillage verdissait.

Les traits du gentilhomme demeuraient impassibles et son regard ne cillait point. Rêvait-il? Méditait-il?... Ses prunelles bleues semblaient vides comme celles d'un aveugle. Elles avaient, dans la fixité de cette rêverie sans objet, la froideur du serpent.

L'inconnu ne semblait pas se rendre compte de l'intérêt qu'il suscitait.

— Eh bien! Angélique, fit aigrement Mlle de Parajonc, vous perdez l'esprit, ma parole! Cette façon de considérer un homme est du dernier bourgeois.

— Comment... comment se nomme-t-il?

— C'est le marquis du Plessis-Bellière, voyons!

Qu'a-t-il d'étonnant? Il attend son galant sans doute. Vous qui n'aimez pas les petits-maîtres, je ne vois pas pourquoi vous restez plantée là comme un arbre qui aurait pris racine.

— Excusez-moi, balbutia Angélique en rassemblant ses esprits.

L'espace d'une seconde, elle était redevenue une petite fille admirative et farouche. Philippe! Ce grand cousin dédaigneux. Oh! Monteloup, et l'odeur de la salle où la chaleur du potage faisait fumer la nappe humide. Souffrances et douceurs mêlées!

Les deux promeneuses passèrent devant lui. Il parut les remarquer, bougea, et, ôtant son feutre avec un geste de profond ennui, les salua.

— C'est un gentilhomme de l'entourage du roi, n'est-ce pas? demanda Angélique lorsqu'elles furent un peu plus loin.

— Oui. Il a guerroyé avec M. le prince du temps que celui-ci était aux Espagnols. Depuis, il a été nommé grand louvetier de France. Il est si beau et il aime tant la guerre que le roi l'appelle Mars. Cependant, on raconte sur lui des choses horribles.

— Des choses horribles?... Je voudrais bien savoir...

Mlle de Parajonc eut un petit ricanement résigné.

— Vous voilà déjà offusquée d'entendre dénigrer ce beau seigneur. D'ailleurs, toutes les femmes sont comme vous. Elles lui courent après et se pâment devant ses cheveux blonds, son teint frais, son élégance. Elles n'ont de cesse qu'elles ne se soient glissées dans son lit. Mais alors le refrain change. Oui, oui, j'ai reçu les confidences d'Armande de Circé et de Mlle Jacari... Le beau Philippe semble doux et civil. Il est distrait comme un vieux savant. Ce qui fait sourire à la cour. Mais il paraît qu'en amour, il est de la dernière brutalité : un palefrenier a plus d'égards pour sa femme que lui pour ses maîtresses. Toutes celles qui sont passées par ses bras le haïssent...

Angélique n'écoutait que d'une oreille. La vision de Philippe appuyé contre la statue de marbre, immobile et presque aussi irréel qu'une apparition, ne la quittait pas. Jadis, il l'avait prise par la main pour la faire danser. C'était au Plessis, dans ce château blanc qu'enveloppe mystérieusement la grande forêt de Nieul.

— Il paraît qu'il a une imagination raffinée pour torturer ses maîtresses, continuait Philonide. Pour une bagatelle, il a battu Mme de Circé si affreusement qu'elle est restée sans pouvoir bouger ou presque, pendant huit jours, ce qui était bien embarrassant à cause du mari. Et, dans ses campagnes, la façon dont il se conduit quand il est vainqueur est un vrai scandale. Ses troupes sont plus redoutées que celles du fameux Jean de Werth. Les femmes sont traquées jusque dans les églises et mises à mal sans discernement. A Norgen, il a fait venir les filles des notables, les a à demi assommées parce qu'elles résistaient et, après une nuit d'orgie avec ses officiers, il les a livrées à la troupe. Plusieurs en sont mortes, ou sont devenues folles. Si M. le prince n'était pas intervenu, Philippe du Plessis aurait certainement été envoyé en disgrâce.

— Philonide, vous êtes une vieille jalouse! s'écria Angélique, saisie d'une irritation soudaine. Ce jeune homme n'est pas, ne peut pas être l'énergumène que vous me décrivez. Vous enflez à plaisir les potins que vous avez récoltés sur lui.

Mlle de Parajonc s'arrêta, suffoquée d'indignation.

— Moi!... Des potins!... Vous savez pourtant combien j'ai horreur de cela, des histoires de voisinage et de tout ce qui sent la visite d'accouchée. Moi, des potins!... Alors que je suis si largement détachée des choses vulgaires! Si je vous parle ainsi c'est parce que c'est VRAI!

— Eh bien, si c'est vrai, ce n'est pas entièrement sa faute, décréta Angélique. Il est ainsi parce que les femmes lui ont fait du mal à cause de sa beauté.

— Comment... comment savez-vous cela? Vous le connaissez?

— N... non.

— Alors, vous êtes folle! s'écria Mlle de Parajonc qui devint écarlate de colère. Je ne vous aurais jamais crue capable d'avoir la tête tournée par un freluquet de cette espèce. Adieu...

Elle la quitta et se dirigea à grands pas vers la grille de sortie. Angélique n'eut d'autre ressource que de la suivre, car elle ne voulait pas se brouiller avec Mlle de Parajonc qu'elle aimait bien.

★

Si Angélique et la vieille précieuse ne s'étaient pas disputées ce jour-là, aux Tuileries, à propos de Philippe du Plessis-Bellière, elles ne seraient pas parties si tôt. Et, si elles n'étaient pas sorties à cet instant même, elles n'auraient pas été victimes d'un pari grossier que venaient de faire les laquais amassés devant les grilles. M. de Lauzun et M. de Montespan ne se seraient pas battus en duel pour les beaux yeux verts de Mme Morens. Et Angélique aurait dû attendre, longtemps encore sans doute, avant de pouvoir fréquenter de nouveau les grands de ce monde. Ceci prouve qu'il est bon parfois d'avoir la langue vive et la tête près du bonnet.

En effet, l'entrée du jardin étant interdite par écriteau « aux laquais et à la canaille », il y avait toujours devant les grilles une foule bruyante de valets, de laquais, de cochers qui partageaient leurs heures d'attente entre des parties de cartes ou de quilles, des batailles, et le cabaret du coin. Ce soir-là, les laquais du duc de Lauzun venaient de faire un pari. On « paierait chopine » à celui d'entre eux qui aurait l'audace d'aller lever la jupe de la première dame sortant des Tuileries.

Il se trouva que cette dame était Angélique, laquelle venait de rejoindre Philonide et essayait de l'apaiser.

Avant qu'elle eût le temps de prévoir le geste de l'insolent, elle se trouva saisie par un grand escogriffe qui puait le vin à pleine bouche, et troussée de la plus insolente façon. Presque aussitôt, sa main s'abattit sur la face de l'indiscret. Mlle de Parajonc poussait des cris de perruche.

Un gentilhomme qui remontait dans son carrosse et qui avait vu la scène fit un signe à ses gens, et ceux-ci, trop contents de l'aubaine, se ruèrent sur la valetaille de M. de Lauzun.

Ce fut un pugilat forcené dans le crottin des chevaux et au milieu d'un cercle des badauds. La victoire resta à la livrée du gentilhomme. Celui-ci applaudissait bruyamment.

Il vint à Angélique et la salua.

— Monsieur, merci de votre intervention, dit-elle.

Elle était furieuse et humiliée, mais surtout effrayée, car elle avait été sur le point de corriger elle-même l'ivrogne, à la bonne façon de la taverne du Masque-Rouge et en assaisonnant la leçon de quelques paroles énergiques sorties tout droit du vocabulaire de la Polak. Tous les soins qu'Angélique prenait pour redevenir une grande dame auraient été de la sorte anéantis. Le lendemain, les dames du Marais auraient fait des gorges chaudes de l'incident.

Blanche d'émotion à cette pensée, la jeune femme prit le parti de se pâmer légèrement, selon les bonnes traditions.

— Ah! monsieur... quel désordre! C'est affreux! Etre ainsi exposée aux outrages de ces marauds!

— Remettez-vous, madame, dit-il en lui soutenant la taille d'un bras empressé et vigoureux.

C'était un beau garçon aux yeux vifs et dont l'accent chantant ne pouvait tromper. Encore un Gascon à coup sûr! Il se présenta :

— Louis-Henri de Pardaillan de Gondrin, chevalier de Pardaillan et autres lieux, marquis de Montespan.

Angélique connaissait le nom. Le nouveau venu appartenait à la plus vieille noblesse de Guyenne. Elle sourit avec toute la séduction dont elle était capable, et le marquis, manifestement enchanté de la rencontre, insista pour savoir où et quand il pourrait faire prendre de ses nouvelles. Elle ne voulut pas se nommer, mais répondit :

— Venez aux Tuileries demain à la même heure. J'espère que les circonstances seront plus favorables et nous permettront de deviser agréablement.

— Où vous attendrai-je?

— Près de l'Echo.

L'emplacement promettait beaucoup. L'Echo était le lieu des rencontres galantes. Ravi, le marquis baisa la main qu'on lui tendait.

— Avez-vous une chaise? Vous reconduirai-je?

— Mon carrosse n'est pas loin, affirma Angélique, qui ne tenait pas à exhiber son trop modeste équipage.

466

— Alors, à demain, mystérieuse beauté.

Cette fois, il lui baisa prestement la joue et, avec des gambades, se détourna et regagna sa voiture.

— Vous manquez de pudeur..., commença Mlle de Parajonc.

Mais le marquis de Lauzun paraissait à la grille. Voyant en quel état se trouvaient ses valets, l'un crachant ses dents, l'autre saignant du nez, tous déchirés et poussiéreux, il se mit à tempêter d'une voix de fausset. Comme on lui expliquait que le mal venait de la valetaille d'un grand seigneur, il s'écria :

— Il faut rouer de coups de bâton ces coquins et leur maître. Cette espèce-là n'est pas digne d'être touchée avec une épée.

Le marquis de Montespan n'était pas encore installé dans son carrosse. Entendant le propos, il bondit du marchepied, courut derrière Lauzun, le saisit par le bras, lui fit faire la pirouette et, après lui avoir enfoncé son chapeau sur les yeux, le traita par surcroît de butor et de faquin.

Une seconde plus tard, l'éclair de deux épées brillait et les deux Gascons se battaient en duel sous l'œil de plus en plus intéressé des badauds.

— Messieurs, de grâce! criait Mlle de Parajonc. Le duel est interdit. Vous coucherez ce soir à la Bastille.

Mais les deux marquis n'avaient cure de ces prédictions raisonnables et ferraillaient avec ardeur tandis que la foule opposait une véritable résistance passive à l'escouade de gardes suisses qui essayait de fendre ses rangs pour parvenir jusqu'aux duellistes.

Heureusement, le marquis de Montespan réussit à entailler la cuisse de Lauzun. Péguilin trébucha et lâcha son épée.

— Venez vite, très cher! s'écria le marquis en soutenant son adversaire. Evitons la Bastille! Mesdames, aidez-moi.

Le carrosse s'ébranla à l'instant où, parmi les horions et les coups de hallebarde, les gardes suisses, la fraise de travers, parvenaient jusqu'à lui.

Tandis que l'équipage dévalait à grand fracas la rue Saint-Honoré, Angélique, appuyant son écharpe sur la blessure de Péguilin, se retrouva entassée pêle-mêle dans le carrosse avec le marquis de Montespan, Mlle de Parajonc et même le laquais qui avait provoqué l'incident et qu'on avait jeté à demi assommé sur le plancher.

— Tu seras condamné au carcan et aux galères, lui dit Péguilin en lui envoyant un coup de talon dans l'estomac. Et ce n'est pas moi qui paierai une livre pour ton rachat!... Mordious, mon cher Pardaillan, grâce à vous, mon chirurgien n'aura pas besoin de me saigner pour la saison.

— Il faudrait vous panser, dit le marquis. Venez chez moi. Je crois que ma femme y est aujourd'hui avec des amies.


En l'épouse de M. de Montespan, Angélique reconnut la belle Athénaïs de Mortemart, l'ancienne amie de pension d'Hortense, avec laquelle elle avait assisté jadis à l'entrée triomphale du roi.

Mlle de Mortemart, qu'on appelait dans sa jeunesse Mlle de Tonnay-Charente, s'était mariée en 1662. Elle était devenue plus belle encore. Son teint de rose aux yeux bleus, ses cheveux d'or, et l'esprit célèbre de sa famille faisaient d'elle une des femmes les plus remarquées de la cour. Malheureusement, si la famille de son mari et la sienne étaient de haute lignée, elles se valaient également par leur impécuniosité. Harcelée de dettes et de créanciers, la pauvre Athénaïs ne pouvait donner à sa beauté le lustre qu'elle méritait, et il lui arrivait de manquer des fêtes à la cour faute de pouvoir y paraître en toilette neuve.

L'appartement où les duellistes des Tuileries, accompagnés d'Angélique et de Philonide de Parajonc, vinrent s'abattre, portait la marque d'une pauvreté quasi misérable côtoyant une élégance de mise presque opulente.

Des toilettes somptueuses traînaient sur les meubles empoussiérés. Il n'y avait pas de feu malgré la saison encore fraîche, et Athénaïs, en robe de chambre de taffetas, se battait comme une mégère avec le commis d'un orfèvre venu réclamer des arrhes pour la commande d'un collier de vermeil et d'or que la jeune femme devait étrenner à Versailles la semaine suivante.

M. de Montespan prit aussitôt la situation en main et chassa le commis à coups de pied. Athénaïs protesta. Elle voulait son collier. Une dispute s'ensuivit, tandis que le sang du pauvre Lauzun inondait le carrelage.

Mme de Montespan s'en avisa enfin et appela son amie Françoise d'Aubigné qui était venue l'aider à mettre un peu d'ordre dans l'appartement, car les servantes étaient parties la veille.

La veuve du poète Scarron parut aussitôt, si semblable à elle-même avec sa robe pauvre, ses larges yeux noirs et l'expression réservée de sa bouche, qu'Angélique eut l'impression de l'avoir quittée la veille seulement au Temple.

« Dans un instant, je vais voir surgir Hortense », pensa-t-elle.

Elle aida Françoise à transporter sur un canapé le marquis de Lauzun qui avait fini par s'évanouir.

— Je vais chercher de l'eau aux cuisines, dit la

veuve Scarron. Veuillez avoir l'obligeance de maintenir le pansement sur la plaie... madame...

A l'imperceptible hésitation, Angélique comprit que Mme Scarron l'avait reconnue aussi. Cela n'avait pas d'importance. Mme Scarron était de ceux qui doivent cacher une partie de leur existence. De toute façon, un jour ou l'autre, Angélique était décidée à affronter les visages de son passé.

Dans la pièce voisine, le ménage Montespan continuait à se chamailler.

— Mais comment ne l'avez-vous pas reconnue?... C'est Mme Morens, voyons! Vous vous battez en duel maintenant pour une chocolatière?

— Elle est adorable... et n'oubliez pas qu'elle a la réputation d'être une des femmes les plus riches de Paris. Si c'est bien d'elle qu'il s'agit je ne regrette pas mon geste.

— Vous me dégoûtez!

— Ma chère, voulez-vous votre collier de diamants, oui ou non?

« Bon, se dit Angélique, je vois de quelle façon il me faut témoigner ma reconnaissance à ces gens de grande noblesse. Un cadeau somptueux, peut-être même une bourse bien pesante, mais le tout enrobé de discrétion et de délicatesse. »

Le marquis de Lauzun levait ses paupières. Il posa sur Angélique un regard vague.

— Je rêve, balbutia-t-il. Est-ce bien vous, ma mignonne?

— Oui, c'est moi, dit-elle en lui souriant.

— Du diable si je m'attendais à vous revoir, Angélique! Je me suis bien souvent demandé ce que vous aviez pu devenir.

— Vous vous l'êtes demandé, mais avouez que vous n'avez pas cherché à le savoir.

— C'est vrai, ma mignonne. Je suis un courtisan. Tous les courtisans sont un peu lâches envers ceux ou celles qui encourent la disgrâce. (Il examina la toilette et les bijoux de la jeune femme.)

— Les choses ont l'air de s'être arrangées, dit-il.

— Il le fallait bien. Désormais je m'appelle Mme Morens.

— Par saint Séverin, j'ai entendu parler de vous! Vous vendez du chocolat, n'est-ce pas?

— Je me distrais. Il y en a qui s'occupent d'astronomie ou de philosophie. Moi, je vends du chocolat. Et vous, Péguilin? Votre existence est-elle toujours aussi dorée? Le roi a-t-il toujours pour vous de l'amitié?

Péguilin s'assombrit et parut oublier sa curiosité.

— Ah! ma chère, l'équilibre de ma faveur est instable. Le roi s'imagine que je me suis acoquiné avec Vardes dans l'histoire de la lettre espagnole, vous savez, cette lettre qu'on a fait parvenir à la reine pour l'avertir des infidélités de son auguste époux avec La Vallière?... Je ne peux dissiper ce soupçon, et Sa Majesté a parfois à mon égard de ces rudesses!... Heureusement que la Grande Mademoiselle est amoureuse de moi.

— Mlle de Montpensier?

— Oui, chuchota Péguilin en roulant des yeux blancs. Je crois même qu'elle va me demander en mariage.

— Oh! Péguilin! s'exclama Angélique en éclatant de rire. Vous êtes impayable, incorrigible. Vous n'avez pas changé!

— Vous non plus, vous n'avez pas changé. Et vous êtes belle comme une ressuscitée.

— Que savez-vous sur la beauté des ressuscitées, Péguilin?

— Ce qu'en dit l'Eglise, parbleu!... Un corps glorieux!... Venez là, mon petit cœur, que je vous embrasse.

Il lui prit le visage à deux mains et l'attira vers lui.

— Mordious! s'écria Montespan du seuil de la porte. Il ne te suffit pas que je t'ouvre la cuisse pour t'empêcher de courir, il faut encore, Péguilin du diable! que tu viennes me faucher l'herbe sous le pied dans ma propre maison! J'ai eu bien tort de ne pas te laisser aller à la Bastille!

## 12

A la suite de cette rencontre, Angélique revit fréquemment, aux Tuileries et au Cours-la-Reine, le duc de Lauzun et le marquis de Montespan. Ceux-ci lui présentèrent leurs amis. Et, peu à peu, les visages du passé reparurent. Un jour où Angélique se promenait au Cours avec Péguilin, son équipage croisa celui de la Grande Mademoiselle, qui la reconnut. Aucune allusion ne fut faite. Prudence ou indifférence? Chacun avait tant de chats à fouetter!

Après l'avoir boudée, Athénaïs de Montespan s'était subitement entichée d'elle et l'invitait. Elle avait remarqué que cette chocolatière parlait peu, mais lui donnait admirablement la réplique.

Ce fut Mme Scarron, qu'Angélique revoyait souvent chez les Montespan, qui l'introduisit chez Ninon de Lenclos.

Le salon de la célèbre courtisane n'était pas considéré comme un lieu de libertinage, mais comme l'école, par excellence, du bon goût.

« Chez elle, écrivait le chevalier de Méré, aucun

propos de religion ou de gouvernement, mais beaucoup d'esprit et fort orné, des nouvelles anciennes et modernes, des nouvelles de galanteries et toutefois sans ouvrir la porte à la galanterie. La gaieté, l'entrain, la verve de la maîtresse de maison permettaient à tous de se rencontrer avec bonheur. »

L'amitié qui a uni Mlle de Lenclos et Angélique de Sancé est restée discrète. Peu de lettres demeurent qui portent témoignage de cette amitié, et ni l'une ni l'autre n'a fait étalage des sentiments profonds et sûrs qui les ont liées dès la première rencontre. Elles appartenaient toutes deux à cette race de femmes qui attirent les hommes, plus ou moins inconsciemment, par un charme où se dosent également les attraits du corps, du cœur et de l'intelligence. Elles auraient pu être ennemies. Au contraire, elles connurent l'une par l'autre la seule amitié féminine de leur existence.

Angélique, du fait de la lutte acharnée qu'elle avait menée pour survivre, était capable d'apprécier, chez Ninon, ces qualités de droiture, de courage et de simplicité si rares chez leurs semblables, et qui faisaient de la courtisane « un honnête homme ». Et, de son côté, celle-ci comprit aussitôt qu'Angélique voulait se servir d'elle pour se hisser le plus haut possible sur l'échelle sociale. Elle joua ce rôle de son mieux, guidant sa nouvelle amie, la conseillant, la présentant à tous.

Pour qu'Angélique ne s'y trompât pas, elle lui dit un jour :

— Mon amitié est ce que j'ai de meilleur, Angélique. Tous les dévouements, toutes les délicatesses et la longanimité que n'a pas l'amour, mon amitié en est capable. De tout mon cœur, je vous l'offre. Il ne tiendra qu'à vous qu'elle dure le temps de notre vie.

Connaissant mieux que personne le prix d'une vie

voluptueuse, Ninon se plaisait à y amener les natures vraiment sensibles. Elle encouragea Angélique à prendre un amant bien titré. Mais Angélique faisait la moue. Sa vie matérielle étant assurée par ses activités commerciales, elle estimait que la voie de la galanterie était en réalité la moins sûre pour parvenir au faîte des honneurs. La Compagnie du Saint-Sacrement, occulte et puissante, régnait jusqu'aux marches du trône. Il y avait des dévots partout. Dans le jeu qu'elle menait, Angélique s'appuyait d'une main sur eux par sa réputation de sagesse, de l'autre sur les libertins par sa gaieté et son entrain à toutes les fêtes.

« Prenez au moins un amant pour le plaisir, conseillait encore Ninon. N'allez pas me faire croire que l'amour vous déplaît! »

Angélique répondait qu'elle n'avait pas le temps d'y réfléchir. Elle-même s'étonnait du calme de son corps. On aurait dit que sa tête, à force de travailler sans cesse et d'accumuler projets sur projets, l'avait vidée du désir le plus élémentaire. Lorsqu'elle s'écroulait le soir dans son lit, morte de fatigue et après avoir terminé sa journée par une suprême partie de cache-cache avec ses fils, elle n'avait qu'une idée : dormir profondément, réparer ses forces, pour reprendre le lendemain sa tâche.

Elle ne s'ennuyait jamais, et l'amour est souvent, pour la femme inoccupée, un dérivatif. Les déclarations enflammées de ses galants, leurs caresses furtives, « les scènes conjugales » d'Audiger qui se terminaient parfois par des baisers auxquels le maître d'hôtel s'arrachait difficilement, tout cela ne représentait pour elle que « jeux utiles ou inutiles » suivant l'avantage qu'elle en obtenait.

Ninon, après avoir écouté ses aveux, lui affirma que

cette mentalité confinait à la maladie. Pour se guérir, il lui fallait délaisser quelque temps ses travaux et profiter des plaisirs qu'une vie libre offrait aux oisifs : promenades, bals masqués, théâtre, petits soupers, et le jeu à toutes heures.

Chez Ninon, Angélique rencontra le Tout-Paris. Le prince de Condé y venait faire chaque semaine sa partie de hoca.

Plusieurs fois, elle vit Philippe du Plessis. Elle se fit présenter à lui. Le beau garçon laissa tomber sur elle un regard dont elle avait déjà apprécié le poids dédaigneux et, après avoir réfléchi, il dit du bout des lèvres :

— Ah! c'est donc vous Mme Chocolat.

Le sang d'Angélique ne fit qu'un tour. Elle plongea dans une profonde révérence en répondant :

— Pour vous servir, mon cousin.

Les sourcils du jeune homme se rapprochèrent.

— Votre cousin? Il me semble, madame, que vous êtes bien hardie de...

— Ne m'avez-vous pas reconnue? dit-elle en le dévisageant de ses yeux verts fulgurants de colère. Je suis votre cousine Angélique de Sancé de Monteloup. Nous nous sommes jadis rencontrés au Plessis. Comment va votre père, l'aimable marquis?... Et votre mère?

Elle parla encore ainsi un bon moment afin de le convaincre de son identité, puis le quitta en se mordant la langue de sa sottise.

Pendant quelques jours, elle vécut dans la crainte de voir son secret divulgué. Dès qu'elle rencontra de nouveau M. du Plessis, elle le supplia de ne pas répéter ce qu'elle lui avait dit.

Philippe du Plessis parut tomber des nues. Il déclara enfin que cette confidence le laissait absolument indifférent et que, d'ailleurs, il ne tenait pas à ce qu'on sache qu'il était le parent d'une dame qui s'était abaissée à vendre du chocolat.

Angélique le quitta furieuse, en se promettant de ne plus lui prêter attention. Elle savait que le père de Philippe était mort et que sa mère, devenue dévote en compensation de ses folies passées, s'était retirée au Val-de-Grâce. Le jeune homme dilapidait sa fortune en extravagances. Le roi l'aimait à cause de sa beauté et de sa bravoure, mais sa réputation était scandaleuse et même inquiétante. Angélique se reprochait de penser à lui si souvent.

Une déclaration d'amour inattendue et une partie de hoca sensationnelle bouleversèrent son existence et la détournèrent pendant quelques mois de ses pensées.


Elle était assez fière de figurer sur la liste des personnes à qui Mlle de Montpensier permettait d'entrer au jardin du Luxembourg. Un jour qu'elle y arrivait, la femme du suisse lui ouvrit, son mari étant absent.

Angélique s'engagea parmi les belles allées bordées de saules et de massifs de magnolias. Au bout d'un instant, elle s'avisa que le jardin habituellement très animé, était aujourd'hui presque désert. Elle n'aperçut que deux valets en livrée qui couraient à toutes jambes et s'engouffrèrent dans un taillis. Puis, plus rien. Intriguée et vaguement inquiète, elle continua sa promenade solitaire.

Comme elle passait près d'une petite grotte de rocaille, elle crut entendre un bruit léger et, se retournant, elle distingua une forme humaine tapie dans un buisson. « C'est quelque filou, se dit-elle, quelque vassal du sieur Cul-de-Bois en quête d'un mauvais coup.

Ce serait assez amusant de le surprendre et de lui jaspiner bigorne pour voir la tête qu'il ferait. »

Elle en sourit d'avance. Ce n'était pas certes tous les jours qu'un coupe-bourse aux aguets pouvait avoir l'occasion de se trouver en face d'une grande dame parlant le pur langage de la tour de Nesle et du faubourg Saint-Denis. « Et ensuite je lui donnerai ma bourse pour le remettre de son émotion, le pauvre homme! » pensa-t-elle, ravie d'une malice qui n'aurait pas de témoin.

Mais, comme elle s'approchait à pas de loup, elle vit que l'homme était richement vêtu, bien que ses habits fussent souillés de boue. Il se tenait à genoux et, le buste penché en avant, appuyé sur ses coudes, dans une attitude bizarre. Soudain, il tourna nerveusement la tête comme s'il dressait l'oreille et elle reconnut le duc d'Enghien, le fils du prince de Condé. Elle l'avait déjà rencontré dans les promenades à la mode, aux Tuileries, au Cours-la-Reine. C'était un adolescent fort brillant, mais qu'on disait intraitable sur les questions d'étiquette, et qui manquait de mesure.

Angélique constata qu'il était très pâle, avec une expression hagarde et effarée.

« Que fait-il là? Pourquoi se cache-t-il? Que craint-il? » se demanda-t-elle, saisie d'un malaise indéfinissable.

Après avoir hésité, elle se retira sans bruit et regagna l'une des grandes allées du jardin. Elle croisa le suisse qui, à sa vue, fit des yeux effarés.

— Oh! madame, que faites-vous ici? Retirez-vous vite!

— Mais pourquoi? Tu sais bien que je suis sur la liste de Mlle de Montpensier. Et ta femme m'a laissée entrer sans difficultés.

Le gardien regarda autour de lui d'un air désolé. Angélique était toujours fort généreuse avec lui.

— Que madame me pardonne, chuchota-t-il en se rapprochant. Mais ma femme ne sait pas le secret que je vais vous confier : le jardin est interdit au public aujourd'hui, car, depuis le matin, on y poursuit à la chasse M. le duc d'Enghien qui s'imagine qu'il est un lapin.

Et, comme la jeune femme ouvrait des yeux ronds, il se toucha du doigt la tempe.

— Oui, ça le prend comme ça de temps en temps, le pauvre garçon. Il paraît que c'est une maladie. Quand il se croit lapin ou perdrix, il a peur qu'on le tue et court se cacher. Voilà des heures que nous le cherchons.

— Il est là dans le taillis, près de la petite grotte. Je l'ai vu.

— Grand Dieu! Il faut aller prévenir M. le prince. Ah! le voici.

Une chaise s'approchait. Le prince de Condé mit la tête à la fenêtre.

— Que faites-vous ici, madame? demanda-t-il furieux.

Le suisse se hâta d'intervenir :

— Monseigneur, madame vient juste d'apercevoir M. le duc près de la petite rocaille.

— Ah! bon. Ouvrez-moi cette portière, marauds. Aidez-moi à descendre, cornebleu! Ne faites pas tant de bruit, vous allez l'effrayer. Toi, cours chercher son premier valet de chambre et, toi, rassemble tous les gens que tu pourras trouver et poste-les aux issues...

Quelques instants plus tard, on entendit dans les buissons des bonds désordonnés, puis une course rapide. Le duc d'Enghien surgit, lancé à toute vitesse. Mais deux domestiques qui le poursuivaient réussirent à le happer et à le retenir. Il fut aussitôt entouré et maîtrisé. Son premier valet de chambre, qui l'avait élevé, lui parla avec douceur :

— On ne vous tuera pas, monseigneur. On ne vous enfermera pas dans une cage... Tout à l'heure, on va vous relâcher et vous pourrez courir de nouveau dans la campagne.

Le duc d'Enghien était blême. Il ne disait pas un mot, mais il y avait dans son regard l'expression émouvante et interrogatrice des bêtes traquées. Son père s'approcha. Le jeune homme se débattit furieusement, quoique toujours en silence.

— Emmenez-le, dit le prince de Condé. Faites venir son médecin et son chirurgien. Qu'on le saigne, qu'on le purge et surtout qu'on l'attache. Je n'ai point le cœur de recommencer une nouvelle partie de cligne-musette ce soir. Je ferai donner du bâton à celui qui le laissera s'échapper encore.

Le groupe s'éloigna. Le prince revint vers Angélique, qui avait assisté, complètement chavirée, à cette triste scène, et qui était presque aussi pâle que le pauvre malade.

Condé se planta devant elle et l'examina d'un regard sombre.

— Eh bien! dit-il, vous l'avez vu? Il est beau, le descendant des Condé, des Montmorency?... Son bisaïeul avait des manies, son aïeule était folle. J'ai dû épouser la fille. A l'époque, elle commençait déjà à s'arracher les cheveux un à un avec une pince. Je savais qu'on m'atteignait dans ma descendance, mais j'ai dû l'épouser quand même. C'était un ordre du roi Louis XIII. Et voilà mon fils! Parfois, il se croit chien et il lutte pour éviter d'aboyer devant le roi. Ou bien, il s'imagine qu'il est une chauve-souris et il appréhende de se heurter aux lambris de son appartement. L'autre jour, il s'est senti devenir plante et il a fallu que ses serviteurs l'arrosent... C'est drôle, n'est-ce pas? Vous ne riez pas?

— Monseigneur... comment pouvez-vous croire seulement que j'aie envie de rire?... Evidemment, vous ne me connaissez pas...

Il l'interrompit avec un sourire subit qui éclaira son visage bourru :

— Si fait! Si fait! Je vous connais bien, madame Morens. Je vous ai vue chez Ninon et chez d'autres. Vous êtes gaie comme une jeune fille, belle comme une courtisane et vous avez le cœur reposant d'une mère. De plus, je vous soupçonne d'être une des femmes les plus intelligentes du royaume. Mais vous n'en faites pas étalage, car vous avez de la ruse et vous savez que les hommes craignent les savantes.

Angélique sourit à son tour, surprise de cette déclaration inattendue.

— Monseigneur, vous me flattez... Et je serais curieuse de savoir qui vous a donné sur moi ces renseignements...

— Je n'ai besoin de personne pour me renseigner, fit-il à sa façon brusque et maussade de guerrier. Je vous ai observée. Ne vous êtes-vous pas aperçue que je vous regardais souvent? Je crois que vous me craignez un peu. Pourtant, vous n'êtes pas timide...

Angélique leva les yeux sur le vainqueur de Lens et de Rocroi. Ce n'était pas la première fois qu'elle le regardait ainsi. Mais, certes, le prince était à cent lieues de se souvenir de la petite sarcelle grise qui lui avait tenu tête et à laquelle il avait dit :

— Je prévois que, quand vous serez femme, des hommes se pendront à cause de vous!

Elle avait toujours cru qu'elle nourrissait une profonde rancune envers le prince de Condé et elle dut se défendre contre un sentiment de sympathie, d'entente qui naissait entre eux. Ne les avait-il pas fait espionner pendant des années, elle et son mari, par le valet Clément Tonnel? N'avait-il pas hérité des biens de Joffrey de Peyrac? Depuis longtemps, Angélique se demandait comment elle parviendrait à connaître exactement le rôle que le prince de Condé avait joué dans son drame. Le hasard la servait étrangement.

— Vous ne répondez rien, dit le prince. Est-il donc vrai que je vous intimide?

— Non! Mais je me sens bien indigne de converser avec vous, monseigneur. Votre renommée...

— Peuh! ma renommée... Vous êtes bien trop jeune pour y connaître quelque chose. Mes armes sont rouillées et, si Sa Majesté ne se décide pas à donner une leçon à ces faquins de Hollandais ou d'Anglais, je risque bien de mourir dans mon lit. Quant à converser, Ninon m'a dit cent fois que les mots ne sont pas des boulets qu'on envoie dans l'estomac d'un adversaire, et elle prétend que je n'ai pas encore tout à fait compris la leçon. Ha! Ha!

Il éclata de son rire bruyant, et lui prit le bras avec désinvolture.

— Venez donc. Mon carrosse m'attend dehors, mais, pour marcher, je suis contraint de m'appuyer sur un bras charitable. Voilà ce que je lui dois, à ma renommée : des douleurs contractées dans les tranchées pleines d'eau et qui, certains jours, me font traîner la patte comme un vieillard. Voulez-vous me tenir un peu compagnie? Votre présence est la seule qui me paraisse supportable après la pénible journée que nous venons d'avoir. Connaissez-vous mon hôtel du Beautreillis?

Angélique dit, avec un battement de cœur :

— Non, monseigneur.

— On dit que c'est une des plus jolies choses qu'ait construites le père Mansart. Moi, je ne m'y plais pas, mais je sais que les dames s'extasient sur la beauté de cette demeure. Venez la voir.

Quoiqu'elle s'en défendît, Angélique appréciait l'honneur d'être assise dans le carrosse d'un prince du sang que les badauds acclamaient au passage.

Elle était surprise de l'attention que son compagnon lui témoignait et qu'elle sentait sincère. On disait volontiers que le prince de Condé, depuis que son amie Marthe du Vigean était entrée aux carmélites du faubourg Saint-Jacques, n'accordait plus aux femmes les égards que la noblesse de France avait coutume de leur rendre. Il ne leur demandait qu'un plaisir tout physique et, depuis des années, on ne lui connaissait que des aventures de courte durée et d'assez basse origine. Dans les salons, sa rudesse à l'égard du beau sexe décourageait les meilleures volontés. Cette fois cependant, le prince semblait faire effort pour plaire à sa compagne.

Le carrosse tourna dans la cour de l'hôtel du Beautreillis.

Angélique gravit le perron de marbre. Chaque détail de cette demeure harmonieuse et claire lui parlait de Joffrey de Peyrac. Il avait voulu ces lignes souples comme des vrilles de vignes aux fers forgés des balcons et des rampes, ces frises de bois sculpté recouvertes d'or encadrant les hauts plans lisses des marbres ou des glaces, ces statues et ces bustes, ces animaux et ces oiseaux de pierre, partout présents comme les gracieux génies d'un foyer heureux.

— Vous ne dites rien? s'étonna le prince de Condé,

lorsqu'ils eurent parcouru les deux étages des appartements d'apparat. Généralement, mes visiteuses s'exclament comme des perruches. Est-ce que cet ensemble ne vous plaît pas? On vous dit pourtant très entendue en ce qui concerne l'ordonnance d'une maison?

Ils se trouvaient dans un petit salon tendu de satin bleu brodé d'or. Une grille de fer forgé d'un dessin exquis les séparait de la longue galerie donnant sur les jardins.

Au fond, la cheminée, encadrée de deux lions sculptés, portait à son fronton une blessure fraîche. Angélique leva le bras et posa la main sur le fronton.

— Pourquoi a-t-on brisé cette garniture? demanda-t-elle. Ce n'est pas la première cassure que je remarque. Tenez, aux fenêtres mêmes de ce salon, on a effacé le dessin à certains endroits.

Le visage de M. le prince s'assombrit.

— Ce sont les chiffres de l'ancien propriétaire de l'hôtel que j'ai fait gratter. Un jour, je restaurerai cela. Je ne sais quand, par exemple!... Je préfère consacrer mes dépenses à l'installation de ma maison de campagne, à Chantilly.

Angélique gardait la main posée sur l'écusson mutilé.

— Pourquoi n'avoir pas laissé les choses en état plutôt que de les abîmer ainsi?

— La vue des armes de cet homme me causait du désagrément. C'était un maudit!

— Un maudit? répéta-t-elle en écho.

— Oui. Un gentilhomme qui fabriquait de l'or avec un secret que lui avait donné le diable. On l'a brûlé. Et le roi m'a fait le don de ses biens. Je ne suis pas encore très sûr que Sa Majesté n'ait pas cherché à me porter malheur par ce geste.

Angélique, à pas lents, s'était approchée de la fenêtre et regardait au-dehors.

— Le connaissiez-vous, monseigneur?

— Qui? Le gentilhomme damné?... Ma foi, non, et tant mieux pour moi!

— Je crois me souvenir de l'affaire, dit-elle effrayée de son audace et pourtant très calme. Est-ce que ce n'était pas un Toulousain, un monsieur... de Peyrac?

— Oui, en effet, approuva-t-il avec indifférence.

Elle passa sa langue sur ses lèvres sèches.

— Est-ce qu'on n'a pas dit qu'on l'avait condamné surtout parce qu'il détenait un méchant secret sur M. Fouquet, qui était si puissant alors?

— C'est possible. M. Fouquet s'est considéré longtemps comme le roi de France. Il avait assez d'argent pour cela. Il a fait faire des bêtises à bien des gens. A moi, par exemple, Ha! Ha! ha!... Bah! tout cela est du passé.

Angélique se détourna légèrement pour l'observer. Il s'était laissé choir dans un fauteuil et suivait du bout de sa canne les rosaces du tapis. S'il avait eu un ricanement amer en songeant aux bêtises que lui avait fait faire M. Fouquet, il n'avait pas réagi aux allusions concernant Joffrey de Peyrac. La jeune femme eut la certitude que ce n'était pas lui qui, pendant des années, avait placé auprès d'elle le valet Clément Tonnel. Qui sait? Peut-être que ce Clément Tonnel avait déjà été mis comme espion, par M. Fouquet, près du prince de Condé. On avait vu, dans les complots de ce temps, des intrigues plus compliquées, et les nobles avaient raison de pratiquer la politique de la courte mémoire.

Quelle nécessité présente y avait-il pour M. le prince de se souvenir qu'il avait jadis voulu empoisonner Mazarin et qu'il s'était vendu à Fouquet? Il avait assez à faire pour rentrer en grâce auprès d'un jeune roi encore méfiant et pour, aujourd'hui, apprivoiser cette belle femme dont la mélancolie secrète, sous le rire enjoué, l'avait séduit plus profondément qu'il ne voulait le croire.

— J'étais dans les Flandres à l'époque du procès de Peyrac, reprit-il. Je n'ai pas suivi l'affaire. Qu'à cela ne tienne! J'ai eu l'hôtel et j'avoue que je ne m'en réjouis guère. Le sorcier ne l'a jamais habité, paraît-il. Pourtant, je ne puis m'empêcher de trouver à ces murs je ne sais quoi de triste et de sinistre. On dirait un décor préparé pour une scène qui ne s'est jamais jouée... Ces objets gracieux réunis là attendent un hôte qui n'est pas moi. J'ai gardé un vieux palefrenier qui appartenait à la domesticité du comte de Peyrac. Il prétend qu'il voit son fantôme certaines nuits... C'est possible. On respire ici une présence qui vous repousse et qui vous chasse. J'y reste le moins possible. Est-ce que vous éprouvez aussi cette pénible impression?

— Non, au contraire, murmura-t-elle.

Son regard errait autour d'elle. « Ici, je suis chez moi, pensait-elle. Moi et mes enfants, voilà les hôtes que ces murs attendent. »

— Cet hôtel vous plaît donc?

— Je l'aime. Il est admirable. Oh! je voudrais y vivre! s'écria-t-elle en joignant les mains sur son cœur avec une passion inattendue.

— Vous pourriez y vivre, si vous le vouliez, dit le prince.

Elle se détourna vivement vers lui. Il fixait sur elle ce regard demeuré magnifique et impérieux, et dont un jour M. Bossuet parlerait en termes éloquents : « Ce prince... qui portait dans ses yeux la victoire... »

— Y vivre? répéta Angélique. A quel titre, monseigneur?

Il sourit encore et se leva avec brusquerie pour se rapprocher d'elle.

— Voilà! J'ai quarante-quatre ans, je ne suis plus jeune, mais je ne suis pas encore vieux. J'ai parfois des douleurs dans les genoux, c'est entendu, mais le reste est assez gaillard. Je vous le dis crûment. En bref, je crois que je peux faire un amant supportable. Je pense que vous n'allez pas être offusquée de ma déclaration. J'ignore d'où vous sortez, mais quelque chose m'avertit que vous en avez entendu bien d'autres et au moins je ne vous prends pas en traître. Je n'y ai jamais été par quatre chemins avec les femmes; je trouve inutile de faire tant de manières pour aboutir toujours à la même question : « Voulez-vous ou ne voulez-vous pas? » Non, ne répondez pas encore. Je veux que vous connaissiez bien les quelques avantages que je pourrais vous faire. Vous auriez une pension... Oui, je sais, vous êtes très riche. Eh bien! écoutez, JE VOUS DONNERAI CET HOTEL DU BEAUTREILLIS, puisqu'il vous plaît. Je m'occuperai de vos fils et les recommanderai dans leur éducation. Je sais aussi que vous êtes veuve et assez jalouse de votre réputation de chasteté. Il est vrai que c'est un bien précieux, mais... considérez que je ne vous demande pas de perdre cette réputation pour un maraud. Et, puisque vous me parliez de ma renommée, permettez-moi de vous faire remarquer que...

Il hésita avec une modestie réelle et assez touchante.

— ... que ce n'est pas déshonorant d'être la maîtresse du Grand Condé. Notre monde est ainsi fait. Je vous présenterai partout... Pourquoi ce sourire sceptique et tant soit peu dédaigneux, madame?

— Parce que, dit Angélique en souriant, je me remémorais ce refrain que le père Hurlurot, un vieux baladin, chante au coin des rues :

> Les princes sont d'étranges gens.
> Heureux qui ne les connaît guère.
> Plus heureux qui n'en a que faire...

— La peste soit de l'insolente! s'écria-t-il avec une fureur feinte.

Il la prit par la taille et l'attira contre lui :

— C'est pour cela que je vous aime, ma mie, fit-il d'une voix contenue. Parce que j'ai remarqué que, dans votre métier de femme, vous aviez une belle audace de guerrière. Vous attaquez au bon moment, vous profitez de la faiblesse de l'adversaire avec une habileté machiavélique et vous lui portez des coups terribles. Mais vous ne vous êtes pas repliée assez vite sur vos positions. Je vous tiens maintenant!... Comme vous êtes fraîche et ferme! Vous avez un petit corps solide et rassurant!... Ah! comme je voudrais que vous ne m'écoutiez pas en prince, mais tel que je suis, c'est-à-dire un pauvre homme assez malheureux. Vous êtes si différente des coquettes au cœur sec!

Il appuya sa joue contre les cheveux d'Angélique.

— Il y a là, dans vos cheveux blonds, une mèche de cheveux blancs qui m'émeut. Il semble que, sous votre air de jeunesse et de gaieté, vous ayez l'expérience que donnent les grandes douleurs. Me trompé-je?

— Non, monseigneur, répondit docilement Angélique.

Elle pensait que, si le matin même, quelqu'un l'avait prévenue qu'avant le soir elle serait dans les bras du prince de Condé et qu'elle appuierait sans révolte son front contre cette auguste épaule, elle aurait crié que la vie n'était pas si folle. Mais sa vie n'avait jamais été simple et elle commençait à s'habituer aux surprises du sort.

— Depuis ma jeunesse, continuait-il, je n'ai aimé qu'une seule femme. Je ne lui ai pas toujours été fidèle, mais je n'ai aimé qu'elle. Elle était belle, douce et c'était la compagne de mon âme. Les intrigues et les complots, qui se formaient sans cesse pour nous séparer, l'ont lassée. Depuis qu'elle a pris le voile, que me reste-t-il? Toute ma vie, je n'ai eu que deux amours : elle et la guerre. Ma bien-aimée s'est retirée dans un cloître et ce faquin de Mazarin a signé la paix des Pyrénées. Je ne suis plus qu'un mannequin d'apparat qui fait sa cour au jeune roi dans l'espoir d'obtenir, Dieu sait quand, quelque gouvernement militaire et peut-être un commandement, si jamais il lui prenait l'heureuse idée de réclamer la dot de la reine aux Flamands. On en parle... Mais laissons cela — je ne veux pas vous ennuyer. Votre vue a réveillé en moi une flamme vivante qui semblait s'éteindre. La mort du cœur est la pire... Je voudrais vous garder près de moi...

Angélique s'était doucement dégagée tandis qu'il parlait, et elle reculait un peu.

— Monseigneur...

— C'est oui, n'est-ce pas? dit-il avec anxiété. Oh! je vous en supplie... Qui vous retient? Aimez-vous ailleurs? N'allez pas me dire que vous avez du sentiment pour ce valet de basse extraction, cet Audiger qui vous escorte à la ville comme un chien fidèle.

— Audiger est mon associé en affaires.

— N'empêche, grogna-t-il subitement jaloux, qu'on vous a vue hier à la comédie avec le maître d'hôtel du comte de Soissons. C'est du dernier commun!

— Monseigneur, répondit-elle, sachez que je ne renie jamais mes amis tant qu'ils me sont utiles. J'ai encore besoin du maître d'hôtel Audiger.

Il se mordit les lèvres.

— Seigneur! Vous êtes redoutable quand vous parlez ainsi.

— Vous voyez que je ne suis pas seulement rassurante, fit-elle avec un petit sourire.

— Qu'importe! C'est telle que vous êtes que je vous désire.

Il ne pouvait comprendre le dilemme qu'il lui posait. Qu'aurait-elle répondu s'il lui avait fait cette proposition en d'autres lieux? Elle n'en savait rien.

Mais ici, dans cet hôtel où elle pénétrait pour la première fois, elle se trouvait cernée de fantômes. Près du prince de Condé surgi du passé, avec sa rhingrave un peu démodée, il y avait la lumineuse et dure silhouette de Philippe dans ses satins pâles, et, derrière eux, cette ombre masquée, vêtue de velours noir et d'argent, avec un seul rubis sanglant au doigt, le gentilhomme maudit qui avait été son maître et son seul amour.

Parmi tous ceux que la vie ou la mort avaient libérés, elle demeurait seule prisonnière du drame ancien.

— Qu'avez-vous? dit le prince. Pourquoi ces larmes dans vos yeux? Quelle peine vous ai-je faite? Demeurez ici, où vous semblez vous plaire. Laissez-moi vous aimer. Je serai discret...

Elle secoua lentement la tête :

— Non, C'EST IMPOSSIBLE, monseigneur.

## 13

Lorsqu'elle eut l'occasion de revoir le prince de Condé, il ne lui témoigna pas de rancune. Il n'avait pas en amour l'arrogance qu'il montrait à la cour et sur les champs de bataille.

— Au moins, ne m'abandonnez pas pour ma partie de hoca, lui dit-il. Je compte sur vous, chez Ninon, chaque lundi.

Elle s'exécuta, heureuse de lui témoigner son amitié. La protection de M. le prince n'était pas à dédaigner. Et, chaque fois qu'Angélique pensait à l'hôtel du Beautreillis, elle se mordait les doigts. Elle n'avait pas de regret pourtant d'avoir refusé le marché. Mais l'hôtel du Beautreillis était à ELLE. Cela l'indignait d'en être exclue, de ne pouvoir le revendiquer sans contrepartie.

Son personnage de commerçante enrichie lui pesait de plus en plus. Certain jour, entendant Ninon prononcer le nom de Sancé, elle dit vivement :

— Ainsi, vous connaissez quelqu'un de ma famille?

— Votre famille? s'étonna la courtisane.

Angélique se rattrapa tant bien que mal :

— J'avais cru entendre : Rancé. Ce sont des parents lointains... De qui parliez-vous donc?

— D'une amie qui doit venir tout à l'heure. Elle a de l'entrain et je me plais à l'entendre, bien qu'on la redoute fort : Mme Fallot de Sancé.

— Fallot de Sancé? répéta Angélique en se redressant brusquement.

Ses yeux se dilatèrent.

— Et elle va venir... ici?

— Mais oui. J'apprécie sa verve... souvent méchante, il est vrai. Mais il faut de ces langues qui distillent le vinaigre, pour apporter un peu de piment à la conversation. Un monde de bénignité et de douceur serait fade.

— Je m'en contenterais, je l'avoue.

— Vous semblez haïr Mme Fallot de Sancé?

— C'est trop peu dire.

— Elle sera là dans un instant.

— Je vais lui arracher la peau!

— Non, ma mie... cela ne se fait pas chez moi.

— Ninon, vous ne pouvez pas savoir... vous ne pouvez pas comprendre...

— Ma chérie, si toutes les personnes qui se rencontrent ici décidaient de purger leurs querelles à l'instant même, j'assisterais à trois ou quatre morts violentes par jour... Aussi, vous serez sage. Est-ce que cela vous fait très mal?

— Oui, cela fait mal, dit Angélique qui se sentait fort pâle. Je vais essayer de m'en aller.

— Pourquoi n'essayeriez-vous pas de rester? Toutes les passions peuvent se dominer, ma mie, même la rancune la plus justifiée. Il n'y a pas de justification à la folie, et la colère en est une. Voulez-vous un conseil? Eloignez-vous de votre colère comme d'un poêle incandescent. Si vous vous y brûlez, elle vous fera plus de mal que de bien. Allez vous asseoir tranquillement en vous-même et évitez de jeter un regard sur les raisons de votre haine.

— Cela me sera difficile si je dois m'entretenir avec ma sœur.

— Votre sœur?

— Oh! Ninon, je ne sais plus ce que je dis, murmura Angélique. C'est une épreuve au-dessus de mes forces.

— Il n'y a pas d'épreuves au-dessus de vos forces, Angélique, répondit Ninon en riant. Plus je vous connais et plus je suis persuadée que vous êtes capable de tout... même de cela. Tenez, voici Mme Fallot. Restez ici dans cette encoignure un moment, afin de recouvrer votre sang-froid.

Elle s'éloigna, alla au-devant d'un nouveau groupe d'arrivantes.

Angélique s'assit sur une banquette de peluche. Comme en un rêve, elle reconnaissait, dominant l'échange des salutations, la voix aiguë de sa sœur. C'était cette même voix qui lui avait crié jadis : « Va-t'en! Va-t'en! »

Angélique recula en elle-même comme le lui avait recommandé Ninon et elle essaya d'oublier ce cri.

Au bout d'un instant, elle osa relever la tête et regarder vers le salon. Elle reconnut Hortense, dans une très belle robe de taffetas rouge sombre. Elle avait encore maigri et enlaidi, si cela était possible, mais elle se fardait et se coiffait bien. Sa voix aiguë provoquait les rires. Elle paraissait avoir un allant extraordinaire.

Ninon lui prit le bras et l'entraîna vers le recoin où se tenait Angélique.

— Chère Hortense, il y a longtemps que vous désiriez rencontrer Mme Morens. Je vous ai fait cette surprise. La voici.

Angélique n'avait pas eu le temps de fuir. Elle vit, tout près d'elle, le visage affreux d'Hortense plissé dans une expression sucrée de bienveillance. Mais elle se sentait maintenant très calme.

— Bonjour, Hortense, dit-elle.

Ninon les regarda un instant toutes deux, puis s'éclipsa.

Mme Fallot de Sancé avait eu un sursaut violent. Ses yeux en pépins de pomme s'agrandirent. Elle devint jaune sous son fard.

— Angélique! souffla-t-elle.

— Oui, c'est moi. Assieds-toi donc, ma chère Hortense... Pourquoi as-tu l'air si étonnée? Pensais-tu sincèrement que j'étais morte?

— En effet! dit violemment Hortense qui se ranimait.

Elle serra son éventail dans son poing comme une arme. Ses sourcils se rapprochèrent, sa bouche se convulsa. Angélique la retrouvait tout entière.

« Qu'elle est laide! Qu'elle est horrible! » se dit-elle avec la même jubilation puérile que du temps de leur enfance.

— Et permets-moi de t'affirmer, continuait Hortense aigrement que, selon l'opinion de la famille, c'est ce que tu aurais eu de mieux à faire : mourir.

— Je n'ai pas partagé l'opinion de la famille à ce sujet.

— C'est bien dommage. De quoi aurions-nous l'air maintenant? C'est à peine si les remous de cette terrible affaire commencent à s'apaiser. Nous avions réussi à faire oublier que tu étais des nôtres, et voilà que tu reparais pour nous nuire encore!

— Si c'est de cela que tu as peur, ne crains rien, Hortense, dit Angélique tristement. La comtesse de Peyrac ne reparaîtra jamais. On me connaît désormais sous le nom de Mme Morens.

Ceci ne calma pas la femme du procureur.

— Ainsi c'est donc toi, Mme Morens? Une originale qui mène une vie scandaleuse, une femme qui fait du commerce comme un homme ou comme la veuve d'un boulanger. Tu passeras donc ta vie à te singulariser pour nous déshonorer! Dire qu'il n'y a qu'une seule femme dans Paris qui vende du chocolat et qu'il faut que ce soit ma propre sœur!...

Angélique haussa les épaules. Les jérémiades d'Hortense ne la touchaient pas.

— Hortense, dit-elle brusquement, donne-moi des nouvelles de mes enfants.

Mme Fallot s'interrompit net et regarda sa sœur d'un air stupide.

— Oui, mes enfants, répéta Angélique, mes deux fils

que je t'avais confiés lorsqu'on me chassait de partout.

Elle vit Hortense se ressaisir de nouveau, se préparer à la lutte.

— Il est bien temps de t'informer de tes enfants! C'est parce que tu m'as rencontrée que tu songes à eux, persifla-t-elle. Voilà décidément un cœur de tendre mère...

— J'ai eu des difficultés...

— Avant de te payer des parures comme celles que tu portes, tu aurais pu, il me semble, t'informer de leur sort.

— Je les savais en sécurité près de toi. Parle-moi d'eux. Comment vont-ils?

— Je... je ne les ai pas vus depuis longtemps, dit Hortense avec effort.

— Ils ne sont pas chez toi? Tu les as mis en nourrice?

— Que faire d'autre? s'écria Mme Fallot avec un regain de colère. Allais-je les garder chez moi alors que je n'ai jamais pu me payer une nourrice à domicile pour mes propres enfants?

— Mais maintenant? Ils sont grands. Que deviennent-ils?

Hortense regardait autour d'elle d'un air traqué. Tout à coup, ses traits chavirèrent, et les coins de sa bouche s'abaissèrent d'une façon pitoyable. Angélique eut l'impression surprenante que sa sœur allait éclater en sanglots.

— Angélique, fit-elle d'une voix étouffée, je ne sais comment te dire... Tes enfants... C'est affreux... Tes enfants ont été enlevés par une Egyptienne!

Elle détourna la tête. Ses lèvres tremblaient. Il y eut un très long silence.

— Comment as-tu su cela? demanda enfin Angélique.

— Par la nourrice... lorsque je suis allée à Neuilly. Il était trop tard pour prévenir la maréchaussée... Il y avait déjà six mois que tes enfants avaient été enlevés...

— Ainsi, tu es restée plus de six mois sans aller voir la nourrice, sans la payer peut-être?

— La payer?... Avec quoi? Nous avions à peine de quoi vivre. Après ce scandale du procès de ton mari, Gaston a perdu presque toute sa clientèle; il a fallu que nous déménagions. Et c'était l'année où nous nous trouvions obligés de racheter les charges royales. Dès que je l'ai pu, je suis allée à Neuilly. La nourrice m'a raconté le drame... Il paraît qu'un jour une bohémienne, une femme en loques, est entrée dans sa cour et a réclamé les deux enfants en prétendant qu'elle était leur mère. Et, comme la nourrice voulait appeler des voisins, elle l'a blessée avec un grand couteau... J'ai moi-même été obligée de lui payer une note d'apothicaire à cause de cette blessure...

Hortense renifla et chercha son mouchoir dans son aumônière. Angélique demeurait bouche bée. Les larmes qui rougissaient les yeux d'Hortense la stupéfiaient plus encore que d'apprendre que sa sœur était retournée chez la nourrice.

La femme du procureur parut s'aviser de son comportement insolite :

— Alors, c'est tout l'effet que cela te produit? siffla-t-elle. Je t'apprends que tes enfants ont disparu et tu demeures plus indifférente qu'une bûche?... Ah! nous sommes bien bêtes, Gaston et moi, de nous être rongés les sangs pendant des années en songeant à ce pauvre petit Florimond traînant sur les routes avec des... Bohémiens!

La voix se cassa sur le dernier mot.

— Hortense, calme-toi, balbutia Angélique. Il n'est

pas arrivé malheur aux enfants. Cette... cette femme qui est venue les chercher... c'était moi.

— Toi!

Dans les yeux horrifiés d'Hortense, Angélique vit passer l'image d'une femme en loques armée d'un couteau pointu.

— La nourrice a exagéré : je n'étais pas en loques et je ne l'ai pas menacée d'un couteau. J'ai dû seulement crier un peu fort parce que les enfants étaient dans un état effroyable. Si je ne les avais pas emmenés, tu ne les aurais pas retrouvés non plus, car ils seraient morts. Une autre fois, tâche de choisir un peu mieux la nourrice...

— Evidemment. Avec toi, on peut toujours prévoir une AUTRE FOIS, dit Hortense en se levant, hors d'elle. Tu es d'une insouciance renversante, d'une insolence, d'une... Adieu.

Elle s'en alla en renversant son tabouret dans sa fureur.

Restée seule, Angélique demeura un long moment les mains jointes sur sa robe, dans une attitude de méditation. Elle se disait que les gens ne sont pas toujours aussi mauvais qu'ils pourraient l'être.

Une Hortense qui, sous le coup d'une abjecte peur, la jetait dehors sans merci, était capable d'éprouver des remords en songeant à un petit Florimond transformé en Bohémien.

Un joyeux Méridional comme Andijos, tout juste bon à perdre au jeu et à faire bouffer ses manchettes, soudain s'en allait en guerre contre le roi et tenait quatre ans, comme chef de bande, une province entière en révolte.

Un prince de Condé sauvait un royaume, complotait des assassinats, trahissait, puis s'humiliait pour rentrer en grâce, et n'était au fond qu'un homme simple, réellement modeste, attristé par la folie de son enfant, un homme dont toute la vie avait été dominée par un seul amour tendre et passionné.

Demain, Angélique enverrait Florimond et Cantor chez les Fallot de Sancé, avec des présents pour leurs cousins et pour leur tante.

— Vous êtes là? demanda Ninon en soulevant la tenture. J'ai vu partir Mme Fallot. Elle semblait en bonne santé, bien que d'humeur morose. Je croyais que vous deviez lui arracher la peau?

— Réflexion faite, répondit suavement Angélique, j'ai pensé qu'il était plus cruel de la lui laisser comme elle était.

★

Ce même jour aurait pu être marqué d'une pierre blanche. Ce fut dans la soirée que se joua, entre Mme Morens et le prince de Condé, la célèbre partie de hoca qui devait défrayer la chronique mondaine, scandaliser les dévots, enchanter les libertins et amuser tout Paris.

La partie débuta comme d'habitude à l'heure où l'on apportait les chandelles. Suivant les fortunes diverses des joueurs, elle pouvait durer trois ou quatre heures. Ensuite, il y aurait petit souper. Puis l'on rentrerait chez soi.

Le hoca commençait avec un nombre illimité de partenaires.

Ce soir-là, une quinzaine de joueurs prirent le départ. On jouait gros jeu. Les premiers coups éliminèrent rapidement la moitié de la tablée. La partie s'en trouva ralentie.

Tout à coup, Angélique, qui était distraite et son-

geait à Hortense, s'aperçut avec étonnement qu'elle
poursuivait hardiment un combat fort serré contre
M. le prince, le marquis de Thianges et le président
Jomerson. C'était elle qui depuis un moment « menait » le jeu. Le petit duc de Richemont, qui l'adorait, marquait ses tablettes et, en y jetant un coup
d'œil, elle vit qu'elle avait gagné une petite fortune.

— Vous avez de la chance, ce soir, madame, lui dit
le marquis de Thianges avec une grimace. Voici près
d'une heure que vous tenez la mise et vous ne semblez pas décidée à la lâcher.

— Je n'ai jamais vu un joueur tenir la mise aussi
longtemps! s'écria le petit duc très excité. Madame,
n'oubliez pas que, si vous la perdez, vous devez rembourser à chacun de ces messieurs la même somme
que vous avez gagnée présentement. Il est encore
temps de vous arrêter. Vous en avez le droit.

M. Jomerson se mit à hurler que les spectateurs
n'avaient pas le droit d'intervenir et que, si cela continuait, il ferait évacuer la salle. On le calma en lui faisant remarquer qu'il n'était pas au Palais, mais chez
Mlle de Lenclos. On attendait la décision d'Angélique.

— Je continue, dit-elle.

Et elle distribua les cartes. Le président respira. Il
avait beaucoup perdu et espérait qu'un coup du sort
allait, dans la seconde suivante, le payer au centuple
de ses imprudences. Jamais on n'avait vu un joueur
tenir la mise aussi longtemps que cette dame. Si
Mme Morens s'accrochait, elle était fatalement perdue, et ce serait tant mieux pour les autres. C'était
bien d'une femme de s'accrocher ainsi! Heureusement, elle n'avait pas de mari à qui rendre des comptes, sinon le pauvre homme aurait pu déjà se préparer à faire venir son intendant pour connaître ce dont
il disposait en argent liquide.

Sur ces entrefaites, le président Jomerson dut abattre un jeu lamentable et quitta la partie fort penaud.

Angélique menait toujours. On l'entourait, et des gens qui étaient sur le point de partir ne se décidaient pas à s'en aller, restaient debout sur un pied, le cou tendu.

Pendant quelques tours, l'égalité se maintint. En ce cas, Angélique touchait la mise proposée, mais aucun joueur n'était éliminé. Puis M. de Thianges perdit et quitta la table en s'épongeant. La soirée avait été rude! Qu'allait dire sa femme en apprenant qu'il leur fallait payer à Mme Morens, la chocolatière, le revenu de deux années? A condition qu'elle gagnât, naturellement! Dans le cas contraire, elle devrait payer au prince de Condé le double de la somme qu'elle avait gagnée. On avait le vertige rien que d'y songer! Cette femme était folle! Elle courait à sa ruine. Au point où elle en était arrivée, aucun joueur, même le plus fou, n'aurait eu la hardiesse de continuer.

— Arrêtez-vous, mon amour! suppliait le petit duc à l'oreille d'Angélique. Vous ne pouvez plus gagner.


Angélique tenait la main posée sur le paquet de cartes. C'était une petite brique lisse et dure qui lui brûlait la paume.

Elle fixa un regard attentif sur le prince de Condé. La partie pourtant ne dépendait pas seulement de lui, mais du SORT.

LE SORT se trouvait devant elle. Il avait pris le visage du prince de Condé, ses yeux de feu, son nez d'aigle, ses dents blanches et carnassières que découvrait un sourire. Et ce n'étaient plus des cartes qu'il tenait entre ses mains, mais un petit coffret où brillait une ampoule verte de poison.

Autour de lui, il n'y avait que ténèbres et silence.

Puis le silence se brisa comme verre sous le choc de la voix d'Angélique :

— Je continue.

Ce coup-là, il y eut encore égalité. Villarceaux se mit aux fenêtres. Il appelait les passants, leur criant qu'il fallait monter, qu'on n'avait jamais vu partie aussi sensationnelle depuis celle où son aïeul avait joué sa femme et son régiment, au Louvre, avec le roi Henri IV.

On s'entassait dans le salon. Les valets eux-mêmes étaient montés sur des chaises pour suivre de loin le combat. Les chandelles fumaient. Personne ne se souciait de les moucher.

Il faisait une chaleur étouffante.

— Je continue, répéta Angélique.

— Egalité.

— Encore trois tours à égalité et ce sera le « choix de la mise ».

— Le coup suprême du hoca... Un coup qu'on ne voit que tous les dix ans!

— Tous les vingt, mon cher.

— Une fois par génération.

— Souvenez-vous du financier Tortemer qui avait demandé son blason à Montmorency.

— Lequel avait demandé la flotte entière de Tortemer.

— C'est Tortemer qui a perdu...

— Continuez-vous, madame?

— Je continue.

Un remous faillit renverser la table et écrasa à demi les deux joueurs sur leurs cartes.

— Sacrebleu! jura le prince en cherchant sa canne. Je vous jure que je vous assomme tous si vous ne nous laissez pas respirer. Ecartez-vous, que diable!...

La sueur ruisselait sur le front d'Angélique. La chaleur seule en était cause. Elle n'éprouvait aucune anxiété. Elle ne pensait ni à ses fils, ni à tous les efforts qu'elle avait fournis et qu'elle était sur le point d'anéantir.

En vérité, tout lui semblait parfaitement logique. Trop d'années elle avait lutté contre le SORT par des moyens de taupe besogneuse. Voici qu'elle rencontrait le sort face à face, sur son terrain, dans sa folie. Elle allait le saisir à la gorge, le poignarder. Elle aussi était folle, dangereuse et inconsciente, comme LE SORT lui-même. Ils étaient à égalité!

— Egalité.

Il y eut une rumeur, puis des cris.

— Le choix de la mise! Le choix de la mise!

Angélique attendit que le désordre fût un peu calmé pour demander, d'une voix sage d'écolière, en quoi consistait exactement ce coup suprême du hoca.

Tout le monde se mit à parler à la fois. Puis le chevalier de Méré vint s'installer près des joueurs et d'une voix tremblante leur expliqua la chose.

Au cours de cette dernière manche, les joueurs repartaient à zéro. Dettes et gains précédents étaient annulés. En revanche, chacun posait la mise, c'est-à-dire non pas ce qu'il offrait, mais ce qu'il réclamait. Et cela devait être énorme. On cita des exemples : ainsi le financier Tortemer, au siècle dernier, avait réclamé les titres de noblesse d'un Montmorency, et l'on répéta que le grand-père de Villarceaux avait accepté, s'il perdait, de céder sa femme et son régiment à l'adversaire.

— Puis-je encore me retirer? demanda Angélique.

— C'est votre droit le plus strict, madame.

Elle demeura immobile et le regard rêveur. On aurait entendu voler une mouche. Depuis plusieurs heures, Angélique avait « mené le jeu ». En ce suprême coup, la chance allait-elle l'abandonner ?

Son regard parut s'éveiller et se mit à briller avec une intensité presque farouche. Cependant, elle sourit.

— Je continue.

Le chevalier de Méré avala sa salive et dit :

— Pour « le choix de la mise », la phrase réglementaire est celle-ci : Partie acceptée. Si je gagne je demande...

Angélique inclina docilement la tête, et toujours souriante, répéta :

— Partie acceptée, monseigneur. Si je gagne, je vous demande votre hôtel du Beautreillis.

Mme Lamoignon poussa une exclamation que son époux étouffa aussitôt d'une main furieuse.

Tous les yeux étaient tournés vers le prince, qui avait son regard de colère. Mais c'était un joueur net et sans replis.

Il sourit à son tour, releva son front altier :

— Partie acceptée, madame. Si je gagne, vous serez ma maîtresse.

Les têtes, d'un même mouvement, se tournèrent cette fois vers Angélique. Elle souriait toujours. Les lumières posaient des reflets sur ses lèvres entrouvertes. La moiteur qui perlait à la surface de sa peau dorée la rendait brillante, lustrée comme un pétale mouillé par l'aube. La fatigue qui bleuissait ses paupières lui donnait une curieuse expression de sensualité et d'abandon.

502

Les hommes présents frémirent. Le silence se fit pesant et trouble.

A mi-voix, le chevalier de Méré parla :

— Le choix vous revient encore, madame. Si vous refusez : partie remise et l'on revient au coup précédent. Si vous acceptez : partie convenue.

La main d'Angélique prit les cartes.

— Partie convenue, monseigneur.

Elle n'avait que des valets, des dames et des cartes basses. Son plus mauvais jeu depuis le début de la partie. Cependant, après quelques échanges, elle réussit à composer une figure de petite valeur. Il lui restait deux solutions : abattre aussitôt et risquer que le jeu actuel du prince de Condé fût plus fort que le sien, ou bien essayer de composer, avec l'aide de la « loterie », une figure plus importante. Dans ce cas, le prince, peut-être assez mal nanti, pouvait se ressaisir et abattre avant elle une figure de rois et d'as.

Elle hésita, puis abattit.

Cela ne fit pas grand bruit, mais un coup de canon n'eût pas moins pétrifié l'assistance.

Le prince, les yeux sur son jeu, ne bougeait point.

Brusquement, il se leva, étala ses cartes, puis s'inclina profondément :

— L'hôtel du Beautreillis est à vous, madame.

## 14

Elle ne pouvait en croire ses yeux. Un coup de dés et la chance la plus insensée, la plus absurde, lui avait rendu l'hôtel du Beautreillis!

Tenant ses deux petits garçons par la main, elle parcourut la somptueuse demeure.

Elle n'osait leur dire :

— Ceci appartenait à votre père.

Mais elle leur répétait :

— Ceci est à vous! A vous!

Elle ne se lassait pas de détailler des merveilles : la décoration riante de déesses, d'enfants et de feuillages, les balustres de fer forgé, les revêtements de boiseries dans le goût du jour et qui rejetaient dans le passé la mode des lourdes tapisseries.

Dans la pénombre des escaliers et des couloirs, on voyait luire un foisonnement d'or et des guirlandes de fleurs dont le scintillement menu n'était interrompu de place en place que par le bras étincelant d'une statue supportant une torchère.

Le prince de Condé n'avait pas aménagé cet hôtel qu'il n'aimait point. Il avait enlevé quelques meubles. Ceux qui restaient, il les abandonna à Angélique avec une générosité de grand seigneur.

Beau joueur, il s'effaçait, après avoir remis l'enjeu de la partie à celle qui l'avait gagnée. Il était peut-être réellement plus blessé qu'il ne voulait se l'avouer par le complet détachement de la jeune femme à son égard. Elle n'avait de regards que pour l'hôtel du Beautreillis, et il se demandait, avec une sombre mélancolie, si l'amitié qu'il avait cru lire parfois dans les yeux de son gracieux vainqueur n'avait été, elle aussi, qu'une manœuvre intéressée.

De plus, M. le prince craignait un peu que l'écho de cette partie sensationnelle ne parvînt aux oreilles de Sa Majesté. Celle-ci n'aimait pas beaucoup les excentricités trop retentissantes. M. le prince décida de se retirer à Chantilly.

Angélique resta seule en face de son rêve exaltant.

Avec un plaisir sans mélange, elle entreprit d'orner son hôtel de tout ce qui se faisait de plus nouveau.

Ebénistes, orfèvres et tapissiers furent convoqués. Elle fit faire par M. Boulle des meubles aux bois translucides, rehaussés d'ivoire, d'écaille, de bronze doré. Son lit sculpté, les sièges et les murs de sa chambre furent tendus d'un satin blanc vert à grandes fleurs d'aurore. Dans son boudoir, la table, le guéridon et le bois des sièges étaient recouverts d'un très bel émail bleu. Le plancher de ces deux pièces était de marqueterie, et d'un bois si odoriférant que le parfum en pénétrait les vêtements de ceux qui le foulaient.

Elle fit venir Gontran pour peindre le plafond du grand salon.

Elle achetait mille choses, des bibelots de Chine, des tableaux, du linge, de la vaisselle d'or et de cristal.

Le cabinet, qui lui servait aussi d'écritoire, passait pour une pièce rare, d'école italienne et était presque le seul meuble ancien de l'hôtel. Il était d'ébène, émaillé de rubis roses, de rubis rouge cerise, de grenats et d'améthystes.

Dans sa fièvre de dépenses, elle fit également l'acquisition d'une petite haquenée blanche pour Florimond, afin qu'il pût galoper à travers les allées du jardin, qu'elle avait fait garnir d'orangers en caisses.

Cantor eut deux grands dogues sévères et doux qu'il pouvait atteler à un petit carrosse de bois doré dans lequel il prenait place.

Elle-même sacrifia à la mode de la saison en s'offrant un de ces petits chiens d'appartement à longs poils qui faisaient fureur. Elle l'appela Chrysanthème. Florimond et Cantor, qui avaient le goût des grosses bêtes féroces, méprisaient franchement cette miniature échevelée.

Enfin, pour parachever son installation, elle décida d'offrir un grand souper suivi d'un bal. Cette fête consacrerait la nouvelle situation de Mme Morens, non plus chocolatière au faubourg Saint-Honoré, mais devenue l'une des dames de qualité du Marais.

A l'occasion de ce souper, elle se souvint d'Audiger. Le maître d'hôtel lui serait d'un précieux conseil. Angélique s'avisa qu'elle ne l'avait pas vu depuis trois mois. Elle avait bien un peu négligé ses affaires durant ce temps mais, heureusement, elle avait pu dépenser sans remords, car deux de ses navires étant revenus sans encombre d'une première campagne aux Indes Orientales, elle avait vu brusquement doubler ses bénéfices.

Angélique savait que le duc alors comte de Soissons avait accompagné le roi en Roussillon, et pensait qu'Audiger avait fait partie de sa suite. Elle s'étonnait cependant que son associé, toujours si empressé et respectueux, eût quitté Paris sans lui dire adieu.

A tout hasard, elle lui fit porter un mot où elle lui demandait de ses nouvelles et disait qu'elle serait heureuse de le voir.

Il parut dès le lendemain, la mine sombre et puritaine.

— Que pensez-vous de mon palais? fit Angélique en l'accueillant gaiement. N'est-ce pas l'un des plus beaux hôtels de Paris?

— A vrai dire, je n'en pense rien, répondit Audiger d'une voix caverneuse.

Angélique eut une moue déçue.

— Vous voilà encore fâché! Voyons, n'êtes-vous pas heureuse de ma réussite?

— Il y a réussite et réussite, dit le maître d'hôtel,

fort raide. Je m'incline devant celle qui est le fruit du travail et de l'intelligence. Mais ne m'a-t-on pas dit que vous aviez gagné votre hôtel au jeu?

— C'est exact.

— Et ne m'a-t-on pas dit qu'en échange de la mise le prince de Condé, qui était votre partenaire, vous demandait d'être sa maîtresse?

— C'est encore exact.

— Qu'auriez-vous fait si vous aviez perdu?

— J'aurais été sa maîtresse, Audiger! Vous savez aussi bien que moi qu'une dette de jeu est sacrée.

Le rond visage du maître d'hôtel devint écarlate, et il prit une aspiration profonde. Angélique se hâta d'ajouter :

— Mais je n'ai pas perdu! Et maintenant, je suis propriétaire de cette magnifique demeure. Est-ce que cela ne valait pas le risque d'être... coquette?

— Semez graine de coquette et vous récolterez des cocus, dit sombrement Audiger.

— Vos réflexions sont stupides, mon pauvre ami. Regardez donc la réalité en face. Je n'ai pas perdu et vous n'êtes pas cocu... pour la bonne raison que nous ne sommes pas mariés. Ne l'oubliez donc pas si souvent!

— Comment l'oublierais-je? gémit-il d'une voix altérée. Je me consume en y songeant. Angélique. (Il tendit vers elle ses deux mains.) Angélique, marions-nous, je vous en supplie, marions-nous pendant qu'il est encore temps.

— Encore temps?... répéta-t-elle avec surprise.

Elle se tenait debout sur la dernière marche de l'escalier, d'où elle l'avait interpellé lorsqu'elle était venue à sa rencontre.

Sa petite main ornée de bagues reposait sur la rampe de pierre ouvragée. Elle portait une robe d'intérieur de velours noir qui avivait sa carnation ambrée. Au cou, un collier de perles.

Dans ses cheveux bouclés, aux reflets d'or, la mèche de cheveux blancs, recroquevillée comme une rose d'argent, mettait un autre bijou, émouvant...

Sa personne était l'image d'une jeune veuve trop frêle pour vivre, ainsi isolée, au sein d'un grand hôtel à demi désert. Mais ses yeux verts refusaient toute clémence. D'un lent regard, ils englobèrent le décor grandiose du vestibule aux mosaïques de pierre dure, les hautes fenêtres ouvertes sur la cour, le plafond à caissons, garni de chiffres qu'on n'avait pu effacer.

— Encore temps ? répéta-t-elle à voix plus basse, comme pour elle-même. Oh! non vraiment, je ne crois pas.

Avec la sensation d'avoir reçu un soufflet, Audiger mesura l'abîme qui le séparait d'elle. Le malheureux ne comprenait pas par quelle implacable évolution la modeste servante du Masque-Rouge s'était métamorphosée en cette grande dame dédaigneuse. Il ne voyait en elle qu'une ambitieuse.

Dans sa naïve bonhomie dépourvue d'instinct, le maître d'hôtel ne pouvait deviner quelle tragique silhouette se dressait, ici même, derrière la jeune femme solitaire : celle de Joffrey de Peyrac, comte de Toulouse, l'époux chéri qui avait été brûlé comme sorcier en place de Grève et qui, même mort, demeurait le maître incontesté de ces lieux.

Connaissant la noblesse, ses dents acérées, sa sottise invétérée et sa morgue, il était persuadé que la pauvre enfant se briserait contre des barrières infranchissables et lui reviendrait un jour pantelante, humiliée, mais enfin assagie. D'ailleurs, n'avait-elle pas souhaité le revoir, ne l'avait-elle pas appelé, prenant conscience enfin de sa folie et désireuse d'un conseil amical et prudent tel que seul il pouvait lui en donner ?

— Vous m'avez écrit, dit-il plein d'espoir, que vous désiriez me voir?

— Oh! oui, Audiger, s'exclama-t-elle, heureuse d'une diversion. Figurez-vous que j'ai très envie de donner un grand souper, et je voudrais que vous vous occupiez de dresser la table et de guider les valets pour le service.

Il rougit. Elle sentit son erreur, essaya de se rattraper.

— N'est-ce pas naturel que je fasse appel à vous? Vous êtes le plus parfait maître d'hôtel que je connaisse et nul mieux que vous ne sait plier les serviettes pour leur donner toutes sortes de formes curieuses et nouvelles...

Audiger passait par toutes les couleurs de l'arc-en-ciel. Il avait simultanément envie d'injurier Angélique, de la rouer de coups, de partir en silence, de lui obéir et de se faire sauter la cervelle. Avec amertume, il se disait qu'il n'y a que les femmes pour rendre un homme ridicule, quel que soit le parti qu'il adopte.

Il choisit cependant le plus digne.

— Je suis désolé, mais ne comptez pas sur moi, fit-il d'une voix rauque.

Et avec un grand salut il la planta là.

Elle dut se passer de lui. Mais la fête que Mme Morens donna en son hôtel du Beautreillis fut cependant un grand succès.

Les gens les mieux titrés de Paris ne dédaignèrent pas d'y paraître. Mme Morens dansa avec Philippe du Plessis-Bellière, éblouissant dans un costume de satin bleu pervenche. La robe d'Angélique, en velours bleu roi, soutachée d'or, s'accordait avec la tenue de son partenaire. Ils formaient le couple le plus magnifique de l'assemblée. Angélique eut la surprise de voir le froid visage s'émouvoir d'un sourire, tandis que, tenant haut sa main, il la guidait pour un « branle » à travers le grand salon.

— Aujourd'hui, vous n'êtes plus la baronne de la Triste Robe, dit-il.

Elle garda cette parole en son cœur avec le sentiment jaloux d'un bien précieux, infiniment rare. Le secret de son origine les faisait complices. Il se souvenait de la petite sarcelle grise dont la main avait tremblé dans celle d'un beau cousin.

« Que j'étais sotte! » se disait-elle en souriant, penchée, rêveuse, sur son passé d'adolescente.

★

Son installation terminée, Angélique eut une dépression morale soudaine. La solitude de sa maison princière l'accabla. L'hôtel du Beautreillis signifiait trop de choses pour elle. Cette demeure qui n'avait jamais été habitée et qui, pourtant, semblait imprégnée de souvenirs, lui semblait vieillie par une longue peine.

« Les souvenirs de ce qui aurait dû être », songeait-elle.

Assise, au cours des douces nuits printanières, devant le feu ou devant la croisée, elle laissait passer les heures. Son activité coutumière la désertait. Elle était en proie à un mal qu'elle ne pouvait comprendre. Car son corps de jeune femme était solitaire, tandis que son esprit et son cœur subissaient la présence d'un fantôme. Il lui arrivait de se lever subitement, et, tenant un chandelier, d'aller jusqu'au seuil guetter, dans l'ombre de la galerie, elle ne savait quoi...

Quelqu'un venait?... Non! C'était le silence. Les enfants dormaient dans leur appartement, sous la garde de servantes dévouées. Elle leur avait rendu la maison de leur père.

Angélique se couchait dans son lit magnifique. Elle avait froid. Elle touchait sa chair lisse et ferme, et la caressait avec une sorte de tristesse. Aucun homme vivant n'eût pu contenter son désir. Elle était seule pour la vie!

Cette partie du Marais où se trouvait l'hôtel du Beautreillis était tout encombrée de vestiges moyenâgeux, car il occupait l'emplacement de l'hôtel Saint-Pol qui avait été, sous Charles VI et Charles VII, la résidence préférée des rois. Construit pour le souverain et ses princes, l'hôtel Saint-Pol avait groupé de nombreuses habitations que reliaient des galeries séparées par des cours et des jardins, et où se trouvaient l'oisellerie, la ménagerie, les terrains de jeu et de tournoi. Les grands vassaux avaient leurs hôtels personnels dans le voisinage immédiat du roi. Ces hôtels, fort beaux, tel celui de Sens ou de Reims, mêlaient encore leurs pignons et leurs tourelles aiguës aux nouvelles résidences. Partout, la pierre médiévale, tourmentée et tordue comme une flamme, survivait et montait à l'assaut des belles façades conçues par Mansart ou Perrault.

C'est ainsi qu'au fond de son jardin Angélique possédait un très vieux puits, dentelé et ajouré comme une pièce d'orfèvrerie. Après avoir monté les trois marches circulaires qui le rehaussaient, on pouvait s'asseoir sur la margelle et rêver à loisir, sous le dôme de fer forgé, en caressant d'un doigt des salamandres sculptées et des chardons de pierre moussue.

Un soir où la jeune femme se promenait, la lune étant pleine et la soirée tiède, elle trouva près du puits un grand vieillard aux cheveux blancs qui tirait de l'eau. Elle reconnut le domestique qui montait le bois et s'occupait des chandelles. Il était déjà à l'hôtel du Beautreillis lorsqu'elle s'y était installée. C'était lui dont le prince de Condé disait qu'il avait servi l'ancien propriétaire.

Angélique avait rarement parlé à ce vieil homme. Les autres domestiques le désignaient sous le nom de « grand-père ». Elle lui demanda comment il s'appelait.

— Pascalou Arrengen, not' dame, pour vous servir.

— Voilà un nom qui dit bien d'où tu viens. Tu es gascon pour le moins, ou béarnais?

— J'suis d'Bayonne, not' dame. J'suis basque, pour tout dire.

Elle passa sa langue sur ses lèvres et se demanda si elle allait parler.

Le vieux avait tiré le seau du puits. L'eau éclaboussait la margelle et brillait sous la lune.

— Est-ce vrai que celui qui a fait bâtir cet hôtel était de là-bas, du Languedoc?

— Pour sûr qu'il en était... de Toulouse!

— Comment s'appelait-il?

Elle voulait entendre son nom, goûter la douceur amère de le sentir vivant encore dans le souvenir d'un pauvre homme qui l'avait approché et peut-être aimé. Mais le vieillard se signa précipitamment et regarda autour de lui avec effroi.

— Chut! faut pas prononcer son nom. Il est maudit!

Le cœur d'Angélique saigna.

— Alors, c'est donc vrai? interrogea-t-elle encore en continuant à jouer son personnage. On dit qu'il a été brûlé comme sorcier...

— On le dit.

Le vieux la regardait avec une attention extrême.

Ses yeux pâles paraissaient interroger, comme s'il eût hésité sur le bord d'une confidence.

Soudain, il se mit à sourire et ses rides s'imprégnèrent d'une malice sournoise.

— On le dit... mais ce n'est pas vrai.

— Pourquoi?

— C'est un autre, un déjà mort qu'on a brûlé en place de Grève.

Cette fois, le cœur d'Angélique se mit à frapper dans sa poitrine comme un tambour.

— Comment le sais-tu?

— Parce que je l'ai revu.

— Qui cela?

— Lui... le comte maudit.

— Tu l'as revu? Où cela?

— Ici... Une nuit... dans la galerie du bas... je l'ai vu.

Angélique soupira et ferma les yeux avec lassitude. Quelle folie de chercher un espoir dans les divagations d'un pauvre valet qui avait cru voir un fantôme! Desgrez avait raison de dire qu'il ne fallait jamais parler de LUI, qu'il ne fallait jamais penser à LUI.

Mais le vieux Pascalou était lancé.

— C'était une nuit, peu après le bûcher. Je dormais dans l'écurie sur la cour et j'étais seul parce que le concierge lui-même était parti. Moi, j'étais resté. Où voulez-vous que j'aille? J'ai entendu du bruit dans la galerie et j'ai reconnu son pas.

Un rire muet fendit la bouche édentée.

— Qui ne reconnaîtrait son pas?... Le pas du Grand Boiteux du Languedoc!... J'ai allumé ma lanterne et je suis entré. Le pas marchait devant moi, mais je ne voyais personne parce que la galerie fait un coude. Cependant, quand je suis arrivé au tournant, je l'ai

513

vu! Il s'appuyait à la porte de la chapelle et se tournait vers moi...

La peau d'Angélique se contracta dans un long frisson.

— Tu l'as reconnu?

— Je l'ai reconnu comme un chien reconnaît son maître, mais je n'ai pas vu son visage. Il portait un masque... Un masque d'acier noir... Tout à coup, il s'est enfoncé dans le mur et je ne l'ai plus vu.

— Oh! va-t'en, gémit-elle, tu me fais mourir de peur.

Le vieillard la regarda avec surprise, passa sa manche sous son nez, prit son seau et s'éloigna docilement.

Angélique regagna sa chambre dans un état de panique indescriptible. Voilà donc pourquoi, entre ces murs, elle se sentait oppressée tour à tour de joie et de douleur. C'était parce que le fantôme de Joffrey de Peyrac les hantait. Joffrey de Peyrac... fantôme! Quel triste destin pour lui qui n'était que vie, qui adorait la vie sous toutes ses formes et dont le corps était si merveilleusement dressé aux voluptés!

Elle laissa tomber sa tête entre ses mains et crut qu'elle allait pleurer.

C'est alors que, du sein de la nuit, naquit un chant, un chant céleste et délicieux qui ressemblait à celui des anges lorsqu'ils se répandent au-dessus des campagnes le soir de Noël.

Angélique crut d'abord à une hallucination. Mais, en s'approchant du couloir, elle distingua nettement une voix d'enfant qui chantait.

Prenant un bougeoir, elle se dirigea vers la chambre de ses fils.

Doucement, elle souleva la tenture et s'arrêta, charmée par le tableau qu'elle avait sous les yeux.

Une veilleuse de vermeil éclairait doucement l'alcôve où couchaient les petits garçons. Debout sur le grand lit, Cantor, en chemise blanche, ses mains grassouillettes jointes sur son ventre et les yeux levés, chantait, pareil à un angelot du paradis. Sa voix était d'une pureté extraordinaire, mais sa diction de bébé accrochait les mots de la façon la plus touchante :

> C'est le zour de la Noël
> Que Zésus est né.
> Il est né dans une étable,
> Dessus la paille;
> Il est né dedans un coin,
> Dessus le foin.

Florimond, accoudé sur son oreiller, l'écoutait avec un plaisir visible.

*

Un léger bruit tira Angélique de sa contemplation. Elle vit Barbe à ses côtés qui essuyait deux larmes attendries.

— Madame ne savait pas que notre trésor chantait si bellement? chuchota la servante. Je voulais en faire la surprise à madame. Mais il est farouche. Il ne veut chanter que pour Florimond.

De nouveau, la joie remplaçait la peine dans le cœur d'Angélique.

L'âme des troubadours était passée en Cantor. Il chantait. Joffrey de Peyrac n'était pas mort, puisqu'il revivait en ses deux fils. L'un lui ressemblait, l'autre aurait sa voix...

Déjà, elle décidait de faire donner des leçons à Cantor par M. Lulli, le musicien du roi.

## 15

Ainsi Angélique organisait sa vie dans ce beau quartier où la fine fleur de Paris se rencontrait. On construisait beaucoup de maisons claires, aux façades légèrement inclinées. Les jardins et les cours des hôtels particuliers créaient, parmi ces constructions pressées, des îlots de verdure où se mêlaient les odeurs contrastées des orangers, côté jardin, et des écuries, côté cour.

Mme Morens avait deux carrosses, six chevaux, deux palefreniers, quatre laquais. Son personnel se complétait de deux valets de chambre, d'un maître queux, d'un clerc, de plusieurs servantes et d'un nombre illimité de chambrillons et de marmitons.

Elle aurait pu parachever avec son personnage de dame du Marais en se rendant à l'église avec un laquais portant le coussin, un autre la queue et le troisième le sac brodé où l'on mettait le livre à prier Dieu.

Mais Angélique allait rarement à l'église et pour ainsi dire jamais. Elle en éprouvait un grand déplaisir, car cela nuisait à sa réputation. Mais l'asile de Dieu était pour elle le lieu des tourments. Elle se souvenait qu'elle avait commis un crime, vécu en fille. Elle revoyait le bûcher de la place de Grève, le crucifix levé du moine Bécher...

Soulevée d'une nausée physique, elle se retrouvait sur le parvis des églises, parmi les mendiants affalés sur les marches...

Elle avait dû renoncer à accompagner ses amies aux offices et était pour son entourage un sujet d'étonnement. Sa vie chaste et son irréligiosité bouleversaient, en un temps où l'on ne connaissait que la conversion de la chair ou celle de l'hérésie, mais non de la foi en Dieu.

Mme Scarron avait entrepris secrètement de la ramener à la piété. Angélique lui paraissait une proie plus facile que la charmante Ninon, dont la pensée libre s'étayait sur une philosophie puisée aux sources grecques et se traduisait par une vie scandaleuse.

Angélique avait fréquemment l'occasion de rencontrer la veuve Scarron soit aux réunions graves de l'hôtel d'Aumont, soit aux réceptions plus agitées des Montespan. Au retour, Françoise lui proposait de l'accompagner. Elles revenaient à pied, amicalement, l'une et l'autre ayant gardé de la pauvreté le goût de marcher à travers les rues et de dédaigner l'esclavage du carrosse. Etait-ce ce passé misérable, au cours duquel elles s'étaient rejointes furtivement, près de l'âtre de la mère Cordeau, qui les liait si sûrement? Angélique redoutait et aimait Mme Scarron pour une même raison : c'est qu'elle savait remarquablement écouter les confidences. Par sa voix harmonieuse, sa compréhension nuancée, son intérêt qui n'était pas feint, elle donnait au cœur le plus fermé le désir de s'épancher, et Angélique tremblait sans cesse de laisser échapper un mot imprudent. De son côté, Mme Scarron se souvenait qu'elle était née dans une prison; qu'à douze ans, à La Rochelle, elle allait chercher une assiette de soupe chez les jésuites et que, plus tard, chez sa tante de Navailles, à peine mieux traitée qu'une servante, elle voyageait sur l'un des mulets portant la litière de sa cousine.

Toutes deux, se cachant leurs misères anciennes, sentaient néanmoins le rapprochement que créaient entre elles ces destins troublés, et elles se voyaient avec grand plaisir.

Une autre amie de voisinage qu'Angélique fréquentait assidûment était la charmante marquise de Sévigné.

Celle-ci aussi, comme Mme Scarron, se gardait de l'amour, qui l'avait trop longtemps meurtrie, mais alors que Françoise avait remplacé cette passion par une ambition aussi démesurée que secrète, Mme de Sévigné, selon son propre aveu, « avait rempli son cœur d'amitié ». C'était un enchantement que de passer quelques heures près d'elle et plus encore de recevoir ses lettres vivantes et pleines d'esprit.

Angélique allait chez elle pour entendre parler de Versailles, où la marquise se rendait parfois sur l'invitation expresse du roi, qui aimait sa compagnie. Elle contait avec beaucoup de feu et d'entrain les divertissements qu'on y donnait : courses de bague, ballets, comédie, feux d'artifice, promenades. Et, quand elle voyait trop de regrets dans les yeux d'Angélique, elle s'écriait :

— Ne vous désolez pas, ma très chère. Versailles, c'est le royaume du Désordre, la cohue est telle que, quand il y a fête, les courtisans sont enragés, car le roi ne prend aucun soin d'eux. L'autre soir, MM. de Guise et d'Elbeuf n'avaient quasi pas un trou où se mettre à couvert. Ils ont dû aller dormir à l'écurie.

Mais Angélique était persuadée que MM. de Guise et d'Elbeuf préféraient encore coucher à l'écurie plutôt que d'être exclus des fastes de Versailles, et elle n'avait pas tort.

Ce château royal, dont tout le monde s'entretenait, et qu'elle se refusait de connaître avant de pouvoir s'y présenter dans tout son éclat, avait pris aux yeux d'Angélique le lustre merveilleux d'un mirage. Il était devenu le but à la fois unique et invraisemblable de son ambition. Aller à Versailles! Mais une chocolatière, même la plus riche de Paris, pouvait-elle trouver sa place au sein de la cour du Roi-Soleil?

Elle se persuadait que cela se produirait un jour. Elle était déjà arrivée à tant de choses!

Louis XIV dépensait des sommes folles pour l'embellissement de Versailles.

— Il se pique de la beauté de sa maison comme une belle de son visage, disait encore Mme de Sévigné.

Lorsque la reine mère mourut d'un cancer, le roi, qui s'était évanoui à son chevet, courut à Versailles. Il y resta trois jours, errant parmi les allées de tilleuls, les bosquets de buis taillés en boule et le peuple de marbre des déesses et des dieux. Versailles mit un baume sur la blessure cuisante. Il put verser des larmes, évoquer avec douceur l'auguste présence de celle qui avait fait de lui un roi et qu'il revoyait dans ses atours noirs éclairés de guimpes ou de dentelles, avec le magnifique cordon de perles qui lui sautait jusque sur les genoux, sa belle croix de diamants, et ses petites mains admirables. Il s'attarda dans l'appartement où il l'avait reçue et qui était orné des deux choses qu'Anne d'Autriche préférait : des bouquets de jasmin amples comme des buissons et des bibelots de Chine en filigrane d'or et d'argent. A Versailles, au moins, il n'avait pas fait pleurer sa mère.

Vers le même temps, Mme de Montespan perdit également sa mère et ce deuil, joint à celui de la cour, retint un moment au logis la folle Poitevine. Elle vint plus souvent chez Angélique, fuyant les créanciers et les ennuis de son ménage. Sa gaieté se nuançait d'un tourment secret. Elle parla de son enfance. Son père était un homme de plaisir et sa mère une bigote. De sorte que l'une étant à l'église pendant le jour et l'autre en partie fine la nuit, ces deux époux ne se voyaient guère. On ne savait comment ils avaient trouvé le moyen de faire quelques enfants. Athénaïs parlait aussi de la cour, mais avec des réticences et une impatience mal dissimulée : la reine était une sotte et La Vallière une malheureuse imbécile. Quand donc le roi se déciderait-il à la répudier? Il ne manquait pas de personnes prêtes à prendre sa place... On disait que Mme de Roure et Mme de Soissons avaient été voir la Voisin pour empoisonner La Vallière.

On parlait beaucoup de poison dans Paris, et pourtant il n'y avait plus guère, au Marais, que de très vieilles dames pour se faire apporter, au moment du repas, la crédence, petite armoire contenant des coupes pleines de pierres de crapaudine ou de cornes de licorne, et aussi le « languier », sorte de salière d'or ou d'argent où reposaient des langues de serpents. Toutes ces choses étaient destinées à combattre les effets du poison.

La nouvelle génération affectait de mépriser ces pratiques. Cependant, bien des gens mouraient mystérieusement et les médecins trouvaient leurs viscères brûlés par un feu corrosif. Apparemment quelqu'un leur avait donné, selon l'expression du policier Desgrez, « un coup de pistolet dans un bouillon ».

Angélique avait pour voisine la marquise de Brinvilliers. Celle-ci habitait rue Charles-V, à deux pas. Ce fut pourtant par hasard qu'Angélique se retrouva devant cette femme qu'elle avait assaillie du côté de la porte de Nesle, au temps où elle faisait partie de la bande de Calembredaine.

Mme de Brinvilliers ne la reconnut pas, du moins Angélique l'espéra, mais cette dernière se sentit extrêmement gênée tout au long de la visite, en songeant au bracelet d'or qui reposait dans un coffret près du poignard de Rodogone-l'Egyptien.

Mme Morens était venue chez la fille du lieutenant de police, M. d'Aubrays, pour lui adresser une requête. M. d'Aubrays était mort récemment, mais son fils avait repris sa fonction, et Angélique espérait que Mme de Brinvilliers voudrait bien intervenir près de son frère. Il s'agissait d'obtenir la libération d'un pauvre gueux, emprisonné pour mendicité et que Mme Morens, qui l'avait connu autrefois, désirait prendre à son service.

Le gueux en question était Pied-Léger.

Un jour qu'Angélique passait en carrosse place du Pilori, elle avait aperçu, exposé au carcan, le long visage aux yeux tristes de Pied-Léger.

Son sang ne fit qu'un tour, car Pied-Léger était un innocent que son épuisant métier de coureur avait rendu infirme et réduit à la misère. Même à la tour de Nesles, jamais Angélique ne l'avait vu voler. C'était à peine s'il mendiait, et Calembredaine trouvait juste de le nourrir et de l'abriter sans lui demander contrepartie.

Angélique fit arrêter sa voiture et sauta à terre. Sans souci des badauds, elle interpella le condamné :

— Pied-Léger, mon ami, que fais-tu là-haut ?

— Oh ! c'est toi, marquise des Anges, répondit le malheureux. Est-ce que je le sais, ce que je fais là ? Le sergent des pauvres m'a ramassé. Et puis, ils m'ont mis dans leur clocher. Savoir pourquoi, c'est une autre affaire.

— Patiente un peu, je reviens te délivrer.

Afin de ne pas perdre de temps en démarches vaines, Angélique courut directement chez M. d'Aubrays. Elle obtint que l'enquête sur le garçon fût rapide et la libération signée le lendemain. Mme de Brinvilliers invita Angélique à sa prochaine réunion. Elle y verrait toutes sortes de gens charmants, entre autres le chevalier de Sainte-Croix. Nul n'ignorait que ledit chevalier était l'amant en titre de la dame...

Pied-Léger, revêtu d'une livrée fort belle, fut nommé valet de chambre de Florimond et de Cantor. Il ne pouvait pas faire grand-chose, mais il était doux et bon et savait raconter des histoires aux enfants. On ne lui en demandait pas plus.

Ce n'était pas le premier revenant de la tour de Nesle qu'Angélique accueillait à l'hôtel du Beautreillis.

Les autres, les irréductibles mendiants, éclopés, vagabonds, avaient vite appris le chemin de sa demeure où, trois fois par semaine, les attendaient une soupe chaude, du pain et des vêtements. Cette fois, Angélique n'avait pas demandé à Cul-de-Bois de la débarrasser de ses gueux. Recevoir les pauvres entrait dans ses attributions de grande dame, et elle aurait voulu pouvoir les abriter tous.

Alors que la familiarité d'un Audiger commençait à lui devenir odieuse en lui rappelant sa condition humiliée de servante, les pauvres restaient ses frères, ses « frangins », et elle ne craignait pas, en baissant la voix pour ne pas être entendue de ses valets, de « jaspiner bigorne » avec eux. Les gueux éclataient alors de leur grand rire effrayant, ce rire qu'elle connaissait si bien...

Pouvait-elle oublier la tour de Nesle, l'odeur du ragoût qui bouillonne dans la marmite, les petites vieilles rongeant les cadavres de rats apportés par l'Espagnol, la danse monstrueuse du père Hurlurot et de la mère Hurlurette, le chant de la vielle, les grands rires, les grands cris, les râles?...

Elle ouvrait sa porte. Et, dans les matins gelés de l'hiver, ces matins silencieux de neige où l'haleine pourrie des gueux se condensait en nuages opaques, elle voyait ceux-ci se porter vers elle comme des fauves.

— Les pauvres sont terribles, disait Monsieur Vincent.

Oui, ils étaient terribles. Mais Angélique savait comment détresse et méchanceté peuvent mordre à même la chair, à même le cœur. Elle aussi avait été entraînée dans le flot purulent.

La vieille voix chaleureuse qui avait éveillé ce siècle à la charité, la voix de Monsieur Vincent, trouvait en elle un écho.

« Les pauvres... qui ne savent où aller ni que faire, qui errent dans la solitude de leur misère et qui déjà se multiplient, hélas!... c'est là mon poids et ma douleur! »

A genoux sur les dalles, elle leur lavait les pieds, elle pansait leurs plaies. Eux seuls, avec ses deux enfants, avaient le pouvoir de ranimer la source de l'amour dans son cœur endurci.

Peu après l'incident de Pied-Léger, elle revit Pain-Noir. Le vieux ne changeait pas. Il était toujours bardé de ses coquilles, de ses chapelets de faux pèlerin. Tandis qu'elle pansait l'éternel ulcère qui lui rongeait la jambe :

— Ma frangine, lui dit-il, je me suis ramené pour te prévenir : si tu tiens à ta peau, faut pas continuer ton p'tit manège.

— Qu'est-ce que tu racontes, Pain-Noir? Qu'ai-je fait encore?

— Toi, rien. Mais c'est l'autre.

— Quelle autre?

— La copine qui te fait des mamours depuis bientôt huit jours. Tiens, pas plus tard qu'aujourd'hui, je l'ai vue sortir de chez toi.

Angélique se souvint que Mme de Brinvilliers était venue lui rendre visite.

— Cette dame de petite taille, vêtue d'un manteau amarante?

— J'sais pas qu'il est amarante son manteau, mais cette petite dame j'la connais assez pour te dire de t'en méfier... comme du diable.

— Voyons, Pain-Noir, c'est Mme de Brinvilliers, la propre sœur du lieutenant de police.

— Possible! Mais j'te dis de t'en méfier.

— D'ailleurs, comment la connais-tu?

— C'est toute une histoire. Un jour qu'il faisait frisquet, j'me suis endormi sur le parvis de l'église Sainte-Opportune. Je me suis réveillé à l'Hôtel-Dieu. Des couvertures, un matelas, des rideaux et, sur la tête, un bonnet à coques... jamais ma vermine n'avait été si au chaud. Avec ça, mes quilles qui ne voulaient plus bouger... J'y suis resté, à l'Hôtel-Dieu... Fallait bien!... Y avait cette dame qui nous visitait. Elle apportait des confitures, du jambon... Une vraie bonne dame. Seulement, voilà, tous les malades qui mangeaient ce qu'elle leur apportait, ils crevaient comme des mouches. Moi, j'ai l'œil. J'peux voir ça tout seul. Aussi, quand un jour elle vient et qu'elle me dit, toute sucrée :

— Voici quelques douceurs, mon pauvre homme.

— Non, que j'y dis, j'ai pas encore envie d'aller voir le Franc-Mitou (1), pas envie de mourir, quoi! Les mi-

_____

(1) Dieu.

rettes qu'elle m'a faites! Le feu de l'Enfer était dedans. C'est pourquoi je te dis : méfie-toi, marquise des Anges, c'est pas une personne à fréquenter.

— Que vas-tu imaginer, mon pauvre Pain-Noir!

— Imaginer... imaginer!... Moi, je crois à ce que je vois. Et je connais aussi un valet qui s'appelle La Chaussée et qui est à M. de Sainte-Croix, le godelureau de cette Brinvilliers, et ce La Chaussée m'a raconté de drôles d'histoires.

Angélique restait rêveuse. Le nom de Sainte-Croix avait été mêlé à l'expédition chez le vieux Glazer, où elle avait découvert de l'arsenic. Et Desgrez ne disait-il pas :

— Les criminels de notre temps, ce n'est plus dans les rues qu'il faut les chercher, mais en d'autres lieux... dans les salons peut-être?...

Elle frissonna. Beau quartier calme des Marais!... Que de drames encore se cachaient derrière les portes cochères surmontées de leurs écussons de pierre! Il n'y avait pas de paix en ce monde...

— C'est entendu, Pain-Noir. Je ne fréquenterai plus cette dame. Merci de m'avoir avertie.

Elle alla lui chercher un flacon de vin, un morceau de lard.

— Ton bissac n'est pas bien lourd, mon pauvre Pain-Noir.

Le vieux regardait la perspective neigeuse de la rue, qui était sa seule demeure. Il cligna de l'œil :

Hélas les pauvres gueux, pleins de mésaventures,
Ne sont riches que de choses futures.

Sur les pas du coquillard, vint le policier au long nez. Elle avait rarement revu Desgrez au cours de ces dernières années et ce n'était pas, chaque fois, sans un certain embarras. Malgré les façons très correctes du policier, elle ne pouvait oublier tout à fait la séance à la fois brutale et voluptueuse à laquelle il l'avait soumise. Elle se sentait en état d'infériorité devant lui et, depuis lors, le craignait un peu.

Lorsqu'on l'avertit de sa présence, elle fit la grimace et descendit, maussade. On l'avait fait entrer dans un petit bureau où elle recevait habituellement les clercs et les fournisseurs.

— Vous n'avez pas l'air enchantée, madame, fit gaiement François Desgrez. Est-ce donc de me voir? Je venais pourtant vous féliciter de l'admirable demeure où vous avez eu le génie de vous installer. Dieu sait comment vous vous y êtes prise...

— Dieu ne le sait peut-être pas, répondit Angélique, mais, en revanche, je suis bien certaine que vous le savez. Ne faites pas l'hypocrite, monsieur le policier, et dites-moi sans détours ce qui me vaut l'honneur de votre visite.

— Toujours carrée en affaires, à ce que je vois. Bien! Allons au fait. Vous avez pour voisine et amie, je crois, cette charmante dame de Brinvilliers. Pourriez-vous, à l'occasion, me présenter à elle?

— Pourquoi cela? Vous êtes policier et, à ce titre, vous pourriez fort bien vous introduire par le truchement de son frère.

— Précisément, je ne veux pas me présenter à ce titre. Mais je pourrais être, par exemple, un jeune gentilhomme de vos amis, séduit par ses beaux yeux et qui brûle de lui faire la cour.

— Pourquoi, répéta Angélique qui se tordait les mains avec une angoisse inconsciente, pourquoi me demandez-vous cela, à moi?

— Vous êtes déjà au courant de pas mal de choses, mon petit, et vous pourriez m'être utile.

— Je ne veux pas vous être utile! éclata-t-elle. Je ne veux pas vous introduire dans les salons pour y faire votre sale besogne de grimaut. Je ne veux pas fréquenter cette femme... Je ne veux rien avoir de commun avec vous tous... avec toutes ces horreurs. Qu'on me laisse...

Elle tremblait de tous ses membres. Le jeune homme la regarda avec surprise.

— Qu'est-ce qui vous prend? Vous avez les nerfs en pelote, ma parole. Je vous ai déjà vue effrayée ou désespérée, mais jamais aussi peureuse, sans raison valable. Pourtant, vous avez réussi, il me semble. Vous êtes tranquille ici, vous êtes à l'abri.

— Non, je ne suis pas à l'abri, puisque vous revenez encore... vous revenez toujours! Vous spéculez sur mon misérable passé pour me faire avouer... je ne sais quoi. Je ne sais rien, je ne veux rien savoir, je ne veux rien entendre, je ne veux rien voir... Ne comprenez-vous pas que j'ai déjà perdu ma vie pour m'être mêlée aux intrigues des autres?... J'ai encore un long chemin à parcourir et, si je tremble, c'est parce que j'ai peur de vous tous qui allez vous liguer pour me perdre encore... Laissez-moi, oubliez-moi. Oh! Desgrez, je vous en supplie!

Il l'écoutait pensivement et elle crut voir au fond de ses yeux bruns une expression inusitée, un regard mélancolique de chien battu. Il avança la main comme s'il eût voulu lui caresser la joue, mais il n'acheva pas son geste.

— Vous avez raison, dit-il avec un soupir. On vous a fait assez de mal. Soyez en paix. On ne vous tourmentera plus, mon cœur.

Il s'en alla et elle ne le revit plus.

Elle en gardait une peine inavouée, mais aussi elle se sentait soulagée.

Elle ne voulait plus de ce passé qu'elle commençait à arracher d'elle comme un vêtement honteux.

La Brinvilliers pouvait bien empoisonner toute sa propre famille si cela lui faisait plaisir. Angélique s'en moquait. Ce n'est pas elle qui se mêlerait d'aider un policier à la démasquer.

Elle avait autre chose à faire. Elle voulait être reçue à Versailles.

Mais les derniers mètres de son ascension étaient les plus pénibles. Elle s'essoufflait. Elle sentait que, pour parvenir au but, il lui faudrait livrer un dernier combat, le plus dur, le plus âpre de tous...

Elle marqua un point important lorsque le hasard la remit en relation avec son frère, le jésuite Raymond de Sancé.


## 16


Un soir, fort avant dans la nuit, alors qu'Angélique sablait une épître à sa chère amie Ninon de Lenclos, on vint l'avertir qu'un clerc tonsuré la mandait d'urgence. Dans l'entrée, la jeune femme trouva un abbé qui lui dit que son frère, le R.P. de Sancé, voulait la voir.

— Tout de suite?

— A l'heure même, Madame!

Angélique remonta prendre une mante et un masque. Heure bizarre pour le revoir d'un jésuite avec sa sœur, mais aussi avec la veuve d'un sorcier brûlé en place de Grève!

L'abbé dit que ce n'était pas loin. En quelques pas,

la jeune femme se trouva devant une maison d'apparence bourgeoise, un ancien petit hôtel du Moyen Age attenant à la nouvelle collégiale des Jésuites. Dans le vestibule, le guide d'Angélique disparut comme un noir fantôme. Elle monta l'escalier, les yeux levés vers l'étage d'où se penchait une longue silhouette tenant un chandelier.

— C'est vous, ma sœur?

— C'est moi, Raymond.

— Venez, je vous prie.

Elle le suivit sans poser de questions. Le lien secret des Sancé de Monteloup se renouait aussitôt. Il la fit entrer dans une cellule de pierre mal éclairée d'une veilleuse. Au fond de l'alcôve, Angélique distingua un pâle visage délicat — femme ou enfant? — aux yeux clos.

— Elle est malade. Elle va peut-être mourir, dit le jésuite.

— Qui est-ce?

— Marie-Agnès, notre sœur.

Après un instant de silence, il ajouta :

— Elle est venue se réfugier chez moi. Je l'ai fait reposer, mais, étant donné la nature de son mal, il me fallait l'aide et les conseils d'une femme. J'ai pensé à toi.

— Tu as bien fait. Qu'a-t-elle?

— Elle perd du sang en abondance. Je pense qu'elle a dû se faire avorter.

Angélique examina sa jeune sœur. Elle avait des mains maternelles, précises et qui savaient soigner. L'hémorragie ne semblait pas violente, mais lente et continue.

— Il faut arrêter cela au plus vite, sinon elle va mourir.

— J'ai pensé à faire venir un médecin, mais...

— Un médecin!... Il ne saurait que la saigner, ce qui l'achèverait.

— Malheureusement, je ne puis introduire ici une sage-femme, sans doute curieuse et bavarde. Notre règle est à la fois très libre et très stricte. Je ne recevrai aucun blâme d'avoir secouru ma sœur, en secret. Mais je dois éviter les commérages. Il m'est difficile de la garder dans cette maison qui est l'annexe du grand séminaire, tu me comprends sans peine...

— Dès qu'elle aura reçu les premiers soins, je la ferai transporter à mon hôtel. En attendant, il faut aller chercher le Grand Matthieu.

Un quart d'heure plus tard, Flipot galopait vers le Pont-Neuf, en sifflant parfois pour se faire reconnaître des rôdeurs. Angélique avait déjà eu recours au Grand Matthieu lors d'un accident de Florimond, renversé par un carrosse. Elle savait que l'empirique possédait un remède quasi miraculeux pour arrêter le sang. Il savait aussi, à l'occasion, lorsqu'on le lui recommandait, s'envelopper d'un manteau couleur de muraille... et de discrétion.

Il vint aussitôt et soigna sa jeune patiente avec l'énergie et l'habileté d'une longue pratique, tout en monologuant à son habitude :

— Ah! petite dame, pourquoi n'avoir pas usé à temps de cet électuaire de chasteté que le Grand Matthieu vend sur le Pont-Neuf? Il est fait de camphre, de réglisse, de semences de vignes et de fleurs de nénuphars. Il suffit d'en prendre matin et soir deux ou trois draghmes en buvant par-dessus un verre de petit-lait dans lequel on aura éteint un morceau de fer rougi au feu... Petite dame, crois-moi, il n'y a rien de meilleur pour réprimer les trop grandes ardeurs de Vénus, que l'on paie si cher...

Mais la pauvre Marie-Agnès était bien incapable d'écouter ces tardives recommandations. Les joues diaphanes, les paupières frappées de mauve, le visage amenuisé dans ses opulents cheveux noirs, elle ressemblait à une douce figure de cire privée de vie.

Enfin Angélique put constater que l'hémorragie paraissait s'arrêter, tandis qu'un peu de rose revenait aux joues de sa jeune sœur.

Grand Matthieu s'en alla, laissant à Angélique une tisane que la malade devait boire toutes les heures « pour remplacer le sang qu'elle avait perdu ».

Il recommandait qu'on attendît quelques heures avant de la bouger.

Lorsqu'il fut parti, Angélique vint s'asseoir près de la petite table où un crucifix noir à piédestal projetait sur le mur une ombre gigantesque. Peu d'instants après, Raymond la rejoignit et s'assit de l'autre côté de la table.

— Je pense qu'au petit matin nous pourrons la faire transporter chez moi, dit Angélique, mais il est préférable d'attendre un peu qu'elle ait repris des forces.

— Attendons, approuva Raymond.

Il penchait son profil mat, peut-être un peu moins maigre que jadis, dans l'attitude de la méditation. Ses cheveux noirs et plats retombaient sur le rabat blanc de sa soutane. Sa tonsure s'était un peu élargie sous les premières atteintes de la calvitie, mais il n'avait guère changé.

— Raymond, comment as-tu su que j'habitais l'hôtel du Beautreillis et que j'y vivais sous le nom de Mme Morens?

Le jésuite eut un geste vague de sa belle main blanche.

— Il m'était facile de me renseigner, de te reconnaître. Je t'admire, Angélique. La terrible affaire dont tu as été victime est désormais bien lointaine.

— Pas si lointaine encore, dit-elle avec amertume, puisque je ne peux pas encore me montrer au grand jour. Bien des nobles de plus petite naissance que moi me regardent comme une chocolatière parvenue, et je ne pourrai jamais retourner à la cour, ni aller à Versailles.

Il lui jeta un regard pénétrant. Il connaissait toutes les façons de tourner les difficultés mondaines.

— Pourquoi n'épouses-tu pas un grand nom? Tu ne manques pas de soupirants, et ta fortune, sinon ta beauté, peut tenter plus d'un gentilhomme. Tu retrouverais ainsi nom et titres nouveaux.

Angélique pensa subitement à Philippe, et elle se sentit rougir à cette nouvelle idée. L'épouser? Marquise du Plessis-Bellière?...Ce serait merveilleux...

— Raymond, pourquoi n'ai-je pas songé plus tôt à cela?

— Parce que tu n'as peut-être pas encore réalisé que tu étais veuve et libre, répliqua-t-il avec fermeté. Tu as aujourd'hui tous les moyens d'accéder à un haut rang d'une façon honnête. C'est une position qui a bien des avantages, et je peux t'y aider de tout mon crédit.

— Merci, Raymond. Ce serait merveilleux, répétat-elle rêveusement. Je viens de si loin, Raymond, tu ne peux pas savoir. De toute la famille, c'est moi qui suis tombée le plus bas, et pourtant on ne peut pas dire que les destinées de chacun de nous aient été si brillantes. Pourquoi avons-nous si mal tourné?

— Je te remercie de ce « nous », fit-il avec un sourire bref.

— Oh! c'est une façon de mal tourner aussi que de se faire jésuite. Souviens-toi, notre père n'était pas enchanté. Il eût préféré te voir possesseur d'un bon et solide bénéfice ecclésiastique. Josselin, lui, a disparu en Amérique. Denis, le seul militaire de la famille, a la réputation d'une tête brûlée et d'un mauvais joueur, ce qui est plus grave. Gontran? N'en parlons pas. Il s'est déclassé pour la joie de barbouiller la toile comme un artisan. Albert est page chez le maréchal de Rochant. Il fait l'amour avec le chevalier, à moins qu'il ne soit réservé aux charmes replets de la maréchale. Et Marie-Agnès...

Elle se tut, écouta le souffle presque imperceptible qui venait de l'alcôve, et reprit plus bas :

— Il faut dire que toute jeune elle était déjà enragée et se roulait dans la paille avec les gars du pays. Mais, à la cour, je crois qu'elle a essayé tout le monde. A-t-on idée de qui était le père de cet enfant?

— Je pense qu'elle n'en a pas idée elle-même, dit assez crûment le jésuite. Mais, ce que je voudrais te voir surtout éclairer, c'est s'il s'agit d'un avortement ou d'une naissance clandestine. Je frémis à la pensée qu'elle ait pu laisser un petit être vivant entre les mains de cette Catherine Monvoisin.

— Elle est allée chez la Voisin?

— Je le crois. Elle a balbutié ce nom.

— Qui n'y va pas? fit Angélique en haussant les épaules. Dernièrement, le duc de Vendôme y est allé, déguisé en Savoyard, afin de tirer de cette femme quelques révélations au sujet d'un trésor que M. de Turenne aurait caché. Et monsieur, frère du roi, l'a fait venir à Saint-Cloud pour qu'elle lui montre le diable. Je ne sais si elle y a réussi, mais il l'a payée comme s'il l'avait vu. Devineresse, faiseuse d'anges, marchande de poisons, elle a beaucoup de talents...

Raymond écoutait sans sourire ces racontars. Il ferma les yeux et soupira profondément.

— Angélique, ma sœur, je suis épouvanté, dit-il avec lenteur. Le siècle où nous vivons est le témoin de mœurs si infâmes, de crimes si atroces, que les temps futurs en frémiront. En cette seule année, plusieurs centaines de femmes se sont accusées à mon confessionnal de s'être débarrassées de leur fruit. Ceci n'est rien : c'est le dénouement courant qu'entraîne la licence des mœurs, des adultères. Mais près de la moitié de mes pénitents confessent avoir empoisonné l'un des leurs, avoir cherché à faire disparaître par des pratiques démoniaques celui ou celle qui les gênait. Sommes-nous donc encore des barbares? En ébranlant les barrières de la foi, les hérésies nous ont-elles révélé le fond de notre nature? Il y a un désaccord terrible entre les lois et les goûts. Et c'est à l'Eglise de retrouver la voie dans ce désordre...

Angélique écoutait avec surprise les confidences du grand jésuite.

— Pourquoi me racontes-tu cela à moi, Raymond? Je suis peut-être une de ces femmes qui...

Le regard du religieux revint vers elle. Il parut l'examiner, puis secoua la tête.

— Toi, tu es comme le diamant, dit-il, une pierre noble, dure, intransigeante... mais simple et transparente. J'ignore quelles fautes tu as pu commettre au cours de ces années où tu as disparu, mais je suis convaincu que, si tu les as commises, c'est que, bien souvent, tu ne pouvais faire autrement. Tu es comme les vrais pauvres gens, ma sœur Angélique, tu pèches sans le savoir, contrairement aux riches et aux grands...

Une gratitude naïve envahissait le cœur d'Angélique à l'énoncé de ces surprenantes paroles où elle discernait comme un appel de la Grâce et l'expression d'un pardon venu de plus haut.

La nuit était paisible. Une odeur d'encens flottait dans la cellule, et l'ombre de la croix qui veillait entre eux, au chevet de leur sœur en danger, parut à Angélique, pour la première fois depuis de longues années, douce et rassurante.

D'un mouvement spontané, elle glissa à genoux sur les dalles.

— Raymond, veux-tu m'entendre en confession?


## 17


La guérison de Marie-Agnès se poursuivit à l'hôtel du Beautreillis de façon satisfaisante. Cependant, la jeune fille restait dolente et peu enjouée. Elle semblait avoir oublié son rire cristallin qui faisait l'enchantement de la cour, et ne montrait de son caractère que le côté exigeant et impulsif. Au début, elle ne manifesta aucune reconnaissance pour les gentillesses d'Angélique. Mais, comme elle reprenait des forces, Angélique en profita pour lui envoyer une bonne gifle à la première occasion. Désormais, Marie-Agnès décréta qu'Angélique était la seule femme avec laquelle elle pourrait jamais s'entendre. Elle eut des grâces câlines pour venir se blottir près de sa sœur en ces soirées d'hiver où, près du feu, on pouvait s'attarder en jouant de la mandoline ou en brodant un ouvrage. Toutes deux échangeaient leurs impressions sur les personnes qu'elles connaissaient et, comme elles avaient la langue acérée et l'esprit vif, elles riaient parfois à gorge déployée de leurs trouvailles.

Guérie, Marie-Agnès ne semblait aucunement décidée à quitter « son amie Mme Morens ». On ignorait qu'elles étaient proches parentes. Cela les amusait. La reine s'informa de la santé de sa fille d'honneur. Marie-Agnès fit répondre qu'elle se portait bien, mais qu'elle allait entrer au couvent. Cette boutade était plus sérieuse qu'elle n'en avait l'air. Marie-Agnès refusait assez farouchement de voir quiconque, mais se plongeait dans les épîtres de saint Paul et suivait Angélique aux offices.

Angélique était très contente d'avoir eu le courage de se confesser à Raymond. Cela lui permettait désormais de se présenter à l'autel du Seigneur sans arrière-pensée ni fausse honte et de pouvoir tenir parfaitement son rôle de dame du Marais. Elle retrouvait avec satisfaction l'atmosphère des longues cérémonies imprégnées d'encens, traversées par la voix tonnante des prédicateurs et le chant des orgues.

C'était très reposant d'avoir ainsi le temps de prier et de penser à son âme.

Le bruit de leur conversation amenait à l'hôtel du Beautreillis des gentilshommes émus. Soupirants d'Angélique ou ex-amants de Marie-Agnès, chacun protestait.

— Que nous conte-t-on? Vous faites pénitence? Vous vous cloîtrez?

Marie-Agnès opposait aux questions un masque de petit sphinx dédaigneux. Le plus souvent, elle préférait ne pas paraître, ou bien ouvrait ostensiblement un livre de prières. Angélique, en ce qui la concernait, démentait énergiquement. Le moment lui semblait mal choisi. Ainsi, Mme Scarron l'ayant amenée à son directeur, l'honnête abbé Godin, Angélique se rebiffa dès qu'il lui parla de cilice. Ce n'était pas alors qu'elle échafaudait projets sur projets pour épouser Philippe, qu'elle allait abîmer sa peau et les courbes attirantes de son beau corps avec des ceintures de crin et autres objets de pénitence.

Elle n'aurait pas assez de toutes ses séductions pour vaincre l'indifférence de cet étrange garçon qui semblait, avec ses satins clairs et ses cheveux blonds, pétri et revêtu de glace.

Pourtant, il était assez assidu à l'hôtel du Beautreillis. Il arrivait, nonchalant, parlant peu. Angélique ne s'interrogeait pas sur son esprit. A le contempler dans sa beauté dédaigneuse, elle retrouvait toujours une sensation lointaine, un peu humble et admirative, de petite fille devant le grand cousin élégant. Aussi bien, lorsqu'elle y songeait, ce souvenir désagréable se teintait d'une assez trouble volupté. Elle se rappelait les mains blanches de Philippe sur ses cuisses, l'écorchure causée par ses bagues... Maintenant qu'elle le voyait si froid et si distant, il lui arrivait de regretter le contact, et sa propre fuite.

Philippe ignorait certainement qu'elle était la femme qu'il avait attaquée ce soir-là.

Lorsque ses yeux clairs se posaient sur Angélique, celle-ci avait l'impression déprimante que le jeune homme n'avait jamais remarqué sa beauté. Il ne lui faisait aucun compliment, même le plus banal. Il était peu aimable, et les enfants, au lieu d'être séduits par sa prestance, en avaient peur.

— Tu as une façon de regarder le beau Plessis qui m'inquiète, déclara un soir Marie-Agnès à sa sœur aînée. Angélique, toi qui es la femme la plus sensée que je connaisse, ne me dis pas que tu te laisses prendre à la séduction de ce...

Elle parut chercher une épithète lapidaire, ne la trouva pas, et la remplaça par une moue de dégoût.

— Que lui reproches-tu? s'étonna Angélique.

— Ce que je lui reproche? Eh bien, c'est d'être précisément si beau, si séduisant et de ne même pas savoir prendre une femme dans ses bras. Car cela compte, avoue-le, la façon dont un homme prend une femme dans ses bras?...

— Marie-Agnès, voilà un sujet de conversation bien frivole pour une jeune personne qui à l'intention d'entrer au couvent!

— Justement. Il faut en profiter pendant que je n'y suis pas encore. Pour moi, la façon dont un homme vous saisit, c'est à cela que je le juge d'abord. Le geste du bras péremptoire et doux, dont on sent qu'on ne pourrait se dégager et qui pourtant vous laisse libre. Ah! quel plaisir, à cet instant, d'être femme et fragile!

Son fin visage, au regard de chatte cruelle, s'adoucit d'une extase rêveuse et Angélique sourit de lui voir fugitivement le masque de volupté qu'elle ne montrait qu'aux hommes. Puis les sourcils de la jeune fille se froncèrent de nouveau.

— Il faut reconnaître que bien peu d'hommes possèdent ce don. Mais, au moins, ils font tous de leur mieux. Tandis que Philippe n'essaie même pas. Il ne connaît qu'une façon d'agir avec les femmes : il les renverse et il les viole. Il a dû apprendre l'amour sur les champs de bataille. Ninon elle-même n'a rien pu en faire. Sans doute réserve-t-il ses grâces pour ses amants!... Toutes les femmes le détestent en proportion de ce qu'il les déçoit.

Angélique, penchée sur le feu où elle grillait des châtaignes, s'irritait de la colère que les paroles de sa sœur lui causaient.

Elle avait décidé d'épouser Philippe du Plessis. C'était la meilleure solution, celle qui arrangerait tout et mettrait le point final à son ascension et à sa réhabilitation. Mais elle eût voulu se faire illusion sur celui qu'elle s'était choisi comme second mari et sur les sentiments qui la portaient vers lui. Elle eût voulu le trouver « aimable » pour avoir le droit de l'aimer.

Dans un élan de franchise envers elle-même, elle courut chez Ninon le lendemain et, la première, aborda ce sujet.

— Que pensez-vous de Philippe du Plessis?

La courtisane réfléchit, un doigt sur la joue.

— Je pense que, lorsqu'on le connaît bien, on s'aperçoit qu'il est beaucoup moins bien qu'il ne paraît. Mais, quand on le connaît mieux, on s'aperçoit qu'il est beaucoup mieux qu'il ne paraît.

— Je ne vous suis plus, Ninon.

— Je veux dire qu'il n'a aucune des qualités que promet sa beauté, même pas le goût de se faire aimer. En revanche, si l'on va au fond des choses, il inspire l'estime parce qu'il représente un échantillon d'une race quasi disparue : c'est un noble par excellence. Il se met en transe pour des questions d'étiquette. Il craint une tache de boue sur son bas de soie. Mais il ne craint pas la mort. Et, quand il mourra, il sera solitaire comme un loup et ne demandera aucun secours à personne. Il n'appartient qu'au roi et à lui-même.

— Je ne lui savais pas tant de grandeur!

— Mais vous ne voyez pas non plus sa petitesse, ma chère! La mesquinerie d'un vrai noble est héréditaire. Son blason lui a caché le reste de l'humanité depuis des siècles. Pourquoi toujours croire que la vertu et son contraire ne peuvent voisiner en un seul être? Un noble est à la fois grand et mesquin.

— Et que pense-t-il des femmes?

— Philippe?... Ma chérie, quand vous le saurez, vous viendrez me le dire.

— Il paraît qu'il est horriblement brutal avec elles?

— On le raconte...

— Ninon, vous ne me ferez pas croire qu'il n'a pas couché avec vous.

— Hélas, si, ma chère, je vous le ferai croire. Il me faut bien reconnaître que tous mes talents ont échoué près de lui.

— Ninon, vous m'effrayez!

— A vrai dire, il me tentait, cet Adonis aux yeux durs. On le prétendait mal formé aux choses de l'amour, mais je ne redoute pas une certaine fougue maladroite et me plais à la discipliner. Je m'arrangeai donc pour l'attirer dans mon alcôve...

— Et alors?

— Alors rien. J'aurais peut-être eu plus de chances avec un bonhomme de neige ramassé dans la cour. Il a fini par m'avouer que je ne l'inspirais aucunement, car il avait de l'amitié pour moi. Je crois qu'il lui faut la haine et la violence pour se sentir en forme.

— C'est un fou!

— Possible... Ou plutôt non, il est seulement en retard sur son temps. Il aurait dû naître cinquante ans plus tôt. Quand je le vois, il m'émeut étrangement car il me rappelle ma jeunesse.

— Votre jeunesse, Ninon?... dit Angélique en regardant le teint délicat, sans une ride, de la courtisane. Mais vous êtes plus jeune que moi!

— Non, ma mie. Pour consoler certaines, on dit parfois : le corps vieillit, l'âme reste jeune. Mais, pour moi, c'est un peu le contraire : mon corps reste jeune — que les dieux en soient remerciés! — mais mon âme a vieilli quand même. Le temps de ma jeunesse, ce fut la fin du dernier règne et le début de celui-ci. Les hommes étaient différents. On se battait partout : Huguenots, Suédois révoltés de M. Gaston d'Orléans. Les jeunes gens savaient faire la guerre et non l'amour. C'étaient de grands sauvages en cols de dentelles... Quant à Philippe... Savez-vous à qui il ressemble? A Cinq-Mars, ce beau gentilhomme qui fut le favori de Louis XIII. Pauvre Cinq-Mars! Il s'était épris de Marion Delorme. Mais le roi était jaloux. Et le cardinal de Richelieu n'a pas eu trop de mal à précipiter sa disgrâce. Cinq-Mars a posé sa belle tête blonde sur le billot. Il y avait beaucoup de destins tragiques en ce temps-là!

— Ninon, ne parlez pas comme une mère-grand. Cela ne vous va pas du tout.

— Il faut bien que je prenne un ton de mère-grand pour vous gronder un peu, Angélique. Car j'ai peur que vous ne vous égariez!... Angélique, ma jolie, vous qui savez ce qu'est un grand amour, n'allez pas me dire que vous vous êtes amourachée de Philippe. Il est trop loin de vous. Il vous décevrait plus qu'une autre.


Angélique rougit, et les coins de sa bouche tremblèrent comme ceux de la bouche d'un enfant.

— Pourquoi dites-vous que j'ai connu un grand amour?

— Parce que cela se voit dans vos yeux. Elles sont si rares, les femmes qui portent au fond de leurs prunelles cette trace mélancolique et merveilleuse. Oui, je sais bien... C'est fini pour vous maintenant. De quelle façon?... Qu'importe! Peut-être avez-vous appris qu'il était marié, peut-être vous a-t-il trompée, peut-être est-il mort...

— Il est mort, Ninon!

— C'est mieux ainsi. Votre grande blessure est sans poison. Mais...

Angélique se redressa avec fierté.

— Ninon, ne parlez plus, je vous en prie. Je veux épouser Philippe. Il faut que j'épouse Philippe. Vous ne pouvez pas comprendre pourquoi. Je ne l'aime pas, c'est vrai, mais il m'attire. Il m'a toujours attirée. Et j'ai toujours pensé qu'il m'appartiendrait un jour. Ne me dites plus rien...

Nantie de ces piètres renseignements sentimentaux, Angélique retrouva en son salon ce même Philippe énigmatique. Il venait, mais l'intrigue ne progressait pas.

Angélique finit par se demander s'il ne venait pas pour Marie-Agnès; cependant, sa jeune sœur s'étant retirée chez les carmélites du faubourg Saint-Jacques pour préparer ses Pâques, il continua de se présenter fréquemment. Elle sut un jour qu'il se vantait de boire chez elle le meilleur rossoli de tout Paris. Peut-être ne venait-il que pour la seule dégustation de cette fine liqueur qu'elle préparait elle-même à grand renfort de fenouil, anis, coriandre, camomille et sucre macérés dans de l'eau-de-vie.

Angélique avait la fierté de ses talents ménagers, et aucun appât ne lui paraissait négligeable. Mais elle fut blessée à cette pensée. Ni sa beauté, ni sa conversation n'attiraient donc Philippe?

Quand vinrent les premiers jours du printemps, elle se sentit désespérée, d'autant plus qu'un carême rigoureux l'affaiblissait. Elle s'était trop enthousiasmée en secret à l'idée d'épouser Philippe pour avoir le courage d'y renoncer. En effet, devenue marquise du Plessis, elle serait présentée à la cour, elle retrouverait sa terre natale, sa famille, et régnerait sur le beau château blanc qui avait ravi sa jeunesse.

Rendue nerveuse par des alternatives d'espoir et de découragement, elle brûlait d'aller consulter la Voisin pour se faire confirmer son avenir. L'occasion lui en fut fournie par Mme Scarron, qui se présenta un après-midi chez elle.

— Angélique, je viens vous chercher, car il faut absolument que vous m'accompagniez. Cette folle d'Athénaïs s'est mis en tête d'aller demander je ne sais quoi à une devineresse diabolique, une nommée Catherine Monvoisin. Il me semble que nous ne serons pas trop de deux femmes pieuses pour prier et lutter contre les maléfices qui vont peut-être s'abattre sur cette malheureuse imprudente.

— Vous avez parfaitement raison, Françoise, s'empressa de dire Angélique.

Flanquée de ses deux anges gardiens, Athénaïs de Montespan, trépidante et nullement émue, pénétra dans l'antre de la sorcière. C'était une fort belle maison du faubourg du Temple, la sorcière enrichie ayant déménagé du galetas sinistre où longtemps le nain Barcarole avait introduit de furtives silhouettes. Maintenant, on allait presque ouvertement chez elle.

Elle recevait en général ses pratiques sur une sorte de trône, et drapée dans un manteau brodé d'abeilles d'or. Mais, ce jour-là, Catherine Monvoisin, que la fréquentation du grand monde ne détournait pas de ses fâcheuses habitudes, était ivre à tomber.

Dès le seuil du parloir où elles furent introduites, les trois femmes comprirent qu'on ne pourrait rien tirer de la pythonisse.

Celle-ci, après les avoir contemplées longuement d'un regard trouble, finit par descendre de son siège en titubant et fronça sur Françoise Scarron horrifiée, dont elle saisit la main.

— Vous alors, dit-elle, vous alors! Vous avez une destinée peu ordinaire. Je vois la Mer, et puis la Nuit, et puis surtout le Soleil. La Nuit, c'est la misère. On sait ce que c'est! Il n'y a rien de plus noir! Comme la Nuit! Mais le Soleil, c'est le roi. Voilà, ma belle, le roi vous aimera, et même il vous épousera.

— Mais vous vous trompez! s'écria Athénaïs, furieuse. C'est moi qui suis venue vous demander si le roi m'aimerait. Vous confondez tout.

— Vous fâchez pas, ma p'tite dame, protesta l'autre d'une voix pâteuse. J'suis pas si saoule que je puisse confondre la destinée de deux personnes. Chacun la sienne, pas vrai? Passez-moi votre main. Chez vous aussi, il y a le Soleil. Et puis, la Chance. Oui, vous aussi, le roi vous aimera. Mais, par exemple, il ne vous épousera pas.

— La peste soit de la pocharde! marmonna Athénaïs en retirant sa main avec rage.

Mais la Voisin entendait donner à chacune pleine mesure. Elle s'empara d'office de la main d'Angélique, roula des yeux, hocha la tête.

— Une destinée prodigieuse! La Nuit, mais surtout le Feu, le Feu qui domine tout.

— Je voudrais savoir si je vais épouser un marquis?

— J'peux pas vous dire s'il est marquis, mais je vois deux mariages. Là, ces deux petits traits. Et puis six enfants...

— Seigneur!...

— Et puis... des liaisons!... Une, deux, trois, quatre, cinq...

— Ce n'est pas la peine, protesta Angélique en voulant retirer sa main.

544

— Attendez donc!... C'est ce Feu qui est surprenant. Il brûle toute votre vie... jusqu'à la fin. Il est si violent qu'il cache le Soleil. Le roi vous aimera, mais vous ne l'aimerez pas à cause de ce Feu...

Dans le carrosse qui les ramenait, Athénaïs ne décolérait pas.

— Cette femme ne vaut pas le premier sol de tout l'argent qu'on lui donne. Je n'ai jamais entendu pareil ramassis de sottises. Le roi vous aimera!... Le roi vous aimera!... Elle raconte la même chose à tout le monde!

Ce fut par Mlle de Parajonc qu'Angélique apprit la nouvelle. Elle ne s'y attendait pas, et mit un certain temps à démêler la vérité dans le jargon de la vieille précieuse. Celle-ci vint la voir à son habitude, vers l'heure du souper, jaillissant de la nuit brumeuse comme une sombre chouette, ébouriffée de multiples rubans, les yeux fixes et guetteurs. Charitablement, Angélique lui offrit quelques galettes au coin du feu. Philonide l'entretint longuement de leur voisine, Mme de Gauffray, qui venait de « sentir le contrecoup de l'amour permis », c'est-à-dire qu'après dix mois de mariage elle avait mis au monde un beau garçon. Puis elle s'étendit sur les malaises de « ses chers souffrants ». Angélique crut qu'elle parlait de ses vieux parents, mais il s'agissait seulement des pieds de Mlle de Parajonc. Les « chers souffrants » avaient des cors. Enfin, après avoir coupé les cheveux en quatre et les sentiments en huit, après avoir déclaré en regardant la pluie battre les carreaux : « Le troisième élément tombe », Philonide, toute au plaisir d'annoncer la nouvelle, décida de parler comme tout le monde :

— Savez-vous que Mme de Lamoignon va marier sa fille?

— Grand bien lui fasse! La petite n'est pas belle, mais elle a assez d'argent pour s'établir brillamment.

— Comme toujours, vous voyez juste aussitôt, ma très chère. C'est bien en effet la dot seule de cette petite noiraude qui put tenter un aussi beau gentilhomme que Philippe du Plessis.

— Philippe?

— Vous n'en aviez ouï aucun écho? interrogea Philonide, dont les yeux attentifs clignèrent.

Angélique s'était ressaisie. Elle dit en haussant les épaules :

— Peut-être... Mais je n'y avais pas attaché d'importance. Philippe du Plessis ne peut s'abaisser à épouser la fille d'un président, haut placé il est vrai, mais d'origine roturière.

La vieille fille ricana.

— Un paysan de mes domaines me disait souvent : L'argent ne se ramasse qu'à terre et, pour le ramasser, il faut se baisser. Chacun sait que le petit du Plessis est toujours en difficulté. Il joue gros jeu à Versailles et, pour l'équipement de sa dernière campagne, il a dépensé une fortune; il traînait derrière lui un train de dix mulets portant sa vaisselle d'or et je ne sais quoi encore. La soie de sa tente était si brodée que les Espagnols la repéraient de leurs tranchées et l'avaient prise pour cible... Je reconnais d'ailleurs que ce charmant insensible est furieusement beau...

Angélique la laissait monologuer. Après une première réaction d'incrédulité, elle se sentait découragée. Ce dernier seuil à franchir pour se retrouver enfin dans la lumière du Roi-Soleil : le mariage avec Philippe, s'écroulait. Elle avait toujours su, d'ailleurs, que ce serait trop difficile et qu'elle n'aurait pas la force suffisante. Elle était usée, à bout... Elle n'était qu'une chocolatière et ne pourrait se maintenir plus longtemps au niveau de la noblesse, qui ne l'accueillerait jamais. On la recevait, on ne l'accueillait pas... Versailles!... Versailles!... L'éclat de la cour, le rayonnement du Roi-Soleil! Philippe! Beau dieu Mars inaccessible!... Elle retomberait au niveau d'un Audiger. Et ses enfants ne seraient jamais gentilshommes...

Toute à ses pensées, elle ne se rendait pas compte du temps écoulé. Le feu s'éteignait dans la cheminée, la chandelle fumait.

Angélique entendit Philonide interpeller aigrement Flipot, qui se tenait de garde près de la porte :

— Inutile, ôtez le superflu de cet ardent.

Comme Flipot restait bouche bée, Angélique traduisit d'un ton las :

— Laquais, mouche la chandelle.

Philonide de Parajonc se levait, satisfaite.

— Ma chère, vous semblez rêveuse. Je vous laisse à vos muses...

## 18

Cette nuit-là, Angélique ne put fermer l'œil. Au matin, elle assista à la messe. Elle en sortit très calme. Pourtant, elle n'avait pris aucune décision et lorsque, dans l'après-midi, l'heure du Cours arriva et qu'elle monta dans son carrosse, elle ne savait pas encore ce qu'elle allait faire.

Mais elle avait apporté un soin particulier à sa toilette.

Tapotant ses failles et ses soies, elle se gourmanda tout à coup dans la solitude de la voiture. Pourquoi avait-elle étrenné aujourd'hui cette robe nouvelle à trois jupes alternées, couleur de marron d'Inde, de feuille morte et de tendre verdure? Une broderie arachnéenne d'or, soulignée de perles, recouvrait comme d'un réseau de ramures étincelantes la première jupe, le manteau de robe et le corsage. Les dentelles du col et des manches nouées de vert reproduisaient le dessin des broderies. Angélique les avait tout spécialement fait exécuter par les ateliers d'Alençon, sur un projet de M. de Moyne, ornemaniste des maisons royales. Angélique avait tout d'abord réservé cette toilette, austère et somptueuse à la fois, pour les réunions de grandes dames telles que celles qu'offrait Mme d'Albret, où les propos mondains ne se voulaient pas trop frivoles. Angélique savait que sa robe lui allait admirablement au teint et aux yeux, bien qu'elle la vieillît un peu.

Mais pourquoi l'avait-elle mise pour se rendre au Cours? Espérait-elle éblouir l'implacable Philippe ou, par la sévérité de sa mise, lui inspirer confiance?... Elle s'éventa nerveusement pour atténuer la bouffée de chaleur qui lui montait aux joues.

Chrysanthème fronça sa petite truffe humide et jeta un regard perplexe à sa maîtresse.

— Je crois que je vais faire une sottise, Chrysanthème, lui dit la jeune femme avec mélancolie. Mais je ne peux pas renoncer. Non, vraiment, je ne peux pas renoncer.

Puis, à la grande surprise du petit chien, elle ferma les yeux et se laissa aller dans le fond de la voiture comme si elle avait perdu toutes ses forces.

Cependant, en arrivant aux abords des Tuileries, Angélique se ranima subitement. Les yeux étincelants, elle prit le petit miroir ouvragé qui pendait à sa ceinture et vérifia son maquillage. Paupières noires, lèvres rouges. Elle ne se permettait rien d'autre. Elle n'essayait pas de se blanchir le teint, ayant fini par remarquer que la chaleur de sa carnation lui attirait plus d'hommages que les délicats essais de replâtrage à la mode. Ses dents, soigneusement frottées à la poudre de fleurs de genêts et rincées au vin brûlé, avaient un éclat humide.

Elle se sourit.

Elle prit Chrysanthème sous un bras et, retenant d'une main son manteau de robe, franchit la grille des Tuileries. Un court instant, elle se dit que, si Philippe n'était pas là, elle renoncerait à la lutte. Mais il était là. Elle l'aperçut près du Grand Parterre, aux côtés du prince de Condé, qui pérorait en ce lieu favori où il aimait venir se montrer aux badauds.

Angélique avança hardiment vers le groupe. Elle savait tout à coup que, puisque le destin avait amené Philippe aux Tuileries, elle accomplirait ce qu'elle avait décidé.

La fin d'après-midi était douce et fraîche. Une ondée légère, qui venait de tomber, avait assombri le sable et verni les premières feuilles aux arbres.

Angélique passait, saluant, souriante. Elle se disait avec contrariété que sa robe jurait horriblement avec le costume que portait Philippe. Lui, toujours vêtu de pâle, il arborait, ce soir-là, un extraordinaire habit bleu paon avec d'épaisses boutonnières de broderies d'or sans intervalles. Toujours à l'avant-garde de la mode, il avait déjà donné à sa tenue la forme nouvelle d'un ample juponnement que l'épée relevait par-derrière.

Ses manchettes étaient belles, mais les « canons » étaient à peu près inexistants et le haut-de-chausses serrait étroitement les genoux. Ceux qui portaient encore une rhingrave rougissaient en le rencontrant. De beaux bas écarlates, à coins d'or, accompagnaient les talons rouges de ses souliers de cuir à boucles de diamants. Sous son bras, Philippe portait un petit chapeau de castor, si fin qu'on l'aurait dit de vieil argent poli. Le tour de plume était bleu de ciel, et, comme le jeune homme venait d'arriver, il n'avait pas eu l'ennui de voir ce chef-d'œuvre d'azur défrisé par la pluie printanière.

Avec sa perruque blonde cascadant sur ses épaules, Philippe du Plessis-Bellière était semblable à un bel oiseau dressé sur ses ergots.

Angélique chercha des yeux la silhouette de la petite Lamoignon, mais sa triste rivale n'était pas présente. Avec un soupir de soulagement, elle s'empressa vers le prince de Condé, qui affectait, chaque fois qu'il la rencontrait, de la combler d'une affection déçue et résignée.

— Alors, ma galante! soupira-t-il en frottant son long nez contre le front d'Angélique. Ma cruelle, nous ferez-vous l'honneur de venir au Cours partager notre carrosse?

Angélique eut un petit cri. Puis elle feignit de jeter un regard embarrassé vers Philippe et murmura :

— Que Votre Altesse me pardonne, mais M. du Plessis m'avait déjà conviée à la promenade.

— La peste soit de ces jeunes coqs emplumés! grommela le prince. Holà! marquis, auriez-vous la prétention de retenir longtemps, pour votre usage

550

personnel et exclusif, l'une des plus belles dames de la capitale?

— Dieu m'en garde, monseigneur, répondit le jeune homme qui, manifestement, n'avait pas entendu le dialogue et ignorait de quelle dame il s'agissait.

— C'est bon! Vous pouvez l'emmener. Je vous l'accorde. Mais, à l'avenir, daignez descendre de votre nuage à temps pour considérer que vous n'êtes pas seul au monde et que d'autres que vous ont droit au plus éclatant sourire de Paris.

— Je prends bonne note, monseigneur, affirma le courtisan tout en balayant le sable de sa plume d'azur.

Déjà, après une profonde révérence à la compagnie, Angélique avait posé sa petite main dans celle de Philippe et entraînait celui-ci. Pauvre Philippe! Pourquoi semblait-on le redouter? Il était au contraire désarmant avec sa distraction hautaine, dont on pouvait si facilement abuser.

Comme le couple passait devant un banc, M. de La Fontaine, qui s'y trouvait en compagnie de MM. Racine et Boileau, dit à la cantonade :

— Le faisan et sa faisane!

Angélique comprit l'allusion au contraste que formaient leurs costumes : elle brune et discrète dans sa splendeur, lui éclatant de coloris heurtés et de bijoux. Derrière son éventail, elle adressa une petite grimace au poète, qui lui répondit par un clin d'œil gaillard. Mais elle songeait : « Le faisan et sa faisane?... Dieu le veuille! »

Elle baissait les yeux et regardait, le cœur battant, le pas sûr et magnifique de Philippe écraser de ses talons rouges le sable humide de l'allée. Aucun seigneur ne savait poser le pied comme lui, aucun n'avait d'aussi belles jambes pleines et cambrées. « Même le roi... » pensa la jeune femme. Mais, pour en juger, il lui faudrait revoir le roi d'un peu plus près, et pour cela, aller à Versailles. ELLE IRAIT A VERSAILLES! Ainsi, sa main sur celle de Philippe, elle remonterait la galerie royale. Le feu des regards de la cour détaillerait sa toilette merveilleuse. Elle s'arrêterait à quelques pas du roi... « Mme la marquise du Plessis-Bellière... »

Ses doigts se crispèrent un peu. Philippe dit alors avec un étonnement maussade :

— Je n'ai pas encore compris pourquoi M. le prince m'a imposé votre présence...

— Parce qu'il a pensé vous faire plaisir. Vous savez qu'il vous aime plus encore que M. le duc. Vous êtes le fils de son esprit guerrier.

Elle ajouta, en lui glissant un regard câlin :

— Ma présence vous ennuie à ce point? Vous attendiez quelqu'un d'autre?

— Non! Mais je ne comptais pas aller au Cours ce soir.

Elle n'osa pas lui demander pourquoi. Peut-être n'avait-il aucune raison. Avec Philippe, il en était souvent ainsi. Ses décisions ne signifiaient rien de sérieux, mais personne n'osait l'interroger.

Le long du Cours, les promeneurs étaient encore rares. Une odeur de bois frais et de champignons imprégnait l'air sous la voûte ombrageuse des grands arbres.

En montant dans le carrosse de Philippe, Angélique avait remarqué la housse à crépines d'argent dont les franges pendaient jusqu'à terre. Où avait-il pu trouver les fonds nécessaires pour cette nouvelle élégance? Elle le croyait pourtant très endetté après ses folies du carnaval. Etait-ce déjà l'effet des générosités du président de Lamoignon à l'égard de son futur gendre?

Jamais Angélique n'avait supporté aussi difficilement le silence de Philippe.

Impatiente, elle feignait de s'intéresser aux facéties de Chrysanthème ou aux carrosses qu'ils croisaient. A plusieurs reprises, elle ouvrit la bouche, mais le profil imperturbable du jeune homme la décourageait. Les yeux lointains, il remuait lentement les joues, suçant quelque pastille de musc ou de fenouil. Angélique se dit que, lorsqu'ils seraient mariés, elle lui ferait perdre cette habitude. Lorsqu'on possède une beauté si déliée, on doit s'interdire tout ce qui peut vous faire ressembler à un ruminant.

Maintenant, il faisait plus sombre, car les arbres devenaient plus touffus. Le cocher fit demander par un laquais s'il fallait tourner ou continuer à travers le bois de Boulogne.

— Continuez, ordonna Angélique sans attendre l'assentiment de Philippe.

Et le silence ayant été enfin rompu, elle enchaîna vivement :

— Savez-vous la sottise que l'on raconte, Philippe? Il paraît que vous allez épouser la fille Lamoignon.

Il inclina sa belle tête blonde.

— Cette sottise est exacte, ma chère.

— Mais...

Angélique prit sa respiration et se lança :

— Mais ce n'est pas possible! Vous, l'arbitre des élégances, vous n'allez pas me faire croire que vous trouvez du charme à cette pauvre sauterelle?

— Je n'ai aucune opinion sur son charme.

— Enfin, qu'est-ce qui vous inspire, chez elle?

— Sa dot.

Mlle de Parajonc n'avait donc pas menti. Angélique

retint un soupir de soulagement. Si c'était une question d'argent, tout pourrait s'arranger. Mais elle s'efforça de donner à son visage une expression peinée.

— Oh! Philippe, je ne vous croyais pas si matérialiste.

— Matérialiste? répéta-t-il en levant les sourcils d'un air ignorant.

— Je veux dire : tellement attaché aux choses terrestres.

— A quoi voulez-vous que je sois attaché? Mon père ne m'a pas destiné aux ordres.

— Sans être d'Eglise, on peut considérer le mariage autrement que comme une affaire d'argent!

— Qu'est-ce d'autre?

— Eh bien!... une affaire d'amour.

— Oh! si c'est cela qui vous inquiète, ma très chère, je peux vous affirmer que j'ai parfaitement l'intention de faire toute une kyrielle d'enfants à cette petite sauterelle.

— Non! cria Angélique avec rage.

— Elle en aura pour son argent.

— Non! répéta Angélique en tapant du pied.

Philippe tourna vers elle un visage profondément surpris.

— Vous ne voulez pas que je fasse des enfants à ma femme?

— Il ne s'agit pas de cela, Philippe. Je ne veux pas qu'elle soit votre femme, c'est tout.

— Et pourquoi donc ne le serait-elle pas?

Angélique poussa un soupir excédé.

— Oh! Philippe, vous qui avez fréquenté le salon de Ninon, je ne peux comprendre comment vous n'y avez pas acquis un peu le sens de la conversation. Avec vos « pourquoi » et vos airs éberlués vous finissez par donner à vos interlocuteurs l'impression qu'ils sont complètement stupides.

— Peut-être le sont-ils, fit-il avec un demi-sourire.

A cause de ce sourire, Angélique, qui avait envie de le battre, fut envahie par un attendrissement absurde. Il souriait... Pourquoi souriait-il si rarement? Elle avait l'impression qu'elle seule pourrait jamais parvenir à le comprendre et à le faire sourire ainsi.

« Un sot », disaient les uns. « Une brute », disaient les autres. Et Ninon de Lenclos : — Quand on le connaît bien, on s'aperçoit qu'il est beaucoup moins bien qu'il n'en a l'air — quand on le connaît mieux, on s'aperçoit qu'il est beaucoup mieux qu'il n'en a l'air... C'est un noble... Il n'appartient qu'au roi et à lui-même...

« A moi aussi, il m'appartient », pensa Angélique farouchement.

Elle enrageait. Que fallait-il donc pour faire sortir ce garçon de sa nonchalance? L'odeur de la poudre? Eh bien! il aurait la guerre, puisqu'il la voulait. Elle bouscula nerveusement Chrysanthème qui mordillait les glands de son manteau, puis fit un effort pour dominer son irritation et dit d'un ton enjoué :

— S'il ne s'agit que de redorer votre blason, Philippe, pourquoi ne m'épouseriez-vous pas? J'ai beaucoup d'argent et qui ne risque pas d'être hypothéqué à la suite de mauvaises récoltes. Ce sont des affaires saines et solides et qui ne feront qu'augmenter.

— Vous épouser? répéta-t-il.

Sa stupeur était sincère. Il éclata d'un rire désagréable.

— Moi? Epouser une chocolatière! fit-il avec un suprême dédain.

Angélique rougit violemment. Ce Philippe aurait toujours l'art de la bouleverser de honte et de colère. Elle dit, les yeux étincelants :

— Ne dirait-on pas que je propose d'unir ma ro- ture à un sang royal? N'oubliez pas que je me nomme Angélique de Ridoué de Sancé de Monteloup. Mon sang est aussi pur que le vôtre, mon cousin, et plus ancien, car ma famille descend des premiers Capé- tiens, tandis que, par les hommes, vous ne pouvez vous honorer que d'un quelconque bâtard d'Henri II.

Sans sourciller, il la considéra assez longuement, et un subtil intérêt parut s'éveiller dans son regard pâle.

— Oh! vous m'avez déjà dit quelque chose de ce genre-là, jadis. Je m'en souviens. C'était à Monteloup, dans votre forteresse croulante. Une petite horreur mal peignée et en guenilles m'attendait au pied de l'escalier pour me faire remarquer que son sang était plus ancien que le mien. Oh! c'était vraiment très drôle et ridicule.

Angélique se revit dans le couloir glacé de Monte- loup, les yeux levés vers Philippe. Elle se souvint combien ses mains étaient froides, sa tête brûlante, son ventre douloureux tandis qu'elle le regardait des- cendre le grand escalier de pierre. Tout son jeune corps, travaillé par le mystère de la puberté, avait tremblé devant l'apparition du bel adolescent blond. Elle s'était évanouie.

Lorsqu'elle était revenue à elle, dans le grand lit de sa chambre, sa mère lui avait expliqué qu'elle n'était plus une petite fille et qu'un phénomène nouveau s'était accompli en elle.

Que Philippe eût été mêlé ainsi aux premières ma- nifestations de sa vie de femme, la troublait encore après tant d'années. Oui, comme il le disait, c'était ri- dicule, mais cela ne manquait pas de douceur.

Elle le regarda d'un air incertain et s'efforça de sourire. Comme ce soir-là, elle se sentait prête à trembler devant lui. Elle murmura d'un ton bas et suppliant :

— Philippe, épousez-moi. Vous aurez tout l'argent que vous voudrez. Je suis de sang noble. On oubliera vite mon commerce. D'ailleurs beaucoup de gentilshommes, à l'heure actuelle, ne pensent pas déchoir en s'occupant d'affaires. M. Colbert m'a dit...

Elle s'interrompit. Il ne l'écoutait pas. Peut-être pensait-il à autre chose... ou à rien. S'il lui avait demandé : « Pourquoi voulez-vous m'épouser? » elle lui aurait crié : « Parce que je vous aime! » Car, à ce moment-là, elle découvrait qu'elle l'aimait du même amour nostalgique et naïf dont elle avait paré son enfance. Mais il ne posait aucune question. Alors, elle reprit, maladroite, envahie de désespoir :

— Comprenez-moi... je veux retrouver mon milieu, avoir un nom, un grand nom... Etre présentée à la cour... à Versailles...

Ce n'était pas ainsi qu'il aurait fallu parler. Elle regretta aussitôt cet aveu, espéra qu'il n'avait pas entendu. Mais il murmura avec un mince sourire :

— On pourrait tout de même considérer le mariage autrement que comme une affaire d'argent!

Puis, du même ton qu'il eût repoussé une main tendant une bonbonnière :

— Non, ma chère, non vraiment...

Elle comprit que sa décision était irrévocable. Elle avait perdu.

★

Au bout de quelques instants, Philippe lui signala qu'elle n'avait pas répondu au salut de Mlle de Montpensier.

Angélique s'aperçut que le carrosse était revenu

vers les allées du Cours-la-Reine, maintenant très animées.

Elle commença à répondre machinalement aux saluts qu'on lui adressait. Il lui semblait que le soleil s'était éteint et que la vie avait pris un goût de cendre. Que Philippe fût assis près d'elle et qu'elle se trouvât ainsi désarmée l'accablait. Il n'y avait donc plus rien à faire?... Ses arguments, sa passion glissaient sur lui comme sur une carapace lisse et glacée. On ne peut pas forcer un homme à vous épouser quand il ne vous aime ni ne vous désire et que son intérêt s'arrange aussi bien d'une autre solution. Seule, la peur pourrait peut-être le contraindre. Mais quelle peur réussirait à courber le front de ce dieu Mars?

— Voici Mme de Montespan, reprit Philippe. Elle est avec sa sœur l'abbesse et Mme de Thianges. Ce sont vraiment de radieuses créatures.

— Je croyais Mme de Montespan en Roussillon. Elle avait supplié son mari de l'emmener afin d'échapper à ses créanciers.

— Si j'en crois la housse de son carrosse, les créanciers se sont laissé attendrir. Avez-vous remarqué combien le velours est beau? Mais pourquoi ce noir? C'est une couleur sinistre.

— Les Montespan portent encore le petit deuil de leur mère.

— Très petit deuil. Hier, Mme de Montespan a dansé à Versailles. C'était la première fois que l'on se divertissait un peu depuis la mort de la reine mère. Le roi a invité Mme de Montespan.

Angélique fit effort pour demander si cela signifiait que la disgrâce de Mlle de La Vallière était proche. Elle ne soutenait qu'avec peine cette conversation mondaine. Cela lui était bien égal que M. de Montespan fût cocu et que son audacieuse amie devînt la maîtresse du roi.

— M. le prince vous fait signe, dit encore Philippe.

De quelques coups d'éventail, Angélique répondit aux moulinets de canne que le prince de Condé lui adressait par la portière de son carrosse.

— Vous êtes bien la seule femme à laquelle monseigneur adresse encore quelque galanterie, constata le marquis avec un petit ricanement dont on ne savait s'il était moqueur ou admiratif. Depuis la mort de sa douce amie, Mlle Le Vigean, au carmel du faubourg Saint-Jacques, il a juré qu'il ne demanderait plus aux femmes qu'un plaisir charnel. C'est lui qui m'en a fait confidence. Mais, quant à moi, je me demande ce qu'il pouvait leur demander auparavant.

Et, après un bâillement poli :

— Il ne souhaite plus qu'une chose : retrouver un commandement. Depuis qu'il sait qu'il y a des idées de campagne dans l'air, il ne manque pas un jour la partie du roi et il acquitte ses pertes en pistoles d'or.

— Quel héroïsme! ricana brusquement Angélique, que le ton lassé et précieux de Philippe commençait à exaspérer. Jusqu'où ce parfait courtisan ne se traînera-t-il pas pour rentrer en grâce?... Quand on pense qu'il fut un temps où il a essayé d'empoisonner le roi et son frère!

— Que dites-vous là, madame? protesta Philippe, indigné. Que le prince ait été en rébellion contre M. Mazarin, il ne le nie pas lui-même. Sa haine l'a entraîné plus loin qu'il n'aurait voulu. Mais, attenter aux jours du roi, jamais cette idée n'a pu l'effleurer. Voilà bien les propos inconsidérés des femmes!

— Oh! ne faites pas l'innocent, Philippe. Vous savez aussi bien que moi que cela est vrai, puisque c'est dans votre propre château que le complot s'est tramé.

Il y eut un silence, et Angélique comprit qu'elle avait visé juste.

— Vous êtes folle! dit Philippe d'une voix altérée.

Angélique se tourna subitement vers lui. Avait-elle donc trouvé si vite le chemin de sa peur, de son unique peur?...

Elle le vit pâle, tendu, ses yeux la guettant avec une expression enfin attentive. Elle dit à voix basse :

— J'étais là. Je les ai entendus. Je les ai vus. Le prince de Condé, le moine Exili, la duchesse de Beaufort, votre père, et bien d'autres encore vivants et qui pour l'heure font benoîtement leur cour à Versailles. Je les ai entendus se vendre à M. Fouquet.

— C'est faux!

Fermant à demi les yeux, elle récita :

— Moi Louis II, prince de Condé, je donne à Mgr Fouquet l'assurance de n'être jamais à aucune autre personne qu'à lui, de lui remettre mes places, fortifications et autres, toutes les fois...

— Taisez-vous! cria-t-il avec horreur.

— Fait au Plessis-Bellière, le 20 septembre 1649.

Avec jubilation, elle le voyait pâlir de plus en plus :

— Petite sotte, dit-il en haussant les épaules avec mépris. Pourquoi exhumez-vous ces vieilles histoires? Le passé est le passé. Le roi lui-même refuserait d'y ajouter foi.

— Le roi n'a jamais eu entre les mains de tels documents. Il n'a jamais su vraiment jusqu'où pouvait aller la traîtrise des grands.

Elle s'interrompit pour saluer le carrosse de Mme d'Albret, puis reprit avec beaucoup de douceur :

— Il n'y a pas encore cinq années, Philippe, que M. Fouquet a été condamné...

— Et après? Où voulez-vous en venir?

— A ceci : que le roi, de longtemps encore, ne pourra voir avec tendresse les noms de telles ou telles personnes accolés à celui de M. Fouquet.

— Il ne les verra pas. De tels documents ont été détruits.

— Pas tous.

Le jeune homme se rapprocha d'elle sur la banquette de velours. Elle avait rêvé d'un tel geste pour un baiser d'amour, mais l'heure n'était manifestement pas à la galanterie. Il lui saisit le poignet et le broya dans sa main fine dont les jointures blanchirent. Angélique se mordit les lèvres de douleur, mais son plaisir fut le plus fort. Elle préférait mille fois le voir ainsi, violent et grossier, que lointain, fuyant, inattaquable dans la retraite de son dédain.

Sous le fard léger dont il se maquillait, le visage du marquis du Plessis était livide. Il lui saisit le poignet.

Elle reçut en plein visage son haleine musquée.

— Le coffret avec le poison..., souffla-t-il. C'est donc vous qui l'aviez pris!

— Oui, c'est moi.

— Petite garce! J'ai toujours été certain que vous saviez quelque chose. Mon père ne le croyait pas. La disparition de ce coffret l'a torturé jusqu'au seuil de la mort. Et c'était vous! Et vous avez encore ce coffret?

— Je l'ai toujours.

Il se mit à jurer entre ses dents. Angélique pensait que c'était une chose magnifique de voir ces belles lèvres fraîches débiter un tel chapelet de jurons.

— Lâchez-moi, dit-elle, vous me faites mal.

Il s'écarta lentement, mais avec un éclair dans le regard.

— Je sais, dit Angélique, que vous voudriez bien

me faire plus de mal encore. Me faire mal jusqu'à ce que je me taise à jamais. Mais vous n'y gagneriez rien, Philippe. Le jour même de ma mort, mon testament doit être remis au roi, qui y trouvera les révélations nécessaires et l'indication de la cachette où se trouvent les documents.

Avec des petites grimaces, elle décollait de son poignet la chaîne d'or dont les doigts de Philippe avaient incrusté les maillons dans sa chair.

— Vous êtes une brute, Philippe, dit-elle sur un ton léger.

Puis elle affecta de regarder par la portière. Maintenant, elle était très calme.

Au-dehors, le soleil couchant avait fini de traîner ses ors à travers les arbres. Le carrosse était revenu vers le bois de Boulogne. Il faisait clair encore, mais la nuit n'allait pas tarder à tomber.

Angélique se sentit pénétrée par l'humidité. Avec un frisson, elle se tourna de nouveau vers Philippe.

Il était aussi blanc et immobile qu'une statue, mais elle remarqua que sa moustache blonde était mouillée de sueur.

— J'aime le prince, dit-il, et mon père était un honnête homme. Je pense qu'on ne peut pas faire cela... Combien d'argent voulez-vous en échange de ces documents? J'emprunterai, s'il le faut.

— Je ne veux pas d'argent.

— Que voulez-vous alors?

— Je vous l'ai dit il y a un instant, Philippe. Je veux que vous m'épousiez.

— Jamais! fit-il en reculant.

Le dégoûtait-elle à ce point? Il y avait eu pourtant entre eux plus que des échanges mondains. N'avait-il pas recherché sa compagnie? Ninon elle-même en avait fait la remarque.

Ils demeurèrent silencieux. Ce ne fut que lorsque l'équipage se fut rangé devant la porte cochère de l'hôtel du Beautreillis qu'Angélique se rendit compte qu'elle était revenue à Paris. Il faisait maintenant tout à fait sombre. La jeune femme ne voyait plus le visage de Philippe. C'était mieux ainsi.

Elle eut l'audace d'interroger d'un ton mordant :

— Eh bien, marquis, où en êtes-vous de vos méditations?

Il bougea et parut s'éveiller d'un mauvais songe.

— C'est entendu, madame, je vous épouserai! Veuillez vous présenter demain soir à mon hôtel de la rue Saint-Antoine. Vous y discuterez avec mon intendant les termes du contrat.

Angélique ne lui tendit pas la main. Elle savait qu'il la refuserait.

★

Elle dédaigna la collation que lui présentait le valet de chambre et, contrairement à son habitude, ne monta pas chez les enfants, mais gagna directement le refuge familier de son bureau chinois.

— Laisse-moi, dit-elle à Javotte qui se présentait pour la dévêtir.

Lorsqu'elle fut seule, elle souffla les chandelles, car elle avait peur d'apercevoir son reflet dans une glace.

Elle demeura longtemps immobile, appuyée dans l'encoignure sombre de la fenêtre. Du beau jardin, lui venaient, à travers l'ombre, des senteurs de fleurs nouvelles.

Le fantôme noir du Grand Boiteux au masque de fer la guettait-il?

Elle refusait de se retourner, de regarder en elle-même. « Tu m'as laissée seule! Alors, que pouvais-je faire? » criait-elle au fantôme de son amour. Elle se disait que bientôt elle serait marquise du Plessis-Bellière, mais il n'y avait aucune joie dans son triomphe. Elle ressentait seulement une brisure de son être entier, un effondrement.

« Ce que tu as fait là est ignoble, affreux!... »

Des larmes coulaient sur ses joues, et, le front appuyé aux vitraux où une main sacrilège avait effacé les armes du comte de Peyrac, elle pleurait à petits coups en se jurant que ces larmes de faiblesse étaient les dernières qu'elle verserait jamais.

## 19

Lorsque, le lendemain dans la soirée, Mme Morens se présenta à l'hôtel de la rue Saint-Antoine, elle avait retrouvé un peu de fierté. Elle avait décidé de ne pas compromettre par des scrupules tardifs les suites d'un acte qu'elle avait eu tant de mal à accomplir. « Le vin est tiré, il faut le boire », aurait dit maître Bourjus.

La tête haute, elle entra dans un grand salon qu'éclairait seul le feu de l'âtre. Il n'y avait personne. Elle eut le temps de rejeter sa mante, de se démasquer et de tendre ses doigts à la flamme. Bien qu'elle se défendît de toute appréhension, elle se sentait les mains froides et le cœur battant.

Quelques instants plus tard, une portière se souleva et un vieil homme modestement vêtu de noir s'approcha d'elle et la salua profondément. Angélique n'avait pas songé un seul instant que l'intendant des Plessis-Bellière ne pouvait être que le sieur Molines. En le reconnaissant, elle poussa un cri de surprise et lui saisit spontanément les deux mains.

— Monsieur Molines!... est-ce possible? Quelle... oh! que je suis heureuse de vous revoir.

— Vous m'honorez beaucoup, Madame, répondit-il en s'inclinant derechef. Veuillez prendre place dans ce fauteuil, je vous prie.

Lui-même s'assit près de l'âtre devant un petit guéridon sur lequel étaient disposées des tablettes, une écritoire et une coupe à sable.

Tandis qu'il taillait une plume, Angélique, encore stupéfaite par cette apparition, l'examinait. Il avait vieilli, mais ses traits restaient fermes, son regard rapide et inquisiteur. Seuls, ses cheveux qu'il coiffait d'une calotte de drap noir étaient devenus tout à fait blancs. A son côté, Angélique ne pouvait s'empêcher d'évoquer la silhouette robuste de son père qui, tant de fois, était venu s'asseoir au foyer de l'intendant huguenot pour deviser et préparer l'avenir de sa nichée.

— Pouvez-vous me donner des nouvelles de mon père, monsieur Molines?

L'intendant souffla sur les petits débris de la plume d'oie.

— M. le baron est en bonne santé, Madame.

— Et les mulets?

— Ceux de la dernière saison viennent bien. Je crois que ce petit commerce donne satisfaction à M. le baron.

Aux côtés de Molines, Angélique était assise comme jadis, jeune fille pure, un peu intransigeante, et si droite. C'était Molines qui avait négocié son mariage

565

avec le comte de Peyrac. Aujourd'hui, elle le revoyait apparaître, mais cette fois sur les pas de Philippe. Comme une araignée tissant des fils patients, Molines s'était toujours trouvé mêlé à la trame de sa vie. C'était rassurant de l'avoir retrouvé. N'était-ce pas le signe que le présent renouait avec le passé? La paix de la terre natale, la force puisée au sein du patrimoine familial, mais aussi les soucis de l'enfance, les efforts du pauvre baron pour caser sa progéniture, les inquiétantes générosités de l'intendant Molines...

— Vous souvenez-vous? demanda-t-elle rêveusement. Vous étiez là, le soir de mes noces à Monteloup. Je vous en voulais beaucoup. Et pourtant, j'ai été magnifiquement heureuse, grâce à vous.

Le vieillard lui jeta un regard par-dessus ses grosses lunettes d'écaille.

— Sommes-nous ici pour nous perdre en considérations émouvantes sur votre premier mariage, ou pour négocier les accords du second?

Les joues d'Angélique s'empourprèrent.

— Vous êtes dur, Molines.

— Vous aussi, vous êtes dure, Madame, si j'en crois les moyens employés pour convaincre mon jeune maître de vous épouser.

Angélique respira profondément, mais son regard ne se détourna pas. Elle sentait que le temps n'était plus où, fillette intimidée, jeune fille pauvre, elle regardait avec crainte le tout-puissant intendant Molines qui tenait entre ses mains le sort de sa famille.

Elle était une femme d'affaires que M. Colbert ne dédaignait pas d'entretenir et dont les raisonnements lucides désarçonnaient le banquier Pennautier.

— Molines, vous m'avez dit un jour : « Quand on veut atteindre un but, on doit accepter de payer un peu de sa personne. » Ainsi, dans cette affaire, je crois que je vais perdre quelque chose d'assez précieux : l'estime de moi-même... Mais tant pis! J'ai un but à atteindre.

Un mince sourire étira les lèvres sévères du vieillard.

— Si mon humble approbation peut vous être de quelque réconfort, Madame, je vous l'accorde.

Ce fut au tour d'Angélique de sourire. Elle s'entendrait toujours avec Molines. Cette certitude lui donna le courage d'affronter la discussion du contrat.

— Madame, reprit-il, il s'agit d'être précis. M. le marquis m'a bien fait comprendre que les enjeux sont graves. C'est pourquoi je vais vous exposer les quelques conditions auxquelles vous devez souscrire. Vous m'exposerez ensuite les vôtres. Puis je rédigerai le contrat et en ferai lecture devant les deux parties. Tout d'abord, madame, vous vous engagerez à jurer sur le crucifix que vous connaissez la cachette de certain coffret dont M. le marquis désire s'assurer la possession. Ce n'est qu'à la suite de ce serment que les écritures prendront quelque valeur...

— Je suis prête à le faire, affirma Angélique en étendant la main.

— Dans quelques instants, M. du Plessis va se présenter avec son aumônier. En attendant, clarifions la situation. Etant convaincu que Mme Morens est possesseur d'un secret qui l'intéresse hautement, M. le marquis du Plessis-Bellière acceptera d'épouser Mme Morens, née Angélique de Sancé de Monteloup, contre les avantages suivants : le mariage accompli, c'est-à-dire immédiatement après la bénédiction nuptiale, vous vous engagez à vous dessaisir dudit coffret en présence de deux témoins qui seront sans doute l'aumônier ayant béni le mariage et moi-même, votre humble serviteur. D'autre part, M. le marquis exige de pouvoir disposer librement de votre fortune.

— Oh! pardon! dit vivement Angélique. M. le marquis disposera de tout l'argent qu'il voudra et je suis prête à fixer le chiffre de la rente que je lui verserai annuellement. Mais je resterai seule propriétaire et gérante de mon avoir. Je m'oppose même à ce qu'il y participe de quelque façon que ce soit car je ne tiens pas à avoir travaillé durement pour me retrouver sur la paille, même avec un beau nom. Je connais le génie dilapidatoire des grands seigneurs!

Sans sourciller, Molines ratura quelques lignes et en écrivit d'autres. Il demanda ensuite à Angélique de lui faire un exposé aussi détaillé que possible des diverses affaires dont elle s'occupait... Assez fièrement, elle mit l'intendant au courant de ses entreprises, heureuse de pouvoir soutenir la discussion avec ce vieux renard et de lui indiquer les personnages importants près desquels il pourrait vérifier ses dires. Cette précaution n'offusqua pas la jeune femme, car, depuis qu'elle se débattait dans les arcanes de la finance et du commerce, elle avait appris à considérer que toute parole n'est valable que dans la mesure où elle est appuyée par des faits contrôlables. Elle nota dans ses yeux un éclair d'admiration lorsqu'elle lui eut expliqué sa position à la Compagnie des Indes et comment elle y était parvenue.

— Avouez que je ne me suis pas mal débrouillée, monsieur Molines, conclut-elle.

Il hocha la tête.

— Vous n'avez pas démérité. Je reconnais que vos combinaisons ne me semblent pas maladroites. Tout dépend évidemment de ce que vous avez pu engager au départ.

Angélique eut un petit rire amer et dur.

— Au départ?... Je n'avais RIEN, Molines, moins que rien. La pauvreté dans laquelle nous vivions à Monteloup n'était rien en regard de celle que j'ai connue après la mort de M. de Peyrac.

Pour avoir prononcé ce nom, ils demeurèrent un long moment silencieux. Comme le feu baissait, Angélique prit une bûche dans le coffre placé près de l'âtre et la posa sur les tisons.

— Il faudra que je vous parle de votre mine d'Argentières, dit enfin Molines du même ton paisible. Elle a beaucoup contribué au soutien de votre famille, ces dernières années, mais il est juste que, maintenant, vous puissiez toucher, ainsi que vos enfants, l'usufruit de cette production.

— La mine n'a donc pas été mise sous scellés et attribuée à d'autres, comme tous les biens du comte de Peyrac?

— Elle a échappé à la rapacité des contrôleurs royaux. A l'époque, elle représentait votre dot d'alors. Sa situation de propriété est demeurée assez ambiguë...

— Comme toutes les choses dont vous vous occupez, maître Molines, dit Angélique en riant. Vous avez le génie de pouvoir servir plusieurs maîtres.

— Que non pas! protesta l'intendant d'un air pincé. Je n'ai pas plusieurs maîtres, Madame. J'ai plusieurs affaires.

— Je saisis la nuance, maître Molines. Parlons donc de l'affaire du Plessis-Bellière fils. Je souscris aux engagements que l'on me demande concernant le coffret. Je suis prête à étudier le chiffre de rente nécessaire à M. le marquis. En échange de ces avantages, je demande le mariage et d'être reconnue marquise souveraine des terres et titres appartenant à mon époux. Je demande également à être présentée à ses parents et connaissances comme sa femme légitime. Je demande aussi que mes deux fils trouvent accueil et protection dans la maison de leur beau-père. Enfin, je voudrais être au courant des valeurs et biens dont il dispose.

— Hum!... Là, Madame, vous risquez de ne découvrir que de bien minces avantages. Je ne vous cacherai pas que mon jeune maître est fort endetté. Il possède, avec cet hôtel parisien, deux châteaux, l'un en Touraine qui lui vient de sa mère, l'autre en Poitou. Mais les terres des deux châteaux sont hypothéquées.

— Auriez-vous mal géré les affaires de votre maître, monsieur Molines?

— Hélas! Madame! M. Colbert lui-même, qui travaille quinze heures par jour pour rétablir les finances du royaume, ne peut rien contre l'esprit de prodigalité du roi, lequel met tous les calculs de son ministre en défaut. De même, M. le marquis engloutit ses revenus, déjà fort diminués par le faste de monsieur son père, en campagnes guerrières ou frivolités de cour. Le roi lui a fait don à plusieurs reprises de charges intéressantes qu'il eût pu faire fructifier. Mais il s'empressait de les revendre pour payer une dette de jeu ou acheter un équipage. Non, Madame, l'affaire du Plessis-Bellière n'est pas pour moi une affaire intéressante. Je m'en occupe par habitude... sentimentale. Permettez-moi de rédiger vos propositions, madame.

Pendant quelques instants, on n'entendit dans la pièce que les grattements de la plume qui répondaient aux crépitements du feu.

« Si je me marie, pensait Angélique, Molines deviendra mon intendant. C'est curieux! Je n'avais jamais imaginé cela. Il essaiera sûrement de mettre ses longs doigts dans mes affaires. Il faudra que je me méfie. Mais, au fond, c'est très bien ainsi. J'aurai en lui un conseiller excellent. »

— Puis-je me permettre de vous suggérer une clause supplémentaire? demanda Molines en relevant la tête.

— A mon avantage ou à celui de votre maître?

— A votre avantage.

— Je croyais que vous représentiez les intérêts de M. du Plessis?

Le vieillard sourit sans répondre et ôta ses lunettes. Puis il s'appuya contre le dossier de son fauteuil et posa sur Angélique ce regard animé et pénétrant qu'il posait déjà sur elle dix ans auparavant lorsqu'il lui disait : — Je crois vous connaître, Angélique, et je vous parlerai autrement qu'à votre père...

— Je pense, dit-il, que c'est une très bonne chose que vous épousiez mon maître. Je ne croyais pas vous retrouver jamais. Vous êtes là, contre toute vraisemblance, et M. du Plessis se trouve dans l'obligation de vous épouser. Rendez-moi cette justice, madame, que je ne suis pour rien dans les circonstances qui vous ont amenée à une telle union. Mais il s'agit maintenant que cette union soit une réussite : dans l'intérêt de mon maître, dans le vôtre et, ma foi, dans le mien, car le bonheur des maîtres fait celui des serviteurs.

— Je suis de votre avis, certes, Molines. Quelle est donc cette nouvelle clause?

— Que vous exigiez la consommation du mariage...

— La consommation du mariage? répéta Angélique en ouvrant des yeux de pensionnaire à peine sortie du couvent.

— Mon Dieu, Madame... J'espère que vous comprenez ce que je veux dire?

— Oui... je comprends, balbutia Angélique en re

prenant ses esprits. Mais vous m'avez surprise. Il est bien évident qu'en épousant M. du Plessis...

— Ce n'est pas évident du tout, Madame. En vous épousant, M. du Plessis ne fait pas un mariage d'inclination. Je dirai même qu'il fait un mariage forcé. Vous étonnerais-je beaucoup en vous confiant que les sentiments que vous inspirez à M. du Plessis sont loin de ressembler à de l'amour et se rapprocheraient plutôt de la colère et même de la rage?

— Je m'en doute, murmura Angélique avec un haussement d'épaules qui se voulait désinvolte.

Mais, en même temps, la peine l'envahit. Elle s'écria avec violence :

— Et puis après?... Que voulez-vous que ça me fasse qu'il ne m'aime pas! Tout ce que je demande, c'est son nom, ce sont ses titres. Le reste m'est indifférent. Il peut bien me mépriser et aller coucher avec des filles de basse-cour si cela lui fait plaisir. Ce n'est pas moi qui courrai après lui!

— Vous auriez tort, Madame. Je crois que vous connaissez mal l'homme que vous allez épouser. Pour l'instant, votre position est très forte, c'est pourquoi vous le croyez faible. Mais, ensuite, il faudra que vous le dominiez d'une façon quelconque. Sinon...

— Sinon?...

— Vous serez HORRIBLEMENT MALHEUREUSE.

Le visage de la jeune femme se durcit, et elle dit, les dents serrées :

— J'ai déjà été horriblement malheureuse, Molines. Je n'ai pas l'intention de recommencer.

— C'est pourquoi je vous propose un moyen de défense. Ecoutez-moi, Angélique, je suis assez vieux pour vous parler crûment. Après votre mariage, vous n'aurez plus de pouvoir sur Philippe du Plessis. L'argent, le coffret, il possédera tout. L'argument du cœur

n'a aucune valeur pour lui. Il faut donc que vous ar-
riviez à le dominer par les sens.

— C'est un pouvoir dangereux, maître Molines, et
bien vulnérable.

— C'est un pouvoir. A vous de le rendre invulnéra-
ble.


Angélique était très troublée. Elle ne songeait pas à
s'offusquer de tels conseils dans la bouche d'un huguenot austère. Tout le personnage de Molines était impré-
gné d'une sagesse rusée qui n'avait jamais tenu compte
des principes, mais des seules fluctuations de la nature
humaine au service des intérêts matériels. Une fois de
plus, Molines devait avoir raison. Par éclairs, Angélique
se souvenait des accès de crainte que lui avait inspirés
Philippe, et aussi de la sensation d'impuissance qu'elle
éprouvait devant son indifférence, son calme glacé. Elle
s'aperçut qu'au fond d'elle-même, c'était déjà sur sa
nuit de noces qu'elle comptait pour l'asservir. Quand
une femme tient un homme dans ses bras, elle est
quand même très puissante. L'instant vient toujours où
la défense de l'homme cède devant l'attrait de la volupté. Une femme habile doit savoir profiter de cet instant. Plus tard, l'homme reviendra malgré lui à la
source du plaisir. Angélique savait que, lorsque le
corps magnifique de Philippe se joindrait au sien, que,
lorsque cette bouche élastique et fraîche comme un
fruit se poserait sur la sienne, elle deviendrait elle-
même la plus vive et la plus savante des maîtresses. Ils
trouveraient ensemble, dans l'anonymat de la lutte
amoureuse, une entente que Philippe, le jour venu,
affecterait peut-être d'oublier, mais qui les lierait plus
sûrement l'un à l'autre que n'importe quelle déclaration enflammée.

Son regard un peu vague revint vers Molines. Il devait avoir suivi sur son visage le fil de ses pensées, car il eut un petit sourire ironique et dit :

— Je pense aussi que vous êtes assez belle pour jouer la partie. Encore faudrait-il... qu'elle puisse s'engager. Ce qui n'implique pas d'ailleurs que vous gagnerez la première manche.

— Que voulez-vous dire?

— Mon maître n'aime pas les femmes. Il les connaît, certes, mais elles sont pour lui un fruit amer et nauséabond.

— On lui prête pourtant des aventures retentissantes. Et ces orgies célèbres au cours de ses campagnes étrangères, à Norgen...

— Réflexes de soudard grisé par la guerre. Il prend les femmes comme il allumerait un incendie, comme il traverserait d'un coup d'épée le ventre d'un enfant... pour faire le mal.

— Molines, vous dites des choses effrayantes!

— Je ne veux pas vous effrayer, mais seulement vous prévenir. Vous êtes de famille noble, mais saine et paysanne. Vous semblez ignorer le genre d'éducation auquel est soumis un jeune gentilhomme dont les parents sont riches et mondains. Dès l'enfance, il est le jouet des servantes et des laquais, puis des seigneurs chez lesquels on le place comme page. Dans les pratiques italiennes qu'on lui enseigne...

— Oh! Taisez-vous. Tout ceci est fort déplaisant, murmura Angélique en regardant le feu d'un air gêné.

Molines n'insista pas et remit ses lunettes.

— Dois-je ajouter cette clause?

— Ajoutez ce que vous voudrez, Molines. Je...

En entendant la porte s'ouvrir, elle s'interrompit. Dans la pénombre du salon, la silhouette de Philippe, vêtu de satin clair, apparut d'abord comme une statue de neige, qui peu à peu se précisa. Blanc et blond, couvert d'or, le jeune homme semblait sur le point de partir pour un bal. Il salua Angélique avec une morgue indifférente.

— Où en êtes-vous, Molines, de vos négociations?

— Mme Morens ne demande pas mieux que de souscrire aux engagements proposés.

— Vous êtes prête à jurer sur le crucifix que vous connaissez VRAIMENT la cachette du coffret?

— Je peux le jurer, dit Angélique.

— Dans ce cas, vous pouvez approcher, monsieur Carette...

L'aumônier, dont la maigre et noire silhouette était demeurée invisible derrière celle de son maître, apparut à son tour. Il tenait un crucifix sur lequel Angélique jura qu'elle connaissait vraiment la cachette du coffret et qu'elle s'engageait à le remettre à M. du Plessis après leur mariage. Puis Molines énonça le chiffre de la rente qu'Angélique octroierait plus tard à son époux. Le chiffre était beau, mais devait correspondre à l'ensemble des dépenses du jeune gentilhomme telles que l'intendant avait l'habitude de les relever chaque année. Angélique fit une petite grimace, mais ne sourcilla pas : si ses affaires restaient saines et prospéraient, elle n'aurait pas de peine à s'exécuter. D'autre part, lorsqu'elle serait marquise du Plessis, elle veillerait un peu à faire prospérer au maximum les deux domaines de Philippe.

Celui-ci n'éleva aucune objection. Il affectait un air de profond ennui.

— C'est bon, Molines, fit-il en dissimulant un bâillement. Tâchez de régler le plus rapidement possible cette désagréable histoire.

L'intendant toussota et se frotta les mains avec embarras.

— Il y a encore une clause, monsieur le marquis, que Mme Morens, ici présente, m'a prié de porter au contrat. La voici : les conditions financières ne seront exécutées que s'il y a consommation du mariage.

Philippe parut mettre quelques instants à comprendre, puis son visage s'empourpra.

— Oh! vraiment! dit-il, oh! vraiment!...

Il semblait tellement à court de vocabulaire qu'Angélique éprouva pour lui ce bizarre sentiment de pitié et d'attendrissement qu'il lui inspirait parfois.

— C'est un comble! exhala-t-il enfin. L'impudeur jointe à l'impudence!

Maintenant, il était blanc de rage.

— Et pouvez-vous me dire, Molines, comment je devrais prouver au monde que j'ai honoré la couche de cette personne? En détériorant la virginité d'une p... qui a déjà deux enfants et qui a traîné dans tous les lits des mousquetaires et des financiers du royaume?... En me présentant devant un tribunal comme cet idiot de Langey qui devait s'efforcer devant dix personnes de prouver sa virilité (1)? Mme Morens a-t-elle prévenu les témoins qui devront assister à cette cérémonie?

Molines eut un geste d'apaisement des deux mains.

— Je ne vois pas, monsieur le marquis, pourquoi cette clause vous met dans un tel état. Elle est, en réalité, aussi... puis-je me permettre de dire? aussi intéressante pour vous que pour votre future épouse. Songez que si, dans un mouvement d'humeur ou de rancœur bien compréhensible, vous négligiez vos devoirs conjugaux, Mme Morens serait en droit, d'ici quelques mois, de réclamer l'annulation du mariage et de vous entraîner dans un procès ridicule et coû-

(1) Allusion à un procès de divorce, de l'époque.

teux. J'appartiens à la religion réformée, mais je crois savoir que la non-consommation du mariage est une des clauses d'annulation reconnues par l'Eglise. N'est-ce pas, monsieur l'aumônier?

— Exactement, monsieur Molines, le mariage chrétien et catholique n'a qu'un but : la procréation.

— Et voilà! dit doucement l'intendant dont seule Angélique, qui le connaissait bien, pouvait déceler l'ironie. Quant à la preuve de votre bonne volonté, continua-t-il d'un air patelin, il me semble que la meilleure est que votre épouse vous donne rapidement un héritier.

Philippe se tourna vers Angélique qui, durant cette conversation, essayait de demeurer impassible. Cependant, quand il la regarda, elle ne put s'empêcher de lever les yeux vers lui. L'expression dure de ce beau visage lui causa un frisson involontaire et qui n'était pas de plaisir.

— Eh bien, c'est entendu, dit lentement Philippe tandis qu'un sourire cruel étirait ses lèvres. On s'y emploiera, Molines, on s'y emploiera...


## 20


— Vous m'avez fait jouer un rôle plus odieux que je ne pensais, dit Angélique à Molines.

— Quand on a choisi un rôle odieux, Madame, il ne faut pas être à une nuance près. Il importe seulement de bien étayer ses positions.

Forme noire légèrement voûtée, il la suivit et la raccompagna jusqu'à son carrosse. Avec sa calotte noire, le geste un peu cauteleux de ses mains sèches qu'il frottait volontiers l'une contre l'autre, il représentait une ombre surgie du passé.

« Je reviens parmi les miens », se dit Angélique avec une sensation de plénitude qui rejetait loin derrière elle les blessures humiliantes causées par le dédain de Philippe.

Elle reprenait pied, retrouvait son monde. Sur le seuil, l'intendant parut examiner avec attention le ciel étoilé, tandis que le carrosse de Mme Morens tournait dans la cour afin de venir se ranger devant le perron.

— Je me demande, reprit l'intendant en fronçant les sourcils, comment un tel homme a pu mourir.

— Quel homme, Molines?

— M. le comte de Peyrac...

Angélique se crispa toute. Depuis quelque temps, le désespoir qu'elle éprouvait toujours lorsqu'elle pensait à Joffrey s'aggravait d'obscurs remords. Ses yeux aussi cherchèrent machinalement le ciel nocturne.

— Croyez-vous que... qu'il m'en voudra... si j'épouse Philippe? demanda-t-elle.

Le vieillard ne parut pas l'avoir entendue.

— Qu'un tel homme puisse mourir, voilà qui dépasse l'entendement, reprit-il en hochant la tête. Peut-être le roi l'a-t-il compris à temps...

Angélique lui saisit le bras d'un geste impulsif.

— Molines... vous savez quelque chose?

— J'avais entendu dire que le roi l'avait gracié... au dernier moment.

— Hélas! Je l'ai vu de mes yeux brûler sur le bûcher.

— Alors, laissons les morts enterrer les morts, dit Molines avec un geste de pasteur qui lui allait très bien et qui devait l'aider à tromper son monde. Que la vie s'accomplisse!

★

Dans le carrosse qui la ramenait chez elle, Angélique serrait l'une contre l'autre ses mains baguées.
— Joffrey, où es-tu? Pourquoi cette lueur qui se précise alors que la flamme du bûcher s'est éteinte depuis cinq années... Si tu erres encore sur la terre, reviens vers moi!

Elle se tut, effrayée des paroles qu'elle murmurait.
Au passage de la voiture, les lanternes des rues, dont
M. de La Reynie avait ordonné l'établissement, projetaient des taches de lumière sur sa robe. Elle leur
en voulait de dissiper cette obscurité où elle aurait
souhaité s'enfoncer en aveugle.

Elle avait peur. Peur de Philippe, mais surtout de
Joffrey, qu'il fût mort ou vivant!...

A l'hôtel du Beautreillis, Florimond et Cantor vinrent au-devant d'elle. Ils étaient vêtus tous deux de
satin rose avec cols de dentelle, portaient de minuscules épées, et étaient coiffés de feutres à plumes roses.

Ils s'appuyaient au cou d'un grand dogue à pelage
roux, presque aussi haut que Cantor.

Angélique s'arrêta, le cœur battant, devant la grâce
de ces petits êtres adorables. Qu'ils étaient graves et
pénétrés de leur importance! Comme ils marchaient
lentement afin de ne pas froisser leurs beaux habits!

Entre Philippe et le fantôme de Joffrey, ils surgissaient, forts de leur faiblesse. « Que la vie s'accomplisse », avait dit le vieil intendant huguenot. Et la
vie, c'était eux. C'était pour eux qu'elle devait continuer à tracer son chemin, lentement, sans défaillance.

## 21

Les affres et les scrupules qui durant cette période assaillirent Angélique et troublèrent ses nuits ne furent soupçonnés ni de son entourage ni de ses amies. Jamais elle n'avait paru si belle, si sûre d'elle-même. Elle affronta, avec un sourire à la fois condescendant et naturel, la curiosité des salons où se répandit comme une traînée de poudre, en même temps que la nouvelle de son futur mariage, la révélation de son origine aristocratique.

Mme Morens! La chocolatière! Une Sancé?... Famille devenue obscure au cours des derniers siècles, mais alliée par un réseau de rameaux glorieux aux Montmorency, et même aux Guise. Aussi bien les derniers rejetons de cette famille avaient commencé à la parer d'un nouveau lustre. Anne d'Autriche n'avait-elle pas réclamé à son chevet d'agonisante, un grand jésuite aux yeux de feu, le R. P. de Sancé, dont toutes les grandes dames de la cour souhaitaient recevoir la direction. Ainsi Mme Morens, dont l'originale existence et l'ascension brusquée étaient, quoi qu'on s'en défendît, un petit sujet de scandale, était la propre sœur de ce fin et souple ecclésiastique, déjà presque illustre?... On en doutait. Mais, à une réception donnée par Mme d'Albret, qui s'était arrangée pour les mettre en présence, on vit le jésuite embrasser la future marquise du Plessis-Bellière, la tutoyer ostensiblement et s'entretenir longuement avec elle sur le ton de la plaisanterie fraternelle.

C'était d'ailleurs vers Raymond qu'Angélique s'était précipitée le lendemain de sa rencontre avec Molines.

Elle savait qu'elle aurait en lui un allié sûr, qui, sans avoir l'air d'y toucher, organiserait admirablement sa réhabilitation mondaine. Ce qui, d'ailleurs, ne manqua pas de se produire.

Une semaine ne s'était pas écoulée que la barrière d'arrogance dressée entre la roture présumée de la jeune femme et la sympathie des nobles dames du Marais s'était effondrée. On lui parla de sa sœur, la délicieuse Marie-Agnès de Sancé, dont la grâce avait enchanté, deux saisons, la cour. Sa conversion n'était que passagère, n'est-ce pas ? De toute façon, la cour allait s'honorer de la présence d'une autre Sancé, dont la beauté n'avait rien à envier à la première et dont l'esprit était déjà célèbre dans les ruelles.

Ses frères Denis et Albert, ce dernier étant page de Mme de Rochant, vinrent la voir et, après des effusions pleines de franchise, lui réclamèrent de l'argent.

On ne parla pas du frère peintre qu'on ignorait, et à peine de l'aîné, un jeune fou parti jadis pour les Amériques. De même qu'on ne s'appesantit guère sur le premier mariage d'Angélique, ni sur les raisons qui avaient pu pousser la descendante d'une authentique famille princière à fabriquer du chocolat. Ces courtisans et ces dames frivoles savaient parfaitement oublier, dans les chuchotements d'une confidence, ce que les uns et les autres avaient intérêt à oublier.

A l'exception d'un seul, de Guiche, tous les favoris de jadis, redoutant la disgrâce, avaient appris à être plus discrets. Vardes était en prison depuis l'affaire du petit marchand d'oublies, qui avait dévoilé celle de la lettre espagnole.

La bonté profonde de la Grande Mademoiselle lui dicta le silence, malgré son amour des commérages. Elle embrassa longuement Angélique et lui dit :

— Soyez heureuse, très heureuse, ma chérie, tout en essuyant quelques larmes d'émotion.

Mme de Montespan avait bien souvenir d'un détail assez bizarre dans la vie de cette Angélique de Sancé, mais, toute à ses propres intrigues, elle ne s'en occupa guère. Elle se réjouissait qu'Angélique fût bientôt présentée à la cour. Avec la triste Louise de La Vallière et une reine maussade et pleurnicheuse, la cour manquait d'entrain. Or, le roi, sérieux et un peu gourmé, était aussi épris de gaieté et de folie qu'un adolescent trop longtemps contraint. Le caractère enjoué d'Angélique ferait merveille pour permettre à celui, étincelant, d'Athénaïs de s'épanouir. Leur attelage, formé par ces deux beautés rieuses, et qui se donnaient si vivement la réplique, n'était-il pas déjà recherché dans les salons comme un gage d'animation et de réussite d'une soirée?

Athénaïs de Montespan accourut et donna à son amie une foule de conseils sur ses toilettes et sur les bijoux qui lui étaient nécessaires pour sa présentation à Versailles.

Quant à Mme Scarron, on pouvait avoir confiance en sa discrétion. L'intelligente veuve avait un souci trop constant de ménager le présent, le passé ou l'avenir des personnes qui pouvaient lui être utiles, pour se risquer à commettre une imprudence.

Par cet accord tacite et général, le récent passé d'Angélique parut tomber dans un trou noir. Un soir, après avoir regardé une fois encore le poignard de Rodogone-l'Egyptien, la jeune femme comprit que tout cela n'avait été qu'un rêve atroce et qu'il n'y fallait plus songer. Sa vie se ressoudait selon une ligne continue et prescrite d'avance, la vie d'Angélique de Sancé, jeune fille noble du Poitou, à laquelle déjà, autrefois, Philippe du Plessis-Bellière paraissait promis.

## 22

Cependant, cette disparition d'une tranche de son existence ne s'accomplit pas sans quelques remous.

Un matin qu'elle était à sa toilette, le maître d'hôtel du comte de Soissons, Audiger, se fit annoncer.

Sur le point de passer une robe et de descendre pour le recevoir, Angélique se ravisa et resta assise devant sa coiffeuse. Une grande dame pouvait fort bien recevoir en peignoir un subalterne.

Quand Audiger entra, elle ne se retourna pas et continua à poudrer doucement, avec une énorme houppe, son cou et la naissance de sa gorge. Dans le grand miroir ovale dressé devant elle, elle pouvait fort bien voir le visiteur s'avancer, raidi dans son simple habit bourgeois. Il avait l'expression sévère qu'elle lui connaissait bien, celle qui précédait entre eux l'explosion des « scènes conjugales ».

— Entrez donc, Audiger, dit-elle cordialement, et asseyez-vous près de moi, sur ce tabouret. Il y a fort longtemps que nous ne nous sommes vus, mais ce n'était pas nécessaire. Nos affaires marchent si bien avec ce brave Marchandeau!

— Je déplore toujours de rester trop longtemps sans vous rencontrer, dit le jeune homme d'une voix contenue. Car vous en profitez généralement pour faire des bêtises. Est-il vrai, si j'en crois la rumeur publique, que vous allez épouser le marquis du Plessis-Bellière?

— C'est tout ce qu'il y a de plus vrai, mon ami, répondit négligemment Angélique en ôtant avec une petite brosse douce une trace de poudre sur son cou de cygne. Le marquis est un mien cousin et je crois, en vérité, que j'en ai toujours été amoureuse.

— Ainsi, vous êtes enfin parvenue à réaliser les projets de votre petite cervelle ambitieuse! Il y a longtemps que j'avais compris que rien ne serait jamais assez haut pour vous. A tout prix, et comme si cela en valait la peine, vous vouliez faire partie de la noblesse...

— Je SUIS de la noblesse, Audiger, et j'en ai toujours été, même au temps où je servais les clients de maître Bourjus. Vous qui êtes si bien au courant de tous les racontars, vous n'avez pas été sans apprendre également, ces jours derniers, que je me nomme en réalité Angélique de Sancé de Monteloup.

Le visage du maître d'hôtel se crispa. Il était très rouge.

« Il devrait se faire saigner », pensa Angélique.

— Je l'ai appris, en effet. Et cela m'a éclairé sur le sens de vos dédains. C'est pour cette raison que vous refusiez de devenir ma femme!... Parce que je vous faisais honte.

D'un doigt, il desserra son rabat qui, dans sa colère contenue, l'étranglait. Après avoir soufflé, il reprit :

— J'ignore pour quelles raisons vous étiez tombée si bas que je vous ai connue servante pauvre et vous cachant de votre famille même. Mais je connais trop le monde pour ne pas deviner que vous avez été victime d'intrigues sordides et criminelles, comme il s'en trouve toujours à l'ombre des cours. Et voilà que vous voulez retourner dans ce monde!... Non, je ne puis encore vous considérer ainsi. C'est pourquoi je continue à vous parler sur un ton familier qui, peut-être, vous choque déjà... Non, vous n'allez pas disparaître, Angélique, plus cruellement que si vous étiez morte. La belle gloriole, vraiment, d'appartenir à un milieu vil, hypocrite et stupide! Comment, vous, Angélique, dont j'admirais la lucidité et le solide bon sens, pouvez-vous demeurer aveugle aux défauts de cette classe dont vous vous réclamez?... L'atmosphère saine dont vous avez besoin pour vous épanouir et la bonté fraternelle des simples que vous avez trouvée parmi nous — voyez, je n'ai pas honte, moi, de me mettre sur le même pied qu'un maître Bourjus! — comment pouvez-vous rejeter tout cela si aisément?... Vous demeurerez seule parmi ces intrigants dont la futilité et la vilenie heurteront votre goût de la réalité, votre franchise, ou bien, comme eux, vous vous corromprez...

Angélique posa un peu sèchement sa brosse d'argent sur le rebord de la coiffeuse. Elle en avait assez des scènes conjugales d'Audiger. Devrait-elle, jusqu'à Versailles, subir les sermons d'un maître d'hôtel? Elle jeta un regard sur ce visage plein et lisse aux yeux honnêtes, aux belles lèvres, et se dit : « C'est dommage, pour un homme, d'être à la fois aussi sympathique et aussi stupide! » Avec un soupir décidé, elle se leva.

— Mon cher ami...

— Je ne suis plus votre ami, Dieu m'en préserve, dit-il en se levant à son tour. Mme la marquise signifie son congé au maître d'hôtel...

De rouge, il devenait très pâle. Ses traits s'altéraient. Sa voix trembla comme sous le coup d'un égarement subit.

— Des illusions!... gronda-t-il. Je ne me suis jamais fait qu'illusions sur vous. Avoir été jusqu'à envisager... Vous, ma femme! Pauvre idiot! C'est vrai... vous êtes bien de votre monde. Après tout, vous n'êtes qu'une garce bonne à culbuter!

En deux pas, il fut près d'elle, lui prit la taille et la renversa sur le divan. Haletant, avec une rage inouïe, il lui saisit les poignets d'une seule main, les maintenant contre la poitrine de la jeune femme afin d'immobiliser son buste, tandis que, de l'autre main, il arrachait le peignoir, la fine chemise, cherchant à la dénuder entièrement.

Le premier réflexe d'Angélique avait été de se cabrer, mais, très vite, elle s'immobilisa et resta sans mouvement, livrée à cet assaut forcené. L'homme, qui s'attendait à une lutte, sentit peu à peu l'inanité et le ridicule de sa violence. Déconcerté, il ralentit ses gestes, puis relâcha son étreinte.

Ses yeux hagards fouillèrent le visage qui, rejeté en arrière, faisait penser à celui d'une morte.

— Pourquoi ne vous défendez-vous pas? balbutia-t-il.

Elle le regarda fixement, de ses prunelles vertes qui ne cillaient point. Jamais le visage d'Audiger n'avait été si près du sien. Gravement, elle plongea ses prunelles dans ce regard bronzé où s'allumaient et s'éteignaient tour à tour la folie, le désespoir, la passion.

— Vous avez été un très utile compagnon, Audiger, murmura-t-elle. Je le reconnais. Si vous me voulez, prenez-moi. Je ne me refuserai pas. Vous savez bien que je ne recule jamais quand l'heure est venue de payer une dette.

Muet, il la contemplait. Le sens des paroles qu'elle prononçait ne pénétrait que très lentement jusqu'à son esprit. Il sentait contre sa jambe cette chair souple et ferme, dont le parfum à la fois étranger et familier le faisait défaillir. Angélique n'était nullement révulsée. Il devait lui rendre cette justice qu'elle se livrait sans recul. Mais cet abandon même était insultant. C'était une enveloppe sans âme qu'on lui offrait.

Il le comprit. Avec une sorte de sanglot il se redressa et recula de quelques pas en titubant. Il ne la quittait pas du regard.

Elle n'avait pas bougé et demeurait là, à demi étendue sur le divan, sans même faire le geste de ramener sur sa poitrine la dentelle déchirée de son peignoir. Il pouvait voir les jambes dont il avait tant rêvé, et elles étaient aussi parfaites qu'il les avait imaginées, longues, fuselées, terminées par des pieds très petits qui se détachaient sur le velours des coussins comme d'exquis bibelots d'ivoire rose. Audiger respira profondément.

— Certes, je le regretterai toute ma vie, dit-il d'une voix étouffée. Mais, au moins, je ne me mépriserai pas. Adieu, madame! Je ne veux pas de votre aumône.

Il se recula encore jusqu'à la portière et sortit.

Angélique resta encore un long moment à réfléchir. Puis elle examina les dégâts de sa toilette; son col en dentelle de Malines était perdu.

« La peste soit des hommes! » se dit-elle avec agacement.

Elle se rappelait combien elle avait souhaité, au cours de la promenade au moulin de Javel, qu'Audiger devînt son amant. Mais les circonstances étaient autres. A cette époque, Audiger était plus riche qu'elle, et le col qu'elle portait ce jour-là ne lui avait pas coûté trois livres...

Avec un petit soupir, elle revint s'asseoir devant sa coiffeuse. « Ninon de Lenclos a raison, se dit-elle encore. Ce qui cause le plus de malentendus en amour, c'est que les horloges du désir ne sonnent pas toujours à la même heure. »

★

Le lendemain, par une soubrette de la Naine-Espagnole, elle reçut un mot très bref d'Audiger qui la priait de se rendre à l'établissement dans la soirée afin d'y examiner les livres avec lui. Le prétexte lui parut cousu de fil blanc. Le pauvre garçon, après une nuit d'insomnie et de tourments, avait dû rejeter au diable sa dignité et sa grandeur d'âme et essayer de rattraper l'aubaine qu'elle lui avait offerte. Angélique ne recula pas. Comme elle l'avait dit la veille, elle était décidée à faire les choses correctement, et elle savait qu'elle devait beaucoup à Audiger.

Aussi, sans enthousiasme, mais décidée à lui prouver, en cette unique étreinte, toute sa reconnaissance, elle se rendit au rendez-vous du maître d'hôtel. Elle le trouva dans le petit bureau attenant à la salle de dégustation. Il était en justaucorps de cavalier et chaussé de bottes de chasse. Il paraissait très calme et même enjoué. Il ne fit aucune allusion à l'escarmouche de la veille.

— Je m'excuse, madame, dit-il, de vous avoir fait déranger, mais, avant mon départ, il m'a semblé nécessaire d'examiner avec vous les affaires de la chocolaterie, bien que la gérance de Marchandeau puisse nous inspirer toute confiance.

— Vous partez?

— Oui. Je viens de signer un engagement pour la Franche-Comté, où l'on dit que Sa Majesté aurait quelque ville à conquérir ce printemps.

Pendant plus d'une heure, avec l'aide de Marchandeau, ils épluchèrent les livres de comptes, se rendirent à l'atelier pour examiner les machines, et aux magasins pour vérifier les réserves de cacao, de sucre et d'épices. Puis, à un moment donné, Audiger se leva et sortit comme s'il devait aller chercher un autre dossier de factures. Mais, peu d'instants après, Angélique entendit le pas d'un cheval qui s'éloignait. Elle comprit qu'Audiger était parti et qu'elle ne le reverrait plus.

## 23

Elle acheva d'écrire une lettre à son armateur de La Rochelle, puis, après l'avoir sablée et cachetée, elle remit son masque et reprit son manteau. Elle écoutait le brouhaha venu de la salle pleine à craquer, car une pluie aussi violente que brève venait de chasser les consommateurs des tonnelles où ils s'étaient attablés.

L'odeur douceâtre du chocolat, mêlée à celle des amandes grillées, pénétrait jusqu'à ce bureau où, pendant deux années, Angélique, en robe noire, col blanc et manchettes blanches, une plume d'oie en main, avait peiné sur des factures sans fin.

Par un geste habituel, elle alla jusqu'au seuil de la salle et observa « ses » clients par l'interstice discret de la tenture. Lorsqu'elle serait devenue marquise du Plessis-Bellière, il ne serait plus question qu'elle pénétrât dans cette salle autrement que pour y venir à son tour, avec une bande de galantins, déguster le « divin » chocolat. Ce serait assez drôle — une revanche assez piquante.

Les grandes glaces, entre leurs boiseries dorées, renvoyaient l'animation de bon ton qu'elle avait toujours su maintenir à la Naine-Espagnole, sans grand-peine d'ailleurs, car le chocolat est une boisson qui donne plus de propension aux doux propos qu'aux âpres querelles.

Assez proche de la tenture derrière laquelle elle se dissimulait, elle remarqua un homme qui était assis seul devant une tasse fumante et qui émiettait mélancoliquement des pistaches. Après l'avoir regardé deux fois, Angélique se dit qu'elle le connaissait, et, la troisième fois, elle commença à soupçonner que ce personnage assez richement vêtu ne pouvait être que le policier Desgrez, dissimulé sous un habile grimage. Elle en ressentit une joie puérile. Entre les rancœurs glacées de son futur époux, les reproches d'Audiger, les curiosités de ses amis, Desgrez était bien le seul être avec lequel elle pourrait actuellement converser sans être obligée de prendre son courage à deux mains ou de jouer la comédie.

Elle sortit de sa cachette et s'approcha de lui.

— Il me semble qu'on vous délaisse, maître Desgrez, lui glissa-t-elle à mi-voix. Puis-je essayer de remplacer, oh! très modestement, la cruelle qui vous manque?

Il leva les yeux et la reconnut.

— Rien ne peut m'honorer plus que d'avoir à mes côtés la maîtresse de ce lieu enchanteur.

Elle s'assit en riant près de lui et fit signe à l'un des négrillons de lui apporter une tasse et des galettes.

— Qui venez-vous chasser sur mes terres, Desgrez? Un journaliste virulent?

— Non. Seulement son équivalent dans le sexe féminin, c'est-à-dire : une empoisonneuse.

— Peuh! c'est très banal. J'en connais, moi, des empoisonneuses, fit étourdiment Angélique, qui pensait à Mme de Brinvilliers.

— Je sais. Mais tout ce que vous avez de mieux à faire, c'est d'oublier que vous les connaissez.

Comme il ne souriait pas, elle fit signe qu'elle avait compris.

— Quand j'aurai besoin de vos renseignements, je saurai bien vous les demander, remarqua Desgrez avec une petite grimace ironique. Je sais que vous me les confiez très volontiers.

Angélique s'absorba dans la dégustation du breuvage brûlant que le négrillon Tom venait de lui verser.

— Que pensez-vous de ce chocolat, monsieur Desgrez?

— C'est une vraie pénitence! Mais, au fond, quand on mène une enquête, on sait bien qu'il y aura quelques petites épreuves de ce genre à subir. Je dois reconnaître qu'au cours de ma carrière j'ai dû bien souvent pénétrer dans des lieux plus sinistres que cette chocolaterie. C'est assez galant...

La jeune femme était persuadée que Desgrez était parfaitement au courant de son projet de mariage avec Philippe. Mais, comme il ne lui en parlait pas, elle se trouvait embarrassée pour aborder le sujet.

Le hasard la servit en amenant, parmi une joyeuse bande de seigneurs et de dames, le marquis Philippe lui-même. Angélique, masquée et assise dans un coin reculé de la salle, ne risquait pas d'être reconnue par lui.

Elle dit, en montrant Philippe à Desgrez :

— Voyez-vous ce gentilhomme en habit de satin bleu ciel? Eh bien, je vais l'épouser.

Desgrez feignit l'étonnement.

— Ah?... Mais n'est-ce pas le petit cousin qui a joué avec vous, certain soir, à la taverne du Masque-Rouge?

— Lui-même, confirma Angélique avec un mouvement provocant du menton. Eh bien, qu'en pensez-vous?

— De quoi donc? Du mariage ou du petit cousin?

— Des deux.

— Le mariage est un sujet délicat, et je laisse à votre confesseur le soin de vous en entretenir, mon enfant, dit Desgrez d'un ton docte. Quant au petit cousin, je constate avec regret que ce n'est pas du tout votre genre d'homme.

— Comment cela? Il est pourtant très beau.

— Précisément. La beauté est bien ce qui est le moins susceptible de vous séduire chez les hommes. Ce que vous aimez en eux ne sont pas les qualités qui les rapprochent des femmes, mais ce qui les en différencie : leur intelligence, leur vue du monde, pas toujours très juste peut-être, mais qui vous semble nouvelle, et aussi le mystère de leur fonction virile. Oui, madame, vous êtes comme ça. Ce n'est pas la peine de me regarder avec cet air choqué derrière votre masque. J'ajouterai que, plus un homme se détache du troupeau commun, plus vous le reconnaissez pour maître. C'est pourquoi vous aimez les originaux, les parias, les révoltés. Voilà pourquoi vos amours ne finissent pas toujours très bien. Pourvu qu'un homme sache vous distraire et vous faire rire vous êtes prête à le suivre jusqu'au bout du monde. Que, par là-dessus, il ait la robustesse et la science suffisantes pour combler les exigences de votre petit corps raffiné, vous lui pardonnez tout. Or, celui-ci n'est pas sot, mais il n'a pas d'esprit. S'il vous aime, vous risquez fort de vous ennuyer mortellement en sa compagnie.

— Il ne m'aime pas.

— Tant mieux. Vous pourrez toujours vous distraire à essayer de vous faire aimer. Mais, pour l'amour physique, je parierais sans peine qu'il est moins subtil qu'un laboureur. Ne m'a-t-on pas dit qu'il faisait partie de la bande de Monsieur?

— Je n'aime pas qu'on parle ainsi de Philippe, dit Angélique, assombrie. Oh! Desgrez, cela me gêne de vous poser cette question. Mais est-ce que de telles pratiques ne peuvent pas empêcher un homme de... d'avoir des enfants, par exemple?

— Cela dépend de quel genre d'homme il s'agit, ma belle innocente, dit Desgrez en riant. Tel que ce garçon me paraît bâti, je pense qu'il a tout ce qu'il faut pour rendre une femme heureuse et lui donner une ribambelle d'enfants. Mais, chez lui, c'est le cœur qui manque. Quand il sera mort, son cœur ne pourra pas être plus froid dans sa poitrine qu'il ne l'est aujourd'hui. Bah! Je vois que vous voulez goûter à la beauté. Eh bien! goûtez-y, mordez-y à belles dents et surtout ne regrettez rien. Moi, je vais vous quitter.

Il se leva pour lui baiser la main.

— Mon empoisonneuse n'est pas venue. J'en suis marri. Merci pourtant de votre agréable compagnie.

Lorsqu'il se fut éloigné entre les tables, Angélique resta figée par la sensation d'inquiétude et de chagrin qui lui serrait la gorge.

— Moi, je vais vous quitter, avait dit Desgrez.

Tout à coup elle comprenait que, dans le monde où elle allait revenir : la cour, Versailles, Saint-Germain, le Louvre, elle ne rencontrerait plus le policier Desgrez et son chien Sorbonne. Ils s'effaceraient, retourneraient dans ce décor de valets, de marchands, de petit peuple qui tourne sa ronde autour des grands et que les yeux de ces derniers ne voient pas.

Angélique se leva à son tour et, rapidement, gagna

la porte par laquelle Desgrez était sorti. Elle l'aperçut, s'éloignant par les allées obscurcies du jardin et suivi de la silhouette blanche de Sorbonne.

Elle courut derrière lui :

— Desgrez!

Il s'arrêta et revint sur ses pas. Angélique le poussa dans la pénombre d'une tonnelle et elle lui mit ses bras autour du cou.

— Embrassez-moi, Desgrez.

Il eut un petit sursaut.

— Qu'est-ce qui vous prend? Vous avez un pamphlétaire à sauver?

— Non... mais je...

Elle ne savait comment lui exprimer la panique qui l'avait saisie à la pensée qu'elle ne le rencontrerait plus. Troublée, elle frotta câlinement sa joue contre l'épaule de Desgrez.

— Vous comprenez, je vais me marier. Alors, après, il ne me sera plus guère possible de tromper mon mari.

— Au contraire, ma chérie. Une grande dame ne doit pas tomber dans le ridicule d'aimer son mari et de lui être fidèle. Mais je vous comprends. Quand vous serez la marquise du Plessis-Bellière, il ne sera guère élégant pour vous de compter parmi vos amants un policier nommé Desgrez?

— Oh! pourquoi cherchez-vous des raisons? protesta Angélique.

Elle aurait voulu rire, mais elle n'arrivait pas à maîtriser son émotion. Et ses yeux s'emplirent de larmes quand elle murmura de nouveau :

— Pourquoi chercher des raisons? Depuis que le monde est monde, qui donc, messieurs, réussira à expliquer le cœur des femmes et le pourquoi de leurs passions?

Il reconnut l'écho de sa propre voix, lorsqu'il s'était dressé jadis, dans le prétoire, pour y défendre le comte de Peyrac.

En silence, il referma ses bras sur elle et la serra contre lui.

— Vous êtes mon ami, Desgrez, murmurait Angélique. Je n'en ai point de meilleur, je n'en aurai jamais de meilleur. Dites-moi, vous qui savez tout, dites-moi que je ne suis pas devenue indigne de LUI. C'était un homme qui avait dominé ses disgrâces et la pauvreté, au point de régner sur l'esprit des autres comme peu d'êtres peuvent le faire... Mais moi, moi, que n'ai-je pas dominé aussi?... Vous qui savez d'où je reviens, souvenez-vous et dites-moi... Suis-je indigne de ce prodigieux phénomène de volonté qu'était le comte de Peyrac?... Dans la force que j'ai déployée pour arracher ses fils à la misère, ne reconnaîtrait-il pas la sienne?... S'il revenait...

— Oh! ne vous cassez donc pas la tête, mon ange, fit Desgrez de sa voix traînante. S'il revenait... eh bien, s'il revenait, autant que j'ai pu juger cet homme, je pense qu'il commencerait par vous flanquer une volée de bois vert. Ensuite, il vous prendrait dans ses bras et vous ferait l'amour jusqu'à ce que vous demandiez grâce. Puis, tous les deux, vous vous préoccuperiez de trouver un coin tranquille pour y attendre vos noces d'or. Calmez-vous, mon ange. Et suivez votre chemin.

— N'est-ce pas bizarre, Desgrez, que je ne puisse détruire en moi cette espérance de le revoir un jour? Certains ont dit que... ce n'était pas lui qu'on a brûlé en place de Grève.

— N'écoutez pas les racontars, fit-il durement. On cherche toujours à créer des légendes autour des êtres extraordinaires. Il est mort, Angélique. N'espérez plus. Cela use l'âme. Regardez en avant et épousez votre petit marquis.

Elle ne répondit pas. Son cœur se gonflait d'une peine immense, démesurée, enfantine.

— Je n'en puis plus! gémit-elle. Je suis trop triste. Embrassez-moi, Desgrez.

— Oh! ces femmes, grommela-t-il. Elles vous entretiennent de leur plus grand amour, de l'être unique. Et puis, la seconde d'après, elles vous demandent de les embrasser. Quelle engeance!

Un peu brutalement, il lui rabattit les manches de son corsage jusqu'aux coudes, dévoilant ses épaules, et elle sentit les mains velues de Desgrez se glisser sous ses aisselles, dont il parut goûter avec plaisir la chaleur secrète.

— Vous êtes appétissante en diable, je ne puis le nier, mais je ne vous embrasserai point.

— Pourquoi?

— Parce que j'ai autre chose à faire que de vous aimer. Et, si je vous ai prise une fois, c'était bien pour vous rendre service. Car ce fut une fois de trop pour la paix de mon âme.

Lentement, il retira ses mains, prenant le temps d'effleurer au passage les seins gonflés par le busc du plastron.

— Ne m'en veuillez pas, ma jolie, et souvenez-vous de moi... parfois. Je vous en saurai gré. Bonne chance, marquise des Anges!...

## 24

Dès le début, Philippe lui avait dit que le mariage aurait lieu au Plessis. Il ne tenait pas à donner le moindre faste à cette cérémonie. Cela arrangeait parfaitement Angélique, en la mettant ainsi dans la possibilité de retrouver le fameux coffret sans se livrer à des démarches qui auraient attiré l'attention. Parfois, elle avait une brusque sueur froide en se demandant si ce coffret était toujours à la même place, dans la fausse tourelle du château. Quelqu'un ne l'avait-il pas découvert? Mais la chose était peu probable. Qui se serait avisé d'aller traîner sur une gouttière à peine assez large pour un enfant, et de regarder à l'intérieur d'une petite tourelle d'aspect aussi insignifiant? Et elle savait qu'au cours des dernières années le château du Plessis n'avait été l'objet d'aucune transformation. Il y avait donc de grandes chances qu'elle retrouvât l'enjeu de son triomphe. A l'heure même du mariage, elle pourrait le remettre à Philippe.

Les préparatifs du départ pour le Poitou furent animés. On emmenait là-bas Florimond et Cantor, ainsi que toute la maisonnée : Barbe, Pied-Léger, les chiens, le singe et les perroquets. Avec les malles et la valetaille, il fallut un carrosse et deux voitures. Le train de Philippe suivrait de son côté.

Celui-ci affectait de rester étranger à toute cette affaire. Il continuait à courir les fêtes et les réceptions à la cour. Lorsqu'on faisait allusion à son mariage, il haussait les sourcils d'un air étonné, puis s'exclamait d'un ton méprisant et dédaigneux : — Ah! oui! en effet!

Durant cette dernière semaine, Angélique ne le vit

pas une seule fois. Par billets brefs que transmettait Molines, il lui dictait ses ordres. Elle devait partir à telle date. Il la rejoindrait tel jour. Il arriverait avec l'abbé et Molines. Le mariage aurait lieu aussitôt.

Angélique s'exécutait en épouse docile. On verrait plus tard à faire changer de ton à ce blanc-bec. Après tout, elle lui apportait une fortune et elle ne lui avait pas brisé le cœur en le séparant de la petite de Lamoignon. Elle lui ferait comprendre que, si elle avait dû agir un peu brutalement, tous deux n'en trouvaient pas moins leur intérêt dans cette affaire et que sa bouderie à lui était ridicule.

Soulagée et déçue à la fois de ne pas le voir, Angélique s'efforça de ne pas trop penser à son « fiancé ». Le « problème Philippe » plantait une épine au sein de sa joie et, quand elle réfléchissait, elle s'apercevait qu'elle avait peur. Mieux valait donc ne pas réfléchir.

Les voitures couvrirent en moins de trois jours la distance séparant Paris de Poitiers. Les chemins étaient assez mauvais, défoncés par les pluies printanières, mais il n'y eut pas d'incident, à part un essieu brisé un peu avant d'arriver à Poitiers. Les voyageurs restèrent vingt-quatre heures dans cette ville. Le surlendemain, dans la matinée, Angélique commença à reconnaître les lieux. On passa non loin de Monteloup. Elle se retint de ne pas y courir, mais les enfants étaient fatigués et sales. On avait dormi la nuit précédente dans une mauvaise auberge infestée de puces et de rats. Pour trouver quelque confort, il fallait gagner le Plessis.

Un bras passé autour des épaules de ses petits garçons, Angélique respirait avec délices l'air pur des campagnes en fleurs. Elle se demandait comment elle avait pu vivre autant d'années dans une ville comme

Paris. Elle poussait des cris de joie et nommait les hameaux qu'elle traversait et dont chacun lui rappelait une anecdote de son enfance. Depuis plusieurs jours, elle avait fait à ses fils des descriptions détaillées de Monteloup et des jeux merveilleux auxquels on pouvait s'y livrer. Florimond et Cantor connaissaient le souterrain qui lui avait servi jadis de caverne de sorcière et le grenier aux coins enchantés.

Enfin le Plessis surgit au loin, blanc et secret au bord de son étang. Il parut à Angélique, qui avait connu les demeures somptueuses et les palais parisiens, plus petit que l'image gravée dans sa mémoire. Quelques domestiques se présentèrent. Malgré l'abandon dans lequel les seigneurs du Plessis laissaient leur château de province, celui-ci était bien entretenu grâce aux soins de Molines. Un courrier, expédié une semaine auparavant, avait fait rouvrir les fenêtres et l'odeur fraîche des cires à reluire combattait celle de moisi embusquée dans les tapisseries. Mais Angélique n'éprouva pas le plaisir qu'elle escomptait. Ses sensations paraissaient subitement atténuées. Peut-être aurait-il fallu qu'elle pleurât ou se mît à danser, à crier, à embrasser Florimond et Cantor. Faute de pouvoir faire tout cela, elle se sentait une âme morte. Incapable de supporter l'excessive émotion de ce retour, elle était tellement saisie qu'elle n'avait aucune réaction.

Elle s'enquit du lieu où ses enfants pourraient se reposer, s'occupa elle-même de leur installation et ne les quitta qu'après les avoir vus, baignés et vêtus de douillettes propres, s'installer devant une collation de laitages et de gâteaux apportés par les paysans.

Alors elle se fit conduire à la chambre de l'aile

nord qu'elle s'était fait préparer, la chambre du prince de Condé.

Il lui fallut encore accepter les services de Javotte et répondre aux salutations des deux valets qui apportaient les cuves d'eau bouillante dans la salle de bains attenante. Distraitement, devant leur français malhabile, elle répondit en patois. Ils béèrent de surprise en entendant cette grande dame de Paris, dont les atours, pour sûr, leur paraissaient extravagants, s'exprimer dans leur jargon comme si elle l'avait parlé dès le berceau.

— Mais c'est vrai! leur dit Angélique en riant. Ne me reconnaissez-vous pas? Je suis Angélique de Sancé. Et toi, Guillot, je me souviens que tu es du village de Maubuis, près de Monteloup.

Le nommé Guillot, avec lequel elle avait fait jadis quelques débauches de mûres et de cerises, aux beaux jours de l'été, eut un sourire extasié.

— C'est donc vous, Madame, qui avez épousé not' maît'?

— C'est moi, en effet.

— Ben, ça va faire plaisir à tout le monde. On se demandait un peu qui était la nouvelle maîtresse.

Ainsi les gens du pays n'étaient même pas au courant. Ou plutôt ce qu'ils savaient était erroné, car on la croyait déjà mariée.

— Dommage que vous ayez pas attendu d'être cheu nous, continua Guillot en hochant sa tête hirsute. On aurait fait de si belles noces!

Angélique n'osa pas désavouer Philippe en disant à ce lourdaud de Guillot que le mariage devait avoir lieu au Plessis même et qu'elle comptait bien en ce qui la concernait, sur des réjouissances qui lui permettraient de revoir toute la contrée.

— Il y aura quand même des fêtes, promit-elle.

Ensuite, elle bouscula un peu Javotte pour hâter sa toilette. Lorsque la petite femme de chambre se fut retirée, Angélique, enveloppée dans sa robe de chambre de soie, revint vers le milieu de la pièce.

Le décor n'avait pas changé depuis plus de dix ans. Mais Angélique ne le voyait plus avec ses yeux éblouis de petite fille et elle trouvait terriblement démodés les lourds meubles de bois noir d'inspiration hollandaise, et le lit aux quatre colonnes massives.

La jeune femme se dirigea vers la fenêtre et l'ouvrit. Elle demeura effrayée en constatant l'étroitesse du rebord où, jadis, elle grimpait si agilement.

« Je suis devenue trop grasse, jamais je ne pourrai aller jusqu'à la tourelle », se désola-t-elle.

On vantait d'habitude son corps élancé... Angélique, ce soir-là, mesura amèrement la marche implacable du temps. Non seulement elle n'avait plus la légèreté nécessaire, mais la souplesse lui manquait, et elle risquait tout bonnement de se rompre le cou.

Après avoir réfléchi, elle prit le parti de rappeler Javotte.

— Javotte, ma fille, tu es mince, petite et plus souple qu'un roseau. Tu vas tâcher de monter sur ce rebord et de te rendre jusqu'à la tourelle d'angle. Et tâche de ne pas tomber!

— Bien, Madame, répondit Javotte qui serait passée par le trou d'une aiguille pour plaire à sa maîtresse.

Penchée à la fenêtre, Angélique suivit avec anxiété la progression de la jeune fille le long de la gouttière.

— Regarde à l'intérieur de la tourelle. Y vois-tu quelque chose?

— Je vois quelque chose de sombre, une boîte, répondit aussitôt Javotte.

Angélique ferma les yeux et dut s'appuyer au chambranle.

— C'est bien. Prends-la et apporte-la-moi avec précaution.

Quelques instants plus tard, Angélique tenait dans ses mains le coffret du moine Exili. Une croûte de terreau, agglomérée par l'humidité, le recouvrait. Mais c'était du bois de santal, et ni les bêtes, ni la moisissure n'avaient pu l'attaquer.

— Va, dit Angélique d'une voix blanche à Javotte. Et ne bavarde pas sur ce que tu viens de faire. Si tu tiens ta langue, je te donnerai une coiffe et une robe neuve.

— Oh! Madame, avec qui voulez-vous que je bavarde? protesta Javotte. Je ne comprends même pas la langue de ces gens-là.

Elle regrettait fort d'avoir quitté Paris. Avec un soupir, elle s'en fut rejoindre Barbe, afin de s'entretenir avec elle des gens de connaissance et du sieur David Chaillou en particulier.

Angélique nettoya le coffret. Elle eut beaucoup de peine à faire jouer le ressort rouillé. Enfin, le couvercle se souleva, et, sur le lit de feuillets, apparut l'ampoule de poison couleur d'émeraude. Après l'avoir contemplée, elle referma le coffret. Où allait-elle le dissimuler en attendant l'arrivée de Philippe et l'heure de le lui remettre en échange de l'anneau nuptial? Elle le glissa dans le même secrétaire d'où elle l'avait retiré avec tant d'étourderie, quinze ans auparavant. « Si j'avais su! se dit-elle. Mais peut-on, à treize ans, mesurer la portée de ses actes? »

La clef du secrétaire à l'abri dans son corsage, elle continua de regarder autour d'elle avec désespoir. Ces lieux ne lui avaient causé que chagrins. A cause du larcin qu'elle avait commis, Joffrey, son seul amour, avait été condamné, et leur vie détruite!...

Elle se contraignit à se reposer. Puis, dès qu'un pépiement de jeunes voix sur la pelouse lui eut appris que ses enfants étaient réveillés, elle les rejoignit, les fit monter avec Barbe, Javotte, Flipot et Pied-Léger, dans une vieille carriole qu'elle conduisit elle-même. Et tout le monde s'en fut joyeusement à Monteloup.

Le soleil déclinait et jetait une lumière safranée sur les grands prés verts où paissaient les mulets. Les travaux d'assèchement des marais avaient transformé le paysage.

Le domaine des rivières sous leurs arceaux de verdure semblait avoir reculé plus loin vers l'ouest.

Mais, en franchissant le pont-levis, où les dindons se pavanaient comme autrefois, Angélique constata que le château de son enfance n'avait pas changé. Le baron de Sancé, malgré l'aisance relative dont il jouissait maintenant, n'avait cependant pas apporté à la vieille bâtisse toutes les réparations nécessaires. Le donjon, les remparts à créneaux demeuraient croulants sous leur revêtement de lierre, et l'entrée principale restait toujours celle de la cuisine.

On trouva le vieux baron près de la nourrice, qui épluchait des oignons. La nourrice était toujours aussi grande et alerte, mais elle avait perdu ses dents, et ses cheveux tout blancs faisaient paraître son visage aussi brun que celui d'une Mauresque.

Etait-ce une illusion? Il parut à Angélique que la joie avec laquelle son père et la vieille femme l'accueillaient avait quelque chose d'un peu forcé, comme il arrive lorsqu'on retrouve vivant une personne qu'on a crue morte. On l'a pleurée certes, mais la vie s'est tissée sans elle, et voici qu'il faut lui refaire une place.

La présence de Florimond et de Cantor dissipa la gêne. La nourrice pleurait en serrant « ces beaux mignons » sur son cœur. En trois minutes, les enfants eurent les joues rouges de ses baisers, les mains pleines de pommes et de noix. Cantor, grimpé sur la table, chanta tout son répertoire.

— Et la vieille petite dame de Monteloup, le fantôme, est-ce qu'elle se promène toujours? demanda Angélique.

— Je ne l'ai plus vue depuis longtemps, dit la nourrice en hochant la tête. Depuis que Jean-Marie, le dernier de la famille, est parti au collège, elle n'a plus reparu. J'ai toujours pensé qu'elle cherchait un enfant...

Dans le salon obscur, la tante Marthe continuait à régner devant son métier à tapisserie, comme une grasse et noire araignée au milieu de sa toile.

— Elle n'entend plus et elle a la cervelle dérangée, expliqua le baron.

Cependant, la vieille, après avoir dévisagé Angélique, demanda d'un ton rauque :

— Le Boiteux est-il venu, lui aussi? Je croyais qu'on l'avait brûlé?

Ce fut la seule allusion qu'on fit, à Monteloup, sur le premier mariage d'Angélique. On semblait préférer laisser dans l'ombre cette partie de sa vie. D'ailleurs le vieux baron paraissait ne pas se poser beaucoup de questions. A mesure que ses enfants s'en allaient, se mariaient, revenaient ou ne revenaient pas, il les confondait un peu dans son esprit. Il parlait beaucoup de Denis, l'officier, et de Jean-Marie, le dernier. Il ne se préoccupait pas d'Hortense et ne savait manifestement pas ce qu'était devenu Gontran. En fait, le sujet principal de sa conversation, c'était toujours les mulets.

Lorsque Angélique eut parcouru le château, elle se trouva rassérénée. Monteloup était resté le même. Tout y était toujours un peu triste, un peu misérable, mais si cordial!

Elle vit avec jubilation que ses enfants s'installaient dans la cuisine de Monteloup, tout comme s'ils y étaient nés parmi les vapeurs de la soupe aux choux et les histoires de la nourrice.

Ils insistaient pour qu'on restât à souper et à coucher. Mais Angélique les ramena au Plessis, car elle craignait l'arrivée de Philippe, et elle voulait être là pour le recevoir.

Le lendemain, comme aucun courrier ne l'annonçait encore, elle retourna seule chez son père.

En sa compagnie, elle parcourut les terres, et il lui montra tous ses aménagements.

L'après-midi était fin et parfumé. Angélique avait envie de chanter. Quand la promenade fut terminée, le baron s'arrêta subitement et se mit à regarder sa fille avec attention. Puis il poussa un soupir :

— Ainsi, tu es revenue, Angélique? dit-il.

Il appuya sa main sur l'épaule de la jeune femme et répéta à plusieurs reprises, les yeux humides de larmes :

— Angélique, ma fille Angélique!...

Celle-ci répondit, émue :

— Je suis revenue, père, et nous allons pouvoir nous retrouver souvent. Vous savez que va avoir lieu mon mariage avec Philippe du Plessis-Bellière, pour lequel vous nous avez envoyé votre consentement.

— Mais je croyais que ce mariage avait déjà eu lieu? fit-il étonné.

Angélique serra les lèvres et n'insista pas. Quelles étaient les intentions de Philippe en laissant croire aux gens du pays et à sa propre famille que le mariage avait été célébré à Paris?...

## 25

Sur la route du retour, elle n'était pas sans inquiétude, et son cœur battit plus vite lorsqu'elle reconnut
dans la cour l'équipage du marquis.

Les laquais lui dirent que leur maître était arrivé
depuis plus de deux heures. Elle se hâta vers le château. Comme elle montait l'escalier, elle entendit les
enfants crier.

« Encore une colère de Florimond ou de Cantor,
se dit-elle contrariée. L'air de la campagne les rend
turbulents. »

Il ne fallait pas que leur futur beau-père pût les
considérer comme des êtres insupportables. Elle se
précipita vers la chambre des petits pour y mettre sévèrement de l'ordre. Elle reconnut la voix de Cantor.
Il criait sur un ton d'indicible terreur et, à ses cris,
se mêlaient des aboiements féroces.

Angélique ouvrit la porte et demeura pétrifiée.

Devant la cheminée, où flambait un grand feu, Florimond et Cantor, serrés l'un contre l'autre, se trouvaient acculés par trois énormes chiens-loups, noirs
comme des diables d'enfer et qui aboyaient féroce-
ment en tirant sur leurs laisses de cuir. Les extrémités de ces laisses étaient réunies dans la main du marquis du Plessis. Celui-ci, tout en retenant les bêtes,
paraissait s'amuser beaucoup de la frayeur des enfants. Sur le dallage, Angélique reconnut, baignant
dans une mare de sang, le cadavre de Parthos, l'un
des dogues familiers des petits garçons, qui avait dû
être étranglé en essayant de les défendre.

Cantor criait, son visage rond inondé de larmes.
Mais la figure blême de Florimond avait une extraor-

dinaire expression de courage. Il avait tiré sa petite épée et, la pointant vers les bêtes, essayait de protéger son frère.

Angélique n'eut pas le temps de pousser une exclamation. Plus rapide que sa pensée, un réflexe lui fit saisir un lourd tabouret de bois et elle le lança dans la gueule des chiens, qui hurlèrent et reculèrent en gémissant de douleur.

Déjà, elle avait saisi Florimond et Cantor dans ses bras. Ils se cramponnèrent à elle. Cantor se tut aussitôt.

— Philippe, dit-elle haletante, il ne faut pas effrayer ainsi ces enfants... Ils auraient pu tomber dans le feu... Voyez, Cantor a déjà la main brûlée...

Le jeune homme tourna vers elle ses prunelles dures et limpides comme le gel.

— Vos fils sont couards comme des femelles, fit-il d'une voix pâteuse.

Son teint était plus sombre que d'habitude, et il vacillait légèrement.

« Il a bu », se dit-elle.

A ce moment, parut Barbe. Essoufflée, elle posait une main sur sa poitrine, pour contenir les battements de son cœur. Ses yeux, avec une expression d'effroi, allèrent de Philippe à Angélique, puis s'arrêtèrent sur le chien mort.

— Que Madame m'excuse, fit-elle. J'étais allée chercher le lait à l'office, pour la collation des petits. Je les avais laissés à la garde de Flipot. Je ne me doutais pas...

— Il n'y a rien de grave, Barbe, dit Angélique, très calme. Ces enfants ne sont pas habitués à voir des bêtes de chasse aussi féroces. Il faudra bien qu'ils s'y accoutument s'ils veulent plus tard chasser le cerf et le sanglier, comme de vrais gentilshommes.

Les futurs gentilshommes jetèrent un regard peu enthousiasmé sur les trois bêtes. Mais, comme ils étaient dans les bras d'Angélique, ils ne craignaient plus rien.

— Vous êtes des petits sots, leur dit-elle, sur un ton de douce gronderie.

Planté sur ses deux jambes écartées, Philippe, dans son costume de voyage de velours mordoré, contemplait le groupe de la mère et des enfants. Brusquement, il fit claquer son fouet sur les chiens, les tira en arrière et sortit de la pièce.

Barbe s'empressa de fermer la porte.

— Flipot est venu me chercher, chuchota-t-elle. M. le marquis l'avait chassé de la pièce. Vous ne m'ôterez pas de l'idée qu'il voulait faire dévorer les enfants par ses chiens...

— Ne dis pas de sottises, Barbe, coupa sèchement Angélique. M. le marquis n'a pas l'habitude des enfants; il a voulu jouer...

— Ouais! Jeux de princes! On sait jusqu'où ça peut aller. Je connais un pauvre petit qui l'a payé bien cher.

Angélique frissonna en évoquant Linot. Le blond Philippe, au pas nonchalant, n'avait-il pas été parmi les tortionnaires du petit marchand d'oublies? Du moins, n'était-il pas resté indifférent à ses supplications?...

Voyant les enfants tranquillisés, elle regagna son appartement. Elle s'assit devant sa coiffeuse pour refaire ses boucles.

Que signifiait ce qui venait de se passer? Fallait-il prendre l'incident au sérieux? Philippe était ivre, cela sautait aux yeux. Dégrisé, il s'excuserait d'avoir causé ce remue-ménage...

Mais un mot de Marie-Agnès montait aux lèvres d'Angélique : Une brute!

Une brute cachée, sournoise, cruelle... Quand il veut se venger d'une femme, il n'hésite devant rien.

« Il n'ira tout de même pas jusqu'à attaquer mes petits », se dit Angélique, en jetant son peigne et en se levant avec agitation.

★

Au même instant, la porte de la chambre claqua. Angélique vit Philippe sur le seuil. Il posa sur elle un regard lourd.

— Avez-vous le coffret au poison?

— Je vous le remettrai le jour de notre mariage, Philippe, comme il a été convenu dans notre contrat.

— Nous nous marions ce soir.

— Alors, je vous le remettrai ce soir, répondit-elle en s'efforçant de ne pas montrer son désarroi.

Elle sourit et tendit la main vers lui.

— Nous ne nous sommes pas encore dit bonjour...

— Je n'en vois pas la nécessité, répliqua-t-il, et il referma brutalement la porte.

Angélique se mordit les lèvres. Décidément, le maître qu'elle s'était choisi ne serait pas facile à amadouer. Le conseil de Molines lui revint en mémoire : Essayez de l'asservir par les sens. Mais, pour la première fois, elle doutait de sa victoire. Elle se sentait sans pouvoir sur cet homme glacé. Elle n'avait jamais senti aucun désir, lorsqu'il se trouvait devant elle, s'éveiller en lui. Elle-même, pour le moment, nouée par l'anxiété, n'éprouvait plus aucune attirance pour lui.

— Il a dit que nous nous marierions ce soir. Il ne sait plus ce qu'il dit. Mon père n'est même pas prévenu...

Elle en était à ce point de ses réflexions lorsqu'on

frappa timidement. Angélique alla ouvrir et découvrit ses fils, toujours serrés l'un contre l'autre de la façon la plus touchante. Mais, cette fois, Florimond étendait sa protection d'aîné au singe Piccolo, qu'il tenait sur un bras.

— Maman, dit-il d'une petite voix tremblante mais ferme, nous voudrions aller chez monsieur notre grand-père. Ici, nous avons peur.

— Peur est un mot qu'un garçon qui porte l'épée ne doit pas prononcer, dit Angélique sévèrement. Seriez-vous couards, comme on l'a insinué tantôt?

— M. du Plessis a déjà tué Parthos. Maintenant, il va peut-être tuer Piccolo.

Cantor se mit à pleurer avec des petits sanglots étouffés. Cantor, le calme Cantor, bouleversé! C'était plus que ne pouvait en supporter Angélique. Il n'y avait pas à chercher si cela était stupide ou non : ses enfants avaient peur. Or, elle s'était juré qu'ils ne connaîtraient plus jamais la peur.

— C'est entendu, vous allez partir avec Barbe pour Monteloup, et tout de suite. Seulement, promettez-moi d'être bien sages.

— Mon grand-père m'a promis de me faire monter sur un mulet, dit Cantor, déjà réconforté.

— Peuh! moi, il va me donner un cheval, affirma Florimond.

Moins d'une heure plus tard, Angélique les embarquait dans la carriole avec leurs domestiques et leurs garde-robes. Il y avait assez de lits à Monteloup pour les loger, eux et leur suite. Les domestiques eux-mêmes paraissaient contents de s'en aller. L'arrivée de Philippe avait apporté dans le château blanc une atmosphère irrespirable. Le beau jeune homme, qui jouait le rôle de la grâce à la cour du Roi-Soleil, faisait régner dans sa seigneurie solitaire la poigne d'un despote.

Barbe murmura :

— Madame, on ne va pas vous laisser ici, toute seule avec ce... cet homme.

— Quel homme? demanda Angélique, hautaine.

Elle ajouta :

— Barbe, une existence confortable t'a fait oublier certains épisodes de notre vie commune. Souviens-toi que je sais me défendre envers et contre tous.

Et elle embrassa la servante sur ces bonnes joues rondes, car elle se sentait le cœur transi.

## 26

Lorsque les sonnailles du petit équipage se furent éteintes dans le soir bleuté, Angélique revint à pas lents vers le château. Elle était soulagée de sentir ses enfants sous l'aile tutélaire de Monteloup. Mais le château du Plessis n'en paraissait que plus désert, et presque hostile malgré sa joliesse de bibelot Renaissance.

Dans le vestibule, un laquais s'inclina devant la jeune femme et l'avertit que le souper était servi. Elle se rendit à la salle à manger, où le couvert était mis. Presque aussitôt, Philippe parut et, sans un mot, s'assit à l'une des extrémités de la table. Angélique prit place à l'autre. Ils étaient seuls, servis par deux laquais. Un marmiton apportait les plats.

Trois flambeaux reflétaient leurs flammes dans les pièces d'argenterie précieuse. Tout le long du repas, on n'entendit que le bruit des cuillères et le tintement des verres, que dominait l'appel strident des grillons de la pelouse. Par la porte-fenêtre ouverte, on voyait la nuit brumeuse envahir la campagne.

Angélique, après s'être dit qu'elle ne pourrait avaler une bouchée, mangea de bon appétit, selon les réactions particulières de son tempérament. Elle remarqua que Philippe buvait beaucoup, mais que, loin de le rendre plus expansif, la boisson augmentait de plus en plus sa froideur.

Lorsqu'il se leva, ayant refusé le dessert, elle n'eut d'autre ressource que de le suivre dans le salon voisin. Elle y trouva Molines et l'aumônier, ainsi qu'une très vieille paysanne qui, elle ne le sut que plus tard, était la nourrice de Philippe.

— Tout est-il prêt, l'abbé? demanda le jeune homme, sortant de son mutisme.

— Oui, monsieur le marquis.

— Alors, allons à la chapelle.

Angélique tressaillit. Le mariage, *son* mariage avec Philippe, n'allait tout de même pas avoir lieu dans ces conditions sinistres?

Elle protesta.

— Vous ne prétendez pas que tout est prêt pour notre mariage et qu'il va être célébré sur-le-champ?

— Je le prétends, madame, répondit Philippe goguenard. Nous avons signé le contrat à Paris. Voilà pour le monde. M. l'abbé ici présent va nous bénir et nous échanger nos anneaux. Voilà pour Dieu. D'autres préparatifs ne me semblent pas nécessaires.

La jeune femme regarda avec hésitation les témoins de cette scène. Un seul flambeau les éclairait, que tenait la vieille femme. Au-dehors, la nuit était totale. Les domestiques s'étaient retirés. S'il n'y avait pas eu Molines, l'âpre, le dur Molines, mais qui aimait Angélique plus que sa propre fille, Angélique aurait craint d'être tombée dans un guet-apens.

Elle chercha le regard de l'intendant. Mais le vieillard baissait les yeux avec cette servilité particulière qu'il affectait toujours devant les seigneurs du Plessis.

Alors, elle se résigna.

Dans la chapelle, éclairée par deux gros cierges de cire jaune, un petit paysan ahuri, revêtu d'une chasuble d'enfant de chœur, apporta de l'eau bénite.

Angélique et Philippe prirent place sur deux prie-Dieu. L'aumônier vint se placer devant eux, récita d'une voix marmonante les prières et les formules d'usage.

— Philippe du Plessis-Bellière, consentez-vous à prendre pour épouse Angélique de Sancé de Monteloup?

— Oui.

— Angélique de Sancé de Monteloup, consentez-vous à prendre pour époux Philippe du Plessis-Bellière?

Elle dit « oui » et tendit la main vers Philippe pour qu'il lui passât l'anneau. Le souvenir d'un même geste, accompli des années auparavant dans la cathédrale de Toulouse, la traversa.

Ce jour-là, elle n'était pas moins tremblante, et la main qui avait pris la sienne l'avait serrée doucement comme pour la rassurer. Dans son affolement, elle n'avait pas compris la signification de cette discrète étreinte. Maintenant, ce détail lui revenait, la déchirait comme un coup de poignard, tandis qu'elle voyait Philippe à demi ivre, aveuglé par les vapeurs de vin, tâtonner, n'arrivant pas à lui glisser l'anneau. Enfin, il y parvint. Tout était accompli.

Le groupe sortit de la chapelle.

— A votre tour, madame, dit Philippe en la regardant avec son insupportable sourire gelé.

Elle comprit et pria les assistants de la suivre jusqu'à sa chambre.

Là elle retira du secrétaire le coffret, l'ouvrit et le remit à son mari. La flamme des chandelles miroita sur le flacon.

— C'est bien là le coffret perdu, dit Philippe après un instant de silence. Tout va bien, messieurs.

L'aumônier et l'intendant signèrent un papier par lequel ils reconnaissaient avoir été témoins de la remise du coffret par Mme du Plessis-Bellière, selon les clauses du contrat de mariage. Puis ils ployèrent l'échine une fois de plus devant le couple et s'éloignèrent à petits pas, précédés de la vieille femme qui les éclairait.

Angélique dut se maîtriser pour ne pas retenir l'intendant. La panique qu'elle éprouvait était non seulement ridicule, mais sans fondement. Certes, il n'est jamais agréable d'avoir à affronter la rancune furieuse d'un homme. Cependant, entre elle et Philippe, il y aurait peut-être un moyen de s'entendre, de faire trêve...

Elle lui jeta un regard à la dérobée. Chaque fois qu'elle le détaillait, dans la perfection de sa beauté, elle se rassurait. L'homme penchait vers le redoutable coffret son profil d'une pureté de médaille, à peine renflé au-dessus de la lèvre par la moustache blonde. Ses longs cils touffus projetaient une ombre sur ses joues. Mais il était plus rouge que d'habitude, et la forte odeur de vin qu'il dégageait était bien désagréable.

Le voyant soulever d'une main mal assurée l'ampoule de poison, Angélique dit vivement :

— Prenez garde, Philippe. Le moine Exili prétendait qu'une seule goutte de ce poison suffirait pour défigurer à jamais.

— Vraiment?

Il leva les yeux sur elle et une lueur méchante traversa ses prunelles. Sa main balança le flacon. Dans un éclair, Angélique comprit qu'il était tenté de le lui jeter au visage. Paralysée d'effroi, elle ne cilla pourtant point et continua de le regarder avec une expression paisible et hardie. Il eut une sorte de ricanement, puis reposa l'ampoule et referma le coffret, qu'il mit sous son bras.

Sans un mot, il saisit le poignet d'Angélique, et l'entraîna hors de la chambre.

Le château était silencieux et obscur, mais la lune qui venait de se lever projetait sur les dalles le reflet des hautes fenêtres.

La main de Philippe tenait si durement le frêle poignet de la jeune femme que celle-ci sentait battre son propre pouls. Mais elle préférait cela. Dans son château, Philippe prenait une consistance qu'à la cour il n'avait point. Sans doute était-il ainsi à la guerre, abandonnant l'enveloppe du beau courtisan rêveur, pour sa vraie personnalité de guerrier noble, précis, presque barbare.

Ils descendirent l'escalier, traversèrent le vestibule et sortirent dans les jardins.

Un brouillard argenté flottait au-dessus de l'étang. Au petit embarcadère de marbre, Philippe poussa Angélique vers une barque.

— Montez! dit-il sèchement.

A son tour, il prit place dans la barque et posa avec précaution le coffret sur l'un des bancs. Angélique entendit filer l'amarre, puis, lentement, l'esquif se détacha de la rive. Philippe avait pris l'un des avirons. Il entraînait le bateau vers le milieu de l'étang. Les reflets de la lune jouaient sur les plis de son habit de satin blanc, sur les boucles dorées de sa perruque. On n'entendait que le froissement de la coque contre les feuilles serrées des nénuphars. Les grenouilles, intimidées, s'étaient tues.

Lorsqu'ils eurent atteint l'eau noire mais limpide du centre de l'étang, Philippe immobilisa le bateau. Il sembla regarder autour de lui avec attention. La terre paraissait lointaine, et le château blanc, entre les deux falaises sombres du parc, faisait penser à une apparition. En silence, le marquis du Plessis reprit entre ses mains ce coffret dont la disparition avait hanté les jours et les nuits de sa famille. Résolument, il le jeta à l'eau. L'objet coula et, très vite, les ondes marquant l'emplacement de sa chute s'effacèrent.

Alors, Philippe regarda Angélique. Celle-ci trembla. Il se déplaça et vint s'asseoir près d'elle. Ce geste qui, à cette heure, dans ce décor féerique, eût pu être celui d'un amoureux, la paralysa de peur.

Lentement, avec cette grâce qui caractérisait chacun de ses mouvements, il leva les deux mains et les posa sur le cou de la jeune femme.

— Et maintenant, je vais vous étrangler, ma belle, dit-il à mi-voix. Vous irez rejoindre au fond de l'eau votre maudit petit coffret!

Elle se contraignit à ne pas bouger. Il était ivre ou fou. De toute façon, il était capable de la tuer. N'était-elle pas à sa merci? Elle ne pouvait ni appeler ni se défendre. Dans un mouvement imperceptible, elle appuya sa tête contre l'épaule de Philippe. Sur son front, elle sentit le contact d'une joue qui n'avait pas été rasée depuis le matin, une joue d'homme, attendrissante. Tout s'abolit... La lune voyageait dans le ciel, le coffret reposait au fond de l'eau, la campagne soupirait, le dernier acte de la tragédie s'accomplissait. N'était-il pas juste qu'Angélique de Sancé mourût ainsi, de la main du jeune dieu qui s'appelait Philippe du Plessis?

Soudain, le souffle lui revint et l'étreinte qui la suffoquait se relâcha. Elle vit Philippe, les dents serrées, le visage convulsé de colère.

— Par le diable, jura-t-il, aucune peur ne fera donc courber votre sale petite tête orgueilleuse? Rien ne vous fera donc crier, supplier?... Patience, vous y viendrez!

Avec brutalité, il la rejeta et reprit l'aviron.

Dès qu'elle eut touché la terre ferme, Angélique résista à l'envie de s'enfuir à toutes jambes. Elle ne savait plus ce qu'elle devait faire. Ses idées restaient confuses. Ayant très mal au cou, elle y porta la main.

Philippe la surveillait avec une attention qui assombrissait son regard. Cette femme ne semblait pas d'une espèce commune. Ni larmes ni cris; elle ne tremblait même pas. Elle le bravait encore, et pourtant c'était lui l'offensé. Elle l'avait contraint, humilié comme aucun homme ne peut supporter de l'être sans souhaiter la mort. D'un pareil affront, un gentilhomme peut répondre par l'épée, un manant par le bâton. Mais une femme?... Quelle réparation exiger de ces créatures glissantes, veules, hypocrites, dont le contact était semblable à celui des bêtes venimeuses, et qui vous entortillaient si bien dans leurs paroles qu'on se retrouvait dupé... et fautif par-dessus le marché?

Oh! les femmes n'étaient pas toujours victorieuses. Philippe savait comment se venger d'elles. Il s'était délecté de leurs sanglots, des appels, des supplications de ces filles qu'il violentait les soirs de combats et qu'il livrait ensuite en pâture à ses hommes.

Il se vengeait ainsi des humiliations qu'elles lui avaient fait subir dans son adolescence.

Mais celle-ci, comment l'abattre? Elle réunissait, derrière son front bombé, lisse, derrière son regard d'eau verte, toutes les ruses féminines, toute la force subtile de son sexe. Du moins, c'était là ce qu'il croyait. Il ne savait pas qu'Angélique tremblait et se sentait lasse à pleurer.

Si elle lui faisait face, c'était parce qu'elle avait l'habitude de faire face et de combattre.

Il lui reprit le bras d'un geste de gardien méchant et la ramena jusqu'au château.

Tandis qu'ils remontaient le grand escalier, elle le vit tendre la main vers le long fouet à chiens accroché au mur...

— Philippe, dit-elle, quittons-nous ici. Vous êtes ivre, je crois. A quoi bon nous disputer encore? Demain...

— Oh! mais non! fit-il, sarcastique. N'ai-je pas obligation de remplir mon devoir conjugal? Mais, auparavant, je veux vous corriger un peu, afin de vous faire passer le goût du chantage. N'oubliez pas, madame, que je suis votre maître et que j'ai tout pouvoir sur vous.

Elle voulut lui échapper, mais il la retint et la cingla comme il eût cinglé une chienne rétive. Angélique poussa un cri qui était plus d'indignation que de douleur.

— Philippe, vous êtes fou!

— Vous me demanderez pardon! dit-il, les dents serrées. Vous me demanderez pardon de ce que vous avez fait!

— Non!

Il la poussa dans la chambre, referma la porte derrière eux, et commença à la frapper de son fouet. Il savait le manier. Sa charge de grand louvetier de France n'était, certes, pas imméritée.

Angélique avait mis les bras devant son visage pour se protéger. Elle recula jusqu'au mur, se tourna d'un geste instinctif. Chaque coup la faisait tressaillir et elle se mordait les lèvres pour ne pas gémir. Cependant, un curieux sentiment l'envahissait, et sa révolte première cédait devant une sorte d'acceptation, un goût étrange de la justice. Elle s'écria tout à coup :

— Assez, Philippe, assez!... Je vous demande pardon.

Comme il s'arrêtait étonné de sa facile victoire, elle répéta :

— Je vous demande pardon... C'est vrai, j'ai eu des torts envers vous.

Indécis, il demeura immobile. Elle le narguait encore, pensait-il, elle se dérobait à sa colère par une humilité trompeuse. Toutes des chiennes couchantes! Arrogantes dans la victoire, rampantes sous le fouet! Mais l'accent d'Angélique avait quelque chose de sincère, qui le troublait. Se pourrait-il qu'elle ne fût pas comme les autres, et que le souvenir imprimé dans sa mémoire par la petite baronne de la « Triste Robe » ne fût pas une simple apparence?

Dans la pénombre où luttaient la clarté lunaire et celle du flambeau, la vue de ces blanches épaules meurtries, de cette nuque fragile, de ce front caché contre le mur comme celui d'une enfant contrite, éveilla en lui un désir violent, mais inusité et comme aucune femme ne lui en avait jamais inspiré. Ce n'était plus seulement l'exigence bestiale et aveugle.

Il s'y ajoutait une attirance un peu mystérieuse, presque douce.

Il eut soudain le pressentiment qu'avec Angélique il allait atteindre quelque chose de nouveau, une région inconnue de l'amour vainement poursuivie à travers tant de corps oubliés...

Ses propres lèvres lui parurent sèches, assoiffées, avides de se désaltérer au contact d'une chair souple et embaumée.

Le souffle court, il rejeta son fouet au loin, puis se débarrassa de son pourpoint et de sa perruque.

Angélique, inquiète, le vit soudain à demi dévêtu et désarmé, droit comme un archange dans l'ombre, avec ses courts cheveux blonds qui lui faisaient une tête nouvelle de berger antique, sa chemise de dentelle entrouverte sur un torse lisse et blanc, ses bras écartés dans un geste indécis.

Brusquement, il vint à elle, la saisit et, avec gaucherie, posa sa bouche dans le creux brûlant du cou. Mais Angélique souffrait encore à cet endroit même, et c'était à son tour de se sentir ulcérée. De plus, si elle était assez droite pour reconnaître ses torts, elle était aussi trop fière pour que le traitement qu'elle venait de subir la mît en disposition amoureuse.

Elle s'arracha aux mains de son nouvel époux :

— Ah! non, pas ça!

En entendant ce cri, Philippe redevint furieux. Ainsi le rêve s'enfuyait encore! Cette femme n'était qu'une femme comme les autres, rétive, calculatrice, exigeante, l'éternel féminin!... Il recula, leva le poing et frappa Angélique en plein visage.

Elle vacilla, puis, le saisissant à deux mains par les revers de sa chemise, elle l'envoya d'une poussée contre le mur. Il resta une seconde stupéfait. Elle avait eu, pour se défendre, un geste de cantinière habituée aux ivrognes.

Jamais il n'avait vu une dame de qualité se défendre ainsi. Il trouva cela à la fois très drôle et exaspérant. S'imaginait-elle qu'il allait céder?...

Il connaissait trop bien cette engeance. S'il ne la matait pas ce soir même, ce serait elle qui, demain, l'asservirait. Il grinça des dents, envahi par l'âcre désir de détruire, de vaincre une défaillance, puis, soudain, il bondit avec une souplesse sournoise, la saisit par le cou et lui cogna sauvagement la tête contre le mur.

Sous le choc, Angélique perdit à demi connaissance et glissa à terre.

Elle luttait pour ne pas s'évanouir. Une certitude venait de s'imposer à elle : à la taverne du Masque-Rouge, c'était bien Philippe — elle en était sûre maintenant — qui l'avait à demi assommée avant que les autres ne se saisissent d'elle pour la violer. Oh! c'était une brute, une horrible brute!

Le poids de son corps l'écrasait sur le dallage glacé. Elle avait l'impression d'être la proie d'un fauve déchaîné, d'un fauve qui, après l'avoir forcée, la martelait sans répit, sauvagement. Des douleurs inhumaines lui traversaient les reins... Aucune femme ne pouvait subir cela sans mourir... Il allait la mutiler, la détruire!... Une brute! Une horrible brute...

A la fin, n'en pouvant plus, elle poussa un cri déchirant.

— Grâce, Philippe, grâce!...

Il répondit par un grondement sourd et triomphant. Enfin, elle avait crié. Enfin, il retrouvait la seule forme d'amour qui pût le contenter, la joie infernale de serrer contre lui une proie raidie par la douleur, une proie affolée, suppliante, qui le vengeait des humiliations passées. Son désir, exalté par la haine, le tendit comme une barre de fer. De toute sa force, il s'appesantit sur elle.

Lorsqu'il la lâcha enfin, elle était presque évanouie.

Il la contempla, étendue à ses pieds.

Elle ne gémissait plus mais, cherchant vaguement à reprendre conscience, elle remuait un peu sur le dallage, comme un bel oiseau blessé.

Philippe eut une sorte de hoquet qui ressemblait à un sanglot.

« Qu'est-ce que j'ai? » pensa-t-il avec effroi.

Le monde n'était plus soudain que ténèbres et désespoir. Toute lumière s'était éteinte. Tout était détruit à jamais. Tout ce qui aurait pu être était mort. Il avait assassiné jusqu'au souvenir timide d'une petite fille vêtue de gris dont la main avait tremblé dans la sienne, ce souvenir qui lui revenait parfois en mémoire et lui plaisait, il ne savait pas pourquoi...

Angélique ouvrait les yeux. Il la toucha du bout du pied et dit avec un ricanement :

— Eh bien, je pense que vous êtes satisfaite? Bonne nuit, madame la marquise du Plessis.

Elle l'entendit s'éloigner en se cognant aux meubles. Puis il sortit de la pièce.

## 27

Elle resta longtemps étendue à terre, malgré le froid qui mordait sa chair dénudée.

Elle se sentait meurtrie jusqu'au sang et sa gorge se serrait dans un désir enfantin de pleurer. Malgré elle, le souvenir de ses premières noces, sous le ciel de Toulouse, revenait la hanter.

Elle se revoyait gisant, inerte, la tête légère, les

membres lourds d'une lassitude qu'elle connaissait pour la première fois. A son chevet, s'inclinait la silhouette du grand Joffrey de Peyrac.

— Pauvre petite blessée! avait-il dit.

Mais sa voix n'avait pas de pitié. Et, tout à coup, il s'était mis à rire, d'un rire de triomphe, le rire exalté de l'homme qui, le premier, a marqué de son sceau la chair de la compagne aimée.

« Voilà aussi pourquoi je l'aime! » avait-elle pensé alors. Parce qu'il est l'Homme par excellence. Qu'importe sa face ravagée! Il a la force et l'intelligence, la virilité, l'intransigeance subtile des conquérants, la simplicité, bref tout ce qui fait l'Homme, le premier des êtres, le maître des créatures... »

Et c'était cet homme-là qu'elle avait perdu, qu'elle venait de perdre une seconde fois! Car elle sentait obscurément que l'esprit de Joffrey de Peyrac la reniait. Ne venait-elle pas de le trahir?

Elle se prit à songer à la mort, au petit étang sous les nénuphars. Puis elle se souvint de ce que Desgrez lui avait dit :

— Evitez de remuer ces cendres que l'on a dispersées au vent... Chaque fois que vous y songerez, vous aurez envie de mourir... Et moi, je ne serai pas toujours là...

Alors, à cause de Desgrez, à cause de son ami le policier, la marquise des Anges écarta une fois encore la tentation du désespoir. Elle ne voulait pas décevoir Desgrez.

Se relevant, elle se traîna jusqu'à la porte, poussa les verrous, puis revint s'abattre d'une masse sur le lit. Il valait mieux ne pas trop réfléchir. D'ailleurs, Molines ne l'avait-il pas prévenue :

— Il se peut que vous perdiez la première manche...

La fièvre lui battait les tempes, et elle ne savait comment apaiser les douleurs cuisantes de son corps.

D'un rayon de lune, jaillit le léger fantôme du poète avec son chapeau pointu et ses cheveux pâles. Elle l'appela. Mais, déjà, il disparaissait. Elle crut entendre Sorbonne aboyer et le pas de Desgrez décroître dans le lointain...

Desgrez, le Poète-Crotté... Elle les confondait un peu dans son esprit, ce chasseur et ce pourchassé, tous deux fils du grand Paris, tous deux gouailleurs et cyniques, émaillant de latin leur langue argotière. Mais elle avait beau réclamer leur présence, ils s'effaçaient, perdaient toute réalité. Ils ne faisaient plus partie de sa vie. La page était tournée. Elle s'était séparée d'eux à jamais.

Angélique s'éveilla brusquement, alors qu'elle ne croyait pas avoir dormi.

Elle tendit l'oreille. Le silence de la forêt de Nieul environnait le château blanc. Dans l'une des chambres, le beau tortionnaire devait ronfler, abruti par le vin. Une chouette ululait, et son appel feutré apportait toute la poésie de la nuit et du bocage.

Un grand calme envahit la jeune femme. Elle se retourna sur son oreiller, et résolument chercha le sommeil.

Elle avait perdu la première manche, mais elle était quand même devenue marquise du Plessis-Bellière.

★

Cependant, le matin, affronté la tête haute, lui apporta une nouvelle déception. Comme elle descendait, ayant fait elle-même sa toilette pour éviter la curiosité de Javotte, et après avoir barbouillé son visage de blanc de céruse et de poudre afin de dissimuler une ecchymose par trop visible, elle apprit que le marquis son époux était tout bonnement reparti vers Paris dès l'aube. Ou plutôt pour Versailles, où la cour se réunissait en d'ultimes fêtes avant les campagnes d'été.

Le sang d'Angélique ne fit qu'un tour. Philippe s'imaginait-il que sa femme accepterait d'être enterrée en province tandis que des fêtes se dérouleraient à Versailles?...

Quatre heures plus tard, un carrosse tiré par six chevaux faisant feu de tous leurs fers se lançait sur les routes caillouteuses du Poitou.

Angélique, pétrie de courbatures mais raidie dans sa volonté, retournait, elle aussi, vers Paris.

N'ayant pas osé rencontrer le regard perspicace de Molines, elle lui avait laissé une lettre où elle lui recommandait ses enfants. Entre Barbe, la nourrice, le grand-père et l'intendant, Florimond et Cantor seraient comme coqs en pâte. Elle pouvait entreprendre son escapade l'esprit en repos.

A Paris, elle alla s'abattre chez Ninon de Lenclos. Celle-ci, depuis trois mois, était fidèle à l'amour que lui inspirait le duc de Gassempierre. Le duc étant à la cour pour une huitaine, Angélique trouva chez son amie la retraite souhaitée. Elle passa quarante-huit heures étendue dans le lit de Ninon avec un cataplasme de baume du Pérou sur le visage, deux compresses d'alun sur les paupières, le corps oint d'huiles et de pâtes diverses.

Elle avait mis sur le compte d'un malencontreux accident de carrosse les nombreuses meurtrissures et balafres qui lui abîmaient le visage et les épaules. Le tact de la courtisane était si grand qu'Angélique elle-même ne sut jamais si elle avait été crue ou non.

Ninon lui parla très naturellement de Philippe, qu'elle avait aperçu à son retour, se rendant à Versailles. Un programme de réjouissances des plus agréables était prévu là-bas : course de bagues, ballets, comédies, feux d'artifice et autres inventions fort belles. La ville retentissait des papotages des gens qui étaient invités et des grincements de dents de ceux qui ne l'étaient pas.

Assise au chevet d'Angélique, Ninon parlait d'abondance afin que sa patiente ne fût pas tentée d'ouvrir la bouche, le calme étant nécessaire pour retrouver rapidement un teint de lys et de rose. Ninon disait qu'elle ne regrettait pas d'ignorer Versailles, où sa réputation lui interdisait d'être reçue. Son domaine était ailleurs, dans ce petit hôtel du quartier du Marais, où elle était vraiment reine et non suivante. Il lui suffisait de savoir qu'à propos de tel ou tel incident de ruelle ou de cour le roi demandait parfois :

— Et qu'en a dit la belle Ninon?

— Quand vous serez fêtée à Versailles, m'oublierez-vous, ma mie? demanda-t-elle.

D'un signe, Angélique, sous ses emplâtres, répondit que non.


## 28


Le 21 juin 1666, la marquise du Plessis-Bellière s'en fut à Versailles. Elle n'avait pas d'invitation, mais elle possédait en revanche la plus grande audace du monde.

Son carrosse garni de velours vert à l'intérieur comme à l'extérieur, avec des franges et des galons d'or, la caisse et les roues entièrement dorées, était traîné par deux grands chevaux pommelés.

Angélique portait une robe de brocart vert cendré à grandes fleurs d'argent et, pour bijou, un splendide collier de perles à plusieurs tours qui descendait plus bas que la pointe de son corsage.

Ses cheveux, coiffés par Binet, étaient également ornés de perles et garnis de deux plumes légères et immaculées comme une parure de neige. Son visage, fardé avec grand soin, mais sans exagération, ne montrait plus trace des violences dont elle avait été victime quelques jours auparavant. Seule demeurait une marque bleue à sa tempe, que Ninon avait dissimulée grâce à une mouche de taffetas en forme de cœur. Avec une autre mouche, plus petite, au coin de la lèvre, Angélique était parfaite.

Elle enfila ses gants de Vendôme, ouvrit son éventail peint à la main et, se penchant à la portière, cria :

— A Versailles, cocher!

Son inquiétude et sa joie la rendaient si nerveuse qu'elle avait emmené Javotte afin de pouvoir bavarder pendant le trajet.

— Nous allons à Versailles, Javotte! répétait-elle à la petite, qui se tenait assise devant elle en bonnet de mousseline et tablier brodé.

— Oh! moi, j'y ai déjà été, madame. Avec la galère de Saint-Cloud, le dimanche... pour voir souper le roi.

— Ce n'est pas la même chose, Javotte. Tu ne peux pas comprendre.

Le voyage lui parut interminable. La route était mauvaise, creusée d'ornières profondes par le train des deux mille charrois qui, chaque jour, empruntaient dans les deux sens cet itinéraire, apportant pierres et plâtre pour la construction du château, ainsi que des blocs de rocaille, des tuyaux de plomb et des statues pour les jardins.

Charretiers et cochers s'injuriaient copieusement.

— Nous n'aurions pas dû passer par là, madame, disait Javotte, mais par Saint-Cloud.

— Non, c'était trop long.

A chaque instant, Angélique mettait la tête à la portière, au risque de détruire le savant échafaudage de Binet et de se faire arroser de boue liquide.

— Presse-toi, cocher, morbleu! Tes chevaux sont des limaces.

Mais, déjà, elle voyait se lever à l'horizon une haute falaise rose, criblée d'étincelles, et qui semblait irradier tout le soleil de la matinée printanière.

— Qu'est-ce que c'est, cocher?

— Madame, c'est Versailles.

Une allée d'arbres fraîchement plantés ombrageait l'extrémité de l'avenue. Aux abords de la première grille, le carrosse d'Angélique dut faire halte pour laisser passer un équipage qui, par la route de Saint-Cloud, arrivait ventre à terre. Le carrosse rouge, tiré par six chevaux bais, était escorté de cavaliers. On assurait qu'il s'agissait de Monsieur. Le carrosse de Madame suivait, à six chevaux blancs.

Angélique fit rentrer son équipage à leur suite. Elle ne croyait plus aux mauvaises rencontres, aux maléfices. Elle marchait sur les eaux, jouissant d'une sorte d'immunité. Une certitude, plus forte que toutes les craintes, lui assurait que l'heure de son triomphe était proche, car elle l'avait payé cher.

Elle attendit cependant que le remous causé par l'arrivée des deux grands personnages se fût un peu calmé. Puis elle descendit de voiture et gagna la

628

cour de Marbre, par les degrés qui y donnaient accès.

Flipot, en livrée des du Plessis — bleu et jonquille — soutenait la queue de son manteau de robe.

— Ne t'essuie pas le nez sur ta manche, lui dit-elle. N'oublie pas que nous sommes à Versailles.

— Oui, ma'âme, soupira l'ancien mion de la cour des Miracles, qui béait d'admiration en regardant autour de lui.

Versailles n'avait pas encore la majesté écrasante que devaient lui conférer les deux ailes blanches ajoutées par Mansart vers la fin du règne. C'était un palais de féerie qui se dressait sur sa butte étroite avec son architecture joyeuse, couleur de rose et de coquelicot, ses balcons de fer ouvragé, ses hautes cheminées claires. Les pinacles, mascarons, plombs et pots à feu de ses combles étaient entièrement dorés à la feuille et étincelaient comme autant de bijoux ornant un précieux coffret. L'ardoise neuve avait, selon les angles reflétant l'ombre ou la lumière, la profondeur du velours nocturne ou l'éclat de l'argent, et les lignes vives des toits paraissaient se fondre dans l'azur du ciel.

Une grande agitation régnait aux alentours du château, car les livrées multicolores des valets et des laquais se mêlaient aux blouses sombres des ouvriers allant et venant avec leurs brouettes et leurs outils. Le bruit chantant des ciseaux martelant la pierre répondait aux tambourins et aux fifres d'une compagnie de mousquetaires paradant au centre de la grande cour.

Angélique, regardant autour d'elle, ne vit pas de visages connus. Elle entra finalement dans le château par une porte de l'aile gauche où les allées et venues paraissaient nombreuses. Un vaste escalier en marbre de couleur la conduisit dans un grand salon où se pressait une foule de gens assez modestement vêtus, et qui la regardèrent avec étonnement. Elle s'informa. On lui dit qu'elle se trouvait dans la salle des Gardes. Chaque lundi, les solliciteurs y venaient déposer leurs placets ou chercher la réponse à leurs précédentes requêtes. Au fond de la pièce, sur la cheminée, la nef d'or et de vermeil représentait la personne du roi, mais on espérait que Sa Majesté apparaîtrait, comme elle avait parfois coutume de le faire.

Angélique, avec ses plumes et son page, se sentit déplacée parmi ces vieux militaires, ces veuves et ces orphelins. Elle allait se retirer, lorsqu'elle aperçut Mme Scarron. Elle lui sauta au cou, heureuse de rencontrer enfin une personne de connaissance.

— Je cherche la cour, lui dit-elle, mon mari doit être au lever du roi et je veux le rejoindre.

Mme Scarron, plus pauvre et modeste que jamais, paraissait peu indiquée pour la renseigner sur les gestes des courtisans. Mais, depuis qu'elle hantait les antichambres royales à la recherche d'une pension, la jeune veuve se trouvait plus au fait du programme détaillé de la cour que le gazetier Loret lui-même, chargé d'en consigner heure par heure les faits et gestes.

Très obligeamment, Mme Scarron attira Angélique vers une autre porte ouvrant sur une sorte de vaste balcon (1) au-delà duquel on apercevait les jardins.

— Je crois que le lever du roi est terminé, dit-elle. Il vient de passer dans son cabinet, où il va s'entretenir quelques instants avec les princesses du sang. Ensuite, il descendra dans les jardins, à moins qu'il ne

_____

(1) A l'emplacement de ce balcon se trouve actuellement la galerie des Glaces.

vienne ici. De toute façon, le mieux pour vous serait de suivre cette galerie ouverte. Tout au bout, sur votre droite, vous allez trouver l'antichambre, qui mène au cabinet du roi. Chacun s'y presse à cette heure. Vous rencontrerez sans peine votre époux.

Angélique jeta un regard sur le balcon, où l'on ne voyait que quelques gardes suisses.

— Je meurs de peur, dit-elle. Ne venez-vous pas avec moi?

— Oh! ma chère, comment le pourrais-je? s'effara Françoise en jetant un coup d'œil confus sur sa pauvre robe.

Angélique s'avisa seulement du contraste de leurs toilettes.

— Pourquoi êtes-vous ici en solliciteuse? Avez-vous encore des ennuis d'argent?

— Plus que jamais, hélas! La mort de la reine mère a entraîné la suppression de ma pension. Je viens dans l'espoir de la faire rétablir. M. d'Albret m'a promis son appui.

— Je souhaite que vous y parveniez. Je suis vraiment désolée...

Mme Scarron sourit très gentiment et lui caressa la joue.

— Ne le soyez pas. Ce serait dommage. Vous paraissez si heureuse! D'ailleurs, vous méritez bien votre bonheur, ma chérie. Je me réjouis de vous voir si belle. Le roi est très sensible à la beauté. Je ne doute pas qu'il soit charmé par vous.

« Moi, je commence à en douter », pensa Angélique, dont le cœur se mit à battre d'une façon désordonnée. Le splendide décor de Versailles l'encourageait à pousser jusqu'au bout son audace. Bien sûr, elle était folle. Mais tant pis! Elle n'allait pas agir comme le coureur qui s'effondre à quelques mètres du but...

Après un sourire à Mme Scarron, elle s'élança à travers la galerie, marchant si vite que Flipot s'essoufflait derrière elle. Comme elle parvenait à mi-chemin, un groupe surgit à l'autre extrémité, paraissant venir à sa rencontre. Même à cette distance, Angélique n'eut aucune peine à reconnaître, marchant au centre des courtisans, la silhouette majestueuse du roi.

Rehaussé par ses talons rouges et son opulente perruque, Louis XIV se distinguait des autres par un art admirable de la démarche. De plus, nul mieux que lui ne savait se servir de ces hautes cannes dont il lançait la mode et qui, jusqu'ici, n'avaient semblé réservées qu'aux vieillards ou aux infirmes. Il en faisait un instrument d'assurance, de belle attitude et même, dans son cas, de séduction.

Il s'avançait donc, appuyé sur sa canne d'ébène à pommeau d'or, échangeant des paroles enjouées avec les deux princesses qui se trouvaient à ses côtés : Henriette d'Angleterre et la jeune duchesse d'Enghien. Aujourd'hui, la favorite en titre, Louise de La Vallière, ne prenait pas part à la promenade. Sa Majesté n'en était pas mécontente. La pauvre fille devenait de moins en moins décorative. A la retrouver dans l'intimité, il y avait encore quelque douceur. Mais, par ces belles matinées où les splendeurs de Versailles s'épanouissaient, la pâleur et la maigreur de Mlle de La Vallière paraissaient s'accentuer. Autant qu'elle demeurât dans sa retraite, où il l'irait voir tantôt et s'informer de sa santé...

Le matin était vraiment splendide et Versailles merveilleux. Mais n'était-ce pas la déesse Printemps elle-même qui venait vers le souverain en la personne de cette femme inconnue?... Le soleil la nimbait d'une auréole et ses bijoux ruisselaient jusqu'à sa taille comme des perles de rosée...

Angélique avait tout de suite compris qu'en rebroussant chemin elle se couvrirait de ridicule. Elle continuait donc d'avancer, mais de plus en plus lentement, avec cette étrange sensation d'impuissance et de fatalité que l'on a parfois en rêve. Dans le brouillard qui l'environnait, elle ne distinguait plus que le roi seul et le regardait fixement comme attirée par un aimant. Elle aurait voulu baisser les yeux qu'elle en aurait été incapable. Elle était maintenant aussi près de lui que jadis dans la pièce obscure du Louvre où elle l'avait affronté, et tout s'abolissait pour elle en dehors de ce souvenir terrible.

Elle n'avait même pas conscience du spectacle qu'elle offrait, seule au centre de cette galerie baignée de lumière, avec ses atours magnifiques, sa beauté épanouie et chaleureuse, son expression fascinée.

Louis XIV s'était arrêté, et les courtisans derrière lui. Lauzun, qui avait reconnu Angélique, se mordit les lèvres et se dissimula derrière les autres en jubilant. On allait assister à quelque chose de surprenant!

Très courtois, le roi ôta son chapeau orné de plumes couleur de feu. Il était facilement ému par la beauté des femmes, et la hardiesse tranquille avec laquelle celle-ci le regardait de ses yeux d'émeraude, loin de le mécontenter, le charmait au contraire. Qui était-elle?... Comment ne l'avait-il pas déjà remarquée?...

Cependant, obéissant à une réaction inconsciente, Angélique fit une profonde révérence. Maintenant, à demi agenouillée, elle aurait voulu ne jamais se relever. Pourtant, elle se redressa, les yeux irrésistiblement attirés par le visage du roi. Elle le regardait, malgré elle, d'une façon provocante.

Le roi s'étonnait. Il y avait quelque chose d'inusité dans l'attitude de cette inconnue, et aussi dans le silence et la surprise des courtisans. Il jeta un regard autour de lui, fronça légèrement les sourcils.

Angélique crut qu'elle allait s'évanouir. Ses mains se mirent à trembler dans les plis de sa robe. Elle était sans force, elle était perdue.

Ce fut alors que des doigts prirent les siens, les lui broyèrent à la faire crier, tandis que la voix de Philippe disait, très calme :

— Sire, que Votre Majesté m'accorde l'honneur de lui présenter ma femme, la marquise du Plessis-Bellière.

— Votre femme, marquis? dit le roi. La nouvelle est surprenante. J'avais bien entendu parler de quelque chose à votre sujet, mais j'attendais que vous veniez m'en entretenir vous-même...

— Sire, il ne m'a pas semblé nécessaire d'informer Votre Majesté d'une semblable bagatelle.

— Bagatelle? Un mariage! Prenez garde, marquis, que M. Bossuet ne vous entende!... Et ces dames! Par Saint Louis, depuis le temps que je vous connais, je me demande encore parfois de quelle étoffe vous êtes fait. Savez-vous que votre discrétion à mon égard est presque une insolence?...

— Sire, je suis navré que Votre Majesté interprète ainsi mon silence. La chose avait si peu d'importance!

— Taisez-vous, monsieur. Votre inconscience dépasse les bornes, et je ne vous laisserai pas cinq minutes de plus tenir d'aussi méchants discours devant cette charmante personne, votre femme. Ma parole, vous n'êtes qu'un soudard. Madame, que pensez-vous de votre époux?

— Je tâcherai de m'en accommoder, sire, répondit

Angélique qui, pendant ce dialogue, avait repris quelques couleurs.

Le roi sourit.

— Vous êtes une femme raisonnable. Et, de plus, fort belle. Les deux ne vont pas toujours de pair! Marquis, je te pardonne à cause de ton bon choix... et de ses beaux yeux. Des yeux verts... Une couleur rare, que je n'ai pas eu l'occasion d'admirer souvent. Les femmes qui ont des yeux verts sont...

Il s'interrompit, rêva un instant, tout en examinant avec attention le visage d'Angélique. Puis son sourire s'effaça, et toute la personne du monarque parut se figer comme si elle avait été frappée par la foudre. Sous les yeux des courtisans, d'abord perplexes puis effrayés, Louis XIV se mit à pâlir. Le phénomène ne put échapper à personne, car le roi était de carnation sanguine, et son chirurgien devait le saigner fréquemment. Or, il devint en quelques secondes aussi blanc que son jabot, bien qu'aucun de ses traits ne bougeât.

Angélique, éperdue, le regardait de nouveau et, malgré elle, d'une façon provocante, comme certains enfants coupables regardent celui par lequel doit leur venir le châtiment.

— N'êtes-vous pas originaire du Sud, madame? demanda le roi avec une soudaine brusquerie. De Toulouse?...

— Non, sire, ma femme est originaire du Poitou, dit immédiatement Philippe. Son père est le baron de Sancé de Monteloup, dont les terres s'étendent aux environs de Niort.

— Oh! Sire, confondre une Poitevine avec une dame du Sud! s'exclama Athénaïs de Montespan en éclatant de son beau rire. Vous, sire!...

La belle Athénaïs se sentait déjà assez en faveur pour ne pas reculer devant une audace de ce genre.

La gêne s'en trouva dissipée. Le roi reprit sa carnation ordinaire. Toujours maître de lui, il eut un coup d'œil amusé vers Athénaïs.

— Il est vrai que les Poitevines ont de bien grands charmes, soupira-t-il. Mais prenez garde, madame, que M. de Montespan ne soit obligé de se mesurer avec tous les Gascons de Versailles. Ceux-ci pourraient vouloir venger l'insulte faite à leurs femmes.

— Y a-t-il insulte, sire? Ce serait contre mon intention. Je voulais dire seulement que, si les charmes des deux races sont égaux en qualité, ils ne se confondent pas. Que Votre Majesté me pardonne mon humble remarque.

Le sourire des grands yeux bleus n'était rien de moins que contrit, mais il était certainement irrésistible.

— Je connais Mme du Plessis depuis de longues années, continua Mme de Montespan. Nous avons été élevées ensemble. Sa famille est alliée à la mienne...

Angélique se promit de ne jamais oublier ce qu'elle devait à Mme de Montespan. Quel que fût le mobile auquel la belle Athénaïs avait obéi, elle n'en avait pas moins sauvé son amie.

Le roi s'inclina derechef, avec un sourire apaisé, devant Angélique du Plessis.

— Eh bien..., Versailles se réjouit de vous accueillir, madame. Soyez la bienvenue.

Plus bas, il ajouta :

— Nous sommes heureux de vous revoir.

Angélique comprit alors qu'il l'avait reconnue, mais qu'il l'agréait et voulait effacer le passé.

Une dernière fois, la flamme d'un bûcher sembla flamber entre eux. Prostrée dans une profonde révérence, la jeune femme sentit un flot de larmes lui gonfler les paupières.

Dieu merci, le roi s'était remis en marche. Elle put se relever, essuyer furtivement ses yeux et jeter un regard un peu contraint du côté de Philippe.

— Comment vous remercier, Philippe?...

— Me remercier! grinça-t-il à mi-voix, la mâchoire nouée de colère. Mais c'était mon nom que j'avais à défendre du ridicule et de la disgrâce!... Vous êtes ma femme, morbleu! Je vous prie d'y songer désormais... Arriver ainsi à Versailles! Sans invitation! Sans présentation!... Et vous regardiez le roi avec une insolence!... Rien ne peut donc abattre votre infernal toupet! J'aurais dû vous tuer, l'autre soir.

— Oh! je vous en prie, Philippe, ne me gâchez pas ce beau jour!

A la suite des autres courtisans, ils étaient arrivés dans les jardins. Le ruissellement bleu du ciel mêlé à celui des jets d'eau, l'éclat du soleil se brisant sur la surface lisse des deux grands bassins de la première terrasse éblouirent Angélique.

Elle croyait marcher au sein d'un paradis où tout était léger et ordonné comme dans un séjour élyséen.

Au sommet des marches dominant un bassin en pyramide ronde, elle pouvait voir le dessin admirable des grands arbres en quinconces cernés par la farandole des blanches statues de marbre. Les parterres jetaient alentour et jusqu'à l'horizon leurs tapisseries chatoyantes.

Angélique, les mains jointes devant ses lèvres, dans un geste de ferveur enfantine, demeurait immobile, pénétrée d'une extase où l'enthousiasme de ses rêves se confondait avec une admiration sincère.

Le vent léger remuait contre son front les plumes blanches de sa coiffure.

Au bas des marches, on venait d'arrêter le carrosse du roi. Mais, sur le point d'y monter, il revint sur ses pas, gravit de nouveau les degrés. Angélique le vit soudain à son côté. Il était seul près d'elle car, d'un geste imperceptible, il avait éloigné les personnes qui l'entouraient.

— Vous admirez Versailles, madame? demanda-t-il.

Angélique fit une révérence et répondit avec beaucoup de grâce :

— Sire, je remercie Votre Majesté d'avoir mis tant de beauté sous les yeux de ses sujets. L'Histoire lui en sera reconnaissante.

Louis XIV demeura silencieux un moment, non qu'il fût troublé par des louanges auxquelles il était accoutumé, mais parce qu'il ne parvenait pas, en cette occurrence, à exprimer sa pensée.

— Vous êtes heureuse? demanda-t-il enfin.

Angélique détourna les yeux et, dans le soleil et le vent, elle parut soudain plus jeune, telle une jeune fille qui n'aurait connu ni peines ni tourments.

— Comment peut-on ne pas être heureuse à Versailles? murmura-t-elle.

— Alors, ne pleurez plus, dit le roi. Et faites-moi le plaisir de partager ma promenade. Je veux vous montrer le parc.

Angélique mit sa main dans celle de Louis XIV. Avec lui, elle descendit les degrés du bassin de Latone; les courtisans s'inclinaient sur leur passage.

Comme elle s'asseyait près d'Athénaïs de Montespan, en face des deux princesses et de Sa Majesté, elle entrevit le visage de son mari.

Philippe la regardait avec une expression énigmatique qui n'était pas dénuée d'un subit intérêt. Il com-·

mençait à comprendre qu'il avait épousé un véritable phénomène.

★

Angélique aurait pu s'envoler tant elle se sentait légère. L'avenir, à ses yeux, était aussi bleu que l'horizon. Elle se disait que ses fils ne connaîtraient plus jamais la misère. Ils seraient élevés à l'académie du Mont-Parnasse et deviendraient des gentilshommes. Angélique elle-même serait une des femmes les plus fêtées de la cour.

Et, puisque le roi en avait exprimé le désir, elle essaierait d'effacer de son cœur toute trace d'amertume. Au fond d'elle-même, Angélique savait bien que le feu de l'amour dont elle avait été consumée, ce terrible feu qui avait aussi consumé son amour, ne s'éteindrait jamais. Il durerait toute sa vie. La Voisin l'avait dit.

Mais le destin, qui n'est pas injuste, voulait qu'Angélique fît halte, pour un temps, sur la colline enchantée, afin d'y reprendre des forces dans l'ivresse de sa réussite et le triomphe de sa beauté.

Plus tard, elle retrouverait le chemin de son aventureuse existence. Mais, aujourd'hui, elle ne craignait plus rien. ELLE ETAIT A VERSAILLES!

**J'AI LU** 2489

Impression Brodard et Taupin
à La Flèche (Sarthe) le 9 mai 1988
6261-5 Dépôt légal mai 1988
ISBN 2-277-22489-8
1er dépôt légal dans la collection : juillet 19
Imprimé en France
Editions J'ai lu
27, rue Cassette, 75006 Paris
*diffusion France et étranger : Flammarion*